国家出版基金项目
NATIONAL PUBLICATION FOUNDATION

中国柯尔克孜族英雄史诗

ماناس

玛纳斯

第六部

阿斯勒巴恰与别克巴恰

第二卷

居素普·玛玛依
演唱
《玛纳斯》汉译工作委员会
编译

新疆人民出版总社
新疆人民出版社

第 二 卷

别克巴恰初战克孜勒克孜与卡勒德克

别克巴恰大战来犯之敌

同时失去兄长和爷爷，
别克巴恰悲痛万分。
阔克波热的阔克阿拉骏马，
阔勇阿勒普的阔依恰布达尔骏马，
他牵着这两匹神骏，
朝着塔拉斯方向疾行。

妖术多端的克孜勒克孜，
她已无法阻拦别克巴恰，
只好躲躲藏藏跟随其后，
一时没有了别的办法。

她向喀拉阔孜与卡勒德克，
报告了所发生的一切，
她说到阔勇阿勒普怎样误杀了阿斯勒巴恰，
凯耐尼木又怎样误杀了阔勇阿勒普；
面对两位亲人被误杀，
凯耐尼木对小孙儿做了什么吩咐；
接着他抱起阿斯勒巴恰的尸体，
头也不回地向冰山深处走去；
临行前留下遗言，
“再也无法返回塔拉斯”；
阔克阿拉骏马和阔依恰布达尔骏马，
怎样被别克巴恰牵着上路。

得知阿斯勒巴恰已经战死，
喀拉阔孜与卡勒德克欢喜无比，
兴奋得无法自已。

两位汗王立即下令，
让正在败逃途中的三万多残兵，
掉转马头朝塔拉斯大地奔驰而去。

他们两个人心中十分得意。
“无敌的阿斯勒巴恰已经死去，
凯耐尼木也已经销声匿迹，
柯尔克孜人正在哭啼，
他们将在痛苦中一蹶不振。
让我们趁机发起攻击，
让我们一举踏平塔拉斯。”

“我们俩要亲自跨马出征，
要让柯尔克孜永远不能崛起。”

“别克巴恰有多大能耐？
如果是男子汉十分厉害，
为什么不同阿斯勒巴恰携手并肩，
跨马挺枪冲锋上阵？
他长期躲藏着不敢出来，
一定是个无用的软弱之辈。”

他们这样议论着没完没了，
日夜兼程催军疾行。
狂妄自大牛气冲天，
他们兴奋得彻夜不眠，
仿佛胜利已在眼前。

这时克孜勒克孜来到他们马前：
“我见过别克巴恰，
他是个铁石心肠的男子汉。
他肌肉发达，身体健壮，
简直是铁铸的壮汉。
无论交战多少天，
他都不会疲乏照样斩将夺关。

“他中等身材，相貌威严，
脚似鹰爪，宽宽的肩膀，
手臂粗壮，力大无比，
他勇不可当，气吞河山。

“你们行动不可如此匆忙，
你们应前往阿富汗与康阿依，
借用那里的兵马求他们帮忙。

“你们中多数人受伤还未痊愈，
你们人困马乏，兵力单薄，
如果盲目地向柯尔克孜开战，
定会簇拥着再次溃逃。

“我施魔法的那件神衫，
已经被别克巴恰夺走。
我不知施了多少次魔法，
已经拿他毫无办法。
我可以陪你们再次前往，
我将尽力施展各种魔法，
对他使出更多的奇术高招。
如果魔法对他还是无效，
我再也不能对你们有什么帮助。”

听罢克孜勒克孜的一番话，
卡勒德克与喀拉阔孜仍不自量。
这俩盛气凌人的狂徒，
鲁莽地踏上了征程。
不知他俩谁的寿数将尽，
竟然如此急急匆匆。

牵着那两匹骏马，
别克巴恰日夜兼程。
他已经赶到塔拉斯，

回到了乡亲们中间。

他召集众多的柯尔克孜乡亲，
来到神圣的玛纳斯陵园。
他们不知宰杀了多少牲畜，
将玛纳斯等先辈的英灵祭奠。

大伙儿吃饱喝足之后，
虔诚地向苍天和英灵祈祷。
人们忐忑不安心神不定，
不知发生了什么重大的事情。

当祭祀和祈祷完毕，
别克巴恰以沉重的心情，庄严地宣布：
“尊敬的戴白毡帽的柯尔克孜，
还有众多的阿拉什乡亲，
我有重要的事情，
在这里要告诉你们。

“我的凯耐尼木爷爷，
他向来言必行，行必果，
他是大家尊敬爱戴的长辈，
他做事从未出过任何差错。

“我们的雄狮阿斯勒巴恰，
不幸被阔勇阿勒普误杀。
在我爷爷的铁锤下，
阿勒普被砸得粉身碎骨，
至今还没有人去把他的尸骨收领。

“我爷爷抱起阿斯勒巴恰的遗体，
对我说了肺腑之言，
然后走向了巍峨的慕士陶阿塔[1]。

“他祝福白毡帽柯尔克孜幸福安康，

[1] 慕士陶阿塔：“慕士”意为冰，“陶”意为山，“阿塔”意为父亲，慕士陶阿塔即冰山之父。地理名称为“慕士塔格峰”，为帕米尔高原上的一大山峰。

他把捍卫百姓安全的重担，
交给了我别克巴恰。

“他还语重心长地向我交代，
我的祖母绮妮凯如果寿数已尽离开人世，
要给她洗浴穿上素色寿衣，
要举行隆重仪式把她埋葬。
他这样嘱咐后便跨马而去，
他的嘱托我已向众人传达。

“阔克波热似乎已经毙命，
他的铠甲和武器还有阔克阿拉骏马，
我已经带了回来。
阔勇阿勒普的阔依恰布达尔战马，
我也一道牵回了这里。

“我爷爷留下的遗言，
我已告诉各位乡亲。
我别克巴恰也站在你们面前，
庄严地向乡亲们发誓：
敌人胆敢向柯尔克孜进犯，
哪怕面对的敌人密密麻麻凶恶至极，
我也将一马当先冲锋在前。

“在关系部落生死存亡的危急时刻，
为了故土和阿拉什民众，
我愿把自己的一切奉献。

“奔驰起来从不知疲乏，
是阔克波热的战马阔克阿拉，
它驰骋六个月也不疲惫，
它的蹄子就像钢铁铸成，
不用钉掌也能安度秋冬春夏。
这匹蹄儿不会磨损的神骏，
就是我要乘骑的骏马。

我的武器和战衣铠甲，
都已全部备齐一点不差。”

听完了别克巴恰的话，
柯尔克孜民众悬着的心终于放下。
人们在心里琢磨着：
“阿斯勒巴恰已死没能安葬，
凯耐尼木又带走了他的尸体。
他是魔力非凡的强汉，
他是否会把孩子带到无人知晓的地方，
通过精心医治，
让他起死回生，重回人间？
他是否会领着阿斯勒巴恰雄狮，
再次回到我们的面前？”

更多的人议论纷纷，
他们为眼下的形势忧虑神伤。
这时，阳光灿烂的天空，
突然间乌云遮天，
顿时变得一片灰暗。
郁郁葱葱的塔拉斯，
顷刻间花儿凋谢，
草儿枯黄，残叶满地。
群山乌黑阴森可怕，
整个世界一片暗淡死寂。
是否世界末日已经来到，
人们将不再有灿烂的明天？

在沉痛压抑中过了许久，
忽然有人高声喝喊：
“阿斯勒巴恰是顶天立地的男子汉，
凯耐尼木定能带他活着回还。
我们还有别克巴恰雄狮，
他是我们的守护神，
他同样果断勇敢。”

只见密布的乌云即刻散尽，
顿时又是艳阳高照。
人们精神焕发欢天喜地，
露出一张张充满希望的笑脸。
早已干涸断流的河水，
这时哗啦啦地流淌响声不断。
天边刮来阵阵清风，
人们齐声祈求英灵相助，
拥戴别克巴恰的呼声直冲云天。
人们众志成城严阵以待，
走向各自的战马旁边。

从那阔什阿尔吐山嘴，
众多的入侵者如猛兽狂涛忽然涌出。
他们看到陵墓周围的柯尔克孜人，
如同狼群看到了羊羔。

卡勒德克对喀拉阔孜说道：
“柯尔克孜的众多百姓，
正在祭拜玛纳斯的英灵。
我们要想办法将他们包围，
不让一个活着出去。

“凯耐尼木已不在人世，
阿斯勒巴恰也已死去，
我们将他们围困在这里，
逼迫他们做出顺从的承诺。
我们再乘机杀入色尔城中，
夺取他们汗王的宝座。

“我们要对那些柯尔克孜人，
实施前所未有的血洗，
将他们二十岁以上的人斩尽杀绝，
让他们的后代永做我们的奴隶。”

喀拉阔孜与卡勒德克，
一心想把柯尔克孜人杀光，
一心想将塔拉斯踏平。
他们将大队人马分成六路，
气势汹汹地向塔拉斯扑去。

看到蜂拥而来的入侵之敌，
别克巴恰立即发布迎敌的命令：
“在场的诸位父老乡亲，
你们要不分男女在一处集中，
千万不要离开集体四处逃命，
一定要互相关心和照应。

“前方的群寇势如狂潮，
他们人多势众妄想把我们一举踏平。
我们在场的柯尔克孜人数不多，
我们都是保卫家园的英雄。
我们不要同敌人硬拼，
要用智谋对敌人进行反攻。

“我将敌人的战旗眺望，
来敌是节迪盖尔人和芒格特人，
康阿依的战旗不在其中。
别看他们来势凶猛气势汹汹，
他们是刚被我们打败的逃兵。

“二十到五十岁之间的汉子，
快快出列站在这边，
我要看看人数有多少，
让我们作为主力与来敌决战！”

柯尔克孜族民众即刻分站到了两边，
二十到五十岁之间的汉子大约三千。
老人、少年与妇女、姑娘，

总数也有好几千。

别克巴恰安排好老人、妇女和儿童，
转身又对柯尔克孜民众做战斗部署：
“在场的所有男女老少，
已分出来的精英勇士，
要在此聚集待命切莫分散。
我别克巴恰要告诉大家，
柯尔克孜的勇士们，
你们要听从我的指挥。
敌人分作六路而来，
想把我们团团包围。
我们也分作六路迎敌，
不给敌人喘气的机会。

“敌人会对落入手中的人，
首先采取诱惑的办法。
先让我们失去警觉，
然后会将我们无情屠杀。
我危难中的柯尔克孜勇士啊！
你们稍不留神就会上当受骗。
你们要像射出的箭矢一般勇往直前，
要为保卫柯尔克孜民众而英勇奋战。

“在场的六位领头的勇士，
你们要率领六路人马英勇向前。
要用你们尖利的长矛，
直插群寇恶敌的胸膛。
要机智勇敢又要武艺娴熟，
用战斧和铁锤与敌人决战。

“奥润拜，你留在陵园里原地不动，
要确保老少妇幼的安全。

“托阔泰、玉莫提、沙塔尔，

奥尔莫托依与阔依楚，
你们要带领青年勇士奋勇杀敌。

“迎着那汹涌的敌群，
切莫回头要勇往直前。
如果突然遭遇，
要让他们感到绝望。

“他们若不进犯你们切莫动手，
别让敌人闯入百姓之中。
时刻保持警觉和清醒，
不要落入敌人的陷阱。

“如果敌人要单打独拼，
我自会出马上前迎战。
我的祖先是英雄玛纳斯，
谁都难挡我凶猛的刀剑。
我要让他们横尸遍野，
我要让他们魂飞魄散。

“我们要定好进攻的计划，
要利用黑夜做掩护，
把天罗地网张开铺撒。
强汉们要十人一组，
各组分别袭击敌营。
各路兵马要密切配合，
趁着夜色逼近敌人。
要高呼着先祖玛纳斯的威名，
一鼓作气发起猛攻。
要随机应变，灵活机动，
尽量让敌人军心动摇、伤亡惨重。

“只要等到天色蒙蒙亮，
我会飞马闯入敌营，
带领大家杀出一条血路，

粉碎敌人猖狂的围攻。

“切莫擅自盲目行动，
要处处严格执行命令。
不管是谁，只要违反了规矩，
格杀勿论，决不宽容。

“敌人有三万多人马，
我们将一举把他们击溃。
如果敌人抱头逃窜，
切莫得意忘形轻率穷追。
切莫轻举妄动四处乱闯，
人人要管好自己的双腿。
切莫逞强而鲁莽上阵，
年轻人更要懂得战场上的进退。

“克孜勒克孜就在他们中间，
她会施展各种迷惑人的魔法妖术，
我们谁都无法破解。
无论遇到什么样的情况，
大家要祈求玛纳斯的英灵护佑我们。

“如果大家团结一致，
明天就是个吉祥的日子。
阿依曲莱克先祖母就要赶来，
那克孜勒克孜的妖术，
就会变得毫无用处。”

在场的人们低头屏气，
听着别克巴恰铿锵有力的话语。
每人都把他说的一字一句，
牢牢地记在自己的心里，
人人都明确了自己肩负的重任。
你看他们一个个摩拳擦掌，
要用自己坚强的行动，

去迎接战斗夺取胜利。

就在这刹那间，
从六个不同的方向，
喊杀声同时而起。
大地顿时沙尘滚滚，
乌云笼罩，昏天黑地。
敌人高呼着“节迪盖尔”和“芒格特”的口号，
挥矛舞剑发起了攻击。
如奔涌的潮水平地而起，
那气势就像要生吞活人。

按照别克巴恰的安排，
已准备好的柯尔克孜勇士们，
蜂拥而起前去迎敌。

此时敌军突然停下，
从芒格特的大军中，
闪出一员大将要单打独斗。

这个罪孽深重的芒格特野人，
我来讲讲他那嚣张气焰：
他黑灰满面就似那炉火旁的铁匠，
滚滚尘埃中难以分辨他的面目。
他骑着庞大的犀牛摇摇晃晃，
恨恨地瞪着额头上的独眼。

他的鼻翼急促翕动，
他像种公牛一样疯狂。
他粗壮笨拙的长腿拖在地面，
脚尖划过的地方，
就像被犁过的土地一样。

你看他耷拉着的下唇，
厚度足有四拃，

你看他那隆起的上唇，
就像炉灰堆起的小山。
他的耳朵更是奇特，
既像鞍褥一样宽大，
又像马耳一样竖直朝天。

他的面颊似倒扣的木盆，
肩胛宽阔如同平川。
他胸前耷拉着两个巨乳，
就似悬挂了一对双胞胎婴儿一般。

他浑身的肌肉一堆一堆，
好似那健壮的牛犊一样。
他青面獠牙眼露凶光，
吃人魔怪见了他也会避让。

这头野兽吼叫着冲了过来，
身躯像移动的大山一般。
湿地被他的坐骑踩得稀巴烂，
蹄印成为一口口水潭。
旱地被它踩踏崩裂，
尘埃滚滚直冲云天。
这家伙原来是哑巴不会说话，
也是聋子什么也听不见。
他是一头无敌的野兽，
谁来拼杀就让谁彻底完蛋。

在一颗头颅的凡人中，
这样的家伙举世少有。
在两条腿的生灵中，
他是头披着人皮的野兽。
他手执叉头长矛，
径直冲到了队伍的前头。

在节尔盖的黄色原野上，

阿斯勒巴恰与别克巴恰，
还有加勒格再克的巴克特拜，
都曾被凯耐尼木训练过。

英俊的别克巴恰，
正值二十五岁青春年华。
他未曾执枪对阵上战场，
他未曾单枪匹马与敌将拼杀。
他是玛纳斯的后嗣，
哪怕雪峰崩塌也毫不惧怕。

面对凶恶的敌人，
年轻的别克巴恰上阵与之交锋。
刺出的矛枪被挡回，
芒格特人恼羞成怒，心急如焚。
他狂妄自大，气势汹汹，
向别克巴恰再次进攻。

猛如烈豹的别克巴恰，
将对手的长矛击落在地上，
高呼着英雄玛纳斯的威名。
在场的人们万般惊恐。

年轻的英雄弯腰弓背，
就像雄鹰般神速敏捷，
他冲到那莽汉跟前猛刺长枪，
一枪深深扎进了敌人的肩膀。

那芒格特人疼得撅着屁股，
一跟斗从犀牛背栽倒在地上。
神勇非常的别克巴恰，
未等他爬起转过身来，
从后面一刀砍下就令他丧命。

未等年轻的英雄勒转马头，

从芒格特人中又闪出一员大将，
这家伙比那莽汉还要强壮。
勇气十足的别克巴恰，
轻蔑地看着对手的举动。
哪怕对手翻江倒海般冲来，
也把他看得像自己的裤脚一样。

英雄别克巴恰心想：
“我要让你这小子死而无憾，
我要让你的汗王观看你怎样送命。”
别克巴恰岿然不动，
等着对手出枪。

“哪怕别克巴恰是一座大山，
定将被刺翻在马下。”
众多的芒格特人与节迪盖尔人，
站在后面助威呐喊。

面对纹丝不动的别克巴恰英雄，
那力大无穷的壮汉，
对准别克巴恰的胸膛，
竭尽全力刺出长矛，
“哐啷”一声好似要把护心镜刺穿。

随着迸出毡房般大的火花，
那壮汉的矛枪应声折断，
巨大的反弹力差点将他掀翻。
在看准对手驱马擦身驰过之际，
别克巴恰抽出腰间那把月牙战斧，
朝着对手右肩胛挥斧猛砍。
别克巴恰那断山削峰的战斧，
哪能不让他命丧归天！

别克巴恰的战斧像闪电般砍下，
那壮汉的脖颈被齐齐砍断，

他“轰隆”一声翻身坠地，
污浊的黑血迸流四溅。

来一个，杀一个，
来两个，砍一双。
别克巴恰左右开弓没停，
将狂妄自大的芒格特人，
一共砍翻了十五个。

天色渐晚，夜幕徐降，
双方息鼓鸣锣，
敌人照旧分作六路，
灰溜溜地退回了营帐。

卡勒德克与喀拉阔孜，
期盼快快天明，
他们倚仗人多势众，
好在白昼向柯尔克孜发起进攻。
他们要将塔拉斯抢劫一空，
妄想把柯尔克孜人赶尽杀绝。

当繁星挂满夜幕，
按照别克巴恰定下的计谋，
柯尔克孜兵分六路发起了夜袭。
他们十人组成一组，
飞速向敌营奔去。
他们高呼“玛纳斯”的口号，
杀入了敌人的兵营，
他们挥鞭催马在敌营中驰骋，
喧嚣声此起彼伏，
沉睡的敌兵在迷茫中丧生。

“柯尔克孜人勇猛无敌，
天亮之前会把我们斩尽杀绝。”
梦中惊醒的敌兵乱成一团，

一个个抱头鼠窜争相逃命。

当天蒙蒙亮时，
启明星渐渐消失。
英雄别克巴恰巡查战场，
柯尔克孜人一兵一卒也没伤残。
别克巴恰高呼着“玛纳斯”的口号，
朝着玛依托茹骏马挥动皮鞭，
战马蹄下扬起滚滚尘土，
年轻的英雄闪电般又杀入敌群之中。

柯尔克孜兵丁当即退到一边，
见证着别克巴恰的机智勇敢，
看孤胆英雄怎样与群敌交战。
只见那正面相遇的倒霉敌兵，
一个个被拦腰砍成了两段。

妖女克孜勒克孜施展魔法

克孜勒克孜目睹了这一切，
她焦急地作了这样的盘算：
“如果再这样放任别克巴恰一日，
节迪盖尔与芒格特的兵将人马，
将不会剩下一个活口全部完蛋。
我要设法召唤各路魔法师，
即刻来此相助救援。”

她念起了咒语，
还未等到张开的嘴巴合上，
还未等她把咒语念完，
柯尔克孜的人马便全落进了包围圈。

一侧燃起熊熊的烈火，
一侧隆起巍峨的高山，
一侧冰川垮塌四野飞溅，
一侧山崩地裂响声震天。

平地垮裂成为深谷，
黑水滔滔翻滚不断。
柯尔克孜所有的青翠草原，
突然幻化成了戈壁荒滩。

突然乌云从西方滚滚而来，
狂风呼啸帐倒毡卷；
东方烈日炎炎似火，
冰雪融化，洪峰吞岸。
柯尔克孜人顿时惶恐无策，
东躲西藏乱成一团。

马匹缰绳缠绕在一起，
勇士们手臂僵硬无法动弹。

柯尔克孜人一时没了应对的方法，
上天无路，入地更难。
所有的人向阿依阔勒英灵祈求：
“快来解救柯尔克孜的危难！”
只有别克巴恰在凝目四望，
正寻思着如何去克难攻坚。
魔法已对他失去魔力，
他要纵马向前寻找恶魔。

克孜勒克孜拿他毫无办法，
就将双方人马施法变幻：
让柯尔克孜壮汉幻化成敌人模样；
又让节迪盖尔和芒格特人马，
变幻成柯尔克孜人的模样。
让别克巴恰左顾右盼无法分辨。

别克巴恰催马欲冲向敌人，
玛依托茹骏马却停止不前。
战马四蹄像冻结在地上，
一丝一毫也不能向前。
别克巴恰不知发生了什么事，
愤怒地向马头举起了马鞭。
随即又担心伤害兄长阿斯勒巴恰的英灵，[1]
无奈地收回了举起的马鞭。
聪明过人的玛依托茹神骏，
发现面前并不是入侵之敌，
而是妖女以障眼法变幻的柯尔克孜人。

它驻足不前，向主人回头示意，
别克巴恰明白了骏马的提示，
他掉转马头向另一群人马驰去。
那玛依托茹又和往常一样疯癫，

[1] 玛依托茹骏马原来是阿斯勒巴恰的坐骑。

它四蹄腾空，长鬃飘荡，
就是风儿也难以追赶。

别克巴恰识破了妖女的诡计，
他借着神速的骏马迂回冲向敌人。
眼看节迪盖尔与芒格特也无法抵挡，
克孜勒克孜再次施展魔法，
又将他前面的大军变幻，
玛依托茹呆立原地停止不前。

他拨转马头转向自己的同胞，
玛依托茹迈开了四蹄快如闪电。
当他再次迂回冲杀到敌军跟前时，
正要挥矛刺向那些幻化的柯尔克孜，
眼前的人们却突然无影无踪，
只剩他单枪匹马立在天边的荒滩。

妖女用这样的障眼法，
迷惑着少年英雄，
让别克巴恰白白转了两趟。
节迪盖尔、芒格特大军趁机掉头，
开始向柯尔克孜人疯狂扫荡。

冒着寒光的战刀和罪恶的长矛，
眼看就要逼近柯尔克孜人群，
阿依阔勒玛纳斯的英灵，
即刻传令给圣人巴卡依老人：
“我的圣人，你快去行动，
决不许强盗祸害我们的乡亲。”

巴卡依老人的英灵心急如焚，
即刻把阿依曲莱克召唤：
“阿依曲莱克你在哪儿？
柯尔克孜处在危难之中，
你要立即前去救难十万火急！

这是阿依阔勒玛纳斯在传令啊，
孩子，你切莫在此等待，
你要即刻赶向那里！”

机智超人的阿依曲莱克，
幻化成紫燕飞在长空。
她望见克孜勒克孜正在施法，
便用自己的影子遮挡了她一下，
克孜勒克孜顿时双目失明。
她没让别克巴恰察觉和发现，
将他悄悄送到柯尔克孜民众中间。

克孜勒克孜像盲人一样原地站立，
两眼昏花什么也难以分辨。
阿依曲莱克对妖女好言规劝：
“前不久在战场上，
我曾经劝过你，
令你回家静待三年。
你的名字叫克孜勒克孜，
像你这样的妖女世间难以找见。

“你如今这些所作所为，
可不是令人称道的积德行善！
你是在为自己挖罪恶的坟墓，
‘要挖坑就不要挖得太深，
若自己掉进去也好生还。’
这是一句古训流传世间。

“你要听明白，克孜勒克孜，
我上次来到你身边时，
以为你听取了我的规劝，
才放你在家里享受平安。

“今日你又重蹈罪恶之路，
来到塔拉斯的大地上空。

你竟然给阿依阔勒的属民带来灾难，
你还想毁坏他们的陵园。

“你如今在高空来回飞翔，
你的举动就是对神灵的冒犯。
你已遭到阿依阔勒英灵们的诅咒，
在这里你不会有什么尊严。

“听我的劝告，克孜勒克孜，
你要赶快远离塔拉斯，
你快到别处去躲避静修吧，
这是我给你指明的生路。
再不许在这里生出祸端。
节迪盖尔人和芒格特人来意不善，
他们最终会被柯尔克孜人，
全部杀光彻底歼灭。”

贼头鬼脑的克孜勒克孜，
乖乖地把阿依曲莱克的话听完。
她虽然双目失明什么也看不见，
却双耳机敏全能听见。
她想睁眼却漆黑一团，
她想争辩却张口也难。
天上的仙妖一个胜过一个，
上天的造化竟如此奇妙非凡！

阿依曲莱克说完做完，
展开双翅悄然离去。
双目失明的克孜勒克孜，
眼前顿时恢复成一片光明的蓝天。

她环顾周边看清双方阵势，
感到吃惊离奇：
“那在两个月行程外的别克巴恰，
现在离节迪盖尔大军只有一箭之远的距离。

这里到底发生了什么事情，
他怎能如此神速？

“我曾从圣者口中听说过，
阿昆汗的女儿阿依曲莱克是仙女降生。
她会幻化成白天鹅翱翔蓝天，
她会幻化成金鱼让人眼花缭乱，
她会像水银在地上滚动，
她会钻入十二层岩底的地心之中。
六十二种咒语，
世间的一切魔法，
她都十分熟悉精通。
玛纳斯的儿子赛麦台依，
把她娶做自己的贤妻。

“每当我来到塔拉斯这里，
施展的法术和计谋总不如意。
难道是她在眼红妒忌？
难道她识破了我的秘密？
我要再施我的魔法，
将那些为数不多的柯尔克孜老少，
全部变成石鸡。

“让我在空中任意飞旋，
幻化成鹰隼把他们吞食。
若真是阿依曲莱克与我作对，
就让我倍增自己的法力，
试探她有多大的本事。

“如若这些是阿依曲莱克所为，
就让我来与她周旋到底。
如果我斗不过她阿依曲莱克，
就让我从此销声匿迹。”

克孜勒克孜又施展起魔法，

她躲藏在七层大地之下，
她将那些罪不可恕的咒语，
反反复复成段地默念。
当她开口吐出“簌”的一声时，
柯尔克孜人幻化成石雕的山鸡，
一动不动地呆立原地。
克孜勒克孜幻化成鹰隼，
恶狠狠地扑向那一群“石鸡”。

对克孜勒克孜要做的事，
早有预感的阿依曲莱克，
一切都清楚地看在眼里。
当克孜勒克孜幻化成鹰隼，
当她俯身猛扑过去，
心如明镜的阿依曲莱克，
谁也别想对她欺瞒。

阿依曲莱克对克孜勒克孜施法，
将自己瞬间变成了一团厚厚的白云。
克孜勒克孜无法接近“石鸡”，
更无法把它们叼起啄食。

白云飘浮停在了半空，
阿依曲莱克让妖女也悬在那里。
她将节迪盖尔与芒格特大军，
指引给英雄别克巴恰。

芒格特的汗王卡勒德克，
飞马出阵，前来迎击。
卡勒德克气势汹汹，
手执喀斯卡合斯孜长矛，
恨不能一枪将别克巴恰，
刺落马下摔死在地上。

卡勒德克怒气冲天，

挥鞭向喀拉苏尔战马抽去。
兵丁们咚咚地敲响了战鼓，
“芒格特”的口号也应声响起。
卡勒德克猛扑过来将长矛刺出，
别克巴恰早已将他盯在眼里，
他右手挥起那铮亮的战斧，
狠狠地向矛枪劈去。
那杆长矛被击向了半空，
又七零八落地散落在地。

卡勒德克又急又慌手忙脚乱，
急忙抽出了战刀又冲上去。
只见刀刃闪着火焰，
像火龙一般被抡起。

训练有素的青鬃狼别克巴恰，
用战斧的后背迎击。
战斧“当”的一声砸向战刀，
战刀应声断成五截，
“哐啷哐啷”四处飞散。

这时芒格特的卡勒德克，
没有了长枪双手空空，
没有战刀鞘儿空空。
你瞧他那恼羞成怒的模样，
怒容满面，脸色铁青。

他骑在黑花色马背上，
几乎不能把人和战马分清。
他黑灰色的皮肤长满了汗毛，
杂乱的黑髭须像倒栽的大葱。
深深的眼眶恰似地窖的黑洞，
他那毛茸茸的眉毛，
就像两只绵羊在额头爬动。

他毡房般巨大的脑袋上，
两侧面颊耷拉着的横肉，
足够喂饱两条饿昏的公狗。
又粗又壮的脖子，
叠压在凸起的驼背上头。
他腰身又短又粗，
宽大的铁甲也遮不住那满身的肥肉。
如果他停下来不动，
活像一座黑色的山冈。

卡勒德克立在当地，
手中没有矛又没有枪。
他并没有命令自己的兵丁，
给他递来刀和枪。
只见他拿起随身携带的毡房般大的铁锤，
呼啦啦地抡过了头顶，
凶猛地砸向别克巴恰的肩膀。

别克巴恰哪能不从容以对，
就在那铁锤落下之际，
朝着对方膀上发达的肌肉，
用长矛猛然刺出了一枪。
那柄铁锤还未砸下，
便应声落在一箭远的地上。

别克巴恰正要再刺，
卡勒德克摆手大声说：
“喂，别克巴恰，
我有话儿要对你讲，
我膀子疼痛流血不止，
我身边已没有任何武器，
请准许我即刻返回营帐。
让我拿来我得手的武器：
好刺的矛枪，好射的弓箭，
好抡的铁锤，好劈的战斧，

还有那插在刀鞘里的长刀。
我的武器又大又重，
哪怕是三十个士兵，
也无法将这些兵器送到这里。

“何必兴师动众动用那些士兵，
何必让他们费劲哼哧喘气。
我去把鞘中的战刀挂在腰间，
带上那拼杀的矛枪利器。
将铁锤压在大腿胯下，
将月牙战斧别在腰里。
让我全副武装后再赶回来，
再与你单打独斗比试高低。
如果寿数已尽我就去死，
如果苦难降临在你别克巴恰身上，
我会把你送到地狱里去。
阿斯勒巴恰是你的哥哥，
我曾与他多次交手，
可最终还是势均力敌。

“可惜他遭遇不幸英年早逝，
如今我又和你不期相遇。
别克巴恰你还能有多大能耐，
我起初也曾这样估量过你，
原来你也是个英雄好汉，
我在较量中领教了你的实力。

“在这两天的激战中，
是你让我血洒大地。
我是从不会示弱的堂堂汗王，
与你决战我绝不会逃避。

“你若答应，我就即刻回去，
明早如约按时再返回这里，
让你我全副武装比试不留遗憾。

不知你有没有这样的胆量和胸怀，
也不知你懂不懂自古的规矩？”

这时别克巴恰回答道：
“我如果现在就答应你，
你切莫妄想就此逃逸，
千万不要因此而自寻倒霉，
让天下百姓也瞧不起你。
你要回去就快一点去，
还得把遗嘱留在家里。”

卡勒德克催马离开。
别克巴恰也拨转了马头，
立刻回到身后的民众之中。
此时的柯尔克孜民众，
骑马的骑马，徒步的徒步，
恢复了原来的模样和活力，
早已不是呆滞漫野无法行动的石鸡。

吊在空中的克孜勒克孜妖女，
脑袋朝下垂着浑身无力，
也憋得心慌无法喘气，
垂死般难受痛在心里。

在别克巴恰的面前，
簇拥着聚集来的男女老少。
别克巴恰弯腰抚胸，
先向长者恭敬行礼。
然后向在场的人们说道：
“请大家一个也别留下快全部回去，
支起毡房，放牧牲畜，
要把各自的生活过得有滋有味。

“我一个人要去对付远方来犯的恶敌，
请大家放心不要担心。

他们无故来侵犯挑衅，
我要让他们追悔莫及。
我要让他们有来无回，
再不敢践踏我们的土地。

“你们千万不要逞强与我攀比，
你们一定要团结和睦始终如一。
我们的总管奥润拜，
会把大家带领和管理。

“请各位比官仔细听好，
我还有话儿请你们牢记：
当了头目切莫对人狂傲，
切莫膨胀得像皮囊充满了气，
切莫忘了庶民，傲慢无礼。

“每日要晚睡还要早起，
把一方平安常记在心里。
切莫作威作福只顾自己，
要照顾好所有的民众和邻居。

“‘公道的比官没有亲疏，
偏心的比官没人去搭理。’
我赐予你们这条谚语，
谁若胆敢违背，
我决不饶恕追究到底。

“奥润拜，
当我爷爷还在世时，
阿斯勒巴恰兄长曾与他形影不离。
你曾为他们贴身服务，
你已从他们身上学到了德行和智慧，
这样我才把百姓托付给你。

“要让百姓享福感到满意，

你就要为百姓费神劳力。
黎民拥戴众志成城，
贤明的汗王功盖天地。
喂，奥润拜，你想一想，
我说的这一切是否在理。

“年轻的小伙伴们要乖巧听话，
要经常听听老人的教诲。
不论男女老少，
都要服从总管奥润拜的管理。
谁若不听话耍犟脾气，
等我回来就清算他的所作所为。

“一个人做错事不顾后果，
就会把大家拖累。
对那些孤儿和寡母们不要忘记，
你们要常去探望慰问暖人心扉。

“‘祖宗的法度不可轻废，
长者之言要时时牢记。
阿依勒里如果有人死去，
尸体要保存七日再办葬礼。’
这是圣人阔绍依留下的箴言，
年轻人千万不要忘记。

“尊老爱幼是做人的美德，
对此我还要叮嘱几句：
要好好地照顾老人们，
丝毫不能伤他们的心。
你对老人照顾得好坏，
大家一眼就能看清楚。
年轻人对老人照顾不好，
等你老时定会遭到报应。

“白须飘拂的大爷，

白发苍苍的大娘，
在家里要多多担待，
莫在儿子媳妇间拨弄是非。
不要惹来冷言冷语，
不要招来冷眼横眉。
不然阿依勒里人人会议论，
说你们老眼昏花惹是生非。

“老来更要沉着理智，
要用智慧赢得钦佩。
妇女们切莫闲言碎语，
男儿们切莫摸狗偷鸡。
请你们理解我的良苦用心。

“在阳春、金秋两个季节，
对阿依阔勒圣祖的英灵，
切莫忘记要前去祭祀。
要种好庄稼，牧好牲畜，
我们要凭自己的辛劳去获取，
有尊严地维系好生计。

“在杰提托尔、坎阔勒塔拉斯，
为纪念英雄玛纳斯，
要刁羊赛马，载歌载舞，
每年要举办盛大的典礼。

“切莫从冬到夏毫无计划，
切莫从早到晚庸庸碌碌，
切莫拉拉扯扯阿谀奉承，
切莫人云亦云没有底数。

“人有志气，
不会低三下四去行乞。
人有信念，
定能从贫穷走向富裕。

“不论贫困或富裕，
大家都要和睦相处。
互相关心互相帮助，
患难与共同舟共济。

“切莫无中生有制造纠纷，
切莫在阿依勒间搬弄是非。
切莫在乡亲邻里间钩心斗角，
切莫拉帮结伙分裂成派系。

“切莫听信小人挑拨离间，
切莫去传播流言蜚语。
切莫狂妄自大，
口吐狂言不知高低。

“切莫背后议论他人说长道短，
一会儿工夫会将自己暴露无遗。
当一个人口无遮拦信口开河，
就会导致众叛亲离。

“在我去征战强敌之前，
这就是我要说的全部话语。
亲爱的父老乡亲们，
请等我传来胜利的消息。”

克孜勒克孜的阴谋化为泡影

别克巴恰说完这些，
跨上战马正要出发，
人群中有位名叫塔勒合巴斯的人，
上前挥手，示意他停下。
这是个能说会道的智者，
他知道许多古今大事：
“阿依阔勒的一个个后代，
干事利落，天下皆知。
刚才您讲了不少肺腑之言，
好像这一去再不回来似的。
您不仅说给戴白毡帽的柯尔克孜，
也告诫了六十个部落的阿拉什。
果真是上天创造的人间雄狮，
子子孙孙相承不断，
我们今日亲耳听闻，心悦诚服。

“圣人巴卡依曾经说过，
‘切莫尾追溃逃的敌人’，
智者的话语定有道理。
为民御敌你们代代相承，
故出征之事更要思虑周密，
今日我劝您可否把计划放弃？

“自从玛纳斯雄狮去世以后，
男子汉赛麦台依和赛依铁克，
凯耐尼木和阿斯勒巴恰，
个个智勇双全，令人爱戴。
不让有翅膀的来拍打，
不让有牙齿的来撕咬，

不让长嘴的来啃啄。
是他们不惜自己的性命，
保卫阿拉什人民世代安宁，
让柯尔克孜部落繁荣昌盛。

“是您亲口告诉大家，
凯耐尼木抱着阿斯勒巴恰走了。
而您也准备远离阿拉什百姓，
您的行动令人牵挂。

“芒格特的卡勒德克，
与喀拉阔孜狼狈为奸，
他们对塔拉斯频频侵犯，
令柯尔克孜人民遭受苦难。
英勇的汗王已打退了他们，
又要马不停蹄地向远方追击，
您留给自己的尽是辛苦和危险。

“克孜勒克孜妖女所施的魔法，
被您揭穿于光天化日之下。
被幻化成石鸡的柯尔克孜，
是您恢复了我们本来的面目。
您若跨马离开塔拉斯，
恐怕恶贼们会乘虚而入。
他们知道您别克巴恰已远离，
回头又来抢掠我们的钱财和牲畜。

“别让他们又杀个回马枪，
像鹰叼小鸡般把我们吞食。
切莫让我们四处奔逃疲于奔命，
在烈日下暴晒，走投无路。
别让他们夺下我们的城池和领地，
让您的属民们居无定所。

“这里还有许多不会走路的孩童，

这里还有很多婴儿和妇女，
这里还有不少牙齿脱落的长辈，
他们的安危都离不开您。
请您留下来吧！
让我们一同劳作休息，
让我们一同顶风冒雨。
在众多的柯尔克孜民众中，
在坎阔勒塔拉斯大地，
我们阿拉什六十个部落，
与汗王您一时一刻都不能分离。

“九十个部落的月即别提起我们，
总是说柯尔克孜部落如果强盛稳定，
他们也会安宁太平，
他们如果有了动荡或者意外，
也会及时禀报给我们。

“与其对您说快去快回，
不如不让您去更合情理。
如果您非要跨马而去，
就像世界末日要降临一般，
梦魇会存在于人们的心里。”

当塔勒合巴斯说到这里，
英雄别克巴恰这样回答：
“戴白毡帽的柯尔克孜父老乡亲，
不知曾有多少代的磨难经历，
我们英勇的人民总是奋斗不息。

“如今恶敌前来入侵，
我即将前去与他们交战。
我爷爷凯耐尼木曾经留言：
‘你祖辈的故土是塔拉斯，
切莫让野兽强盗踏入此地。
切莫让钉掌的马蹄涉足，

踏破我们的土地。’

“我若遗忘了他的嘱托，
又如何保卫阿拉什人民？
岂不是饶恕了这群猖狂的恶敌？！
将这群强盗全都赶走，
这是我作为汗王的职责。
我已向大家讲明了道理，
也当面诉说了我的心思。
切莫久留此地都快回家去吧，
以免误了你们的家事。

“自从你们来到陵园，
六个日夜已经过去。
你们定要平安返回，
家中的亲人会等得着急。
他们会坐卧不安，
长夜里也不能安眠休息。”

他下令：“莫久留，快回去！”
人们都听从了命令纷纷返回。

打发父老乡亲回家之后，
想到卡勒德克明日将要返回战场，
别克巴恰不由得心里焦急。

被吊在半空的克孜勒克孜，
她还保持着那固定的样子。
心地善良的阿依曲莱克，
还是想给克孜勒克孜留下一条生路，
就把克孜勒克孜妖女，
恢复成原来的样子。

阿依曲莱克来到她的身边说道：
“克孜勒克孜，你是否还认识我？”

女妖克孜勒克孜赶紧回答，
她哪敢再次逞凶作恶：
“我的大姐女神阿依曲莱克，
我再也不敢来冒犯你。
我曾在心里琢磨，
世间的所有魔法巫术，
所有的秘密和咒语，
似乎全都掌握在我的手里。
其实我什么也不懂，
我在你面前总是一败涂地。”

阿依曲莱克说道：
“你称呼我阿依曲莱克，
其实我不叫阿依曲莱克。
柯尔克孜人早就传颂着坎阔勒女神，
其实我是那个女神的一名侍女。

“若把你的躯体变成岩石，
把你的生命续存在其中，
直到世界末日降临，
这对我而言十分轻松，
我说到做到你可要听清。

“你想到什么地方都可以，
除了坎阔勒塔拉斯之外。
你这装神弄鬼的小小奴婢，
切莫逗留快给我滚开！
你若再涉足塔拉斯的土地，
我会让你成为残废！
我会让你成为哑巴，
让你只能听到别人说的话，
舌头僵硬无法言语。

“你想走路我让你无腿无足，
你想动武我让你无手无臂；

你再想离开却毫无退路，
你竖起耳朵要听个仔细！”

阿依曲莱克对她讲完这些，
忽然幻化得无影无踪。
克孜勒克孜目睹这一切心想：
“她就是坎阔勒的守护神，
千真万确不容怀疑。
在坎阔勒塔拉斯的土地上，
我领教了她神奇的魔力。
那喀拉阔孜与卡勒德克，
让我把他们带离这里。

“她公开表明态度，
我何必每天在这里受苦流血，
到头来也没个好的结局。
还是让我到其他地方去吧，
有朝一日我会重整旗鼓，
再同别克巴恰战斗角逐，
不遗余力决战到底。”
克孜勒克孜这样想着，
很快掉头离开了这里。

当克孜勒克孜赶到战场，
恼羞成怒的卡勒德克，
正要带领兵士跨马出征。

“尊敬的汗王卡勒德克，
两日来我在远方无法脱身。
看你装备齐整挥鞭待发，
不知你要出发去何地？
你可知道这两天里，
我受到的挫折和难言的委屈。”
她可怜兮兮，眼珠发绿，
满口都是诉苦的语气。

卡勒德克尖刻地说道：
“能干的克孜勒克孜，
你是否又打听到了什么情况，
还是要考验我的能力？
在这难熬的两天两夜，
你也不知去了哪里。
立在我面前的别克巴恰，
比阿斯勒巴恰还要强悍难敌，
他武功非凡，气吞寰宇。

“我同他针锋相对交过手，
他像蛇蝎般喷吐着毒液。
我无力对战输得很惨，
我浑身乏力瘫软如泥。
我的武器残损支离破碎，
我的铠甲破烂面目全非。

“我卡勒德克已山穷水尽，
实在没有了再战的力气。
为找借口我费尽了心机，
否则就没了休战的余地，
这样才保全了我的性命。
如果不那样设法找借口，
我赤手空拳，
早已死在了他的手里。

“我实在艰难，克孜勒克孜，
为求得活命我实在不易！
我答应他明早就赶回去，
眼下我正跨上战马，
为的是尽快赶到对手那里。

“我若推迟时间不按时赶去，
人们会说我是胆小的兔子，

我会遭到自己兵丁的唾弃。
人们会不断地说三道四，
这样的恶名将传扬出去。”

克孜勒克孜已经明白，
汗王卡勒德克已丧失了勇气，
只是无奈之下才硬着头皮前去。
节迪盖尔与芒格特的队伍里，
拥有不少勇士强汉，
危难时刻却没有一位敢开口说话，
也没有一个敢挺身而出。

这时克孜勒克孜开口说道：
“汗王卡勒德克你动身去吧，
切莫苦恼，切莫生气，
只要我还平安健在，
我不会让你遭遇灾难。

“当你实在招架不住时，
你可挥鞭向我示意，
我会竭尽全力去搭救你。
如果我助战也难以奏效，
你就要设法及时撤离。

“我就把实话全告诉你，
我对你不隐瞒内心的秘密：
在这塔拉斯的土地上，
我的法术将没有任何魔力，
这里原来是神圣的土地，
他们的保护神守在这里。

“这里的主人是位女神，
她的法术远非我能比。
她曾显灵亲口下令奉劝我，
让我立刻离开这里。

“她说只要我离开这里，
到哪里干什么全由我自己。
你切莫恐慌先披挂前去，
我会设法平平安安带你离开。
在同柯尔克孜人的周旋中，
也许我能再寻得对策妙计。”

喀拉阔孜眼巴巴地立在一边，
腿脚发软惶恐不安。

卡勒德克跨马而至，
全身装备着铮铮作响的各种锐器。

严阵以待的别克巴恰，
双眼的怒火闪烁不息。
捻成左右两股的长须，
在耳朵上缠绕了十二圈，
梢端向上翘起，
根根长须迎风飘拂。
他不慌不忙傲然挺立，
跨在玛依托茹马背上，
如峻峰凌空，傲视大地。

见卡勒德克驰马而来，
貌似有种要踏平一切的豪气，
别克巴恰张着嘴巴打着哈欠，
根本没把他瞧在眼里。

卡勒德克见状愤怒不已，
他挥枪驱马冲上前去。
两人交手开打第一个回合，
矛枪击打，你来我去。
铁器的撞击声不绝于耳，
噼噼啪啪拼杀不息。

两位英雄毫不相让，
连续向对方发起攻击。
上坡下坡来回角逐，
前后左右来回冲击。
两个人怒目圆睁，咬牙切齿，
好像要生吞活人似的。
甩开大膀抡起手中的狼牙大棒，
劈头盖脸地砸向对方。

矛枪相撞噼噼啪啪，
战斧相击叮叮当当。
心儿咚咚狂跳不止，
骏马嘶鸣，土飞沙扬。
手中的矛枪呼呼作响如飞龙翻腾，
胯下战马奋蹄狂奔似猛虎下山。
他们奋不顾身，
他们不怕末日降临，
全力以赴激烈较量。

一会儿滚滚尘土漫天卷起，
一会儿狂风大作呼啸不息。
一会儿乌云笼罩遮天蔽日，
一会儿雷电轰鸣乱石横飞。

汗王卡勒德克越战越恼，
使出了浑身的力气。
心想打不死对手就会被对手打死，
他两腿紧夹战马主动出击。

别克巴恰器宇轩昂，
他愈战愈勇誓克劲敌。

卡勒德克再一次从前方冲来，
他高声咆哮口吐浓烟。

呼啸的枪尖犹如银蛇，
双眼喷射着凶恶的火焰。

别克巴恰酷似岿然不动的大山一般。
面对卡勒德克刺出的矛枪，
他顺手用矛杆拨到了一旁。
从卡勒德克身边冲驰而过时，
他朝对手的肋部猛击了一枪。
只见那喀拉苏尔骏马朝天一仰，
汗王卡勒德克翻落到了地上。
喀拉苏尔依然撒腿朝前腾跃，
呼啸着蹿到一箭之远的地方。

汗王卡勒德克的兵马，
喧嚣着包抄而来如同洪水。
待别克巴恰勒住马缰掉头一瞧，
密密麻麻的芒格特兵马，
已经将自己团团包围。
喀拉阔孜的众多兵马，
这时也疾速包抄尾随，
使别克巴恰难以近前，
没有一处可冲出的空隙。

人称青鬃狼的别克巴恰，
从来就不知道什么叫后退。
他高呼“玛纳斯”的口号，
径直从一处向敌兵猛攻，
向千军万马的顽敌冲杀。

该遭上天惩治的克孜勒克孜，
那个魔法超凡的恶毒妖女，
突然将英雄的四周变成了万丈深渊。
深不见底也无法跨越，
阻止别克巴恰向前杀敌。

那克孜勒克孜妖女，
叽里呱啦地说着芒格特语，
穿行在节迪盖尔的大军里。
她吆五喝六盛气凌人：
“我的魔法如果再次被破解，
你们谁也逃不回去，
在别克巴恰的手下不会留下活口。
快逃命吧，
快离开这块夺命的土地！

“别克巴恰已经掌握了一切，
知道你们的能耐不过如此。
比起前面死去的哥哥阿斯勒巴恰，
别克巴恰更加威猛无比。
他更足智多谋，神勇善战，
智勇双全，所向无敌。
他一旦愤怒更加厉害，
简直像死神降临大地。
他锋芒毕露，不可一世，
锐不可当，所向披靡。
我这最后的妖术一旦被他识破，
你们谁也难以活着回去。”

随着克孜勒克孜狼嚎似的叫喊，
节迪盖尔和芒格特的兵马纷纷溃逃。
为了掩护溃逃的兵马，
妖女又一次施用法术，
让浓雾笼罩了塔拉斯大地。

恶毒奸猾的妖女克孜勒克孜，
飞身离开了这险恶的战场，
从此在这里销声匿迹。
让我们暂且放下此段，
从别克巴恰启程出征唐格特，
为罗布泊人复仇开始讲起。

别克巴恰为罗布泊人

复仇出征唐格特

节迪盖尔、芒格特大军狼狈溃逃，
一直逃到三日行程之外的地方。
此时克孜勒克孜解除了浓雾，
大地重现明媚的阳光。

“切莫再向远方追击那溃逃的敌军。”
别克巴恰想到此收住了马缰。

“凯耐尼木祖父曾训导过，
塔勒合巴斯也这样劝我。
切莫留下离群的残兵败将，
警惕他们扰民顺手牵羊，
我要骑上我的神骏，
巡察各路边界的情况。”

别克巴恰边想边巡视着各个路口，
仔细观察那沟沟梁梁。
正当他艰难地跋涉行进，
一群黑影闪现在远方，
就在苏萨木尔外边的地方。
“我要探明他们的来历。”
别克巴恰催马上前查看。

来人共有二三十人，
一见他走过来便纷纷开言：
“你瞧他的坐骑是马中之王，
那主人魁伟又强壮。”
他们夸赞着别克巴恰，
翻身下马恭立在路旁。

他们齐刷刷上前施礼，
向眼前的英雄祝福。
别克巴恰一一回礼说道：
“祝愿你们一路顺风，
请问大伙儿来自何方？”

高高的个儿，长长的脸膛，
谈吐和蔼甜如蜜糖。
深深的眼窝，宽宽的肩膀，
那领头人向别克巴恰开口诉说：
“走过前面浩瀚的沙漠和碱滩，
便是罗布泊的一片汪洋。
在雄狮玛纳斯还在世时，
在罗布泊沿岸碧绿的草场，
在夏天和秋天两个季节，
我们的部落在那儿牧马放羊。

“我们的头人是喀拉恰汗王。
我们有个女英雄萨依卡丽，
从未让我们部落遭受过祸殃。

“那保卫民众的萨依卡丽姑娘，
是女中豪杰，善舞刀弄枪，
至今被民众歌颂赞扬。

“在赛麦台依汗王的时代，
交达尔与我们毗邻居住，
一向和睦相处，守望相助。

“我们扎起围栅支起毡房，
生活在同一处山坳里。
不论好的日子还是差的日子，
我们始终同甘共苦同舟共济。

“在英雄凯耐尼木时代，
我们不曾受人欺负，
仍然生活安逸。

“几年前卡勒玛克与唐格特结成一伙，
他们竟与我们柯尔克孜部落为敌。
入侵时被凯耐尼木好汉战败，
我们民众缴获了许多敌兵的马匹。

“自从听说凯耐尼木已经离去，
我们开始受到骚扰以致颠沛流离。
那蛮横的强盗是唐格特人，
他们两度将我们袭击。

“他们大肆抢劫，十分贪婪，
掠去我们千余头牲畜。
二十多个妙龄少女，
也被唐格特强盗劫持而去。

“我们随即骑马追击，
他们兵强马壮凶悍无比。
我们与他们拼杀难以取胜，
我们无法与他们匹敌，
只好忍气吞声返回家里。

“谁想他们并未善罢甘休，
他们又发起第三次袭击。
他们赶走了成圈的牛羊，
他们掠去了成群的马匹。
他们挟持了整个阿依勒的百姓，
我们无法对抗唐格特强敌。

“在和阗、叶尔羌、喀什噶尔，
都没有我们可依托的靠山，
都没有英雄可前去求援。

阿热勒、阿斯克、铁提尔苏，
他们这些部落也很困难，
哪怕我们被敌人洗劫一空，
他们也无能力把我们救援。

“在今日的罗布泊部落，
没有一户人家感到心安。
风华正茂的青年远走他乡，
年轻俊俏的姑娘难以看见；
满口无牙的老人困守旧舍，
襁褓中的婴儿在悲凄地啼哭。

“强壮高大的骆驼被掠走，
四蹄生风的骏马被驱赶；
值钱的财物全部被抢去，
有马骑的乡亲很少看见。

“唐格特人就是这样的强盗，
把我们一切有用的东西都抢光，
这就是我们遭遇的不幸和苦难。
阿依阔勒玛纳斯的后代别克巴恰，
是救苦救难的英雄，
我们匆匆赶来请求救援。”

雄狮般的青年别克巴恰，
听完这些心酸的话语，
得知罗布泊的柯尔克孜民众，
正遭受唐格特人野蛮的欺凌。

“时下节迪盖尔人和芒格特人，
已逃回了自己的老窝，
这帮匪徒在五年之内，
再已无力觊觎于我。
借此机会我现在就跨马出征，
决不许唐格特人再来侵略。

如果说出我就是别克巴恰，
他们会缠着我继续啰唆。”

英雄想罢决心已定，
他要就此出发决不再回头：
“你们是远道而来的客人，
别克巴恰就在前面的城里头，
他是你们所要寻找的人。
我是个巡哨的士兵要向前行走。

“我送你们一件信物，
你们即刻前去莫要停留，
去见宫中的总管奥润拜，
有这件信物就不必担忧。
如果你们没有凭证，
卫兵会阻止你们进城。”

说着他便把手伸进箭袋，
掏出了长长的箭羽一根，
伸手递给了那打头的人。

那人把箭矢紧攥在手中。
前来求援的人们，
他们一边急匆匆往前疾行，
又相互之间议论着。

手中接过箭矢的人说：
“给箭的人说他是巡哨的兵士，
这支箭有十二个棱边，
这是否是要我们死亡的标志？

“是不是说要去拜见别克巴恰，
必须经过有十二处伏兵阻击的路口，
这箭羽是通过检查的标记，
还是一种见面的信物？

这个士兵送的箭羽，
看来可不是一般的含义，
你们谁能猜透这其中的秘密？

“马儿瘦得掉完了鬃毛，
腿脚乏得毫无力气，
我们艰难跋涉远道而来，
为向英雄别克巴恰申诉冤屈。

“面对唐格特人的掠抢，
我们不甘心抛尸荒原野地。
如若别克巴恰要杀害我们，
在势不可挡的玛纳斯的家乡，
我们宁愿死后埋在他们右侧的土地。

“如果不能埋葬在他们的右侧，
葬在他们左侧也没有关系。
无论如何我们来到了坎阔勒，
死在这里也算有了安身之地。

“塔拉斯是我们去往的地方，
让我们加快步伐向前赶去，
尽快见到别克巴恰英雄，
只要他知道了我们罗布泊人的险恶处境，
我们付出自己的性命也在所不惜。”

他们愤愤不平地板着面孔，
唠唠叨叨地向城门奔来，
在城门前正巧遇到了奥润拜。

见多识广的奥润拜，
把一群来访者细心观察。
鹰钩鼻子，高凸的前额，
络腮胡子，卷翘的头发，
龇牙咧嘴，紧锁眉头。

他们个个都消瘦倦乏，
人人都是面色黑灰。
他心想这些人来自何方，
来到这里也毫不怯怕。

“喂！勇士们，
你们汗水流淌困顿劳累，
你们浑身全是泥土和汗水，
你们眉头上落满尘灰，
你们来自何方如此狼狈？

“你们急匆匆来到这里，
究竟是为了何事？
你们行色匆匆，
来此是要找谁？”

听完奥润拜的问话，
依照别克巴恰的吩咐，
来人便向他这样回答：
“我们来自远方的罗布泊，
来找塔拉斯的英雄别克巴恰。
我们要向他诉说冤屈，
我们受尽了强盗的欺压。

“我看您具有非凡的气质，
我看您见多识广举止文雅。
您一眼看穿了我们的心思，
我愿诚恳回答您的问话。
请问哪里是总管奥润拜的家？

“巡哨的士兵送给我们一件信物，
说有它能与奥润拜会面说话。
您能否帮我们寻到转达？”

“请你们拿出那件信物，

不然你们休想进入汗宫。"
听罢奥润拜的一番言语，
那人便将箭羽递了过去。

奥润拜一眼就认出，
那是别克巴恰常用的箭羽，
它带有棱角还有明显标记。

"请进吧，请你们快进宫里，
我就是你们要见的奥润拜，
那巡哨人正是别克巴恰自己。

"这支箭羽有清楚的标记，
已经留下他交代的话语，
他知道你们已经精疲力竭，
你们对他已陈述了来意。
他让你们暂且休整住在这里。"

奥润拜说完之后，
派了五个人来陪伴款待。
让他们接连休息了六日，
享受很高的待客礼遇。

奥润拜又详细询问了罗布泊的情况，
让他们尽情倾诉悲惨的遭遇。
然后馈赠他们每人九件漂亮的大衣，
还为他们准备了充足的干粮食品，
全装进了那干净的褡裢里。

把这一切都准备停当，
一一递到了他们的手里。
奥润拜开口说道：
"几天来你们得到了休整，
这都是别克巴恰汗王的旨意。
汗王让你们留宿休整十二天，

那箭羽的含意十分明晰。
前六日让来客在宫里歇息，
后六日带客人四处行走，
以观赏色尔王城的胜景。
你们还要去阿依阔勒雄狮的陵墓，
去拜谒玛纳斯英雄的圣陵。
在塔拉斯的所见所闻，
回去要告诉自己的父老乡亲。”

听完奥润拜的嘱咐，
他们纷纷点头表示满意。
奥润拜给每人赠送骏马一匹，
还配备了崭新的鞍具。

奥润拜派出一位勇士在前引路，
带他们向托尔特库勒驰去。
托尔特库勒与巴尔库勒，
以及玉奇阔绍依[1]的领地，
都是柯尔克孜人生活的地域。

他们周游了三日之后，
抵达了雄狮玛纳斯的陵园。
奥润拜传达指令，
把附近所有的民众全都召集。
他们当晚都未回去，
全都住在陵园的大殿里。

也不知宰杀了多少牲畜，
谁也说不清确切的数目。
只知道油脂像河水流淌，
许多巴依[2]都来到这里，
挺着皮囊般圆滚的肚子。
戴着十二层叶列切克[3]头饰的女人们，
一个个站得整整齐齐。

[1] 玉奇阔绍依：三个阔绍依。阔绍依本是人名，他们统治的地方也以其名字命名，被称作阔绍依的领地。

[2] 巴依：富人。

[3] 叶列切克：柯尔克孜族已婚女子的高贵头饰。

一群群大姑娘眉清目秀，
貂皮帽在头上高高耸立。
姑娘媳妇们像花一样亭亭玉立，
含情脉脉，偷眼顾盼，
眉飞色舞，窈窕美丽。

到来的公子哥儿们大摇大摆，
傲气得不屑搭话不抬眼皮，
手中提着大头棒，
大力士们在旁傲立。

罗布泊人目睹这里的一切，
他们异口同声赞叹不已：
“名声显赫，广袤无垠，
坎阔勒塔拉斯大地，
原来是这样的富饶美丽！
众多的柯尔克孜兄弟，
多么安逸祥和，
多么幸运如意！

“谁若胆敢斜眼窥视这里，
谁若胆敢蔑视玛纳斯的后裔，
他们定会遭到致命的打击。

“我们没有认出别克巴恰，
却得到了一支宝贵的箭羽。
宫中的总管奥润拜，
把我们视若贵宾亲如兄弟。

“他让我们静静地休息了六天，
还领着我们游览各处，
观赏了他们的陵园圣地。
他又召集所有的臣民，
为英灵们举行祭祀。
这里有世界上少有的奇迹，

这里的一切让人赞许。”

十二天行程转眼已到，
奥润拜又来道别：
“送给你们每人的马匹，
那只是作为你们的乘骑，
每人再赠给九件锦袍，
谨表我们的一点心意。

“如果你们哪位愿意，
不想回去就留在这里，
过着美好幸福的日子。
如果你们挂念父母妻儿，
就请你们起程返回故里。

“有别克巴恰做我们的首领，
还有什么担心和顾虑？
等你们回到自己的家乡，
你们失去的那些财物牲畜，
也许已经归还了你们。”

依依不舍辞别奥润拜，
他们便掉头催马起程返回。
那馈赠的良马快若飞鸟，
那精美的大衣光彩夺目。
为了向家乡人报告喜讯，
一路风尘仆仆奔驰如飞。

乡亲们见到后奔走相告，
大家都佩服他们的勇气。
那些起初摇着头不愿去的，
此刻心里后悔不已。
让我们暂时放下这一段，
先听听出征的别克巴恰，
有什么惊人的消息。

别克巴恰大战唐格特勇士阔昆

别克巴恰不道姓名送了箭羽，
让求援的同胞去了城里。
他自己却勒紧了马肚带整理好鞍具，
让玛依托茹骏马放开了四蹄。
你看他伏身马背酷似离弦的箭矢，
英雄别克巴恰复仇心切，
他心中只有东南方向遥远的地方，
那受到了劫难的柯尔克孜兄弟。

取道偏僻的茫茫荒野，
踏进无际的荒凉戈壁。
穿过流动的无垠沙漠，
越过巍巍的峻岭绝壁，
翻过无数隆起的山脊。

目睹了一处处波涌浪卷的湖泊，
闯过了一片片茫茫草地；
路过一片片起伏连绵的肥沃原野，
还有那风情迥异的异族领地。

别克巴恰风餐露宿马不停蹄，
翻过了一座座达坂，
通过了一个个部落，
眼前巍峨的山巅耸入云际，
无论春夏秋冬总是冰天雪地。
四面群山如道道屏障，
云雾茫茫鸟兽绝迹。

宽阔的高原牧场，

清流潺潺，牧草碧绿，
山花烂漫，牛壮羊肥，
毡房座座，炊烟袅袅。
蓝天白云之下的草原上，
有不少牧民在这里放牧。

与这里的牧民相遇，
正好可打探前行的路径。
别克巴恰多方了解这里的风土人情，
并桩桩件件记在心中。

当和一位牧人攀谈，
他的回答竟如此简洁：
“我们的领地有群山覆盖，
我们都是这里的居民。

“你有与众不同的长相穿戴，
我看你的家乡不在本地。
你到底来自什么地方？
请你讲个明白仔细，
你是什么部落来自哪里？”

别克巴恰温和地说道：
“我是柯尔克孜来自阿拉什，
我的故土是坎阔勒塔拉斯。
来这里为游山玩水，
见识各地民生民情，
也听听那遥远西方的神秘故事。”

当一说起柯尔克孜，
一提到故土塔拉斯，
那交谈的人顿时惊呆了，
他突然掩面哭泣哀叹不止：
“可亲的路人无论你是谁，
你来自六十个部落的阿拉什。

你既然来自塔拉斯，
你是否是玛纳斯的后裔？

“你若想问清楚我们的身世，
我们属于艾西泰克部落，
我们的祖根在柯尔克孜阿拉什。
自我祖宗至今三代以来，
一直居住在罗布泊地区。

“当年凯耐尼木来到我们这里，
带走古力喀克神鸟，
追踪逃跑的芒格特人。
这里的唐格特部将芒格特人庇护，
凭借城墙阻止凯耐尼木。
英雄凯耐尼木摧毁了城墙，
杀得他们血流成河。
他们从此害怕凯耐尼木，
不敢轻举妄动，寻衅闹事。

“听说凯耐尼木与世长辞，
他们又倾巢出动，
挥舞着明晃晃的战刀四面突袭。
柯尔克孜勇士们勇敢迎战，
却遭受开膛破肚的失败结局。
谁见过这般残暴的恶敌，
愿上天让这些灾星快快远离。

“为了掠夺罗布泊的柯尔克孜，
他们出动了四十位勇士和四万兵卒，
他们离开此地已有多天。
我在这里暗中观察，
至今还未发现一个兵丁回返。

“是否未经这里从别处返回？
是否杀入柯尔克孜别处的领地，

在那里寻欢作乐忘了归路？”

别克巴恰得知了这些消息，
正要准备跨马离去。
忽然从重叠起伏的坡梁，
传来阵阵赶马群的吆喝，
由远而近，嗓音怪异。

这时那交谈的牧人拔腿就跑，
想到那乱石后面躲避。
别克巴恰顿时怒目色变，
对跑走远去的人厉声喝道：
“你不要跑动，就待在原地！
你不要惊慌，有我在这里。
切莫担心，无须远离，
有人已从罗布泊专程去了塔拉斯，
朝拜先祖阿依阔勒玛纳斯的英灵，
告诉了你们的冤屈。
我别克巴恰不远万里而来，
就是为了讨还民众的血债，
就是要为你们赶走强敌。

“你已沦为唐格特人的奴隶，
不论他们来的人多人少是男是女，
我将截下他们掠去的牲畜，
让你赶着离开此地。”

当提到故土塔拉斯，
当讲到先祖玛纳斯，
当知道这人是别克巴恰，
个个大名如雷贯耳，
牧人惊喜不已。

“玛纳斯的后代别克巴恰，
早就听说他神勇无比。

别克巴恰英雄就是您吗?
有你到来,
我们不会再流离失所四处浪迹!

“柯尔克孜人的福星,
上天为民缔造的玛纳斯雄狮!
还有他的子孙后代,
他们都是保护人民的勇士!
广阔的中亚细亚,
都有他们护佑的阿拉什人居住。”

那个牧人这时转忧为喜:
“在罗布泊的柯尔克孜里,
我曾是千户人的首领远近享誉,
阔努什拜是我的名字。
我的财富和牲畜,
已全被唐格特人抢劫掠夺一空。
别克巴恰,今日我有幸见到了您,
我十分庆幸,十分惊喜。”

就在这刹那间,
从正面的山梁那边,
闪出马群向此狂奔。
别克巴恰开口说道:
“阔努什拜,你来辨认这是谁的马群。”

阔努什拜望了一眼回答:
“这可是汗王玛塔尼的马群,
难道一匹未剩全被掠洗?
难道柯尔克孜已被斩尽杀绝?
玛塔尼是乡亲中的贵族首领,
罗布泊沿岸是他的领地有他的城池!
不久前唐格特人抢掠到那里,
还劫持了正当妙龄的美女。
统率百姓的玛塔尼自己,

也没了踪影不知在哪里。

“这些唐格特人好像正在返回，
他们从来不会心慈手软空手而归，
他们的心肠比暴晒的黑岩还黑。
谁若碰上不仅会头破血流，
还可能引火烧身变成烟灰！

“在罗布泊的柯尔克孜，
原来有六万多户勤劳的牧民，
自从喀拉恰管理以来，
我们从未被人侵袭。
如今遭受唐格特人的洗劫，
已经到了山穷水尽的境地。”
阔努什拜顿时愤愤不平，
愤怒的泪水在脸上流淌。

“喂，别再哭啼，阔努什拜，
再多的眼泪也无济于事。
他们的头目叫什么名字？
请你赶快告诉我。”

“英雄别克巴恰，听我来讲，
唐格特人除了他们的首领，
再没有更大的权贵。
他们念着‘布尔浑、布尔浑’，
向崇拜的神灵叩头谢罪。

“别克巴恰，我还要告诉你，
他们还崇拜渡鸦、乌鸦和秃鹫。
管理百姓的官员，
一个个头上都戴着官帽，
帽上有山羊角似的饰件，
可以辨认官位的高低。

“唐格特人非常顽固，
请听我的，不要去招惹他们。
你越杀他们会越疯狂，
哪怕鲜血流成河水，
他们会踩踏着前面同伴的尸体，
前仆后继蜂拥而上。”

听罢阔努什拜的一番话，
别克巴恰劝他切莫惊慌，
他自己径直前去迎敌。
当他上前挡住马群，
突然闪出一匹狂奔的快马，
马背上的骑手疯狂地舞动着长矛。

别克巴恰横刀勒马阻挡：
“你浑身上下裹着灰色铁甲，
你身躯高大如同山冈。
你横行霸道胡作非为，
把别人的马群驱赶到这个地方。

“你山前山后随心所欲驱赶马群，
难道这都是无主的牲畜？
让我来溅洒你的鲜血，
我看你还能逃到哪里！

“你若想保全自己性命，
快把这马匹如数归还！
还有从柯尔克孜劫掠的所有牲畜驼队，
包括所有的金银绸缎！
你们使他们多少人哀号痛哭，
让老人和孩子也四处逃难！”

那人突然勒马而立，
张口说出狂妄的话语：
“看来你是自掘坟墓不想活了，

是不是死神已拽住你的衣领，
匆匆忙忙赶到这里自鸣得意？
你自命不凡挡道劫畜，
故意杀出和我遭遇，
你这不要命的家伙来自哪里？

“我从柯尔克孜那里掠获了战利品，
与我正面相遇的人无不丧命，
我与康阿依人交手多回，
普天之下谁不知我吉木别的大名！

“快给我滚到山后边去，
你能活到眼下已是福气。
你身后若还带有人马，
快夹上尾巴离开这里！

“快将我的容貌我的威严凶猛，
告诉你所有的难兄难弟，
我看有谁还敢与我为敌？
谁不知吉木别我名声威震天下，
连印迪斯坦人与浩罕人也闻风丧胆！

“我曾向浩罕出兵多次，
长驱直入印迪斯坦大地。
那些能放牧的丘陵，
已被我全部占领夺取。
那盘踞罗布泊的柯尔克孜，
两年来被我洗劫了四次。
他们在那里叫苦连天，
骏马全被我赶到了这里。”

别克巴恰边听边想：
“我若动手与他拼杀，
那些作为战利品的柯尔克孜人，
是否会一个个惨遭屠杀？

不如我先不说自己是柯尔克孜，
装作要劫走财富与他肉搏。”

别克巴恰只好用此话来迷惑他：
“吉木别，你已嚣张到了极点，
越说越荒唐。
我在这山岔口矮小的细梁上，
看是否有可疑的杂种为非作歹，
把抢来的牲畜向外驱赶。

“我只是为此巡游四方，
我有幸撞见这么多牲畜。
吉木别，让我先宰了你，
好赶上这些马返回家园。
我连做梦也想不到，
碰上你真是我时来运转。”

别克巴恰话音刚落，
手中的长矛已经挥起。
吉木别哪能坐以待毙，
也驱马奔过来凶猛迎击。

两人手执长矛互相拼杀，
叮叮当当，噼噼啪啪。
别克巴恰边战边想：
“我该怎样把他拿下？
是戳穿他的心肺，
将这个唐格特人一矛刺死？
还是把他从马背上拽翻，
将他生擒活捉留个活口，
逼他说出掠去的牲畜在哪里，
让他限期找回不得拖延？

“如果他在部落中确有声望，
唐格特人定会言听计从。

那样就能把那些财物追回，
返还给柯尔克孜的百姓。
如果他在部落中毫无声望，
自吹自擂，妄称英雄，
像蠢货一样不堪一击，
到时我再拿下他的性命。
为了救下这位莽汉的性命，
不久就会杀来成群的兵丁。
阔努什拜刚才也反复讲起，
听说四十位大力士已经出征。

“要将四十个大力士一一杀死，
也不是轻而易举的事情，
切莫让被劫持的柯尔克孜同胞，
轻易地被他们砍下头颅，
像切甜瓜般被剖开膛肚，
切莫让同胞们再蒙受羞辱。

“让百姓把性命白搭进去，
柯尔克孜将得不到任何好处，
我还是想办法先把他捉住。”

想到此没战几个回合，
别克巴恰用矛狠刺了一下，
吉木别就落马栽进了黄土。
英雄飞身下马，
顺势结结实实把他捆住。
唐格特的这一员猛将，
就这样在岔口被活捉降服。

别克巴恰刚刚跨上马背，
就传来轰隆隆的人喊马叫。
这时有三十九位大力士，
转眼间从山背后飞马来到。
他们身穿直筒单面长袍，

衣摆哗啦啦迎风飘舞，
脚上套着蓝色圆底的厚皮靴，
哐啷啷甩着腿催马快跑。
三十九位大力士一字排开，
又喊又叫，挥刀举矛，
瞬间将别克巴恰四面包围。

见到众多猖狂的人马，
青鬃狼英雄顿时怒火中烧。
他手执锋利的双刃长枪，
咆哮着催马狂奔上前。
他高声呐喊着“玛纳斯”的口号，
向对面的敌人猛烈攻击。

他呼啦啦横穿着冲杀了一遭，
一大拨大力士枪落刀飞。
三十九位自命不凡的强汉，
有二十三位被掀翻在地。

英雄又拨转马头返回冲杀，
其余的敌人落荒而逃，
没一个敢回头再决战到底。
狂妄自大的“四十勇士”，
在别克巴恰面前狼狈逃窜。
当英雄挥鞭飓风般追去，
那逃走的十六个人聚成一堆，
他们向别克巴恰跪地哀求：
“请千万让吉木别活着回去。”
毫无羞耻的唐格特大力士，
在这里把尊严和廉耻完全抛弃。

这次被唐格特劫掠的三百户人家，
所有的幸存者都返回了故里。
唐格特人还当面答应，
赔偿柯尔克孜人前三次的损失。

那些吉木别率领的大力士，
那些参与侵袭柯尔克孜的兵士，
也全都向他们的老巢逃去。

四十位大力士，五百名兵丁，
将出征与返回途中发生的一切，
七嘴八舌向自己的汗王作了回禀。

唐格特的汗王听了他们的话语，
顿时恼羞成怒脸色苍白。
派人给四十大力士的手脚，
哗啦啦地把镣铐锁戴：
“多年以来，
我把你们四十人精心供养，
可上了战场你们却都被吓跑，
连一个单枪匹马的人都抵不住。

“切莫活着快给我死去，
别在我面前把敌人吹嘘！
平日里你们自吹自擂，
不可一世，满身傲气。
如今面对单枪匹马的一个毛贼，
却拼杀无力，溃逃求饶。
他是何处何乡何部的恶人？
从哪儿来到哪儿去？
他的姓名叫什么？
快来向我一一禀报详细！”

这时吉木别开口声音很低：
“我未来得及搞明白他是何人，
也未打探他的故里。
开战前他没有通报姓名，
也不知他来自何部何地。

“他骑的是一匹枣红色神驹，

那战马有一鞭杆长的鬃尾。
他身材高大，满面红光，
绝不是一般的凡夫盗贼。

“所有看到这位强汉的人，
都不敢自告奋勇与他作对。
他体壮腹大，胸阔肩宽，
气宇轩昂，谈吐威严。
他笔直的鼻梁，蓝蓝的眼珠，
严厉的语气令人信服。

“他从我们四十人中奔驰着杀过，
只有十六个未被他拿下。
其他所有的勇士，
全被他横扫在马下。
他没有挥刀下手，
并未把我们视为死敌。
他也没有让我们无故洒血，
也没有逞强作恶施淫威，
更没有伤害我们的性命。
如果他是个心怀恶意的魔鬼，
我们被他俘虏以后，
谁还能留下肩上的首级！
我看，我们要履行诺言，
将劫来的钱财退还柯尔克孜！”

听到吉木别的话语，
宫殿里的卫士长顿足挥刀，
他的名字叫阔昆。
他拍打着衣摆饿狼般暴跳：
“我每天在这里百无聊赖，
连一件解闷的事也没遇到。
这个人他居然找上门来，
正好让我去试试枪矛。
俗话说：‘退还所获必定不妙，

吐出吞下的食物将会更糟。’
这条民间相传的谚语，
其中的含意你可知晓？
谁还为收回柯尔克孜的牲畜，
走家串户自寻烦恼？”

阔昆当即下达命令：
“所有的兵丁卫士立刻集合，
一同随我前去围剿！
是不是那个传言失踪多年的凯耐尼木，
如今又骑马挥矛？
还有刚才那些被放回的奴才，
也全部放开给我到前面开道！”

人们打开了那些大力士的手铐脚镣。
那锋利闪光的刀矛斧锤，
也齐刷刷地给他们备好。

目睹过别克巴恰的大力士，
一个个双手发抖双腿发软。
他们互相对望干瞪着眼，
害怕得说不出只语片言。
想说话却舌头僵硬发直，
吞吞吐吐像快要死去的人一般。

兵丁们接受汗王的祝福以后，
跟随着阔昆跨马出发。
他们心想阔昆会有神主保佑，
定能战胜别克巴恰。

他们怀着必胜的信心，
簇拥着阔昆沿老路出发。
先让唐格特人在路上疾行吧，
让我们再听听别克巴恰，
此时此刻在做些什么。

别克巴恰将阔努什拜唤到身边，
让他纵缰疾驰前去打探。
他得知玛塔尼被生擒活捉，
被一群士兵押解正向这边行来。

别克巴恰听闻怒从心起，
心想："我要快把他解救回去，
让玛塔尼恢复原来的汗位，
让柯尔克孜同胞生活安然有序。

"把其他被虏民众也全都解救回去，
让他们返回自己各自的领地，
让各个部众和睦相处，
天天生活康乐，年年牛壮马肥。"

别克巴恰又对阔努什拜交代：
"阔努什拜，你先别离去，
我知道你曾受了许多委屈，
我让你留在我的身边。
三年来你穷困潦倒到处浪迹，
我要为你讨还血债，
让你挺胸站立。
我要为你报仇雪恨，
我要让你欢天喜地。

"阔努什拜，
我要让唐格特人的珠宝黄金，
从上到下挂满你的身体。
让你的心情像镜子一样闪光，
高高兴兴地返回家里。

"你阔努什拜熟悉这里的道路，
请带我到他们的老巢去。
若不能让百姓扬眉吐气，

我一日也不会安心休息。”

阔努什拜翻身上马，
快马加鞭带路出发，
一路上他激动得泪流满面，
边走边倾诉着心底的苦衷：
“两年之前就在这边，
强盗们像赶马一样把我驱撵，
把我的手套上了山羊角，
在我的背上架起了马鞍。
他们骑在我的背上，
手中不停地挥着皮鞭，
把我带到了拉哈萨。
亲爱的猛虎呀别克巴恰，
当时我差一点就气断命丧。

“我的心从此就无法平静，
我被人当马骑越岭翻山，
如今我重走这一条路，
心有余悸忐忑不安。”

阔努什拜讲到这里，
两眼充满悲愤的泪花。
他胯下的那匹走马，
探头扬尾，蹄声嗒嗒。

穿越叫阿拉德尔的地方，
翻过阿勒达依格尔山梁。
他们居高临下向前观望，
见群马奔腾，尘土飞扬。

四万多勇士战旗飞扬，
四十位大力士跟在身边。
打头的首领正是阔昆，
他不可一世趾高气扬。

阔努什拜一见到他们，
顿时面色苍白头冒虚汗。
低头瞅着别克巴恰，
怯生生地张口开言：
“不久前我曾与他偶然相遇，
阔昆那狗东西无比凶残，
在光天化日下他手撕嘴啃，
把一个活人生生地吃进肚里。

“他干的事情无人敢问，
好像神灵来了他也不怕。
当我去到拉哈萨城，
才得知那整个城池都归属于他。

“我们不幸在此遇到了这头野兽，
千万不要去招惹他。
别克巴恰，我们快躲藏起来，
别让他看到了把我俩吞下。”

别克巴恰对他开口说道：
“阔努什拜切莫害怕，
我敢为民众扫平天下。
因为我的先祖是玛纳斯，
多少强敌都被他打垮。
我们对善者以礼相待，
我们对恶人予以惩罚。
如果来者不知好歹，
不要说这个恶棍阔昆，
连同他们无道的汗王，
也必将会被我挥刀斩杀。

“阔昆看来确实魁伟，
但不必害怕，我自有计谋。
舍生忘死展开激战，

我将以荣誉和尊严告慰先祖。”

别克巴恰说罢纵缰离去，
胯下的玛依托茹狂奔嘶鸣。
阿勒达依格尔山下是宽广的平原，
别克巴恰二人纵马疾驰，
好像千军万马在奔腾不息。
对那迎面而来的众敌，
形成雷霆万钧的冲击。

阔昆的人马浩浩荡荡，
战刀战斧闪着寒光，
灰色的箭囊哗啦啦响动，
一面面战旗在头顶飘扬，
一根根长矛在手中晃动，
一声声战鼓如同雷鸣。

铁打的头盔扣在头上，
如同一个个隆起的山冈，
小毡房般的铁锤一头别在腰间，
一头搭在马鞍鞒上。

打头的阔昆呼啸着奔来，
胸前的护心镜闪闪发光。
背负着坚固的盾牌，
黑铁护腿绑在腿上。
他宽大的鼻翼翕动着，
活像发疯的公牛一样。

大力士的桂冠扣在阔昆的头上，
两只竖起的驴耳朵在不停地晃动，
硕大的嘴巴门牙露着，
一副要吞下整个世界的模样。
那大腹便便的身体，
就像临产的孕妇，

又像吹足气的皮袋鼓鼓囊囊。

看到飞马而至的别克巴恰，
他突然勒马挺立，
吃惊地瞪起眼睛。
他张着大嘴愣在那里，
半天才吼叫出一番狂语：
“撂翻了四十位大力士，
还要将我俘虏的柯尔克孜奴隶，
一个不剩全部抢回去，
那个胆大包天的冒失鬼可是你？

“自从我阔昆上马出征以来，
我所做的任何事情，
还没有一个人敢来捣乱，
更无人敢对我呵斥一声。
就是拉哈萨的汗王们，
也不敢把我的一根汗毛晃动。
你竟敢来与我面对面交战，
胆敢来破坏我的事情？

“柯尔克孜的凯耐尼木称雄之时，
我还年少未曾与他较量。
我不清楚他的身世，
只知道那时他天下无敌。

“我曾听说过他非常勇猛，
没有哪个英雄能与他比。
拉哈萨是我们部落的都城，
那十七道红墙高入云际。
是他扫平了守城的卫士，
纵马挥枪冲进了城里。

“他截获了古力喀克神鸟，
摧毁两道城墙扬长而去。

当时我阔昆若同现在一样，
绝不会让他靠近那里！
更不会让他横冲直撞，
杀进那金碧辉煌的宫殿里。
我为此向罗布泊的柯尔克孜，
发动了报复袭击。

“我掠来他们的牲畜换成钱币，
我让他们的壮士充当奴仆，
我把他们的姑娘媳妇当作奴婢，
我命令他们把毁坏的城墙修复，
这就是我要达到的目的。

“你敢来为柯尔克孜打抱不平，
你到底是谁来自哪里？”

别克巴恰听后大发雷霆：
“你别在这里自吹自擂，
你切莫如此忘乎所以。
你就是体若大山猛若饿狼，
在我面前也算不了什么东西！

“摧毁你的城池老巢，
一往无前，千军难敌，
解救那古力喀克神鸟，
俘获了那秦额什奴隶，
扬长而去的就是凯耐尼木，
谁人不晓他辉煌的战绩。
我是英雄凯耐尼木的后代，
我别克巴恰就在这里！

“死神催促你如此猖狂，
你为何要将柯尔克孜侵袭？
你劫光了他们所有的牲畜，
我要让你的每个人顶替一头牲畜，

让你们的乌血溅洒大地。

“如果你能心平气和地协商，
我可以保证你平安地回去。
愤怒是魔鬼，理智是朋友，
你要理智更需要智慧。
以理智处理事情，
会留下永不磨灭的功绩。

“你们的头目和百姓全都在场，
阔昆，你要听清我讲的话语。
让你们管理百姓的头目，
你们聪慧理智的长辈，
想一想我讲的话是否在理。

“你们抢掠了多少牲畜，
你们夺去了多少财富。
你们劫走了多少媳妇和美女，
要一笔一笔清点清楚。
谁杀了人都必须偿命，
谁抢了财物都必须全部退回！

“要让仇恨者消去怨恨，
要让百姓生活安宁舒适。
从今往后再不要进犯袭击，
不同的部落要以礼相处。

“你若能坚守自己的承诺，
我立即饶恕你让你折返。
如果我是不讲理的仇人，
早就消灭了你的四十位大力士。

“大家的冬季草场交会在一起，
大家的夏季牧场连接在一处，
大家春夏秋冬难分难离，

大家都是生活在一处的亲密邻居。
同喝马奶酒，同吃羊羔肉，
互谅互让，一团和气。

“如果能和从前一样和睦相处，
我别克巴恰为什么还来这里？
如果你唐格特人不来进犯，
如果柯尔克孜不遭受劫难，
谁还会涉足你们的领地？

“你若能信守你们的诺言，
你若归还所有被劫的牲畜，
你若将抢走的财宝如数退还，
我别克巴恰立刻返回故里。

“你若不听规劝不讲理，
我将以牙还牙针锋相对。
我会成群地赶走你的驼马牛羊，
让你尝尝被劫的滋味。
我会当着你的面，
让你的四十位大力士人头落地！

“你不侵犯我不会动手，
我绝不会在此纠缠不休。
我们祖辈的规矩就是这样，
快给我答复不要躲闪！”

神似猛虎的英雄别克巴恰，
咆哮着横马在道路中央。
阔昆他鬼使神差神摇心荡，
狗胆包天刺出了矛枪。

别克巴恰顿时火冒三丈，
大声高叫着挥起了长枪，
与阔昆猛刺过来的那杆长矛，

惊雷般呼啸相撞。

目睹这一切的阔努什拜，
吓得尿水淌满了裤裆。

胯下青马奔腾，
如同离弓的箭羽。
蹄下狂风呼啸，
踩踏得乱石横飞，
阔昆这个蠢货气势汹汹，
面对别克巴恰毫无顾忌，
手持长枪一次次发起攻击。

别克巴恰躲过刺来的矛尖，
又“哐”的一声将矛杆挡去。
瞬间又掉头奔来，
似鹰隼扑抓小鸡。

枪尖冒着烈焰般的火花，
他对准阔昆胸膛猛力一击。
那钢铁铸造的护心镜，
“哐当”一声把矛枪反弹回去。

枪尖虽没刺入他的胸腔，
阔昆却受到了巨大的冲击。
他屁股应声滑出马鞍，
脚也险些与马镫滑离。

这个鲁莽笨拙的蠢货，
摇晃了几下又坐回马鞍。
他恼羞成怒怒发冲冠，
呼啦啦又抡起六十普特[1]重的铁锤。
他口中高喊“布尔浑、布尔浑”的口号，
猛扑到别克巴恰的身前，
恨不得将对手砸成粉末。

[1] 普特：重量单位，1普特等于16.38公斤。

久经沙场武艺高强，
谁还能与别克巴恰猛虎对抗！
与别克巴恰如此般配的玛依托茹，
灵性通达地早闪到了一旁。

阔昆无奈又抡起了铁锤，
那铁锤的威力世上少见，
如果它砸到结实的山峰，
山峰会像木桩钉入大地。
玛依托茹好像早有提防，
风驰电掣般又一次躲过。
只见一处平整的巨型岩石，
被铁锤砸成粉末一样，
化为灰烬漫天飞散。
那岩石的位置变成了深坑，
骤然间坑中水已涌满。

阔昆像野兽般咆哮着，
把击出的铁锤拉回到身边。
他瞪大双眼仔细察看，
心想别克巴恰已被砸成了肉团。

阔昆发现未砸中对手，
恼羞成怒发疯一般。
他紧紧地攥牢巨锤，
像鸭子一样伸长脖子，
脸色发白如同羊肺一般。
又像乌鸦一样双目通红，
对胯下的青马狠抽了一鞭。

你看他淌着污浊的鼻涕，
像冬天里一只穷凶极恶的饿狼，
正张着血口咬牙切齿，
血红的舌头吊得老长。

他挥舞得巨锤嗡嗡作响，
又驰马过来逼近别克巴恰身旁。
心想我要将你这个柯尔克孜人，
一锤砸扁再掏吃你的心脏。
他呼哧呼哧地喘着粗气，
又憋足劲头把铁锤攥在手上。

玛纳斯的后裔青鬃狼，
非凡的身手无人可比。
他“唰”地一下挥过手臂，
张开铁钳般的五指，
抓住阔昆的手腕，
把骨头捏得粉碎。
阔昆顿时四肢抽搐，
举起的铁锤飞落在地。

只见那铁锤坠落的地方，
迸飞的砂石遮天盖地。
“是否前面天崩地裂？”
惊得四万大军呆若木鸡。

这头野兽越发恼羞成怒，
就像夺命鬼一样癫狂不已。
他将随身携带的宝剑，
用左手猛地抽出。
那伊斯番的宝剑刀面足有半庹宽，
锋利非常，削铁如泥。
他挥剑一晃寒光闪闪，
又像一道烈焰熊熊燃起。

见到战场上这般景象，
阔努什拜害怕得差点晕死过去。
这时就连那些唐格特人，
也都绝望得后退躲避。

他们知道这头野兽一旦愤怒，
将会不问青红皂白，不讲道理，
毫不手软大开杀戒。

那四万兵丁交头接耳，
担心那灾难即将降临。
有的吓得不敢睁眼张望，
胆裂魄散，魂不附体。

那唐格特人阔昆怒不可遏，
狂飙般咆哮着冲了过来，
他把宝剑左挥右舞，
像道道闪电凌空而起。

两匹战马又奔腾在一起，
谁也难料会发生什么悲剧。
只见别克巴恰往一侧猛地一闪，
又敏捷地躲了过去。
那落空的宝剑直砍下去，
将一块巨大的黑色卵石，
劈成了两半火星四溅。

阔昆忽然感到，
自己的四周已不见人迹。
他只得收剑摇摇脑袋，
无奈地长长出了口气。

瞧着他无奈的神态，
别克巴恰便上前开口说话：
“阔昆如果你是保护人民的英雄，
我们可以公平商议。
你得亲口答应我，
退还柯尔克孜的财物牲畜。”

听罢这些话语，

阔昆勃然大怒，
他顿时暴跳如雷大声吼叫，
口中的白色泡沫溅飞一地。

他双目怒睁喷射着火焰，
催动胯下的战马。
心想我决不让你别克巴恰逃脱，
再次发起了猛烈的攻击。

他手中宝剑在阳光下闪着寒光，
胯下的战马又昂头奋起。
你看这头野兽此时的狂威，
大地都为之颤抖不息。
他狠狠地舔了一下嘴唇，
铁青的脸上满是杀气。

阔昆冲来准备挥剑砍劈，
别克巴恰早已计在心里：
“如果他拦腰来砍我怎么防备，
如果他朝头上砍来又怎样躲避？”

只见阔昆侧身举起了宝剑，
闪电般往下斜劈。
他想拦腰猛劈一剑，
让眼前的别克巴恰命不周全。
这样的招数屡见不鲜，
别克巴恰当然知道怎样防范。
他“唰”地一下把身子向后一仰，
在马臀上躺了个平平展展。

托先祖玛纳斯的英灵保佑，
他躲过了这场要命的灾难。
劈来的宝剑从空中划过，
径直击中了一座塔山，
那塔山被宝剑拦腰劈断。

那劈出的宝剑还未收回，
柯尔克孜的英雄别克巴恰，
就重新挺身在玛依托茹战马背上，
他手中紧握矛枪，
朝着那狂暴的阔昆刺去。

别克巴恰用力刺出长矛，
哪怕是山峰也能被刺穿。
只见大山般强壮的阔昆，
应声滚落在一箭远的地面，
扣在他头上的铁盔，
早已脱落飞向天边。

还未等阔昆缓过气来，
别克巴恰又抡起战斧，
朝他的头顶猛烈劈砍。
大铁锅般的黑脑袋，
滚落在大地上边。

在一旁观战的四十位大力士，
顿时拨转马头逃走，
四万兵丁也溃不成军，
跌跌撞撞地落荒逃命。
孤胆英雄别克巴恰，
在如此庞大的敌军眼中，
像一条蛟龙在云中腾飞。

让我们暂且搁下这些，
再从铁克西山那边，
鲜血四溅的大屠杀说起。

别克巴恰击败十万唐格特人侵者

别克巴恰的威猛强大，
众多唐格特人亲眼看见。
他们泪流满面，提心吊胆，
不知死亡何时就会降临身边。

逃回的四十位大力士惴惴不安，
像一群惊弓之鸟，
站立在一处高坡吵吵嚷嚷：
“面对柯尔克孜猛将，
我们凡人怎么逃避躲闪？
数日前在疆场上与他激战，
我们四十个人齐头并进，
全被他刺翻在地。

“在英雄的呼啸声中，
我们像被砍倒的一排杨柳一般。
如果从那时起我们不再与他结怨，
别克巴恰肯定不会记恨心间。
可我们却轻信了那阔昆的狂言，
落得今日这悲惨下场！”

他们在山坡上龟缩成一团，
一个个害怕得心惊胆寒。
有的心想，我们丢定了可怜的小命，
有的心想，我们必将入土长眠，
有的心想，我们宝贵的性命将不保，
有的心想，我们将会离开光明的人间。

此刻别克巴恰拨转了骏马，

想回到山梁上休整一番。
当他掉转马头时，
身边的伙伴阔努什拜，
快马迎到他面前。
他兴高采烈地先开口问安，
又满面春光地说个没完：
“铁克西山已成为我们的领地，
我曾在此度日如年，
他们对待我如同奴隶，
我当牛做马整整四年。

“阔昆在唐格特人中，
狂妄自大自命不凡。
据我所知在这方土地上，
阔昆的确是头号莽汉。

“眼下他已下了地狱，
我看过不了多长时间，
就会有人来诉苦申冤。”
听了阔努什拜的这些话语，
别克巴恰的心并没能平静舒坦。
心想杀了阔昆这个敌首，
还会有谁前来谈判？
他胯下的玛依托茹战马，
也显得狂躁不安。

在那唐格特大军里，
有位叫巴塔克的人，
骑着快马向这里折返。
走近后他赶紧滚下马鞠躬行礼，
又踉踉跄跄靠向近前。

当他接近别克巴恰面前，
忽然趴倒亲吻着地面，
嘴里滔滔不绝地吐着真言：

“我的红斑猛虎别克巴恰，
我祝您实现雄鹰一般的心愿。
当我们怒目与您交锋敌对时，
我已明白自己下场的悲惨。

“您曾让我们四十位兄弟平平安安，
您曾让我们回返家园。
可恶毒的阔昆命令我们再次参战，
我们又被逼无奈来到这边。

“起初我们还心存侥幸，
心想阔昆也许能稳操胜券。
谁知他刚与您交战，
很快就死在您的眼前。

“我们在您面前表示降服，
这是我们的脖子您要砍就砍，
我们众人都愿听您的安排，
只是没有一人敢出来张口开言。

“您若开口放了我们，
我们即刻撤退返回家园。
我们会将耳闻目睹和亲身经历，
如实地向我们的汗王禀报一番。
我的猛虎，您神勇非凡，
我不敢有半句假话谎言。

“您如果现在杀死了我们，
我们的汗王也不会为我们的死亡感到伤感。
您若放我们活着回去，
他也不会为此心安。

“只有听到阔昆被你杀死，
他才会呆若木鸡傻了眼。
如果他对我们发怒，

还会把我们驱赶到这边再战。
我们无奈只得再来，
我们还会流血身残。

“您对阔昆所讲的话，
如果他能理智地理解，
就会派人到您的面前。
如果他能下令退还柯尔克孜的牲畜，
我们愿一头头地牵回你们身边。

“如果您要求将幼畜一并退还，
我们也将会一只不留地归还。
如果我们归还了所劫的牲畜，
您也一定也会心欢意满。

“我看，只有这样，
我们的汗王才能平安。
如果他驱赶着黑压压的人群，
再次来向您挑战，
他的性命怎能保全。”

巴塔克把所有的话讲完，
眼里的泪花早已盈满。
他的话一点没掺假，
道出了真诚的心意一片。

听完巴塔克的一席话，
别克巴恰这样回答：
“你的名字叫巴塔克？
刚才你讲了许多实话，
四万大军，四十位大力士，
在我眼里算不了什么。
快去告诉你们的汗王，
我已决定放回你们所有人马。

“你们的头目阔昆已经丧命，
我别克巴恰从不说空话，
柯尔克孜人与人为善，
既往不咎，虚怀若谷。
想要和解就派人来谈判，
想要反抗就率领你们的勇士再来交战。
让你们的士兵和大力士，
还有你们的英雄和汗王，
都一起过来与我决战。

“咱们约定十五日的期限，
好让你们思考和谋划。
如果不能在约定的时间前来赴约，
我将彻底消灭你们的全部人马。

“我要摧毁你们的老巢，
我要让你们血流成河！
快回去准备好再来禀报，
我不会没完没了闲等着。

“如果你们兴师动众前来挑战，
我也不会慌慌张张悄悄逃跑。
你们的兵马想来多少就来多少，
权当让我磨砺刀剑。
我的先祖是玛纳斯雄狮，
我绝不会低三下四向你们求饶。

“我不会顾及自己的性命，
也不会畏惧惊慌失措。
就在阿勒达依格尔的山梁，
我会耐心等待你们的到来。

“到了第十五天你们如若不来，
我会让人去把你们所有的牲畜赶走，
赶向柯尔克孜人的领地。

我会让侵略者全部灭亡，
让你们的石头城变成一片废墟。
不要怪我手下无情，
这是你们咎由自取。

“这里的百姓辛勤劳作，
为维持生计汗湿衣衫。
你们恃强凌弱蹂躏百姓，
破坏了他们的安宁生活。
你们赶快离开，不要迟缓，
去向你们的汗王回禀。

“你们如果不敢当面来见我，
就把掠去的牲畜快点送还。
还要再加上今年所生的全部幼畜，
要一头不少给我赶来。

“你们要保证从今往后，
再不将柯尔克孜民众侵犯。
为了你们民众的利益和安全，
你们要信守这样的诺言。”
男子汉别克巴恰厉言正色，
让巴塔克回去把话传。

巴塔克回到汗王面前，
双手贴胸愁眉苦脸，
一边用泪水洗着脸，
一边哀求着开了言。

他将别克巴恰诛杀阔昆的经过，
如实地讲述了一遍。
他说阔昆蛮横无理，
向柯尔克孜英雄挑战，
当场被别克巴恰杀死，
四万大军和四十位大力士也溃败逃散；

还有自己如何向别克巴恰求饶，
以及别克巴恰的最后通告，
一句不漏地向汗王通报。
并说约定的期限为十五天。

最后转告了别克巴恰简短的话语：
“我不会侵犯你的人民，
快去统计三年所产的幼畜，
退还我们所有的大小牲畜。
偿还劫掠的金银和绸缎，
还有各种贵重的珠宝，
以及用骆驼驮走的财物。”

听完巴塔克所有的话，
唐格特汗王连眼也不眨一下，
面对战争他没有一丝退缩和害怕，
反而立即下达了作战命令：
“宫中还有十员大将，
再加上十几名大力士，
我要集结十万大军出兵讨伐，
难道我还打不垮，
孤身来犯的别克巴恰？

“我拥有无数民众和人马，
如果面对一人后退惧怕，
难道上苍不把我们惩罚？
五天之后大军要整装出发。

“将所有的武器粮草都要备足，
我会和你们一道去出征。
如果我念动咒语，
再使用非凡的魔法，
别克巴恰必死无疑。

“我怎能向柯尔克孜人拱手相让，

我那高筑的褐色城堡与殿堂？
我要像毒蛇般将他紧咬，
让那野种把我的毒辣尝尝。

“让我将别克巴恰生擒活捉，
向他索取黄金白银，
用来修复被凯耐尼木砸毁的城墙。
如果我不能实现自己的诺言，
就让我跌下宝座死在战场！

“让我像杀绵羊般取下他的头颅，
让我像切甜瓜般破开他的胸膛。
然后我再次跨马出征，
讨伐恰喀勒克、且尔千、喀尔噶尔，
把罗布泊的柯尔克孜消灭光。

“和阗、叶尔羌、喀什噶尔，
都要归我唐格特统治管理。
克什米尔的柯尔克孜，
休想让我给他们一寸土地。
我要将他们全部驱逐到北方，
让柯尔克孜无可奈何。
我讲的是良策你们要记在心上！”
唐格特的汗王慷慨激昂，
口吐白沫疯癫轻狂。

那十员大将心想：
“受到汗王诅咒的人，
谁也不会活着，
别克巴恰怎能逃脱？
让我们集结大军火速出发，
趁他卧床时将他生擒活捉！”

十员大将丧心病狂，
一个个摩拳擦掌急待出发。

他们集结的人马已达十万，
他们带上了所有的武器，
出征的队伍浩浩荡荡。

沉睡的别克巴恰，
已经十二个昼夜在神游梦乡。
阔努什拜将他观望，
他动都不动睡得十分安详。

就在这刹那间，
阿勒达依格尔的山梁，
被唐格特突然袭来的十万大军，
围困得严严实实水泄不通。

心急如焚的阔努什拜，
见此情景双腿好似断了一样。
这人山人海的气势，
吓得他连后退也没有了力量。

敌人势如洪峰汹涌而来，
让人对生命感到绝望。
又急又慌的阔努什拜，
把别克巴恰的名字也喊不顺当。
慌乱中他只好急切地高呼：
“柯尔克孜拜，柯尔克孜拜，
乌云来了，天地无光，
敌人的兵马铺天盖地，
你快醒醒想想主张！

“面对锋芒逼人的大军，
世间的凡人谁能抵挡？
就是史诗传说中的英雄在场，
也未必会有战胜这强敌的力量。

“返回的四十位大力士身边，

如今又增加了十员大将。
十万大军簇拥着正迎面扑来，
要同我们激战一场。

“看来我们要倒霉背时，
为了罗布泊一处的柯尔克孜，
却把所有的柯尔克孜，
装进了不幸和灾难的笼子。

“看来我们必死无疑，
照此下去怎能活在世上？
自以为高枕无忧的十五天，
只知道躺在山梁上把四肢伸展。

“我们早该给柯尔克孜通风报信，
我们不该让玛塔尼远离这里。
此刻我又能向谁去求援？

“这里的山口十分低矮，
四周的原野平若镜子一般。
我的别克巴恰呀，
我们将要在这里承受突降的灾难。”

半睡半醒的别克巴恰，
听到阔努什拜绝望哀叹，
尤其是那句我们必死无疑的话，
让他两只惺忪的睡眼瞬间瞪大。

他想我要快摘下马嚼子，
让马儿吃点草再去迎战。
谁知他抬头朝那边一看，
玛依托茹早已吃得肚子滚圆。
阔努什拜早给放松了马缰、嚼口，
战马已经肥吃饱喝了三天。

“阔努什拜，我的好兄弟！”
别克巴恰由衷的感激充满了心间。
青鬃狼假装用力咳嗽了几声，
正在觅草的玛依托茹掉过头来，
应声跑到了英雄身边。

远处眺望的唐格特人马，
听闻咳嗽心中暗想，
果真别克巴恰重病在身，
这真应验了汗王的咒语。

唐格特大军蜂拥而至，
朝这边缩小着包围圈。
尘土飞扬，浓雾漫天，
阔努什拜吓得缩成一团。

别克巴恰跃上了玛依托茹，
他抬头举目仔细察看，
在唐格特的兵马当中，
一些卡勒玛克人也掺杂其间。
他们看到别克巴恰的气势，
立刻从唐格特队伍脱离站到一边。
此时敌营中好战的十员大将，
有两个自告奋勇冲到阵前。

“看他俩杀气腾腾、气急败坏，
我就先让他俩把倒霉的恶果尝尝。”
别克巴恰不由得眉头拉长，
面色阴沉，仇恨满腔。
他摆开了大开杀戒的架势，
火红的斗篷披在身上。
他一声咆哮惊天动地，
好似那猛虎冲下山冈。

他呼呼地挥舞起矛枪，

火红的缨子迎风飘扬。
那胯下乘坐的玛依托茹，
旋风一样地驰向前方。

并排冲到阵前的两个家伙，
成双成对骑在马上。
别克巴恰飞箭般的长矛从侧面刺来。
就像倒塌的大山一般，
那两人双双滚落在马蹄下方。

旁观的家伙们好像早有准备，
又有五员大将同时纵马而上。
一个舞着手中的卓依库麻战刀，
一个把铁制的长矛高高举起，
一个肩头上是闪烁的月牙战斧，
一个将狼牙棒抡起，
还有一个用细绳吊着西瓜般的铁砣，
在自己的头顶上旋转不息。

一个个凶神恶煞般脸色青紫，
一个个阴森森地突着眼珠如来自地狱。
五员大将从五个方向驰马而来，
手执的各式锐器都威力无比。

别克巴恰面不改色心不跳，
怒目勒马，傲然挺立。
他在盘算着怎样瞅准下手的机会，
让这五个人肝脑涂地。

奔驰而来的五员大将，
个个都有显赫的名声，
在他们各自的家乡里，
被称为灰色野狼，天下无敌。
唐格特汗王对他们呵护有加，
生怕他们遭人怠慢受到委屈，

心想他们战场上一个能顶千人，
便把他们豢养得又壮又肥。
这些癫狂的夺命鬼，
冲杀时丑态百出。

别克巴恰随机应变灵活迎敌，
忽而闪到右侧，
忽又向左侧进击；
倏地向后掉头，
又倏地向前飞马而去。

猛虎骑的玛依托茹战马，
它的双耳向后一抿，
狂躁地飞身雀跃而起。
它像蛟龙般敏捷腾跃，
它比兔子还要轻巧灵活。
它在战场上游戏般跳跃，
折腾得五员大将挥汗如雨。

唐格特的勇士们手执锐器，
却不知如何下手拼刺，
也不知如何用力砍劈。
抡起的铁锤一次次扑空，
挥出的长矛被一次次挡回。
大力士们心力交瘁，
千迂百回奔驰不息。

面对五员凶猛的大将，
别克巴恰也在寻找着杀敌的妙计。
他细心地眺望观察，
揣测着每个人的心思能力。

只见他“唰”地举起鸭掌式长矛，
双目怒视着对手。
他成竹在胸却不动声色，

把一套战术琢磨个仔细。

别克巴恰摩拳擦掌誓斗顽敌，
心中不断暗暗祈祷：
“玛纳斯呀我的先祖，
请赐我力量和勇气！”
玛依托茹战马驰骋奔腾，
滚滚尘土在身后飞扬。
他迎面与五个敌人一一厮杀，
挥手间将他们全都刺翻在地。
被撂倒在地的哪能让他再起，
别克巴恰又怎能放过不理？
他再一次拨转马头，
又一个回马枪杀了回去。
他即刻抛去手中的长矛，
又把月牙斧攥在手里，
端端地砍往那一个个头盖，
五个脑袋顿时开花脑浆如泥。
十万兵丁眼睁睁看着，
眨眼间七员大将被送进了地狱。

将那七员大将的战马，
别克巴恰驱赶着回返，
交到阔努什拜的手里。
剩余的三员大将急红了眼睛，
恼羞成怒，再顾不得南北东西。
这个拉弓射箭，
那个举枪射击，
还用抛石器弹射着鹅卵石，
从三个方向又来攻击。

昔日凯耐尼木用了九十个日夜，
全力教授给别克巴恰武艺，
哪个敌人还能逃脱他的手心？
玛依托茹就像岩羊般腾跃驰骋，

别克巴恰像神兵一样一往无前，
他一个身影幻化成九十个壮士。
自不量力的那三员大将，
眼花缭乱、心慌神迷，
最终也未能逃脱毙命的结局。

十万大军，四十位大力士，
一个不落蜂拥而上。
火枪发射着子弹，
箭镞在耳边鸣响。
枪声轰轰隆隆，
眼前山摇地动。
抛石器弹出的飞石像漫天的冰雹，
噼里啪啦落满了大地。
无鞘的大刀冒着寒气，
锐利的矛尖像星星闪光，
锋利的战斧闪着银光。

呼啦啦的战旗遮天蔽日，
喊杀声响彻原野山冈。
山头上的敌兵滚下乱石，
轰轰隆隆像响雷一样。
别说是那胆小的野兔，
深林里的猛兽也早都逃光。

“快去捉住那柯尔克孜人！”
头目们的喊声像涌来的海浪，
就是那身经百战的英雄，
也没有见过这样的场景。
十万大军，四十位大力士，
向一个人发起了猛烈攻击。

面对如此严峻的情势，
别克巴恰严阵以待不躁不急。
高呼着玛纳斯的名字，

这位青鬃狼一声怒吼，
他的神威直冲云霄，
他的气势震天撼地。
他浓密的头发就像马鬃迎风，
他舞动长矛红缨像烈火燃烧，
他挥起月牙战斧似电闪惊雷。
他像猛虎扑食般来势凶猛，
他令入侵者闻风丧胆，
他使来犯者灰飞烟灭。

青鬃狼纵马杀入敌群，
成排成排地横扫敌人。
他手中横握着战刀，
一刀就令四五十个头颅满地乱滚。

横扫而过的青鬃狼，
闪亮的战斧砍倒敌人无数。
又伸臂开弓怒射着箭矢，
一箭能让百人滚下山麓。

他挥起狼牙棒杀向左边，
一片片顽敌血肉横飞；
他挥起狼牙棒杀向右边，
一连串的恶敌人仰马翻。
高冈上的号叫声透过山谷，
一山坡污血流向河滩。

青鬃狼驰马冲向敌群，
与摆好阵势的四十个大力士正面遭遇。
奸诈恶毒的家伙们一哄而上，
把烈豹缠在了网里。
三十层罗网紧紧缠绕，
别克巴恰左突右撞也无法出去。

阔努什拜望着这边的情景，

口中喊不出玛纳斯的威名，
却把赛麦台依的名字高呼不停。
阔努什拜的坐骑突然受到惊吓，
他一歪便滚落在马下。

阔努什拜大叫着高声呼救，
罗网内的青鬃狼回头张望心中着急：
“跟随我而来的阔努什拜，
万一在此而丢了性命，
我可要背上千古的骂名。”

他在心中正这般揣测，
果然看到敌军的兵丁，
有几匹战马朝那边驰骋，
直扑向阔努什拜十分凶猛。

别克巴恰口中念道：
“英名盖世的古里斯[1]青鬃狼！”
用双脚蹬踢着战马猛撤向后方，
把拉网的四十位大力士，
连人带马全部拖倒在地上。

一路上让黑色乱石磨破了罗网，
他忍受着罗网的撕扯猛拖猛闯，
终于奔到阔努什拜的身边，
将所有敌兵斩尽杀光。

他将身边剩下的一片丝网，
飞快地卷起，
向接着又冲来的敌兵，
突然奋力撒去。
那百余疯狂的敌人，
反被缠进了罗网里。
别克巴恰顺手扎紧了网口说道：
“你想如何处置他们，

[1] 古里斯：阿勒曼别特的儿子古里巧绕的昵称是古里斯坦，又简称为古里斯。

阔努什拜大哥全由着你！”
说完别克巴恰撒开缰绳，
又拨转马头向众敌奔去。

敌军中还未断气的家伙们，
没有一人再敢来对阵，
四处逃散溃不成军。

追回唐格特人劫掠的牲畜和财物

阔努什拜将那百余敌兵，
全都装进了网里。
将那四散失落的坐骑，
敲着战鼓驱赶聚集在一起。

将散落各处觅食的战马，
此刻也集中了三万多匹。
其中多为柯尔克孜被掠的马匹，
那思念故土已久的可怜牲畜，
朝着罗布泊方向列队而去。

回到恰喀勒克[1]的汗王玛塔尼，
也未能安心躺下歇息。
他率领了三十名勇士，
也赶到阿勒达依格尔的山梁那里，
与聚集战马的阔努什拜，
恰好正面相遇。

玛塔尼见此情景无比高兴，
他心想别克巴恰真了不起。
“我们的英雄已大获全胜，
恶敌果真被打败覆灭，
我们将迎来安宁的生活。”

这时阔努什拜也从马群后闪出，
距离他不到一箭之地。
玛塔尼这时已不顾身份，
忙向阔努什拜问安行礼。
把尊敬长辈视为美德，

[1] 恰喀勒克：柯尔克孜部落名。

见面向长辈和兄长问安行礼，
这是柯尔克孜传统的礼仪。

玛塔尼张口没询问别人，
劈头就问烈豹男子汉现在哪里。
阔努什拜滔滔不绝，
给玛塔尼讲述了别克巴恰英勇杀敌的事迹。

玛塔尼率领的三十位勇士，
此时已在旁边待命。
玛塔尼从中分出了十员大将，
让他们把那三万匹马赶回去。

他又开口仔细吩咐：
“你们即刻赶回罗布泊去。
但这些马匹不能作为战利品，
一匹也不要分到任何人手里。
切莫招来那更大的祸事，
我们要等待最后的结局。”

玛塔尼吩咐完让他们上了路，
又催促阔努什拜说：“我们快走。”
汗王玛塔尼挥动马鞭，
率领余下的勇士向前方驰去，
他们要与英雄会合在一起。

别克巴恰此刻催动着战马，
追赶逃敌势如卷席。
别克巴恰的唇髭根根竖起，
狂奔的玛依托茹喘着粗气。
被追上的人不敢反击，
他也没有进行打击。
那些回头来交锋的顽敌，
全都被开膛破了肚皮。
青鬃狼就这样追击着敌兵，

用顽敌的鲜血把战刀冲洗。

英雄追到牧草茂盛的塔依庞草原，
来到了人口密集的居住地。
当接近一个阿依勒时，
迎面奔来快马一匹，
一个人慌忙从马背上跳下，
点头哈腰不停地行礼：
“我是汗王派来的使者，
请快将尊姓大名告知明晰。
从外表神色我来判断，
别克巴恰英雄可能就是您。

“我们溃败的兵马逃到此地，
已胆战心惊魂不附体。
他们咿咿呀呀东张西望，
他们吞吞吐吐满腹顾虑，
现在还眼神呆滞坐在房里。

“汗王他出城赶来，
把所有的百姓召集，
交代了一切该说的事宜。
他下令让我即刻上路，
派我前来把别克巴恰寻找。
倘若找到名叫别克巴恰的人，
令我即刻返回向他报告消息。

“我在你面前拱手垂立，
恭敬地期待着您告知。
请您告诉我们，
我愿洗耳恭听了解仔细。

“倘若您叫别克巴恰，
我会立刻掉头回去，
如实地禀报我们的汗王，

等待他发话明示旨意。

“如若您不是别克巴恰，
我会继续向前去探听消息。
直到找到所寻的人，
我才会勒马返回那里。”

别克巴恰盯着来人观察，
他的确是位受苦受难的人。
他双手破裂淌着血滴，
脚板已磨破难以站立。

“我就是你要找的别克巴恰，
那个从远道而来，
寻找我的汗王现在哪里？
你快给我说个仔细！”

当听清别克巴恰的名字，
那人手忙脚乱不知该放哪里，
说话慌慌张张前言不搭后语：
“那黑压压的众多人群，
是随汗王一道来的。
不仅是他一人来到此地，
溃败而逃的人马也在这里。

“我们可不能直呼汗王的名字，
他就是我们敬畏的主宰，
这是自古以来的规矩。

“这是我们塔依庞的领地，
您单枪匹马来到了这里，
您也许想和我们汗王相会。
如果您有要传的什么话儿，
我将即刻返回去向汗王传递。”

别克巴恰对来人发话：
“你，快给我径直回去，
将你耳闻目睹的一切，
全部带回，别落一句。

“快去告诉你们的乡亲，
快去上报你们的汗王和官吏。
劫掠柯尔克孜的钱财和牲畜，
如何归还我曾经留下过话语，
要全部归还到我们手里！”

来人回到汗王那里，
百姓们也被集中到了一起。
他将耳闻目睹的一切，
一口气全部吐了个彻底：
“我们统率百姓的汗王，
请听我把肺腑之言全讲给您：
我们的性命要靠您全力救护，
请不要和别克巴恰交战，
求您寻一个万全之计。

“他不是凡人可战胜的强汉，
您可千万不要轻敌，
您若不肯做出让步，
要翻过他这个山梁很不容易。
如果我们逞强前去交战，
恐怕您的城池会变成废墟。

“他可不是普通的敌人，
要推翻他这座山只能在梦里。
我曾见识过诸多英雄好汉，
他绝非一般的英雄可比。
这不是我把别克巴恰来夸奖，
更不是故意将他赞美吹嘘。
他有高大的身材，红润的面膛，

翘起的胡须，火辣的目光；
隆起的前额，英俊的鼻梁，
笔直的双腿，宽厚的胸膛；
粗壮的臂膀，轩昂的气宇，
磐石般的意志，铁石般的心肠。
他肌肉发达，体格健壮，
有着超群绝伦的力量。

“他有大鹏般的气概，
他有蛟龙般的威严，
他有银虎般的神威。
他大山般的凛然正气，
令人胆怯，令人敬畏。

“他的右肩出奇地宽实，
这样的英雄人世间难见。
他的左肩异常地强健，
似乎可以担起一座大山。
他的胸脯宽阔，肩膀厚实，
伸手可以把一切撕烂。
他气吞山河所向披靡，
是当今世界的英雄好汉。

“谁若敢前去同他对决，
那一定是寿数将尽自寻死亡。
他有空前绝后的神威，
不知世间何人敢同他作对。

“别克巴恰的坐骑也非同一般，
浑身的毛色铮亮铮亮。
在我见过的四条腿的马匹里，
唯它驰骋如飞，如同长了翅膀。
它额头宽宽，鼻梁长长，
鬃毛卷曲，大眼闪亮；
它臀毛滑溜，尾巴粗壮，

结实的四蹄如同木盆，
滚圆的臀部像平坦的山梁；
它奔驰六个月不知劳累，
它活到六十岁仍能跨河越冈；
它驰骋七个月不知疲惫，
它活到七十岁，
牙齿也不会有衰退的模样。

“它是匹敏捷的天降神驹，
走遍草原大地也很难寻觅到。
岩羊的敏捷，猎犬的凶猛，
羚羊的勇敢，麋鹿的神气，
全集于它一身。

“它的蹄掌坚如钢铁，
它的门牙像整齐的白玉，
它的身躯似横卧的山冈。
它有钢铁般的心脏，
有风箱般的肺。
它是马中的王子，
它是兽中的显贵。
出自骏马中的玛依托茹神驹，
出自人间的别克巴恰勇士，
战马与战神如此般配。
我见过的骏马千千万，
可所有的骏马也抵不上这一匹宝贝。”

当听罢使者所讲的话，
唐格特的汗王肺快要被气炸，
他紧接着使者的话音，
未和大家商量就开口喊叫：
“从不怕死的男子汉阔昆，
遭到了柯尔克孜的杀害。
眼下逃来的败兵，
还有打探消息的差人，

回来也满口全是夸奖的话，
难道这普天下的人全都怕他？

“柯尔克孜的牲畜在谁家，
难道让我挨家挨户去找寻吗？
我的庶民，你们愿意吗？

“将这些溃逃回来的人马，
还有夸奖他的使者，
全都给我驱赶到大军之前。
这些家伙全变了心，
瞧他们都说些什么胡话！

“如果谁不再好好地卖力，
不给我去勇敢作战，
在与别克巴恰交锋的阵前，
我让他的鲜血把我的战刀浸染！”

唐格特的汗王恼羞成怒，
立即召集人马要亲自出战，
他认定兵丁逃回就是罪犯，
一个不留全都向战场驱赶。

平时在宫中被精心豢养的六十位大力士，
此时也被他调遣鞴鞍上马。
所有的勇士和兵马又浩浩荡荡，
一道拥簇着汗王出发。

唐格特汗王惨无人道，
他将溃逃来的败兵，
还有那传话的信使，
首先驱赶在大军的前面。

唐格特汗王心生毒计，
一心要把别克巴恰在半道阻拦。

他心想别克巴恰形只影单，
却趾高气扬孤军奋战，
若在他来路上挖道壕沟，
再用些尖刺伪装在下面，
就会让别克巴恰陷入里面。

猖狂的汗王寻思着：
“那样当我赶到跟前，
他定会呆若木鸡神昏意乱。
他只能东张西望僵在那里，
支支吾吾不敢开言。
他会吓得丧失力量和勇气，
变得虚弱无力，筋酥骨软。
上天无路的别克巴恰，
只好败在我的面前！”

汗王坐在不见光线的车厢里，
暗自为他的主意窃喜。
你看他的车在路上行进，
不用畜力全靠徒步的人力。

他手下的众官吏们，
也踉踉跄跄徒步向前。
就在这塔依庞的开阔原野，
就在离别克巴恰不远的对面，
他们竖起的战旗威风凛凛，
他们排兵布阵阴森威严。

汗王下令所有人马原地待命，
他让兵士们列队而站。
他在这里布下的阵势，
别克巴恰一目了然。
胯下玛依托茹战马伫立在高坡，
手中色尔神枪指向青天。
别克巴恰细心将他们观察，

将破敌的策略谋划在心间。

就在这千钧一发之际，
玛塔尼与阔努什拜，
率领二十勇士到达别克巴恰面前。

别克巴恰向他们发话：
“玛塔尼和阔努什拜，
你们到此有什么事吗？”
玛塔尼回答别克巴恰：
“我在且尔千生活无忧，
心里却总把您牵挂，
我便率领了二十名勇士，
骑马从且尔千出发，
只是想陪着您把敌人打垮！

“就在他们的领地，
就在阿勒达依格尔的山梁，
阔努什拜赶着三万匹鞴鞍的战马，
我与他惊喜地遇上。

“得知敌人溃败逃窜，
而您单枪匹马紧追而去。
我便令一帮勇士，
先赶回了那些马匹。
我想知道您的安危，
快马加鞭不遗余力追赶您，
终于在此见到了您，
我的心里是多么欢喜！

“我曾被唐格特人无故驱赶，
我差一点就命归阴间。
我是条好汉想要求您准许，
可否让我有个单打独斗的机缘？

“请您在场为我观战助威，
看我如何挥矛杀敌。
如若寿数已尽我就去死，
如若灾难降临我绝不逃避。

“我要让以后的唐格特人，
再不敢侵犯我们的领地。
让他们见识见识我的本事，
把失败的教训刻在心里。
让狂妄自大的唐格特人，
在我驰骋拼杀中尸骨遍地。

“那天我是在熟睡之中，
被唐格特人捆绑捉去，
我穿的大衣，乘的马匹，
家里的一切全被掠去。
手无寸铁的我呀，
满腔的仇恨像火山般聚积！

“在被押解的艰难途中，
我心里仿佛烈火在焚烧。
得到戴白毡帽柯尔克孜的相助，
我的救星您就在这里。
那六十个部落的阿拉什，
那阿拉套山般的依靠，
让我们世世代代都要牢记。

“汗王玛玛依世代相传的后裔，
四十个部落的人们，
当今都寄希望于您！
他们当中的许许多多人，
都在为您助威、为您祝福、为您祈祷。

“有您在我身旁，
我力量十足，勇气倍增，

让我美美地去过把瘾吧，
把那些咄咄逼人的唐格特人，
闹他个翻天覆地。

“请准许我去吧，我的雄狮，
就让我上阵厮杀冲击！”
汗王玛塔尼前来请战，
他跃跃欲试，浑身勇气。

“玛塔尼，你想参战就去吧。”
别克巴恰说着立刻闪身相让。
此刻唐格特阵营中闪出一位勇士，
驰向双方对垒的战场中央。

那勇士向汗王求得祝福，
跨马上阵奔向前方。
有汗王在一旁观战，
他心想：“我定会势不可挡，
我要争得骄傲与光荣，
让我得到丰厚的奖赏。”
他高呼着“布尔浑”的口号，
想一上阵就让柯尔克孜血水流淌。
他像疯狗一样叫声汪汪，
阳光照在战刀上闪烁着光芒，
直让人无法睁眼观望。

他得意扬扬奔向战场，
好似能把那整个世界，
来他个一扫而光。
他胯下的坐骑却没有钉掌，
乱石中无法行走踉踉跄跄。

当他逼近时，
玛塔尼拍马迎上前去。
玛塔尼骑着萨日凯尔[1]战马，

❶ 萨日凯尔：棕黄色。

英姿勃发，斗志昂扬。
他手攥着长矛红缨飘飘，
矛尖在阳光下闪着寒光。

他高喊着玛纳斯的威名，
纵马驰骋迎面而上。
还没与唐格特人交手几个回合，
他挡回刺来的矛枪，
接着一枪把对手刺翻在地上，
敌将一声未哼就把命丧。

英雄玛塔尼高声咆哮：
“想来送死的就上来吧！
你唐格特人若不敢上阵，
就快拱手缴械屈膝投降。
你们只会趁着夜幕掠夺牲畜，
还有什么脸面活在世上！”

听罢玛塔尼的厉言责骂，
又有一员大将冲上前来，
想要上阵单打独斗拼上一场。

“四十位大力士自有用得着的地方。”
只见那汗王火冒三丈。
他原本赶来就想要大屠杀，
将大力士一个个呼唤着姓名指派上场。
接着就是这样，
一个接一个大力士上场。
玛塔尼原来是位威猛的强汉，
一个回合就把敌将刺翻在地上。

顷刻间就刺翻了十二个，
此刻天色昏暗已近晚上，
双方便休战各自撤回营帐。

在夜深人静的时候，
唐格特汗王悄悄逃离。
他想无论如何，
也要平安逃回到都城中躲藏。

汗王玛塔尼和别克巴恰商议：
“别克巴恰汗王您听我讲，
唐格特人有一座坚固的都城，
那是用赤铜浇铸的。
每当遭遇危难，
那汗王就钻进都城中去。

“他不会把部众的生死放在心上，
汗王躲在城中蒙头大睡，
哪怕手下的兵马被斩尽杀光。
哪怕只留下他孤身一人，
哪怕部众全部灭绝遭殃，
他这种人也不会有丝毫悲伤。

“我知道他是个刁钻古怪的汗王，
我猜想他今夜一定会偷偷地逃跑。
在我们赶上他之前，
还会发生诸多麻烦的事情。

“请您允许我去追击，
让我赶早跨马出发，
如果他真的落荒而逃，
我绝不会让他平安回去。”

别克巴恰开口作答：
“让我出马先去挡住他，
你就留守在这里吧。
我要让他走投无路，
他不许下诺言就宰了他！”

玛塔尼接着说道：
“如果让我留守在这里，
他们会得知您已去了前方，
将会朝着印迪斯坦或克什米尔方向逃窜，
我势单力薄，恐难阻挡。

“他们若到印迪斯坦以谎言蒙骗，
还会在那里收买人心雇佣兵员。
如果印迪斯坦人蜂拥而来，
他们人山人海就像蚂蚁一般，
战事就会越拖越久没完没了。

“如果是您留在这里，
他们会从身后偷窥到您，
就会突然逃跑妄图钻进都城里去。

“在他们逃亡的路途上，
有条急流和一片窄狭的谷地，
当他们仓皇渡河之际，
您就可以把他们截杀。
我的猛虎，你若想前往，
阔努什拜对道路熟悉，
他会把你顺利带向那里。”

“玛塔尼你说的很有道理，
那么你现在就快快出发。”
听罢别克巴恰的指令，
玛塔尼带领十名随从急速出发。

十一匹马儿驰骋而去，
一路上甩头摆尾兴奋不已。
当玛塔尼快到叫作赞坦的要隘时，
黑暗中发现了唐格特汗王的踪迹。

柯尔克孜的精英玛塔尼，

忽然半道闪出挡在路上。
只听到这勇士高喊一声：
“我玛塔尼早已在此等候，
谁也休想从我面前逃生！”

白天玛塔尼曾勇杀群将，
早已使唐格特人闻风丧胆，
护送汗王的众多人马，
无人敢自告奋勇对阵上场。
十五位大力士乱作一团，
都只想守护在汗王的身旁。

他们被围困在途中进退两难，
有位部下建议逃向克什米尔那边。
唐格特汗王闻听后一声长叹，
对他的部下这样开言：
“当我们折返回塔依庞时，
别克巴恰还不会来到这边。
若他来还能让我们闯过去？
若我们逃到克什米尔，
那里漫山遍野皆是柯尔克孜人，
万一他们听到这个消息，
难道不会一窝蜂似的将我们围困？
他们会喧嚣着让大地震裂，
他们会让我们葬身在深山老林。
我们难道不会身败名裂，
成为传遍天下的笑柄？

“不能让玛塔尼把我们困在这里，
等天色一亮我们就催动千军万马出战，
我们兵强马壮人多势重，
定能将他们这几个人彻底战胜。”

卫士们听从汗王的旨意，
簇拥着汗王等待天明。

天色大亮，
唐格特汗王和卫士们再次出马，
到了昨夜那个隘口，
他们让兵丁们潮水般向前冲杀。
玛塔尼困倦的十位随从，
皆被敌人擒获拿下。

失去身边的十位伙伴，
玛塔尼顿时燃起怒火。
他催动萨日凯尔战马，
旋风般直冲过去。
他奋力举刀一阵猛砍，
有五个顽敌瞬间人头落地。

就在这刹那间，
黑心肠的唐格特汗王，
举手挥了一下马鞭，
后面密密麻麻的大队人马，
蜂拥而上铺天盖地。

单枪匹马的玛塔尼不顾一切，
迎面闯入敌群里去。
萨日凯尔扬起尘土四溅，
玛塔尼把长矛挥舞得如狂飙卷起。
几个大山般的唐格特巨人，
被刺下马背嘴啃黄泥。

许多家伙撅着屁股，
呼哧呼哧地翕动鼻翼。
还有不少被刺倒的家伙，
像逃跑的乌龟横七竖八。
他们呼天抢地马嘶人叫，
丢盔弃甲抱头露尾。
玛塔尼未让他们一个逃脱，

敌人像受惊的鸟群，
劈砍掉的人头滚落一地。

走投无路的敌人疯狂反抗，
他杀死一个又冲来一双。
玛塔尼寡不敌众伤痕累累，
两个臂膀又沉又僵，
他已经没有了刺枪的力量，
昏昏沉沉歪倒在马鞍旁。

正当他虚脱之际，
唐格特中的一大帮勇将，
欲把他俘获捆绑。
就在他们扑向玛塔尼的时候，
不远处闪出了别克巴恰的矛枪。

原来别克巴恰立在山梁上眺望，
目睹了这边的情况。
他想："玛塔尼人少势单，
我要快点催马前去救援。
假若我晚到一步，
敌人可能会将他的头颅砍下，
那样的话会使人多么悲伤。"
他目测了眼前的沟壁山梁，
确定了要经过的最短路线。
他让猛禽般的玛依托茹骏马，
腾挪跳跃得像闪电一般。
六道山梁，五道沟壑，
顷刻间让它甩在后边。

可当别克巴恰赶到跟前，
玛塔尼早已被五花大绑，
紧紧地被捆在一匹马上。
敌人要把他送给汗王请功，
正押解上路，高兴得发狂。

别克巴恰突然从天而降，
青鬃马飞奔到他们身旁。
凡是矛枪挥到的地方，
没让一个唐格特人逃脱死亡。

见到雄狮的凶猛与威严，
押解的敌人吃惊得发慌，
他们手忙脚乱害怕得发抖，
忙给玛塔尼解绳松绑。

未待绳索松解开来，
玛塔尼就挥起了双拳。
他此时恨得七窍生烟，
他是个不知退缩的顶天硬汉，
他像鹰隼般冲向唐格特兵丁，
还想空手搏杀一番。

别克巴恰看在眼里，
当即按下了他的手臂：
“英雄的汗王玛塔尼，
请耐心地来观看后面的好戏，
切莫担忧眼前的一切，
有我别克巴恰在这里。

“阿依阔勒先祖玛纳斯，
我将他的英灵敬仰崇拜。
不把眼前的唐格特赶回城，
我怎能称得上是他的后代？

“不为正义和民众而战，
我别克巴恰怎能获得盖世英名？”
说完别克巴恰挥枪纵马，
口中高呼“玛纳斯”的口号，
精神抖擞鼓起浑身力气，
又闯入唐格特众多的兵马之中。

想到自己孤身一人，
他更觉浑身热血沸腾。
他的战刀劈石如泥，
他的长矛如九天苍龙。
别克巴恰正义威武的举动，
使人们无不为之赞叹崇敬。

他披坚执锐所向披靡，
闯入敌阵杀开一条血路。
他让唐格特人溃不成军，
东躲西窜，死伤无数。
他让成群猛扑而来的唐格特人，
用尸骨给他铺成前进的道路。
他用神奇的长枪横扫敌群，
就像在草原挥起镰刀把乱草割除。
唐格特人好像也越战越勇猛，
似乎战死多少兵丁都不在乎。

这时别克巴恰心想：
“那些普通的平民百姓，
他们没有任何罪过。
他们是被驱使而来，
已经失去了平静的居家生活。
我可不能滥杀无辜，
为平民造成遭怨的人祸。

“让我先去拔掉敌人的战旗，
捉住他们的汗王出口恶气。
让我弄清他的本意，
摸清唐格特人的底细。”

他竖起战旗让它迎风飘扬，
浑身倍增勇气和力量。
他将钢铁打造的利剑，

“唰”的一声抽出了剑鞘，
在敌人面前轻轻一晃，
突然显现出奇异的景象：
只见那利刃上的火焰，
腾起冲天的热浪。
他莜麦似的面庞油光发亮，
那强悍无比的气势，
好像冲出山林的猛虎一样。

他眉头积着白雪，
鬓须凝着冰霜，
他冷酷逼人，
像寒风刺骨的严冬来到敌人身旁。

自古以来未曾有过如此神勇的英雄，
他高喊“玛纳斯”的口号，
如同云端冰山崩塌砸向头顶一样，
大力士们听闻到他的咆哮，
顿时头晕目眩辨不清方向。
还有一些胆小的家伙，
从马背上直挺挺地滚落到地上。

山石滚落噼里啪啦，
冰川塌陷咔咔嚓嚓，
大地震裂轰轰隆隆，
洪水翻浪哗哗啦啦。
那十万大军，
惊恐万状八方乱爬。
恨不能钻入一道地缝，
只求能把小命留下。

在惊恐的敌人眼中，
天上的太阳在遍地焚烧。
世上万物已被烧焦，
高山湖泊全是一片炭末黑汤，

眼前只有死路一条。

别克巴恰纵马穿行过敌阵，
就像发威的公驼奔驰在草原。
他呐喊着把唐格特汗王活捉，
玛塔尼在一旁击鼓助威喧声震天。
玛依托茹骏马口中飞溅着团团白沫，
吓傻的士兵四处乱跑。
别克巴恰奔驰而来，
拔下他们的战旗让战马踩踏。

呆若木鸡的唐格特汗王，
连人带马被牵着前行。
这时他拽着髭须放声悲啼，
流着长长的鼻涕，
泪水滴湿了他的衣衫。

别克巴恰在唐格特汗王的眼里，
就像凶恶的阎王在向他索命，
就像青面死神用铁链，
套在他脖子上死拉硬扯。
他仿佛来到了地狱的边缘，
光明的人间将从此远离。

大地被白雪覆盖，
唐格特汗王感到世界变得越来越狭窄。
别克巴恰拽拉着唐格特汗王的缰绳，
这样质问唐格特汗王：
“你的能耐大又怎么样啊，
你可知道什么叫勇气和刚强？
你驱赶来十万人马又怎么样啊，
能有几个活着回去？
你掠来满草原的牲畜能怎样啊，
我让你去死你能否带去？

“在罗布泊的柯尔克孜，
连续三年被你洗劫。
你无情地飞溅他们的鲜血，
你与那野兽有何区别？

“他们的男儿被当作奴隶，
他们的女子被当作奴婢。
我也来个以牙还牙，
将你放在山上的牲畜，
洗劫一空方才离去。

“我要摧毁你的城池，
我要打掉你的嚣张。
我要让人把你千刀万剐，
我要让你变成生不如死的残废！

“我要将你的金银装入袋中驮上骡背，
让你尝尝作恶的滋味。
我要把你用赤铜筑成的城墙，
从根基推倒夷为平地。

“你那鸣笛般悦耳动听的鸟中之王，
我要把它一起带走；
你那无灯之夜大放光芒的夜光宝珠，
我要把它一起带走！

“你那用黄金铸造而成的塑像，
我要全部搬走一个不剩。
就连你那满口的三十二颗金牙，
我也要全部拔掉一颗不剩！

“你从柯尔克孜抢劫的物品，
我要让你一件不少全部交回。
你掠去的那些牲畜，
包括三年所生的幼崽，

你要一头不少全部退还。

“我要把你们唐格特的姑娘，
作为战利品分配，
让她们做捡牛粪的奴婢。
我要让你们的男人去服苦役，
搬石头修道路，
直到榨干他们的汗水。

“这回我倒要瞧瞧，
还有谁能来搭救你。
袭掠无辜的民众逆天违道，
为非作歹将会死无葬身之地。
公然劫掠别人的财富占为己有，
天底下哪有这样的道理？！”
义愤填膺的别克巴恰，
一口气道出了许多话语。

那汗王自知理亏词穷，
吞吞吐吐说不出只言片语。
他不住地冒冷汗，
只害怕自己人头落地。

唐格特人的卫士和高参，
眼看着汗王被劫持而去，
所有的人都乱了方寸。
这时那些高参们没命地奔跑过来，
宽大的衣摆左右乱甩。
他们的脖子上还挂着弓箭，
一步一晃胡乱摇摆。
他们你挤我碰跌跌撞撞，
跌倒了又爬起来。

一个高参爬起来忙把话讲：
“尊贵的英雄别克巴恰，

我们要讲几句要紧的话。
您捉住了我们的汗王，
他叫苦连天地被您拖走。
我们愿意从今日开始，
事事处处都听从您的吩咐，
所有唐格特人及这里的一切，
都由您来统率管辖。

“这是我们所有奴才的期望，
恳求英雄您能采纳。
有您在此是我们的福气，
我们拥戴您登上汗王的宝座，
我们愿做您的奴才犬马。

“我们逆天违道，
曾去袭扰劫掠罗布泊多次。
那些参与者如今已全被您砍死，
那些自以为强大无比的英雄，
他们前去阻止您是自寻死路。

“赔偿柯尔克孜民众的损失，
要把产的幼畜一同加上。
要讨还死者的血债，
让刽子手们用自己的性命抵偿。

“只要您看得上，
将所有唐格特人，
小伙子姑娘全带去服役。
你们可以赶走草原上的牛羊牲畜，
让柯尔克孜民众们尽情分享。

“请拿走黄金，拿走绸缎，
再拿上所有无价的珠宝！
请您相信我们的承诺，
保证今后不再袭扰。

“切莫留下一丝的怨恨。
如果觉得罗布泊的牧场很小，
今天您居住的阿勒达依格尔，
还有阿拉德尔的草原，
也一并全都向您移交！

“我们人多兵多，您却匹马单枪，
最初设想的结果可不是这样。
我们已感到悔悟悲伤，
天上的太阳已失去光亮，
白天变成了黑夜，
让人失魂断肠！”

唐格特的高参泣血捶肩。
那汗王眍巴着惊恐的双眼，
魂不附体惶恐不安。
正当他们这样僵持之时，
阔努什拜与汗王玛塔尼，
兴冲冲地驱马赶到这边。

面对玛塔尼与阔努什拜，
别克巴恰这样说道：
“请清算我们多年来所有的损失，
如实统计被掠去的牲畜，
包括连续三年被劫掠的财富，
要统统清点得一清二楚。

“还有那被劫牲畜产的幼畜，
被抢走的所有财物，
被作为战利品的女子，
被掠去奴役的男子，
全都要各归其主。

“尊贵的汗王玛塔尼，

把他们的阿拉德尔作为你们的冬草场，
把他们的阿勒达依格尔作为你们的夏草场，
罗布泊人的主人，
你们觉得这样可好？

“如何决定全由你们自己，
唐格特汗王的生杀大权就交给你们，
是否占有城池任凭你们来定夺，
要想赶走他们的牲畜也很容易。”

一旁难以自已的阔努什拜，
此刻这样插话表白：
“我的猛虎，您前程无量，
四十位先圣一直与您相伴。
阿依阔勒玛纳斯先王，
愿他的英灵保佑您恩泽四方！
若有谁对您不敬说三道四，
绝不会有好下场！
到底能接受什么样的条件，
要让唐格特人自己考虑掂量。

“我们不是没有自己的领地，
科日亚、尼热亚，
还有那罗布泊、且尔千，
恰喀勒克、喀尔噶勒克，
全是我们柯尔克孜自己的地方。

“我们不要他们的都城！
阿勒达依格尔与阿拉德尔，
我们可以将这些地方占领，
归还多少牲畜由他们自己决定。

“切莫让他们记恨了我们，
不要认为柯尔克孜把他们洗劫一空，
不要结下新的仇怨，

等我们走后再你杀我拼永无安宁。

“将他们被俘的男儿壮士，
还有随从的老少男女，
让他们自己送上回乡之路，
给他们十天期限去办理。”
阔努什拜道出了肺腑之言，
桩桩件件合情合理。

汗王玛塔尼接着开口说道：
“我们的英雄统帅和可汗，
唐格特人今日如此乖巧，
全都是您别克巴恰的功劳。
他们的都城和汗宫，
他们的小伙与姑娘，
他们的男奴与女婢，
我们一个也不要！

“要为死难者讨还血债，
要为落泊者索回钱财，
要将获得与损失扯平，
要把足够的牲畜索要回来，
然后我们就及时离开。”

别克巴恰听完他们两人的意见。
低头又思量了一番，
将唐格特汗王狠狠地瞪了一眼。
唐格特汗王心惊胆战，
一连鞠了九个躬，
弯腰弓背像风摧杨柳一般。
那汗王担心要砍他的头颅，
绝望的神态可笑又可怜。

他开口苦苦哀求：
“您是阿拉套山般的依靠，

您是阿拉套山般的脊梁，
请您给我一条生路，
千万千万别把我杀掉啊，
别、别、别克巴恰汗王！

“尊敬仁慈的汗王，
您不愧是英雄玛纳斯的后代，
请您以英雄的宽宏大量，
宽容我们吧，别克巴恰，
我会把您的大恩大德永记心上。

“您是一位英明的大汗，
您的恩泽光照天下。
请让我们所有的唐格特人，
享受你的宏恩吧，别克巴恰。
请让我们惶恐不安的心，
得到安宁吧，别克巴恰。

“黄金多少，牲畜多少任您拿去，
请您任意选择中意的美女，
在有翅膀的鸟中由您择取猎鹰，
在所有的马匹中由您挑选良驹。
在那骆驼群中由您选取良驼，
我们的王城也可以送给您！

“我的承诺全是真心，
请您多多包涵，任意选取。
直到您真正心满意足。
请您宽限我十天做准备，
我将倾尽财富和精力。”

“好了，好吧！
那么你就兑现你所讲的，
不要让我来一一指点，
将要归还的一切尽快备齐。

此事交由你的属臣承办，
你还得乖乖地待在这里。”

别克巴恰厉声说完，
众人散去各奔东西。
十日的期限没超一天，
从柯尔克孜所劫的牲畜，
唐格特人已全部备齐。

抢去的姑娘们，
掠走的男儿们，
把那金银珠宝和绸缎，
驮在一队队驼群背上，
全都运到了这里。

大尾巴绵羊被赶来了，
又肥又壮，数目充足。
良种战马还回来了，
马蹄嗒嗒布满了山间。
一群群牦牛也被赶回来了，
晃着脑袋，鼓着大肚。

别克巴恰通过玛塔尼，
已得知所有牲畜的数目。
他们还追悼了被俘后死去的同胞，
安抚了死者的家属。

大家一瞧牲畜和财物，
远远超过柯尔克孜的损失，
个个心中都感到满意。
一千个唐格特的姑娘，
一千个唐格特小伙儿，
赶着驮着黄金的骆驼来到这里。

别克巴恰目睹这些，

对被俘的唐格特汗王下令：
“割让阿勒达依格尔与阿拉德尔草场，
快快写下你割让的凭证。
还要盖上你的印玺，
做到有凭有据，合情合理。”

一千名男奴和一千名女婢，
有驮有骑，赶着牲畜，
驮的是金银财宝和绸缎布匹，
骑的是油光发亮的战马良驹，
还有成行列队的驼队，
成群的牦牛和绵羊。
带着要出让的土地凭据，
人们心满意足欢欢喜喜，
朝着罗布泊方向走去。

好汉别克巴恰威风凛凛，
来到那叫辰德勒之地，
进入那缓缓的下坡矮梁里。
别克巴恰向阔努什拜开言：
“距你的领地还有多少行程，
离你罗布泊的乡亲还有多远距离？”

听他突然这样扭头来问，
阔努什拜即刻回答没有怠慢：
“前方隐约可见之处，
那平平展展闪现的地段，
就是我们罗布泊的湖地草原！

“我们足下的这道山梁，
就是辰德勒达坂。
当走下缓坡进入那里，
再也没有回撤逃跑的余地。
前方是一条峡谷，
两旁全是险要的峭壁。”

别克巴恰接着扭头喊道：
“快来吧，玛塔尼，
我要他作为谋士待在你身边，
你和阔努什拜结为兄弟。
对来自唐格特的所有人，
一个不留，放他们回去。

“对唐格特部的人，
你今后要与他们和睦相处，
你要与人为善。
唐格特人往后再也不会来了，
来了也不敢骚扰侵犯。

“让那千名小伙儿与千名姑娘，
回到唐格特家乡，
不会留下任何怨恨在心上。”

遵照别克巴恰的旨意，
玛塔尼和阔努什拜二人，
将那些奴婢的穿戴和乘骑，
全部归还他们自己。

“我们不需要别人做我们的奴隶，
我们柯尔克孜只是讨还自己的财产。
你们切莫在此再逗留了，
快自由自在返回家园！”

放走唐格特人送的奴婢，
将牲畜赶回自己的领地，
款待告知白毡帽的柯尔克孜人，
差人走遍马能走到的所有地域。

邀请所有的白须长辈，
把赶回的牲畜详细统计，

他们公平公正有依有据，
全部分发到父老乡亲手里。
他们还为大家举行了盛宴，
无人提出分战利品的要求。

别克巴恰这才跨马离开这里，
去周游各处欣赏美景，
与好友会面相聚。

和阗、叶尔羌、阿斯克和阿热勒等地，
他全都游览了一遍十分舒心。
他尽情观赏途中的美景，
处处沐浴着先人的恩泽。

他途经喀什噶尔，
高兴地会见了那里的柯尔克孜父老乡亲。
他翻过且奇朵别达坂，
与久别的巴克特拜见面。
一路欢声笑语与他相伴，
驰向可爱的塔拉斯家园。

让我们暂且放下此段，
从九部汗王联手向柯尔克孜，
再次大举进犯唱起。

九部汗王联合进犯

柯尔克孜

德尔坎拜夜袭
喀拉阔孜大营

芒格特人的汗王卡勒德克，
曾经来犯却两回败北，
他感到耻辱无法安眠，
终日密谋报复的毒计。
他向呼罗珊与伊斯番那里，
差去密使搬弄是非。

呼罗珊人与伊斯番人，
却并不领情不愿出兵。
听罢他们这般回复，
信使只好悻悻返回。

野蛮粗鲁的汗王卡勒德克，
与节迪盖尔的喀拉阔孜商议：
“这两个部落真不知趣，
胆敢拒绝我的提议。
咱们率领一万两千兵马将士，
先进攻这两个部落的领地。
让我们一道去把他们洗劫一空，
获得战利品后再攻击柯尔克孜。

“我们一道袭击劫掠以后，
他们就会领教我们的威力。
他们就会听从我们的指示，
他们就会全力跟随。

“为了一道出征塔拉斯，
还要向阿富汗和康阿依发出通知，
我们还要拉拢汗王别特尔克，

让六位汗王联合才万无一失。
然后大伙儿一同奔向塔拉斯，
哪怕他柯尔克孜再不可一世，
现在只留下一个别克巴恰，
我们就可任意抢掠并把他杀死。”

汗王喀拉阔孜与卡勒德克，
两人沆瀣一气说干就干：
将一万两千精兵强将精心调配，
各带六千兵士，分作两部训练。
还把居达、居尔居特、哈勒恰人，
当作奴隶赶到了队伍前面。

顺路劫掠尚卡依和巴攘等地，
然后把呼罗珊作为进攻目标。
他们凌辱了呼罗珊人，
让他们遭受洗劫一片狼藉。
伊斯番人感到十分害怕，
只好答应派出全部兵力。
阿富汗人也不敢违抗，
同意一道出征塔拉斯。

软硬兼施，强逼硬拉，
他们互相纠集在一起，
总共集合了五万人马，
浩浩荡荡向塔拉斯大举进发。

节迪盖尔的喀拉阔孜，
就这样鬼迷心窍狂妄自大，
像被死神匆匆忙忙驱赶一样，
自寻倒霉的命运在等待着他。

喀拉阔孜已经迷醉：
“芒格特人的汗王卡勒德克，
你要在我身后跟随，

要集中伊斯番和阿富汗的大力士，
亲自率领他们的军队。

“盘踞在康阿依的别特尔克，
让我通知他们，
他们若要同意挺进，
我们就赶到节提苏去。
节提苏盘踞着节迪盖尔人，
在那里增添新的军队。
听说汗王喀拉阔孜大军已到，
柯尔克孜人心慌意乱没了主意。

“如果别特尔克也来加盟，
那里将会变为血流成河的大地。
我胸有成竹有十分把握，
我已打听到康阿依人的消息。
那远在天边的五个部落，
让他们精英头目都来相聚，
同我们会合在这广袤之地。”

五个部落的人马果然集结一起，
先请别特尔克出主意。
卡勒玛克也都到齐，
还有不少卡坎秦人，
都先后相继表示同意。

“没等我合眼入眠天已亮了，
我得知的全是令人振奋的消息。
我们要凑够十万人马，
巴掌大的塔拉斯，
还会留下什么东西？！
这次联合出征柯尔克孜，
要让他们灭亡不存一息！”

听喀拉阔孜这样讲话，

汗王卡勒德克这样问起：
“到底发生了什么事，
你为何如此火燎心急？
柯尔克孜可不是普通的敌手，
我征讨过几次都不顺利，
不知集结了多少兵力，
到头来总是白费心机。
所有参战的那些汗王，
还有那被我们赶去的大力士，
全都落了个身首分离。
别克巴恰可不是平庸之辈，
柯尔克孜向来民心凝聚，
他们不会轻易被人折断脊梁，
把他们扫平绝不会那么容易。

“让我们先指定一个地点，
再约定好一个时间。
在约定的期限，
在约定的地点，
按时在一处集合人马，
兵多势众把握就会大一点。

“他们的男女老少，
他们的汗王与庶民，
他们的大力士与兵丁，
是否定期在集训？
这一切情况要摸准。

“喀拉阔孜你若想去就快去，
约定的期限就八个月。”
卡勒德克与喀拉阔孜咧着嘴巴，
你一言我一语十分愉悦。

喀拉阔孜开口侃侃而谈：
“我们将集中的地点，

就定在巴达克山。
作为柯尔克孜的同盟，
月即别人一贯狂妄自大。

“阿勒特夏尔和安集延，
作为据点要先去夺取，
要将那里夷为平地。
萨玛尔罕、塔什坎和玛尔尕朗，
安集延、纳曼干和浩罕，
这些著名的古老城市，
都在那四周不远的距离。
其他无名的小城小镇，
听说还有不少数目。
我们可顺便袭击夺取。

“在北方还有纳伦，
阿特巴什有巴克特拜，
他是个喀拉柯尔克孜的汗王。
让我们把他抢个精光，
把他首先彻底灭亡。
不留给塔拉斯救助的人马，
让那里成为孤立的地方，
要让他们兵员减半，人心惶惶。

“先要挫伤他们兵中的强汉，
从四面八方围攻作战，
对落到手中的柯尔克孜勇士，
要开膛破肚拦腰斩断。

“安集延是他们的一个后援粮仓，
他们之间的来往要注意切断。
当那里成为无援的孤岛，
他们的贱民们便会饥荒连连。
当他们遭受饥荒之时，
便会自己来降，无须作战，

让我们好好瞧瞧别克巴恰的下场，
看他会输得多么悲惨。

“月即别是其后方靠山，
非要先沉重地打击他们一番。
要让他们举步维艰寸步难行，
要让他们晕头转向南北不辨。
要这样战胜柯尔克孜，
让这巴掌大的柯尔克孜地方，
遭受无限痛苦，从此踪影不见。

“要集结十万兵马进军他们的草原，
把劫取牲畜作为一个重点。
白天不让他们安宁放牧，
黑夜不让他们安眠合眼，
要让他们失去牛羊马匹痛苦不堪。
如果我们不下这样的狠心，
就无法征服柯尔克孜这个祸患。”

待在伊斯番的营地，
完成了所有的谋略巧计，
汗王喀拉阔孜驱马上路，
他得意扬扬，忘乎所以。

来到节提苏安营扎寨，
他精心准备不断思虑：
“在到达巴达克山之前，
对阿特巴什的巴克特拜，
我先要用强力将他战胜。”

喀拉阔孜心中这样盘算，
兴冲冲地赶到了阿特巴什边缘。
马蹄声震撼着大地，
身边率领着走狗恶犬，
吵吵嚷嚷一派嚣张气焰。

噼噼啪啪朝天鸣响火枪，
咚咚咚地把战鼓敲响，
喇叭不停地嘀嘀嗒嗒，
震耳欲聋使人晕头转向。

喧嚣震天，让人惊恐万状，
从纳伦的喀拉阔云入侵，
蜂拥而来的兵马盖地铺天。
战马呼啸长鸣望不到边，
呼呼啦啦遍地战旗迎风招展。

阿勒巴热斯刀寒光闪闪，
浩浩荡荡气势雄伟，
那十万人马蹄声嗒嗒。
当明白他们是敌人时，
纳伦的柯尔克孜人中，
有两人即刻跨上战马，
快马加鞭飞驰而去，
为阿特巴什的巴克特拜通风报信。

在恰勒德巴尔的城池中，
在阔绍依留下的汗宫里，
巴克特拜住在那儿，
高枕无忧毫无顾虑，
不分春夏秋冬安享清福。

他们一前一后奔驰而去，
报信的两人都赶到那里。
陈述来犯之敌已经逼近，
通报紧迫情况十万火急。
来犯的敌人到底是谁，
他俩未来得及搞个清楚。

巴克特拜在宫中养精蓄锐，

九十名大力士护卫在那里，
他们历来都有好运气，
如果跨马出征总是十分顺利。

骑上久经沙场的骏马，
穿上刀枪不入的铠甲，
九十位大力士做完准备，
雄姿英发等待出发。

汗王巴克特拜即刻传旨，
令他们前去阻击来犯之敌，
先将来敌身份弄清，
然后快马禀报自己。

从阿依勒的强汉中，
汗王又派出六十名壮汉亲口吩咐：
“向塔拉卡依、阿克赛和阿尔帕，
所有的牧民尽快传话，
要防护好各自的大小牲畜，
要对各自的乡亲发出警报。

“决不让敌人踏上阿特巴什的土地，
不论来犯的敌人来自哪里，
我都要亲自率领兵马前去阻击。”
巴克特拜已做好准备，
通知所有的父老乡亲提高警惕。

跨上纽扣耳朵凯尔骏马，
紧随那九十位大力士之后，
汗王旋风似的驰骋而去。

差人告知喀什噶尔那里，
阿斯克与阿热阿勒，
还有和阗与叶尔羌。
统治罗布泊的玛塔尼，

及时把专门的信使派去，
让所有的柯尔克孜得到消息，
让他们提高警惕整装待发。

“罗布泊、和阗、叶尔羌，
阿斯克、阿热勒和喀什噶尔，
还有东南西北各方的柯尔克孜，
请你们提高警惕加强警戒。

“听说阿富汗、伊斯番和唐格特人，
卡勒玛克和康阿依人。
还有节迪盖尔的喀拉阔孜，
约定八个月的期限，
要在巴达克山来会集。

“他们想要踏平柯尔克孜的土地，
包括萨玛尔罕、塔什干和纳曼干，
安集延、浩罕和玛尔尕朗各地，
不让种田的收割粮食，
不让游牧的放牧牲畜，
今秋要把他们猛烈袭击。

“不过这些都是传闻的消息，
可这些传言延续了整个夏季。
面对敌人进犯纳伦的消息，
你们时刻保持着应战的警惕。

“我已通知了你们，
牧民要躲藏到山沟里去。
你们一定要保护好牲畜。
不论入侵者是谁，
千万不要盲目逞能招惹是非。

“塔拉斯的青鬃狼别克巴恰汗王，
到目前为止毫无消息。

未经别克巴恰的同意，
谁也别去把敌人刺激。
我会派出一位英雄信使，
尽快到别克巴恰那里送信。”

巴克特拜这样布置，
是从先祖阔绍依传下的规矩，
让百姓平心静气又不大意。
为了阻敌即刻跨马奔袭，
他并未待在宫中只顾自己。

巴克特拜雷厉风行先不再提，
就说说汗王的九十位大力士，
还有无敌勇士德尔坎拜，
我们先听听他们的消息：
九十位大力士纵马驰骋，
像一阵狂风席卷大地。
马蹄声声震山动谷，
尘土滚滚身后扬起。
那遥远的库尔特喀草原，
他们当晚就赶到那里。

节迪盖尔的喀拉阔孜，
正在抢掠那里百姓的东西。
他不顾一切如同豺狼，
正面遭遇的人，
不分老少男女，
都被他残忍地送进了地狱。

如果是个妙龄美女，
便遭到他无情地蹂躏非礼。
无论是风姿秀逸的少妇，
还是白发苍苍的大娘，
他们一个也不放过，
也随心所欲毫无顾忌。

此前谁还见过人类之中，
居然有这样的蛇蝎心肠衣冠禽兽！
他们肆无忌惮地宰杀牲畜，
大喊大叫，大锅煮肉。
他们燃起篝火如同白昼，
安营扎寨，折腾不已。

智勇非凡的德尔坎拜，
所到之处就传递消息：
"你们切莫分是男还是女，
即刻从这里全都逃离。
要向相遇的父老乡亲，
传递'阿克卡勒巴克'这个暗语。
如果不讲暗语会枉送性命，
天黑人杂，难分友敌。

"半夜三更夜深人静，
我们九十位大力士就像霹雳。
我们将闯入敌营，
让节迪盖尔的喀拉阔孜，
也尝尝挨揍的滋味。
要把敌人摇摇晃晃的脑袋，
割下来让马蹄踩踏成烂泥。

"我们的勇士大显神威，
谁还能与我们抗衡为敌？
如果人心惶惶乱了阵脚，
你们当中的被俘者，
将会即刻被砍下首级。
如果巴克特拜赶到这里，
他定会拿我们问罪无疑。"

他这样四处传话通报消息，
让被掳掠的乡亲倍感焦急，

他们都张望着条条道路，
心想勇士何时能到达这里。

繁星满天，战事紧急，
狂妄自大的节迪盖尔人，
各处的营帐前哨位林立。
当众多兵丁进入梦里，
那些兽性涌动的哨兵，
被女人们骗得昏天黑地。

当他们无心望风警戒之际，
那被劫持的男男女女，
全都趁机溜之大吉。
人人在漆黑的夜里逃离，
互报“阿克卡勒巴克”这个暗语。

被劫持的父老乡亲逃出军营，
借着“阿克卡勒巴克”这个暗语，
一一火速远离了那里。

向大力士们打听敌营的军情，
得知男人全部逃离。
又听说不少漂亮媳妇、美女，
被敌人劫持到了兵营里。
德尔坎拜再也无法等待，
下令兵丁立即出击：
“十五人一组分成六队，
高呼着‘玛纳斯’的口号，
从各处发起猛烈的攻击。
切莫在战线留下空隙，
切莫让他们趁机逃离。

“你们每人要顶一千名士兵，
要勇往直前切莫把生命顾惜，
憨实厚道的柯尔克孜人养育了我们，

今日正是报答他们含辛茹苦的时机。
切莫辜负我们所享受的福气，
切莫辜负所食酥油馕的香味。

“如果你们怕死躲躲藏藏，
尊贵可敬的巴克特拜汗王，
他可不会轻饶你们。
他让我们出发先行，
是看重我们的能力和勇气。

“你的勇敢与力量，
同敌人交锋时才能显现。
你的胆量和勇气，
危难时刻才能经受考验。”

勇士们一群一群分成了数队，
显示出他们蛟龙般的神威。
让那些熟睡的恶敌，
灭亡在黑夜的梦里。
谁对不上“阿克卡勒巴克”暗语，
一刀就让他下地狱。

德尔坎拜精明得出奇，
得知有节迪盖尔的哨兵，
已被俘虏在手里，
便立刻盘问了解底细。

他下令首先夺去敌人的马匹，
派遣精兵强将当夜出击。
节迪盖尔兵丁正在梦里，
“玛纳斯”的口号四面响起。

烈火熊熊弥漫天际，
火焰滚滚处处燃烧。
阔绍依后代的英雄好汉们，

突然闯入了敌营里。

突围出来的家伙，
对不上“阿克卡勒巴克”暗语，
一个个脑袋全被削去。
三十位大力士固守在外围，
也向逃窜者发起攻击。

许多鬼鬼祟祟的家伙，
一个也没活着逃离。
德尔坎拜率领六十位勇士，
穿梭在敌人的军营里。

夜晚一片漆黑，
节迪盖尔兵丁悲凄的命运，
就像无情的黑夜一样凄迷。
虽然冲出敌营的敌兵越来越多，
固守外围的勇士却死守阵地。

那些妄图还手的家伙们，
一个个脑瓜全被砍掉。
鬼哭狼嚎声在夜空回荡，
不久敌人就投降求饶。

有个叫加散德的可恶女妖，
答对了暗语便趁乱而逃。
她念念不忘喀拉阔孜，
心怀鬼胎又回去报告。

她带着三名比官和一名卫士，
再加上汗王喀拉阔孜，
牵走了六匹骏马侥幸潜逃。

她告诉他们当夜的口令暗语，
口念“阿克卡勒巴克”侥幸逃离。

在她的带领下，
那五条恶狼逃出了包围，
朝着东方驰马而去。

不久天亮太阳升起，
德尔坎拜这英明的军事首领，
在俘获的敌群里寻找，
却没有找到喀拉阔孜的身影。

一个个翻看敌人的尸骨，
找了半天也未见其尸体。
为四处寻找他的足迹，
就命人朝着东方策马追去。

这时一个名叫玛勒德拜的人，
讲出了一个好的主意：
“我们尊敬的德尔坎拜首领，
我们活着时集中在一起，
会齐齐地在一座山头会聚。
有朝一日我们如若死去，
也会躺在一个墓穴里。

“如果谁有心中的话语，
我们会直言不讳告诉您。
请您察看谁的马匹不在这里，
就是谁把‘阿克卡勒巴克’暗语泄密。
如果查到放跑他们的内奸，
就立刻砍下他的首级，
让他鲜血飞溅身首分离。”

在整个大地上去寻找敌首的足迹，
那无果返回的兵卒唉声叹气。
此时玛勒德拜又出了这样的主意：
“这里还有许多河流草地，
让我们在那里寻到蛛丝马迹。

假若找不到喀拉阔孜的踪迹，
巴克特拜会羞辱我们笨如木鸡。”

正当他们这样议论之际，
德尔坎拜听取了玛勒德拜的建议。
把捉来的节迪盖尔俘虏，
从人群中唤出聚在一起。

只见他声色俱厉：
“是谁夜里牵过一匹马，
牵来的马匹又交到了谁的手里？”
一点一滴地盘根究底，
德尔坎拜盘问得十分仔细。

这时节迪盖尔人的兵卒中，
有人出来说出这样的言语：
“三位比官与一名卫士，
还有汗王喀拉阔孜不在这里。”

从营中走出的人里，
塔坦大力士这样说出自己的主意：
“从那些认识的人或者传闻里，
请英雄再向集中的俘虏追问到底。

“喀拉阔孜当夜糟蹋的姑娘，
不知是谁，现在哪里？
我听说是位胜过姑娘的媳妇，
这轻佻风骚的媳妇让人怀疑！”

这时喀拉阔孜的侍卫开口道：
“我愿意坦白，我知道情况，
是我夜里在他们的门口站岗，
那是个名叫加散德的婆娘。
她的姿色的确胜过姑娘，
被喀拉阔孜一眼看上。

“我看见就是那加散德，
先骑上喀拉阔孜的黑骏马，
夜幕中她消失了半天。
加散德返回后对他讲，
只要他说‘阿克卡勒巴克’暗语，
黑暗中就没人把他拦挡。

“我听见加散德这样教着，
又牵来五匹马来到近旁。
加散德搀扶着喀拉阔孜，
让他骑在了马上。

“夜幕下喀拉阔孜被加散德带走，
她自己还穿上了带铠甲的男装。
谁还能想到她是女的，
加散德就这样早已经逃亡，
我知道的就是这些！”

正在这个时候，
巴克特拜也赶到这里。
德尔坎拜把掌握的情况，
禀报得周全详细。

听完德尔坎拜的话语，
巴克特拜开动脑筋用心细想，
然后不慌不忙似自言自语：
“喀拉阔孜若落到我手里，
我不会让他好好活下去。
如果落入芒格特人或者卡勒玛克人手里，
喀拉阔孜必死无疑。

“如果落在康阿依人手里，
喀拉阔孜会死得更加悲凄。
他们虽与他朝夕相处，

同流合污却貌合神离，
喀拉阔孜早晚要死在他们手里。

“快去沿着河岸寻找踪迹，
顺着流淌的河水寻去。
也许他鱼儿似的游走了，
或者从那流淌的河流下游，
在水流和缓处上岸逃逸。”

接到巴克特拜的指令，
大伙儿立即行动各奔东西。
那九十位勇士，
争先恐后，驰马而去。

沿着河流的下游，
一半人马去寻找足迹。
逆河流而上，
另一半人马也在寻觅。
人们蹚水而过时想到，
马不可能在急流中逆行，
便又掉头顺流寻觅。
在那众多的人马当中，
巴克特拜就在那里。

让这些勇士继续寻找吧，
我们回头听听喀拉阔孜的故事。

别特尔克率五部兵马进攻巴克特拜

“加散德美女你使我着迷，
我们比天生的一对还要亲密。
我要把塔拉斯的汗位夺取，
我要把玛纳斯的威望顶替。

“当我即位成王成汗，
你将成为汗后王妃。
就算我成不了英雄玛纳斯，
我也做个赛麦台依，
你就是天下闻名的阿依曲莱克仙女。

“加散德，你的勇敢与智慧，
使我热血沸腾心儿痴迷。
我们要幸福生活千年万载，
我们要享尽欢乐永远在一起。”

听着喀拉阔孜的甜言蜜语，
不要脸的婆娘加散德，
一听说自己就是天下闻名的曲莱克，
心儿欢喜得咚咚地跳动不息，
仿佛他俩真的成了情投意合的伴侣。

这时加散德开口言道：
“汗王喀拉阔孜你听我来讲，
我一生婚姻不幸毫无自由，
连一丝欢畅也没享过。
我愿和你永不分离，
咱们快离开这个地方。

“有一处叫塔热勒格的地方，
前面横着一道道高高的山梁，
仅有一条石缝狭道，
通向山梁的后方。
那窄道只有套绳般长，
咱们把它全部铺上鞍褥衣裳，
这样才能牵马一匹匹走过，
也不会把一丝马蹄印留在路上。

“从那上面牵着马儿过去，
然后就能信马由缰。
因为对面是流动的沙漠，
哪怕再精明能干的兵将，
也难把马蹄的印迹找到。

“有一处叫博孜垌的地方，
到那里再用千里眼眺望。
昨夜人群里没见巴克特拜，
巴克特拜如果在场，
他怎能暗中发起攻击？
如果巴克特拜不顾名声，
发动这样的突然袭击，
你喀拉阔孜为首的全部人马，
难道还能活在这里？

“巴克特拜的个性，
自始至终我都十分明晰。
别说是柯尔克孜就是整个世界，
也难找到巴克特拜这样的勇士！
阔克波热这样的大力士，
巴克特拜也没有把他放在眼里。
卡勒德克与别特尔克，
都完全了解你的能力。
这不是我在夸奖他们，
你心中也完全明白其中的含义。”

“加散德，你是智慧的美女，
你的所言是万全之计，
我心悦诚服地表示同意。”
喀拉阔孜接受了妖女的主意，
平平安安地逃身而去。

喀拉阔孜躲在博孜垌，
在高冈上把眺望的千里眼架起。
他看到了众多的柯尔克孜人，
正疾行在滚滚急流的沿岸，
成群结队地寻人。
他又转头眺望另一侧，
发现一支浩浩荡荡的队伍。
在开阔无际的原野上，
正拼命地行进。
喀拉阔孜向前靠近，
伸长脖子睁大眼仔细辨认。
原来是康阿依的别特尔克，
率五部人马正驰来这里。

喀拉阔孜辨认得十分清楚，
心想着就要走过巴达克山，
他急忙驰马朝队伍奔去。
半道上双方意外相遇，
伸出手来握手问好，
互相亲吻着手表示亲密。
他们互相问候着安康，
彼此表达着自己的心意。

无法抑制自己的喀拉阔孜，
扭扭捏捏像马儿烂了脊背，
又像狐狸一样摇头摆尾，
无奈地开口倾诉苦水：
“汗王别特尔克，

我很庆幸能与你相会。
眼下愿听我的心思的，
除了你这个汗王还能有谁?
率兵决战驰骋南北，
你的胆识令人敬佩。
一旦你真的发怒，
你有气魄把天下的劲敌摧毁。

“有众多无敌的康阿依人，
你如今还有什么遗憾?
你我彼此领地相连，
牛羊同在一个草原。
无论是福祉还是灾难，
要风雨同舟，共享甘甜。
你率领五部人马赶来，
柯尔克孜将没有明天。

“在赶往巴达克山途中，
我一时大意，布兵失当，
眼下已变得前路渺茫。

“在喀拉柯尔克孜人当中，
有位叫巴克特拜的汗王。
我心想进入塔拉斯之前，
先去洗劫他的领地，
结果却损兵折将大失所望。

“在纳伦的库尔特卡草原，
我率领着一万人马，
将柯尔克孜如秋风摧残，
我让他们刻骨铭心永记心间。

“当我们高枕无忧还在梦中，
忽然传来了‘玛纳斯’的吼声。
那喊声四起，天地震动，

营外四处烈火熊熊。
兵丁们顿时人慌马乱没了主意，
匆匆忙忙欲骑马前去抗衡。
谁知战马已被他们劫去，
所有的马厩里马去栏空。

“落在我们手中的俘虏，
全部被柯尔克孜人救走。
我们惊慌失措无法应对，
活着的兵丁全被他们掠走。

“站在我身旁的是个美女，
男人的智勇也比不上她。
那是我新娶的加散德，
我能得救全靠了她。

“她牵来我骑乘的黑骏马，
另外还有五匹战马，
她打探到柯尔克孜人的行动暗语，
我依靠暗语才蒙混逃命。

“她胆大心细不畏风险，
把搭救我们五人的方案策划，
我们闯过了一道道岗哨，
紧要的时刻总离不开她。
在一处套绳般的狭道面前，
是她想出将垫褥衣裳铺上去的办法，
她亲自牵马走了过去，
连蛛丝马迹也没有留下。
她又把我们带到博孜垧，
安顿妥当歇脚住下。

“我没有闲居博孜垧，
架起千里眼四处瞭望观察。
众多沿河岸追寻我的人马，

他们的身影突然被我发现，
那九十位大力士都在其中。

“我又扭头往一侧瞭望，
望见了你们的大队人马。
我躲躲闪闪地从山丘内出来，
才清楚地把你别特尔克认下。

“我马不停蹄直奔到你这里，
我的近况就是如此。
如今我的那一万人马，
下场和处境我一无所知。

“我的处境就这样艰难，
眼下的情况就是如此。
我不小心招惹了巴克特拜，
没想到竟闹出如此结局。

“如今我找不到藏身的地方，
更没有可依靠的好汉英雄。
三名比官，一名卫士，
还有我的加散德新欢，
除此手下再无一兵一卒。

“当初没直奔巴达克山去，
现在已没有办法抵达那里。
心想重新与柯尔克孜展开激战，
可我已没有足够的能力。”

康阿依的别特尔克听罢这话，
愁得他不知所措头昏脑涨。
他便这样厉声斥责：
“你喀拉阔孜自称为汗王，
却落得如此狼狈的惨状。
你事事不能光明磊落，

你满腹尽是狗肚鸡肠。
在去巴达克山的路途中，
你怎能无故侵扰百姓！

“我一路规规矩矩直奔这里，
在那千里迢迢的路途之中，
连一座阿依勒也未袭击。
你知道阿拉什名声在外，
他们沿阿拉套山在各处散居。

“柯尔克孜的四十部落，
游牧在中亚细亚各地。
你恶贯满盈不干人事，
成事不足败事有余。

“喀拉阔孜，你同他们为敌，
一下就被俘了一万青年壮士。
据你讲巴克特拜还未离开，
就是离开了也还未赶到阿特巴什。

“喀拉阔孜你快带路，
让我们此时回马反击，
我们五部各一万人，
五万大军更有高昂的士气。
我们如果蜂拥扑去，
巴克特拜的兵马怎能抵挡？

“喀拉阔孜，快出发吧，
芒格特人的汗王卡勒德克，
伊斯番人与阿富汗人，
他们都在做进攻的准备。
让我们九路人马一同前去，
从四面八方一齐包围。
让我们从巴克特拜手里，
将你们所有被俘的兵丁，

一个不剩地全部救回。

“只有活着的战俘全部获救，
见到威严的卡勒德克汗王，
你喀拉阔孜和我才会脸上有光。
如果我们不能取胜，
别说是你喀拉阔孜，
我也会遭受到恶语的中伤。

“离群的羊将被恶狼吃掉，
这可是智者常说的话语。
你喀拉阔孜似离群孤雁，
不就成了猎物落入猎人手里，
失去浩浩荡荡的兵士，
在别人的眼里，
你能不矮人三分、低声下气？！”

别特尔克这样挖苦指责，
节迪盖尔的喀拉阔孜，
别提心中那个滋味。
可他面对的是盟友不是死敌，
人家说得一针见血有根有据，
切中要害无懈可击，
他只能把打掉的牙齿咽进肚里。

喀拉阔孜无地自容，
羞愧得想立刻死去。
他匆匆忙忙与别特尔克，
一同奔向巴克特拜的领地。

空中尘土飞扬，
漫天尘烟飘荡。
在节尔盖塔勒的岸边，
别特尔克正率兵前行，
迎面与九十位勇士相遇。

见此情况的喀拉阔孜，
又恨又怒对别特尔克说：
“出其不意的突然袭击，
驱逐我的就是这九十勇士，
黑夜里让我大难临头，
逼我出逃的就是这九十勇士。

“他们战马的尾巴，
结成了一双双穗子，
他们战马的额鬃，
扎成辫子翘向天空。
他们这是在追寻我的行踪。”

康阿依的别特尔克，
听出了这番话语的意思，
得知对面的柯尔克孜，
全是神勇无比的大力士，他说道：
“切莫与他们单兵对阵，
切莫在此耽误时机，
切莫鲁莽上阵对打。
为了这点不大不小的事情，
不要拖延耽误全局的战机。

“让我们一齐出动，
即刻上前形成包围圈，
让他们束手就擒插翅难飞，
那时再把他们的手脚捆绑。
当着他们的首领巴克特拜的面，
把他们的头颅一个个砍去，
让巴克特拜失去靠山！”
别特尔克一边这样高喊，
一边将五部的壮士们，
全都唤到了自己面前。

听到别特尔克的呼唤，
大力士们很快来到这边集中，
他们匆匆忙忙站在一处，
等待着汗王发布命令。

这时别特尔克下令说道：
“有项任务要交给你们完成。
柯尔克孜的九十位勇士，
就在离你们不远的前面。
你们五位自称为壮士，
快去将他们生擒活捉，
我就给你们记第一大功。

“你们五位要携手并肩一齐上阵，
要把九十个柯尔克孜勇士，
活捉捆绑押到这边。
他们的头目是巴克特拜，
若不控制这九十位勇士，
想抓住他比登天还难。”

当别特尔克这样发令之际，
一位名叫卡曼的大力士，
过来请求独自出战：
“我如果不能把九十勇士擒拿，
就对不起大力士的称号。”
说罢便拨转马头准备上阵厮杀。

大力士奇纳尔和布尔阿孔，
也袒胸露乳，拍着胸脯，
争抢着要上阵厮杀。

克坦大力士更是振臂高呼：
“在我上阵之前，
看哪个胆敢出马抢先！”

卡勒玛克的卡勒当大力士，
根本不把别人放在心上。
他像发了疯的魔鬼一样，
只想着自己大显身手。

五位莽汉虚荣心正在膨胀，
把理智早丢在了九霄云外。
让他们并肩一齐上阵，
一个个摇头梗脖硬是不肯。

他们把别特尔克的话语，
当作了耳旁风根本不理。
谁都舍不得露脸的机会，
最终急不可耐地冲上阵地。

德尔坎拜率领九十勇士，
四处找不到喀拉阔孜的踪迹，
正愁空手返回不好交差，
突然发现一群人马在眼前晃动，
眼看就剩一个赛程的距离。
“这些家伙是谁统领的军队？
是来自何方的一群活鬼？”
心想得搞清楚再返回，
他便让玛勒德拜作为领队，
尽快查清到底是谁。

正在这个时候，
甩动着那宽大的衣摆，
马儿呼啸，枪尖闪烁，
高呼着“卡勒玛克”的冲锋口号，
尖叫声呐喊声响彻云霄，
那五个大力士正向这边驱马奔来。

听到五部的号子，
柯尔克孜勇士并未惊慌失措。

心想死期若到就去死吧，
灾难若临头也决不逃避。

德尔坎拜对玛勒德拜说：
“看来喀拉阔孜并不孤单，
柯尔克孜的世敌皆来到了眼前。
听说他们准备了八个多月，
已准备得十分充分毫无遗憾。
芒格特人的汗王卡勒德克狂妄自大，
也许已经向塔拉斯进犯。

“我们不能仓皇撤退，
更不能畏惧敌人的军威。
他们肯定是派出了五个精英，
对他们的强悍要心有防备。”

柯尔克孜指派了五位壮士，
咆哮而上应战杀敌。
他们高呼“玛纳斯”的口号，
一个个把长矛高高举起。

他们的呐喊声震裂山石，
身后一片尘起灰飞。
五位勇士一拥而上，
与五位康阿依强敌对阵。

扬起滚滚尘土，
卡曼大力士手执长矛呼啸而起。
他侧着身猛冲过来，
五位柯尔克孜勇士都无法接近。

德尔坎拜与玛勒德拜，
目睹此情景恼羞成怒。
他俩“唰”地举起血腥的长枪，
重新调整战术：

“剩下的八十五位勇士莫袖手旁观，
我们要一齐出动并肩上阵，
将五位来犯之敌，
一个不剩地全部活捉生擒。”

柯尔克孜的九十位壮士，
便齐刷刷地上阵杀敌。
那五个向九十个不停地冲杀，
不料却创造了以少胜多的奇迹，
柯尔克孜壮士被全部挑落在地。

那九十位壮士被赶着踉踉跄跄，
押到了别特尔克的面前。
“让喀拉阔孜垂头丧气的九十个家伙，
我要看看他们狼狈的嘴脸！
他们的壮士尚且如此，
他们的百姓更只会哭喊！”
别特尔克喜在心间。

未等别特尔克开口说话，
节迪盖尔的喀拉阔孜，
火冒三丈地冲了过去。
他浑身上下不停地颤抖，
小小的耳朵直直竖立。
他“哗”地从鞘中抽出战刀，
就要向俘虏的头上劈去。

他口中不断嚷嚷：
“喀拉柯尔克孜贱民，
你们还有没有对抗我的能力！
为了保护我们的人马免遭你们屠杀，
是我把你们引诱到这里！

“我喀拉阔孜来此并非孤单一人，
我身旁拥有千军万马。

我的使命世上几人能懂？
我的胆略又有几人能够体会？！

“我身后有着强大的靠山，
我拥有卡勒玛克等康阿依诸部，
他们都情愿为我服务效劳。

“只要我写信他们就会赶到，
又有芒格特、阿富汗、伊斯番，
结成联盟的汗王就有九位。
我们决不会把你们饶恕，
我要即刻让你们成刀下之鬼。
避开我到处躲藏未敢露面，
你们的巴克特拜又在哪里？”

当喀拉阔孜这样叫嚣之际，
被捆绑的德尔坎拜昂首站立。
他全然不顾自己的性命，
毫无畏惧开口回击：
“你这胆小可怜的喀拉阔孜，
何时成为男子汉也真稀奇。
你数次侵犯柯尔克孜，
却次次都落得个一败涂地。

“喀拉阔孜你要是厉害，
为何还男扮女装披上头巾？
可怜地向加散德磕头求救，
四处逃命不如个女人。

“此时一见到别特尔克，
你却狐假虎威如此叫嚣，
你的口气好大呀，
好像你一口能把我们吞掉。

“别特尔克的五位大力士，

的确个个都是无敌的英雄，
那个名叫卡曼的大力士，
他的神勇最令人服气。”

当德尔坎拜这样反驳之际，
喀拉阔孜恼羞成怒无法自抑。
他向双掌吐口唾沫摆开架势，
攥起战刀就要砍劈。

别特尔克冲上前来开口劝阻：
“喀拉阔孜，快快住手，
你失去理智将后悔莫及。
你若不惧怕为何四处逃命，
把自己的人马全丢在敌人手里？

“要立刻赶到巴达克山，
这样通知我们的不正是你？
你不去直奔约定的地点，
却为何要来到我们这里？

“莫让我拨转马头，
快直奔巴克特拜那里，
眼下你一万大军俘虏在他手里，
营救他们是当务之急。

“将他可信赖的九十位壮士，
要让他亲眼看着被杀死，
要让他眼睁着往肚里咽血，
要让他抓耳挠腮撕心裂肺，
难道巴克特拜不折腰行礼？”

别特尔克说完急忙催促，
五部的联军依次上路。
那成孤家寡人的喀拉阔孜，
灰溜溜地跟在后头威风全无。

道路尘土蔽日，
目睹者为之惊叹。
浩浩荡荡的大队人马，
在原野上疾驰。

让别特尔克他们在路上走吧，
让我们将巴克特拜这里的情况，
再给大家交代一番。

在离巴克特拜不远的地方，
喀拉阔孜那被俘的大批兵卒，
全都还活着还能喘息，
此时他们列成长队，
被押送着向巴克特拜跟前走去。

巴克特拜向他们盘问：
“你们全部都来自何方？”
一个跟随喀拉阔孜多年的亲信，
自告奋勇地张口开腔，
他没有丝毫回避和隐瞒，
详细陈述了知道的情况。
他把用耳朵所听到的，
他把用眼睛能看到的，
全部都说得仔仔细细。

巴克特拜听完静卧了两天，
莫名的痛苦充满他心里。
德尔坎拜率队一直未归，
也没有传来任何消息，
这怎能不让他心里焦急。

到了第三天早上，
他带着被俘的喀拉阔孜的人马上路。
他们绕过一个山嘴时，

突然与一队人马相遇。
只见以德尔坎拜为首的九十勇士，
被五花大绑在马背上，
后面一群押解的兵丁，
熙熙攘攘朝他走来。

向着那一群押送勇士们的兵卒，
巴克特拜快马迎上。
他径直过来劈头问道：
“你们的首领是谁？
为什么把这些人如此捆绑？”

押送的四十个兵卒之中，
一个叫阔依托隆的下马告知：
“这里的头人是我，
你这样询问有什么要事？
你瞧这在押的共九十人，
原是喀拉柯尔克孜的勇士。

“节迪盖尔人喀拉阔孜，
不怀好意来到这里。
入侵者的下场必然是惨败，
喀拉阔孜被打败后四处浪迹。
正当他一筹莫展走投无路，
他侥幸地与我们路上相遇。

“卡曼大力士身手非凡，
本领高强敏捷神速。
虽然这九十个勇士不屈不挠，
结果全被他一人俘虏捆在一处。

“喀拉阔孜当时举起了战刀，
说要立即把他们劈死。
别特尔克却未同意，
强力出手将他劝阻，

说要拉到巴克特拜的面前，
再砍掉他们的头颅。
说就是要让他们去见死神，
也要让巴克特拜看个清楚。
他要在巴克特拜的跟前，
露一次脸把威风展示。
他说此事至此他还不满足，
他要杀掉整个柯尔克孜。
我的名字叫阔依托隆，
我所知道的已全部告诉。”

听罢阔依托隆的这番话，
巴克特拜已经明白，
他是个卡勒玛克的小小头目，
就接着问了下面的事：
“别特尔克去了哪里？
我问的是率领你们的头领！”

阔依托隆这样回答：
“他留在了大军之后，
他让我们先行一步。
大军就在我们身后，
浩浩荡荡将来到此处。”

巴克特拜又开口说道：
“你阔依托隆要听清楚，
快把被押解的大力士们，
全部松绑放开约束！
我的指令你如果不听，
我一刀让你身首异处！”
巴克特拜说话的神情，
冰冷得如同严冬的冰柱。

巴克特拜厉声言毕，
怒目瞪向阔依托隆的眼睛。

阔依托隆顿时被吓得魂不附体，
一下子滚落马背昏厥过去。

那马匹间连接成串的绳索，
被巴克特拜一刀砍断。
那被捆绑的壮士们，
巴克特拜亲手为其把绳索解开。

“快给他脸上洒些凉水，
让那阔依托隆也站起身来！”
巴克特拜一边示意九十个勇士离去，
一边命人端水过来。

那半死不活的阔依托隆，
迷迷糊糊回过神来，
他两手紧紧贴着胸腹，
像女人一样点头礼拜。
他的小命总算没有丢掉，
他暗自对巴克特拜感恩满怀。

就在这刹那间，
那被俘的喀拉阔孜的大批兵丁，
循着足迹，列成长阵，
从巴克特拜身后跟了上来。

德尔坎拜带领的九十名壮士，
在卡勒玛克人的手里，
差一点被斩首灰飞烟灭。
此时德尔坎拜领队在前，
跟在巴克特拜身旁，
那力量和勇气如狂浪重来。

被俘的节迪盖尔大队人马，
此时也已经跟了过来。
那兵丁们个个从肩头取下弩弓，

列着长队在对面摆开。

这时德尔坎拜向那被俘的兵丁们，
表达自己的心意：
“巴克特拜不向你们下手，
让你们平安地来到这里。
你们也没有逃离，
没有回到喀拉阔孜那里。”

德尔坎拜的这番话语，
听得这些兵丁们眼泪直滴。
塔坦讲起了他们的经历：
“汗王喀拉阔孜向来只有野蛮的威逼，
我们天天面临死亡的恐惧，
心想我们到此已经死定，
对生命的期望早已丢弃。
我们与你们无冤无仇，
是他把我们赶到了这里。

“‘千日的天堂，
不如一日的凡世。’
如若巴克特拜放了我们，
我们决不回到喀拉阔孜身边去！

“多少年来喀拉阔孜招兵买马，
早已找不到年轻的男人，
他便从我们部落的女人当中，
强征了不少年轻女人补充。
他让女人们女扮男装，
终日练武，骑马拉弓，
他使我们受尽了非人的折磨。

“他与汗王卡勒德克联手，
无法征服顽强的柯尔克孜，
却让百姓惨遭杀害无法安宁。

我们部落中的男子，
除了满口无牙的老头，
就剩下在襁褓里的男婴。
十三岁与七十岁之间的男人，
一个也没有留在家中。

“他还责备生女婴的妇女，
为何不把男孩子降生。
那些怀有身孕的妇女们，
担心生下女孩子，
她们的身心都难以安宁。

“我们被俘虏以来，
英雄巴克特拜没说过半句难听的话语。
喀拉阔孜无法战胜柯尔克孜，
我们也难以活着回去。
如果能活着回到节迪盖尔的地盘，
他会说我们已与柯尔克孜联盟，
难道不会砍下我们的首级？

“那些妙龄的姑娘们，
都愿意嫁给柯尔克孜小伙子。
我们这些被俘的男子汉兵丁，
也都不愿回到节迪盖尔去。

“如果喀拉阔孜战死在疆场，
如果他真的从人间消失；
如果有一天传来这样的消息，
有新的汗王即位，
能让百姓安居乐业，
到时候我们会请示英雄，
然后再回自己的家乡去。”

塔坦说的是真心话，
在场的人们全都同意。

他们声音低沉却很坚决，
其中还夹杂着凄惨的哭泣。
这声音流露着女性的哀求，
她们诉说着自己的冤屈。

这时巴克特拜说道：
“男兵丁都到那边集合，
别和女人们混在一起。”
一万名俘虏中有八千名女子，
这时全被分离出去。

“德尔坎拜你拨转马头，
立刻带上她们出发，
直奔朱木噶勒的喀拉阔勒湖去。
莫让外人发现她们是女人，
先带她们安营扎寨住在那里。”

俘虏中有位未留胡须的老人，
看起来足有七十多岁，
他早先得过一种腰疼病，
男人的功能已经失去。

巴克特拜指着他说：
“在未得到我的指令之前，
你跟上她们一起前去。
你每天要到森林中去狩猎，
开弓射箭，下网投套，
让她们的生活得以维系。

“德尔坎拜，
你把她们送到后莫要停留。
你要继续驱马挺进，
直奔塔拉斯汗王的宫殿。
要向尊敬的别克巴恰，
报告这里发生的一切。

“你要把城中的五千名壮士，
火速带领到这里。
那两千零八十八名勇士，
我要亲自来指挥解除危机。

“德尔坎拜，你要不分白天黑夜，
在两夜三天把大军带到这里。”

德尔坎拜率领兵丁，
浩浩荡荡地出发上路，
奔向朱木噶勒的喀拉阔勒湖。

那位老人被举荐为头目，
他们很快把营帐搭起，
把女人们安置在了那里。

德尔坎拜越过夏米斯的达坂，
朝着塔拉斯驰骋而去。

马蹄嗒嗒，
塔拉斯的都城顺利到达。
德尔坎拜一刻没停，
马上拜见英雄别克巴恰。
他向汗王陈述了所有的事，
没有多作停留匆匆出发。

这一段让我们暂且搁在这里，
再从柯尔克孜为了抗击侵略者，
从四面八方会聚兵力开始唱起。

柯尔克孜为抗击侵略者广聚兵马

别克巴恰对奥润拜安排留守事宜

得知消息的别克巴恰，
要辞别年长的宫中总管奥润拜。
他言辞诚恳神色庄重，
把一桩桩事情仔细交代：
“玛依布拉克与加克塔什，
宽阔的铁斯克依牧草遍野，
加上喀拉布拉琼恰特卡勒。
你要保护好那里的民众，
莫让一寸为民造福的土地洒泪流血。

“莫让外人踏入塔拉斯的土地，
莫让人议论你无力抗击敌人。
你拥有戴白毡帽的柯尔克孜民众，
他们都是你的靠山和后盾。

“我要连夜上路驱马如飞，
加勒格再克之子巴克特拜，
已与我约定了会合之地。
喀拉阔孜与汗王卡勒德克，
率领千军万马进犯柯尔克孜。
如连他们都征服不了的话，
我誓不为人，宁愿死去。

“阿富汗人和伊斯番人，
追溯自己祖辈的血统，
一直追随着卡勒玛克人，
养成了充当走卒的习惯，
这次也加入他们的同盟。

“如果寿数已尽我就去死，
如果灾难临头我敢担当。
我要阻止他们相互接近联手，
要把他们的界线划清。
喀拉阔孜与卡勒德克，
我要割下他们的头颅，
一齐结果他们的狗命！
如果他们鬼鬼祟祟地逃逸，
我就一直将他们追踪！

“节迪盖尔的喀拉阔孜，
他斜对眼，短下巴，
他是分裂破坏的罪魁祸首。
你若仔细观察这个狗东西，
他历来从不安分东窜西走。

“芒格特人的汗王卡勒德克，
他厚厚的嘴唇，城墙一般的脸皮，
哪怕对同父同母所生兄弟，
他也从不会讲句实话袒露心机。

“我要彻底铲除这帮恶魔，
给他们嘴唇穿上绳索，
像对付石鸡一样扭断他们的脖子。

“如果玛纳斯的英灵与我相伴，
我定把这几个家伙的联盟彻底摧毁，
让他们再也无法踏入塔拉斯一步！”

他让奥润拜快写些信函，
他要立即派人送往各地。
还交代要在落款的地方，
清楚地盖上爷爷留下的黄金印玺。

“居住在伊塞克湖流域的柯尔克孜，

与哈萨克交错在一起，
他们历来和睦而居。
他们的首领是灭迭尔别克，
让快马信使给他把信送去。
要求在阿尔帕的平川，
五日内要把一切备齐。

“阿勒玛塔的阿克库巴克，
他已过了九十岁的年纪。
他有个英雄叫作库尔木休，
也向他把信使派去。

“住在塔拉斯的塔特别克，
这个人天庭饱满无比神奇，
让他率领部下立刻出发，
军队要达到上千人马。

“身上穿着银色长袍的，
是月即别的男子汉穆拉特。
喀什噶尔的吐尔达纳，
在阿斯克还有阿拉别克。
在叶尔羌的玛拉别克，
在和阗的阔祖别克，
在罗布泊还有汗王玛塔尼。
在阿尔泰和伊犁的谢尔麻特汗，
还有库木勒、土尔番，
以及遍布各地的英雄好汉。
给他们都清楚地通报了信息，
让他们一个不落地赶到这里。”

奥润拜急急忙忙写完信函，
一封封信上盖好了金玺。
尚卡依与巴攘之类较小的地方，
总共派出了十四位信使，
专到各地通报信息。

向各地的汗王通报了情况，
向这么多部落发送了消息。

别克巴恰与塔特别克，
率领着一千名壮士，
组成了强悍的大军，
竖起了呼啦啦的红色战旗。

在喧嚣的战鼓声里，
大军浩浩荡荡驰出王城威严整齐。
别克巴恰挥舞手中的马鞭在前，
塔特别克紧紧跟随在后。

别克巴恰唤来奥润拜，
又向他再三嘱咐叮咛：
“奥润拜你留在宫中，
要守好塔拉斯这中心家园，
切莫让任何人伤害了百姓。

“切莫无中生有增加他们的负担，
切莫无缘无故地乱挥皮鞭。
时时刻刻都不能忘记，
百姓的养育是幸福之源。

“玛纳斯的英灵无处不在，
你更要时刻铭记在心里。
切莫以自己已年老为借口，
待在宫中不出去体察民意。

“看样子我回来可能要延期，
这就要看我的运气，
是凶是吉让人难猜，
杀敌驱匪我义不容辞。
卡勒德克与喀拉阔孜，
我要把他们两人打翻在地。

“要在春秋两季，
择日去白色陵墓奠祭，
几代先祖的恩德，
定要牢记在心里。
男子汉凯耐尼木的教诲，
我们时刻都要深深铭记。
一代代祖先的历史，
千万不要忘记。

“不论塔拉斯是平安还是动乱，
不论阿拉什是破败还是兴盛，
这将都是你的责任功过，
我的叮嘱要牢记。

“切莫让老年人受苦受罪，
切莫让青年人整日饮酒，
切莫让媳妇们在家争吵，
切莫让男人们打架斗殴。

“要让妇女们保持尊严，
要让姑娘们在关爱中成长，
小伙子们不要破坏风尚。

“切莫让兄弟们争夺财富，
切莫为争夺虚荣和地位，
钩心斗角，耗费心机，
要让他们互帮互助互相接济。

“切莫以为自己聪明就为所欲为，
认为自己身强力壮就戏耍别人，
以为自己无所不能就居功自傲。
切莫满口谎言去欺骗好人，
切莫去攀龙附凤点头哈腰，
丧失公正，纵容坏人。

"敌人将要从四面八方发起进攻，
大敌当前，大难降临，
我们要敢于应对一切敌人。
浓雾笼罩遮天蔽日，
我们要敢于战胜那遍地邪恶。
哪怕大地震荡世道变幻，
我们要处变不惊，扭转乾坤。

"我对你讲，奥润拜，
你要多动心思减少休息，
以往与你朝夕相伴的好男儿，
塔特别克也要出征杀敌。

"为民远征作战光荣无比，
做好留守事务也不容易。
奥润拜你已不年轻，
奥润拜你也未衰老。
你刚过五十岁的年纪，
正是成人成事的最佳时期。"

别克巴恰这番话语重心长，
说罢便告辞跨马驰骋而去。
人们"哗"的一声举起双手，
仰天为英雄祝福送行：
"祝你道路平坦风雨无阻，
愿先祖玛纳斯的英灵把你扶助。
英雄出征愿你一帆风顺。
路途中你定能灭豹驱虎。

"与阿拉什为敌的那些恶徒，
在你的枪下定会败北。
你为民劳累付出艰辛，
天地将会把你的安康护卫。

“愿上天助你心想事成，
旗开得胜，所向披靡。
与你为敌的恶魔们，
让他们付出代价血流成河！”

高亢洪亮的祝福声此起彼伏，
送别的百姓们喧嚷不息。
保卫家乡的英雄可嘉可敬，
百姓们为之倾心勉励。

青鬃狼率勇士踏上征程，
雄狮玛纳斯的陵园就在面前。
他轻手轻脚迈入其内，
叩拜祈祷求福辞行。
他虔诚地弯腰鞠躬行礼，
敬献淡黄色绵羊和白色骆驼，
向先祖英灵献上一腔虔诚。

把马鞭挂在脖子上，
将缰绳挂在马鞍旁。
他面朝陵墓再三叩拜，
双手紧贴滚烫的胸膛。

别克巴恰流着热泪，
心中默念先祖的忠勇。
这时从玛纳斯的墓中，
传来了轰隆隆的响声。

好似那呼啸的狂风，
又像是雷电升腾。
陵墓忽然变得阴森可畏，
不知道刹那间有什么发生。

各种奇异的声音不断传出，
有的明显可以辨听。

忽闻早已过世的白色神犬吠叫，
汪汪的叫声震耳欲聋。
白色鹰隼呜呜鸣叫，
清脆的声音响彻天空。

战鼓声轰轰隆隆在空中回旋，
红色的战旗随风招展，
在人们的眼前隐约展现。

玛纳斯的阿克库拉骏马，
四蹄腾跃飞驰云间，
嘶鸣声震撼长空，
一阵阵响在人们耳畔。

月牙战斧的劈砍声铮铮不断，
狼牙棒的挥打声啪啪没完，
战刀的挥舞声唑啦唑啦，
长矛的刺戳声令人胆寒。

突然狂风大作旋风卷起，
朝着前方飞旋而去。
心想这是先祖让我出发，
别克巴恰便起身驰马而去。

现场的亲历者传出这消息，
令柯尔克孜民间顿时哗然。
接着各种各样的离奇传闻，
在各地迅速扩散。
左邻右舍的十四位汗王，
也不断到此询问打探。

咱暂且不表这些事情，
加勒格再克之子巴克特拜近况如何？
我们来听听他近来的情形。

巴克特拜战败群敌与别克巴恰相会

巴克特拜率领着浩浩荡荡的队伍，
踏上了回营的征程。
队伍的前部是威武的勇士，
他们刚被解救回来共九十名。
九十名勇士竖起战旗，
大家摩拳擦掌渴望奋勇杀敌。
队伍后部的人马没带武器，
是那被俘获的节迪盖尔人，
喀拉阔孜的两千名兵丁。

以康阿依的别特尔克作为头目，
那五部的众多兵马，
突然迎面与他们狭路相逢。
当一见到神勇的巴克特拜，
喀拉阔孜已是魂不附体。

喀拉阔孜瞧见自己的两千名兵士，
心想八千兵马到了哪里。
他顿时目瞪口呆面色苍白，
高声呼唤“你们还不快快过来”，
像从前一样飞扬跋扈专横暴戾。

别特尔克的手下阔依托隆，
他天生一副脖子又长又细。
他对喀拉阔孜一点也不客气：
“节迪盖尔的喀拉阔孜，
有几句话儿我告诉你。

“你们的兵丁和大小头目，

都在现场有目共睹，
你的同乡萨克恰克，
你来听听他的倾诉。”

浓密的胡须像箭袋，
满头的银发雪一样白，
那个叫萨克恰克的年老兵丁，
开口把话茬接过来：
“切莫狂叫，喀拉阔孜，
你的吼叫已没有作用。
你几乎每年驱赶我们出征，
从不让父老乡亲在家安宁。

“你白天不让民众放牧耕种，
夜晚不让民众安眠歇息，
强壮的马匹你不让民众乘骑。
你造谣生事故弄玄虚，
你各处差人送信蛊惑人心，
东奔西窜从不安分守己。

“你让男人都去送命，
折断了部落民众的脊梁。
你又从圆脸的妇女中，
强征女兵赶上战场。

“九十位壮士发起进攻，
我们袖手不与之抗衡。
你向加散德叩首求救，
好不容易才逃出军营。
你将成为渡鸦的残食，
你为何还要如此发疯？

“你向百姓强取豪夺，
苛捐杂税征取不停。
我们再也不想见到你的嘴脸，

你再莫要耍横瞎哼哼。

“生育女孩的妇女，
你责备她们为何不生男婴。
派人无端地折磨她们，
还将漂亮的媳妇拉进你帐中。

“我们紧紧揪着衣领，
日夜向上天祈祷表心声：
‘愿喀拉阔孜早日垮台！’
我们的恩人是巴克特拜汗王，
是他安慰了我们的心灵。

“看看你身边还有几个人？
你还敢依仗别人来逞凶！
快保全性命度日子吧，
不要对着我们再狂吼发疯！”

听罢萨克恰克的一番咒骂，
喀拉阔孜又气又急。
他想一矛刺翻他，
只可惜人家站在别人队伍里。
他急得结结巴巴，说不出话来，
羞愧得浑身大汗淋漓。

在一旁观望的别特尔克，
暗自耻笑喜在心里。
他要在这里显示威风，
一声令下将战鼓猛击。

鼓声震天，战马嘶鸣，
大地顿时尘土飞扬。
若是未见过这种场景的家伙，
早已魂飞魄散昏厥过去。

英勇的卡曼大力士，
有备而来想独打单拼。
他浑身上下用战甲包裹着，
严严实实，针锋难进。

他挥鞭抽打胯下的战马，
似凶神恶煞，狂如野兽。
他两眼滴血口喷火焰，
满头乱发已经奓起。

他的下嘴唇耷拉着，
上嘴唇向上翘着，
他比野兽还要莽撞，
狂怒驰来咆哮不息。

像要踏平整个大地，
咬牙切齿嘎嘎作响。
马蹄声噼噼啪啪，
战马朝着列阵的大队人马，
高声嘶鸣，狂奔而去。

喀拉阔孜目不转睛盯着，
心中沾沾自喜乐开了花：
“如果卡曼战胜了柯尔克孜，
以萨克恰克为首的，
那些背叛节迪盖尔的兵卒，
我要亲手把他们的心脏挖出！”

有位叫波隆楚的壮汉，
是九十名勇士中的精英。
他向巴克特拜请战以后，
快速闪出，挥矛直冲。

波隆楚与卡曼大力士，
呼啸的长枪冲来挡去，

刚刚战了几个回合，
卡曼大力士把波隆楚，
一枪从马上挑了下去。

卡曼大力士刚要去砍他的头颅，
一个叫萨勒肯拜的勇士赶上去救人。
眼疾手狠的卡曼大力士，
又将萨勒肯拜一枪刺翻在地。

卡曼大力士武艺高强，
一个一个地把勇士们打翻。
当被刺翻的人数达到四十，
观战者全都不寒而栗。
正当卡曼得意扬扬之时，
巴克特拜大吼一声跃马而出。

他手中挥舞着长枪，
朝着卡曼猛刺过去。
卡曼大力士的长矛忙来阻挡，
可惜已经错过了时机。
只见壮如大山的卡曼，
在马上晃悠了一下，
就这样被一枪刺翻在地。
未等下一个家伙冲来施救，
巴克特拜的狼牙棒已击中他的后脑，
让那野兽的脑浆四处飞溅。

从对方的大军中，
又有强汉接二连三地上阵冲杀。
巴克特拜哪能让他们活着回去，
一个个被挑下马嘴啃黄沙。

就在这刹那间，
就在这眨眼间，
就在这说话间，

对方的五十名勇士已离开了人间。
见这么多同胞躺在地上，
对方成千上万士卒吼叫起来。
他们从左右两侧包抄过来，
高呼着口号杀向巴克特拜。

人间的雄狮巴克特拜，
没有烦愁，只有愤慨。
他毫不畏惧地转过身子，
对自己的手下这样交代：
“有你们几十位壮士坚守在场，
节迪盖尔那被俘的兵马，
你们要小心戒备严加防护。
切莫担心我巴克特拜，
千万不要随我杀入战场。
黑心肝的喀拉阔孜，
他搞阴谋诡计会变换花样。
切莫让那两千人马，
被他趁机逞凶杀伤。”

向部下叮咛交代完毕，
他高呼着“玛纳斯”的口号，
呼唤着先祖阔绍依的大名，
呼喊着家乡切奇朵别的名字，
巴克特拜跃马向前迎击。

无所畏惧的巴克特拜，
挥舞着长矛冲上前去。
他双眼圆睁一鼓作气，
把敢于近前的敌兵全都撂翻在地。

曾经凯耐尼木亲手严酷训练，
用了整整九十天时间。
手中的长矛似长了眼睛，
巴克特拜杀得敌兵东躲西窜。

为了杀出一条血路，
他不惧面前人群密集。
敌方兵丁只要与他遭遇，
不是一个个被刺翻在地，
便是一拨拨血肉横飞。

巴克特拜冲入敌阵，
杀死了一群年轻力壮的兵丁。
就像羊群遭到了恶狼的袭击，
敌兵丢盔弃甲狼狈逃命，
一群群地溃逃各奔东西。
刹那间溃成了十二堆，
像受惊的绵羊战战兢兢。

他与敌人交锋来到下坡时，
敌兵连滚带爬瘫倒一地。
拼杀闯入上坡时，
一连数十个脑瓜被砍落在地。

敌兵抱头鼠窜狼狈不堪，
地上的铁头盔被战马踏得横飞。
失去头盔的家伙像雪鸡一样，
伸长着脖子妄图夺路逃命。

与巴克特拜交战的满洲兵丁，
如今就像被虎豹冲散的羊群，
七零八落，四处狂奔。

头目们即刻聚在一起商议：
“我们可不要照此下去，
损兵折将丧失士气，
还是要直奔巴达克山去，
要携手一道再不分离。”

他们立刻差遣使者向巴克特拜求和，
表明休战之意，
然后迅速撤离。

节迪盖尔的那两千俘兵，
对柯尔克孜的九十位勇士，
口服心服，满怀敬意。
人们见到巴克特拜，
无不佩服得五体投地。

“千万不要追击溃军。”
这是凯耐尼木的名言警训。
当对方使者来和谈之时，
巴克特拜当即表示同意。

时间又过去两日，
别克巴恰人马赶来会聚。
玛勒德拜率领城中的众多人马，
也赶到这里会集。
待到次日天明时分，
塔特别克也匆匆忙忙赶到此地。

此刻别克巴恰下令：
“各路大军在此休整五日。”

汗王们率领自己的人马，
浩浩荡荡遍地旌旗。
各路人马从四面八方，
风尘仆仆会聚在一起。
勇士们摩拳擦掌跃跃欲试，
询问着入侵者在哪里。
大力士们肩扛着战锤，
昂首挺胸，一派豪气。
一位位汗王亲自挂帅，
十四位汗王的兵马全部到齐，

加上被俘的节迪盖尔人，
兵马来自十五个地方。

让被俘的节迪盖尔全体兵丁集中，
别克巴恰颁布命令：
将那叫塔坦的壮士，
推举为他们的头领。

令被俘的女兵卒择日回家，
那些有丈夫的即刻就离去。
那些离开父母还未出嫁的姑娘，
也劝她们快回家去。
如果谁自愿留在此地，
也尊重个人意愿由她自己。

这时塔坦这样说道：
“我亲爱的孩子们，
在喀拉阔孜的压迫之下，
谁没有受够那野兽的窝囊气？
在每日战乱的威胁之下，
哪还有十五到七十岁的男人留在故里？
除了眼前的两千名男丁，
在节提苏的男人已所剩无几。
孩子们你们自己应该明白，
回到故乡也难找到称心如意的伴侣。

“作为长辈我向你们提议，
可不可以考虑留在这里？
如果留在柯尔克孜中能够适应，
既能吃饱肚子也无别的忧虑。
何去何从你们自己好好商议，
我没有其他更多可讲的道理。”

姑娘们听后无一人吭声，
羞怯地低着头不言不语。

巴克特拜听完开口说道：
“塔坦大哥，你在说什么？
要让姑娘们留在这里，
你说这些话是什么用意？

“如果不让她们走，留在这里，
她们会落个‘女婢’的名声。
好像柯尔克孜人强占她们，
这样的坏名声谁担得起？

“节迪盖尔的姑娘们，
千万不要让自己落个不好的名誉！
节迪盖尔与阿拉什，
原本就是同根同祖的姐妹兄弟。

“如果有眼力看透眼前的困扰，
让我们放眼把长远考虑。
柯尔克孜少年若想娶这些姑娘，
我就让他们到节迪盖尔去。
让他们先去提媒定亲，
结为亲家才是正理。

“让他们年轻人牵手建立友谊，
表明心意后再返回这里，
让柯尔克孜定个这样的规矩。
谁若认定这是正确的选择，
就可以自愿留在此地。

“莫让她们盲目到处乱去，
切莫耽误成无主的老闺女。
在塔拉斯的都城，
在阿特巴什的城里，
还可以专招她们为侍女，
这样的安置也可以考虑。”

听完巴克特拜的一席忠言，
全部女兵同声而语：
“我们决不回节迪盖尔，
未婚女子历来就没有乡亲！
也未曾有过自己的故里。
历来出嫁到异地他乡，
哪里有她的亲人儿女，
哪里就是她永久生活的土地。”

姑娘们道出了真心话，
大家便依从了她们的心意。
还有十四位汗王的王室，
也招她们自愿去做侍女。

男丁们踏上了回家的路，
妇女们也开始奔赴各地。
后来娶她们的男子，
谁都不敢胡言乱语，
更不敢说老婆是战利品和女婢。

朝着巴达克山方向，
其他全部人跨马离去。

别克巴恰推举巴克特拜，
作为总首领竖起大旗。
前辈圣人阔绍依的英灵，
也对巴克特拜显灵佑助。
他从此管理十四位汗王的属民，
再没有留下任何遗憾和委屈。

让我们放下此段，
再从英雄们抗击来犯之敌，
又展开激战的事件唱起。

双方勇士

对垒较量

卡勒德克欲杀喀拉阔孜结下仇怨

五部组建的大队人马，
由别特尔克率领，
浩浩荡荡来到了巴达克山。
节迪盖尔仅剩下五位随从，
由喀拉阔孜带领可怜兮兮。
汗王卡勒德克威严的样子，
惊吓得他们不敢大口喘气。
喀拉阔孜更不敢正面看他，
躲躲闪闪没了往日的傲气。

汗王卡勒德克住在大营里，
其他汗王进进出出十分随便。
喀拉阔孜被冷落在了门边，
踉踉跄跄十分难堪。

康阿依的大力士博东和佐恩塔热，
还有趺巴勒与加比凯，
卡勒玛克的别特尔克，
昂首挺胸步入大营乐乐呵呵。
喀拉阔孜最后一个进来，
双手紧贴着自己的胸膛，
不敢抬眼正视卡勒德克，
再不像从前狂傲无礼话多事多。

他好不容易咧了一下嘴，
卡勒德克却脸色冷淡。
阿富汗与伊斯番的汗王，
就像木偶一样一动未动，
装作压根就没把他看见。

汗王卡勒德克抬起头说：
“你们全部一起赶来，
是在何处聚在一起？
请把经过如实说个明白。”

其他人在一旁静静地观望，
别特尔克一句不落地讲了起来。
说他们如何激战巴克特拜，
那刀光剑影的激战难以忘却；
说节迪盖尔的人马如何被俘，
最后投降柯尔克孜也不足为怪；
全因喀拉阔孜前去惹是生非，
擅自向柯尔克孜挑起祸端，
大军之中伤亡兵丁已经过千。
这个无耻的害群之马，
竟与那荡妇加散德鬼混。
他一五一十地讲了个完完全全。

听完讲述的汗王卡勒德克，
心中顿生怒火万丈，
便让人唤来了加散德，
劈头一刀，让她把命丧。
接着他又颁布命令：
“在场的你们这七位汗王，
加上喀拉阔孜八位汗王，
连同我总共是九位汗王。
我们要去同柯尔克孜人展开较量，
同那蛟龙展开对抗，
直到凯旋胜利收场。

“大家把我推举为总汗王，
为何把喀拉阔孜撇落一旁？
他是否心中就把恶念密藏？
我的命令说一不二，

我要把喀拉阔孜的头颅砍下！
要让我的大军纪律严明、锐不可当！
谁要背叛我就要他的命，
你们无论是谁都会一样。
快给我拉出去斩了他！
帐外就是他的刑场。”

卡勒德克这样下达命令。
喀拉阔孜心想总会有人替自己解围，
他左顾右盼却无人理睬帮忙，
他两眼顿时暗淡无光，呆若木鸡：
“我犯下弥天大罪，罪该万死，
若要砍杀我，我的头就在这里。
要夺我的命，此刻就动手吧，
要溅我的血，就在此地下手吧。

“在当初那些年月里，
你我的关系最为亲密。
我不小心犯下错误，
眼下又成为千古罪人遭人唾弃。
你汗王卡勒德克若杀死我，
你能实现什么心愿和目的？
你难道就这样冷酷无情吗，
难道你真的要我呜呼送命？”
喀拉阔孜说着站到一旁又气又急。

来自康阿依五部的汗王，
这时都站起来为喀拉阔孜求情。
众汗王站立了半天，
卡勒德克才撇了一下嘴。
喀拉阔孜这才躲过了死罪，
但他却坠入了悔恨的深渊，
从此失去了往日的权势和声威。

喀拉阔孜变成了徒有虚名的汗王，

蔫头耷脑地缩立在一旁。
你看他就像那发酵的面团，
脸儿憋得又青又涨。
他低着头躲在一角偷偷张望，
不敢与汗王卡勒德克的目光碰上。

门前来来往往的驼队，
路边来往于节迪盖尔的商人，
喀拉阔孜偷偷向他们打听，
得知塔坦已成为新的汗王。
家乡的柯尔克孜人摩肩接踵，
到那里去是为了讨个美人新娘。
他还打听得知，
那些被他强征来的女兵们已离开故乡。
在柯尔克孜十四位汗王的汗宫，
那些已成为侍女的女兵受宠若惊。
喀拉阔孜听到这些，
心中更加感到无限悲伤。

喀拉阔孜心中暗想：
“待在此处如此窝窝囊囊，
不如我去向别克巴恰投降?
人们常言，
‘作恶者之手，照样也能行善’。
别克巴恰是否能意识到这点，
是否能保我平安无恙?
或者他会不让我开口，
将我处斩毫不思量!
与其空手到他面前，
不如对别特尔克与卡勒德克下手，
设法把他们的头颅系在我的马上，
带着他们的头颅前去敬献领赏？”

忽然他又转念一想，
“卡勒德克与别特尔克，

当他们双双死去以后，
谁还敢起来与我抵抗。
那样在八位汗王的属民之中，
还有那凶猛神勇的军队兵将，
我是否该去把统帅担当？
那时再与那柯尔克孜争斗不休。
我是否会活到银须白发地久天长？
先让卡勒德克鲜血流淌，
我要把制伏狂徒的办法谋划周详。

“不让其他任何人贴近，
我先宰了别特尔克。
如果其余汗王同意，
我就要当汗王之首。
如果其余汗王不同意，
我就砍下他们的脑壳，
投奔别克巴恰那里和他交好。
总之无论我的命运如何，
先到柯尔克孜那里再说。

“如果不能这样行事，
就不要先把他们算计。
战争不久就要爆发，
我要在此耐心等待时机。

“还是让我即刻赶赴节提苏，
杀死塔坦，先把宝座重新夺回手中，
招兵买马把旗鼓重整。
别克巴恰与塔特别克，
在这里游荡不在都城。
奥润拜已年迈衰老，
柯尔克孜谁能与我争锋？
我要去夺下他们的色尔城，
用威慑力量把他们踏平。”

心怀鬼胎的喀拉阔孜，
他幻想把整个世界独霸掌中。
他要先与别克巴恰结成同盟，
再杀死卡勒德克与别特尔克。
那其余汗王的庶民，
洪水般汹涌的大军，
如何统率指挥，全由他一人定夺。
他幻想夺取塔拉斯色尔王城，
成为阿拉什的统帅，
再登上玛纳斯当年的宝座。
他如此辗转反侧直到天亮，
整个夜晚眼都未合。

从八位汗王清晨共商大计之后，
喀拉阔孜思虑到当日深夜时分。
当到了午夜之时，
喀拉阔孜前往卡勒德克的帐篷，
悄悄地向那里接近。

卡勒德克与别特尔克，
刚开始凯西铁棋游戏，
喀拉阔孜便进入了那座帐里。
正在下棋的两位汗王，
根本未把喀拉阔孜的到来放在心上，
没问一句，没有在意。
喀拉阔孜心想下毒手的时机已到，
他那无鞘的战刀，
在那披肩的下方藏匿。

当他慢慢走近时，
卡勒德克请他坐在那里。
别特尔克无意间扭过头，
却发现在喀拉阔孜身上，
有个闪闪烁烁的东西。
那衣摆下露出的究竟是什么？

别特尔克探出头想看仔细。
心想可能已被察觉到了，
喀拉阔孜告辞退了出去。

这时“铮铮铮铮”的响声，
突然传到了卡勒德克耳边。
他急忙朝外扫了一眼，
只见喀拉阔孜正快步走远，
他那宽松的衣摆忽忽闪闪。

这时卡勒德克开口道：
“黑夜里喀拉阔孜，
为何会来到我们这里？
又为何不声不响地快步离去？”

别特尔克却这样说：
“当我窥视时，卡勒德克，
你是否已经发现什么？
我见他坐下时，
一个东西在他身上闪烁，
好像是那无鞘的战刀，
在他衣摆的下方藏着。”

“我未见到他的战刀，
只听到他的衣摆里，
发出刺耳的‘铮铮’响声。”
卡勒德克这样回应。

别特尔克这时开口道：
“从他最近的一举一动，
我感觉他正在干什么事情。
他向商人与过往的驼队，
在把什么样的消息打听？
让我们仔细观察暗中跟踪。

“你曾下达汗王指令，
要把他的头颅砍下。
他是否因此怀恨在心，
想在某一夜晚杀了我们二人？
然后八位汗王的民众，
都由他一人来统治管辖？
他是否还会提着我们的人头，
去拜访投奔别克巴恰？

“最近他常假惺惺地微笑和咳嗽，
把‘我们是友邻近邦’挂在嘴上，
又同节迪盖尔与芒格特联系，
他是否想把天下统一？
对这个黑皮肤蓝眼睛的奴才，
我们得摸清他的心计。

“你要命令那门前的侍卫，
从今往后别让喀拉阔孜再接近这里半步。
如果困乏了打瞌睡，
我们就转移到别处休息。
瞧这喀拉阔孜的行迹，
没准会干出蠢事，
让我们措手不及。

“他不到约定的地方去，
鬼鬼祟祟跑到阿特巴什，
手中的大批人马都被俘失去。
他颤颤巍巍魂不附体，
深更半夜来此必有用意！
你诚恳地请他就座，
他却急匆匆地离去，
难道这其中没有问题？”
两位汗王越辨越清，
再不能对喀拉阔孜放松警惕。

柯尔克孜重兵集结迎敌 双方勇士拼杀对垒

刚刚过去了两个白昼，
忽然传来一个消息：
别克巴恰的大队人马，
正在浩浩荡荡地逼近这里。

听说柯尔克孜的大军来了，
这些家伙们哪还敢大意，
连他们的袜子生了虱子，
每夜安息都从未脱下。
原本大家要去到巴达克山会集，
计划一齐去把塔拉斯侵袭。
纳曼干、塔什干和撒马尔罕，
安集延和玛尔尕朗，
把这些地方的牲畜财物全部洗劫。

谁知如今形势大变，
柯尔克孜的大军却压到这里，
不让他们扬起尘土，
不让他们踏入塔拉斯大地。

“是否喀拉阔孜暗地里与他们勾结，
假装败给那柯尔克孜人，
假心假意地跟到这里？
如果柯尔克孜不掌握确切情报，
怎么会突然赶到这里？
这些都是喀拉阔孜所为，
我们这才悟到根底。”
他们这样猜测怀疑，
喀拉阔孜成了众矢之的。

柯尔克孜的十四位汗王，
兵马众多不计其数。
联军的八位汗王做贼心虚，
为这重兵的到来感到发怵。

一听说战争就来了精神，
一听说柯尔克孜人来了就睡意全无。
康阿依人要先集合，
立刻得到卡勒德克的同意。
别特尔克的重兵，
当即敲起了战鼓，
瞬间鼓声震天。
在别特尔克汗王的带领下，
八位汗王的大队人马，
潮水般涌上了阵地。

康阿依人的黑色战旗，
在大地上高高竖起。
康阿依人的卡勒当勇士，
准备一人上阵迎敌。
他凶猛神勇性格狂躁，
小小的眼睛像石鸡一样聚光，
留心的人们一见就会知悉。

他那种公牛般的脖子青筋凸起，
他那公驼般的大腿又粗又壮，
他强壮的身体像千年树桩站立。
脸上的横肉耷拉着，
喂饱两条公狗还有剩余。
你再瞧瞧他那浓密的胡须，
就像贴上了月即别的手鼓皮。

他天庭宽阔，
像盛满食物的口袋一样；

他额头上的条条皱纹，
像无数弯弯曲曲的深沟；
他敞开的胸膛又宽又阔，
就像那幼马的赛场；
他那下坠的胸肌，
就像吃空胎牛乳的两岁小牛，
圆凸凸的，又肥又亮。
再瞧瞧他的两边面颊，
就像两扇宫廷的大门，
扁平宽大，紧紧地关上。

他梧桐枝杈般粗壮的小腿肚，
无人能用双臂搂住。
他的鼻子就像一座高高的山丘，
又光又秃，没草没树。
他的唇髭就像一片芦苇，
长长短短，根根直立。
他的大嘴就像无底的黑洞，
獠牙颗颗外露，
就像一头肥大的野猪。
他一双怒目左右张望，
就像要袭击羊群的恶狼。
他用舌头舔着嘴唇和鼻孔，
手中紧攥尖锐锋利的长枪。

他忽然闪出阵来，
像座大山高高耸立。
又不顾一切地奔驰而来，
黑尘翻滚，漫天卷起。

见到这个卡勒玛克大汉的身影，
就像那高大的塔松，
柯尔克孜大军中的许多兵丁，
面色苍白顿感惊恐。
罗布泊的汗王玛塔尼见此情景，

去向巴克特拜请战以后，
立即跨马向阵前驰骋。

卡勒当与玛塔尼遭遇，
两人挥舞着长枪对攻。
卡勒当驰来时心想：
“我要把玛塔尼挑在枪锋，
将他带回营中去拿头功。”

他高呼着：“康阿依、康阿依、康阿依，
我们有别特尔克将无往不胜，
我卡勒当亲自上阵，
来看看你这柯尔克孜的本领！”

英雄玛塔尼也咆哮着，
他呼喊着“玛纳斯”的口号。
马蹄扬起的滚滚尘埃，
遮天蔽日，飞入云中。

怒吼着的两人交起手来，
夺命的长枪顿时交接在一起。
卡勒当先刺出血腥的长矛，
玛塔尼旋风般不断阻击，
长矛往来，马腾如飞。
向着卡勒当无甲可挡的臂膀，
英雄玛塔尼“嗖”地刺去。
矛尖刺中了卡勒当的臂膀，
肌肉开花，血流如注。
玛塔尼拔出矛枪转向右侧，
对准卡勒当腰侧愤怒攻击。

卡勒当手中的长矛一次次被挡，
臂膀的肌肉又被刺伤，
他恼羞成怒几近疯狂。
对玛塔尼刺来的长矛，

他目不转睛死死盯住不放。

当玛塔尼将长矛再次刺来，
卡勒当未让矛尖刺中自己，
将身子一歪躲闪到了一旁。
卡勒当一把抓住刺来的矛尖，
夺过了玛塔尼的那杆矛枪。

只听他此时大声吼道：
“玛塔尼，看你有多大本事！
在沙场英勇方显神威，
平时的狂语无济于事。”
卡勒当调整好长矛欲刺。
玛塔尼心想他这一矛刺来我必死无疑，
于是未等卡勒当的长矛刺出，
便将卡勒当那扬起的长衫，
一把揪在手上死死拖住。
当牢牢抓住那长衫之后，
他又把它压在马镫带子下方。
立即用双脚磕着胯下的战马，
玛塔尼扬起马鞭欲奔向远方。

玛塔尼拉扯着卡勒当的长衫，
可无论他使出多大的力气，
那山一样的卡勒当，
依然在马背上坐得稳稳当当。

高大的卡勒当大力士，
有着奥波勒大山般的力气。
暴跳如雷的卡勒当大力士，
趁机用力把长衫猛地一甩。
玛塔尼还未来得及松手，
“轰隆”一声连人带马，
反倒被对方拉倒在地。

来自库木勒的塔巴勒德，
见到自己的汗王落马，
他比飞箭还快地赶来，
扑向大山般的巨人卡勒当，
将战斧抡向他的膝盖骨。

塔巴勒德又把大锤举起，
就在那眨眼的工夫，
难得他竟十次连击。
可敬的英雄塔巴勒德，
不让卡勒当刺出矛枪，
掩护了落马的玛塔尼。
这时玛塔尼的战马终于又把主人驮起，
玛塔尼趁机拍马离去。

目睹塔巴勒德与玛塔尼的配合，
人们无不为他们的默契称奇。
塔巴勒德就像蝴蝶环绕着藤花一样，
始终不让卡勒当睁开眼皮，
一次次将他猛打猛击。

然而无论采取何种手段，
面对大山般的巨人卡勒当，
勇士们要对抗实在是吃力。

等到巨人卡勒当睁开双眼，
发现玛塔尼早已不见踪迹。
他愤怒至极双目圆睁，
尖似鸭掌的长矛攥在手中，
闪电般对塔巴勒德猛然一击。
哪能经得住卡勒当的这一击，
就像刁羊赛中的小山羊那样，
又像被风吹落的帽子，
塔巴勒德向远处滚去。

就在这千钧一发之际，
有一个好汉塔克尔巴什冲上阵，
他高呼“玛纳斯”的口号，
毫不畏惧地挥着矛枪。
他是来自塔拉斯的好汉，
千锤百炼久经沙场。

在萨勒巴尔德一马平川的土地上，
在萨热萨依的河岸旁，
卡勒当勇士与塔克尔巴什男子汉，
进行了一场惊天动地的搏斗。

彼此间的一切都心中了然，
就像对于手中的缰绳一般。
一见到塔克尔巴什男子汉，
卡勒当大力士有所防范。
不再像刚才那样狂妄，
不敢轻易催马上前。

二人对峙了几口茶的时辰，
好像都在把全身之力向臂端凝聚。
忽然卡勒当像只下山的猛虎，
催马与塔克尔巴什好汉上阵厮杀。

两人咆哮着舞动长枪，
只听见风一般呼呼作响。
不让对方的枪尖接近身旁，
噼噼啪啪互相抵挡。
不知飞旋着交手了多少个回合，
两人难分高低，难辨弱强。
见用矛枪无法战胜对方，
便把战刀紧握在手上。

怒吼声震耳欲聋，
挥舞战刀来回劈砍，

豁口布满曲锩的刀刃，
战刀碎片铮铮飞向四面八方。

把战刀的招数一一用完，
他俩又抡起门板一样宽的月牙战斧。
两人竭尽全力又劈又砍，
铠甲叮当作响火星四溅。
战斧的撞击声如山崩地裂，
斧刃已锩，斧背砸扁，
双方又换成狼牙棒在战场冲杀。

他们甩开臂膀，
狠狠击打对方。
头大颈细的大铁锤，
互相撞击哐哐当当。
你看他俩奋力猛击对方，
双脚都紧踏在马镫上方。
虽已竭尽全力筋疲力尽，
他们却决不言弃离开战场。

不顾生死，只要荣誉，
两个部落的勇士不遗余力，
头颅已肿胀得木桶一般，
仍不愿停歇喘一口气。

手中武器彻底失去作用，
便互相伸手扭打在一起。
比顶架的公羊还要凶猛，
鲜红的血水淌满了口鼻。
仍在使出周身的力气，
互相揪扯对方的衣摆，
满山坡骑马厮杀不息。

黑铁铸造的马镫，
互相撞击铮铮作响。

神勇咆哮着的勇士，
又一次鼓足全身的力量。
他俩虎视眈眈互相盯着，
四目喷射着凶狠的目光。
两人使劲撕扯对方的战袍，
恨不得将铠甲扯烂撕光。

一会儿又跳下马来摔跤，
两个强汉互相撞着胸膛。
你推我搡，死拉硬拽，
用双脚猛烈地磕打对方，
还是不能决出高低。

筋疲力尽，疲惫不堪，
手指都已僵硬，
浑身皮开肉绽。
胳膊又酸又麻无法抬举，
周身流淌的汗水把靴筒灌满。
直到夕阳西下日落西山，
眼看着黑夜又将降临人间。

此刻别克巴恰直闯战场，
他在奔驰的玛依托茹战马上，
一声大吼，宛若响雷：
“力量超凡的勇士们，
无月的黑幕已经下垂，
请你们即刻各自返回。
昼夜交叉时光有序，
日月互换天有轮回。
快快住手歇息去吧，
马要歇蹄，人要喝水。”

对别克巴恰的话语，
勇士们无一人抬头理会。
别克巴恰顿时火冒三丈，

“唰”地跳下战马，
劈头用手一挥，
右手揪住塔巴勒德的腰带，
左手勾起卡勒当的腰带，
将他们两个朝两边轻轻一甩，
两人就被甩离得谁也找不到方向。

柯尔克孜的十四位汗王，
康阿依联军的九位汗王，
那在场的人们惊得呼爹叫娘：
“这别克巴恰竟如此强悍，
要和他作对谁能不把命丧！”

伊斯番人与阿富汗人，
不知所措溃不成军，
他们准备连夜逃离，
又怕卡勒德克追上刀不认人。

待到天明，旭日升起，
朝阳的光芒照耀大地。
互相对垒僵持的军队，
又全军出动跨马出击。

尘土飞扬遮天蔽日，
碎石飞溅铺天盖地。
脚下的大地虽然宽广厚实，
这样的混战仿佛也难承载得起。

卡勒当高傲地驱马驰来，
手中的长矛高高举起。
塔巴勒德见到卡勒当，
怒目圆睁不能自已。
他浑身的黄毛根根奓起，
满面寒光，一身杀气。
腰间无鞘的战刀闪闪烁烁，

手中血腥的长矛红缨飘飞。

没有拖泥带水延误战机，
没有遵守传说的交战规矩，
二人拍马出战毫不客气。
他俩互相追逐搏击，
角斗厮杀劈头盖脸，
噼噼啪啪冲撞不息。
刀来枪往令人眼花缭乱，
魔鬼也难辨出谁高谁低。

刚过中午时分，
眼疾手快的塔巴勒德，
看到卡勒当露出了破绽：
他侧身驰过之际，
屁股总从马背上颠起。
他战袍的下摆也同时掀起，
缝隙里露出了自己的皮肉。
心想该让他离开这人世了，
于是把“玛纳斯”的口号一声高呼，
在对方又一次从马背颠起之际，
趁势挺起长矛将卡勒当猛击。
矛枪朝腰下端的臀肌刺去，
枪尖顿时沾满了血迹。

瞄准后下手的塔巴勒德，
让强壮的卡勒当大力士，
再没了可动弹的本领和力气。
后腰部喷射的血柱粗如鞭杆，
他抽搐着爬上了马背，
裤腿里鲜血哗啦啦流淌到地上。
他瞬间瘫倒在马蹄下的烂泥里。
在他沉重躯体的撞击下，
大地都在哆嗦战栗。

当塔巴勒德拨转马头，
正要砍下卡勒当的头颅之际，
康阿依的佐恩塔热，
雷鸣电闪般奔驰到跟前，
将塔巴勒德从马背上，
一枪刺翻在地。

从土尔番赶来的吐如木别克，
在阵前看到此情景万分着急，
心想："若是塔巴勒德在阵前被杀，
那将对我们十分不利。"

他催动胯下的杰尔德马，
战马腾跃，扬起滚滚尘土，
与佐恩塔热勇士瞬间相遇。
佐恩塔热与吐如木别克，
叮叮当当地拼杀在一起。

康阿依人趁机抬走了卡勒当，
柯尔克孜人也将塔巴勒德扶到马背上，
双双护送他们离开了阵地。

吐如木别克与佐恩塔热，
拼着性命搏杀疆场。
当初人们称卡勒当太厉害，
可在佐恩塔热勇士的面前，
卡勒当连大力士也算不上。
吐如木别克可不是平凡儿郎，
是不会轻易被别人砍伤的栋梁。
康阿依的佐恩塔热，
也不是好对付的对手，
他就像一座推不倒的山冈。

白天连着黑夜，
黑夜接着白天。

康阿依的佐恩塔热，
既是英雄又是汗王。
在佐恩塔热的手下，
曾有不计其数的勇士丢命逃亡。
死去的有奴才也有汗王，
有巨人还有勇将。
要与佐恩塔热面对面交手，
多少逞凶的勇士都把命丧。
有多少狂妄自大的勇士挥舞矛枪，
脸色铁青地与他交锋，
都在他手中身亡。
有多少逞能逞强的勇士横握矛枪，
气势汹汹地与他较量，
也最终得到同样的下场。

康阿依的佐恩塔热，
杀死了多少与他为敌的汗王，
他从未放走过追击的对手，
力大无比的大力士也难以逃走。
从少年时代至今，
战无不胜的佐恩塔热越战越勇，
此时他杀气腾腾赛过野狼。

他俩一战就是三天三夜，
谁见过对垒有这么顽强。
吐如木别克开始招架不住，
只好摆手示意暂停刀枪。

事已至此他俩协商约定，
中间画一条界线进行决斗。
都用长矛轮流出手，
轮到谁就看谁能坚强承受。
吐如木别克先让对方出手。
“玛纳斯的英灵扶助我吧，
保佑我一定能平安坚守。”

吐如木别克在心里念叨着，
神色镇定不眨眼地在原地等候。

“哪怕你是一块石头，
也已经是死到临头！
哪怕刺向岩石都不弯曲，
我的矛尖世间少有。”
佐恩塔热得意地驰来，
对准吐如木别克刺出矛枪。
佐恩塔热的那杆长矛，
此时忽从中间断成了两截。
“天哪，难道我要在此毁灭？”
他顿时失去了英雄气概。

吐如木别克的臀部也突然一歪，
滑到了马鞍的一侧，
连脚也一齐滑出马镫，
幸亏尚未坠地就又坐了起来。

机会轮到了吐如木别克。
佐恩塔热勒马挺立，
他像山一样高大雄伟。
吐如木别克驱马发起攻击，
把“玛纳斯”的口号呼向天际，
从佐恩塔热侧身驰骋而过的瞬间，
举枪猛地刺杀过去。

吐如木别克锋利的长枪，
击中他左侧的肋部，
划出的豁口有一大拃长。
佐恩塔热手缠着缰绳，
从马背被掀翻在地上。

他身后双目圆睁的克坦大力士，
来得就像暴风雨般迅急。

他耷拉着一拃长的眉头，
气势汹汹奔向战场。
康阿依的克坦大力士，
照自己惯用的招数攻击，
飞驰到吐如木别克身边，
挥枪连击把他掀翻在地。

柯尔克孜的塔特别克心想：
“如果他杀死了吐如木别克，
我们将前功尽弃，
我决不能让这个结果出现。”

他比疾风还神速，
也像猛禽奋飞一般驰去，
把克坦挡在远远的外围。
他猛地挥矛朝前虚晃了一下，
又狠狠地刺向克坦的腰侧。

只见克坦腰侧鲜血飞溅，
呼啦啦地流淌不息，
手中的矛枪也被击落老远。
克坦顿时气恼至极，
从马背上弯腰拾起被击落的长枪。

塔特别克就在这一瞬间，
把吐如木别克扶上马背，
使他好不容易安全逃离。

这时巴克特拜下令道：
“快来人将他扶下马背！”
把麦代提研磨敷在伤口，
再把艾白普捣碎内服，
还要精心将他受惊的灵魂安慰。
怕他内脏积血化脓，
又扶他在营中帐内来回慢行。

勇士们拼杀到傍晚时分，
康阿依的克坦大力士，
矛枪不断变换刺戳的花样，
这让塔特别克一阵惊慌，
肥厚的臀部挨了一枪，
塔特别克顿时鲜血流淌。

塔巴勒德和吐如木别克
在一旁观察着他们的决斗。
柯尔克孜人感到十分失望。
伊塞克湖的灭迭尔别克，
走出队伍要求上阵，
巴克特拜点头后他杀入战场。

灭迭尔别克的父亲是哈萨克人，
他的母亲是柯尔克孜女英雄，
他也因战胜过强敌而远近闻名。

灭迭尔别克将塔特别克，
从克坦大力士手中救了出去。
他相信自己是同样的强汉，
面对克坦愤怒无比。
他把锋利的长矛握在手里，
驱马向克坦发起攻击，
他要同克坦较量势不两立。
他倾力而战大汗淋漓，
热汗像洪水般流淌不息。
他冲上山坡时气喘吁吁，
他冲下山坡时心跳更急。
他又沿着斜坡拼打不停，
不顾生死地搏杀在滚滚的沙尘浪里。

灭迭尔别克苦苦支撑着，
直到他实在没了力气，

就这样整整搏杀了一个白天，
浑身皮开肉绽，血肉淋漓，
再也没有动弹的力气。

他头颅肿得木桶般大，
周身也肿得像皮囊充满了气，
若瞧瞧他全身皮肉的颜色，
就像那生锈发紫的锅底。
他只能抽搐着动一动睫毛，
仅剩下没断的那一口气。

阿克库巴克手下的大力士，
阿勒玛塔的库尔木休勇士，
眨眼间冲入战场，
他高呼着“玛纳斯”的口号，
顾不得自己匹马单枪。
他是汗王穆孜布尔恰克的后代，
他呼喊着穆孜布尔恰克的大名，
催动自己的高头良种战马，
锐利无比的长矛在手中舞动。

怒气冲天的库尔木休，
如雄鹰迅猛地从九霄扑下；
心狠手辣的库尔木休，
狠毒的毒蝎也不敢碰他；
令人心惊胆战的库尔木休，
死神见了也担惊受怕。

他是个哈萨克的彪形大汉，
他的身躯如同一座山。
他的咆哮声十分奇特，
好似凶猛的野兽一般。
他那手中的长枪，
曾把敌人的血迹脑浆沾满。

他不问对手的姓名，
怒不可遏地杀入战场。
你看他此时无比愤怒，
手中的长枪锐不可当。
对着康阿依人克坦的背影，
飓风般从后边猛击了一枪。

克坦大力士的前胸后背，
都是铁铸的铠甲，
那长矛就像刺中了石头一样，
“哐”的一声发出巨大声响。
受到猛烈的反弹，
那矛枪碰落的铁尖，
像箭镞一样飞溅向远方。

克坦大力士扭身飞马而来，
他愤怒得不停地嘟哝，
口中喷溅白色的唾沫，
活像性急暴躁的雄驼，
又像呱呱乱叫的渡鸦，
呼哧呼哧气急败坏。

克坦大力士如迅雷一般驰来，
刺出的矛枪又狠又准。
大山般的库尔木休，
应声坠落马背满地翻滚。

月即别的英雄穆拉提，
即刻扬鞭跃马奋勇向前。
他疾若闪电地拉了一把，
让库尔木休抓住马尾跨上了马鞍。
看到库尔木休被救走，
克坦大力士又气又恼，
转身向穆拉提挥刀便砍。

英雄穆拉提是汗王子弟，
他关爱庶民的品德备受称赞。
他是森奇别克的后代，
从来就是个不畏强敌的猛汉。
他的爷爷是森奇别克，
他体格健壮毫无缺陷。
战场上他曾以一当十，
让敌兵闻风丧胆。

他今年刚满四十，
正是身强力壮的年岁。
他中等的个头，微弯的腰背，
宽阔的胸膛，廊柱般的粗腿，
鹰爪般的指掌，夜星般的眼眉。
哪个敌人胆敢接近，
被他抓住定将粉身碎骨。

同克坦大力士展开较量，
恰是遇到了势均力敌的对手。
谁也没有把握战胜对方，
一招一式都精心运筹。
无论采用何种招数，
都无法令对方服输低头。

各自用尽百般武艺，
战罢了山顶又来到山沟，
噼噼啪啪，你呼我吼。
他们忽而互相躲开，
忽而又短兵交手，
仿佛在这个人间天地，
除了对手别的再也没有。

在双方观战者的眼中，
穆拉提与克坦大力士，
就像两条蛟龙，

腾云驾雾，难解难分。
浑身是伤，鲜血流涌，
他们谁也不愿一刻消停。
从日出搏杀到黄昏。
恶斗的回合难以数清，
也仍然难辨谁输谁赢。

穷凶极恶的克坦大力士，
突然之间暴跳如雷，
咆哮着把大头棒左抡右挥。
沉重的大头棒在风中不停舞动，
发出刺耳的啸声，
好似大海在咆哮怒号，
涌起的波涛澎湃汹涌。
又似戈壁飞石，尘土飞扬，
弥漫了整个天空。

穆拉提不慌不忙沉着应战，
他挥起战斧驱马向前，
用战斧向克坦右臂手腕用力一劈。
“咔嚓”一声手腕被生生砍断，
克坦手中的大头棒，
“哐”的一声飞落得老远。
大地被撞得晃了三晃，
顿时卷起滚滚尘烟。

鲁莽蛮横的克坦大力士，
不顾被砍断的手腕，
把自己的性命也丢在一边。
他另一手用力揪住穆拉提的衣领，
把他从马背上一把拉翻。
穆拉提在翻身落马的瞬间，
也死死揪住了克坦的袖口，
将大山般的克坦大力士，
也一同拽落在马蹄下。

见到克坦翻身落马，
康阿依的奇纳尔勇士，
便飞马火速赶到阵前。
他将克坦大力士匆忙扶上战马，
一挥鞭逃回自己的营盘。

男子汉穆拉提也打马回营。
吐尔达纳将他领到巴克特拜面前。
巴克特拜早已双手托起一件裘衣，
郑重地奖励给这位英雄好汉。

就在此时此刻，
康阿依的奇纳尔勇士返回了战场，
他狂妄嚣张，又叫又嚷：
“我奇纳尔已经来到战场，
你柯尔克孜人有没有胆量？
要上阵来的壮士可要想好了，
我不会让来人活在世上，
连根骨头也别想返回故乡！”

穆拉提立刻上阵迎敌，
他英姿勃发挥动长枪。
两个勇士斗智又斗勇，
相互怒视着对方致命的地方。
他们的吼声似要震裂岩石，
狠狠向对方飞刺矛枪。

矛枪噼噼啪啪不停地撞击，
转眼双方已无完整的戎装，
护心镜已被击得粉碎，
头盔被砸扁没了模样。
战斧噼啪叮当声不绝于耳，
马嘶人叫震耳欲聋人心惶惶。

火星飞迸，四面喷射，
黏糊糊的血浆伴着汗液浑身流淌，
他对他愤怒中虎视眈眈，
他恨他牙咬得咯咯作响。
这方怒目喷射着逼人的烈焰，
那面射出的飞箭在空中铮铮鸣响。
他们的口鼻如同小风箱，
连连喷出滚滚热浪。

再不顾什么轮次回合，
他们连续拼杀毫无退缩。
叮叮当当，噼噼啪啪，
他们互相砍杀毫不示弱，
头脸上满是淌血的沟壑。
他们从清晨较量到黄昏，
看不见五指了才各自撤回。

回营帐双方都不曾合眼，
都在设法更换新的刀斧矛枪，
将枪尖刀刃在毒液里连夜浸泡，
外层再用银漆涂上。
为防止斧背开裂，
用青铜将它层层包上。
他们将破损的战袍重新修好，
将脱落的铆钉又牢牢地铆上。

就在这忙碌中天已大明，
他们给战马鞴上鞍鞯。
将吸汗发硬的鞍垫，
揉搓得十分柔软。
将鞍带绷紧后鞧放长，
却把镫带缩得更短。

胸前带着护心镜，
身后背着厚实的铁甲。

腰缠着冰冷的铁皮带，
满面怒容阴森可怕。

坚固的盾牌大如门板，
硕大的头盔高高隆起，
耳朵也被头盔掩盖，
整个头部就像滚圆的铁球。

长矛高举直刺长空，
月牙斧磕碰着铮铮作响，
战刀在刀鞘中摩擦鸣响，
战鼓在身边咚咚不停。

英雄们重新披挂跨马上阵，
人们投去惊讶的目光。
互相对垒的人马在两边布阵，
瞪大眼睛注视着战场中央。

列队布阵的人群中，
讲究规矩的汗王多，
身穿铁衣的勇士多。
全身披挂的人也多，
跃跃欲试的莽汉多，
茫然观望的人更多。

奇纳尔与穆拉提，
两位男子汉面对面遭遇。
康阿依的奇纳尔勇士，
催马径直奔向这里。
穆拉提一副英雄气概，
他在马背上傲然挺立。
奔驰而至的奇纳尔举枪就刺，
他欲一矛决出胜局。
穆拉提却把缰绳轻轻一提，
骏马如龙腾空跃起，

那刺来的矛尖如同箭矢，
却刺中了脚下的大地。

那神速令观战者无不诧异，
穆拉提是怎样躲了过去?
奇纳尔回头见此情景，
更是恼怒得心头冒火:
“这次我非要刺翻他不可，
让战场溅满他的血迹！”

他剑拔弩张愤恨不已，
怒视的目光炯炯如炬。
他将嘴唇狠狠咬住，
拱肩缩背运足力气，
再次发力疯狂进击。
那杂种所骑的喀拉凯尔[1]骏马也如虎添翼，
像豹子一般奔腾不息。
手中的长枪如挟风驭电，
他又一次咆哮着猛刺过去。

穆拉提当然不会旁观，
他拥有出众的武艺，
在对方矛枪刺来的瞬间，
他身子朝着骏马的一侧一歪，
“唰”的一声躲了过去。
那骏马金鞍的前鞒，
“哐当”一声被击得火星迸飞。

奇纳尔猛虎般擦身而过，
他心想敌将必然骨碎魂飞。
可谁料到这惊险的一幕刚过去，
穆拉提像野猫翻身又跃上马背。
当两匹骏马相距只有一箭之远，
奇纳尔便扭过头来张望观看。
见穆拉提人马仍平安无事，

[1] 喀拉凯尔：深棕色。这里用作马名。

他张着大嘴如木鸡一般，
接着忽然大吼一声，
双眼喷出愤怒的火焰。
他再次打马冲向了穆拉提，
仿佛盛夏暴发的山洪一般。

月即别人穆拉提，
长矛常在岩石上磨砺。
他胯下的战马闪电般灵活。
奇纳尔的矛尖再次刺来，
穆拉提的坐骑，
腾空跳跃躲到一边。
奇纳尔未刺中穆拉提，
矛尖却扎在地面。
由于出枪的冲力过大，
奇纳尔差一点滚落马鞍。

世间罕见的穆拉提，
这时已看出对手的破绽。
他催动胯下的良种战马，
马儿像盘羊撒开了四蹄。
穆拉提闪电般追了上去，
朝着奇纳尔的软肋，
刺出的矛枪如掀海搬山。
大山般的奇纳尔来不及眨眼，
就已经从马背上滚落到地面。

穆拉提重新拨转马头，
准备再次发起攻击。
这时康阿依的布拉昆，
催马出阵如同暴风骤雨，
喘口气的工夫就冲了上去。
将月即别的穆拉提，
一矛枪从马背刺翻在地。

有个哈萨克的英雄好汉，
谢尔麻特是他的名字，
他是来自阿尔泰与伊犁一带的豪杰，
是阿依达尔汗尊贵的后代。
他的祖上阔克确汗曾经称霸一世。
他的传奇故事早已传遍四方，
他的威望在百姓中显赫一时。

阿依达尔汗的这个后代，
他继承了祖宗的英雄血脉，
是武功卓著的一代汗王。
见到阵前的这般情势，
心想：“如果穆拉提英雄被杀，
就是我们的栋梁惨遭折损。
必将会重创柯尔克孜势力，
我要为他们解围即刻上阵。”
他举手向巴克特拜征得同意，
就拍马高喊着迅疾向前。

康阿依的布拉昆，
正把长枪攥在手里。
他要让筋疲力尽的穆拉提，
把鲜血流淌在此时此地。
可当他策马回头之际，
哈萨克的谢尔麻特汗，
已闪电般把穆拉提扶上马背，
让他旋风般回营去。
正当他拨正自己的坐骑，
欲扭头迎战布拉昆的袭击，
布拉昆对着谢尔麻特，
驰马冲来挥矛猛击。
可惜布拉昆刺来的长枪，
被谢尔麻特闪电般挡开，
那长枪“乒”的一声朝天空飞去。

你来我往，舞刀弄棒，
他们遭遇在宽阔的战场。
他们拼过战刀又挥起大头棒，
劈过战斧又开弓放箭。
你进我退，你来我往，
拼着性命在殊死较量。

像被染红的两个高大的木桩，
殷红的鲜血从脑袋向下流淌。
这人世间从没过几天平静，
不知掀起过多少战争的惊涛骇浪。
多少男儿矢志不渝，
流血牺牲在无情的战场。
谁能取胜，谁会惨败，
谁人能够说个短长？

蛟龙般的两位大力士，
毫无顾忌厮杀在一起。
好像把短暂的生命，
悬挂在一根细丝上。

突然二人都跳下马背，
扯着腿脚缠绕在一起，
你拼命用力卡他脖子，
他双手用劲掐进你肉里，
二人都使出全身的力气。

肉搏了许久两人又分开，
那康阿依人布拉昆，
首先又跃上马背。
他怒火中烧怒不可遏，
侧身抽刀高高地举过头顶。

哈萨克人谢尔麻特，
也旋即一跳上马。

他手执沾满血迹的长枪，
挺身马背如雪山冰峰。

谁曾知晓这两位壮士，
那满腔旧仇久埋心底有多深多重：
在阿尔泰的阿热勒湖畔，
在阿克恰木布勒塔什的达坂，
在谢尔麻特的家乡，
布拉昆曾横行霸道，肆意掠抢。
是他带去了蛮横的康阿依大军，
疯狂抢夺哈萨克的牲畜，
让无数哈萨克人流离失所家破人亡，
将谢尔麻特部落五百多匹马，
掠到了康阿依人居住的远方。

当时谢尔麻特找不到交手的机会，
百姓中也无人敢去追击，
对此谢尔麻特一直耿耿于怀，
不料却在这里与仇人相遇。
“这可是千载难逢的机遇，
我决不会再放过这个仇敌，
我今日就要吸食他的鲜血，
否则我宁愿战死在这里。”
谢尔麻特自言自语嘟嘟囔囔，
声音小得好似同姑娘偷着约会一样。
他的心情好似初次去见岳父岳母，
虽有喜悦，更要小心。

前面的苦战已如风吹去，
过去的仇恨却令谢尔麻特心碎。
此刻回忆起往事，
谢尔麻特复仇的意志坚不可摧。
生死早已置之度外，
谢尔麻特剑拔弩张。
频频踢着马的肚皮，

谢尔麻特的马脖子伸得一庹长。
手中攥紧着红缨长矛，
长长的红缨拖在地上，
谢尔麻特奋勇冲击，
把布拉昆的长矛成功击挡。

布拉昆癫癫狂狂，
身后尘土滚滚飞扬。
布拉昆惊恐不安，
左顾右盼，东张西望。
布拉昆此时如同醉汉，
东倒西歪，摇摇晃晃。
布拉昆又好像斗架的公鸡一样，
在马背上把脖子伸得很长。
他像被铁夹夹住的狐狸，
乱蹦乱跳，神色慌张。

布拉昆此时心中也在暗想：
“我要一枪结果谢尔麻特的性命，
让马蹄踏过他的尸体。
当年我从他们圈里赶走马群，
浩浩荡荡昂头离去，
哈萨克人心里恐惧无人敢出家门。
当时只顾藏身保命的，
就是他谢尔麻特自己。

“如今他投靠别克巴恰，
才大着胆子尾随来到这里。
就让我当着他靠山的面，
把他毁灭得彻彻底底。”
他心中得意地这样盘算，
不把谢尔麻特瞧在眼里，
昂着头将长矛刺了出去。

谢尔麻特抡起战斧，

疾速把枪挡击。
被战斧击中的长枪，
“啪”的一声断成几截四处飞散。

布拉昆的骏马难收前蹄，
“唰”一下直冲过去。
谢尔麻特心想时机来了。
他扬鞭催着乌尔克孜勒骏马，
高高举起手中的长矛，
呼啸之声震撼大地。
像猎隼般灵巧凶猛，
像饿虎般勇猛无比，
朝着布拉昆侧肋猛刺而去。
大山般强壮的布拉昆，
向一侧斜着身子，
一头栽了个嘴啃黄泥。

有个康阿依大汉叫跃巴勒，
他的武功很有名气，
他常让对手鲜血流淌，
他常让相逢者消失在黑暗的天地。
这杀人成性的家伙自语说道：
“我要讨回布拉昆的血债，
我决不轻饶谢尔麻特这头野驴。
我这手中的长枪，
定要用他的鲜血清洗！”

像展翅的飞禽般疾驰，
像抛出的石块呼啸着，
他纵马冲到了谢尔麻特面前。
高呼着“塔、塔、塔”的口号，
吼叫声欲将山石崩坍。
他目空一切地高声叫喊：
“你们有多少兵将都上来吧，
我要让你们血肉横飞，尸骨如山！”

鼓起勇气准备再战，
谢尔麻特如箭在弦。
他迎面刺出了手中的长枪，
又揭开一场生死较量的画面。

一边催马快进直击，
一边迂回不让对方接近身边，
战袍和铠甲破碎百孔千疮，
激烈的喊杀声长久不息。
直到夜幕降临天色已暗，
才各自回到自己的营盘。

天色蒙蒙发亮，
皮鼓咚咚敲响，
巍峨的群山被瞬间震撼，
千军万马已来到战场。

跃巴勒变作另一种模样，
鲜红的战袍披在了身上，
斜刃的长矛握在手里，
既有英雄气概，
又像威风的汗王。
跃巴勒朝着谢尔麻特，
投来怒视的目光，
接着就是凶猛刺出的矛枪。
谢尔麻特岂能原地观望，
他纵马挥矛抵挡。

跃巴勒比昨日更加疯狂，
他回头再刺出第二枪，
谢尔麻特便被刺翻在地上。

来自阿斯克的阿拉别克，
见此便要拍马上阵。

“你可切莫出马。”
巴克特拜决计不肯同意。
来自叶尔羌的玛拉别克也前来请战，
巴克特拜还没有做出决定。
来自和阗的阔祖别克，
已不顾一切拍马驰骋而去。
旋风把他的衣摆卷起，
如同雄鹰凌空腾飞。
他上前将谢尔麻特扶上了马背，
高喊一声：“快随我离开这里！”
两匹骏马挟风而去。

康阿依人跃巴勒，
催动胯下所乘的坐骑，
冲出约六个射程的距离，
才勒住缰绳收住马蹄。
不等他掉转马头，
谢尔麻特已催马离去。

看到谢尔麻特已撤回柯尔克孜大营，
跃巴勒舔着嘴唇暴跳如雷。
他愤愤不平，满腔怒气：
“谢尔麻特，别说你逃进柯尔克孜人中，
就是回到了阿尔泰和伊犁，
我也要尾随追去。
我要给你降下末日，
砍下你的头颅！
只要我还活着，
一定为布拉昆报仇！”
跃巴勒驰马呐喊，
朝着柯尔克孜阵营冲去。

将谢尔麻特送回营里，
阔祖别克转身与跃巴勒遭遇。
他是年事已高的大伯，

须发苍白一身胆量却缺力气。
就在他转身迎战的刹那间，
咆哮着的跃巴勒刺出有力的矛枪，
将阔祖别克像皮帽一样，
从马背上掀翻在地。

眼看着这位长者的遭遇，
巴克特拜担心不已。
便催动纽扣耳朵棕色骏马，
如飞一样冲了上去，
把阔祖别克老人安全救回营地。

看到跃巴勒追杀而来，
他顺手把战旗交给了阿拉别克，
让他与玛拉别克暂时守护，
又向他们叮嘱了如下的话语：
“玛拉别克与阿拉别克，
阔祖别克大哥你们一定牢记，
你们都已上了年纪，
已没有上阵搏杀的力气。
请你们不要争着去上阵，
就安心地驻守在大旗下面。”

“就让巴克特拜决定去吧，
相信他们有自己的主意！”
别克巴恰一动不动一言不发，
依然在原地岿然站立。
向别克巴恰举手行礼致意之后，
巴克特拜拨转战马前去迎敌。

就在这刹那间，
跃巴勒已闯入柯尔克孜阵营里。
他向巴克特拜吼道：
“快交出谢尔麻特，
如不交出就等着瞧吧！

你的人马和十四位汗王，
将会血流成河，变成肉泥！”

这时巴克特拜厉声答道：
“跃巴勒，你闯进了我的阵地，
还居然如此狂妄无礼！
这次战争的罪魁是卡勒德克，
喀拉阔孜恶棍也是罪责难逃的仇敌。
你把他俩捆绑着先交出来，
我才可能考虑放你们回家去。

“是卡勒德克与喀拉阔孜给你送信鼓动，
让你在此卖命出力。
你若执迷不悟胆敢动手，
我们绝无慈善之心放你活着回去！
你可要心放明白掂量仔细。

“你跃巴勒是康阿依的一位汗王，
我是柯尔克孜的巴克特拜。
他们挑起战争自己却不上阵，
只想坐收渔利趁火打劫。
他们树敌又不敢来较量，
却把你们哄骗驱赶过来。
阿富汗和伊斯番，
还有你们康阿依三部，
让你们五部的汗王充当马前卒。
你们切莫在此惹祸，
你们要立刻回家乡别在此送命。

“如果你不念及自己的父老乡亲，
不认清罪责赶快回故乡，
非要与我们为敌在此顽抗，
被投入坟墓将是你唯一的下场。

“与喀拉阔孜和卡勒德克两位恶棍，

你们不明不白地纠缠在一起，
无故地让人牵着自己的鼻子作恶，
‘无耻走狗’，从此世人将会这样骂你！

“你们不时地四处兴风作浪，
你们的恶名留在了各地：
在巴尔阔勒、库木勒和土尔番，
阿尔泰、依确克还有伊犁；
从东南到阿斯曼阔勒，
从西南到阔克卡木尔，
还有叶仁卡布尔噶一带，
你们劫掠牲畜，
让百姓不得安宁，疲于奔命。

“由于我们的疆域广大无边，
所以我们未能及时将你们惩罚。
喀拉夏热和吉勒德孜一带的平民，
我们放任了他们因为实在偏僻。
在我们的阿依勒也有卡勒玛克人，
可我们并不掠劫他们，
总是亲密相处，不分彼此。
对于你们康阿依诸部，
我们并没抢割过你们的庄稼，
我们更没放火焚烧你们的家园，
也没去把你们制糖的甜菜践踏。
你们却养精蓄锐培植爪牙，
每年都要到处侵略劫夺祸害天下。

“我们并未涉足你们的领地，
并没有侵占和挥霍你们的金银财宝，
并没有侮辱你们的人格和尊严，
并未把你们渠里的水从上游截断，
并未像你一样常口出狂言，
集结兵马去攻击征讨邻居。”

听巴克特拜道出这番话语，
跃巴勒顿时哑口无言尴尬不已。
好一会儿他才结巴着说：
“空吾尔巴依、交劳依和涅斯卡拉，
从他们那时开始，
我们就与你柯尔克孜成了冤家对头。”

听罢跃巴勒的这些话，
巴克特拜昂首开口，严词回击：
“为何你怀恨在心处处与我们为敌，
我们却至今不喊冤屈？
当年在阔阔托依的祭典上，
你们的先辈们任意妄为为非作歹，
肆无忌惮挑起事端。
你们将哈萨克人欺辱驱赶，
甚至不把玛纳斯放在眼里。
对伊塞克湖、特克斯和伊犁的百姓，
还有沿天山而居的平民，
你们全部洗劫一空扬长而去。

“面对这种情况，
雄狮玛纳斯才大发雷霆伸张正义，
十四位汗王和四十勇士，
他率领了他们组成的千军万马，
向空吾尔巴依盘踞的别依京发起讨伐攻击。
是你们拒不悔改还不罢休，
造成了争战愈演愈烈不断持续。
你们几次想对我们宣战却无能为力，
无奈只有将牲畜钱财拿来进贡赔偿，
甚至连汗王的公主也作为赔偿奉送。

“然而你们劣性不改言而无信，
又在赛麦台依时代招兵买马，集结军队，
侵略我们塔拉斯，再次犯罪。
你们一向专横暴戾，

把战火燃遍了我们的山山水水。

“涅斯卡拉、乌尚和穆拉迪勒等恶徒，
他们一次次惨遭失败又不思悔改，
直至自己粉身碎骨。

“阿勒曼别特之子古里巧绕，
砍下了涅斯卡拉的头颅。
乌尚和穆拉迪勒也未能逃脱，
作了加勒格再克的刀下鬼。
即使这样你们还不甘心，
空吾尔巴依继续玩弄阴谋诡计，
他邀请赛麦台依，
到阿木尔河畔会晤。
他以为赛麦台依远离家乡孤立无援，
背信弃义发起攻击。
结果空吾尔巴依未能得逞，
自食其果，可耻地丢掉了自己的性命。

“来自康阿依的跃巴勒，
如果你头脑还清醒，
请你回忆一下这一段历史。
自从卡勒玛克称雄以来，
疯狂地四处入侵掠夺。
从阿牢开到空吾尔巴依的疯狂统治，
到英雄玛纳斯率众英勇反抗，
如今已经是第六代人了。
你们每一次的疯狂入侵，
都是以可耻的失败告终。
你们仍然不知道痛改前非，
你想想，这样下去会是什么结局！

“我希望你们认清形势明辨是非，
不要再受卡勒玛克人的蒙骗。
停止这无谓的杀戮和牺牲，

回到家乡去过自己安逸的生活，
不要在这里白白地为他人送命。

“如今你从康阿依到此还口出狂言，
‘我们的兵马从未涉足你的家园’。
你目空一切妄自尊大，
过去的事情你全已忘记。
你还说要讨还血债颠倒黑白，
你想称霸世界更是白日做梦。

“如果你不服气我再给你举几个例证，
当年在库库兰的萨热山谷，
有大耳朵乔云阿勒普，
有铜肚脐克克玛特勇士，
有身穿铁大衣的夏勒克玛特。
也有阔克吐卡特汗王奇克台，
还有塔吉克人铁米尔别克，
他们的铁蹄都曾踏遍这里。

“节提苏、伊斯番、阿富汗，
也曾集结兵力云集在一起。
他们像暴风骤雨般涌来，
结果魁首和强汉们都战死在这里，
其余的人马溃不成军销声匿迹。
看样子你也向往着死亡，
让死神揪着你的衣领来到这里，
你是否已蠢蠢欲动无法控制自己？

“跃巴勒，你若还有理智，
最好尽快返回家去。
我们不会说你闻风丧胆，
更不会说你跃巴勒没有骨气。
请你公开告诉你的兵士，
每当发起劫掠战争之际，
你们康阿依人总是排列在前翼，

难道你们天生就是贱民，
就是被卡勒玛克人驱赶的奴隶？

“若不盲从你就不会枉送性命，
你追随布拉昆能得到什么？
你若不听劝阻非要蛮干，
也会同样即刻死在这里。
你如果醒悟请即刻返回，
你若想开战我也决不客气！”

夜幕降临天色渐暗，
虽然跃巴勒早已想通，
却又怕人笑他无功而返。
于是他心想：“我先杀了你吧。”
就把锋利的长矛攥在了手里。
他内心怒火阵阵复燃，
轻催战马来回打转。

巴克特拜这时已明白几分。
两人顿时怒发冲冠，
发出震耳欲聋的怒吼，
眨眼间拉开了激战。

他们不知厮杀了多少回合，
那枪头矛尖已钝圆弯曲，
斧背已被砍裂，
刀刃豁口遍体。
护心镜已被击碎，
盾牌的铆钉散落了一地，
环扣的铁链七零八落，
身上的战甲被扯得面目全非。

两人撕打得遍体鳞伤，
震天动地的战斗仍未停息。
直到日落看不清面目，

才回到了各自的营地。

如何讲述过往的旧事，
如何明言警告暗语敲打，
加勒格再克之子巴克特拜，
将告诉跃巴勒的所有话语，
如实陈述给了别克巴恰，
一点没有隐瞒，
一句没有夸大。

别克巴恰耐心听完，
同往常一样静静站立，
不动声色，没有说话。

让我们先搁下这一段，
再从双方将帅头人的较量中，
英雄巴克特拜如何胜出，
开唱玛纳斯后代的新篇吧。

卡勒德克
怯战败逃

卡勒德克软硬兼施笼络人心

巴克特拜的一番话语，
说到了跃巴勒的心里，
他垂头丧气地退出阵地，
回到了他自己的军营。
将士们不约而同到此聚拢。
大家向跃巴勒献上了热茶。

巴克特拜讲的一番事实道理，
他如实复述，一点没落，
巴克特拜在战场上的勇猛机智，
他也实实在在告诉了大家。
最后他还提出自己的打算，
讲述了自己的理由和想法：
“卡勒德克汗王请你准许，
我要回到自己的故土自己的家里。”

跃巴勒接着还这样发话：
“博东和加比凯你们想想，
是别特尔克把我们带到了这里。
我们来到这里究竟为了什么？
自玛纳斯那时直到如今，
有多少大力士率军征战，
最终是一腔热血白白抛洒。
如今我们只顾着卡勒德克的情面，
最终我们会得到什么？
你们快讲讲心里话切莫隐瞒，
你们是否愿同我一道动身回家？”

面对跃巴勒的这一番言语，

没一个人出来应答。
在场的人们都沉默不语，
一个个把脑袋低下。

他们的总汗王卡勒德克，
双目骤然喷射出恼怒的火焰，
他狂笑了十五下后收起了笑脸，
说出了一大串让人耻笑的言语：
“我们走过了大半个世界，
来到这无亲无友的荒蛮野地，
凡夫俗子谁能有如此魄力？！
说柯尔克孜曾战胜了一切，
是谁想把这番话传遍大地？
不怕遭受各种艰辛和磨难，
把四方的骏马聚集在一起，
男子汉从来都是神勇无比。
我们从早到晚承受着磨难，
艰辛和操劳有谁能知悉？
这全都是为了尊严和荣誉！
千百年来这就是事实，
真正的勇士从不怀疑。

“自从人类诞生繁衍以来，
人们有时结成联盟有时又分开。
这分分合合，自由自在，
独霸一方就是我们做汗王的英雄气概！

“如果不追究历史的冤仇，
我们活着还有什么志趣？
从东方到西方，
哪里没有柯尔克孜的马蹄，
未曾踩踏的土地？
哪里没有柯尔克孜男子汉，
征战刺杀留下的血迹？
哪里没有与柯尔克孜血战留下的尸体，

哪里没有与柯尔克孜争夺过的部落领地?

“有多少豪杰曾揭竿而起,
要让柯尔克孜销声匿迹。
卡勒玛克人的阿牢开曾预言,
玛纳斯将降生世间。
为了不让玛纳斯这个恶鬼出生,
他就发布了严酷的命令:
要割开所有柯尔克孜孕妇的肚皮,
让所有怀着的婴儿全部夭折,
让他们在降生前就进入地狱。

“玛纳斯平安降生长大成人,
他从各处招募壮士马匹,
使阿拉什的男子汉无比英勇。
他将各部落的首领,
推举为各部的可汗,
安抚人心造福百姓。

“汗王玛玛依率领的四十个部落,
创出了柯尔克孜居孜的名气。
他们驰骋在平原和群山,
使四十个部落的柯尔克孜有了生息的领地。
当玛纳斯跨马一声召唤,
他们便会立刻会聚到一起。
他们自称阿拉什部落联盟,
齐心合力,强大无比。

“四十个部落的柯尔克孜黎民,
六十个部落的阿拉什民众,
阔绍依常为他们出谋划策,
巴卡依更是他们的高参圣人。
然而谁是朋友,谁是敌人,
人们一时还难以区分。

“哈萨克人阔阔托依去世一年以后，
他的儿子扬言要举行隆重的祭典。
他借此邀请了各个部落的头人，
一时间鱼龙混杂，场面混乱。

“来自康阿依的五部借机发难，
将柯尔克孜与哈萨克的牲畜肆意掠赶。
他们还嫌祸害不够，
又向芒格特与阿富汗把密使派遣，
他们为结成强大的联盟，
不惜用黄金白银去贿赂勾连。
他们想把阿拉什一举踏平，
是玛纳斯把他们的阴谋彻底戳穿。

“不断的战乱不停地流血，
自从那时直到如今。
你们与柯尔克孜人结下了生死仇怨！
你们康阿依五部的首领，
才是让人不得安宁的祸根。
你以为我对历史一无所知？
你胡言乱语是何用心？
如果你们分裂队伍，
我让灾祸在你们的头顶降临！

“柯尔克孜将诞生玛纳斯，
是你们对孕妇惨无人道。
在汗王奇克台时代，
你们以乔云阿勒普为首，
是你们蒙骗了塔吉克人。
又是你们让世上其他诸部，
都把柯尔克孜树为敌人！

“跃巴勒，你是否要金蝉脱壳，
是否今日就想离开这里？
你们当中谁敢违背我的意志，

我就让人把你们高高吊起！
你们谁敢违抗我的命令，
我就活剥你们的人皮！

“离开大军擅自发动攻击，
喀拉阔孜现在落得毫无兵力，
还害得我误入歧途。

“柯尔克孜人的确毫无过失，
而节迪盖尔人有极大的罪过。
柯尔克孜人早已指腹为婚的姑娘，
节迪盖尔人为何还要去抢亲？
自己怀中的老婆，
有人却要插足抢娶，
这样的事谁遇到能不生气？

“我的先祖巴迪阔勒，
他们做的一些事也可恨可气：
当年玛纳斯的姐夫卡尔玛纳普还活在人世，
他就想将卡尔玛纳普的妻子抢归己有。
玛纳斯为此十分生气，
怎能忍受别人侮辱自己的姐姐，
因此我祖宗的命就丧在玛纳斯的手里。

“节迪盖尔柯尔克孜部的汗王巴额什，
与汗王玛纳斯情同手足关系甚密。
巴额什老人临死时专为儿子立下遗嘱：
要与玛纳斯的儿子赛麦台依搞好关系。
平日里十分孝敬父亲的托勒托依，
对他父亲的脸面尊严却毫不顾惜。

“他贪图小利被人利用，
竟然派兵帮助青阔交包围阿昆汗城，
要强抢玛纳斯为儿子赛麦台依订下的，
指腹为婚的阿依曲莱克仙女，

他为此有了不幸的遭遇。
他虽未死在赛麦台依手下，
却丧命于赛麦台依部下的手里。
这桩桩件件数不胜数的往事，
结怨至今，难平难息。

“巴克特拜讲了一些实情，
你康阿依的跃巴勒就没了勇气，
竟来此闹着要回家去？
其他想离开的人也唯唯诺诺，
敢问你们从出发至今，
为什么一味顺从来到这里？！

“让我毫不隐瞒地说句实话，
我们也确实有过失。
可他们也没有提出，
互遣使者结为盟友。
谦让的话一句也不说，
柯尔克孜也有过错。
谁也不比谁高明更多，
难道我们要向柯尔克孜屈膝，
去点头哈腰过奴才的生活？！

“从玛纳斯时代算到如今，
柯尔克孜已经历六代，
从巴迪阔勒那时算起，
芒格特也已经历了五代。
我们双方始终争斗不休，
这难道不是上天的安排？
你们都是五个部落的后代，
听我来讲，快转过脸来，
谁若长途跋涉征讨他乡，
更惨的伤亡会将你等待！

“当年柯尔克孜远征康阿依，

五个部落的头目们联手抵抗，
他们各方齐心协力，
胜利的捷报不断传扬。
发兵远征的柯尔克孜，
连不起眼的小事也不肯忍让。
结果穆孜布尔恰克和阔克确汗王同日战死，
阿勒曼别特与楚瓦克一起阵亡，
玛纳斯的四十位勇士折损了多名，
玛纳斯自己也负了重伤。

“在赛麦台依时代，
空吾尔巴依曾率领众军，
同涅斯卡拉结成同盟。
他们带领着三十二位猛将，
一心想用武力征服柯尔克孜，
将塔拉斯摧毁踏平。
他们一次次围攻色尔王城，
却总是两败俱伤损失惨重。
空吾尔巴依被折断了胳膊，
柯尔克孜顽强地追击，
涅斯卡拉与穆拉迪勒同时丧生。

“除了空吾尔巴依以外，
诸多汗王也都丢掉了性命，
多少知名的英雄豪杰战死，
这样的惨状天下震惊。

“从凯耐尼木那时开始，
发生的争战更不计其数。
每次征战塔拉斯，
我们总是遭受惨败而归的结局。
柯尔克孜是没有进犯我们的领地，
也没有抢劫过我们的马匹。
但为讨还那历史的冤仇，
我们怎能安享平静？

“我们都曾盟誓约定，
聚集到一起很不容易。
你却要一个人退出联盟，
难道我们就这样软弱可欺？
你们要三思后拿定主意，
所有人的决定都要报我知悉！”

汗王卡勒德克说完这一番话，
双眼虎视眈眈地盯着大家，
仿佛世世代代不休的战争罪责，
全部是五个部落的先王们犯下。
他用那不容商量的口气，
道明返回者便是不可饶恕的仇家。
他借讲述阿拉什的情况，
道出了他的想法和目的，
不容别人有一点不同的看法。

受他威吓的八位汗王，
全部眼睁睁地呆坐一言不发，
谁也不说好不说不好，
一个个甘愿充当傻瓜。
大家只是缄口互相张望，
任卡勒德克无边无际地东拉西扯，
任他对自己的父亲自己的祖宗，
信口雌黄，又吼又骂。

过了半碗茶的工夫，
别特尔克开口打破了沉寂：
“你是我们大家推举的汗王，
请你不必这样生气，
切莫让大伙儿一直困在这里，
往东往西就请你拿个主意！
只要我们还有一口气，
大家定会齐心合力，

维护顾及共同的利益。

“失去大家的信任会被抛弃，
节迪盖尔人喀拉阔孜，
康阿依的勇士跃巴勒，
是他俩吐出了不祥的言语。
脱离联盟是他个人的耻辱，
我们愿与你一起顶风冒雨。
其他人有错就请你宽恕，
听你指挥就是我们的共同意愿。”
这时汗王们一个个六神无主，
都微微点头表示同意。

就是“耻辱”这一个词语，
又牢牢把大伙儿拴在了一起。
这时汗王卡勒德克又开口说：
“跃巴勒，你若是胆小鬼就别上阵，
你若想再显身手就快鞴马去。
柯尔克孜英雄巴克特拜，
可是个亡命之徒凶狠无比。
你如果实在抵抗不了，
战场上你就举马鞭挥手示意，
到那时我们会一道出动，
把柯尔克孜围歼个彻彻底底。

“柯尔克孜是我们世代的仇敌，
消灭他们的一些人马，
就是折断了别克巴恰的翅膀。
虽未见面但我已知悉，
来自和阗的阔祖别克，
来自阿斯克的阿拉别克，
来自叶尔羌的玛拉别克，
全部是不中用的老家伙。
他们是须发苍苍的老翁，
根本无法与我们匹敌。

“只要你仔细将他们观察，
你就会增添决胜的勇气：
伊塞克湖的灭迭尔别克，
他武功平平，眼高手低。
曾守卫阿勒玛塔的库尔木休，
他声名显赫你切莫大意。
来自塔拉斯的塔特别克，
来自喀什噶尔的吐尔达纳，
对付他们根本不需要太大的力气。

“可成为我们的一点障碍的，
是月即别的男子汉穆拉提。
阿尔泰的谢尔麻特，
罗布泊的汗王玛塔尼，
他们都非同一般。
每个人你都要严加提防，
与他们遭遇切莫鲁莽恋战。
还有卡木布勒的塔巴勒德勇士，
他是个让人畏惧的强汉。
土尔番的吐如木别克，
也心狠手辣十分阴险。

“从不放过所追杀对手的，
是来自玛纳斯的塔克尔巴什壮汉。
塔克尔巴什虽然身强力壮，
但缺少计谋头脑简单。
阔绍依的后代巴克特拜，
那个十足的吸血恶鬼可不简单。
他与别克巴恰不相上下，
英勇无敌，气势如山。

“天下无敌的凯耐尼木，
曾向后代把武艺传授。
阿斯勒巴恰与别克巴恰，

还有巴克特拜都在他身边。
他用了整整九十个日夜，
三十二种马上战术，
勇士必备的四十种徒手招数，
世间现有的这七十二种武艺，
他全部传授给了他们。
他给了他们英雄的气概，
更给了他们非凡的智慧和谋略。

“过去有个叫居仁朵的恶魔，
在世间作孽千年。
是凯耐尼木英雄，
舞刀挥剑把他劈斩。
他还吞食了居仁朵的舌头，
从此那魔怪具有的奇异巫术，
全被他装在自己心间。

“巴克特拜受过他的传授，
他的威猛不容置疑。
如果你和巴克特拜遭遇，
切莫鲁莽杀入他的兵阵之中。
切莫狂妄自大地与他对阵，
更别盲目地去争功图利。

“战场上无论伤亡多少兵士，
这从不少见也不必惊奇，
反之如果汗王不幸丧命，
再想要崛起可不太容易。
如果汗王战死兵士可投降，
将弓箭挂在脖颈双手抱胸，
鞠躬磕头后便可溜之大吉。
如果兵丁死光，留下汗王，
他还会招兵买马进行反击。

“巴卡依曾经有句名言：

‘离群的羊容易被狼吃掉。’
这话说得很有道理，
如果你一人决意离开，
人们会说你因害怕柯尔克孜而逃离，
此话无论传到哪个部落，
谁都不会表示怀疑。

“喀拉阔孜离群而去，
只有三位随从和自己四人逃回，
几万大军却全部失去。
他从此每日里耿耿于怀，
内心像烈焰炙烤经久不息。
以为无人知道他的纠结，
可大家谁也没有再把他看在眼里。”

卡勒德克对众人一顿训导，
让他们随时备好征战的武器。
他设了晚宴款待大家，
直到深夜才各回营地。
然后他又下令吹号击鼓，
让各支人马保持警惕。
他派出自己的人马四处巡视，
他亲自游走在各个营区。

伊斯番人与阿富汗人被他怀疑，
提防着他们不让偷偷逃逸。
尤其是对那个喀拉阔孜，
卡勒德克更怕他会记恨在心，
趁机离间人马来杀害自己。

喀拉阔孜辗转反侧无法入睡，
整夜里更换着身上的长衣。
“别特尔克与卡勒德克，
我要取下他们的首级。
我至少要把其中的一个杀死，

再提上人头去向别克巴恰表明心迹。
就说我一时糊涂一时失足，
赢得他的信任后再寻找时机。
假若取得了他的信任，
我再设法把他算计。
我早晚也要收拾了他，
让他死在我的手里。

“我要把别特尔克杀死，
我要铲除汗王卡勒德克，
我要夺下卡勒德克的汗位，
指挥大权归我掌握。
我要把八位汗王握在我的手中，
让他们与柯尔克孜血战拼搏，
哪怕损兵折将也在所不惜，
我要享受做总汗王的威风快活。”

他心中这样想着得意扬扬，
黑夜里自言自语嘟嘟囔囔。
他走出营帐在夜幕下踱来踱去，
那古怪的姿势像鬼魅一样。

卡勒德克看到了他，
心想此人鬼鬼祟祟不寻常，
肯定是喀拉阔孜这只野狼：
“我一定要弄清他的秘密，
看看他在搞什么名堂。”
他在大帐门前勒马而立，
下令把喀拉阔孜叫进营帐。

被孤立已久的喀拉阔孜，
即刻快步走进营帐，
他点头哈腰开口就讲：
“卡勒德克汗王，
我去查看了七位汗王的营帐，

查看是否有可疑的人游荡，
查看谁把您要提防的指令随意违抗。
虽然我孤身只影被别人冷落，
但我愿为你辛劳献力。”

听喀拉阔孜说出这样的话，
卡勒德克就如此答话：
“你本来是条硬汉足智多谋，
没有人心里不佩服你。
我怕你在那里游走乱窜，
给歹人带来可乘之机。
又心想你是已经安睡，
还是在孤零零地独自站立？
喀拉阔孜汗王啊，
为此我便让你来到这里。

“不论是阴天还是晴天，
你我都要勇于承受和经历。
无故骚扰平静安详的人们，
这样的勾当我们要尽量回避。
如果大军一旦骚动军心不稳，
我俩将会首先成为众矢之的。”

只是奉劝了这么几句，
汗王卡勒德克让他离去。
“白天在大家面前说的是一套，
夜里讲的又是一套花言巧语，
不知这卡勒德克是黑是白，
我还是要对他提高警惕。”
喀拉阔孜在心里琢磨。

就在这眨眼的工夫，
夜色渐淡，太阳升起，
卡勒德克号令下大军倾巢而出，
跨马簇拥着奔向对方阵地。

跃巴勒挑战巴克特拜

康阿依人跃巴勒闪出阵来，
战马飞腾，战刀高举。
喀拉柯尔克孜人巴克特拜，
也单枪匹马出战迎敌。
“看这两个英雄谁更强悍。”
观战的人们窃窃私语。

这时跃巴勒高声喊道：
“喂，巴克特拜，
我把你的话转告了大家，
却遭到无情的指责与谩骂。
现在我要出阵与你独战，
我将不顾一切与你拼杀。
跃巴勒就是我的大名，
让我们在战场用实力说话！

“我是博孜克尔特克的后裔，
这一点你也该清楚明白。
柯尔克孜的色尔哈克，
在夏扬的盆地把博孜克尔特克杀害。
柯尔克孜的巴克特拜，
我要砍下你的头来，
我要吐出这口恶气，
我要讨还先祖的血债。
今日就是我雪恨的时机，
要让你知道康阿依英雄的厉害。
康阿依人曾与柯尔克孜多次交战，
其实真正的康阿依英雄并未过来。
为讨还博孜克尔特克的血债，

今天我要在战场说话。

“过去的康阿依人中，
还没有像我跃巴勒一样的猛将。
今日我上阵独斗单打，
定要开膛剥取你的肝脏。
我要砍下你的头祭我的先祖，
我要把你的血浆灌满我的阔阔尔皮囊。

“我要你丧命在众目睽睽之下，
我要打出康阿依的一片天下，
别说是你巴克特拜上阵，
就是别克巴恰我也照样拿下。”

你看他面色阴沉横眉竖眼，
你看他怒火满腔暴跳如雷。
他口吐狂言胡吼乱叫，
如同受惊的恶犬不停地狂吠。
他手里挥舞呼啸的长矛，
拍马狂奔直冲而上。

两人立刻正面交锋，
互相拼杀你来我往。
一个回合后各自撤出一段距离，
两人再拨转马头相对而驰，
展开又一场激烈的攻击。

四目喷射着愤怒的火焰，
虎视眈眈，势不两立。
接着同时又抓起了大头棒，
甩开膀子向对方砸去。
一会儿两人又抽出战刀，
叮叮当当劈砍在一起。
直杀得战刀口豁刃锩，
他们的怒吼声震天动地。

他们挥舞起战斧相搏时，
那盾牌被击得碎片乱飞。
护心镜也都咔嚓嚓迸裂，
矛头枪尖也早已变钝弯曲。
那已经开裂的战斧，
早已失去了致命的威力。
口中好像盛不下自己的舌头，
跃巴勒呼哧呼哧喘着粗气。

巴克特拜挥来的战斧，
仍噼噼啪啪飞舞不息。
只听“嘣”的一声巨响，
那回声如雷震荡着大地。
跃巴勒的巨大头盔，
正好从顶部被劈出缝隙。
跃巴勒明知头盔已破，
却毫不求饶退缩半步，
心想如果再砍一下我就会完蛋。
危急中他仍不忘玩弄心计，
他按照事先的约定，
手里高高地挥动马鞭。
康阿依人的六千兵马，
瞬间潮水般奔涌而出。
跃巴勒趁机拨转马头，
在混乱中匆忙逃离。

巴克特拜怎能容忍罢休，
让死敌从手中溜掉逃逸？
“挥刀溅洒热血，
正是最佳时机。”
将呼啸的长枪握在手里。
巴克特拜疯狂地催马冲击，
杀向康阿依人的兵马阵里。
对自己的部下和军队，

巴克特拜没有发出任何信号，
巴克特拜深信自己无人能敌。

巴克特拜勇往直前，
将那蜂拥而来的群敌，
狂妄自大的蛮汉，
正面遭遇的顽敌，
横扫杀翻如秋叶落地。
也不知刺翻了多少敌兵，
只见敢正面交锋的家伙里，
马背上没留下一个活的。

在巴克特拜的面前，
虽然也有敌兵顽强地阻击，
但康阿依大军已群龙无首，
阵脚大乱，仓皇逃逸。

此时跃巴勒忽然又下令还击，
他自己也发疯似的卷土重来，
妄图求生于绝地。

目睹了阵前这一切，
阔祖别克一声号令：
“喀拉柯尔克孜的将士，
一个不留，全部出动，
给我一齐向前冲锋！”
他自己带来的玛勒德拜，
自己的头人德尔肯拜，
也从军营中冲了出来。
五千将士一个不少，
撒开马缰如排山倒海。
杀入康阿依人的大军中，
喊杀声震天动地。

柯尔克孜军队如同狂澜，

康阿依的胆小鬼们被吓破了胆。
那笨头笨脑的蠢货们，
如缩头乌龟手忙脚乱。
那失魂落魄者呆若木鸡，
裤裆被尿水湿透了一片，
心想枉送性命的死期到了，
声声哀号，凄凄惨惨。
有的心慌意乱不知所措，
双手发抖举不起矛杆。
马挤人撞，无法掉头，
结结巴巴，又无法呼喊。

在康阿依人的大队人马里，
可依靠和可信的只有跃巴勒。
在喀拉柯尔克孜的队伍里，
作为靠山的只有巴克特拜。
巴克特拜的威望至高无比，
他是栋梁和主心骨。
无论是白天黑夜、平原山地，
他让五千名将士在城外操练，
苦练刀法到锋刃锩曲；
他教他们如何从鞘中速抽战刀，
拼枪挡矛，风随影去；
他教他们各种劈砍战术，
抡斧相搏，招招毙敌；
他教他们噼噼啪啪激战，
挥舞大头棒练习对击；
他让他们甩开膀子猛砸对手，
一对一地拼搏不息；
他让普通将士相互扭打，
徒手把敌手置于死地。

他向五千将士传授的，
全是先王凯耐尼木的真传，
招数样样精湛，

武艺招招克敌。
如何在马背上不被击败，
如何在徒步中不被摧毁，
如何抡斧挥枪不易疲乏，
如何昼夜不停战斗不息，
如何养精蓄锐保持体力，
招招式式武艺精绝。

接受训练的五千将士，
杀入康阿依的大军里。
他们手执鸭掌似的长枪，
不把抵抗者一枪刺死，
只是将他们击翻在地。

目睹柯尔克孜兵将的还击，
康阿依的勇士加比凯十分惊异，
他紧跟康阿依人猛扑上去。
塔特别克一见冲来的康阿依军队，
也高呼着“玛纳斯”的口号，
拍马撒缰从军营中冲杀出去。

巴克特拜与塔特别克，
就像腾云驾雾的两条蛟龙。
他们一个在后护卫，
一个在前冲锋，
相互配合，天衣无缝。
他们所向无敌杀出一条血路，
将遭遇者一个个掀翻在草丛。

跃巴勒与加比凯，
他俩时刻并肩同行在一起，
这是卡勒德克定下的战术，
这时也显示出非凡的威力。
他们两个边战边说：
“不要先接近巴克特拜。

咱们千万不能分开，
要一道冲向塔特别克。
先不要直接上去刺杀，
要玩弄花招进退自如，
等到对方露出破绽，
再立即动手将他们刺翻。”

他们的手段被巴克特拜察觉，
他小声告诉塔特别克注意防备：
“跃巴勒与加比凯，
正左右周旋于你的外围。
他俩以为我们毫无防备，
我俩要直奔而上发起攻击，
不给他们下手的机会。
塔特别克你先冲上去，
我会在你身后紧紧跟随。
你全神贯注对付前面，
切莫放过正面的劲敌，
要让他们全部落马坠地。”

在他身后的巴克特拜，
拥有凡人不知的秘密。
他胯下所骑的凯尔骏马坐垫下，
有一条披毯十分神奇：
它能使主人隐身幻化，
迷惑敌人躲过攻击。
那披毯事先已叠成六层，
和鞍褥放在一起。
巴克特拜顺手拉出，
瞬间披在自己和骏马的脊背。
塔特别克骑着奥尔克孜勒骏马，
仍在他前面奔驰如飞。
这时跃巴勒向加比凯说道：
“怎么只剩下了塔特别克一人？
你快来睁眼瞧个仔细。

巴克特拜刚才还在，
眼下却见不到他的踪影。
咱们要立刻纵马上前，
乘胜追击，让他鲜血飞溅。”

东张西望的加比凯，
得令催马扬起尘埃。
癫狂奔驰的加比凯，
挥舞着长矛咆哮而来。
狂妄自大的加比凯，
心想最佳的时机到了，
要打出英雄的气派。
他面朝塔特别克催马奔去，
酷似恶狼口已张开。
在加比凯的身后，
跃巴勒也正紧紧跟来。

巴克特拜的战马非同寻常，
它奋蹄奔来闪电般神速。
披毯下的巴克特拜挥起了矛枪，
一矛枪戳中了跃巴勒的臀部，
他未及出声就栽下了马背，
连哪来的矛枪都没弄清楚。
可就在这一瞬间，
塔特别克也被加比凯掀下了马背。
未等加比凯转身勒马，
巴克特拜眨眼间已赶了上去。
他顺手猛击一枪，
加比凯就落马啃了口黄泥。

巴克特拜挥矛刺向跃巴勒时，
黑心肠的卡勒德克却看得清清楚楚，
他两只眼睛冒着火焰，
闪电般向巴克特拜发起攻击。
他抽打着喀拉苏尔战马，

心中藏着几分得意：
“你以为别人都看不到你的身影，
怎知你始终在我的眼皮底下。
今日我看你如何逃逸？”

乱马混战，尘扬沙飞，
柯尔克孜人塔克尔巴什，
飞马把塔特别克救了过去。
卡勒德克对准巴克特拜，
从身后恶狠狠地挥枪猛击。
卡勒德克非比寻常的力量，
把巴克特拜从马背上掀翻在地。
巴克特拜趴在地上，
差一点晕死过去。

康阿依的大汉博东，
也把加比凯扶上马背，
立刻催马飞驰而去。
性格暴躁的卡勒德克，
勒马回头威风凛凛，
再次向巴克特拜冲杀过去。
眼看着巴克特拜命悬一线，
英雄别克巴恰也赶到阵前。
他借着呼啸长枪的冲力，
将高山般强壮的卡勒德克，
流星般击落马背。

康阿依男子汉博东勇士，
他催马挡住了别克巴恰，
双方顿时挥矛拼杀在一起。

纽扣耳朵棕色战马在原地昂头嘶鸣，
巴克特拜又趁机跃上了马背。
卡勒德克也骑上了战马。
巴克特拜与卡勒德克，

再次挺枪跃马战在一起。

别克巴恰与博东也同时展开了搏击。
几百年来人们传说，
卡勒玛克的空吾尔巴依力大无比。
如今康阿依的大汉博东，
可以与空吾尔相提并论。
除了别克巴恰这个英雄，
他眼里根本瞧不起别人。
他可不是普通的劲敌，
他是不可轻易推翻的山脊。

"嗖嗖"地来回穿梭，
康阿依的巨汉博东，
纵马在战场上飞扬跋扈，
从不把任何人放在眼里。
对别克巴恰这只猛虎，
他决心要比个高低。
他把别克巴恰作为攻击的目标，
心想一定要让你毁灭在我的手里。
他像一堵山崖横在眼前，
高昂着头颅挺着胸膛，
挥舞着长枪左刺右击。
他嘴里高呼着"康阿依"的口号，
像一只疯狗杀入阵地，
径直向别克巴恰扑去。

你瞧瞧别克巴恰，
像高耸入云的雪峰。
他的眼睛闪着寒光，
如同严冬深夜的星辰。
宽实的天庭，高大的腰身，
一人可敌万马千军。
他猛如节提苏的雄鹰，
他凶胜雪山上的白虎，
他烈似卷地的狂飙，
他勇赛云端中的天神。
他面似油炸过的赤色麦粒，
竖起的根根胡须像黑色的丛林。

见到他容貌的凡夫俗子，

浑身颤抖，冷汗淋漓，
他醉驼般的咆哮响若惊雷，
令七层深谷响彻回音。
强汉壮士见他冲来，
屁滚尿流，四处奔逃。

像雪山冰峰般高大伟岸的别克巴恰，
把阿勒巴热斯神枪刺向敌军。
康阿依的博东飞驰而来，
不可一世，威风凛凛。
两个世代的冤家狭路相逢，
针锋相对，不让一分。
一方飞刀带仇，
一方挥矛携恨，
互相瞄向对方致命的地方，
纵横驰马，冲杀飞奔!

你击我挡，你来我去，
奋力厮杀，携风排云。
叮叮当当，击打不息，
人吼马嘶，地暗天昏。
巨汉博东的长矛被击断飞落，
手无寸铁，失魂落魄。
别克巴恰见此并未逞雄，
心想："如果我再发起攻击，
他将束手无策，瞬间葬身。"

这时博东开口喊话:
貌似强硬却流露出怯怕:
"别克巴恰汗王，
柯尔克孜人中数你最强大。
同你面对面来较量的我，
并不比你逊色也不惧怕。
今日我是为了搭救卡勒德克，
才匆匆忙忙提枪跨马。

“你再来刺，我手中没有长矛刀剑，
你要再劈，我已没有战斧盔甲。
强汉在战场较量，
也不好向别人借用武器披挂。
眼下让我们来比一比力气，
就来徒手搏击扭打。

“就在这双方众军的眼皮底下，
从阳坡直到前方阴坡，
看谁技高，看谁笨拙，
征服者便是强汉，
是勇士必定获胜。
让那些汗王们都来评议，
让摔跤手们也都来观望，
是强汉就要捍卫自己的荣誉。
我手中没有齐全的矛枪，
我身边没有任何武器。

“当我像女人一样赤手空拳，
别克巴恰，你如果想刺，
我会把胸口敞开给你。
我若死去会把遗憾带走，
悔恨我们不会再有比试的良机。”

别克巴恰听罢巨汉博东的话，
知道他害怕丧命才口出此语，
才在众人面前自我羞辱，
甘与那妇道人家相提并论。

“你若不畏惧就再来上阵，
若贪生怕死就快回家去。”
别克巴恰冰冷地说完这些，
给博东留下了一条生路，
便拍马提枪撤离阵地。

卡勒德克与巴克特拜，
在那边正打得难解难分，
他们越打越凶，越战越狠。
正当此时催动玛依托茹骏马，
赶来的正是别克巴恰巨人。

当别克巴恰赶来之际，
卡勒德克心想，
别克巴恰和巴克特拜将发起夹击。
芒格特的卡勒德克发觉不妙，
慌里慌张掉头逃逸。
他的衣摆呼啦啦地甩动着，
摔打着两条腿迅速逃离。

巴克特拜欲催马去追，
被别克巴恰把马缰扯住：
“卡勒德克虽没丧命，
他这个举动宛若惨死。
他见我来了落荒而逃，
说明他已丧勇失智，
一个汗王已这样贪生怕死，
绝不敢再来骚扰生事。
巴克特拜，请就此罢手，
我们的征战就到此为止。

“就在刚才拼杀之时，
博东的长枪被折断之际，
他面色苍白开口求饶，
想毫无遗憾地走向地狱，
他央求我放他一条生路，
他束手无策已经离去，
卡勒德克的情况也是如此，
我们已经决出了高低。

“加比凯与跃巴勒，
他们的本事更不值一提。
若让我说句真心实话，
那卡勒德克的确是满腹诡计。

“除了卡勒德克，
没有别人能与你我匹敌。
快下令兵马撤出此地，
拼搏的机会还会再有，
我们要保存实力，壮大自己。”

巴克特拜开口下令：
“阔祖别克汗王你在哪里？
快让我的将士们撤离出去，
你要尽快拿出主意。”

柯尔克孜的军号还未吹响，
对方八位汗王已下令撤离。
从对方的军队那边，
撤退的号角也传到了这里。

柯尔克孜撤退的士兵，
把一个个营帐看得仔仔细细，
将那些还未断气的伤兵，
扶上马背，慢慢带走。
阵亡的兵丁就地埋葬。
那些尚存一丝气息的将士，
都有专人护卫转移。

那些联合入侵的兵将们，
好不容易得到了撤退的命令，
死里逃生自顾自地没命逃逸。
任那些伤兵呻吟哀求，
却很难有人回头搭理。
那些逃兵根本不会去想，

如此的下场也许会轮到自己。
他们逃离了柯尔克孜，
各自回到了自己的领地。

这段故事就暂时讲到这里，
我再从喀拉阔孜企图潜逃，
引发的一场混战唱起。

喀拉阔孜潜逃
引发混战

喀拉阔孜黑夜逃逸

喀拉阔孜身边无兵无将，
成了无威无望的空头汗王。
这一天他与其他八位汗王，
聚在一起把大事商议。
他们出自真心立下誓言，
为了维护自己的尊严和荣誉，
誓死再向柯尔克孜征战一场。

芒格特的汗王卡勒德克，
像夺命鬼般暴跳如雷，
他不顾大家同是联盟的一员，
把团结尊重的信条彻底丢弃，
他打开话匣子尽是埋怨，
指责谩骂他人，
信口说东道西：
“明日开始单打独斗，
不能不讲一点规矩。
谁要开口说去上阵，
就不能让敌首活着回去。
如果不能提着敌首的头颅返回，
就把自己战死在阵地上。

“柯尔克孜人生命力旺盛，
如同荒草总除不尽。
自从玛纳斯时代以来，
世上没有他们未踏过的土地，
他们全是亡命之徒、无赖恶棍。
他们将所到之处的一切毁灭，
将所有的勇士英豪斩尽杀光。

那在世存活上千年的居仁朵，
也未逃掉自己的厄运。
居仁朵的舌头被凯耐尼木吞食，
使他的强悍更增了三分。
他们总是一代胜过一代，
总是儿子的智勇盖过父亲。
如果不是死神拽着衣领，
玛纳斯的后代，
没有一个会在马背上丧命失魂。

“节迪盖尔的喀拉阔孜，
他满口都是甜言蜜语。
其实这只是他的外表，
他心中总藏着奸诈恶意。
如果让他一日得志，
什么好事都会变味。
我们十万火急地召集大家，
聚集了众汗王浩荡的兵马，
本想要先包围柯尔克孜，
寻找时机再进行征战攻打。

“我们约定好要一道出发，
准备在巴达克山汇合人马。
就在此时喀拉阔孜自作主张，
将巴克特拜袭击，
向毫无防备的柯尔克孜走漏了风声，
让他们串联聚集十四个部落的兵马。
喀拉阔孜还强娶别人的老婆，
对柯尔克孜百姓蹂躏和践踏。

“他做了这些还嫌不够，
暗算我的主意他也敢打。
我和别特尔克两人消遣下棋时，
他窜来窥视又是为什么？

“喀拉阔孜不是我们的盟友，
更不是个仁慈之人。
喀拉阔孜若脱离我们而去，
阿拉什也不可能让他加入。
哪怕他把我们这八位汗王杀尽，
柯尔克孜人也绝不会与他为伍。
他曾经对他们的色尔王城侵袭，
他们绝不会把他的罪戾饶恕。
喀拉阔孜心肠恶毒，
他不安分守己岂能受到宽恕？
他的一举一动都令人怀疑，
我们大家都不能大意马虎。

“喀拉阔孜在当初之时，
一心想战胜巴克特拜。
以显示自己征服柯尔克孜的本事，
把投靠柯尔克孜的本性掩盖。

“喀拉阔孜的狼性不会改变，
只想把别特尔克和我统统打败，
他想割下我们二人的头颅，
向柯尔克孜恶敌把自己出卖。

“他想成为柯尔克孜的功臣，
拜别克巴恰作为最高统帅。
对一时兴盛的柯尔克孜，
他想采取一个办法出来。
他如果能寻得一个计谋使他们臣服，
当然也正中我们的下怀。

“不论对敌对我对任何人，
喀拉阔孜满腹皆是阴谋诡计。
他自命不凡诡计多端，
他内心的如意算盘无人知悉。

“别克巴恰自称是阿拉什的后代，
他们的十四位汗王已联合应战。
我们有来自康阿依的五大部落，
有从南部来的伊斯番和阿富汗，
当然还有我这西方来的劲旅，
我们共会集了八支兵马来战。
我们不仅兵强马壮，
我们众多的将领更英勇善战。

“如果不是喀拉阔孜轻举妄动，
柯尔克孜就不会有丝毫觉察。
那样就会从喀什噶尔到和阗，
从叶尔羌到土尔番，
包括卡木布勒、阿斯克直到罗布泊，
我们早就会全部围歼攻占，
甚至会攻打到月即别那边。

“我们本想打他个措手不及，
把柯尔克孜部落扫平侵占。
让阿尔泰、伊犁那边的民众，
相互阻隔、无法串联，
把他们所有的勇士兵将一举斩杀。
我们会结束他们的太平盛世，
让柯尔克孜一蹶不振永世不得翻身。

“我们原设定的大网已被扯破，
全都是喀拉阔孜闯的大祸。
如果不是他存心作恶，
得意忘形的柯尔克孜人，
早就被我们击败。

“喀拉阔孜口无遮拦胡言乱语，
把我们的图谋全部泄露捅破。
喀拉阔孜坏了我们的大事，
他的罪责十恶不赦。

“从今天起你们要明白，
谁是好人，谁是恶人，
心里定要十分明晰。
站在这里的喀拉阔孜，
是他把这场战火点燃，
是他拉开了通向地狱的门扉。
明天一早要全部出动，
要向柯尔克孜再次攻击，
你喀拉阔孜若是英雄猛将，
就到巴克特拜面前决个高低。
如果你退缩往回逃逸，
我定要砍下你的首级。
如果你能去说服柯尔克孜，
就让你进入他们的兵马里去，
你若能在那里里应外合，
那也是我想要的良策妙计。”

卡勒德克面对喀拉阔孜，
当众数落其桩桩罪过。
他高声教训自鸣得意，
让那位自命不凡的喀拉阔孜蠢货，
在众人面前失尽了尊严信誉。
卡勒德克说完话，
让汗王们各自散去。

天色渐渐亮起，
汗王卡勒德克传下命令，
各路兵马倾巢出动。
从柯尔克孜阿拉什的阵营，
巴克特拜也跃马迎战出征。

康阿依的巨汉博东，
准备自己独搏上阵，
把各式各样的武器，

全新装备挂满全身。

正当他要动身出发，
汗王卡勒德克突然发话：
“博东好汉，且等一下，
你要去对付的是别克巴恰。
喀拉阔孜自称是硬汉，
就让他去把巴克特拜攻打。
让喀拉阔孜去打头阵，
让柯尔克孜人更仇恨他，
他口口声声自称英雄，
就让他去将巴克特拜砍杀。
让他去割下对手的头颅，
来向我把俯首听命的决心表达。
他如果征服不了巴克特拜，
就让他毙命于巴克特拜的刀下。”

卡勒德克本想借打头阵一事，
把喀拉阔孜逼上绝路，
谁知此时喀拉阔孜却不见踪迹，
一下子搅乱了他的如意计谋。
他立即宣布停止进军，
看喀拉阔孜到底去了何处。
派去查看喀拉阔孜营帐的兵丁，
空手而返向他回复。
人们四处也寻不见喀拉阔孜，
这究竟发生了什么变故？

见卡勒德克那样不讲友情，
指手画脚，显尽威风，
当着众多汗王的面，
把自己无情地指责讥讽。
节迪盖尔的喀拉阔孜，
实在是含羞带恨无地自容，
恨不得当即与他挥刀见红。

他回到帐中左思右想，
寻思挽回尊严的万全之策，
他把仅有的三个随从召集在一起，
悄声商议，咕咕哝哝：
“我若上阵就有去无回，
谁能把巴克特拜蛟龙战胜？
我若待在营里不去出征，
将会受到卡勒德克加倍的嘲讽。
他让我进退两难走投无路，
受此煎熬该何去何从？

“如果去向柯尔克孜求饶，
告诉他们八位汗王的秘密情况。
他们是发发善心将我原谅，
还是会认为我是自投罗网？
接着一刀砍下我的脑袋，
把我送到永远黑暗的地方？

“是否现在再找卡勒德克，
说他高明伟大，识破了我的想法，
向他表示要言听计从，
尊他为八支人马总的汗王？
说他所说的是高招妙计，
他让我去放牛我决不去赶羊？
这样保住我的性命，
再寻找时机与他较量？

“如今我没有可去的地方，
也没有可靠的故友同乡。
这世上没有比我更惨的人，
这样束手无策，晕头转向！
与其这般提心吊胆，
还不如咱们同奔节提苏故乡。
让我们去找节迪盖尔同乡，

从头起步，积蓄力量，
再将那里的汗位弄到手上。

“节提苏大川美丽宽广，
让我们先去占领那富饶的地方。
趁柯尔克孜还在别处忙于作战，
还未挥师返回那里，
就让我们抓住这一时机。
黄金、白银、绸缎，
我们要快速将大量的财富搜罗囤积。
眼下在这里安插个线人耳目，
要随时给我们报去消息。

“根据眼下这里的情况，
别克巴恰会所向披靡。
定会战胜八位汗王，
让他们血流成河，大伤元气。
会摧毁他们的千军万马，
将他们的营帐夷为平地，
然后回到塔拉斯去。
到那时我们带着无数的财富，
从节提苏向卡坎秦转移。”

喀拉阔孜的主意，
的确是如意算盘，
身边有两个人都赞成同意。
还有一位随从叫贾纳迪里，
却开口说出了另一番话语：
“我们若要回到节提苏那里，
那汗王的宝座如何夺到手上？
为出征我们使多少百姓家破人亡，
那桩桩血债我们怎么抵偿？
就算我们能顺利回到那里，
节迪盖尔百姓会不会把我们五花大绑？
那里的人们会与我们为敌，

把我们作为俘虏投进牢房。

“那里已有新的汗王，
他不会把大权拱手相让，
只会将灾难降临到我们头上。
苍天呀，
那后果真是不敢多想。

“若听我的规劝，我的汗王，
最好还是去投奔柯尔克孜。
告诉我们所知道的情报事实，
把我们悔罪的心意诚恳表达。
‘举起世上最锋利的钢刀，
也不会去砍悔罪者伸出的脖子。’
这条谚语谁人不知！
投奔柯尔克孜会被收留，
说东道西都不如这样踏实。

“到了节提苏又能怎样？
你已经没有了汗王的权势和威望，
你不会捞到任何好处，
更没有活命的任何希望。
投奔柯尔克孜不会把命搭上，
这世上再没有更好的主张。

“我尊敬的喀拉阔孜，
你成了我们三个人的汗王，
你生性粗鲁蛮横乖张，
你对任何人都不包容欣赏。
如若再惹是生非闯出祸来，
我们的热血就会像水一样流淌。
眼下在这危险的时刻，
要尽快抉择不容再费思量。
让我们即刻动身走吧，
到了无人的旷野，

有话再作商量。”

害怕天亮失去机会，
四人趁着夜色落荒而逃。
离开了大队人马孤孤零零，
更觉得大漠冷风飕飕。
如丧家之犬无处投奔，
举棋不定，垂头丧气。
喀拉阔孜四人走得时缓时急，
心想切莫被人身后追击。
他们途中提心吊胆心神不宁，
七上八下思绪万千。
虽是个活人还在喘气，
但生命之路已充满悲凄，
四匹马儿就这样颠簸着远去。

当听说喀拉阔孜已悄然离去，
汗王卡勒德克败坏气极。
他神态可怕令人心惊，
向巨汉博东说出尖刻的话语：
“你的耳朵是否在听？
喀拉阔孜已溜之大吉，
如果这样任他离去，
我们将不会有好的结局！
我们聚集到一处的八位汗王，
预谋的计划将很难顺利实施。

“从喀拉卡勒帕克到吐库曼地方，
喀拉阔孜会不会向那里跑去？
他难道不会在那里招兵买马，
把众多的兵马收拢聚集？
为了向别克巴恰讨好赎罪，
他难道不会向我们下手袭击？
这样你我将两面受敌，
他难道不会使出狠毒的奸计？

"喀拉阔孜已经逃走，
我们可别再犯傻待在这里。
快顺着马蹄印即刻出发，
天黑前将他追到手里。
将那恶棍捆上手脚，
驮上马背带回这里。

"我们有特别的盾牌、铠甲和护心镜，
能够把任何火枪利箭防御。
你要上上下下一件不少，
仔仔细细披戴而去。
你想他明知已走上死路，
他的前景已一片漆黑，
他一定会来个垂死反扑，
向你使出阴险的武器。
要防备他用火药火枪，
要提防他借用机关暗器，
你且不可粗心麻痹大意。
他不可能与你正面抗衡，
要提防他在暗处将你算计。"

博东巨汉掉转马头，
披挂整齐扬长而去。
这个康阿依壮汉勇猛果敢，
像离弦之箭向前驰飞。
博东巨汉的坐骑，
是匹出色绝伦的骏马。
它品性绝佳，举世无双，
越山涉河无可匹敌。
它灵性十足忠于主人，
征战奔跑如狂飙卷起。
它飞奔在前赛过旋风，
他追赶逃敌从未落空。

博东开始寻找马蹄的印痕，
很快就发现了可疑的踪迹。
半天的工夫还未过去，
逃走的四人已尽收眼底。
喀拉阔孜正鬼鬼祟祟张望身后，
看到了是巨汉博东独自追击。
他急中生智有了主意，
这时立刻勒住马缰，
对旁边的随从们通报消息：
“我看到巨汉博东已赶来，
他是想把我们全部押解回去。
与其被俘回去送命，
还不如暗中将他置于死地。
设法割下他的头颅，
掉头投奔别克巴恰那里。
这一步我们如果如愿，
就可以渡过眼前的难关。
我们若愿将功补过，
别克巴恰就不会把我们抛弃。”

面对目前的险恶处境，
这时贾纳迪里又有了新的主意：
“我们虽然能去柯尔克孜那里，
恐怕别克巴恰不会把我们放在眼里，
不会给我们什么利益。
还不如等着博东到来，
随他一起返回原地。
让我们四人一道乞求他宽恕，
就说我们害怕不敢逃逸，
只是心中愧疚在此瞎转，
反复恳求让他不再生疑。

“汗王卡勒德克再心狠手辣，
他还能舍得杀你喀拉阔孜？
如果没有十分把握，

我们又怎能把博东暗中射死？
他若死了我们或许能够逃掉，
但是我们又能到何处容身？
如果那巨汉博东没死，
我们又能有何计可施？

“顽固不化的博东，
我可听说过他那恶毒的心计。
他同别克巴恰展开搏杀，
展示出的威猛令人惊异。
你对他使出如此险恶的手段，
他怎能不把你置于死地？
此时你可要三思而行，
一着不慎将追悔莫及！”

喀拉阔孜哪肯就此罢休，
他倔强地又是摆手又是摇头。
他威逼着随从们赶快行动，
要把博东射死在不远的路口。
贾纳迪里眼见劝说不动，
无奈之下与喀拉阔孜一起动手。

他们立刻绕到一座小山背后，
将塔纳火枪在山头架好。
朝着博东飞马而来的方向，
喀拉阔孜亲自将火枪准星对好。
他仔细地瞄准那马背上的目标，
心想：“要一枪把他打倒。
要瞄准他的胸膛，
要将他的心脏射穿打碎。
那样就能令他一枪丧命，
我的本领就会令天下知晓。”
他闭上左眼屏住呼吸，
扣动扳机抬头细瞧，
随着“砰”的一声青烟冒起，

子弹击中了目标。
羊头般大的铅弹，
却未能穿透博东特制的铁甲，
被“嘭”的一声反弹到地上，
马背上的博东巨汉，
迎面被击倒在马下。

心想前去割下他的头颅，
把它悬挂在鞍鞯的后面，
然后再去投奔别克巴恰，
喀拉阔孜匆忙驱马向前。

被击倒的博东巨汉，
翻身跳起稳稳站住，
将自己上上下下查看了一遍，
既没有流血也没有肉绽，
只是战马已冲出了老远。

一见巨汉博东站起身来，
喀拉阔孜顿时头晕目眩，
“落到他手上必死无疑。
上天注定要我遭受灾难。”
他看到博东那被惊跑的战马，
灵机一动就催马去拦。
他一把抓住了那根马缰，
举鞭驱赶，拼命逃窜。

戈壁荒野的一场大混战

来自土尔番的勇士吐如木别克，
听说巨汉博东已驰离军营，
不知道他们又要干什么事情，
心想绝不能放松警惕，
就一路尾随向旷野跟踪。

当喀拉阔孜射倒了博东，
又驱赶着他的战马逃离，
吐如木别克看在眼里，
也快马加鞭赶了上去。
他连声高喊：
“喀拉阔孜，快停下，
我绝不会让你从眼前逃离。”
他那良种骏马竖起机敏的双耳，
把喀拉阔孜堵截于一处洼地。

当看到吐如木别克接近，
颠簸着的喀拉阔孜惊慌失措，
他在自己的马背上趴着身子，
歪着脑袋开口诉说：
“喂，吐如木别克，吐如木别克，
我不会从你面前逃脱。

“我同博东那帮人已分道扬镳，
为投靠柯尔克孜才东躲西藏。
是我专门截住他的来路，
是我对巨汉博东把火枪发射。
我虽然未能杀死博东，
但也让他从此丧魂落魄。

我如果能一枪杀死博东，
我会把他的头颅一刀砍落，
我会用它将玛纳斯的英灵来祭拜，
请他的神灵来护佑我。
我将去拜见别克巴恰，
求他宽恕我过去的罪过，
从此跟随他出征拼搏。

“吐如木别克你若想砍我的头，
我就把头伸在这里。
你若想飞溅我的热血，
我的胸口就在这里。
你若想夺我的命，
我就下马站在你面前。
为了阿拉什的安宁平安，
我献出性命也在所不惜。

“让我毫无隐瞒来说实话吧，
所有阿拉什的命运相关，
所有柯尔克孜利害相连。
是我给大家带来了痛苦和灾难，
从今往后我认罪认罚，
绝不会有半句怨言。
眼下何去何从是死是活，
我听从你吐如木别克安排。”

这时吐如木别克这样回答：
“喀拉阔孜，你闭上嘴吧！
你讲的都是没有用的废话。
眼前的博东，
我要用他的鲜血将战刀清洗。
我要掠走他的战马，
我要把你们押送回去，
当面交给别克巴恰。
喀拉阔孜，你自己该明白，

如何处置你我无此权力，
只有让别克巴恰做出决定。”

他们正在这里饶舌之际，
巨汉博东的坐骑，
咬着缰绳往后猛地一拽，
它抽出了缰绳，
朝着博东狂奔而去。

喀拉阔孜顿时傻了眼，
吐如木别克也瞬间惊异。
那马驰到主人的身旁，
收住了四蹄平稳站立。
魁梧的博东虽十分费力，
爬上马背就又恢复了神气。

像那蛟龙般腾云驾雾，
吐如木别克瞬间赶了上去。
巨汉博东开口说道：
“喀拉阔孜偷逃出来，
寻其足迹是我先来到此地，
你有能耐就与我比试比试，
你若是英雄就先与我见个高低！”

“我是柯尔克孜的吐如木别克，
与你博东没有关系，
我要把喀拉阔孜擒拿到手，
我已达到了自己的目的。
我正准备离开之际，
你竟来阻拦是何用意？

“喀拉阔孜对你还有何用？
难道我还要拱手给你？
博东你若有本事，
就用你的本领从我的手中夺去！

不然就快去卡勒德克那里报告，
就说喀拉阔孜已被我押回营里。”

博东大汉这时暴跳如雷，
他突然挥起手中的马鞭，
朝吐如木别克猛抽一鞭。
只见那脸颊像破了的麻袋，
道道血丝一条一条。

从来没人敢向他抽过鞭子，
也从来没人敢对他说个“不”字，
吐如木别克立即挥起了马鞭，
朝着博东乌黑的面颊，
如发疯一般噼噼啪啪地猛击。

康阿依巨人博东，
两颊顿时血流如注。
到了这个分上，
两人谁也不肯停手，
他们同时挥起了长矛。

他们使出全力展开拼杀，
马前马后卷起漫天尘土。
一会儿抡起战斧狠劈，
一会儿又举起利剑砍劈。
直打得双方刃豁刀弯，
直杀得忘记日落日出。

一片荒野，两员猛将，
势不两立，死不相让，
早已将喀拉阔孜忘在一旁。

喀拉阔孜自知难逃，
又在此时琢磨起奸计，
与身边的随从小声商议：

“眼前这两个强汉，
我帮携哪一方才会有利？
要么让我们四个也来参战，
要么即刻催马远走高飞。
我们再不能失去这个机会，
更不能在这里呆若木鸡。
若不立刻做出选择，
我们四人将必死无疑。”

“在路的尽头遇到岔口，
连狗也会感到头痛迟疑。”
这是先人留下的谚语。
喀拉阔孜来不及多想，
便扬鞭催马溜之大吉。

吐如木别克离开营帐时，
被加比凯发觉知悉。
他从康阿依的兵营中出来，
孤身一人赶到了这里。
吐如木别克与博东巨汉的拼杀，
喀拉阔孜趁机潜逃的把戏，
全被加比凯看了个详详细细。

“互相残杀你死我活，
让吐如木别克与博东拼杀在一起。
喀拉阔孜你若是硬汉，
切莫独自逃窜趁机溜走。
你们四个乖乖地跟上我走，
别让我动手来强迫你。”
加比凯气愤地对喀拉阔孜大声呼喊，
横矛勒马阻挡在那里。

见加比凯只是单枪匹马，
喀拉阔孜哪肯服气，
他把矛枪一挺脑袋一晃，

四人全部一齐向加比凯扑去。

见此情景加比凯舞动长矛，
像发情的公驼般腾跃而起，
不消来回两个回合，
将节迪盖尔的三个随从，
像挑三只死鸽子般向空中抛去。

他又同喀拉阔孜展开拼杀，
你追我赶你来我去。
正当两人厮杀正酣，
博东与吐如木别克，
也仍激战在不远的戈壁，
这时突然传来一阵嗒嗒的马蹄声，
似乎就在近旁。
喀拉阔孜扭头一瞧，
一个身影从眼前闪过，
啊，那人正是芒格特人卡勒德克，
这让喀拉阔孜的心怦然一惊，
差一点从胸口跳了出去。

芒格特的卡勒德克，
向喀拉阔孜怒吼一声，
用凶恶的目光向他狠狠扫去，
接着又面朝吐如木别克，
引颈挺胸将长枪举起。

忽听喀拉苏尔骏马一声嘶鸣，
“给我住手！”
一声大吼穿石裂地般传来。
原来是巴克特拜眨眼间闪出。
于是卡勒德克急忙挥矛相迎。

这一幕至今都是个谜，
都说是先人们的神话传奇：

土尔番的吐如木别克，
喀拉柯尔克孜的巴克特拜，
康阿依的巨汉博东和加比凯，
芒格特的汗王卡勒德克，
节迪盖尔的喀拉阔孜，
是谁让他们这六个勇士，
几乎同时来到了荒野，
六位壮士的呐喊声惊天动地，
在那广阔的平川展开了混战。

你冲我刺，你来我往，
刀枪剑斧，闪耀寒光。
尘土漫天，石飞砂扬，
遮天蔽日，群山摇晃。
惊雷空鸣，大地轰响，
马嘶人吼，雨骤风狂。

一会儿矛枪撞击声震动四野，
一会儿子弹呼啸如遍地飞蝗。
那边的刀剑噼里啪啦，
这边的矛斧叮叮当当。
战刀的锋刃已豁口连连，
头盔碎裂飞落一旁。
纽扣崩断左扯右挂，
战甲破烂前短后长。

这一方进攻迅猛如下山猛虎，
那一边气势如虹赛荒野饿狼。
这一个双目圆睁已血流满面，
那一位只顾招架刚伤了臂膀。

护心镜、盾牌面目全非，
一个个英雄汗流浃背，
一匹匹战马如身浇热汤。
六个人直杀得天昏地暗，

仿佛这个世界就要毁灭，
人们再也见不到东方的太阳。

夕阳西下傍晚降临，
八位汗王的兵将人困马乏，
他们不见了头领心慌意乱，
急得像热锅上的蚂蚁。

汗王卡勒德克催马走后，
别特尔克匆忙间尾随而去，
阿富汗与伊斯番的兵将，
分作两处守在原地。
其他六个汗王的兵马，
倾巢而出，随他们进击。

夜色下连眉眼也无法辨认，
就像荒草丛生长满大地，
又像波涛汹涌的浊浪污水，
众汗王的人马乱哄哄，铺天盖地。

别特尔克赶来一瞧，
喀拉阔孜与加比凯，
巴克特拜与卡勒德克，
巨汉博东与吐如木别克，
正龙啸豹吼，浴血拼搏。

别特尔克心想正是下手的好时机，
这绝佳的机会不可错过。
“去抛开巨大的罗网，
将巴克特拜与吐如木别克，
还有喀拉阔孜一起捕捉！”
别特尔克如此下令，
身后的兵将连忙配合。
六十名壮士当即张开罗网，
向巴克特拜面前又拉又拖。

巨人阔绍依的后代巴克特拜，
可不是那平庸之辈。
他哪能被敌人轻易掀翻，
更不会缩手缩脚任人欺侮。
他怒火中烧纵横拼杀，
像猎隼啄兔般把敌兵杀退。
他满脸胡须根根奓起，
令迎面的敌兵魂飞胆碎。

天生非凡的巴克特拜，
将黑钢铸造的利剑，
在手中紧紧地高举。
他不停地挥动着粗壮的臂膀，
左抡右挥，上砍下劈，
将面对的钢网铁索斩碎毁弃。

巴克特拜闯入敌群，
意气风发，所向无敌。
把头扣铁盔冲来的顽敌，
用战斧一个个砸倒在地。
将挥枪弄棒冲来的敌兵，
用矛枪挑起再刺翻在地。
把一群群号叫着冲来的敌兵，
用快刀劈倒，再踏上马蹄。
巴克特拜越战越勇，
敌人的兵将闻风溃逃，鬼哭狼嚎。

冲向吐如木别克的敌兵，
张开了十五张罗网，
一下全缠在了他的身上。
吐如木别克凭着硬汉的力气，
手握削铁如泥的宝剑猛劈，
使罗网丝断网破无法铺张。
他将扯网的五十个家伙，

成群结队地刺翻在地上。
让他们一个个东倒西歪，
不停地哭爹叫娘。

吐如木别克阴森着黑脸，
向着敌兵纵马狂奔，
又舞起了插在身后的青穗长枪。

“我是加木格尔奇的后代，
我的名字叫吐如木别克。
我要砍倒这群强敌的战旗，
非彻底毁灭他们不可。
否则对我来说就是奇耻大辱，
祖宗的在天之灵也会骂我怨我。”
吐如木别克心中这样想着，
向众敌挥去他的青穗矛枪。
枪尖一次次插向他们的心脏，
落马的敌兵像一根根被砍倒的木桩。
枪尖刺向他们的颈部，
敌兵的脑袋一个个倒挂在肩上；
枪尖刺向他们的臀部，
敌兵的黑血遍地流淌。

巴克特拜与吐如木别克展开夹击，
如同两只凶猛的猎犬，
堵住了一群偷食的野狼。

突然马蹄声战鼓声响若天雷，
从远方飞驰来一支浩大无边的马队，
是柯尔克孜的汗王们闻讯赶来，
他们摧枯拉朽，猛若洪水。

他们让阿富汗人与伊斯番人丢下兵器，
立刻滚回自己的家乡。
那些兵马乖巧温顺，

瞬间无声向远方撤退。

喀拉阔孜借机逃逸，
有两位汗王的兵马被释放回去。
卡勒玛克与芒格特的兵马，
正面临着分崩离析。

此段暂且唱到这里，
让我们再从塔特别克为首的勇士，
惨遭屠杀的事件唱起。

别克巴恰率领众英雄

鏖战强敌

别克巴恰率众英雄奋勇杀敌被困入罗网

柯尔克孜众汗王的大军浩浩荡荡，
向着正惨烈搏杀的战场，
如突发的山洪般汹涌而上。

有三位老将和三支人马留在原处，
他们是来自阿斯克的阿拉别克，
来自叶尔羌的玛拉别克，
来自和阗的阔祖别克，
他们仍然坚守在后方。

好汉别克巴恰率领其他汗王和兵马，
催动战马冲入战场。
他们是从大军中挑选出的精兵强将，
他们勇士每人能敌上千个兵卒，
个个身怀绝技身强力壮。

勇士们一马当先冲锋在前，
挥舞武器闪耀着寒光。
汗王们撒缰奔跑呐喊助威，
“玛纳斯”的口号响彻原野山冈。
万马奔腾，气吞山河，
旌旗猎猎，势不可挡。

来自塔拉斯的塔特别克，
来自伊塞克湖的灭迭尔别克，
两支人马互相掩护，
闯入敌群默契配合。

哈萨克的好汉库尔木休，

月即别的硬汉穆拉提，
他们的队伍如群鹰齐飞，
进攻神速，威猛无比。

诺依吾特的英雄壮士，
来自罗布泊的汗王玛塔尼，
喀什噶尔的汗王吐尔达纳，
他们的队伍神勇非凡，
对面的敌人不敢轻易应战。

阿尔泰、伊犁等地的壮士，
是来自额勒噶勒部落的男子汉，
他们是汗王阔克确的子孙后代，
为首的是尊贵可敬的谢尔麻特汗。

来自玛纳斯的塔克尔巴什，
来自卡木布勒的塔巴勒德，
他们的队伍世间少见，
攻敌总是有勇有谋，志在必得。

人间猛虎别克巴恰，
一声声高呼着“玛纳斯”的口号，
在队伍前面左拼右杀，
他挥矛如横扫苹果树林的飓风，
敌兵的头颅像苹果落满了地面；
他挥剑如飓风横扫黄杏树林，
飞落的敌兵无法数清。
他身后扬起的滚滚尘土，
像乌云飞落烟雾蒙蒙。

那胯下的玛依托茹骏马驰过之处，
留下了一串串土灶般大的深坑。
战马张着山洞般的大嘴，
不断抛洒着毡房般大的白沫，
像冒着蒸气的雪球银冰。

他向敌军发起一次次攻击，
杀得敌兵四处奔逃乱哄哄；
他把敌兵稠密处杀得稀疏，
他把敌兵追赶得四处奔跑；
他带领兵将杀出一条条血路，
他把敌阵摧垮变得七零八落。

他让执盾牌者鬼哭狼嚎，
他让持剑戟者命丢血迸。
他将列队的敌兵成排地横扫，
他让马踏鲜血狂奔不停。

他让执矛者无法站立，
头破血流倒满草丛。
他打得提斧者晕头转向，
相互劈撞逃回军营。
他把挥刀者全部砍翻，
只剩下一片哀号悲鸣。
他让满身铠甲者东倒西歪，
肢断头歪遍地血红。

他让刀矛绝不空刺，
好似天外飞来的神兵。
他让群寇目眩头懵，
好像一群无头的苍蝇。

他纵横驰骋愈战愈勇。
他下坡时斩杀强汉，
好似云端扑下的苍鹰；
他追杀击劈胆怯的逃敌，
一趟就撂倒四五十个，
像河滩的乱石滚入山洪。

玛依托茹骏马就像离弦的箭矢，

纵横驰骋，四蹄如飞。
青鬃狼“玛纳斯”的口号，
在喧嚣的阵地上空回荡。
英雄别克巴恰冲到哪里，
强悍的顽敌就会丧生在哪里。

智勇双全的青鬃狼，
真不愧为盖世英雄；
他让敌人一败涂地，
真不愧为铁血英雄；
他对仇人以牙还牙，
真不愧为复仇英雄；
他的神秘让人琢磨不透，
真不愧为智慧的英雄；
他舍生忘死保护人民，
真不愧为爱民的英雄。

只见对方的汗王们，
一个个抱着脑袋到处躲藏。
青鬃狼别克巴恰，
看透了这些人到底有多大胆量。

塔拉斯的塔特别克，
这时高声发出挑战：
“谁敢来同我正面较量，
不怕死的家伙你在哪里？
谁敢挺枪挥矛与我拼杀，
我在这里等候着他！”

灭迭尔别克挺枪而立，
他昂首向别克巴恰表明心迹：
“面对七万敌军的兵马，
我单枪匹马也敢于迎战。
我的先祖是阿葛什，
这正是我为先祖争光的机会，

我决不辱没先祖的名声。
此次若不上阵把强敌杀退，
我怎能就此勒马返回？
从西方与东方会集来此的暴徒，
他们无恶不作，血债累累，
我要让他们加倍偿还！”

哈萨克的库尔木休，
其家族在汗位已经百年，
是一位实力强大的汗王。
他头戴刺绣帽，穿着黄皮裤，
连他的弓弩也全用金银镶嵌，
他威武盖世仪表堂堂，
胡须浓密似箭镞，
高挑的鼻子像一道山梁。
他是雄峰一样的英雄，
当他的战马呼啸着飞驰，
千军万马也难以阻挡。

月即别的男子汉穆拉提，
谁能忍受这强汉的攻击！
对那来犯的恶敌，
他的出击就是让其死亡的讯息。
他身披真丝战袍，
光泽像野鸡的羽毛闪烁不息，
他骑的是良种神骏，
日行千里夜行八百。
无论谁上阵与他对垒，
没有不输在他的手里。

他的先祖是森其别克，
曾与雄狮玛纳斯手足般亲密，
两人志同道合协同作战，
曾同吃同住，共商大计。
他们共同维护荣誉和尊严，

多次并肩杀退入侵之敌。

阿勒特夏尔与安集延，
辽阔的坎阔勒塔拉斯，
都是他们富庶的乡土。
他们草原上的牲畜放牧在一起，
仓中的储粮都放在一起，
金银珠宝都放在同一箱子里，
人人都知晓他们亲若兄弟，
如今他们的后代联手出征，
像两座相连的高山把恶狼阻挡。

喀什噶尔的汗王吐尔达纳，
从没有人敢轻易侵犯他。
他是克普恰克部落的后裔，
在辽阔的喀什噶尔远近闻名。

他是德高望重的贵人，
他的智慧出神入化。
他满腹经纶聪慧过人，
当今世人都敬仰他。
他起早贪黑为民操劳，
从不对百姓恶语相加。
他鼓励农耕温饱民众，
也奖励养牲畜造福万家。
他自己靠才智获取财富，
从不对平民百姓盘剥欺压。

他身上扎着一层层护腰，
那是他防御强敌的利器。
他从不去挑衅别的部落，
若有人来挑衅他必全力反击。
他说："我是为荣誉和尊严而生，
从不会对恶敌低头屈膝。"
他敢于与强敌对垒肉搏，

他曾用敌人的鲜血把刀枪染红。

阿斯克的阿拉别克，
叶尔羌的玛拉别克，
和阗的阔祖别克，
他们都已体弱年迈，
已没有上阵搏杀的能耐和力气，
别克巴恰事先告知他们，
切莫出征就待在原地。

大军压境，拼杀正酣，
这三位老将瞅在眼中急在心里：
“真可惜我们已是这把年纪！
如果不老还年轻的话，
那短兵相接你死我活的战场，
我们肯定要挺身而出！
一马当先冲进阵去，
挺枪挥刀去刺杀敌人，
让那些强盗血流遍地。
如今却只能空守营帐，
该如何才能为家乡父老们出力？”

这时阿拉别克搔头摸耳，
他突然和颜悦色轻声细语：
“咱们已年迈了却还在汗位，
当遇到战乱我们却无法上阵，
只能待在一旁空守帐帷。
我们无力驰骋沙场拼杀，
已经失去了作为勇士的价值和豪气。

“玛拉别克与阔祖别克，
咱们已年迈可否自请把汗位辞去？
离开汗宫回到家里。
那时我们将无拘无束，
任凭我们自由自在。”

听罢阿拉别克的话，
玛拉别克与阔祖别克，
哈哈大笑表示同意：
“阿拉别克，你讲的真是良言妙语，
等别克巴恰回来之时，
咱三人就一齐这样提议。”
三人天南海北唠在一起，
你言我语转忧为喜。

诺依吾特人玛塔尼率领兵马，
来自罗布泊的领地。
要说起他的家族背景，
还需听我细细从头唱起：
阿克巴勒塔汗王之子楚瓦克，
英雄秀图是楚瓦克卫队的首领，
他们俩志同道合十分亲密。
强汉玛塔尼就是秀图的后裔。
说他们来自罗布泊，
其实他们在且尔千繁衍生息。
他们在那里种桑养蚕，
生产的蚕丝绸缎远销各地。
他们的蚕业越来越大，
从中获取了巨大的收益。
诺依吾特人中没有贫寒，
所有的人家都勤劳富裕。

在罗布泊西南的山外，
那里就是印迪斯坦。
他们右边是克什米尔，
左边与吉尔基特毗邻。
他们的汗王曾发兵侵略罗布泊，
玛塔尼率领众兵丁英勇驱敌，
刺翻了无数的强盗恶人。
繁荣强盛的罗布泊，

多年来再没人敢来挑衅。

你若对玛塔尼了解得仔细，
就会发现他拥有许多秘密。
他的确是位真正的好汉，
他拥有十二种非凡的武艺。
面对任何作恶多端的敌寇，
他总有战胜的能力和妙计。

来自哈萨克的谢尔麻特汗，
你千万别把他不放在眼里。
在阿尔泰的阿热勒湖畔，
在阿克恰木布勒山脉，
那里宽阔的草原有数不尽的马匹，
那都是他的财富和宽广的领地。
伊犁、玉曲卡尔克拉与阔克朵别，
也全部归他统辖管理。

阿依达尔汗是历史上著名的汗王，
他的儿子阔克确是一代枭雄。
谢尔麻特汗是阔克确的后裔，
他们的家族代代富足兴盛。
阿勒玛塔闻名于世的阿克库巴克，
他们本是同祖同宗，
从玛纳斯与阔克确的时代开始，
哈萨克与柯尔克孜就携手结盟。

谢尔麻特汗是百姓之主，
诸多来犯的强敌全被他征服。
无论是气势汹涌的千军万马，
还是披坚执锐的凶猛将士，
他单枪匹马从不畏惧，
全让他们有来无回化作白骨。
他刺死的战马能堆积如山，
他斩杀敌兵的鲜血染红了千里草原，

他横握长矛的威仪惊天动地，
可令河水改道向北流出。

无论哪个汗王的领地，
都没有他的领地广阔；
无论哪个部落的属民，
都没有他的属民数量多。
他那漫山遍野的牲畜，
比天上的星星还多。

他的森林多，河流多，
野鹿多，狍子多，
羚羊多，野马多，
盘羊比这些的总数还要多。
他的野狼多，狐狸多，
雪豹多，狗熊多，
狼獾多，旱獭多，
岩羊的数量更加多。

他领地的绿草比马背还高，
他的草原开满了缤纷的花朵。
谁到他的领地都会眼花缭乱，
三天三夜也听不完对他的颂歌。

卡木布勒的塔巴勒德，
他来自柯尔克孜阿尔根部落。
他是健壮刚强的男子汉，
也听我来把他介绍唱说：
他的先祖是乔云巴什，
和克普恰克拜是同胞兄弟。
克普恰克拜之子阿布德勒达，
后来改为“阿吉巴依”这个响亮的名字。
乔云巴什之子萨日凯尔，
是个超凡的神医。
萨日凯尔生下艾尔博罗特，

塔巴勒德就是艾尔博罗特之子。
他的祖先不是平庸之辈，
他出身于名门望族。
为了抗击进犯的强敌，
塔巴勒德经历了几百次浴血奋战。

彪悍的塔巴勒德英雄，
为民众立下无数功劳。
他从不疲倦，从不畏敌，
他无穷无尽的力气如同流淌的大河。
尤其对康阿依部，
他的担心和防备付出最多。
只要闻听英雄塔巴勒德的名字，
他们绝不敢轻举妄动来这里惹祸。

孤胆英雄塔巴勒德，
他杀入敌群威猛至极。
凡是目睹过那厮杀的场景，
无不为之惊异称奇，
他总是高呼着“玛纳斯”的口号，
把打头交手的敌人，
像麦草般高高扬起，
直摔得顽敌血肉横飞。
后来的敌人像受惊的羊群，
落荒而逃，不敢停息。
塔巴勒德直驱追赶，
边追边刺毫不姑息。
逃敌毫无羞耻四处逃窜，
吓得两腿发软无法站立。

来自玛纳斯城的塔克尔巴什，
他的故事更加传奇：
雄狮玛纳斯在世时，
有个相随的谋士名叫库图纳依，
阿吉巴依不在时他顶替其位，

成为比官整日炫耀自己。

汗王玛纳斯最初兴起之时，
就一举攻占了别什巴勒克。
为了巩固自己的地位，
让他筹建了以玛纳斯命名的城市，
玛纳斯城修建得雄伟壮丽，
汗王就把另一座城库图纳依给他管理。
不久库图纳依的真名消失，
就落了个新名字为库图比。
后来他成了那一带唯一的头领，
他的显赫无人可比。
塔克尔巴什是库图比的外甥，
他对这后生的人品武艺很是中意，
库图比年迈即将过世，
就传位让他做了汗王替代了自己。

塔克尔巴什居住在玛纳斯城里，
统辖治理着整个准噶尔盆地。
他身强力壮有胆有识，
被称为铁腕汗王四方享誉。

你看他下嘴唇宽大耷拉下垂，
上嘴唇肥厚向上噘起，
腰背微弯似一截长弓，
宽阔的胸膛向前隆起。
他是条不知退缩的汉子，
战场上像烈火般向前进逼。
他总是面向敌人直冲而上，
让大批敌将瞬间销声匿迹。

别克巴恰向诸位汗王位布下阵势，
有十一位汗王杀入敌阵，
敌人被分割成一片一片，
双方展开了血腥的拼杀。

无论平川沟壑，
处处喊杀阵阵。
那六位汗王的兵丁失魂落魄，
就像世界的末日即将来临。
他们的白昼将变为黑夜，
他们会丧命此处永成鬼魂。

面对十三万兵马强敌，
众汗王争相出击，
柯尔克孜的大军，
摇旗呐喊助威，
声势撼天动地。

芒格特的卡勒德克，
无法平息胸中的怒气，
他大喊大叫暴跳如雷，
下令即刻拼死迎击。

他命一万六千多大力士，
在自己的身旁聚集。
即刻调兵遣将，
进行周密布局。
他将一万兵丁分成两队：
“快去张开大网，
莫要退缩畏惧，
向巴克特拜与穆拉提分别抛去，
把他俩全部捉拿到这里。
我要让他们干瞪着双眼，
看我剥开他们的肚皮。

“剩下的六千名壮士，
向左右两边分开，
对别克巴恰进行包剿。
带上我那六百条凶猛的猎犬，
让恶狗把他的战马撕咬，

让别克巴恰无法逃掉！”

一万敌兵壮士蜂拥而至，
把巴克特拜和穆拉提层层包围。
他们从四面八方齐声呐喊，
一下抛出结实的大网。

穆拉提与月即别兵丁，
一齐被套进结实的罗网。
他们无法挥起手中的矛枪，
成批成片的兵丁被刺死刺伤。
穆拉提仍然停留在原地，
敌兵拖不动这山冈般的猛将。

那一边五千名敌兵一哄而上，
妄图把巴克特拜围在当中。
直到三千名敌兵赔上了性命，
还是未将他套进罗网。
剩余的兵丁拖着罗网倾巢而出，
又有五百个被刺翻在地上。

巨汉博东又来正面较量，
让其余的壮士趁机齐上。
他们向巴克特拜使尽了全力，
一齐撒开了五十张大网。
巴克特拜不幸被困网里，
无法动弹面临死亡。
这是卡勒德克想出的毒计。
对于巴克特拜与穆拉提两个英雄汗王，
这突如其来的灾难实在令人痛彻心肠。

他们汗流浃背被套在网中，
如同待毙的囚犯一样。
他们没有一声喊叫，
浑身透着冷静刚强。

柯尔克孜兵丁为之敬佩，
看在眼里更急在心上。

扑向别克巴恰的六千名壮汉，
牵着六百条猎犬正逞凶狂：
六百条猎犬狂吠乱叫，
撕心裂肺的嚎叫声在战场回荡。
猎犬的眼里闪烁着绿光，
如同成群扑来的饿狼。
古往今来多少战事，
谁曾遭遇过如此惨烈的场面？！
烈豹别克巴恰面对此情景，
却未显露出一丝惊慌。

这边猎犬拥向玛依托茹骏马，
那边六千名壮士在摩拳擦掌：
个个在准备张撒大网，
心想我双管齐下看他还如何抵挡。

六百条猎犬疯狂地撕咬，
张牙舞爪血腥张扬：
有的撕扯着战马的尾巴，
有的把马鼻撕咬得鲜血流淌，
有的蹿上蹿下扑咬着马镫，
有的跳前跳后汪汪狂吠。

苍天啊！你为何降下这般灾难？
给英雄带来如此祸殃！

别克巴恰所乘的玛依托茹坐骑，
它的脾性本领非同寻常。
面对那群疯狂的猎犬，
它敏捷地左右回首张望，
它一会儿四蹄如飞闪电般躲避，
一会儿前踏后踢在猎犬头上，

有百余条猎犬迸出脑浆。
还有许多猎犬四爪挣扎，
声声哀号像哭泣一样。
后面的猎犬不敢再接近，
夹起尾巴掉头逃亡。
玛依托茹奋蹄追赶，
又有六十多条猎犬被踏成肉酱。
马背上的别克巴恰青鬃狼，
把黑色长柄的马鞭紧握手上。
向两边猛然一挥，
一大溜猎犬又倒在地上。

这时一条青公狗张着大嘴，
露出獠牙十分疯狂。
它一次次跳起欲跃向马背，
别克巴恰挥舞马鞭阻挡，
抽得它的嘴脸血肉模糊，
它喷血倒地再没了声响。
剩下的猎犬朝芒格特人马那边逃跑躲藏。
玛依托茹此时像流星一样，
驰向敌人兵马的前方。

康阿依的巨汉博东，
自鸣得意向这边催马，
他一边挥鞭一边狂喊，
狂傲地向部下说着大话：
“我来与他周旋你们放心撒网，
我会像对付巴克特拜一样，
即刻把别克巴恰生擒活捉。”
看到那迅猛刺来的矛枪，
别克巴恰丝毫没有惧怕，
他挺起长矛驰马迎上前。

巨汉博东狡猾又老练，
他将长矛把柄上的皮条套在手腕，

使它何时也不会滑落掉下。
面对刺到身前的矛枪，
别克巴恰侧身一躲，
用左手把矛头紧抓狠拉。
大山般魁伟的博东，
一下被拽下马滚落在地上。

跟随博东的那些壮士，
在这一瞬间撒下了一张张大网。
三百张大铁网从天而降，
我们的英雄别克巴恰，
被结结实实地罩在了中央。

巴克特拜与穆拉提，
他们俩被困在不远的荒地。
别克巴恰看在眼里，
他在琢磨破网的办法。
卡勒德克此时暗自得意：
“对灭迭尔别克、库尔木休，
塔特别克、吐尔达纳，
谢尔麻特、玛塔尼，
还有塔巴勒德，
我就用大网这种利器，
把他们一网打尽决不姑息。”

他向芒格特人的大队兵马高声号叫：
“我们快把他们包围在一起。”

吐如木别克和塔克尔巴什，
他们二人交头细语：
“别克巴恰、巴克特拜与穆拉提，
他们三人被大网困在一起，
敌兵正准备把他们生擒，
可眼下还未聚起收网的人力。
如果那些强汉再来挑衅，

我们就一定要佯装逃逸，
把他们尽量引向远处，
切莫与他们在原地纠缠。
我们要装作奔命逃窜，
千万别落入他们的骗局。
我们要想出应对的办法，
把别克巴恰他们三人搭救出去。”

他们刚刚商量完毕，
就分头去迎战敌将。
他们没拼搏几个回合，
就钻入各自的队伍中隐藏，
那妄图围拢在一处的敌兵，
这时被引向了四面八方。

仙女阿依曲莱克救众英雄出罗网

卡勒德克在原地发令，
让其他六位汗王分头拼搏。
巨汉博东、大将加比凯，
硬汉跃巴勒、别特尔克，
还有宗塔尔，
他们个个喜不自胜，志在必得，
他们一边催马狂追，
一边高声呼喊吆喝。

在他们的马后身旁，
各有一帮大力士紧随而上。
有满洲人卡曼阿勒普和卡木帕朗，
还有男子汉奇纳尔和卡勒当，
他们把柯尔克孜的九位汗王，
企图拦截在追逃的路上。
他们不敢单独较量，
肆意纵马舞刀弄枪蜂拥而上。
他们企图包围柯尔克孜勇士和汗王，
伺机将罗网罩在他们头上。

勇士塔克尔巴什和吐如木别克，
他们边战心里边想：
“死期若到我们就战死沙场，
死期未到我们就决不放过这些豺狼。
对别克巴恰他们三个，
我们要设法接近他们，
把他们解救出敌人的魔掌。”

站在河滩上的卡勒德克，

已猜到他们的意图心计，
心想你们俩能有多大本事，
他拍马迎了上去。

青鬃狼别克巴恰，
忽然望见了卡勒德克。
见卡勒德克十分自得，
而他却在网里困着，
恨不得即刻能上前厮杀。
别克巴恰急得像一团烈火：
“阿依阔勒玛纳斯先祖，
愿您的英灵快来相助！
阿勒曼别特与楚瓦克雄狮，
还有英雄色尔哈克这些先贤圣祖，
人们都说你们并未离开人间，
你们始终在把我们关照庇护。
这会儿你们还未看明白吗？
我遇到了突降的灾难！
请先祖快来相助。

“可敬的前辈巴卡依圣人，
我神圣的赛麦台依祖先快来这里！
胜过凡人的壮士猛狮，
古里斯坦大伯快来这里！
卡妮凯、阿依曲莱克先祖母快来！
柯尔克孜百姓正在遭难，
在危难时刻请给我们以神力！

“刚满二十五周岁就体高身壮，
成长为战马难载的巨人。
我的赛依铁克爷爷您快来这里！

“同一切生命一样诞生世间，
却因疾恶如仇闻名千里，
黄脸死神名号是民众对您的纪念，

一个恶魔也未逃脱过您的掌心，
您将魔怪藏身的蓝色坟墓一举捣毁，
我的凯耐尼木爷爷快来这里！

“在无人涉足的大沙漠中，
您将七个巨怪一举全歼，
您把恶魔的儿孙及其领地彻底铲除，
让凶残的汗王哈勒恰对你闻风丧胆。
二十二岁时就不幸离世，
我的赛依特父亲您快来救我呀，
求您快来到我的身边！”

别克巴恰这样祈求祷告，
愿苍天相助让他渡过难关。
谁知天助善人果真如此，
先圣巴卡依启齿开言：
“我的孩儿曲莱克你快准备，
快去助别克巴恰战胜恶敌，
别惊动阿依阔勒玛纳斯的英灵。
他若知道了也会同意，
柯尔克孜同胞正危在旦夕，
岂能让强盗践踏天理。

“你要赶快幻化成塔克尔巴什，
去击溃芒格特人卡勒德克的阴谋。
莫让别克巴恰再受煎熬，
即刻把他从罗网中救出。”

皓月般的阿依曲莱克，
她的神勇慈善远非凡人可比。
她长有双翅能在空中飞翔，
她无鳍在水中却胜过游鱼。
她的智慧胜过天仙，
她精通天地间无数技艺。
若问她为何有这般能耐，

至今也无人能说清根底。
她总在天上关照着人间，
她总把民众的安危记在心里。

听罢长辈巴卡依的指令，
她立刻按塔克尔巴什的样子变幻。
她挥鞭让苏尔战马腾跃，
突然闪现在卡勒德克面前。
毫无廉耻的汗王卡勒德克，
狂妄地挥起阿尔凯斯坎宝剑，
狂怒不堪，口吐恶言：
“我决不放过这塔克尔巴什，
我要把他劈成两半！”
他“唰”地又将利剑高高举起，
疾风般又要狠砍。
她幻化成塔克尔巴什的先祖母，
像闪烁的水银一样滑向了一边。
她的苏尔战马胜过飞腾的蛟龙，
又把卡勒德克甩到了一边。
她根本不让他有下手的机会，
转眼间把他引诱在远处周旋。

阿依曲莱克又化作云雾不见踪影，
眼前只有空旷戈壁，朗朗晴天。
别克巴恰此时仍困在网中，
忽见一团薄雾慢慢靠近他身边。
卡勒德克见状心想：
“那一定是塔克尔巴什所变。
塔克尔巴什若是挥刀，
那大网肯定会被劈个稀烂。
赛依特之子别克巴恰，
肯定会从网中立马逃窜，
他将会纵马把我们打败，
我们的计划定将难以实现。
我们众汗王的军马，

定会在此覆灭难以生还。

“我要斩除塔克尔巴什，
我决不放过这个宿敌。
我要把他千刀万剐，
方能出了这口恶气。”

性格暴躁的卡勒德克，
双脚猛踢着喀拉苏尔战马，
活像发疯的恶魔一般，
又挥起了手中的那柄宝剑。
幻化成塔克尔巴什的阿依曲莱克。
此时已在别克巴恰身边，
看到那宝剑飞来的寒光，
她侧身一闪就躲到一边，
卡勒德克劈下的阿尔凯斯坎宝剑，
将罩着别克巴恰的层层罗网，
“唰”的一声劈成了烂泥一摊。
玛依托茹神骏腾空一跃，
别克巴恰又挥矛在众魔面前。

从男子汉别克巴恰的口中，
“玛纳斯”的口号雷鸣般响起，
对柯尔克孜阿拉什大军，
犹如红日喷薄大地。
未等卡勒德克抽回劈下的宝剑，
大山般强壮的这个恶棍，
已被别克巴恰刺翻在地。
塔克尔巴什赶到这里，
正好吐如木别克也飞马而来，
正是一起搭救巴克特拜的时机。

巨汉博东也迎面驰来，
却把吐如木别克一枪刺下马背。
心狠手辣的博东盘算：

"被捆绑的巴克特拜，
我要一刀割下他的首级。"
他像皮囊般膨胀不可一世，
鼻翼呼哧呼哧地扇着臭气，
向着巴克特拜疾驰而去。

此刻节迪盖尔的喀拉阔孜，
也从一侧疾驰来到这里。
玛依托茹战马狍子般跳跃着，
英雄别克巴恰也驰骋如飞投入战斗。
此刻英雄恢复了昔日的神威，
他一口气砍翻了四五十个仇敌。
谁也难阻挡他飞驰的战马，
转眼和两个仇敌迎面相遇。
他以迅雷不及掩耳之势挥起刀剑，
喀拉阔孜硕大的脑袋就滚落在地。
巨汉博东闻声还未来得及回头，
也被别克巴恰刺翻在地。
他的战马嘶鸣着未及收蹄，
那无头的躯体还在马背上直直挺立。

奇纳尔和别特尔克，
也接着被英雄刺翻在地。
他纵马飞驰到巴克特拜跟前，
挥刀向那困人的罗网剁劈。

加勒格再克之子巴克特拜，
他哪能闲待着不做防备。
当别克巴恰挥刀过去，
他随即跃出罗网杀向群敌。
别克巴恰在前刺翻敌首，
巴克特拜在后砍下他们的头颅。

对抛下武器的普通敌兵，
别克巴恰一个也未发起攻击。

对那些敢于抵抗的强汉，
也没让他们一个逃离。
巴克特拜也一步步紧跟其后，
一起扫平着顽抗的仇敌。

加比凯、跃巴勒和宗塔尔，
迎面遭遇别克巴恰一行，
齐头并进冲杀攻击。
等他们一个一个接近身边，
别克巴恰闪电般猛刺过去。
只见他们的心肺喷洒着热血，
一声不响地倒在了戈壁。

加勒格再克之子巴克特拜，
回头看见这样的一幕：
康阿依、卡勒玛克与芒格特，
六个部落的人马兵丁正在远去，
他们边走边吆喝几匹高头大骡。
塔巴勒德与吐如木别克，
玛塔尼与灭迭尔别克，
谢尔麻特与吐尔达纳，
还有塔克尔巴什与塔特别克，
这些英雄壮士都被捆绑，
在高高的骡背上向远方行去。

不远处的库尔木休与穆拉提硬汉，
全身是血殷红如火。
他们正一边高声叫骂一边与群敌肉搏。

康阿依的卡木帕朗，
卡勒玛克的巨汉卡勒当，
夺走了那几个英雄的坐骑。
他们将英雄们团团围在中间，
一万多大军人马比杂草丛还要茂密，
他们就这样围堵着英雄，

气势汹汹向远方而去。

巴克特拜绝不贪生怕死，
在这节骨眼更不会逃避。
巴克特拜的怒火再也难耐，
他不顾一切地向敌兵追去。
他将长矛高高举起，
长矛的穗子迎风飘荡。
他让那纽扣耳朵棕色骏马，
像盘羊般驰骋而去。
哪怕遇到六道沟壑，
哪怕遇到六条毛绳宽的深谷，
也一样驰骋跳跃过去。

眨眼间他已纵马追上敌军，
他高呼着“玛纳斯”的口号，
狠狠地刺出了矛枪。
卡勒玛克的卡勒当，
康阿依的卡木帕朗，
一齐被他刺落在荒草地上。
穆拉提的快刀接连高扬，
砍下了那两个巨汉的头颅，
让两只恶狼齐把命丧。

听到“玛纳斯”的口号，
别克巴恰也回头望去。
忽然眼前一闪，
在那众多的混乱的兵马里，
他看到巴克特拜与穆拉提英武的身躯。

这时哈萨克人库尔木休，
也正短兵相接与敌兵肉搏在一起。
向着几匹高大的骡子，
英雄穆拉提冲上前去。
见到穆拉提直冲而来，

押送的兵丁四散而去。
不要说他们的汗王，
连小头目们也不见踪迹。

巴克特拜的长矛舞动不息，
他两眼通红口中喷吐怒气，
六个部落的敌将都已逃掉，
他这英雄硬汉没了用武之地。

巴克特拜从不怕死，
此时心中更毫无畏惧。
别克巴恰正在身后，
巴克特拜毫无顾虑。
阵地上只剩下汗王卡勒德克，
他望着身边不多的兵士，
一个一个地清点后失望不已。
那些兵将都已溃逃，
这里的汗王只有他自己。
如果不幸万一跌倒，
没有一个人来把他扶起，
更不会有任何人来呐喊助威，
是不是自己已到了死期?
他无奈把自己的兵马会聚一起，
慌慌张张东张西望，
准备进行垂死反击。

在双方的乱马群中，
巴克特拜一路追击，
他横冲直撞砍杀不停，
敌人的鲜血染红了百里戈壁。

战斧、战刀、长矛，
尽是鲜血淋淋，
他决不让一个敌将，
还会活着喘气。

阿拉什的汗王们，
全部被救平安无事。
别克巴恰在另一侧驰骋，
这时也纵马驰骋会合而去。
他时而像云雾般飘移，
时而如流星般闪烁着光辉；
时而似水银般流淌，
时而猛虎般咆哮如雷。
凡是听到他怒吼的家伙，
直吓得魂不附体、肝破胆碎。

卡勒德克目睹了这一切，
感到惊讶称奇：
“他原来是黑耳雄狮般的好汉，
在人们已知的英雄中，
有哪一位可与他匹敌？

“喀拉柯尔克孜巴克特拜，
果真对别克巴恰如此忠诚！
我的那些汗王们却纷纷离去，
我落得孤身一人满目悲戚。
我如折断翅膀无法飞起的秋雁，
只能痛苦地独自饮泣。
我的前程和命运已破灭，
我的处境如临深渊地狱。
我的道路被阻截寸步难行，
如陷无边烂泥，若临万庹峭壁。
‘与其等死，不如战死’，
这可是先人传下的箴言。
让我背水一战冲将上去，
一刀砍下巴克特拜的头颅，
也许能再生于绝境死地。”

这个黑心肠的家伙想到这里，
奋力驱马，咆哮不息，

与嗜血的禽兽丝毫无异。

他疯狂地闯入大军中，
拦住巴克特拜的去路发起袭击。
硬汉穆拉提横马偷偷窥视，
这一幕全被他发觉知悉。

黑心肠的卡勒德克十分心虚，
潜伏到近处才猛扑过去。
他对准巴克特拜腰侧的肌肉，
把锋利无比的矛尖扎了进去，
矛尖刺中了腰部的血脉，
巴克特拜淌着血翻下马背。
瞬间穆拉提急忙出击，
发出的呐喊声惊天动地。

听到穆拉提的呐喊，
黑心肠的卡勒德克并未逃离，
像蛟龙般凶猛强悍，
露出的威势残暴无比，
心想："月即别的莽汉来吧！
你能有多大的本事来与我比拼？"
他躲过穆拉提刺来的长枪，
反把穆拉提刺翻在地。
塔特别克这时也紧追而来，
又被他一枪掀翻在地。

喀什噶尔的汗王吐尔达纳撒缰冲来，
卡勒德克又一矛枪向他刺去。
"来自喀什噶尔的吐尔达纳，
这同样是你可悲的结局。"
卡勒德克喊叫着向他狠狠地刺去。
四位英勇的壮士好汉，
就这样把鲜血溅洒大地。

卡勒德克看见，
别克巴恰的身影，
从侧面忽然闪了过去。
他心想："众汗王同来作战，
只有我孤身一人留在了这里。
柯尔克孜的四位英雄又被我亲手杀死，
如果我与别克巴恰遭遇，
他肯定不会让我活着回去。"

于是他即刻向自己的人马下令：
"休战撤退，
快给我把息战的铜锣敲响，
我们要尽快从这里撤离。"

看到敌兵狼狈逃走，
阿拉什的英雄们便也朝一边撤离。
灭迭尔别克搀扶着巴克特拜，
踉踉跄跄跟着走去。

在柯尔克孜阵营中，
有四位英雄好汉不幸阵亡，
巴克特拜也受了重伤。

让我们暂且放下此段，
接着从血腥惨烈的激战中，
阔祖别克为首的老翁们，
如何老当益壮，不怕牺牲，
勇上战场奋力杀敌，
最后壮烈牺牲的故事开始唱起。

巴克特拜

再显神威

卡勒德克战败再征兵马

损兵折将，遭受重创，
卡勒德克失去了身边的六位汗王，
该何去何从他心中没数，
他心神慌乱头昏脑涨。
眼下能同谋共商的汗王没有一位，
喀拉阔孜那酒囊饭袋也已阵亡。
如今自己孤孤单单，
他忧心忡忡不胜凄凉。

聚集起六位汗王的兵马，
汗王卡勒德克感触叹息：
“我们八位汗王曾联手盟誓，
把铺天盖地的众多人马聚集在一起，
只有阿富汗人与伊斯番人，
不予助战撤走了兵马。
他们为逃脱征战欣喜若狂，
他们只知道顾及自己。
喀拉阔孜又趁机捣鬼，
使我的大军也折损离析。
让我失去了左右臂膀，
身负重伤从战场撤离。
我们不能不讨还这笔血债，
我们怎能就此销声匿迹。”

卡勒德克强打精神，
对那些兵丁又口出狂语：
“劲敌要由强汉来对付，
民众要由贤君来管理。
我们如果就这样逃逸回去，

我们无能的坏名声会遍地传扬。

“如若我们这样返回家园，
部落汗宫不也成了败落之地？！
我们要从那大军中推举好汉，
让他们来带领百姓重新奋起。

“军中有的是猛将和大力士，
他们都能单拼独战杀敌。
大军中有的是神箭手，
他们有百步穿杨的高超武艺。
更有勇士挥矛拼杀不知疲倦，
举斧相搏威震强敌。
大军中有的是强将虎帅，
汗王知道的大家也都心中明晰。
如果百姓不知道还有谁能明白？
心知肚明只是没有发言的权利。
作为汗王有权决定一切，
谁都知道这个道理。
富人知道的平民也都知道，
只是没有说话的机会，
富人想干什么就干什么，
平民却不能随心所欲。
百姓若没有自己信任的汗王，
就不会有自由和权利。
随时会四分五裂，
浪迹天涯，穷困悲凄。
有人就会拉帮结伙，
互相指责，争权夺利，
整天打得头破血流。
恶棍将趁机得势浑水摸鱼，
他们膨胀的头脑不知天高地厚，
自以为是，自鸣得意，
欺辱百姓，不讲道理。

“有汗王的部落就会有主心骨，
就会团结统一，齐心协力。
如今你们原来的汗王都已失去，
现在要把新的汗王推举。

“你们五个部落的人马，
快推举为你们做主的人，
在此切莫推举别人，
就推举在场的人谁最适宜。
先推举出你们当中的英雄，
汗王的人选要来自英雄里。
如果自己家乡已拥有汗王，
就把在这里指挥军队的人推举；
在自己故土已没有汗王的，
推举谁当汗王更是当务之急。
这样当你们重新返回故乡，
汗王的王位就自然确立。”
面对芒格特部落以外的人马，
卡勒德克道出了这番话语。

康阿依的人马喧嚷不息：
“我们的汗王原是博东，
卡曼原是我们的大力士，
我们同时失去了他俩，
眼下该由谁把人召集？”

其他部落的人马也吵吵嚷嚷，
都说没有办法进行推举：
“别说是剩下的这些兵丁，
整个部落也没有可做统帅的能人。
没有谁比我们处境更惨，
有勇有谋的汗王已全部失去。

“我们原来有汗王率领，
一腔热血，在所不惜，

大伙儿一心想建功受奖，
战场上的强汉们更是前仆后继。
结果现在没有留下几个认识的人，
留下的几乎全是不认识的。”
人们七嘴八舌道出了实话，
越说越让人泄气。
卡勒德克听罢了这些议论，
也低下头来不再言语。

看着五个部落剩余的人马，
卡勒德克自作主张，
从自认为有谋有勇的人里，
他委任了五位新的汗王，
让他们自己管理自己的兵马，
稳定军心，操练刀枪。

“当柯尔克孜被全部歼灭后，
我让你们的马褡子中装满金银，
那些离去的阿富汗人与伊斯番人，
我要怒吼着把他们摧毁杀尽。”

面对五个新任命的汗王，
卡勒德克高声训谕。
他口中喷溅着白色唾液，
显得更加狂妄和凶狠。
那些新上任的头目，
还有新掌大权的大将，
一个个马不停蹄脚不着地，
终日为卡勒德克效劳奔忙。
他们慑于卡勒德克的淫威，
谁也不敢直言自己的主张。

新汗王们自以为掌握了大权，
指手画脚一身傲气。
让人牵马喂水为自己效忠，

不停地炫耀汗王的威仪。
他们专门派出快马信使，
返回部落告知前方的消息。
得知噩耗的人们，
又哭又号痛苦悲凄，
他们诅咒残酷的战争，
无情地把自己的亲人夺去。

那些新汗王的朋友亲戚，
却眉开眼笑欢天喜地，
仿佛一夜间变得有头有脸，
从此将会有无尽的荣华富贵。

不少死者的爹娘和兄长，
他们愁眉苦脸悲伤叹息：
“柯尔克孜竟如此强悍，
玛纳斯的子孙都无情无义。
别克巴恰更是凶狠，
他让我们的汗王们都悲惨地死去。
我们的大力士也丢掉了性命，
我们自己还有多少活命的日子？”

“柯尔克孜人智勇非凡，
适逢今年又是虎年，
我那猛虎般的英雄好汉，
要想保命十分困难。
历来每当遇到虎年，
如果发生战争好汉必将罹难，
即使好汉不死天灾也将难免。”

“在位的汗王也会命断，
周围的百姓会跟着遭殃。
很多女人将遭受守寡的凄惨命运，
诸多的小伙将成奴隶背井离乡。
如果灾难降在牲畜头上，

将大批大批地死亡。
五谷不生粮食减产，
千万百姓遭受饥荒，
人们的日子将会充满悲伤。”

“天公将只会打雷不会下雨，
常有狂风肆虐黄土漫天。
太阳将会失去神采，
大地成为寸草不生的千里碱滩。”

长辈们这样议论纷纷，
百姓们都感到恐慌不安。
卡勒德克却要求继续派兵增援，
向四处写信求援不断，
缺兵少将使卡勒德克无法入眠，
一次次睁眼到晨星消失。

对那些阵亡的壮士强汉，
他们的尸首要运回家园，
“连死者的尸体都不顾及”，
人们的耻笑会没完没了。
卡勒德克向柯尔克孜派去了使者，
把阵亡勇士们的尸骨一一运还。
以博东为首的汗王们，
还有其他阵亡兵丁，
他们的尸首都在其间。

卡勒德克还差人告知对方，
请求休战三个月的时间。
“然后我们再战，
不论你是胜是败，
不论我是赢是输，
到时候一切将在此了断。”
卡勒德克传去此话，
想挽回他那英雄汗王的脸面和尊严。

青鬃狼别克巴恰，
痛快地接受了休战的信函。
他将柯尔克孜阵亡的将士，
还有汗王的遗体，
全让人收敛埋葬或者送还。
让人用皮革包裹阵亡的将士，
再用真丝捆扎一遍，
挑选好单峰骆驼准备好驮垫，
一一向他们的故乡隆重遣返。
为每位阵亡的汗王派出三百名勇士，
确保英雄的遗体平安护送回去。
下令他们要尽快送到，
出殡要有隆重的仪式，
要让乡亲们心存敬重眷念。

他把塔特别克送到塔拉斯，
让强汉穆拉提的遗体回到浩罕，
把吐尔达纳即刻护送回喀什噶尔，
把吐如木别克远道护灵送到土尔番。
吩咐差往四方护送亡灵的兵丁，
他们去后无须回返。

别克巴恰英雄反复叮咛：
“卡勒德克向来诡计多端，
你们可要时刻提防，
莫让他乘虚而入毁了你们的家园。”
他向其余汗王及民众强调，
阵亡将士的后事一定要隆重承办。
如若卡勒德克有什么动向，
要即刻差人来此送传。

巴克特拜大战卡勒德克联军

芒格特的卡勒德克，
向四处差人要补充兵员，
只要马蹄能到达的地方，
他不论山高还是水远都走到。
身边没有忠实的随从助手，
他想干什么都十分困难。

狡猾奸诈的卡勒德克，
用甜言蜜语把身边的人蒙骗。
被牲畜钱财和权势所奴役，
他们四处抢掠柯尔克孜的牲畜和财物。
那些被别克巴恰派回的汗王，
没一个在家乡能享受平安。

那些预谋参与侵略的头目，
事后他们这样慨叹：
三个月时间是那么短暂，
盼不到一人来相助增援。
对六个部落的大军而言，
缺兵少粮真使人昼夜难眠。

一夜接着一夜，
一天接着一天，
日日夜夜不停地更替转换。
直到约定的九十天期限已满，
康阿依、卡勒玛克补充的兵力，
才终于到达这边。

在新补充的人马当中，

包含有四十位大力士，
他们的兵马共计十五余万，
那大军真是铺天盖地，
驻满望不到边的丘陵平原。

这时柯尔克孜的精英首领，
别克巴恰却哪儿也没去，
他没有去征集更多的人马，
也没有增添新的装备武器。
他召集来了十四位汗王，
只讲了下面的一番话语：
“自汗王玛玛依起繁衍的后代，
曾经成为四十个居孜。
四十个居孜的子孙后代，
被称四十个部落的柯尔克孜，
汗王玛玛依之后是喀拉汗，
喀拉汗生有两个儿男，
分别是喀拉什汗和阿勒特汗。

“喀拉什汗共生有十二个虎子，
其中有七位做了比官，
五位成了大力士，
他们加入了四十个居孜，
被称为六十个部落喀拉什。
以喀拉什之名不断演化，
被称为六十个部落的阿拉什。

“阿勒特汗有两位夫人，
共生了六个儿男。
大夫人生的三个是，
昆汗[1]、艾汗[2]，老三就叫吉勒德孜汗[3]。
小夫人生的儿子分别名为，
套汗[4]、阔克汗[5]，最小的名叫登额孜汗[6]。
多少年来他们时合时分，
时而为敌手，时而为亲友，

[1] 昆汗：“昆”意为太阳，“汗”意为主人，昆汗即太阳的主人。

[2] 艾汗：“艾”意为月亮，艾汗即月亮的主人。

[3] 吉勒德孜汗：“吉勒德孜”意为星星，吉勒德孜汗即星星的主人。

[4] 套汗：“套”意为山，套汗即山的主人。

[5] 阔克汗：“阔克”意为天，阔克汗即天的主人。

[6] 登额孜汗：“登额孜”意为海，登额孜汗即海的主人。

至今还在延续不休。

“在大地的西方有五个部落，
他们的兵马会聚到一起，
芒格特人又去火上浇油，
把柯尔克孜树为劲敌，
多少年来一直冲突不断，
使我们的百姓遭受欺凌。

“这次他们又来侵扰，
受到了沉重的打击，
他们被迫宣布休战，
却宁肯风餐露宿也不撤离。

“如今约定的期限已到，
我们一定要全力应对。
康阿依人和卡勒玛克人，
气势汹汹又来了不少人马。
还有新委任的汗王和勇士，
共十五万兵马在此会聚。
加勒格再克之子巴克特拜，
他是我们人马的总汗王，
你们要听从他的指挥，
对他的话儿决不可违背。

“阿勒特夏尔与安集延，
玛尔尕朗与著名的浩罕，
撒马尔罕、塔什干和喀拉干，
这些月即别周围的领地，
我们都要守护防范。

“在突如其来的激战里，
穆拉提英雄已不幸去世，
他有五个亲生的儿子，
其长子继承汗位合情合理。

“吐尔达纳无子无后，
他的头号高参库巴特汗有德有智。
塔拉斯的塔特别克，
他留有儿子帕孜勒别克。
土尔番的吐如木别克，
他有个兄弟叫阿克勒别克。
他们遵照祖先的传统，
对汗位的继承得到了民众的认可。

“从同样的袖口伸出手会互帮互助，
从同样的领口伸出头要风雨同舟。
只要我们顽强不屈不遗余力，
再凶恶的豺狼都能被赶走。
没有什么力量能战胜我们，
没有任何敌人能使我们低头。
无论何时发生战乱，
我们要时刻准备与敌人生死搏斗。

“切莫尔虞我诈发生内讧，
千万别让敌人有可乘之机。
如果敌人胆敢发动战争，
塔巴勒德、玛塔尼和塔克尔巴什，
你们三位英雄要一起出击。

“库尔木休、灭迭尔别克与谢尔麻特，
你们要整装待发做好准备。
加勒格再克的巴克特拜，
他就是你们的靠山和战场指挥。
如果卡勒德克单枪匹马来战，
巴克特拜自会冲杀在前针锋相对。

“当你们摧枯拉朽杀入敌阵，
你们的胳膊将不会疲惫，
你们的勇气将永不减退。

阿依阔勒玛纳斯的英灵，
会佑助你们凯旋。”
别克巴恰这样逐一嘱咐，
诸位英雄好汉信心百倍。

不知哪里来的神奇力量，
大伙儿通夜都没合眼也不乏不累：
请来有名的工匠，
把各种武器都检修准备。
五花八门的武器形态各异，
每个大力士都准备整齐，
网好战甲，修好头盔；
补好护心镜，缝好纽扣；
战刀、矛枪和战斧，
全部浸透毒液药水；
给枪杆涂上油漆，
用结实的铜丝缠好月牙战斧的斧柄；
把鞍鞯的皮革重新搓软，
把马镫带缩短。
把后鞧放长，嚼口收紧，
把所有战马的全套鞍具修配。
把铠甲的豁口用棉绒和丝线织补，
用羊毛纤维补好，
将卡勒德尔罕[1]与克色甫且[2]，
从外向里钉牢铆平缝缀。

让铠甲穿上舒舒服服严严实实，
外刚内柔，威严高贵。
扎牢的护心镜亮亮闪闪，
理好的锐利刀剑红穗条条垂顺。
竖起的长矛高高耸立，
宽刃的战斧闪着银辉。

你看那眼前的队队兵马，
所有的英雄好汉都武装完毕。

[1] 卡勒德尔罕：护腿。

[2] 克色甫且：子弹袋。

月牙战斧斜插在腰间，
锋利的战刀在弯弯的鞘里。
长矛高高地攥在手里，
长长的缨子迎风飘舞。
铲杖大头棒横搭在前鞒，
弓弩和箭矢也披挂整齐。
那赤铜铸造的战鼓，
连苍蝇落上去都会有响声。
雄壮的队伍看得人眼花缭乱，
像滔滔洪流一望无际。

按照三个月前的约定，
大批的将士跨马出动，
穿过前后的阴坡阳坡，
密密麻麻多如甲虫。
马蹄嗒嗒像寒流呼啸不止，
前呼后拥像林间鸟群叽喳不停。
号角声声响彻云际，
前山后谷战马嘶鸣。

这些世间的窃匪盗贼，
死神已开始降临。
尘土飞扬弥漫天空，
荒漠无边，骄阳当头，
兵丁们口干舌燥大张着嘴巴，
好像嘴里盛不下自己的舌头。
心儿怦怦跳得冲向喉咙，
汗水像小泉在额头流淌。

战马像被熊熊火焰燃烧着身体，
恨不得摆脱缰绳向前奔腾。
它们咬着嚼子步履焦急，
上上下下不停地甩着头颅。
上坡时它们像仙鹤般伸着脖子，
眼珠像星星般闪烁剔透。

下坡时它们前跃后蹬四蹄腾空，
犹如汹涌大海难挡的浪头。

骑手们一松手它们会脱缰而去，
四蹄生风，很少落地敲击石头。
英雄们的马队像抛出的石子，
又如一群鸟雀飞离了枝头，
展翅的猎隼也难追上，
令旁观者目不暇接血涌额头。

好汉们穿上防箭的布鲁姆皮裤，
甩打着肥大的裤腿。
他们挎着镶金的弩弓奔走，
战旗在空中飘飞。

在限定的三个月九十天中，
勇士们的心儿早已激昂。
阿拉什人历来不惧战斗，
英雄就要在战场上表现。

绣花的毡帽，金色的皮裤，
众多哈萨克勇士精神饱满。
他们是一支不怕死的军队，
号角声中冲锋在前。

六座城市的月即别人，
他们战袍的布料尽是绸缎。
自从森其别克执掌汗位以来，
他们在战场上分外勇敢。
他们的祖先是月即别，
无论他们的汗王和臣民，
善于单打独斗已成传统。
他们不是一般的部落，
男女老少都是宁死不屈的英雄。

喀什噶尔、罗布泊与和阗，
卡木布勒、阿热勒与土尔番，
来自那些地方的英豪们，
在历来的征战中都英勇果敢。

身着白色的白卡萨木[1]长袍，
高领绣边一身豪气。
他们有宽大的嘴唇，阴森的眉宇，
深凹的眼目，鹰钩大鼻，
宽阔的胸膛，铁一般的腿，
下巴的黑胡须又浓又密。
无数险恶的战斗他们早已习惯，
哪怕血流成河也从不畏惧。

[1] 白卡萨木：一种以棉纱为经线，以丝为纬线织成的表面光亮的面料。

在血腥弥漫的激战中，
他们从不畏惧退让。
他们曾让聚兵来犯的敌人头枕大地，
让敌寇的头领缴械投降。

他们个个是英雄好汉，
他们也擅长养畜种粮。
秋天的果园硕果累累，
丰收的庄稼遍地金黄。
面对波涛汹涌的河水，
他们善于绑扎木筏过江。

在且尔千、土尔番那广阔的地方，
骆驼超过其他牲畜的数量。
家家户户都粮食满仓，
更有那果园瓜果飘香。
沙漠比草场广阔，
养蚕的桑树却遍地生长。
艾希泰克与诺依古特就在那边，
他们的人民富裕安康。

在阿尔泰和伊犁一带，
在卡木布勒和巴里坤那些地区，
山脚下的马群多，
河边上的牛群多。
丘陵地的羊群多，
戈壁滩上骆驼多，
荒漠上的野马多。
芦苇丛里雌鹿多，
茂密的林中雄鹿多，
山坡上的狍鹿多。
无边旷野里羚羊多，
雪山冰峰狗熊多。
山崖间的岩羊多，
陡峭的丘冈盘羊多。
要问究竟有多少，
比沙漠里的沙子还要多。

松树、桦林和白杨，
好像要互相比试高低，
个个昂首挺立刺向蓝天。
阿尔泰河急流滔滔，
伊犁河水闪耀金光，
一处处湖泊倒映着青山，
一艘艘木筏在水面漂荡。
天山的风儿四季凉爽，
夏季五彩鲜花像无边的海洋，
阳光照耀着绿色的草原，
蓝天白云像水洗过的那般闪亮。

这里还有很多可食的野果，
微风一吹清香醉人，
有许许多多都可入药。

红白相间的草莓，
茂密地生长在山脚。

羔耳草、郁金香，
青草、野酸苔和凯米尔切克草，
还有酸模和马奶头草，
不小心能把人绊倒。
茂盛的青苔灌进你的靴筒，
让你无法动腿抬脚。
有一种果子叫作黑酸梅，
那就是山里的野葡萄。
有的树枝快要贴到地面，
那是承不住满树的野核桃。

野苹果，野杏子，
熟透了自个儿就掉落。
填满了多少洪水冲过的深沟，
路人都不敢踩踏而过。

荆条和花楸一起生长，
红柳和柽柳交叉同生，
沙棘和柳林更是茂密，
畜群也无法从中穿行。

阿拉什大地的这般景色，
走遍天下也难见。
这是阿拉什民众世世代代的居住地，
怎容外敌来侵犯？
不论是谁伸来魔爪，
阿拉什人毫不犹豫勇敢迎战。

从叶尼塞到阿尔泰，
从和田河到恰木布勒达坂，
阿拉什人繁衍生息在这里，
阿拉什人保卫着自己美好的家园。
阿依阔勒玛纳斯英雄，
阿拉什人永远捍卫着他的尊严。
闻名的坎阔勒塔拉斯，

是阿拉什人的福地洞天。

和阗、叶尔羌、喀什噶尔，
这里大部分民众是克普恰克部落。
他们少部分在大山深处放牧，
大部分在平川种田。
收获的粮食堆积如山，
勤劳换来富裕的生活。

他们不让粮食腐烂也不浪费，
常年在粮仓里巧妙储存。
克普恰克人种田天下闻名，
连印迪斯坦的百姓也都知情。
多少年来他们赶着驼队，
驮着硕大的麻袋、木箱翻山过河，
把貂皮、茶叶、辣椒和各种药品，
运到这里换取粮食回去享用。

在吉尔吉特、朵别提和塔什玛勒克路上，
印迪斯坦人的驼队年年来往。
他们冒着高山上的暴风冰雪，
他们不顾山间的浓雾迷瘴。
只要换回那宝贵的粮食，
他们不惜辛苦伤亡。

越过昆仑的冰山雪冈，
和阗的道路平坦宽广。
克什米尔的柯尔克孜人，
管制印迪斯坦人来回过往。
印迪斯坦人不拿出汗王的许可证，
克普恰克人不会提供一粒粮食。

当年柯尔克孜人有多富裕？
连死者也很有尊严福气。
遗体下面铺着比达纳绸，

再用纯驼绒毛毯包裹，
然后才葬入深深的墓里。

白卡萨木与巴夏依，
都是用染成不同颜色的真丝织成。
巴夏依绸更是特别，
花纹图案独特艳丽。
姑娘们穿在身上，
像孔雀开屏一样绚丽。

还有一种布叫作柯勒托尔阔，
全部用鬃毛织成。
用驼绒和羊毛织成的布匹，
赋予诺奥特的品名。
山羊绒织成的布料，
叫作玛纳特，品质上乘。
还有杜茹约和喀热拉等丝织品，
在柯尔克孜人中特别盛行。

精制的康达噶依皮裤，
投进火里也难烧毁。
用毛绒织成的战袍，
飞来的子弹也能弹射回去。
柯尔克孜有兴隆的贸易，
商品丰富得令人惊异。

不知疲倦的高头大马，
鬃毛光亮的矫健战马，
赛过飞云的千里马，
在柯尔克孜那里全不稀奇，
草原上到处都能看到。

骆驼无论是单峰还是双峰，
在柯尔克孜牧区你难以数清，
牛羊驼马四种家畜，

多得赛过天上的星星。
在六十个部落的阿拉什里，
柯尔克孜与哈萨克的牧业最为著名。

这里的百姓全都富裕，
自由安详兴旺的阿拉什，
再没有欠缺的什么东西。
若问如今是谁在汗位，
英雄别克巴恰是他们的汗王。

自古以来从没几年平静，
部落间的战火连绵不息。
康阿依人与卡勒玛克人，
他们常来骚扰与柯尔克孜为敌。
眼下他们全都做好了准备：
跨上了战马，披上了铠甲，
全都来到了血腥的战场。

在入侵的兵阵中，
突然有一人高呼着“康阿依”的口号，
冲向阵前气势很大。
他手中挥舞着红缨矛枪。
别说是柯尔克孜，
仿佛要把整个世界吞下。
他浑身上下武器齐备，
穿着整齐的灰色铠甲。
他自命不凡耀武扬威，
仿佛要拿下所有对手独霸天下。

罗布泊的硬汉玛塔尼，
面对死亡他何曾回避。
心想这来自康阿依的壮汉，
你有多大能耐来比试高低。

玛塔尼高呼“玛纳斯”的口号，

拍马挥枪冲了上去，
也不问名姓和来自哪里，
向来将直刺利矛发起攻击。
我刺你挡，你刺我挡，
谁都不让对方击中自己。
不知较量了多少回合，
他们又抡起战斧互相劈砍，
两人都使出浑身的力气。
战斧和长枪挥舞不止，
也毫无办法让对方示弱屈膝。

他们又从鞘中抽出弯刀，
寒光闪闪，刀影翻飞，
仍然无法战胜对方。
两人心急却都不服气，
又齐举狼牙棒狠命拼击。

他俩怒目圆睁紧盯对方，
他俩口干舌燥喘着粗气，
借此作了片刻的喘息。
他们又拿起铲杖，
向对方发起攻击。
突然又转为马上角力，
忽而揪住对方的衣领用脚蹬踢，
相互折磨费尽了力气。
就这样从早晨打到了黄昏，
各自才勒马回营歇息。

英雄们返回了自己的阵营，
焦急的士卒们一齐拥来，
将他们抱下马背抬进帐里。
立刻给他们铺上褥子，
递水倒茶拭汗清洗，
对伤口仔细敷药包扎。

谋士们立刻会聚一起，
轻声细气你言我语，
商量着明天的良策妙计。
谁也不曾合眼直到天亮，
都在为归来的勇士服侍尽力。

东方天边渐亮，
转眼朝晖遍地。
英雄勇士们驰马出营，
拉开了又一轮战局。
谁人见过这般景象，
你拼我杀不辨东西。
滚滚浊烟直冲天空，
与白云即刻融为一体。

臂膀早已皮开肉绽，
鲜血往外流淌不止。
怒吼声声震耳欲聋，
战斧叮当回荡天际。
这声音令人头昏目眩，
好似九天惊雷炸劈。

来自康阿依的那个混账，
突然把玛塔尼一枪击翻在地。
勇士塔克尔巴什匆忙冲上前，
把玛塔尼救出了阵地，
他转身又向康阿依人猛扑过去。

血腥的长枪紧握在手里，
叮叮当当碰撞不息。
过了煮熟一只羊的工夫，
塔克尔巴什像顶皮帽一样，
被矛枪刺得飞了出去。

站在阵前的塔巴勒德见状，

再也不把性命顾惜。
他不顾身前身后的一切，
箭矢一般催马冲去，
朝着康阿依的那个强汉，
一声怒吼挺枪刺去。
那个康阿依人打马迎来，
毫不后退激战不息。

一个回合又一个回合地较量，
坚持到了挤马奶的工夫。
来自康阿依的英雄强汉愈战愈勇，
塔巴勒德已有些坚持不住。
只见他抵挡只慢了一瞬，
就被刺下马鞍跌入黄土。

来自伊犁的谢尔麻特，
心想："寿数若尽我泰然相对。
恶敌降临我一定抵御，
英雄怎能知难而退。
要解救我的挚友同伴，
千万要让塔巴勒德平安返回。"

来自康阿依的那个恶棍蛮汉，
接连将三员大将刺翻在地，
却未能砍下一人的头颅，
全被柯尔克孜勇士救回营地。
瞅着谢尔麻特驰马而来，
这家伙更加疯狂无比。
那个康阿依人名叫克杰耐依，
他自恃武功天下无敌。

他根本不把谢尔麻特瞧在眼里，
认为他还不如跳蚤一只。
谢尔麻特怒吼着出击，
他也目空一切不把对手瞧在眼里。

狂妄自大的克杰耐依壮汉，
中枪“轰隆”一声坠马落地。
谢尔麻特用力过猛，
坐骑一直向远方驰去。
当他勒转马头返回再追，
康阿依的克杰耐依，
早像猫一样又跃上战马，
反将谢尔麻特击落在地。

伊塞克湖的灭迭尔别克，
高呼着“玛纳斯”的口号，
豁出性命毛手毛脚奔驰而去。
克杰耐依挺枪抬头张望，
当灭迭尔别克刺来矛枪时，
克杰耐依仿佛中了矛枪倒向一边，
让灭迭尔别克的枣红马擦肩而过。
刚等灭迭尔别克用力勒住坐骑，
克杰耐依又从身后袭击，
一矛将他刺翻在地。

哈萨克人库尔木休，
怒吼着策马奔驰而上，
血腥的长枪握在手里，
誓与克杰耐依决个高低。
库尔木休闪电般驰来，
可又和前面的情形一样，
克杰耐依突然跳下马鞍，
躲过了库尔木休刺来的矛枪。

库尔木休矫健的战马，
是珍贵的良种神驹。
它冲出缰绳般长的距离，
便闪电般掉头扑了回去。

克杰耐依一个翻身上了马背，
催动战马奋起直追。
未等克杰耐依赶来举枪，
库尔木休已朝他侧肋一枪刺去。
狂妄自大的克杰耐依，
被凌空挑起坠落在地。

康阿依人恰巴拉依，
不顾生死向库尔木休冲去，
警觉的库尔木休眼疾手快，
转身向恰巴拉依猛刺过去。

从地上爬上马背的克杰耐依，
恼羞成怒冲向库尔木休。
不等库尔木休勒转马头，
就趁机将他刺翻在地。
他二人一心想要砍下他的首级，
疯狂策马朝库尔木休冲去。

迅猛拍打纽扣耳朵凯尔骏马，
巴克特拜像飞石般驰马而去。
巴克特拜心中盘算：
“对恰巴拉依与克杰耐依，
我要将他俩一并刺翻在地。”

克杰耐依逼近库尔木休，
正要动手举刀之际，
他身后的恰巴拉依，
也企图砍下库尔木休首级，
飞驰的巴克特拜使出雷霆之力，
一枪把他俩并排刺翻在地。
鲜血浸染着长矛的枪头，
那两人躺倒在一起。

新来的四十位大力士，

见两位同伴已魂飞天外，
一时不知所措目瞪口呆。
好一阵他们才组织反击，
有八位壮士一齐上阵，
向巴克特拜冲杀过来。

他们气势逼人，虎视眈眈，
想看巴克特拜还有啥本事。
其余的兵将在一旁瞪眼观战。

塔巴勒德、塔克尔巴什和玛塔尼，
在一旁待命摩拳擦掌。
库尔木休、谢尔麻特和灭迭尔别克，
各自把长矛在手里紧攥。
六位英雄正准备驰骋，
准备随时杀入敌群。

加勒格再克的巴克特拜，
他的威猛岂是凡人可比？
对来自康阿依的八员大将，
他催马一过从正面刺翻了五个，
回马横穿又刺翻了两位。
再转身把剩下的一人，
一枪让他像皮帽一样飞出马背。
十个大力士接连毙命，
如同羔羊进了狼窝般有来无回。

来自康阿依的大队人马，
感觉到这惨局难以挽回。
剩下的三十位大力士又整装待发，
汗王的命令他们怎敢违背！

卡勒德克愤慨无比，
暴跳如雷像夺命鬼一般。
他鼻孔中喷出股股热气，

不停地摸着嘴唇，
愤怒地又把命令下传：
“给我再挑十位大力士，
一齐去将他围困。

“同时向他包抄过去，
一定将他生擒活捉。
如果他不让你们捆绑，
你们就用矛枪猛戳，
用刀斧朝他的脑壳猛砍，
提着他的头来见我！”

汗王卡勒德克下了命令，
十个大力士涌上了前方。
“我们如果能生擒巴克特拜，
就让别克巴恰把世间痛苦饱尝。”
这些没有上过战场的大力士，
一个个年轻力壮血气方刚，
从未与真正的英雄交过手，
个个一副不惧死亡的模样。
仿佛他们一人能顶千军万马，
个个都是一座不倒的山冈。

看到他们这般自负的身影，
柯尔克孜兵丁们十分恐慌。
他们顿时惊恐不安，
还有的兵丁嘟嘟囔囔：
“别说是阵前的巴克特拜，
我们就是站在这大军中间，
看他们十个就像十座山冈。
也难保不溅热血不会死伤！”

“刚才丧命的那十位勇士，
全是浑身无力的一群软蛋。
他们是从弱者中挑选，

是为了引诱我们匆忙上阵作战。
从早先来的敌军之中，
那诸多的大力士我们也见识了不少。
康阿依的大力士博东，
还有佐恩塔热和跃巴勒，
加比凯和别特尔克，
他们都是英雄又是可汗。
眼前这精挑细选的大力士中，
奇纳尔、拉昆和卡曼，
还有卡勒当和卡木帕朗，
要比那些强敌更加凶悍。”

“站在眼前的这十位壮汉，
不知下一步结局又是哪般。
这个见鬼的虚伪世界啊，
一切生命来到世间，
到头来没有一个不去永眠。
我们活着出门将无法再返还，
被倒霉的命运无情驱赶，
眼看死神就会降临眼前。”

“那十位大力士气势非凡，
身后还跟着二十条壮汉，
谁知道他们会有多么凶险。
别克巴恰也许可以逃脱，
看样子我们的性命难以保全，
只有死路一条别无可选。”

魂不守舍，惧怕心虚，
在待命的众多人马里，
滋生着各种厌战不安的情绪。

那精心挑选的十个大力士，
有两个是开弓射箭的高手，
两个将铁丝拧成的罗网提在手里，

两个手中的战刀寒光闪闪，
两个手中的战斧格外锋利，
还有两个出奇地高大，
把长长的矛枪挥舞在手里。
矛枪的呼啸声震耳欲聋，
如同突发的暴风骤雨。

他们高呼着“芒格特”的口号，
像乌鸦在山脊嘎嘎地叫，
战旗迎风呼呼啦啦，
遍野狂奔腾跃着骏马战驹，
呐喊声冲杀声声声不绝，
敌兵从四面发起攻击。

那些见过世面的长辈们常言：
“一个男儿有七十种本领，
也不够他运用施展。”
在英雄凯耐尼木青鬃狼手下，
经过了整整九十个日夜的训练，
加勒格再克的巴克特拜，
根本不把那十位大力士瞧在眼里。
莫说十个就是上千个大力士，
就是让他们使出上千种招数，
他也不会神智慌乱。

别克巴恰平安健在，
就是巴克特拜信赖的靠山。
巴克特拜把这些鲁莽的家伙，
看得比自己的裤脚还低贱。
巴克特拜昂首挺胸，岿然不动，
傲视着他们的表演。

两个大力士把大罗网拿在手中，
冲来当空抛撒欲下手为先。
巴克特拜举起手中的宝刀，

从正面抡起猛地一劈，
那罗网便被切割成了碎片。

眼看落得双手空空，
两个矛枪手又猛扑过来迅疾无比。
也不知英雄是如何练就，
连战马都有非凡的技艺：
巴克特拜朝着坐骑的双腿间，
用马靴后跟猛地一磕，
就像被锥子猛刺似的，
神骏朝旁边腾空跃起，
使两个矛枪手无法攻击。

当敌人擦身而过之际，
巴克特拜发现了战机。
他手执卓依库麻宝刀左劈右砍，
四个逞凶的家伙未及歪头，
瞬间全部去了地狱。
四人再没有吼叫一声，
从此与自己的人马永远别离。

此刻手持刀斧的大刀手和神斧手，
呐喊着从身后冲了上去。
巴克特拜把卓依库麻宝刀，
随手“唰”地别在了腰里。
久经沙场的非凡英雄，
“噌”的一声将长枪握在手里。
任敌人挥刀刺杀，
凭狂徒舞斧狂劈，
纽扣耳朵凯尔骏马仍自若穿行，
就像游蛇行在水里。

随着战马像兔子般跳跃躲闪，
英雄在敌群中寻找着时机。
他忽然对着四个狂妄的家伙，

又是一阵闪电般挥矛出击。
刺的全是脖颈的要命之处，
这四个大力士顿时倒在了大地。
两位弓箭手大力士这时发飙，
怒射的飞箭如同下雨。
巴克特拜早有防备，
并没将他们放在眼里，
并没有停止刺击的长枪，
更没有畏惧缩头向后逃逸。

那短耳朵棕色骏马，
浑身上下有康达噶依皮衣披挂。
这匹经常出入沙场的凯尔坐骑，
对飞蝗般的箭矢毫不惧怕。
就连露出的四条腿上，
也有闪烁的银甲防护。

口中念叨着玛纳斯先祖，
英雄如鹰隼般奔袭，
冲向弯弓射箭的两个大力士，
瞬间到了一矛枪的距离。
只听到“扑、扑”两声脆响，
那二人向后方倒了下去。
巴克特拜独自一人，
让不可一世的十名大力士，
就这样去了他们祖先那里。

柯尔克孜大军士气大振，
人们摇旗呐喊高声欢呼：
“巴克特拜是浴血的英雄，
让二十个硬汉当场命丧黄泉。”
那些曾风言风语失去信心的兵士，
惭愧得半句话也难说出。
巴克特拜挺立在战场中央，
就像一棵伟岸的大树。

在汗王卡勒德克眼里，
整个世界都狭窄得没了出路。
他无奈地对身边的六位汗王说道：
“你们一个个地去拼杀，
不如大家一道簇拥上去。
只要保持自己的队形，
让十位大力士去打先锋，
你们再一齐冲上阵地。
面对蜂拥而上的众多将士，
料定巴克特拜也难以四面顾及。”
听罢卡勒德克的话语，
其余的汗王都毫无主意。

正当他们十分困惑之时，
有位硬汉巴勒铁克开口说话：
“鉴于我们众多的芒格特人马，
我想出了一个妙计，
在座的各位汗王请听仔细。
从你们当中挑选一位，
去单打独斗在阵地纠缠。
偶尔同他们也交手拼杀，
要小心谨慎地迂回在外围攻击，
一直消磨到天黑再返回这里。
然后趁着漆黑的夜幕，
把十八万军队一齐调集，
无论是汗王还是兵卒都一齐动手，
在战场上挖好壕沟去消灭强敌。

“要将土石装在袋里全都运走，
悄悄地隐匿不留痕迹，
再把那众多的人马设法伪装，
统统隐蔽到壕沟里去。

“汗王当中一个人前去战斗，

让千人弯弓搭箭埋伏在阵地。
卡勒德克汗王你上阵站在一边，
高呼要与别克巴恰血战到底。
他的战袍刀枪难入，
要让壕沟中的神射手万箭齐发，
专门射杀他的坐骑。

“别克巴恰若离开了战马，
如同鹰隼折断了羽翼，
柯尔克孜将束手无策，
我们就会取得全面胜利。

“若只剩下巴克特拜孤身一人，
就不会像先前一样勇猛无比。
我忽然想到了这个策略，
其他人也都来出谋献计。”
“你讲的真是良策妙计。”
在场的人都一致赞赏同意。

于是他们派出了一位大力士，
让他去与巴克特拜交手出击。
这位壮汉上阵大摇大摆，
他的傲气像皮囊般鼓起。
他宽厚壮实中等个头，
一摇一摆挺着硕大的肚子。
他鼓起了所有的力气，
高呼着“康阿依”的口号驰骋而去。

神勇的巴克特拜，
此时正在血泊里冲来冲去。
他像割草一样横扫着敌兵，
刺翻了二十个壮士也没费多大力气。
面对冲来的康阿依汉子，
他面不改色毫无顾忌，
横刀立马，不把对方放在眼里。

一旁观战的人看到英雄的气势，
胆战心惊心中无底。
其余的兵丁更是提心吊胆，
心想："我们将会有何结局？"
多少敌兵害怕得魂不守舍，
心怦怦乱跳却不敢大口喘气。

面对狂奔而来的康阿依汉子，
巴克特拜顺势将他的长矛挡住。
他让纽扣耳朵凯尔骏马咬着嚼口，
暴风骤雨般发起攻击。

对狂奔而来的蛮汉，
向着他侧肋的下端，
对着他腰部的上面，
巴克特拜猛烈刺去。
他那锐利的枪尖，
深深刺入壮汉的肉体。
巴克特拜让他像一团肥肉般滚落马下，
屁股朝天嘴啃黄泥。

这时卡勒德克的人马，
没人再敢上阵与巴克特拜交锋。
别克巴恰也没发出任何指令，
巴克特拜依旧挺立在战场中。
没有得到命令，
又不能擅自杀入卡勒德克的队伍。

时间过去了许久，
有位叫沙勒比尔的壮士，
挥鞭走出了卡勒玛克的马队。
他是个未曾出头露面的人物，
平时不爱显山露水。
他自告奋勇道："我来上阵！"

卡勒德克自然高兴得舒眼展眉：
“你是条不露锋芒的汉子，
你本来就无坚不摧。
快去将巴克特拜生擒过来，
这是你展示武功难得的机会。
你如果不能将他征服，
就想办法与他周旋到天黑，
天色一暗就立刻返回。”

沙勒比尔策马上了阵地，
来自康阿依的卡勒玛克人喜在心里：
“他定能活捉巴克特拜。”
都信心满怀没有任何怀疑。

沙勒比尔跨马出阵，
像山峰一般出现在人们的眼前：
他身架酷似耸立的高塔，
有双壮如梧桐般的胳臂。
眼中仿佛射出道道火焰，
恨不得将一切一口吞噬。

他内穿护胸铠甲，
披着宽大的战袍。
腰间挎着锋利的战刀，
所有的兵器样样齐备。
他那钢铸的锐矛能够穿石，
长长的枪杆拖拉在地。
狼牙棒别在粗壮的胯下，
世间凡人从不敢与他作对。

沙勒比尔这个身高体肥的蛮种，
此时显得狂暴无比。
他朝着英雄巴克特拜，
像失宠的泼妇般拳打脚踢。

你看他此时的模样，
与凶神恶煞丝毫无异。

头上的铁盔有六层，
犹如黑色的山包隆起。
隆起的额头，扁平的面庞，
黝黑发亮的脸上没有胡须。
中间一条黑山梁般的鼻子，
双眼酷似黑色的湖水深不见底。
鼻孔好似长满枯草的河谷，
上翘下垂的双唇又厚又肥。

向外撅起的胸骨，
好像满载草捆的雪橇一般。
那肥宽的胸脯，
如同赛马的平川。
小腿粗壮的肌肉，
活像一对小孩趴着一般。

他无法乘马骑着单峰驼，
两条长腿拖拉在地。
如果不是长有一双眼睛，
就酷似玛克利巨怪，
转世来到了这里。

他骑着单峰驼，
像发情的公驴一样，
疯狂地向英雄冲来。
他手中挥舞着长矛，
心想我要看看你到底有多大本事，
便向对面的巴克特拜刺去。

巴克特拜哪能甘拜下风，
更不会缩头屈服躲避。
沙勒比尔用八十阿尔申[1]长的长矛刺来，

[1] 阿尔申：古代长度单位，1个阿尔申相当于71.12厘米。

巴克特拜抡起狼牙棒阻挡回击。
那长矛不知断成了几段几截，
只见碎片四散飞向天际。

这个沙勒比尔恼羞成怒，
抡起折断的矛杆猛砸下去。
纽扣耳朵棕色凯尔骏马，
一闪身躲过了矛杆的打击。
那粗壮的矛杆未击中巴克特拜，
顺势而下重重落地。
群山摇晃大地震裂，
尘土像浓雾腾空而起。
刚才的万里晴空，
瞬间变得一片漆黑。

英雄好汉巴克特拜，
行动敏捷手脚麻利，
从不让对手得以喘息。
巴克特拜挥舞矛枪，
对准其右臂膀猛地一击。
巴克特拜击出的这一枪，
击碎了沙勒比尔的臂膀筋骨。

巴克特拜迅即抽出矛尖，
又击穿了沙勒比尔的肺部。
生来威猛似虎的汉子，
眨眼的工夫就遭六次连击。
沙勒比尔手忙脚乱，
他还未能再举起兵器，
后脑勺就又受到了十下连击。

英雄心想那颈脉之处，
正是他的致命之地，
于是又连连五次痛击。
没给他睁眼的机会，

又挥斧朝他头上猛砍猛劈。

沙勒比尔头上的铁头盔，
被砸成窝窝头凹陷下去。
他的胳膊腕子，
也被砸得污血不停淌滴。
他的双眼冒着金星，
两腿发软已用尽气力。

卡勒德克已清楚明白，
如果再放任不去阻止，
沙勒比尔肯定会命丧魂飞。
汗王卡勒德克完全看出，
沙勒比尔再也不能抗衡下去。

汗王卡勒德克暗自寻思，
从前集结来的兵马里，
硬汉没有留下一位。
在后来的新的大力士当中，
已经有二十位倒在了大地。
眼下能经受二十多次狼牙棒打击的，
只有沙勒比尔一人还勉强支撑在战场。
“我已是无依无靠的汗王，
如若真成为孤家寡人，
我的命运将难有转机。
别克巴恰与巴克特拜，
我又怎么同他们抗衡下去?
眼前面对的是十四位汗王的阿拉什大军，
我单枪匹马又如何应敌?
必须解救沙勒比尔。”
卡勒德克不敢迟疑。
他挥鞭抽打喀拉苏尔坐骑，
朝巴克特拜火速驰去。

“卡勒德克若和沙勒比尔联手，

巴克特拜一人如何能敌？”
罗布泊的汗王玛塔尼见状，
毫不犹豫也纵马驰去。

卡勒德克驰马闪出，
就像风暴猛烈掀起。
怒发冲冠的巴克特拜，
把手中的狼牙棒抛弃在地，
旋即挥舞长枪呼啸冲去。

胯下的凯尔骏马，
咬着嚼子奔驰如飞。
巴克特拜冲向沙勒比尔，
再朝他的臀部猛烈刺击。
如果他的铠甲不是九层，
枪尖肯定会刺进肝脏里。

刺中的枪尖还未抽出，
卡勒德克也冲到了近前。
他使出了全身的气力，
朝着巴克特拜的侧肋猛刺，
来不及防备的巴克特拜，
像皮帽一样从马背上飞身落地。

沙勒比尔已精疲力竭，
浑身没了动弹的力气。
就在此刻玛塔尼赶来，
毫不顾惜自己的性命。
他飞驰接近巴克特拜，
一把将他挟上凯尔骏马坐骑。

当他正要冲出战场之时，
卡勒德克掉转马头赶来追击。
玛塔尼哪里顾得上防备，
脖颈部的动脉被一矛刺中，

热血飞溅，没了气息。

巴克特拜飞身上马，
又挺起魁伟的身躯。
沙勒比尔也苏醒过来，
重新把长矛拿起。
心想我要和卡勒德克一起，
把那帮阿拉什人全刺翻在地。
朝着阵前眺望的别克巴恰，
二人呼啸着猛扑过去。

别克巴恰大战

卡勒德克

别克巴恰与卡勒德克
正面交锋

别克巴恰识破了他们的意图，
令胯下的玛依托茹驰骋如飞。
“玛纳斯”的口号呼声震天，
比楚瓦克的嗓门还洪亮清晰。
就同当年的阿勒曼别特一样，
气势磅礴威猛无比。
胯下的玛依托茹，
像铁勒克孜勒骏马般飞驰，
双目喷射的火花闪烁不息。
像色尔哈克猛虎一样，
手中的长矛呼呼声响彻天际。

只见沙勒比尔，
正要从巴克特拜背后攻击。
别克巴恰鹰扑狡兔般追赶上去，
对着沙勒比尔胯下那不见阳光的命根，
一枪刺得污血淋漓。
从毙命的沙勒比尔身上，
他“唰”地把矛尖抽出，
又刺向了汗王卡勒德克的脊背。
虽然卡勒德克的铠甲又坚又硬，
但也难抵这巨大的冲力。
只听“哐”的一声脆响，
他从喀拉苏尔马背翻滚落地。

康阿依大军剩余的二十位大力士，
此时也径直杀上战场。

巴克特拜抢过汗王玛塔尼的尸体，

把他驮在了纽扣耳朵骏马背上。
他一手顽强搏杀着扑来的顽敌，
另一手牵着玛塔尼的坐骑，
杀开一条血路驰向远方。

康阿依大军那边，
又有五个大力士冲过去阻挡，
他们同巴克特拜拼起了刀枪。
卡勒德克此时借机一跃，
又跨上了喀拉苏尔战马。
芒格特的卡勒德克贼心难改，
他率领那二十位大力士一起冲击。
一个个像露着獠牙的恶狼，
向别克巴恰步步紧逼。

阿拉什的众英雄岂能迟疑，
塔克尔巴什率先驰马冲击。
还有谢尔麻特与塔巴勒德，
库尔木休与灭迭尔别克。
三位柯尔克孜两位哈萨克，
他们猛虎般齐头并进上阵拼搏。

巴克特拜一路平安无事，
汗王玛塔尼的尸体，
被灭迭尔别克转移到了战场外面。

那二十位大力士却盯死了别克巴恰，
把他团团围在了中间。
他们前面的大力士挥舞枪矛，
后面的大力士开弓放箭，
另两个大力士风风火火，
把铁丝网抛在别克巴恰的四边。
他们只想射杀玛依托茹坐骑，
谁也不敢近前与别克巴恰交战。

阿拉什冲来的四位英雄，
与那二十位大力士搏杀在战场。
枪尖撞击哐哐响个不息，
火枪发出剧烈的轰响。
战刀噼里啪啦，
战斧叮当作响，
狼牙棒声哐哐当当，
好像弹羊毛一样频频砸向对方。
谁也顾不得看别处一眼，
只想让对手快把命丧。

卡勒德克在一旁咋咋呼呼，
不停地出谋划策指指点点。
阿拉什的四位英雄见此情况，
火速紧逼到他的跟前。

别克巴恰此时也开口高呼：
“我正等着你们的到来，
你们几个正好来到这里，
我虽被罗网困住，
可并没落到他们手里。
好汉库尔木休、谢尔麻特汗，
你们快从外围把敌人阻击，
莫让康阿依人偷偷逃逸。
你们不要放过一个敌人，
要向他们挥刀狠劈。

“英雄塔巴勒德与塔克尔巴什，
你们两个要左右夹击，
别让卡勒德克敌首恶棍，
在混战中趁机逃逸。
我的勇士与英雄们，
快去敌人的退路上阻击。
他们的二十位大力士，
我独自应对毫无问题。

"还要让人告诉巴克特拜，
战旗要由他亲自捍卫高举，
要让柯尔克孜的战旗迎风飘扬，
别让卡勒德克接近战旗！

"和阗、叶尔羌和阿斯克，
让他们的汗王各自保全自己。
别让那些老年人，
被敌人打倒在地。
男子汉灭迭尔别克，
你快去把阿拉什人马召集列阵。"

别克巴恰说完这些，
再次整了一下自己的铁甲战衣，
把浑身上下包得严严实实，
收腹弯腰弓起脊背。
心想："古里斯坦前辈，
你此时要为我帮助出力。
快让我径直杀进敌阵，
把芒格特汗王的头颅剁下。"

他鼓起浑身的力气猛然一撑，
那抛来的五层铁丝网瞬间断裂。
另外七层的真丝网罩，
也被他砍成条条落地。

破网而出的别克巴恰，
比山峰还高远的是他的意志毅力，
他驰骋着神勇的玛依托茹战马，
把手中的长枪高高举起。
那些围在他周围的家伙们，
被他一枪五个撂倒在地。
锋利的矛尖无坚不摧，
顽敌们一个个都当场断气。

卡勒德克汗王见到他的威力，
也不敢前去与他正面交手还击。
那自以为是的二十个狂徒，
来不及逃跑就统统把命毙。

在一旁观战的卡勒德克心惊肉跳，
突然把手中的马鞭挥动。
六个部落的十五万大军，
蜂拥而上发起进攻。
阿拉什的人马，
也一个不留全体出动。
双方人马短兵相接，
展开了激烈混战。

巴克特拜手举着战旗，
指引着大军南战北闯。
他两天两夜未曾合眼休息，
使阿拉什大军愈战愈强。

自己的人马遭受了空前的打击，
卡勒德克气得暴怒发狂：
“我要砍倒阿拉什的大旗，
将巴克特拜掀翻在地。
否则在别克巴恰刀下，
我的人不会留下一个活的。

“我已把别克巴恰的战术观察，
当他来到下坡之际，
一下就把四五十人砍翻在地。
当他冲向高坡的时候，
挥舞阿勒巴尔斯左砍右劈。
刀刃上沾满了鲜血，
杀得我们昏天暗地。
如果是在平川相遇，

上百个人头会被他一刀削去。

“他如果挥舞起铲杖，
七八十个将士会没了踪迹。
他看到哪里人马密集，
他就到哪里大开杀戒，
让那里尸骨成山血肉铺地。
他绝不放过任何遭遇的兵丁，
他在不停地斩杀仇敌。

“这玛纳斯的后代是杰出的英雄，
我们的人马已所剩无几。
如今我也纵马疆场，
我要先杀了巴克特拜这个死敌，
我要用大碗痛饮他的热血，
我要用他的血肉止渴充饥。

“我此生若做不到这样，
卡勒德克之命还有什么意义？
我如果今日在此溃败，
哪里还有可接纳我的部落，
哪里还有我的立足之地！
除了康阿依的人马之外，
再无一人会回过头来瞥视我。”

想到此他狂躁不安蠢蠢欲动，
他要再次疯狂攻击。
他鸭子一般伸长脖子，
他双目通红与渡鸦无异。
那暴躁冲动的卡勒德克，
不停地嘟嘟囔囔自言自语。
他边想边骑着喀拉苏尔马，
趴在鞍鞯上自我掩护。
他穿过了激战的人马，
双目将巴克特拜死死盯住。

他悄悄地向一侧迂回，
去实施他那罪恶的阴谋。

此时阿拉别克和玛拉别克，
还有阔祖别克三人站在一起。
卡勒德克逼近的行踪，
首先暴露在阔祖别克的眼里。
阔祖别克开言说道：
“我的挚友伙伴两位别克，
快侧耳倾听我的言语。
芒格特的卡勒德克驰来，
预谋把巴克特拜杀死，
一心想砍倒阿拉什的大旗。

“他想要以此制造混乱，
垂死还在玩弄阴谋诡计。
我们还不能对巴克特拜说起，
那样就可能乱了大局。
我们切莫怕死向后退缩，
寿数已尽我们就死去，
若灾难临头我决不推诿，
能战死沙场是我此生的福气。

“在阔阔托依的祭典上，
我曾与玛纳斯并驾齐驱，
那时我刚十八岁年纪，
他的勇武我永难忘记。

“我只见过赛麦台依一面，
未曾见过英雄赛依提，
我也曾见过英雄凯耐尼木，
还听说阿斯勒巴恰已经故去。
他们世代为我们流血奋战，
我永远把他们记在心里。

“从玛纳斯到现在已有六代人，
我记不清我活了多少岁，
依然活着未到死期。
芒格特的卡勒德克那个恶棍，
就让我来同他拼个高低。”

听罢阔祖别克的言语，
两个老头子来了精神。
叶尔羌的玛拉别克，
他听后也要抢着上阵。
阿斯克的阿拉别克，
莽莽撞撞也要上阵杀敌。

他们与阔祖别克都是同时代的老人，
都没法说清楚自己的年岁，
这使阔祖别克更有底气：
“你们不要争着上阵，
这时都要听我的。
如果让巴克特拜觉察到了，
我们谁也没了征战的良机，
还会分散他的心思，
对整个决战都很不利。
就让我们一个一个地冲上，
莫让巴克特拜知道底细。”

老翁们交流着各自征战的想法，
阔祖别克便纵马而去：
“我虽然比你们大一两岁，
但浑身上下充满了力气，
大山般的卡勒德克，
我也一定要把他刺翻在地。
喂，阿拉别克、玛拉别克，
快来祝福我出击顺利！”

对正在驰来的卡勒德克，

阔祖别克瞅准机会迎了上去，
他高呼着“玛纳斯”的口号，
突然驰向卡勒德克。
卡勒德克顿时心慌意乱，
赶紧从鞍鞒上把身体挺起。

阔祖别克虽已衰老年迈，
却未减当年的力量勇气，
他朝着卡勒德克的侧肋猛烈一击，
卡勒德克从马背上坠落在地。

有位名叫乌汤的壮汉，
是来自康阿依的一个头目，
在他自己的家乡，
曾把两座城池安稳守护。
他从未放过交锋的对手，
常胜将军的名号使他誉满故土。
眼下卡勒德克的身后，
正是他在尾随卫护。

凶恶的乌汤忽然来袭，
将阔祖别克从马上击翻在地，
他依仗自己年轻力壮，
弯腰要将阔祖别克的长枪夺去。
阿拉别克催马驰去，
从背后对他挥矛猛击，
乌汤也应声落地。
玛拉别克也驰马来到，
把阔祖别克扶到了马背上去。

就在这刹那间，
早已重新骑上喀拉苏尔的卡勒德克，
攥着那血腥的长枪，
怀着满腔的怒气。
他挥矛将阔祖别克与阿拉别克二人，

并排刺落马下。
霎时间鲜血迸溅，
两位银发汗王从此没了气息。
那无耻的卡勒德克，
继续躲躲闪闪向着巴克特拜杀去。

玛拉别克人老心灵，
早一步奔到巴克特拜那里，
惊恐地向他报告消息：
“乌汤与卡勒德克，
杀死了二位汗王，
马上就要来到这里。”

听罢玛拉别克的报告，
已知两位汗王阵亡的消息。
巴克特拜立刻做出安排，
让人运回二人的遗体。
让后方的一百人分成两队，
将二位老人的遗体护送到故土。
派人去向别克巴恰报信，
自己仍留在前方，
全力准备血战到底。

让我们暂且放下这里的故事，
来把嗜血成性的卡勒德克，
施展的又一场阴谋诡计讲起。

卡勒德克诡计破灭
狼狈溃逃

卡勒德克见阴谋暴露，
就勒马停步与乌汤计议：
“我们如果就此罢休，
别克巴恰率领的兵马，
还有那些汗王，
绝不会让我们活着回去。
阿拉什已丧失两位汗王，
还失去不少大力士，
他们一定深怀复仇的心理。”

这时乌汤这样说道：
“汗王卡勒德克，请听我讲，
巴勒铁克曾讲过一个计策，
我们不妨把他的办法效仿。
挖深沟设陷阱，
让别克巴恰自投罗网。
我们如果就此罢手不干，
柯尔克孜人便会向我们反攻，
我们将无人能逃脱他们的手掌。

“不如汗王即刻下令，
让双方军队都撤出战场。
让我们的兵丁放弃睡眠，
趁着这漆黑的夜晚，
在阵前挖出深壕陷阱严防死守。
不要让柯尔克孜喘气休息，
天一亮立刻把战斗打响。”
卡勒德克接受了他的计谋，
即刻令人将息战的铜锣敲响。

两军顿时撤离战场。

康阿依人趁着夜色开始行动，
将那些幸存的兵将全部集中，
上上下下一齐动手，
在战场中央挖下了陷阱壕坑。
他们还设计好了进攻的路线时间，
让别克巴恰落入那深壕陷阱，
再将别克巴恰活捉到手中。

在康阿依的兵将里面，
有一位会占卜算卦的谋士。
就在那当天深夜时分，
他手执肩胛骨占卜，
发现了一些奇象异事。
他心急如焚，慌里慌张，
踉跄着闯进了汗王的营帐。
他口中冒着缕缕青烟，
不停地唉声叹气，嘟嘟囔囔。

卡勒德克急忙催问道：
“你怎么了？快给我讲！”
占卜师对汗王卡勒德克说道：
“我从占卜中知道了一些事，
毫不掺假如实向你告知。
我们为何不假思索要挖这些工事，
难道不知他们也有占卜大师？
我从占卜中推断得知，
昨晚柯尔克孜也在占卜，
并且已经发现了我们挖壕沟的秘事。

“那占卜师还闯入了巴克特拜的帐里，
把占卜情况向他全部告知。
他又让占卜师重新占卜，
在一旁的哈萨克人还当面证实。

“当我们正在挖掘壕沟之际，
已发现有六七个幻化隐身的奇人，
他们竟然能来到这里，
到我们的身边来窥视我们。
他们还带走了泥土样品，
这种行为实在欺人太甚。

“当了解分析了所有情况，
别克巴恰重新作了部署：
那率领大军的巴克特拜，
为包剿我们兵分六路，
塔巴勒德与塔克尔巴什，
分别带领冲锋的两路。
谢尔麻特与灭迭尔别克，
带兵马负责围堵。
库尔木休与巴克特拜，
带领着雄厚的兵力进行掩护。

“执旗的玛拉别克和别克巴恰，
在随时发令进行调度。
‘寿数已尽的家伙们朝我来吧。’
他们气势汹汹，如狼似虎。

“我们修筑的陷阱又有何用？
哪怕别克巴恰掉进陷阱，
也挡不住他们的大军进攻。
最终别克巴恰会逃出深壕，
我们捉拿不住他岂不是徒劳无功？

“我的汗王，据我占卜，
这场战争的过程十分明晰，
柯尔克孜人会将计就计，
我们自己所挖的壕沟，
将成为我们自己的葬身之地。

他们将不放过一个活口，
六路大军会把我们围困攻击，
不让我们一人突围逃逸。

“当壕沟被尸体填满之际，
隐蔽的卡勒德克汗王，
您将在混乱中突围逃离。
阿拉什人将要返回故乡，
他们各路人马将返回故里。
别克巴恰将跟踪追击你，
紧随你卡勒德克的足迹。
你将会到康阿依躲一个时期，
从那以后你的命运如何，
我也无法推断到底。”

卡勒德克从占卜师口里，
听完了这些逆耳的话语，
心想别克巴恰若真的掉入壕沟，
我一定会把他捉到手里。
这时他精神亢奋一身傲气，
对自己最终失败逃窜的警告早已忘记。
这蠢货变得更加猖狂放肆，
匆匆忙忙备刀擦枪准备出击。

在柯尔克孜的兵营，
有位名叫开勒德凯的奇才，
自从他降生这人间以来，
家族已经繁衍了祖孙五代。
他家祖祖辈辈以占卜为生，
他的大名早已蜚声部落内外。

如果有人出远门未能回家，
或谁家的牲畜几天未能回来，
人们都会来找开勒德凯，
让他占卜吉凶利害。

他总会把占卜的结果告诉大家，
多少次都得到了应验无一例外。
“在英雄玛纳斯的时代，
有个好占卜师叫托洛克，
如今你开勒德凯已把他超过。”
人们时常这样嬉笑夸他。
他总微微一笑却不说话。

当大军分成各路回营之时，
开勒德凯开始了卜卦。
他向在场的人们边卜边讲，
说明他卜卦的结果。

在旁边观望的哈萨克人中，
有个人叫玛旦塔依，
他边看边听边说：
“巴克特拜是好样的，
他看到别克巴恰掉进了陷阱，
就把那壕沟口看守得十分严密，
不让任何敌兵接近那里。
虽然壕沟陷阱深约十阿尔申，
战马玛依托茹也会腾跃出去，
不会妨碍阿拉什大军的胜利。
无力抵抗的卡勒德克将会逃窜。
别克巴恰将紧随其后追逐远去。

“敌兵那六路大军，
将会被巴克特拜率兵驱赶到这里。
他对敌兵四面围追猛攻，
直到壕沟填平了康阿依败兵的尸体。
接着他向人马作了部署以后，
就跟随在别克巴恰身后而去。
说我巴克特拜要紧紧跟随着英雄，
你们其他人马要回到自己的领地。”

玛旦塔依看到占卜的结果，
又喜又急大声嚷嚷：
“开勒德凯，你快动身，
要快到巴克特拜面前去报告周详，
向他报告所有占卜的迹象。
巴克特拜若听我们的劝诫，
就会对那奸诈恶毒的芒格特提防，
让我们前去侦察敌阵的情况。”

他俩起身去通报了情况，
道出了真心和建议。
哈萨克与柯尔克孜兵将顿时喧嚣不息，
说开勒德凯与玛旦塔依，
他们从未说过谎话，
这真是令人振奋的消息。

巴克特拜看着这场面说道：
“如果真是这样，英雄好汉们，
谁愿去溃不成军的康阿依人那里，
把敌人的情况给侦察仔细？”

在巴克特拜的人马中，
有位名叫萨卡泰的勇士，
他来自那塔拉斯地域，
他拥有隐身的绝招本事。
他带领两位随从并且告知：
“到了那里你们放心做事，
你们的踪迹会天地难知。”

三人说完悄悄来到现场，
亲自侦察到了所有真实的情况。
还把康阿依人所挖的壕沟，
放绳将它的深度长度准确测量。
其深度足有十阿尔申，
长度就有五百阿尔申长。

他们很快回到了军营，
将所有见到的一切，
即刻如实禀报周详。

巴克特拜听完这些，
立刻设计将大军分成六路。
对将要发生的一切事件，
他已经有了应对的计谋。

再说在康阿依人的兵营，
兵将们日夜劳顿未能停息。
想到别克巴恰会掉进壕沟，
卡勒德克无比狂妄欣喜。
心想那掉进壕沟里的家伙，
我定要生擒活捉到手里。

卡勒德克下令击响战鼓，
立刻集合兵马布阵出击。
他自己也要上阵单打独斗，
定要让别克巴恰投降屈膝。

趾高气扬地跨上喀拉苏尔坐骑，
卡勒德克来到阵前。
他像一只红眼的野狗，
不停地狂吠着大喊大叫：
“别克巴恰，你快出来，
你可知道你罪恶滔天？
我的将士不少已经战死，
我今日要把血债清算。
你要把弯弓搭在脖颈上，
前来向我鞠躬请安。
你如果不按我的话办，
我将把你的兵马斩尽杀完。
今日你定难逃出罗网，
我要让阿拉什彻底完蛋！”

当他这样狂吼之际，
别克巴恰把矛枪高高举起。
让玛依托茹战马像羚羊一般，
撒开四蹄朝对面奔去。

双方驰马对阵，
眼看着已到了能噼噼啪啪交手的距离。
玛依托茹突然察觉到了前面的壕沟陷阱，
立刻收住了奔驰的前蹄。
见到玛依托茹畏缩不前，
别克巴恰将坚硬乌黑发亮的鞭梢，
用力地向战马的大腿抽去。
战马大腿上顿时鲜血飞溅，
足够多少只乌鸦和渡鸦解渴充饥。

大腿上挨了鞭梢的抽打，
玛依托茹撒开四蹄腾空跃起。
那深沟的跨度足有四条毛绳长，
玛依托茹未能越过壕沟，
无奈掉进深深的壕沟里。

此刻汗王卡勒德克也驰马而到，
在沟崖上却无法弯腰挥枪刺击。
胯下的喀拉苏尔一再躲闪，
他只能在深沟上观望叹息。

当别克巴恰被困的时刻，
巴克特拜夜里所闻的占卜师的话语，
还在脑海里翻腾，
正欲去告知却尚未顾及。

将纽扣耳朵凯尔骏马用力抽打，
巴克特拜奔来十万火急。
他边驰奔边射出呼啸的飞箭，

欲把卡勒德克的兵将尽力阻击。
卡勒德克的左前臂被一箭射中，
那臂膀被射成了碎骨肉片。
拖着断臂的汗王卡勒德克，
窜进了乱马丛中没了踪迹。

六位汗王的大军一哄而上，
朝着柯尔克孜兵马张弓放箭。
还有的点燃捻子发射火枪，
天空中的火球乱成一片。
阔依恰格尔火炮接着轰隆隆响起，
阵地上腾起灰暗的浓烟。
喊杀声伴着尘土枪弹，
蜂拥而来的康阿依人马把天地铺满。

巴克特拜率领的人马勇猛冲杀，
康阿依人的兵马乱成一团。
不给敌兵喘息的机会，
六支阿拉什的人马相互支援。

他们占领了那壕沟的沟口，
不让康阿依的兵马靠向近前。
巴克特拜让外围顽强阻击，
决不让敌兵掉头逃窜。
双方兵将短兵相接，
拼杀得血流如河，尸体如山。

掉进壕沟中的别克巴恰，
只见通红的火球布满天际，
射出的枪弹穿梭不息。
他不幸掉入壕沟陷阱，
还在为部落的民众担忧焦虑：
“在世上所有的柯尔克孜部落，
我们留下了多少牙牙学语的幼儿，
还有那些需要关照的老人妇女。

我未能保护好自己的民众，
将会在世间留下天怒人怨。
上天呀，
请将我的恶誉连同尸骨一道埋葬吧，
今天我将如此死去实在可惜！

“壮丽的坎阔勒塔拉斯，
若失去了主人将会多么悲凄。
六十个部落的阿拉什，
将会遭遇来洗劫践踏的恶敌。
乡亲们会不会家破人亡，
会不会沦为芒格特人的奴隶？”

当别克巴恰在内疚和悲哀时，
玛依托茹坐骑也在责问自己：
“当年阿斯勒巴恰乘骑之际，
把我当作天降良驹。
他骑上我玛依托茹，
就不会放过任何逃敌。
当英雄阿斯勒巴恰去世以后，
别克巴恰将我视为神骏。
他从来没有想到就在今天，
我竟然腾跃不过障碍，
坠入这四条毛绳宽的深壕里。

“清风送来玫瑰花的香味，
阿拉套山芳草萋萋。
是天下最美的花草山水把我养大，
我却如此无能乏力！
先祖阿克库拉快来帮助我吧！
请您赐予我旺盛的活力！
萨热阿拉啊快扶助我吧！
我正深陷在陡峭的沟里。

“我曾走过阔克铁凯涉足的丘陵，

我也踏过铁勒克孜勒踏过的山脊，
在塔依布茹勒食草的萨米尔草原，
我也曾嚼过青草饮过溪水。
苏尔阔云你善于驰骋腾飞，
就在那萨热阔的宽广草地，
秋天我也曾在那里躺过卧过，
博孜交尔郭[1]，
你曾进入过我甜蜜的梦里。
我愿为柯尔克孜人民舍生忘死，
我愿别克巴恰骑着我扫平顽敌。
可如今我已没了腾跃的力气，
只能待在这深壕的沟底。

[1] 博孜交尔郭：白色快马。

“塔拉斯的清泉阿拉套的草，
我感恩你们的点点滴滴。
只要我的生命不止，
我就时刻不会忘记。
愿先辈们都来帮助我吧，
切莫让人骂我是无耻牲畜，
没有良知，忘恩负义！
博孜交尔郭神骏啊，
请你在我的右边站立，
我将倚在你左边高高耸起；
生有翅膀的坎库拉啊，
快给我四肢以活力！
聪慧非常的坎库拉，
请及时传给我主人的心语。
当年凯耐尼木为赛依特举行成人典礼，
受到过重赏的铁勒库荣，
你如果不来帮助，
我玛依托茹将危在旦夕。
生命对我还有何用？
紧要时我竟毫无出息。
若别克巴恰因我而丧命，
我的臭名将会传遍世界各地！

我衷心祈求先祖，
请赐我以神力，
莫让我无能地死在这里，
我的主人也为我受辱。”

玛依托茹甩去雨水般的眼泪，
突然收起腹部弓起身体，
像灵猫一般猛踏脚蹄绷起劲来，
双目圆睁通红如炬，
像豹子一样腾空跃起。

阿克库拉让它咬着自己的尾巴，
萨热阿拉相助给它添加力气。
阔克铁凯拽拉它的鬃儿，
铁勒克孜勒把它的前腿扶起，
苏尔阔云托起它的后腿，
塔依布茹勒与坎库拉，
给玛依托茹战马鼓足了神力。
赛依提的铁勒库荣，
让它跨在背上将它托起。
巴卡依汗的博孜交尔郭，
拽拉其缰绳时如展翅飞起。
别克巴恰的玛依托茹，
“嗖”地跃出了壕沟，踏上了平地。

别克巴恰跃沟这雄壮的一幕，
巴克特拜真切地看在眼里。
他当即发布命令，
加倍增添围向壕沟的兵力，
决不让敌人突围出去。

大军跟随别克巴恰包围上来，
喊杀声如同怒涛涌起。
卡勒德克的人马毫无退路，
拥挤着掉进自己挖下的壕沟。

就像山上涌来的泥石流一样，
轰轰隆隆令河溃山倒。
那深十阿尔申长达五百阿尔申，
足有四条毛绳宽的沟壕，
很快被敌军兵马填到了半腰。
那密密麻麻的康阿依大军，
刹那间大半数被壕沟吞掉。
那藏在乱马丛中的卡勒德克，
侥幸地踏过平地跃过了沟壕。
他头也不回地伏在马背，
远走高飞，逃之夭夭。
连撤退的铜锣也无暇敲击，
那溃败的兵马四散奔逃。

这段激战暂且就唱到这里，
下回再从卡勒德克在逃跑途中，
如何侵袭帕米尔的柯尔克孜唱起。

中国柯尔克孜族英雄史诗

国家出版基金项目
NATIONAL PUBLICATION FOUNDATION

ماناس

玛纳斯

第六部

阿斯勒巴恰与别克巴恰

第三卷

居素普·玛玛依
演唱
《玛纳斯》汉译工作委员会
编译

新疆人民出版总社
新疆人民出版社

第三卷

卡勒德克侵袭帕米尔柯尔克孜

别克巴恰追踪卡勒德克

卡勒德克逃窜途中四处求援

卡勒德克无法回到芒格特，
被迫朝东面转移。
他带领十二名卡勒玛克随从，
头也不回疾驰而去。

他白天休息，夜间行进，
一路想着这样的心思：
“我万一被人发现，
他们定会向别克巴恰报告消息。
别克巴恰如果知道了，
定会纵马跟踪追击。
他定会让我鲜血流尽，
不会让我到达目的地。
我如果一直朝东方行进，
他定会追踪我的骏马蹄迹。
他会让我身败名裂无处可去，
他会让我走投无路一败涂地。

“我们和唐格特人，
本是同根同源兄弟。
我要寻找唐格特人去，
我要把经历的一切，
一五一十地全给他们讲述。
唐格特人若听信我的话，
我再向和阗、且尔千、罗布泊进击。
我要让柯尔克孜人，
陷入灾难的境地。”

他从巴达克山与巴勒克之间，

沿着山谷一路奔逃。
穿过阿富汗的村庄，
接近玉尔凯尼奇的柯尔克孜地区，
顺便把他们的实力刺探。
他走遍帕米尔的群山，
沿着阴坡前行，
终于来到了克什米尔的地盘。

黑心肠的卡勒德克，
鬼使神差，恶魔缠身，
在一处叫农帕的地方，
侵袭了那里的柯尔克孜人。
他让这里的老人悲号，
他让这里的妇女哭泣哀鸣，
他把这里的民众洗劫一空。
居民的一半被迫逃难，
投奔了且尔千的柯尔克孜人。

在且尔千居住的是艾西泰克部落，
他们都归属著名的和阗城。
从前阔祖别克的宝座，
如今由凯特尔开汗王继承。

他身边有两位大力士，
是一对双胞胎弟兄。
一位名叫恰克玛克塔什，
一位名叫卡尔德噶奇。
在且尔千还有一位大力士，
他的名字叫加噶勒玛依。

边民遭到侵袭劫掠，
凯特尔开得到了不幸的消息。
他不知道来犯者到底是谁，
又不能不管不问把百姓放弃。
他带上三位英雄，

率领三千人马直奔而去。
凯特尔开一路马不停蹄，
赶到了农帕的柯尔克孜人住地。
他在那里得到了确切的消息，
原来是芒格特的卡勒德克前来侵袭。

凯特尔开心中猜想：
“卡勒德克肯定在逃窜，
他是想投奔唐格特，
到那里去寻求支援。
我们的托热别克巴恰，
可能还不知道他的去向，
未能在后面跟踪追赶。”

凯特尔开寻思着，
打听了卡勒德克的确切去向。
农帕的乡亲告诉他，
卡勒德克去了高原方向。
那里居住着红衣部落，
拉哈萨城就在那个地方。
卡勒德克到那里去，
企图借助那里莫勒多[1]的力量。

得知了敌人逃跑的方向，
凯特尔开便原路返回，
不敢向拉哈萨方向冒险追逐。
卡尔德噶奇和恰克玛克塔什
还有加噶勒玛依却不甘心。
身强力壮的勇士们，
很想与卡勒德克比试高低。
凯特尔开回到和阗也没安闲，
立即差人向塔拉斯传送消息。

汗王卡勒德克来到拉哈萨，
从头到尾，不遗不漏，

[1] 莫勒多：意为学者、师傅、先生，有宗教学识的人或主持人。

诉说了自己苦难的经历。
居住在拉哈萨的唐格特汗王，
听完卡勒德克的倾诉，
愤愤不平慷慨陈词。
他手执玛瑙念珠，
忽左忽右捋来捋去：
“汗王卡勒德克，
你东奔西闯，跋山涉水，
终于来到我这里。
卡勒玛克和康阿依诸部，
索伦人、席别人，
还有芒格特人也跟随到这里。

“叫别克巴恰的柯尔克孜人，
我已经久闻其名。
你瞧，早在二十年前，
我们的部分属民，
劫掠过罗布泊的柯尔克孜人。
罗布泊的柯尔克孜人，
派人向别克巴恰通风报信。
柯尔克孜与唐格特之间，
从此结下仇恨。

“嗜血成性的柯尔克孜崽子别克巴恰，
也曾经在这里留下马蹄印。
因为我们的人马翻越青格勒山，
劫来了柯尔克孜人的不少畜群，
别克巴恰追踪而来，
抓住了我们的首领。

“我们的人赶来的牲畜，
他强迫我们加倍偿还。
不分青红皂白，
什么都让柯尔克孜人说了算。

“索取金子、银子和绸缎，
河狸、水貂和猞猁狲，
一个不留全部抢完。
拿走了宝石和珍宝，
又霸占了孜比尔贾特草原。
柯尔克孜人还嫌不够，
五百名姑娘，五百名小伙子，
一共掳走了男女一千人。
不过带到柯尔克孜人领地后，
又释放他们返回家园。
这一千人回到自己的家乡，
个个把柯尔克孜人夸赞。
都说柯尔克孜人善良仁慈，
我们的百姓一直这样言传。

“卡勒德克汗王，你瞧，
柯尔克孜人采取了多少奸诈的手段。
我们那些愚蠢的民众，
至今还在被他们的谋略蒙骗。

“根据长辈口耳相传，
在这件事发生以前，
凯耐尼木曾经来到这里，
将秦额什活捉生擒。
他抢去阿勒普神鸟，
带走了绮妮凯美女，
又将那神秘的红花也作为战利品抢走。

“十七道红城墙，
其中的一道被他摧毁塌陷。
让唐格特的男女老少，
呼天抢地，叫苦连天。
降下了永生难忘的灾难，
凯耐尼木便返回家园。

“我们听说了所有的事情，
呼罗珊、伊斯番和阿富汗人，
侵犯柯尔克孜的地盘。
他们并不安分守己，
不知和柯尔克孜较量了多少年。
豪杰们竟然听信你的谗言，
一个个倒下毙命归西天。

“卡勒玛克与康阿依人中，
有多少自称英雄好汉的人，
从汗王空吾尔巴依到当今一代，
都被柯尔克孜人斩尽杀绝。
芒格特与节迪盖尔的勇士，
都在柯尔克孜人手下丧命。
如果你待在这里，
柯尔克孜人还会将此地踏平。

“我给你挑选民间大力士，
给你五万人马的军队。
一切武器装备，
粮草和单峰驼队，
黄金白银和所需物资，
全部由我一次配备。

“你最好尽快离开这里，
我的援助不会有第二次。
我不会再次帮助你，
我要向布尔罕神祭祀发誓。
如果让你躲藏在我的臣民中，
我们将遭受无数生命的损失。”

当唐格特汗王那样一讲，
汗王卡勒德克陷入忧愁。
他面色苍白毫无血色，
向唐格特汗王表示不满：

“你说给我众多兵马，
赠送金银和绸缎，
还提供粮草和单峰驼队，
打发我离开这里，
然后你就撒手不管。
你这么说话为哪般？
难道你们唐格特人，
如此轻视布尔罕神的情面？

“我今日来到你面前，
屈膝下跪向你求援。
你要留我，我也不会留下，
我就向你再问一遍，
难道你从今往后，
真的不再给我提供帮助和支援？

“今后我遇到什么困难，
我会回头向你寄托希望。
我需要多少援助，
汗王，我会差人求你帮忙。
我不会隐瞒自己的意图，
但愿我能如愿以偿。

“我要翻越且尔千的群山，
将盘踞在罗布泊的柯尔克孜，
一个不留，全部杀光。
土尔番和卡木布勒人，
我要驱赶他们一起上战场。
一直向北不断推进，
到阔克吐卡特扎下营帐。

“我要在且尔千和罗布泊，
再招收五万兵丁。
在卡勒玛克和康阿依中，
席别和索伦，还有喀拉契丹那里，

我要再向他们招募众多人马。

“从五个部落各招一万，
我就会再增加五万兵丁。
加上你给我的五万兵马，
我将拥有十五万大军。
我要率领浩浩荡荡的队伍，
翻越阿尔泰、伊犁的崇山峻岭，
途经伊塞克湖畔，
向塔拉斯进军。
在这些地方，
哈萨克和柯尔克孜相邻，
他们的六十个部落，
组成了阿拉什联盟。
见到我们的兵马，
他们会倾巢出动。
只要是抵抗的柯尔克孜和哈萨克人，
我定将他们斩尽杀绝毫不留情！

“六十个部落的阿拉什，
他们自称是一家人。
虽说卡勒玛克和特尔沃特同源同宗，
但从来不能联手对付外人。
我心想，我们是同根同祖，
才来到你跟前寻求支援。
你却只顾着自己的老命，
生怕花费金银，
躲躲闪闪不愿意向我贴近。
不管你是否愿意与我亲近，
我这次决意向塔拉斯进攻！

“如果你是诚心诚意，
那就立刻兑现刚才的诺言。
给我黄金，给我珠宝，
给我驮粮草的单峰骆驼，

还要给我把强壮的大力士挑选。
我要年轻人，不要老汉，
我要健康人，不要病残，
我要勇敢的人，不要懦夫懒汉。
你要在庶民中给我精心挑选，
你要认真对待，不要想着敷衍。
你要仔细计算数量，
最少也得够我使用五年！”

汗王卡勒德克死皮赖脸，
要求唐格特如数支援。

五万兵力，五百峰骆驼，
六日内已经准备齐全。
除五万兵力之外，
又将六十名大力士挑选。

为了向卡坎秦换取援兵，
卡勒德克还索要了六桶黄金。
唐格特丰富的财富，
让卡勒德克格外欢心。

凯特尔开率兵马阻截卡勒德克

卡勒德克得到了想要的一切，
从拉哈萨跨马启程。
他率领众多兵马，
向阿勒达依格尔达坂行进。

在那叫阿拉德尔的地方，
生活着的柯尔克孜人，
被他毫不留情地洗劫一空。
遇到柯尔克孜人就杀光，
然后率军向且尔千挺进。

且尔千人得到消息，
派人向和阗的凯特尔开送信。
加噶勒玛依率领且尔千大军，
汗王凯特尔开把恰克玛克塔什带领，
还有卡尔德噶奇，
赶往桑塔勒阻截敌兵。

汗王卡勒德克的兵马，
排着长队翻过达坂，
向山脚的桑塔勒逼近。
只见凯特尔开的红色战旗，
在白色的山崖上迎风招展。

卡勒德克不顾汗王们交战的规矩，
也不去仔细观察情形，
他挥舞着手中的马鞭，
命令兵马发起进攻。

沙漠热浪滚滚让人脑浆沸腾，
柯尔克孜与唐格特展开交战。
凯特尔开的呐喊声惊天动地，
恰克玛克塔什和卡尔德噶奇勇士，
还有加噶勒玛依奋勇杀入敌群。
那些厮杀的人马鲜血四溅，
经历着一场腥风血雨。

恰克玛克塔什的战马风驰电掣，
势如破竹，雷霆万钧。
卡尔德噶奇与他并肩作战，
将唐格特人连连刺中。
卡尔德噶奇追逐敌兵，
手起刀落杀敌无数，
面前的敌人无一幸存。

加噶勒玛依在他的一侧，
他的骏马飞驰如箭。
面对怒气冲天的英雄，
无人敢与他交战。
与他遭遇的敌人，
只有送死无法逃窜。
苏尔塔依是他的弟弟，
在他身边奋力助战。

四位勇士如此勇猛，
让敌人胆战心惊魂飞魄散。

英雄们激战的地方，
战马的膝盖被鲜血淹没。
英雄们全身沾满血迹，
战斗一直持续到深夜。

卡勒德克目睹着这一切，
头昏脑涨思绪万千：

“这些着魔发疯的柯尔克孜人，
人人都是英雄，个个都是硬汉。
我看这四位英雄好汉，
不可能临阵退缩休战，
更不会顾及别人的情面。
我已将他们观察，
都和巴克特拜一样强悍。

“该倒霉的柯尔克孜，
生在山中，长在山间。
长过九岁以后，
骑马出征在战争中锻炼。
当他们刚刚咿呀学语，
就教会他们玛纳斯的名字。
当他们刚刚踉跄学步，
就会割下柳条当马乘骑。
他们的孩子自跨马之日起，
就教会他们如何驾驭坐骑。

“他们从小接受严格训练，
举枪射击，开弓放箭。
挥动矛枪拼刺较量，
抡起战斧互相劈砍。

“在受伤流血的时候，
将烧焦的毡片敷在伤口，
包扎止血后继续交战。

“他们平时不用矛枪、战刀、战锤，
月牙战斧、棍棒、铲杖等武器，
就用马鞭代替武器训练。
从孩童时代就千锤百炼，
这是他们成人的必要条件。
祖祖辈辈代代相传，
这可是他们的传统习惯。

“他们从来不把尸体抛弃，
这是他们的祖传规矩。
折断树枝口衔箭杆，
这是他们盟誓的习俗。

“把手浸入血泊的发誓方式，
不知是不是由柯尔克孜传给了我们？
要么就是互相交往，
由我们传给了柯尔克孜人。

“如果我再放任他们一日，
我的人马可能被杀光。
不会留下一个兵丁，
只会剩下我这位孤身汗王。
我要命人敲响巴拉班鼓，
让鼓声在沙海中回荡。
快召唤我的兵马脱离战场，
然后再考虑下一步怎样较量。”

接到卡勒德克撤兵的命令，
士兵们停止了交锋，
双方人马休战回营。

加噶勒玛依与卡尔德噶奇，
还有恰克玛克塔什这个英雄少年，
在汗王卡勒德克眼里，
如同蛟龙一般凶悍。
仅在一日的激战中，
他们让许多勇士鲜血流干。

汗王卡勒德克率部撤离战场，
凯特尔开指挥自己的人马回营。
哨兵们从军中走出，
在外围巡逻守卫兵营。

先让两军暂时休整，
请您把这一段撂放。
让我们一起关注，
雄狮别克巴恰的情况。

别克巴恰追踪卡勒德克并与凯特尔开会师

在腥风血雨的大战中，
别克巴恰策马跃出陷阱。
为了让卡勒德克曝尸荒野，
彻底清算新仇旧恨，
别克巴恰开始追踪。

他没有留意卡勒德克的足迹，
猜想他肯定会向康阿依逃奔。
他挥鞭抽打着玛依托茹骏马，
不惜马力，一路飞奔。
别克巴恰一直追到喀什噶尔，
也未看到卡勒德克的身影。

别克巴恰掉转方向，
前往阿尔泰、伊犁和伊塞克湖，
前往准噶尔的茫茫戈壁搜寻。
搜遍了鸭鹳占领的大小湖泊，
也未发现卡勒德克的踪影。

别克巴恰在心中思量：
“该毙命的野兽，
是否忽然逃往西方？
是否去节迪盖尔和芒格特，
侵犯别人的地方？

“塔拉斯是我祖辈的故土，
阿特巴什是巴克特拜的家乡，
卡勒德克在那里遭到致命打击。
现在只剩下印迪斯坦，

卡勒德克是否去那里躲避。
我要从这里回到塔拉斯，
向民众仔细打探消息。
如果卡勒德克没有去那里，
只要我还有一口气，
便要紧追不舍决不放弃。
只要我人头不落地，
我一定要活捉这个死敌！”

别克巴恰返回塔拉斯，
也未找到卡勒德克老贼。
他一心想着追寻卡勒德克，
无法在家中安心入睡。

他在节迪盖尔、布哈拉百姓中，
得到了芒格特人卡勒德克的消息。
他从恰穆布勒达坂折回，
继续追寻卡勒德克的踪迹。
他要到呼罗珊、伊斯番和阿富汗，
一个不落地走遍各地。
不论卡勒德克藏身哪里，
一定要找到他的行迹。

哪怕是两年前的足迹，
别克巴恰也能一目了然。
如果是春天留下的足迹，
哪怕连下六个月的阴雨，
别克巴恰照样能辨认出脚印。
别克巴恰追寻着喀拉苏尔骏马两年前的蹄印，
定能找到其主人藏匿的地点。

“只要我还活在世上，
我就要向卡勒德克报仇雪恨。
只要我胸中还有一口气，
我怎能不去把仇敌追寻！”

别克巴恰暗自下定决心，
朝着巴达克山策马急行。

凯特尔开派遣的信差，
急忙从和阗城出发，
向塔拉斯奔驰。

正在行进的别克巴恰，
途中与和阗的信差相遇。
那人满脸黑须，身穿白色外套，
一见到别克巴恰就浑身战栗。

别克巴恰正血气方刚，
他精神抖擞双眼喷射着火光。
他的胡须一根根奓起，
横眉怒目，冷若冰霜。
不论谁见到别克巴恰，
都会不由自主浑身筛糠。

别克巴恰鼻梁高，脸庞宽，
肤色洁白，眼珠发蓝。
威风凛凛气势逼人，
他的威严非同一般。

他出手就能让对手滚落马下，
他冲锋就能夺取敌人的性命。
他杀气腾腾使人畏惧，
他的勇猛超群出众。

和阗的信差面对别克巴恰，
心中盘算着怎样脱身：
“从和阗直到这一带，
我一路见到过多少人。
还有我们的其尼城，
来往的人数也数不清。

到目前我还未曾见过，
像他这样威风凛凛的人。

“他精神焕发，
他的福气像大海那样浩瀚无边。
他看似没有行恶的念头，
服饰和坐骑都不一般。
我若上前去搭腔，
又怎能承受他的威严？
我还是拨转马头，
驰向那小道将他躲闪。
我再行走四天的路程，
就可以到达塔拉斯的地盘。”
信差思忖着不敢出声，
躲开别克巴恰转向侧面。

躲躲闪闪的信差，
怎能躲过别克巴恰的眼睛：
“瞧他像是长途跋涉而来，
瞅他的坐骑已大汗淋漓。
黑色的马匹变成了黑灰色，
全身落满厚厚的灰尘。”

别克巴恰大声叫道：
“喂，你是什么人？
赶快过来到我跟前！”
信差吓得魂飞魄散，
但已没有逃脱的机会，
无奈上前行礼问安。

别克巴恰回礼后，立刻讯问：
“你是什么人，叫什么名字？
快将你的来历说明。”

信差心想不必隐瞒，

隐瞒也会被他看穿：
“我的名字叫铁米尔拜，
我一路奔走马不停蹄。
我不是无处安身的流浪汉，
我也不是到处游山玩水。
我从和阗动身出发，
塔拉斯是我的目的地。”

“快讲你去塔拉斯的目的，
你去那里找什么人？
不要隐瞒快讲实话，
如果你话中掺假，
那么你就保不了自己的性命！

“你的首领是谁，
快快给我讲明！
如果他派你出来送信，
快将内容给我讲清！
快告诉我他的详情！
如果你见到了你所寻找的人，
必须从这里踏上返程！”

铁米尔拜听完这样回答：
“我确实来自和阗城。
你自己到底是什么人？
我此行寻找的人，
可是柯尔克孜的别克巴恰英雄。

“我们以前的汗王是阔祖别克，
不幸在巴达克山阵亡。
人们将他的遗体送回了家，
我们将他隆重安葬。
接着推举凯特尔开，
成为我们新的汗王。

“我们突然得知坏消息，
说是克什米尔农帕的柯尔克孜人，
遭受到外人侵袭。
汗王凯特尔开亲自出马，
恰克玛克塔什和卡尔德噶奇勇士，
率领军队去农帕迎敌。

“在农帕一带未能找到外敌，
我们无奈地踏上了返途。
来犯者原来是卡勒德克，
他到农帕把百姓洗劫一空，
劫获了全部财富。
我们听说他驮载着那些战利品，
投奔拉哈萨求助。

“且尔千的汗王加噶勒玛依，
文武兼备，智勇双全。
他也和我们一起出征农帕，
和我们一起收兵回返。
揣摩着农帕发生的事情，
汗王和勇士们心里十分不安。
他们在返途中一起商量，
决定向别克巴恰大汗把消息报传。

“他们估计卡勒德克，
已从呼罗珊、伊斯番和阿富汗穿行。
别克巴恰很可能走遍世界各地，
千辛万苦将卡勒德克追寻。
他们命令我立刻跑一趟塔拉斯，
让我火速通风报信。
我不知道你是敌人还是朋友，
我就知道这些事情。

“凯特尔开与加噶勒玛依，
从柯尔克孜人中招募兵马。

为了防范卡勒德克从拉哈萨反扑，
派人在各个路口巡逻放哨。”

当信差的话音刚落，
当听到卡勒德克的名字，
别克巴恰明白了话中之意。
勇气十足意志刚强的英雄，
雄鹰般激动不已：
“远道而来的铁米尔拜，
将我的名字一定牢记。
我就是那位别克巴恰，
你不必到塔拉斯寻觅。”

铁米尔拜一听到他的名字，
立刻跳下马鞍行礼。
别克巴恰这样说道：
“你出生在大山，成长在平原，
你的礼节是否已改变？
看上去你像是我的长辈，
你为何要跳下马鞍？
柯尔克孜自古以来，
祖先留下了传统习惯，
长辈不可下马行礼，
只有小辈下马问安。

“这样的事情会经常发生，
不论对方是首领还是汗王，
不论对方是英雄还是好汉，
只要感觉对方比你年轻，
铁米尔拜，就不要下马请安。
在婚礼盛宴聚会上，
不要坐在年轻人的下边。

“铁米尔拜，不要在此久留，
赶快给我带路。

和阗在哪里？乡亲们在哪里？
且尔千在哪里？达坂在哪里？
罗布泊在哪里？湖泊在哪里？
铁米尔拜，你直接带路，
让我们直奔且尔千和罗布泊！”

铁米尔拜匆匆带路。
他们纵马走过巴达克山，
策马横穿安集延，
疾速通过艾尔克什坦。

喀什噶尔被丢在了一边，
哪有闲心去观光？
穿过茫茫白色碱滩，
沿着清澈的河岸，
他们一心奔向罗布泊方向。

经过一处野柳林，
来到了耶谢克阿尔特[1]达坂跟前。
在那达坂脚下的盆地，
有两人迎面而来与他们碰面。

有一位叫杜拉特，
铁米尔拜与他熟悉。
不等铁米尔拜开口，
杜拉特扯开了话题：
“当你走后，铁米尔拜，
卡勒德克向且尔千侵袭。
前去阻击的凯特开尔，
至今没有返回的消息。
听说，双方兵马展开激烈拼杀。

“铁米尔拜，你是否找到了，
玛纳斯的后代别克巴恰？
你这是从塔拉斯返回，

[1] 耶谢克阿尔特：意为毛驴翻越的达坂。

还是半路折返回家？
阿斯克、喀什噶尔是否平安？
你是否到那里探察？”

铁米尔拜打断了他的话语：
“你怎么这样絮絮叨叨没完没了？
不要再啰唆了，杜拉特。
我未能抵达塔拉斯，
我也未能去举手祈祷，
朝拜玛纳斯的陵墓。
这位就是别克巴恰英雄，
我和他在巴达克山不期而遇。
我正在给他带路，
一起前往罗布泊。
眼下就要拨转马头，
直奔铁尔斯阿依热克[1]的岔路。

[1] 铁尔斯阿依热克：意为逆流而上的岔路。

“你得和我们结伴而行，
要在明天中午赶到且尔千，
向汗王凯特尔开，
向恰克玛克塔什，
向汗王加噶勒玛依和卡尔德噶奇，
报告别克巴恰英雄到来的消息。”

这时杜拉特开始哼哼唧唧：
“铁米尔拜，我倒愿意跟你去，
可是这个人怎么办？
为了让我给他带路，
他给了我不少的钱。
如果我不给他带路，
他是否会要求我退还？”

“这个人叫什么名字？
给你钱让你带路，
有什么急事等待他去操办？”

“我未曾问过他的姓名，
他身边带着一把长刀。
他威逼我给他带路，
我吓得乖乖当了向导。
在途中他给了我钱，
说是去找罗布泊的同胞。”

“杜拉特走吧，让他也一道走。
杜拉特，这一带的道路，
你比我更熟悉，
快把我们带到且尔千去！”

杜拉特立刻掉转了马头，
可是那个人嘟嘟囔囔，
叫杜拉特还了钱再走。

“杜拉特和铁米尔拜，
脱下他的靴子装满沙砾，
搭在他的脖子上让他徒步赶路！”
英雄别克巴恰厉声命令，
不容迟疑。

杜拉特与铁米尔拜，
从那个人脚上拔下了马靴，
往靴筒里填满了沙砾。

别克巴恰又下了一道命令：
“给我扒下他的长袍，
搭在他自己的马鞍上！”

当脱下他的长袍时，
腰间带鞘的长刀和双刃剑，
还有月牙战斧，
全部暴露在外面。

斧柄上刻着的字样，
映入铁米尔拜的眼帘。
铁米尔拜是读书识字的人，
将斧柄仔细一看，
卡勒德克的名字刻在上面。
当别克巴恰收缴那人的长刀时，
铁米尔拜将斧柄递给他察看。

别克巴恰看过斧柄说道：
“当时你对杜拉特说，
已经和别克巴恰相见，
这家伙脸色突变。
我发觉他身上有许多疑点，
所以我命令你们两人，
把他拉下马鞍。
现在让他说出全部真相，
不许掺杂半点谎言！”

他们用缰绳捆扎那人的大腿，
使劲拽拉，越拉越紧。
声声惨叫震破苍穹，
声声号叫让大地裂缝。
那人实在招架不住，
最终如实招供：
“是卡勒德克派我出来，
前往罗布泊刺探军情。
他吩咐我找人带路，
不要舍不得黄金白银。
他给我封官许诺，
要求我给他及时报信。
将来占领罗布泊以后，
让我在那里当汗王统治百姓。

“我陶醉在汗王的美梦，
兴冲冲地向罗布泊行进。

当这个人对我们说，
已经把别克巴恰找寻，
我顿时不知要说什么，
站在那里发愣。
别克巴恰命令你们，
脱下我的马靴让我赤脚步行。
我的秘密败露，
彻底暴露了自己的身份。

“当从巴达克山逃跑时，
我们总共只有二十人。
我们穿过了阿富汗的领地，
将那里柯尔克孜的实力摸清。
我们深思熟虑做出决定，
从印迪斯坦绕道而行。
从那些路遇的人那里，
一路问道把消息打听。
我们径直去克什米尔，
在柯尔克孜地区穿行。

“我们来到一个叫农帕的地方，
当地居民全是柯尔克孜人。
我们向他们发起进攻，
满载着劫掠的战利品，
向着拉哈萨方向行进。

“我们到拉哈萨拜见他们的汗王，
求得了五万兵丁。
给他们的汗王施加压力，
又要了大力士六十名。
为了向卡坎秦送礼求援，
又向他们索取了很多黄金白银。
为了驮运粮草和物品，
又索取了单峰驼五百峰。

“我们翻越阿勒德阿依格尔高山，
穿越阿拉德尔高原，
企图将且尔千、罗布泊和土尔番，
还有卡木布勒、巴里坤和玛纳斯，
一个不落，全部攻占。

“然后直驱阔克吐卡特，
从柯尔克孜劫取更多财富。
把它赠送给卡坎秦人，
请求他们派遣军队援助。
同时率领五个部落的人马，
开往阿尔泰、伊犁和伊塞克湖。
我们共同谋划商定，
最终占领塔拉斯。

“我们率领着唐格特人的军队，
已经在且尔千展开激烈交锋。
我们没有单打独斗，
我们没有选派勇士决一雌雄；
我们发动了大规模的进攻，
我们铺天盖地全体出动。

“我们在那个地方，
遭遇到对手英勇顽强的抵抗。
凯特尔开亲自执着军旗，
战旗猎猎迎风飘扬。
恰克玛克塔什与卡尔德噶奇，
还有且尔千的加噶勒玛依，
杀得我们人仰马翻。
我们无法忍受这样的屠杀，
便鸣锣休战脱离战场。

“他们准备今日再战，
勇将出阵单独较量。
英雄们将兜鍪扣在头上，

将锋利的长矛横放在鞍前，
耀武扬威奔向战场。

“卡勒德克对我面授机宜，
让我前往罗布泊柯尔克孜人那里。
他还让我设法堵截道路，
不让人们与且尔千进出来往。
说他几天后就会打过来，
到时让我在罗布泊就任汗王。

“我的名字叫朵尔朵诺，
我想把知道的事情全部说完。
我计划在罗布泊寻找合适人选，
还要从阿斯克与喀什噶尔，
把各路消息打探。
密切关注别克巴恰的动静，
随时向卡勒德克报传。

“如果别克巴恰毫无防备，
我们向散居各地的柯尔克孜人，
分别发起进攻。
如果有别克巴恰来临的消息，
我们就直奔阔克吐卡特城。”

朵尔朵诺交代完毕，
英雄别克巴恰，
明白了当前的情形。
他们带着朵尔朵诺，
四个人结伴同行。

他们翻过耶谢克阿尔特达坂，
下山后横穿大沙漠。
快到下午时分，
一起赶到了且尔千。
别克巴恰一路向前奔去，

心中燃烧着对卡勒德克的怒火。

汗王凯特尔开和卡勒德克的大军，
在那大峡谷之口，
双方仍在激烈交锋。
太阳落山返回巢窝，
双方大军休战回营。

此时铁米尔拜疾驰而来，
通报了别克巴恰到来的消息。
和阗人凯特尔开，
且尔千人加噶勒玛依，
听说别克巴恰已经到来，
个个情不自禁喜出望外。
恰克玛克塔什与卡尔德噶奇，
拼命地奔跑上前欢迎。
弯着雄狮般的腰身，
向英雄鞠躬致敬。

他们伸出手臂握手，
互相亲吻指尖，
互相问候平安。
汗王凯特尔开急忙上前，
要亲自为英雄牵马扶镫。

“汗王凯特尔开，快给我缰绳，
让我把托茹骏马拴到拴马桩上！”
卡尔德噶奇、恰克玛克塔什，
加噶勒玛依三个人竞相抢先。
凯特尔开把缰绳交给警卫官，
让骏马溜达慢慢退汗，
然后将马头高高吊拴。
专门留下六个侍卫，
将骏马精心照看。

汗王凯特尔开他们，
给雄狮别克巴恰的脚下，
铺上了红色地毯，
在他的座位上铺下熊皮褥垫。
宰杀还未断奶的驼羔，
为英雄举办了盛宴。
餐布上堆放煮熟的肥肉，
各种佳肴一应俱全。
汗王凯特尔开在席间，
向英雄讲述了所经历的事变。

天色像小媳妇的眼眉般渐渐发亮，
艾西泰克部落的人秉承待客之道，
一边帮客人放牧骏马，
一边用萨玛瓦尔壶把茶水烧好。
在那宽大的餐布上面，
摆上丰富的佳肴。

敲碎的乳白色冰糖，
香甜的各色葡萄干，
请萨尔特人做的抓饭，
香喷喷的酥油炒肉，
都摆在餐布上面。

摆上用奶油做的油馕，
让客人蘸着蜂蜜品尝。
用小碗端来浓茶，
热气腾腾散发芳香。
依尔克特饮料用阔阔尔壶饮用，
盛满马奶酒的大碗像木盆一样。
开怀畅饮的人们，
肠胃舒服心情欢畅。
人们尽情吃喝玩乐，
就这样度过了整个晚上。
在欢声笑语中天色已亮，

大地迎来了曙光。

先让我暂且放下这一段，
从溃败的卡勒德克，
狼狈逃窜唱起。

柯尔克孜英雄

击溃卡勒德克大军

就在这个时候，
鼓声顿时轰鸣，
卡勒德克的士兵已跨马上阵，
柯尔克孜人却按兵不动。
唐格特人以为柯尔克孜人不敢交锋，
喜出望外，得意忘形。

察觉到情况异常，
卡勒德克勒马责骂道：
“不要满口乱语胡说八道，
不要信口开河高兴得太早！
我们要仔细观察，
其中必有蹊跷！

“也许柯尔克孜的头目们，
已经弃军逃窜。
那些普通士兵不知所措，
不敢跨上马鞍。

“也许他们的托热，
别克巴恰已经来到。
他让柯尔克孜人心神安定，
才变得这样沉稳。

“如果他们不插上战旗，
如果他们的兵马四处分散，
如果他们把弓箭挂在脖子上，
如果他们把双手紧贴胸前，
如果他们眼巴巴地望着我们，

那就证明他们的汗王已经窜逃。

“如果他们纷纷跨上战马，
如果全体兵马列队布阵，
那就证明别克巴恰已经亲临坐镇。
我看柯尔克孜人比昨天精神，
别克巴恰的到来鼓舞着士气人心。”

汗王卡勒德克这样训斥着，
从怀中掏出千里眼，
将带子挂在脖子上，
仔细观察柯尔克孜的动静。

在那饮水返回的马匹中，
突然闪过玛依托茹骏马的身影。
卡勒德克清楚地认出，
朵尔朵诺赶赴罗布泊侦察时，
乘骑的那匹黑红色神骏。

卡勒德克站在那里发愣，
许久才向手下发布命令：
“六十位大力士，准备好，
我们要一个个上阵单独较量。
你们的矛尖若是纯钢，
你们的胳膊若有力量，
我们还可以僵持一日的时光！
如果不是这样的话，
我们就将撤离战场！
你们当中谁是英雄，谁是孬种，
你们当中哪个聪明，哪个笨蛋，
我们今日就可以分辨知晓。

“恰克玛克塔什冲上来，
就会尘土飞扬。
卡尔德噶奇冲上来，

就会让我们鲜血流淌。
加噶勒玛依冲上来，
定叫我们丧命身亡。
勇士将被劈成两半，
哀叫声就会充斥战场！”

唐格特人只听说过他的名字，
未曾见过别克巴恰。
他们没有听明白，
卡勒德克讲的这些话。
芒格特人则听得明白，
心神不宁，十分害怕。

当初有二十个人，
跟随卡勒德克逃生。
其中有两个卡勒玛克人，
一个被柯尔克孜人抓去，
另一个仍在卡勒德克阵中。
还有一个康阿依人，
也是卡勒德克的随从。
这些卡勒德克的追随者，
好像刀架在了脖子上，
低下头默不作声。
唐格特人感到莫名其妙，
只因没有见过这般情景。

当汗王卡勒德克眺望时，
只见凯特尔开手举鲜红的战旗，
催动战马亲自上战场。
他不像前一天那么忧虑，
今天显得斗志昂扬。
浩浩荡荡的柯尔克孜人马，
让汗王卡勒德克心中发慌。
他们的眼中喷射着火光，
就像繁星把黑夜照亮。

柯尔克孜人容光焕发精神抖擞，
就像那水中遨游的海獭一样。

在那六十个大力士中，
有一个家伙名叫萨赞。
在这些大力士中，
他的名气不一般。
汗王卡勒德克转过头，
命令萨赞上阵应战。
萨赞顿时沾沾自喜：
“我在他们当中最勇敢，
汗王对我另眼相看。”

萨赞立刻出阵，
像发情的公驼一般。
他本身就是一位汗王，
却满脸杀气阴森可怕，
没有穿鞋光着脚板，
身上披着层层铁甲。

瞧这头野兽的身长，
足有六个阿尔申高。
你瞧他的眼睫毛，
如同河滩的野柳那样繁茂。
鼻子就像山梁，
眼睛像湖泊一样大小。
前胸平坦又宽阔，
后背好似隆起的山包。

萨赞这个家伙，
原来是卡坎秦的强汉。
拉哈萨的汗王把他看中，
不惜金银交换，
用他撑起了自己的腰杆。
卡勒德克死皮赖脸一再请求，

拉哈萨的汗王无奈让萨赞支援。

你看萨赞的长相，
就是名副其实的大力士模样。
萨赞走上战场，
高大的身躯如同一座山冈。
杀气腾腾的野兽，
两眼喷射着火焰。
他从来不知道骑马，
骑的是一头大象。
足有一拃厚的污垢，
藏在他额头的皱纹里。
他两只眼睛东张西望，
满脸横肉，面目可憎，
两块胸肌耷拉着来回晃荡。

他虽然身材高大，
脖子却粗短无法伸长。
他头部大得像一座陵墓的穹顶，
梧桐般的身躯摇摇晃晃。

萨赞骑着大象走来，
踏得大地不停摇晃。
他挥舞着八十阿尔申长的长矛，
发出轰隆隆的声响，
很快来到了沙场中央。

来自和阗的恰克玛克塔什，
来到汗王凯特尔开的面前，
请求上阵应战。
凯特尔开不置可否，
犹豫不决，默默无言。

“来吧，阿拉什人，上来一个，
如果害怕就上一千个！”

萨赞不停挑衅疯狂叫喊。
一听到“害怕”的话语，
未等凯特尔开许可，
恰克玛克塔什便催马应战。

少年恰克玛克塔什块头不大，
萨赞却壮得像一座山冈。
那八十阿尔申长的长矛，
在他手中挥动。
他坐在大象背上，
就像巍然屹立的沃尔托山。

恰克玛克塔什不管他是什么山，
毫不畏惧勇敢向前。
萨赞也挥动长矛，
朝着恰克玛克塔什刺出矛尖。

恰克玛克塔什年龄只有十九岁，
他是臂力过人的热血青年。
他具有非凡的英雄气概，
他具有超凡的青春活力，
他无所畏惧勇敢向前。

他将萨赞刺来的长矛，
用矛枪猛地挡到一边。
萨赞的长矛拦腰折断，
矛尖在空中飞旋。
萨赞冲向恰克玛克塔什，
狠狠砸去了手中的半截矛杆。
恰克玛克塔什十分敏捷，
像这样砸来的无数棍棒，
他都成功躲闪。
他使劲抽打着胯下的骏马，
从大山般的萨赞眼前一闪，
萨赞劈来的矛杆击中岩石，

断成数截四处飞溅。

恰克玛克塔什越战越勇，
向大象背上的萨赞发起进攻，
对准前鞒和小肚上端，
刺出矛枪，异常迅猛。
萨赞身披七层铁甲，
坐在象背上一动不动。
矛尖未能将铁甲刺穿，
“当”的一声弹回，
好像击中岩石一般。

恰克玛克塔什勇敢无畏，
面对顽敌毫不手软。
瞅准对手护腿的侧面，
对准护身服的下端，
朝着大腿刺出矛尖。

矛尖刺中的刹那，
撕开的肌肉足有半庹长。
恰克玛克塔什贴身而过，
又向对方大腿猛刺一枪。
大山般的萨赞，
两条大腿连连被刺伤，
恼羞成怒火冒三丈。

他张牙舞爪伸出大手，
企图将恰克玛克塔什从后背抓起。
笨手笨脚的萨赞，
未能把恰克玛克塔什抓在手里。

正当萨赞再次奋力抓捏时，
眼疾手快的恰克玛克塔什，
神速举起阿勒巴热斯宝剑，
朝着萨赞的手臂狠狠劈砍。

萨赞的手筋，
被这一剑齐齐地砍断，
胳膊顿时失去了力气。
连接肺部的血脉破裂，
喷涌而出的血流，
足有三岁公牛的腰身一般粗。
血流不止失血过多，
萨赞顿觉浑身瘫软。

恰克玛克塔什趁机猛扑过去，
又发起一轮攻击。
他紧握矛枪憋足浑身的力气，
对准萨赞的大腿连续刺去。
萨赞费力挥动着另一只手臂，
像在收割中握住麦秆一样，
将恰克玛克塔什抓在了手里。

那心狠手辣的萨赞，
恨不得将恰克玛克塔什生吞活咽，
把他摁放在鞍鞯上，
就要折断他的腰杆。

当萨赞举枪欲刺时，
好像全身血液流干，
他那高大的身体支撑不住，
从大象背上一下滚翻。
恰克玛克塔什顿时抽出手，
“唰”地抽出了宝剑，
试图将萨赞的头颅砍断。

只见萨赞垂死挣扎，
又一次猛地挥动了手臂。
这一挥臂卷起呼啸的旋风，
恰克玛克塔什遭到猛烈冲击。
被摔到两个射程以外的恰克玛克塔什，

撞击在岩石上不幸折断了一条腿骨。

他想“噌”地跳起身来，
却“啪嗒”一声栽倒在地。
他再一次撑起站立，
朝躺在地上的萨赞望了一眼，
眼睛发亮，十分得意。

六位唐格特人纵马而来，
全部拥到萨赞身旁，
想把他带回营地。

一位和阗的勇士
给恰克玛克塔什，
牵来他的战马。
恰克玛克塔什跃身跨上战马，
把断腿向后一折，
用鞍带紧紧捆扎。
他再次挥动着手中的长矛，
冲入敌群拼杀。

我的天啊，
别让我们再见到这种惨状，
面对恰克玛克塔什的凶猛攻势，
唐格特人再也无法抵挡。
恰克玛克塔什眼中喷射的烈焰，
足以让江河沸腾激荡。

他横眉竖眼，威风凛凛，
满脸黄毛根根竖起。
他眉头紧锁，怒容满面，
面色发青阴森恐怖。
腿骨被折，强忍疼痛，
高呼着“玛纳斯”的名号，
奋不顾身连续出击。

当恰克玛克塔什再次冲来时，
大山般的萨赞挣扎着，
从地上支起身体，
没戴头盔光着脑袋，
呆头呆脑地站立在原地。

恰克玛克塔什瞅准他的颈部，
对准他的咽喉，
用锋利的矛枪猛刺过去。
恰克玛克塔什的这一枪，
把萨赞两边的颈动脉一下刺破。
恰克玛克塔什的猛烈攻击，
让萨赞血流如注。
萨赞像倒塌的大山，
仰面朝天轰然倒地。

在马上驰骋的恰克玛克塔什，
遭遇六名卡勒玛克人的围攻。
他抓住有利战机，
一次就撂倒了三个人。

那三人栽倒在地，
咧着大嘴啃着烂泥。
还有两个转身而逃，
衣摆扇动呼哧呼哧。
两条腿甩奔在两侧，
用长袖拍打着坐骑，
狼狈不堪仓皇逃去。

英雄恰克玛克塔什，
哪能让他们就这样逃离？
英雄胯下的坐骑，
咬着嚼口铁猛扑过去。
英雄刺翻那两个家伙，

送他们去了地狱。

在恰克玛克塔什手中，
不一会儿的工夫死去七个敌人，
六十位大力士中也有一人丧命。

尚未歇口气，
忽然闪出五位勇士包抄而来。
恰克玛克塔什毫不畏惧，
饿虎般扑向来敌。

卡尔德噶奇迅速赶到，
和恰克玛克塔什一起应战。
面对这两位英雄，
那五位勇士等于白白送死。

“我的同胞骨肉卡尔德噶奇，
请你尽快离开这里。
我恰克玛克塔什，
已经把受伤的腿绑在鞍后，
决心在战场坚持到底。
如果他们心中不服，
就让他们疯狂寻死。
我定叫他们一个个有来无回，
让他们滚落马下嘴啃泥土。

“我不让他们抱在一起，
互相掩护逃跑。
我要和他们面对面刺拼，
我要将他们一个个撂倒。”

刹那间又有五位大力士，
闯进沙场发起进攻。
恰克玛克塔什毫不退缩，
催动战马勇敢向前。

恰克玛克塔什从不怕死，
根本不顾腿脚伤残。

自命不凡的五位勇士，
采取了五对一的攻势。
其中一个正面主攻，
其他四个紧跟在两翼。

当他们追近刺出矛枪之时，
恰克玛克塔什迅速闪身。
他爬到战马腰侧，
没让戳来的矛尖击中。
一齐进攻的五位勇士，
扑空而过未能得逞。

机敏的青鬃狼恰克玛克塔什，
瞬间抓住了破绽，
将五人杀得人仰马翻。
逞雄而来的五位勇士，
经不住一个回合就全部完蛋。

加噶勒玛依与恰克玛克塔什，
是一起长大的结拜弟兄。
他们两家的牲畜在同一个草场放牧，
他们是和睦相处的毗邻。
他们的家族相互结亲，
以诚相待心连着心。

看到恰克玛克塔什的伤势，
加噶勒玛依特别伤心。
他立刻策马靠近，
表达对恰克玛克塔什的真情：
“快走吧，英雄，离开这里，
快听我的规劝。
小心断裂的腿骨，

连精髓一起腐烂。
英雄啊，你可要珍惜自己，
来日方长，任重道远。”

加噶勒玛依说着拉起了马缰，
牵着恰克玛克塔什的坐骑离开战场。

加噶勒玛依连胜卡勒德克三员大将

太阳落山，
人们吃饱喝足进入梦乡。
夜空的繁星越来越稀，
不久天色渐渐发亮。
清晨寒风凛凛，
芦苇荡漾哗啦啦作响。
飞禽走兽开始窜动，
乌眉云雀叽叽鸣唱。
一切生命开始活动，
大地迎接初升的朝阳。
忽然传来阵阵鼓声，
卡勒德克方向吵吵嚷嚷。

卡勒德克汗王在昨天夜里，
集合手下得力干将：
“在场的各位你们亲眼看见，
这些叫柯尔克孜的人，
一人能顶一千人。
难道你们各位，
都不如柯尔克孜人？

“身强力壮的英雄萨赞，
让半身残废的恰克玛克塔什，
砍下了头颅。
恰克玛克塔什凭借单腿，
一个回合就杀死了六位大力士，
又一个回合砍杀了五位大力士。
加上萨赞英雄，
他一个人就击败了十二位大力士。

“死去的十二位是一群窝囊废，
六十名大力士中还有四十八位。
你们智勇双全武艺高强，
没有理由被对手打败。

“明日你们就一个一个地上阵，
不论对方由谁来对阵，
一定要鼓足勇气报仇雪恨。
如果你们都招架不住，
最终还有我亲自上阵！”

汗王卡勒德克昨夜这样鼓动，
今日亲自出马列队布阵。

有位叫阿勒吉尔的强汉，
自称是真正的英雄，
在他眼里萨赞是个狗熊。
在唐格特人马中，
他可算是大名鼎鼎。

让我不加隐瞒说实话，
他比萨赞魁梧高大。
他气吞山河，勇猛无比，
并不是凭空自高自大。
他来到汗王卡勒德克面前，
请求上阵独斗单打。

“阿勒吉尔，你要去就去吧，
四十八位中数你最强悍。
不论对方谁来迎战，
你都把他的头颅砍断。
战斗到日落黄昏时分，
你就立刻休战回返。

“恰克玛克塔什不会再来，
昨日他腿骨已折断。
别克巴恰没有上场的可能，
其他人由你去迎战，
就可以稳操胜券。”
汗王卡勒德克就这样，
将阿勒吉尔捧上了天。
让他把武器装备准备齐全，
驰向沙场应战。

阿勒吉尔受到卡勒德克的赏识，
得意扬扬，自命不凡。
这头野兽冲到沙场，
口中喷吐着滚滚浓烟。
团团青烟翻滚升腾，
好像天空浓雾弥漫。
他像欲袭羊群的饿狼，
舌头舔着鼻子和嘴唇，
不停地左顾右盼。
他手执血腥的长矛，
所有武器装备齐全。
自告奋勇的这头野兽，
如同巴萨列克山出现在阵前。

他要夺取对手的生命，
他要把鲜血当酒畅饮，
他要带走对手的首级，
他要把所有灾难降给对手。

他的头颅大得像毡房一样，
他的眉毛像箭矢一样，
他的髭须浓密得像森林一样。
他对自己的能力过分自信，
耀武扬威十分猖狂。
自以为单枪匹马，

就能把柯尔克孜斩尽杀光。

他的体格矫健强壮，
十全十美无可挑剔。
让人一眼就能看出，
他是名副其实的大力士。

他大摇大摆地来到场上，
两条腿耷拉在两侧甩动，
不时触地扬起沙尘。
死神扯着他的衣领，
他无法控制自己的冲动。

来自且尔千的加噶勒玛依，
也向凯特尔开请战。
凯特尔开在别克巴恰身边，
不好意思擅自决断。
别克巴恰见此情景这样开言：
“百姓相聚把你推选，
继承了阔祖别克的汗位，
你是汗王凯特尔开！
就照你的意图来指挥吧，
权力在你手中，凯特尔开！
你要用智谋果断处事，
切莫错失良机无谓等待。”

凯特尔开听了感到欣慰，
向加噶勒玛依瞟了一眼，
示意他可以上阵迎战。

加噶勒玛依今年二十二岁，
训练有素身手不凡。
胯下博孜阿拉战马，
快步疾行就像行云流水一般。

加噶勒玛依暗自思忖：
“假如我不能把阿勒吉尔刺翻，
我就会成为人们的笑柄。
假如我被阿勒吉尔刺下马鞍，
勇士们都会把我嘲笑讥讽。
恰克玛克塔什带着腿伤杀敌，
我也要和他一样英勇。

“哪怕战不过也不能被击倒，
否则不能平安回到乡亲中间。
也无脸面对尊贵的别克巴恰，
无法再向他施礼请安。
我要鼓足勇气集中力量，
与对手展开决战。
我不能被对手刺下马，
让我的战马空鞍回返。
不管对手身躯高大如山，
我定叫他人仰马翻！”
加噶勒玛依暗下决心，
雄赳赳地纵马向前。

当见到加噶勒玛依上阵，
阿勒吉尔在心中妄想：
“我要把这个小子一口生吞，
为死去的萨赞讨还血债！”

他不问对手的姓名，
就刺出矛枪。
他以为加噶勒玛依是个毛孩子，
一枪就可以挑在矛尖上。

如果一个回合就被刺中，
加噶勒玛依不会有如今的名望！
沙场中央的加噶勒玛依，
可不是无能的庸将。

他不会被一触即溃，
他是不可折断的栋梁。

他手握着黄铜长矛，
与阿勒吉尔展开较量。
他俩挥动长矛刺向对方，
枪来枪往你刺我挡。
经过一个回合，
各自试探了对方的状况。

顿时咆哮声喧天，
呐喊声充满杀气，
满怀仇恨，瞪眼怒视，
脸上的汗毛也根根竖立。

加噶勒玛依个头不高，
无法将大山般的阿勒吉尔压制，
无法从头顶往下劈砍。
阿勒吉尔浑身上下，
用铁甲裹得严严实实，
无法将他的胸膛刺穿。

阿勒吉尔怒吼着，
使出浑身的力气，
猛地向小伙子刺出矛尖。
矛尖击中了小伙子胯部，
顿时鲜血喷溅。
幸亏矛尖未伤及肾脏，
加噶勒玛依也未落下马鞍。

神勇的加噶勒玛依，
如此轻易被击中，
恼羞成怒，无地自容，
抽出月牙斧紧握在手中。
当阿勒吉尔再次攻击时，

一斧挡回刺来的长枪，
接着主动发起猛攻。

眨眼之间，
猛狮加噶勒玛依，
枪斧交替，
连续攻击了六十次。

阿勒吉尔的护心镜，
被枪尖击得叮当作响。
加噶勒玛依够不着他的头顶，
战斧噼里啪啦地落在盾牌上。

加噶勒玛依像猎隼般猛烈进攻，
攻势如同狂风暴雨。
阿勒吉尔遭受劈头盖脸的打击，
一时睁不开眼也无法还击。
好像全身骨头被敲碎，
浑身上下疼痛不已。

加噶勒玛依只有二十二岁，
青年中难寻这般英雄。
他心如铁石手快如风，
他是无所畏惧的年轻人。
他的祖先是加木格尔奇，
敢同任何人争强斗勇。
他身体强健，浑身筋骨暴起，
在年轻人里超群出众。
他充满力量，浑身是劲，
定将较量的对手彻底踏平！
他勇敢无畏，浑身是胆，
定将冒犯的对手完全踏平！
他那四百四十节骨头，
就像钢铸铁造，不可折损。
他一口气连击三百下，

胳膊毫不感到疲劳吃劲！

那斧背丁零当啷，
那枪尖噼里啪啦，
他连续不断地进攻。

阿勒吉尔的盾牌，
早已被击得裂开了缝。
网状铁衣也被刺烂，
扯断的铁环链条胡乱摆动。

“这个逞强逞能的小崽子，
我要想方设法把他灭亡。
这个狂妄自大的小崽子，
我要把他挑在矛尖上！”
这位凶狠的阿勒吉尔，
心肠恶毒十分阴险。
这个不顾死活的家伙，
从刀鞘中抽出了短剑。
他的所有招数，
他的所有计谋，
早就被加噶勒玛依看穿。

他抽出那锋利的短剑，
准备捅向加噶勒玛依的膀胱。
加噶勒玛依早已看透他的意图，
加强了攻击的力量。

阿勒吉尔心中盘算：
“加噶勒玛依惯用矛枪，
会刺向我的胸膛。
当他的矛尖被我的护胸挡回，
在从我身边擦身而过之时，
我就用短剑刺穿他的肚肠。”

这时加噶勒玛依也在揣摩：
“他披着无袖的外套，
只是包裹着胸和两肋，
他的臂膀正好暴露在外。”

加噶勒玛依没有戳击胸膛，
对准臂膀厚肌猛刺了一枪。
加噶勒玛依这一猛刺，
刺穿了阿勒吉尔的臂膀。
他臂膀顿时剧痛难忍，
短剑无法刺到加噶勒玛依身上。

加噶勒玛依拿起战斧，
朝着阿勒吉尔的胳膊肘子，
用斧背猛击过去。
战斧击中了阿勒吉尔的胳膊，
短剑从他手中滑落下去。

力量超凡的年轻小伙子，
为自己的神勇十分得意。
他又凶猛地抡起战斧，
绕到阿勒吉尔的另一侧，
朝着臂膀猛地一劈。
战斧用力过猛滑过胳膊，
却击中了阿勒吉尔的手指。
阿勒吉尔左手的手指骨头，
“咔嚓”一声被击得粉碎。

阿勒吉尔的右手臂膀肌肉开花，
还算幸运骨头未伤。
他又抡起战斧，
发出呼啦呼啦的声响。

他受伤的胳膊耷拉着，
当单手举起那战斧时别别扭扭，

露出腋窝，软肋暴露。
加噶勒玛依又冲上来，
心想定要将下手的机会抓住。
他闪过阿勒吉尔劈来的战斧，
“呼哧”一声将锋利的长枪刺出。
矛枪击中阿勒吉尔暴露的部位，
肋骨上端与锁骨连接之处被刺伤。

加噶勒玛依掉转马头又刺了一枪。
锋利的矛尖穿过身体，
“嗖”的一声扎进了心脏。
未等拔出矛尖，
魁梧的阿勒吉尔轰隆一声，
从马背上翻滚落地。

眼见阿勒吉尔已坠马，
在阵前的一位大力士，
挥鞭抽打着马腿奔来。
他的战马奔腾跳跃，
身后卷起滚滚尘土。
他的吼声震裂山石，
大有掀翻世界的气势，
凶猛得要使天翻地覆。
他像鸭子一样伸长脖子，
两眼通红，怒火喷出。

他不问姓名与由来，
跃跃欲试，急不可耐。
他向加噶勒玛依发起攻击，
将手中的矛枪猛地戳来。
这头野兽自命不凡，
以为自己战胜过很多英雄，
这次定能把加噶勒玛依打败！

横马注视的加噶勒玛依，

判断他戳来的矛枪，
正对准自己的心脏。
绝不能让他刺中，
他已经想好怎样避开对手的矛枪。
当对手的枪尖挨近时，
加噶勒玛依“唰”地一下，
仰身贴在了马臀上。

枪尖没有刺中，
对手扑空擦身而过。
盖世英雄加噶勒玛依，
掉转马头从背后追击。

加噶勒玛依瞅准头盔的边沿，
对准颈部猛击一枪。
喷溅的鲜血，
顿时浸染加噶勒玛依的矛枪。
对手的耳根被矛枪击中，
无法停留在马背，
一下滚落在地上。

卡勒德克向手下交代，
一个一个轮番交战。
遵照卡勒德克的吩咐，
又有一位勇士驰马向前。

这位英雄不可一世，
层层灰色铁甲裹在身上，
念念有词祈求上苍相助。
他将像卧牛般巨大的铁锤，
搭在那宽大的肩上，
猛冲过来，十分猖狂。

那巨大的铁锤，
发出阵阵呼啸声。

当挥舞旋转的时候，
就像夏日的电闪雷鸣。
阵中的许多兵丁，
早已吓得屁滚尿流。
那家伙收起腹弓着背，
满脸的黄毛根根奓起。
他气势凶猛，杀气腾腾，
风驰电掣直冲而来，
妄想夺取加噶勒玛依的性命。

加噶勒玛依不让他得手，
当即想出对付他的妙计。
年轻勇士越发愤怒，
对此类险招早已十分熟悉。
当对手的铁锤落下之前，
他“唰”地提起了战斧，
抢先一步自下而上，
不偏不倚地砍向对手的肘部。
只听对手右臂“咔嚓”一声响，
铁锤应声飞出。
加噶勒玛依拨转马头，
朝着对手未伤的臂膀，
抡起战斧又砍了下去。

那狂徒双臂被砍断，
山穷水尽，陷入绝地。
加噶勒玛依挥舞长矛，
刺破了他的护膝。
加噶勒玛依抡起战斧，
猛砍他的膝盖骨。

那狂徒的两只胳膊一条腿，
被加噶勒玛依击了个粉碎。
他再也无法直立躯体，
重重地滚下马背。

从唐格特人中又杀出一员大将，
身后扬起滚滚黄尘。
你来瞧瞧他冲来的方向，
犹如席卷大地的旋风。
再从侧面观察，
好似狂风大作，
尘土飞扬弥漫天空。
他虽独自闪出大军，
好像六个人同时进攻。

在他身前一个矛杆的距离，
顿时浓雾笼罩，混浊一片，
六条山谷突降铺天盖地的冰雹。
伴着狂风，电闪雷鸣，
倾盆大雨将大地侵吞。
忽然又风起云散，
背后顷刻出现烈日晴天。

只见一个巨人摇摆着走来，
大地被踏得摇摇晃晃。
卡勒德克派出的一位大力士，
无法与他并排上场，
跟在他后面踉踉跄跄。

在他俩的身后，
飞来一只黑色的大鸟，
展开双翅不停呼扇。
还奔来两峰公驼，
不停地咆哮，白沫四溅。
后面还跟着两只雄盘羊，
撒开四蹄飞奔向前。
两头大公牛冲在了盘羊的前边，
喘着粗气鼻孔一扇一扇。

两只疯狂的狗熊，
张牙舞爪地刨着大地。
又来了一只黑耳朵的狮子瞪眼傲视，
把一切都不放在眼里。
猛虎咆哮着走来，
似乎要抢在狮子的前面。
豺群狂笑着走来，
似乎要与狮虎争抢猎物。
狼群嗥叫着走来，
不停地磕碰着上下牙齿。
雪豹也猫着身子走来，
长长的尾巴拖在地面。
野公猪连跑带颠地过来，
上翘着扁塌的鼻子。
大象甩动着短短的尾巴跑来，
蟒蛇冲来一伸一曲。
原来卡勒德克这头蠢猪，
学过不少的魔法幻术。
是他施法招来这些毒蛇猛兽，
对柯尔克孜人制造恐惧。

在场的所有柯尔克孜人，
从未见识过这般兴妖作怪的情景，
顿时感到天塌地陷十分懊丧。
卡勒德克的大军，
却幸灾乐祸欣喜若狂。

站在沙场中的加噶勒玛依，
并未因年轻而冲动慌张，
并未因单枪匹马而退让。
面对直冲而来的庞然大物，
勇敢地迎上去猛刺了一枪。
被勇士刺来的长矛击中，
那昂首挺胸的巨人，
“轰隆”一声倒在地上。

他前后的诸多飞禽走兽，
顿时消失得无影无踪。
只剩下跟随巨人的大力士，
冲向加噶勒玛依，
一把揪住了他的衣领。

加噶勒玛依顿时火冒三丈，
想给他一点厉害尝尝，
一把揪住了他的长发。
他的长发好似一条粗毛绳，
脑袋就有毡房一般大。
加噶勒玛依把他的发辫与衣摆，
拧在一起缠压在鞍镫下。
那个大力士使出浑身解数，
终将发辫挣脱了缠压。

他们在山坡上激烈交锋，
噼噼啪啪互相攻击，
在下坡时互相追逐，
宽大的衣摆随风飘起。
一会儿扯着衣领僵持，
一会儿又互相拼命蹬踢。
他们在马背上展开角力，
战马腹背大汗淋漓，
蹄下已踏成了稀泥。
牙儿咬得咯吱作响，
怒容满脸愤恨不已。
他们互相剧烈拉扯，
使劲将对方的战袍撕扯，
拽断战甲的链环。
无法承受沉重的撞击，
战斧的斧背都裂开了口子。

这两个家伙势均力敌，

显示着各自的英雄本色。
头盔也无法承受打击，
从顶部裂开了一条缝隙。
那刀刃早已翻卷，
那枪尖也已弯曲，
他们不停拼杀毫无倦意。
从清晨直到傍晚，
英雄们才休战分手，
回到了各自的军营里。

柯尔克孜人把加噶勒玛依，
迅速扶下马鞍。
即刻铺上褥垫，
让他躺在上面。

他遍体鳞伤，体无完肤，
皮开肉绽骨骼却未伤及。
他周身的肌肤变青发紫，
看不到原来白色的皮肤。

别克巴恰走近来仔细观察，
下令找来秃鹰的苦胆，
立刻敷在了他的伤口。
又让人找来獾胆，
制成药给他口服。
给他服下适量的艾别普[1]，
给他服下足量的赛别普[2]，
再给他服下大量的灭迭提特[3]。
将马肉浸泡在油里，
让他食用把营养滋补。
当天明日亮之前，
将英雄完全治愈。

将士们擂响战鼓，
纷纷跨马迎战。

[1][2][3] 均为古代柯尔克孜民间药名。

在炎热的干涸荒漠，
满野的战旗迎风招展，
马嘶人叫使人头晕目眩。

还是那位唐格特人颠跑着，
再一次向血腥的战场冲去。
他的铁甲还未修补，
他的武器还未修复。
他装模作样，装腔作势，
却有气无力不堪一击。

加噶勒玛依在岩石上磨砺了战刀，
豁口在炭火中锤炼修复。
用锉刀锉利了斧刃，
斧背已缠上了铜丝。
矛枪、战刀、战斧，
全部浸透了毒汁。
他的头盔已被修复，
破裂的战甲网眼被缝合，
护心镜的破洞已用铁板填补。
他勒紧了所有的鞍具，
只放松了战骑的后鞧。
昨日激战中蹬长的镫带，
他今日也调整到适当长度。
将昨日激战中损毁的装备全部修复到位，
加噶勒玛依跨上战马，
雄狮般冲出柯尔克孜阵营。
他的战刀闪着寒光，
他的战旗迎风飘动。
雏鹰般的年轻勇士，
高呼着“玛纳斯”的名号。
挥舞的长矛呼啸而来，
那呼啸声震耳欲聋。

双方冲来短兵相接，

不顾生死激烈交锋。
如果能抓住有利战机，
就要夺取对手的性命。
各自都紧盯对手，
将对方的要害找寻。
各自咬着自己的下唇，
恨不得让对手立刻毙命。
他们浑身都感到巨大的压力，
性命悬挂在一根毫发上。

英雄们越战越勇，
展开了空前绝后的激战。
挥舞战斧、战刀和矛枪，
奋力挥起沉重的战锤，
举枪射弹，张弓射箭。
勇士所备的所有武器，
已无一件如意。
毫无办法的勇士们，
便跳下战马徒手交战。

他们甩开臂膀伸出双手，
想把对方拦腰抱起。
他们像公羊一样用头攻击，
鼻青脸肿鲜血直流。
他们把衣摆缠在腰际，
像公牛一样周旋角逐。
他们互相摔跤竭尽全力，
又揪住对手扭打在一起。
他们苦苦折磨着自己的生命，
这般较量耗尽力气。
他们打着转拉扯推搡，
互相施出扫腿的招数。
他们又咆哮着顶撞对方，
将对方撞出一条毛绳远的距离。

他们忽而向后推搡，
忽而又向前贴近身体。
互相僵持谁也不倒下，
全靠双腿的定力。
无比沉重的压力，
使他们双腿陷入泥土到膝盖骨。
当他们扭打旋转时，
腿脚扫过去的地方，
一棵棵芨芨草连根拔起。
岩石的表面被蹭平，
原野被踩踏成纵横的沟渠。
摔打了足有煮熟羊肉的工夫，
互相顶撞着胸脯，
依然谁也没有把对方摔倒。
他们扭扯时双腿死死蹭地，
如同耕地的铁犁。
他们僵持不下势均力敌，
采取各种各样的招数，
都不能把对方置于死地。

当扭打摔跤不分胜负，
各自又跃上了战马。
英雄们像从前一样，
又噼里啪啦地投入厮杀。

当把衣摆缠在腰间时，
当互相扭打周旋之机，
加噶勒玛依上下打量，
发现交手的大力士，
战甲上有许多破损之处。

那头野兽更加疯狂，
提起了随身的战斧。
如果能准确无误地砍中，
就会砍断加噶勒玛依的头颅。

就像扭断公鸡的脖子一样，
让加噶勒玛依的人头落地。
当他这样猛扑而来时，
衣摆飘荡掀起。
他那腰侧的肌肉，
毫无遮掩暴露无遗。

加噶勒玛依将一切看在眼里，
即刻将战斧抛弃。
弯腰攥起锋利的长矛，
门牙咬紧两眼圆睁，
将对手死死盯住。
当对手抡斧砍下之机，
向上挑起他的衣摆，
对准软肋的厚肌，
趁机持枪猛地刺去。
猛刺的矛尖正中肾脏，
同时刺碎了四十条肋骨。
那逞凶的野兽，
翻滚马背侧身落地。
好像大山倒塌一样，
撅着屁股趴地死去。

又有一个恼羞成怒的家伙，
冲上沙场发起攻击。

英雄加噶勒玛依，
是柯尔克孜的明灯。
他正当二十二岁的年华，
风华正茂年轻气盛。
他胯下的良种战马，
能与卡尔特库荣骏马争衡。

那头疯狂的野兽，
横挎着无缨的矛枪。

加噶勒玛依没有抵挡，
也没有回击。
他敏捷地闪身躲过，
然后回头杀了个马翻人仰。

他携带着又宽又坚的大板刀，
是伊斯番制造的纯钢大刀。
他“唰”地握住刀柄，
“嗖”地抽出了刀鞘。
朝那家伙的脖颈猛砍一刀，
砍下首级往回奔跑。

那些自命不凡的大力士，
那些驰马交锋的长矛手；
那些手握毡房般巨大的战锤，
甩开臂膀猛烈攻击的巨人高手；
那些手提着门板宽巨斧的战斧手，
那些在那粗壮的腰间，
挎着无鞘大刀的大刀手。
凡是向恰克玛克塔什，
向加噶勒玛依挑战的唐格特人，
都在沙场抛下了尸首。

卡勒德克汗王无法忍耐，
此刻下令全体出动。
那些普通兵丁怎敢缩头，
怎敢违抗汗王的命令。
四十位大力士，五万大军，
被大山般的卡勒德克率领，
即刻纵马蜂拥上阵。

柯尔克孜人高呼着“玛纳斯”的名号，
呐喊声震耳欲聋。
可怜的唐格特人，
从未听闻过这般呐喊声。
他们丢弃手中的矛枪、战刀和战斧，
双手掩耳卧倒停止前进。
凯特尔开看到这种形势，
立刻下了这样的命令：
“要让呐喊声震天动地，
齐声高呼‘玛纳斯’的名号。
将撅着屁股趴在地上的家伙们，
将那些遍地倒下的兵丁们，
将他们的武器收缴为战利品。”

腰间的战刀被解下来，
唐格特人毫无反抗的举动。
他们两手紧紧捂着双耳，
趴卧在地一动不动。
他们连头都没抬一下，
哪怕被踩踏都不起身。
柯尔克孜的勇士们缴获了大量的战利品。

柯尔克孜英雄击溃卡勒德克大军

在那阵阵惨厉的呐喊厮杀声中，
天色也渐渐发亮。
卡勒德克向战场眺望，
只见汗王凯特尔开依然挺立在阵前，
柯尔克孜的战旗高高飘扬。

再一瞧自己的大队兵马，
马背上不见一卒一兵。

目睹柯尔克孜的普通百姓，
踩踏着唐格特的兵丁。
卡勒德克再仔细观察，
百余名柯尔克孜人在一处来回跑动，
将那些无主施缰的战马，
正往一处驱赶集中。

“加噶勒玛依和恰克玛克塔什，
也许抵挡不了一日的进攻。
汗王凯特尔开与其他人，
肯定也抵御不了我的凶勇。
我若逞雄逞能鲁莽上阵，
就怕遇见灾星别克巴恰，
他定叫我枉送性命。
在别克巴恰发现之前，
我要乘机向那丘陵地移动。
在那里收容马匹的人，
我要一个不留杀光斩尽。
我要向柯尔克孜人，
抓紧时机讨还血债报仇雪恨。
如果我时来运转，
直接去消灭他们！”

汗王卡勒德克这样自言自语，
开始了更加凶残的行动。

他催动骏马奔驰而来，
接近了驱赶战马的人群。
不料卡尔德噶奇，
也在人群当中。
卡尔德噶奇是何等人物，
卡勒德克并不知情。
这群人有八十余位，
他根本不把他们放在眼中。
他纵马杀入人群，
将他们一个个击中。
对这些被击倒的人还不放过，
还要把他们的鲜血放尽。
就这样杀死二十余人，
报复了柯尔克孜人。

卡尔德噶奇和恰克玛克塔什，
正是骨肉同胞孪生兄弟。
他见到这种惨状大声呵斥：
“自古战场上只有以强胜弱的规矩，
哪里还有开膛破肚的道理？
不知祖先作战规矩的家伙，
像你这样的禽兽哪里寻觅！”
卡尔德噶奇咆哮着发起攻击。

“原来他是个幼稚的无名小辈，
定是死神拽着他的衣领。
这位无处寻死的狗崽子，
不知天高地厚前来送命。”
卡勒德克心中这样思忖。

他一听到骂自己是禽兽，
无比愤怒和恼恨。
挥舞着手中的长矛，
恶毒的家伙凶暴无比。
这个惨无人道的恶棍，

对老人小孩也一样杀戮。

他担心阻挡碍事，
没有拿带挡板的矛枪。
他握起不带缨子的长矛，
发起猛攻，十分猖狂。

同卡勒德克遭遇，
卡尔德噶奇毫不慌张。
卡勒德克来势凶猛，
双眼不眨地死盯着对方：
“我要刺中这小子，
把他挑在矛尖上。”

十九岁的青年卡尔德噶奇，
哪能让自己的对手得逞。
他出身于阿尔根部落，
这般青年世间难寻。
他身强力壮十分勇猛，
手中的矛枪呼啸不停。

丁零当啷地刺出矛枪，
叮叮当当地挡回对方的矛枪。
每打一个回合再勒转马头，
接着展开激烈较量。
卡尔德噶奇的长矛被折断，
卡勒德克顿时更加疯狂，
一心想把对手灭亡。
卡尔德噶奇沉着冷静，
一把抓住对手刺来的致命矛枪。

这些都是前人的故事，
现在讲起也十分精彩！

卡尔德噶奇用力猛拽，

那长枪顶端的矛头，
被卡尔德噶奇拽了下来。
矛杆留在了卡勒德克手中，
没有矛尖无法拼刺。
他便挥舞着手中的矛杆，
朝卡尔德噶奇使劲猛劈。
卡尔德噶奇“唰”地闪过，
提起战斧迅速回击。
那折断的数截枪杆，
在空中呼啸着飞起。

身强力壮的卡尔德噶奇，
因此载入了辉煌的史诗。

双方都失去了矛枪，
又提起战斧应战。
卡勒德克发起进攻，
像饿狼般直冲向前。

当卡尔德噶奇的战斧劈来时，
卡勒德克为了保护头盔，
将战斧举过头顶招架，
不料斧背被击碎。
卡尔德噶奇趁机直冲而上，
想要将失去战斧的卡勒德克砍得粉碎。

“无论我击中谁，
我定让他离开人世。”
年轻的雏鹰卡尔德噶奇，
不顾一切勇往直前。

芒格特人卡勒德克，
无法忍受满腹的耻辱。
他拿起了大如毡房的铁头棒，
“呼啦啦”地挥舞着，

准备砸到卡尔德噶奇的头上。
卡尔德噶奇提起战斧，
击回砸来的铁头棒。
遭到战斧利刃的猛击，
铁头棒飞出好几丈。
卡尔德噶奇的斧头也一起飞出，
只有斧柄留在手上。

此刻恶毒的卡勒德克发起狠心：
“当今的青年大力士，
使整个世界遭其蹂躏。
还不见别克巴恰出阵，
拳头大的一个小毛孩，
难道就如此欺人？”

他从鞘中抽出了战刀，
趁着有利的时机，
侧面砍向卡尔德噶奇的腰身。
他在心中盘算：
“这个混蛋柯尔克孜小孩，
顷刻之间便要失去小命。”

机警的卡尔德噶奇，
早就注意到对手的动向。
卡尔德噶奇腰带上挂着，
专门对付大刀长矛的弯头棒。
卡尔德噶奇如同猎隼般敏捷，
眼疾手快武艺高强。
他面对敌手的战刀，
迅速抓起了腰间的弯头棒。

这弯曲的铁制棒头，
是精心淬火的坚硬钝钢。
当卡勒德克的大刀劈来之时，
他对准刀面猛击一棒。

这一棒将大刀折成两段，
只有刀柄留在卡勒德克手上。

该让苍天惩罚的卡勒德克，
一把揪住卡尔德噶奇的衣领。
卡尔德噶奇不让他任意撕扯，
也扯住了对方的衣领。
卡尔德噶奇眼疾手快，
一手拉起皮制鞍后绳，
迅速将卡勒德克的胳膊缠紧。
粗大结实的鞍后绳，
由一指厚四指宽的鹿皮制成。
当卡尔德噶奇蹭着猛拽时，
“啪”的一声断成了两截，
卡勒德克的胳膊被剥去了皮层。

只有十九岁的卡尔德噶奇，
打得他如此狼狈不堪，
卡勒德克为此恼怒不已。
怒火中烧的卡勒德克，
脸色苍白，面无血色。
他将叫作克特勒克的武器，
熟练地握在手里。
心想只要猛地一击，
非让对手散架不可。
他紧咬着下嘴唇，
又怒又恼鼓起勇气。
他冲着卡尔德噶奇，
咆哮着猛扑过去。

卡尔德噶奇身体一闪，
躲开了他的攻击。
卡勒德克不料扑空，
未击中对手却砸在地上，
极度羞愤更加气急败坏。

他腾跃着连续三次攻击，
卡尔德噶奇都成功躲避。

卡勒德克心狠手辣，
他可是个不知羞耻的黑心肠。
卡尔德噶奇没让他砸中，
卡勒德克为此怒火万丈。

“他的坐骑布茹勒[1]战马，
比主人还要厉害，
我要射布茹勒的腿。
当他失去战马之际，
我再把他砸得粉碎。”

这头野兽心怀诡计，
伸手拿起了弓箭。
卡尔德噶奇也做好了准备，
心想一定要截住射来的飞箭。
卡勒德克射出的箭矢，
将布茹勒的前腿击断。

[1] 布茹勒：马名，意为花白骏马。

三英雄联手追击卡勒德克

正在观望的加噶勒玛依，
闪出队伍奔驰而去。
他想把卡尔德噶奇，
从战场上搭救出去。
卡勒德克把加噶勒玛依，
不费眼力一眼认出。
卡勒德克拉弓搭箭，
将他的坐骑叶力克苏尔[1]瞄准。
只听飞箭“嗖”的一声，
击中战马的耳根。

飞箭般奔驰的叶力克苏尔，
滚落在一箭射程的远处。
卡勒德克马不停蹄奔驰而去，
面对摔到地上的卡尔德噶奇与加噶勒玛依，
准备同时砍下他们的头颅。

此时的恰克玛克塔什刚能行走，
小心护着伤腿迈步。
他看到卡勒德克想要砍下，
卡尔德噶奇和加噶勒玛依的头颅。
如果两位英雄同时死去，
将是十分令人痛心的事情。
他不顾腿伤还未痊愈，
抽打着博孜阿拉骏马直冲向前。
他使劲拉开强弓，
连连射出呼啸的利箭。
他高呼着“玛纳斯”的名号，
雄鹰般奔驰而去。

[1] 叶力克苏尔：马名，意为狍子般灰色骏马。

他的神情令人心惊胆战，
气势威猛像巨龙一般。

见到恰克玛克塔什，
卡勒德克顿时打起寒战。
他朝着恰克玛克塔什，
端起了手中的弓箭。
没有等卡勒德克开弓，
恰克玛克塔什已射出了利箭。
卡勒德克的手腕，
“啪”的一声被利箭击穿。
那手中已张开的弓箭，
随声落在了地面。

卡勒德克踉踉跄跄，
掉转马头仓皇逃命。
他甩奋着两条长腿，
磕碰马肚拼命狂奔。

恰克玛克塔什催动博孜阿拉马，
抖擞精神，紧紧追赶。
他以为吓跑了卡勒德克，
就像鼓起的皮囊般勇气倍增。
他的两眼犹如明灯，
闪烁光芒十分自信。
博孜阿拉马像盘羊一样，
撒开四蹄疾驰如风。
恰克玛克塔什扬鞭策马，
情不自禁，得意扬扬。

卡勒德克所乘的喀拉苏尔马，
如同离弦的飞箭，
犹如飞翔的猎隼，
身后扬起滚滚烟尘，
弥漫到一箭射程。

恰克玛克塔什催促博孜阿拉马，
紧追不舍，越来越近，
根本不顾蹄下的地形，
毫不顾忌沟谷深坑。
他早已将死亡忘记，
丝毫不顾惜自己的生命。

卡勒德克来到一条沟壑边缘，
宽度足有一条毛绳长。
卡勒德克放眼观察，
下游分成两道沟坎。
他腾跃其中一道沟，
便沿着另一条沟边逃窜。

卡尔德噶奇见此情景，
心中这样盘算：
“卡勒德克肯定遇到了沟谷，
不是在沟边就是在崖边。
他无法直行便拐来拐去，
他肯定找不着逃路，
我得绕过去把他阻拦！”
他驱使坐骑奔驰而去，
身后卷起滚滚尘烟。

当厄运降临之时，
人的眼睛无法发现。
眼前的两道深沟，
距离比一个射程还远。
恰克玛克塔什将博孜阿拉马，
挥舞着皮鞭猛抽一下。
肌肤疼痛的博孜阿拉，
甩开四蹄腾跃向前。
当它连续跳跃第二道深沟时，
前蹄正好踏上沟沿，

后蹄却落在那沟壁，
失去平衡人仰马翻。

恰克玛克塔什连人带马，
摔落在深沟之中。
卡勒德克头也不回，
逃之夭夭，无影无踪。

从恰克玛克塔什身后，
卡尔德噶奇紧随赶来，
将恰克玛克塔什从深沟中，
费力地拖了上来。

博孜阿拉马腰椎已折断，
两眼昏暗，不幸死去。
卡尔德噶奇把恰克玛克塔什，
扶上自己的战马，
自己却牵着缰绳缓缓离去。

卡勒德克不敢回头一路奔跑，
沿着铁克西山逃去。
他无法进入印迪斯坦，
也无法逃到大英干去。
眼下的卡勒德克，
除了卡勒玛克别无藏身之处。
别处的人们不会将他容纳，
他只好朝着阔克吐卡特奔去。

让我们暂且放下这一段，
从别克巴恰在仙人国的故事讲起。

别克巴恰
与仙女努尔法努
成婚

别克巴恰与仙女努尔法努相遇

恰克玛克塔什与加噶勒玛依，
带着一匹战马回营。
汗王凯特尔开和加噶勒玛依，
恰克玛克塔什与卡尔德噶奇，
要向别克巴恰禀报敌情。
他们却找不到别克巴恰，
不知他的去向，毫无音信，
他们只好各回各地。

为了提防卡勒德克的反扑，
阿拉什人在各个路口日夜守巡。
他们向路人询问，
别克巴恰和卡勒德克的音讯。

他们还向各处派人，
到罗布泊、阿斯克和阿拉勒，
还有喀什噶尔、叶尔羌和安集延，
甚至到塔拉斯一带打听。

正当最需要他的时候，
别克巴恰却消失得无影无踪，
让我们来探寻究竟。

在世间的任何凡人，
都会遭遇各种意想不到的事情。
我们不能怪罪于谁，
这些都早已命中注定，
我们人类只能无奈顺从。

在那浩瀚的大沙漠，
当展开混战的时候，
我们尊贵的别克巴恰，
与一位妙龄少女邂逅。

在那朦胧的傍晚，
那与他相遇的美貌少女，
身着绸缎十分华丽。
养育如此娇美的少女，
这世界的确充满神奇。

“英雄的儿子别克巴恰，
我有冤要向你申诉。
为了你爷爷的英灵，
请掉转你的马头，
请你聆听我的倾诉。
我爹是仙中之主，
他的名字叫努尔扎特，
我是他的掌上明珠努尔法努，
请你倾听我的诉说。

“阔依卡普广阔无边，
朵[1]与神仙混杂，
在阔依卡普的疆域，
相邻而居。

“朵是非人的巨型妖怪，
他们可幻化成人形。
他们长有两只翅膀，
能在天空自由飞翔。
我们善良的仙人，
是人类修炼而成，
也同样长有翅膀。
我们仙人的坐骑，
却长有四只翅膀。

[1] 朵：原意为巨人，也可引申为恶魔、妖怪等。这里专指巨怪。

仙人和妖怪在这里分别筑城而居，
仙人的城池被称作仙人园，
妖怪的城池被称作巨朵城。
仙人与朵之间经常发生纠纷和争斗。

“那朵们的主子，
是奎当的儿子塔特勒达，
若谁不慎冒犯了他，
他就把谁狠狠惩罚。

“他见了我就垂涎三尺，
企图将我强行迎娶。

“每月为此流血征战，
不少朵与神仙在战争中死去。

“出自人类的克孜勒克孜，
她具有非凡的法术。
她到仙人园去游玩，
道出了阿依曲莱克仙女的身世。
我随克孜勒克孜离开阔依卡普，
来向阿依曲莱克求助。
根据曲莱克的指点，
我今日才寻找到你。

“我想塔特勒达朵不甘罢休，
他定会跟踪我的足迹。
你是玛纳斯猛狮的后裔，
我来到你跟前寻求庇护。

“塔特勒达这个怪物，
整日将我纠缠，
妄图将我强娶。
我作为善良的仙人，
怎么能嫁与这样的妖精！

我从阔依卡普飞来寻找你，
求你帮助我解除愁苦。

“我寻找着你别克巴恰，
我在空中不停地盘旋。
我曾经拜谒过玛纳斯的陵墓，
也曾将巴卡依大伯和阿依曲莱克拜见。
我遵照你曾祖母的吩咐，
来到你别克巴恰面前。
你满面红光光彩夺目，
我终于见到你的容颜。
在这样天色阴暗的傍晚，
我有幸与你相见。

“我说的那个克孜勒克孜，
当初与你的仇敌卡勒德克为伍。
她被你的曾祖母劝阻，
因此不敢前来涉足。
你的曾祖母讲述了许多道理，
让克孜勒克孜回心转意，
为过去的行为感到羞耻。”

当努尔法努说话的时候，
突然电闪雷鸣风起云涌，
传来阵阵巨响。
努尔法努浑身颤抖，
大地开始摇晃。
努尔法努吓得脸色苍白，
大地剧烈震荡。

只见一个庞然大物走来，
他巨大的身躯耸入云天。
他迈着沉重的步伐，
踏得大地在他脚下震颤。
“塔特勒达朵来了！”

努尔法努失声叫喊。

塔特勒达的眼睛，
大如毡房火光闪闪。
他口中喷吐着滚滚烈火，
就像那风箱吹出的火焰：
“你要到哪里去，努尔法努，
你怎能从我掌心逃窜？
你没有害我，努尔法努，
你无意中帮我实现了夙愿。
我们的祖宗曾经下过禁令，
我们无法涉足这块地盘。

“努尔法努，你逃到这神圣土地，
你给我引路开道带来了幸运。
你逃跑来到这里，
你所投奔的靠山是谁？
给你出谋划策引路，
带你到此的向导是谁？

“无论如何结果都一样，
你不可能逃脱我的掌心。
我本想体面地迎娶你，
努尔法努，你不答应，
今日你已经成为我的战利品！”

努尔法努曾与塔特勒达多次交锋，
不知多少鲜血流淌。
努尔法努损兵折将，
再无力和塔特勒达较量。
此时她无可奈何沉默不语，
呆若木鸡，神色绝望。

塔特勒达朵气急败坏脸色阴森，
向努尔法努伸出了罪恶的魔掌。

“住手，你这个禽兽巨怪，
你还想施暴强娶姑娘！
像你这样的禽兽败类，
难道无人把你阻挡！
你要是厉害就朝我来，
莫把肮脏的手伸向努尔法努姑娘，
我绝不允许你对她有丝毫损伤！

“你扰乱太平的仙人园，
让他们遭受了无情的苦难。
在你手下死去的神仙，
让我替他们把血债讨还！
学着你的样子，
也让你鲜血四溅！
定叫你无处投奔，无处藏身，
身败名裂，遗臭万年！”

别克巴恰话音未落，
塔特勒达口吐滚滚烈焰，
气势汹汹地猛扑过来，
逼近到别克巴恰跟前。

凯耐尼木留下来的神奇内衫，
一直穿在别克巴恰的身上。
塔特勒达喷出的火焰，
被挡回到相反方向。
眼看喷射的火焰毫无成效，
卡普卡山般狂野的巨怪，
拿起武器准备较量。
生铁铸造的大锤，
锤头大得像十二层皇宫一样。

当他竭尽全力猛砸时，
大山般的巨石也会被击碎。

塔特勒达按照自己的恶习，
挥舞铁锤呼啸声声。
一团团火焰，
不断从他那血盆大嘴喷出。
他朝着别克巴恰，
使出浑身力气砸下铁锤。

别克巴恰不等铁锤落下，
朝着他腋窝下的软肌，
用长枪刺去，十分凶猛。
别克巴恰可没有白刺，
将塔特勒达的肺部一枪击中，
黑色血液往外喷涌。
塔特勒达笨手笨脚，
砸下的铁锤失手落空。
别克巴恰没有等待，
没有让塔特勒达再次进攻。
他呼喊着“玛纳斯”的名号，
拨转马头冲向塔特勒达。

他用矛枪猛地刺去，
矛尖刺穿了塔特勒达的臂膀。
塔特勒达的手臂瘫软无力，
被迫向别克巴恰开腔：
“不管你是什么人，
我恳请你等一等。
自从父亲奎当让我出生，
自从我塔特勒达成名，
我塔特勒达万万没想到，
会遭受像你这样小毛孩的欺凌。
请你快快告诉我，
你的先祖和本人的姓名。
我们虽然身在阔依卡普，
但对人间的英雄豪杰早有耳闻。
请你赶快向我告知，

你的先祖和你的血统。”

既然塔特勒达这样询问，
别克巴恰不会隐瞒自己的父亲：
“我来回答你的问题，
我要你洗耳聆听。
我们的鼻祖是波彦汗，
波彦汗之后是恰彦汗，
恰彦汗之后是喀拉汗，
喀拉汗之后不断繁衍，
出生了高贵的奥若孜都汗，
奥若孜都之子是加克普汗。

“富贵的加克普汗，
生下了著名的玛纳斯雄狮。
玛纳斯从不怕与敌人血战到底，
谁来向他挑衅，
他就让谁永无宁日。
别说这人间尘世，
在阔依卡普也人人皆知。
玛纳斯之子赛麦台依，
将整个世界看得比裤脚还低。
赛麦台依之子是赛依铁克，
赛依铁克之后是凯耐尼木。

“自从他诞生到人间，
赢得黄脸死神的称呼。
凯耐尼木之后是赛依特，
在那西方的七位巨怪，
连他们的属民都被他降服。
在人迹罕至的大沙漠，
他让敌人血流成河。

“赛依特的孪生儿子，
是阿斯勒巴恰与别克巴恰，

我就是那别克巴恰。
你不该追踪努尔法努姑娘，
来到这里狂妄自大！

“我们的先祖及父亲，
自古相传这样的传统。
别人不来侵犯我们，
我们不去干预别人。
不论谁来挑衅，
我们决不卑躬屈膝让来犯者得逞。
塔特勒达，你快返回吧，
休想把努尔法努触碰。
你若不听规劝，
你若自命不凡，顽固抗争，
你将无法从我手中逃生！”

当别克巴恰这样来回答，
塔特勒达却道出了此话：
“你说你的先祖是玛纳斯，
你说你的故乡是塔拉斯，
在这世间凡人之中，
你的乡亲是阿拉什。
你所称的先祖玛纳斯，
我们阔依卡普的臣民对他熟知，
谁是赛麦台依，谁是赛依铁克，
我们还没听说过他们的名字。

“凯耐尼木将居仁朵杀死，
将他的舌头抽出来吞食，
全部经过我们已得知。
那孤岛中的神秘陵墓，
传说是被赛依特摧毁，
这消息也传到了我们那里。
阿依曲莱克与库娅勒，
这两个姑娘我们十分熟悉，

她们都是远近闻名的仙女。

“别克巴恰，今日见到你，
我算了解了你的历史。
我不能因为你是玛纳斯的子孙，
就放弃努尔法努不娶，
难道我塔特勒达就这样离去？

“别克巴恰，难道你不想想，
那世界的末日，
现在就要降临在你的头上！
你故意避而不谈，
那居仁朵怎样死亡，
这件事我塔特勒达怎能遗忘？”
这个吃人的恶毒魔鬼，
暴跳如雷，十分猖狂。

即使日月相撞，宇宙坍塌，
这个塔特勒达毫不惊恐。
即使山崩地裂，洪水泛滥，
大地变成汪洋，
这个塔特勒达决不会发慌。

当听到玛纳斯的名字，
当谈论到凯耐尼木的事情，
他怒气顿生，火冒三丈。
他的气势比野兽还凶猛，
双眼喷射的火光直刺天空。

他“唰”地握住闪光的战刀刀柄，
“嗖”地从刀鞘中拔出长刀。
镀银的战刀寒光闪闪，
刀面镶嵌着一颗颗宝石。
战刀的刀柄，
用孜布尔加特[1]和拉合里[2]装饰。

[1][2] 均为传说中的宝石名称。

还有无数的珠宝，
佩戴在塔特勒达的胸前。
他全身珠光宝气五光十色，
使人眼花缭乱。
见到他这种气势的人，
谁也不敢猛冲与他交手，
人人惊慌失措，心惊胆战。

他用各色各样的珠宝裹身，
刀身也用宝石镶嵌。
不论谁正面遭遇，
都会毫不手软地被他劈成两半。
上阵交手的多少大力士，
眼花缭乱，睁不开眼，
只能被他乘机劈砍。

那居仁朵的神奇内衫，
正穿在别克巴恰的身上。
它能避妖，也能遮光，
它的奇闻在世人中传扬。

塔特勒达的神色，
像下雨天一样阴沉，
他头上罩着滚滚乌云，
向着别克巴恰发起猛攻。

英雄色尔哈克的神奇矛枪，
战无不胜，代代相传。
色尔哈克留下的这杆矛枪，
把多少大山般的壮汉刺翻，
刺中岩石也不翻卷。
别克巴恰挺起锋利的长枪，
做好准备，沉着应战。

当塔特勒达咆哮时，

天上的太阳被浓雾遮掩，
大地顿时失色变得黑暗，
忽然变成无星的夜晚。

塔特勒达浑身珠光闪闪，
顷刻逼近英雄跟前，
挥手舞刀使劲猛砍。

出自柯尔克孜的青鬃狼，
武艺高强，身手不凡。
他“唰”地朝一侧闪身，
成功避开大刀的劈砍。
他转身朝着对方软肋厚肌，
狠狠地刺出了一枪。
那锋利的矛尖穿透半庹深度，
刺破塔特勒达肾脏。
猛冲而过的别克巴恰，
又拨转马头挥舞矛枪，
朝着塔特勒达另一侧的腋窝，
闪电般地刺出第二枪。

目中无人的塔特勒达，
连续两次中枪。
他感觉到头晕目眩，
朝着蓝天挥起了翅膀。

他的头钻进云层，
露出脚上安装的钢矛，
企图扎向别克巴恰的头顶。
他居高临下垂直下降，
一心想把别克巴恰一脚踢死。

努尔法努在一旁心急如焚，
惊慌地眨巴着眼睛。

生来沉着的青鬃狼，
面对各种各样的对手，
从来不屑一顾十分自信。
他随身携带的纳尔开斯坎宝剑，
是他先祖英雄赛麦台依，
从汗王卡勒恰手中缴获的战利品。
这把宝剑如此锋利，
能将岩石砍成碎片。

别克巴恰环顾四周，
将恶棍塔特勒达找寻。
忽然看到他的身影，
正在从自己的头顶降临。
别克巴恰将卡勒恰的宝剑，
紧紧攥在自己手中。

当塔特勒达脚上的钢矛，
正在向自己的头盔逼近，
就要扎进自己的脑袋之时，
别克巴恰提前半庹距离，
举起宝剑横劈过去。
塔特勒达脚上的钢矛，
离脚板一拃处被宝剑削去。

塔特勒达脚上穿着，
生铁铸成的乔甫托如铁鞋。
他再一次升空，
企图用沉重的铁鞋踩踏之时，
别克巴恰抡起战斧，
朝上回击十分猛烈。
塔特勒达的一条小腿，
“咔嚓”一声骨头断裂。

塔特勒达耷拉着一条断腿，
惊慌地眨巴着眼睛。

塔特勒达的叫喊声，
迅速传到巨怪首领的耳中，
他即刻召集四万兵丁，
像雨点般从天空降临。

努尔法努也发出信号，
求父王前来救援。
仙王努尔扎特手忙脚乱，
急忙向天庭求救。
他率领四万天兵天将，
浩浩荡荡地赶来应战。
担心努尔法努的安危，
努尔扎特一路心神不安。
那主人与战马的翅膀，
不停地扇动，飞腾向前。

双方人马短兵相接，
喧嚣声在空中起伏回荡。
看到别克巴恰魁伟的身材，
朵们投下了惊奇的目光。
朵的首领塔班咆哮着赶到，
将塔特勒达让到了一旁。

从塔班巨怪的口中，
喷出的滚滚青烟，
瞬间笼罩了整个大地。
忽然狂风大作呼啸怒号，
将可怜的大地闹得天翻地覆。

别克巴恰并不畏惧这些庞然大物，
他面对劲敌怎能退缩不前？
巨怪塔班突然袭击，
向别克巴恰刺出矛尖。
别克巴恰从玛依托茹马背上，
摇晃着屁股滑出了马鞍。

肥厚的臀肌被击中，
鲜血顿时喷涌流淌。
这时他怒火万丈，
眼中喷射着火光。
就在此刻巨怪塔班，
又猛扑到他身旁。

生来顽强的青鬃狼，
发挥着一贯的神勇。
他口中高声大喊着，
阿依阔勒“玛纳斯”的英名。
意气风发的青鬃狼，
显示出排山倒海的雄风。
色尔哈克留下的矛枪，
挥舞在他手中。
他挡回塔班戳来的矛枪，
向对手发起了猛攻。
那大山般的塔班，
被别克巴恰的矛尖击中，
像飞蓬一样翻滚。
当他挣扎着从地上起立之时，
别克巴恰那门板宽的月牙战斧，
狠狠地砍向他的头顶。
脑浆四处飞溅，
结束了这魔头罪恶的生命。

看到同伙在别克巴恰斧下丧命，
玛罕朵再也无法忍耐，
他向别克巴恰发起了进攻。
别克巴恰刚才被塔班击伤，
浑身上下疼痛难忍。
就在这一天的战斗中，
自命不凡的三十名朵，
鲜血被别克巴恰放尽。

无法抵挡的塔特勒达，
下令朵们群起围攻。
英雄的儿子青鬃狼，
面对穷凶极恶的朵群，
决意施展自己的全部本领。

布特布合巨怪最先扑来，
别克巴恰将他一枪击中，
挑在矛尖举到空中。
他用布特布合的躯体，
横扫蜂拥而来的敌人。
目睹的朵们魂不附体，
叽叽喳喳，不敢靠近。

奎当与塔特勒达，
心狠手辣的父子俩，
指挥巨怪们蜂拥而上，
将别克巴恰四面围攻。

仙王努尔扎特送来了天马，
专门让英雄别克巴恰骑乘。
骑上它在空中自由飞翔，
好与巨怪们展开交锋。
别克巴恰的玛依托茹战马，
虽然伤势未愈不能乘骑，
他也没有把仙王送来的天马骑乘。
他跨上了一匹棕色神骏，
那是孜米热克[1]神鸟给他的馈赠。
别克巴恰让棕色神骏展开翅膀，
勇敢地闯入围拢的朵群。

他将正面遭遇的敌人，
一个一个地刺翻坠地。
他用塔什凯勒铁火枪，
不知射下多少逃窜者，

[1] 孜米热克：鹏；凤凰。

让他们滚落在地。
那些抱头鼠窜的残兵败将，
都被努尔扎特的天兵生擒活捉。

奎当和塔特勒达，
企图夺路逃生。
心狠手辣的塔特勒达，
将棕色神骏三次射中。

胯下的棕色神骏，
失去飞翔的翅膀。
别克巴恰十分恼怒，
无奈地四处张望。

努尔法努来到努尔扎特跟前，
诉说了心中的忧虑：
“站立在阵前的别克巴恰，
是阿依阔勒玛纳斯的后裔。
玛纳斯的英灵将他相助，
他吓得那群巨怪魂不附体。
奎当和塔特勒达，
已经逃向自己的领地。
逃窜的途中不会安分守己，
可别去将你的臣民侵袭。
据我仔细观察，
你在那里还没有可信赖的人，
能对众多巨怪进行抗击。

“别克巴恰所骑的神骏，
翅膀三处中箭受伤，
你瞧它已经无法飞翔。
我担心雄狮的儿子别克巴恰，
被困在这个无人无水的大漠上！”

听罢努尔法努的话，

努尔扎特止步思忖，
便向一万名仙兵大力士下令：
“你们快去别克巴恰那里，
将他连人带马放在地毯上，
托举着送到我的宫城。”

遵照仙王努尔扎特的命令，
一万名仙兵立刻飞去。
他们迅速划过上空，
像无数雨点般飞落大地，
向别克巴恰奔去。
上苍的力量和智慧无尽无穷，
给尊贵的英雄别克巴恰，
降下了这般幸运和福气。

努尔法努来到别克巴恰面前，
双手紧贴在自己的胸前，
当着仙兵仙将的面，
叩拜行礼如此开言：
“阿依阔勒的儿子别克巴恰，
我率领着一万仙兵仙将，
前来听候你的调遣。
奎当与塔特勒达，
战败后仓皇逃窜。
恶棍们不会就此罢休，
途中会骚扰无辜百姓的平安。
所以我父亲亲自率军，
追踪在他们后面。

“我父亲只有我这个独生女儿，
他因没有男孩心中愁烦。
朵们前来进犯，
愁上加愁，带来苦难。
我父亲亲自带队追踪朵群，
派我来到你的面前。

“请你牵着坐骑带上行囊，
赶快踏上这块地毯。
我让仙人们托举着你，
很快向我们的城郭回返。
假如你不去我们那里，
我们的城池将遭受朵的侵犯。
到那时我还会找到你，
请你出马前来支援。
我父亲未能亲自前来，
我们的状况还请你多多包涵！”

在说这说那的瞬间，
不等别克巴恰做出决定，
两位仙女化作山鸽，
火急火燎地飞临。
她们向努尔法努叩头禀陈：
“我们前来找您有急事在身，
先来禀报请您倾听。
奎当与塔特勒达父子两个朵，
径直飞到仙人城。

“正当各路仙人聚集，
准备把别克巴恰欢迎。
两位朵让战刀沾满鲜血，
残忍地血洗了全城。
双方昼夜不停，
正在激烈交锋。
塔特勒达从他们的领地，
火速搬来一万援兵。
就在这个紧急时刻，
努尔扎特带去三万仙兵。
他们谁强谁弱，谁胜谁负，
我们还无法判明。

“您父亲命令我们，
前来给您送信。
说您正在别克巴恰身旁，
在这里可以找到你们。
我们奉命匆忙起飞，
来到您面前传递音讯。”

别克巴恰听到仙女们的话语，
得知流窜的塔特勒达屠杀仙民。
别克巴恰立刻向阔依卡普进发，
放下追踪卡勒德克的事情。
仙兵们将别克巴恰连人带马，
放在地毯上托着飞行，
眨眼间离开热比米斯肯城，
飞向阔依卡普的仙人城。
在煮熟一顿饭的工夫，
就飞完十二个月的行程。

仙人和朵他们双方，
激战中伤亡惨重。
就在别克巴恰抵达之前，
努尔扎特仙王落入奎当手中，
奎当将他五花大邦，
强行带到朵的都城。

群仙正在伤心悲鸣，
努尔法努哭成泪人。
见到他们如此惨状，
别克巴恰感到骨头都疼。
轮换的仙兵大力士，
把他托举着加速前进。
别克巴恰义愤填膺，怒不可遏，
将奎当和塔特勒达一路追踪。
别克巴恰向仙人下令：
“你们当中先去一个人，

打探努尔扎特的情况，
快把他的消息探明。”

克孜勒克孜乔装打扮解救努尔法努父亲

正当紧急关头，
克孜勒克孜突然出现，
前来向英雄请求原谅。
通情达理的别克巴恰，
询问她来自何方？

克孜勒克孜说明经历：
“当奎当与塔特勒达逃跑时，
我就和他们在一起。
一群朵闯入努尔扎特的城池，
他们屠杀那里的仙人，
血洗了整个城池。
他们又唤来一万个朵，
火速赶到那里。
努尔扎特率领三万大军，
当时也抵达城里。

“两军竖起战旗摆开阵势，
接着昼夜不停浴血奋战。
塔特勒达十分残暴，
挥刀砍杀，鲜血四溅。
塔特勒达冲到战旗下，
生擒了努尔扎特。
凶残的塔特勒达毫不留情，
将努尔扎特捆绑起来。
抓到努尔扎特之后，
塔特勒达打道回府。
他把两千名仙兵驱赶而去，
在半途中砍下他们的头颅。

“凶残的塔特勒达，
将努尔扎特押到了自己的城里。
凶残的塔特勒达将努尔扎特，
关进了自己卧室里的铁笼子。
凶残的塔特勒达当众宣布，
如果别克巴恰敢闯此地，
定会亲手把他杀死。

“请您允许我亲自前往，
到塔特勒达与奎当那里。
我会施展多种法术，
只要我胸中还有一口气，
我定要救出努尔扎特。
仙兵们正驰向朵的巢窝，
朵们哪能放过他们，
一旦遭遇生命就将被夺取。”

听罢克孜勒克孜的话语，
别克巴恰轻松地做出了回答：
“要去就去吧，克孜勒克孜，
切莫让塔特勒达发现你。”

得到英雄的赞许，
为了从恶魔塔特勒达手中，
将努尔扎特救出，
克孜勒克孜动身上路。
下面我从克孜勒克孜唱起。

魔法超群的克孜勒克孜，
化作翻卷的浓雾，
迅疾向前飞滚。
她化作螺旋升腾的旋风，
她化作呼啸的狂风，
她化作刺骨的寒风，

她化作芦苇发出呼啦啦的响声，
她化作山风在峡谷中疾驰飞腾。
六十种法术，四十种幻术，
克孜勒克孜全部使用。

塔特勒达唤来鬼兵，
将努尔扎特严加看管。
克孜勒克孜赶来一看，
鬼怪们戒备森严。

约木尔江的女儿克孜勒克孜，
是魔力超凡的姑娘。
她的知识和本领，
在所有朵和鬼怪之上。
她暗中念诵着咒语，
用障眼的幻术，
顷刻把众朵搞得晕头转向。

她独自闯入殿堂，
塔特勒达见到她急忙询问：
“你是什么人？”

“塔特勒达，难道你不认识我了，
是努尔法努站在你面前。
你扬言要娶我为妻，
我便把你考验了一番。
我今日前来与你交心，
你却对我像陌生人一样。

“我的父亲和你父亲奎当一样，
是统治一方的大王。
你狂妄自大，轻举妄动，
竟然将我父王捆绑。
你对他毫不尊重，
押到这里投入了铁网。

你根本不想真心娶我，
不但不尊重我，
反而给我带来了悲痛。

“你敌不过那些凡人，
狼狈逃窜到这个地方。
你毫不顾忌我的情面，
将我的同胞残忍杀伤！
你不是平民而是汗王，
难道你不顾及自己的名望？
我努尔法努就这样嫁给你，
内心怎能不感到恐慌？

“你赶快释放我的父亲，
我要把他带回家去。
我要耐心地好言相劝，
让我的父王回心转意，
然后我才能嫁给你。

“在我的父亲不同意的情况下，
你听清楚，我死也不会出嫁！
我已将生死置之度外，
下定决心才来和你谈话。
你放了我父亲，才能娶我，
塔特勒达，你要明白我的话。
如果你不答应这个条件，
那你就将我和父亲的头颅一起砍下！
是杀是放，你要选择，
我要听听你的明确回答！”

变幻莫测的克孜勒克孜，
幻化成努尔法努来说话。
塔特勒达壮得像座大山，
但他生性狡诈阴险：
“你说的是实话，努尔法努，

你的确折磨得我心神不安。
你根本没把我放在眼里，
你不但请来仙兵天将与我交战，
还召集了凡人中的强汉。
你难道忘记了吗，
你是如何让我遭受苦难。
你找到盖世英雄别克巴恰，
前来向我们挑战。
其他事我并不放在心里，
就是忘不了死去的塔班和卡曼。
努尔法努，你让人杀死了塔班，
如同折断了我的腰杆。
努尔法努，卡曼死去，
等于把我的双腿打断。
我父亲奎当已年迈衰老，
你让他失去了信赖的靠山。

“别克巴恰身为尘世凡人，
却十分出色勇猛强悍。
他武艺高强，举世无双，
足智多谋，智勇双全，
我无法抵挡才夺路逃窜。
我带去了四万名朵，
除我和父亲以外，
全部死去，无一生还。

“努尔法努，于是我来到你的城池，
一气之下屠杀了你的仙民。
我在混乱的激战中，
不幸遭遇了你的父亲。
我把他带到这里来，
的确让老人家受了惊。
努尔法努，你说的是实话，
我理解你埋怨的心情。
努尔法努，我能接受你的指责，

如果你死了，我也毙命。
我为你受尽了折磨，
努尔法努，如果失去了你，
我怎么能继续活命？

“明日早晨我将馈赠长袍和坐骑，
为你的父亲隆重送行。
我和你的城郭距离不远，
沙扎巴尔是我城郭的名称。
我将把我的城郭，
作为彩礼向你双手奉送。
让你父亲骑在我的脖子上，
荣耀地踏上返程。

“只要你不故意拖延时间，
让我看到光彩照人的容颜，
我会履行所有的诺言。
如果你不让我享受快乐，
我也不会答应你的条件。”

此时克孜勒克孜若有所思，
停顿片刻，这样说道：
“你的声音嘶哑浑浊，
你的舌头吞吞吐吐，
我已明白你的心计，
塔特勒达，你不想娶我。

“你始终将我父王称呼为‘你的父亲’，
不敢称呼为自己的父亲。
你的铁石心肠无法熔化，
我从未见过像你这样的人。
我亲自来到你面前求情，
你不可能再遇到我这样的情人。

“我父亲被你投入阴冷的铁网，

他被五花大绑高高吊起。
你休想让我搂着你的脖子，
无耻地睡在你的怀里！
你不归还我父亲就由你吧，
你就彻底死了娶我这条心，
休想努尔法努嫁给你。
如果你想强行占有我，
我就要以死彻底摆脱你！”

克孜勒克孜话中有话，
言语中含着隐情。
她的容颜若隐若现，
就像水银般闪烁不定。
欲火中烧的塔特勒达，
无法抑制狂荡的心情。

克孜勒克孜时而发出笑声，
想方设法迷惑对方，
为别克巴恰的到来争取时间。
当她估计别克巴恰已经来临，
提出要和“父王”见面。

当她一跃而起放下铁网，
蜡烛熄灭，屋中黑暗。
克孜勒克孜耻笑的声音，
在塔特勒达朵的头顶回旋：
“朵的身躯越高大，
他就越加愚蠢。
塔特勒达，你可知道，
努尔法努不可能前来向你求婚。
我告诉你，我是克孜勒克孜，
我本是世间凡人的子孙。
我悄悄潜入你的城里，
就是要解救努尔扎特仙王。

“塔特勒达，你这个蠢货，
对此毫无觉察，还在做梦。
如果你待在屋里就必死无疑，
如果你走出屋外，
就会和强悍的别克巴恰相遇。
我还是劝你这条疯狗，
不要待在屋里，赶快逃命！”

克孜勒克孜的话音刚落，
塔特勒达睁开了迷糊的眼睛。
“喂！津斯，敏斯，你们在哪里？”
塔特勒达大声呼唤自己的卫兵。

完全了解底细的人，
对付鬼怪的办法十分简单。
只要有一处篝火冒烟，
鬼怪们会不顾一切，
聚集到这个地点。
巫师们熟知这种法术，
跳神时常把篝火点燃。
当鬼怪们被吸引过来时，
就会将其中的一个绑架在身边。
被不幸绑架的可怜鬼怪，
一切听从巫师的调遣。
他帮助巫师治好病人，
人们却赞扬巫师医术非凡。

克孜勒克孜早已点燃篝火，
所有的鬼怪聚集在那里。
塔特勒达大发雷霆，
呼喊着津斯和敏斯。
当听到塔特勒达的呼唤声，
他俩急急忙忙赶来。
塔特勒达紧急下令：
“将努尔扎特给我押来！”

原来塔特勒达将努尔扎特，
投入铁网高高吊悬。
反复叮嘱五万名鬼怪，
将努尔扎特严加看管。
现在找不到努尔扎特，
鬼怪们急得团团转。
塔特勒达下令津斯和敏斯
率领五万名鬼怪跟踪追赶：
“即便他逃回自己的城里，
也要擒拿到我跟前！”

五万名鬼怪奉命而去，
克孜勒克孜的行动更加有趣。
克孜勒克孜在高山顶上，
点燃九十处熊熊篝火。
克孜勒克孜在平川旷野，
燃起三十处团团篝火。
她又在岛屿上点燃了多处，
克孜勒克孜一人忙不过来，
得到了仙民们的鼎力相助。

五万鬼怪在进发途中，
被吸引到山头和平川的篝火旁。
这些可怜的鬼怪，
宁愿接受塔特勒达的惩罚。
他们觉得投入烈火之中，
灵魂便会升入天堂。

通风报信的鬼怪跑来，
向塔特勒达禀报情况：
“津斯、敏斯并未前往，
他们正游玩在篝火旁。”

“要是这样，你赶快去，

快将他们唤来见本王。”

顷刻鬼怪们匆忙赶来，
塔特勒达将五万魔军，
列队屠杀，全部杀光。

玛纳斯英魂显灵相助
别克巴恰消灭朵之魁首

就在此刻别克巴恰赶来，
向塔特勒达的魔鬼城发起进攻。
青鬃狼高呼着“玛纳斯”的名号，
呐喊声雷鸣般响彻天空。
众朵听到别克巴恰的声音，
魂飞魄散，屁滚尿流。
奎当朵决定亲自上阵，
跃跃欲试，气势汹汹。

奎当狂暴威猛，
好像波涛滚滚的山洪，
来势凶猛，横冲直撞。

英雄别克巴恰放声呐喊，
高呼着“玛纳斯”的名号，
呐喊声时而高亢时而深沉。
他怒射着塔什凯里铁枪，
同奎当一样威猛。
他将战鼓咚咚擂响，
塔什凯里铁枪发出噼里啪啦的响声。

在空中翱翔的飞禽不敢振翅飞腾，
在水中遨游的鱼儿耳鳃顿时震聋。
大地崩裂，地下水喷涌，
山峦坍塌，山石飞滚。
水面遨游的鹅鸭，
立刻吓得哑口无声。
那山中的走兽，
立刻汇聚到山顶。

盘根错节的桦树柳林，
被声浪横扫倒地，
在那没有一丝风的地方，
突然被风暴席卷而起。

此时冲过来八个头的巨怪，
手执战刀寒光闪闪。
他身子长着八个头，
每个头上长着两双眼。
眼睛喷射出的火光，
就像繁星闪烁在夜间。
像这般奇特的生灵，
就连神仙都全然不知，
站在原地惊奇地观看。

他晃动着八个头，
蹦跳着两条长腿，
舞动着两个臂膀。
他头上长着很多的鼻子，
像吹气的皮囊般膨胀。
下身只挂着一片遮羞布，
再没有其他任何的遮挡，
赤身裸体地来到战场。

他忽而摇头晃脑，
忽而回头活蹦乱跳。
他犹如玩耍的骆驼，
在宽阔的草场手舞足蹈。
他不时地挺直身板，
停下脚步自我炫耀。
他好像踏着荆棘行走，
小心翼翼蹑手蹑脚。
他拖着肥硕的臀部，
像大尾羊一般摇晃。

他尾巴足有一庹长，
像马鞭夯拉的鞭梢。
他浑身长满了汗毛，
遮得连眼睛都看不到。
如果从正面观察，
他的鼻子就像象鼻一样高高上翘。

他突然停下脚步挺起胸膛，
站在那里竖眉瞪眼。
谁也不知道这头猛兽，
将会造成什么样的灾难。
他咆哮着挥舞战刀，
与别克巴恰展开了激烈交战。

他挥刀向别克巴恰猛烈劈砍，
当锋利的刀刃就要砍中之时，
手疾眼快的英雄别克巴恰，
用战斧将战刀回击。
战刀被击碎成四十片，
在空中飞溅，漫天飘舞。
这头野兽另一只手握紧长矛，
准备再次攻击。

他挥舞着呼啸的矛枪，
呼啸声震耳欲聋。
矛尖越来越逼近，
青鬃狼别克巴恰怎会让它刺中，
“唰”地攥紧刺来的长矛，
夺过来向野兽进攻。

他瞅准对手的肺部，
扑上去猛地一击。
那蠢货被自己的矛枪击中，
矛尖穿过肺部和肝脏，
从另一侧腋下露出。

长着八个头的家伙，
一头栽倒嘴啃泥土。
这可是闻所未闻的传奇，
他没有留下红色的血迹。

突然又闪出了一个巨怪，
他长着八条胳膊。
他携带八种武器，
紧握在八只手里。
你瞧这个家伙的威势，
前面的朵都无可比拟。

他的矛尖喷着火焰，
他的战刀闪着寒光。
他的铁锤呼呼作响，
他的短剑闪烁金光。
他一路挥舞着八条臂膀，
武器在手中摇晃。

他高耸着硕大的头颅，
头上紧扣着巨大的兜鍪。
光溜溜的脸上没有胡须，
使得轮廓不清模模糊糊。
眼泪不停流淌，
好像在痛哭流涕。

他翻披着宽大的铠甲，
越来越向对手逼近。
他用来砍杀的战斧，
是用鲸鱼的牙齿制成。
他要刺出的矛枪，
就是鲸鱼的肋骨。
他头戴的所谓兜鍪，
就是鲸鱼头骨。
他手持的盾牌，

也是用鲸鱼皮制成。
他用百尺长的蛇皮皮带，
将自己的腰身勒紧。

被他驯服的狮子，
像家犬一样跟随在身旁。
没有了尾巴的大象走来，
笨重的躯体如同山冈。
长颈鹿高昂着头并驾齐驱，
身后尘土滚滚飞扬。
群猴也蜂拥而来，
密密麻麻铺天盖地。
跳鼠咬牙切齿地走来，
众多海狗也爬上陆地，
水牛都冲来打着响鼻。
不知有多少飞禽走兽倾巢出动，
喧嚣着前来助战。
除了别克巴恰之外，
无一人敢于应敌。

仙人都逃往高空，
众朵见势退到后面。
朵和天兵天将，
瞬间向各处逃散。
虽然拥有超凡的魔法，
克孜勒克孜也吓得浑身颤抖。
八条臂膀的巨怪，
耀武扬威地冲到跟前。

神勇强壮的青鬃狼别克巴恰，
祈求着英雄玛纳斯的英灵。
色尔哈克留下的纯钢矛枪，
挥舞在他手中。
他呼唤着“玛纳斯”的名号，
呐喊声响彻天空。

他胯下的玛依托茹神骏，
兔子般紧贴双耳飞奔。
他迎面冲向那头野兽，
身后扬起滚滚烟尘。

过去他的护佑者在暗中保护，
今日他们都纷纷现形。
老虎拖着长长的尾巴，
迈着稳健的步伐前行。
它在别克巴恰前面引路，
显示出自己的威猛。
众多雄狮瞪眼怒视，
翘着尾巴出行，
尾巴结大得像一口大锅，
行走时不停晃动。
披头散发的大熊倾巢出动，
众多雪豹弓着背拖着长尾巴行进。

还有更多精彩的场面，
你看那腰身粗壮的巨蟒，
迅速地匍匐前进。
野马们扬尘而来，
盘羊们纵横驰骋。
雄驼们咆哮而来，
马鹿们欢跳乱蹦，
野公羊尽显雄风。
那神勇的雄鹰，
挥舞翅膀翱翔高空。

忽然大地起火燃烧，
熊熊烈火蔓延开来。
玛纳斯雄狮的库玛依克神犬，
低声吠叫着赶来。
玛纳斯强壮的公驼咆哮着赶来，
灰白色母驼鸣叫着紧跟其后。

这峰神奇的母驼，
当初由英雄色尔哈克找到。
将这位沙漠之王库玛拉，
特意向英雄馈赠。
色尔哈克获得这个驼羔的地方，
从此留下了“凯里塔依拉克[1]”的地名。

[1] 凯里塔依拉克：地名，意为“来吧！驼羔”。

赛麦台依的银色猎隼，
在空中长鸣格外响亮。
突然显现的阿勒普神鸟，
它的巨翅挡住了蓝天上的太阳。
天上的云彩即刻变样，
燃烧着火红的霞光。
就像阳光下闪烁的镜子，
大地顿时映射光芒。

在空中的天兵仙将，
在地上的朵与凡人，
有的见此景喜出望外，
情不自禁欢天喜地。

有的见此景胆战心惊，
心脏差一点跳出喉咙。
朋友见此欣喜若狂，
敌人见此心灰意冷。

阿依阔勒玛纳斯雄伟高大，
骑在阿克库拉马背上如同山冈。
他的脸颊闪烁光芒，
就像夏日雨过天晴呈现艳阳。
他双眼喷射火焰，
好像要把大地烧光。
突然间乌云滚滚，
血染的洪流掀起波浪。

见到阿依阔勒的身影和威严，
敌人对生命感到无限绝望。
阿奇阿勒巴热斯宝刀闪着寒光，
月牙战斧在腰间当当作响。
身带的红色战鼓，
苍蝇落上去都会发出声响。
肩背着阿克凯里铁枪，
在阳光下闪闪发光。
金穗的红色战旗，
连同穗缨迎风飘扬。
黄色的皮制战裤，
宽大的裤脚随风飘荡。
胯下的阿克库拉骏马，
昂首嘶鸣，鸣叫声在云天激荡。

右边是汗王巴卡依，
骑着雪青走马如同行云流水。
他的语言像蜂蜜一样甜蜜，
他的白须闪着银光，
他头顶着黄金王冠，
雄狮陪伴在他身边。
他从来不把往事遗忘，
他能够预料未来的事变。
巴卡依料事如神，
能在危难中转危为安，
在争辩中善于随机应变。
面对骨头粉碎的受伤者，
能用妙药治愈复原。
他在黑暗中能明辨方向，
在舌战中有理有节言语似剑。
他从来不在背后议论他人，
有话讲在当面直言不讳。

九十岁的圣人阔绍依，

走在阿依阔勒玛纳斯的左边，
他骑着大山般强壮的枣红马，
手执麻花儿柄的马鞭。
他即便奔赴沙场杀敌，
手中依然架着凶猛的猎鹰，
身后始终领着敏捷的猎犬。
当年在别依京的激战中，
把猛将奥荣阔杀得人仰马翻。
他的祈祷和祝福，
给乡亲带来富裕和平安。

布达依克汗之子穆孜布尔恰克，
他的长须足有一大抱。
阿依达尔汗之子阔克确，
是与众不同的英豪。
这两位哈萨克汗王，
身穿蓝色防护战袍，
乘骑着雪青神骏，
跟随玛纳斯一起到来。

索然迪克汗之子阿勒曼别特，
在阿依阔勒玛纳斯的右边。
他在淡黄色马背上稳坐如钟，
长长的胡须迎风飘动。
他生性豪爽正色直言，
脸面如同无瑕的白玉干干净净。
金色的流苏，宝石的腰带，
薄薄的嘴唇，火眼金睛。
他是无敌的盖世英雄，
心稳如铅，挥臂如风。
不知畏惧的阿勒曼别特，
犹如巍峨的山峰。
他身披着巴达纳战袍，
和英雄玛纳斯并肩前行。

阿克巴勒塔之子楚瓦克，
紧贴在英雄玛纳斯左边而行。
他身穿额拉皮斯战袍，
他的战马像青色公山羊一般。
在那些喊杀声震天的战斗中，
他冲锋陷阵，无比勇敢。
哪怕是遭遇十万雄兵，
他也单刀直入勇往直前。
他个头高大，肩膀很宽，
敌人无法将他阻拦。
他是一代英雄豪杰，
他的神色像死神一样威严。

在楚瓦克后面又走来一位英雄，
他是加克普的儿子色尔哈克。
他是豹子玛纳斯精干的兄弟，
他是喀拉卡勒帕克人拥戴的强将。
他的矛头始终指向敌人，
从来不会胆怯退让。
他义正词严，锋芒逼人，
从来不害怕死亡。
他头戴金丝的皇冠，
身后八十名随从一同前往。
他催动着铁勒克孜勒骏马，
手握着刻有标志的矛枪。

克尔葛勒恰勒是四十勇士的头领，
他到了四十岁仍风流倜傥，
也能连续作战尽显雄风。
他骑着骏马潇潇洒洒，
乌黑的胡须迎风飘动。
他和阿吉巴依比官一起，
率领四十位勇士向前猛冲。

接着现出英雄赛麦台依的身影，

越来越逼近，越来越分明。
他红光满面，精神抖擞，
胯下布茹勒战马奋蹄向前。

接着猛狮古里斯坦现身，
他的笑声如同妙龄少女。
他催动着羚羊般的灰色骏马，
身后卷起滚滚烟尘，
尘雾弥漫了天空。
他紧锁眉头，冷若冰霜，
胡须飘动锋芒逼人。
他就像当年被赛麦台依派遣，
是巡逻侦察的开路先锋。
他当时刚满十二岁，
今日重现了英雄少年的威风。
众巨怪见到他的英姿，
感到绝望，泪水难禁。

那笼罩的浓雾，
慢慢地消散，
赛依铁克的身影，
也在眼前显现。
他就像当年与萨尔特巴依交锋一样，
勇敢无畏，奋勇向前。

再往他身后眺望，
只见英雄凯耐尼木亮相。
西方的众多巨人，
长着秃鹫尾的克孜勒阿勒普，
那些骏马驮不动的徒步巨人，
苏的儿子苏麦尔干，
著名的射手苏尔麦尔干。
还有骑着灰色斑点马的波荣拜，
秦额什和阿依吐木什，
骑着黑白花马的哈勒别克，

都被英雄凯耐尼木灭亡。
居仁朵在世间活了几千年，
最终在凯耐尼木手中把命丧。
凯耐尼木的英雄形象，
在人间百代不灭、千年传扬。

再往他身后张望，
英雄赛依特现出身影。
他骑着铁勒库荣骏马，
他的小胡子更显雄风。
他曾与喀拉朵较量，
曾摧毁夏达提的陵寝。
他保护了凯尔克提的民众，
他在人迹罕至的红色沙漠纵横驰骋。
他的岳父苏来玛特，
不分黑白，昧了良心，
将他骗入人迹罕至的沙漠，
随后派去众兵围攻。
性情暴烈的卡勒恰，
苏克坦玛和舒克舒尔玛，
阿克拜和沙提凯，
还有喀拉朵的小儿子，
率领五十万雄兵，
铺天盖地向沙漠进攻。
凯耐尼木的儿子赛依特，
单枪匹马战胜敌军。
汗王苏来玛特身败名裂，
赛依特将阿布勒亲自带去，
让他登上王位管理臣民。
让阔克布卡和杰提力拜，
与阿勒特娜依和巧勒潘娜依成婚。
他娶了苏来玛特之女克勒吉凯，
带她到家乡认亲。

这些英雄重现在人们眼前，

克勒比尔阿克的部下吓得目瞪口呆，
赛克色的部下更不省人事瘫倒在地，
那些魔众也个个惊慌失措悲声哀哀。

就在此时此刻，
阿依阔勒玛纳斯威严地冲出人群。
在那些张望者的眼睛里，
他显得如此神奇咄咄逼人。

眉宇冷峻，冷若冰霜，
胡须竖起散发着杀气，
乌黑的双眼喷射着愤怒的火光。
他对内温和，对外强硬，
是非凡的青鬃狼。
他怒目圆睁，
直瞪着那朵的汗王奎当。
奎当无法直立于原地，
直挺挺地栽倒在地上。
从水中跃出了萨根阔尔，
他是那众鱼类之王，
他来把玛纳斯拜访。

八条臂膀的赛克色身边，
助威的飞禽走兽，
一个也未留下全部逃亡。
八条臂膀的赛克色，
被别克巴恰戳中身亡。
别克巴恰把他挑在矛尖上，
闯入敌群横冲直撞。
挥舞着赛克色的八条臂膀，
犹如刀枪杀向敌人的兵将。

当他左冲右突时，
与克勒比尔阿克的首领，
八个头的家伙迎面相遇。

克勒比尔阿克的八头巨怪，
一丝不挂赤身裸体，
身强力壮十分矫健。
战刀砍不进，
矛尖刺不穿，
战斧劈不破，
战锤砸不烂。
这家伙虽然如此，
但他的肌肤却像肺子一样柔软。

他亲眼看见这一切，
更加嚣张疯狂。
摇晃着八个脑袋，
气势汹汹地冲上战场。
当他噼里啪啦地杀过来，
许多兵丁被活活踩踏身亡。
他的眼睛像猫头鹰般闪烁，
世上很难见到这般怪象。

经过几番殊死决战，
双方谁也未能战败对手。
他们后来谈判商定，
轮流出击决一雌雄。
一个站着让对方先出手，
另一个让对手先进攻。
别克巴恰执意坚持，
硬把进攻的机会让给了八头巨怪。

在那宽敞的战场上，
别克巴恰静静地挺立在中央。
那八头巨怪昂着头转身走过去，
又迈着八字步回身。
他高傲地挺着胸，
将毡房般巨大的石头搬动。

你看他力气多么大，
将石头抬过自己的双膝，
然后又丢在了地上：
“我若用这块石头来猛砸，
别克巴恰，你定将丧命。
不信你来抬抬这块石头，
我看看你有多大的力量！”

这时别克巴恰开口答道：
“不要管那个石头，你快快出手，
我的力气到底有多大，
那就看交手之后！”

这时八头巨怪却不肯：
“你若能举起这块石头，
我就让你砸在我的头顶。”

别克巴恰从玛依托茹马背，
豹子般飞身跳到地面。
地上的那块石头滚圆滚圆，
活像工匠打磨过了一样。

他用双手钳住那块石头，
猛地举过自己的头顶。
八头巨怪原地不动，
别克巴恰将巨石砸向他的头顶。
八头巨怪被砸中，
粉身碎骨化为齑粉。

巨怪们目睹着眼下的一切，
见识了人类的大力士。
此前八条胳膊的家伙丧了命，
现在八头巨怪又粉身碎骨，
克勒比尔阿克和赛克色魔众，
便掉头转身逃窜而去。

此时眨巴着双眼，
塔特勒达束手无策。
奎当巨人的心脏，
已经吓出了心窝，
他轰然倒地一命呜呼。
不知所措的塔特勒达，
他的靠山已经倒下。
属下都不肯听从命令上场，
塔特勒达已经走投无路。
毫无办法的塔特勒达，
只好亲自登场。

毫不顾忌自己是单枪匹马，
别克巴恰依然挺立在对面。
塔特勒达也是非凡的巨怪，
他提前向手下留下这样的遗言：
“我就要亲自上阵，
准备与对手浴血交战。
我若能杀死别克巴恰，
我将成为举世无双的大汗，
统辖整个天界与人间。
万一我不幸失手战死，
他定会给你们套上锁链。
你们要顺从别克巴恰，
他说什么你们都要照办。
我从未耳闻目睹过，
人类的英雄如此英勇善战。”
他这般悔恨交集，
便告别巨怪们上阵应战。

他头顶着蓝天气势汹汹，
身边拖着长长的矛枪，
手提着又粗又长的大头棒。
他摇摆着高大的身躯，

沉重的脚步踏得大地摇摇晃晃。

来势凶猛的塔特勒达，
身躯像一座高山。
大头棒头大得像一座山包，
长矛的尖头直插云端。

耀武扬威的塔特勒达，
气势汹汹催马向前。
他径直走到毡房大的巨石跟前，
是这块巨石把八头巨怪砸得稀巴烂。

当塔特勒达用脚猛踢时，
那毡房般大的石头像飞蓬一样，
飞向天外，形影不见。
他这一疯狂的举动，
让垂头丧气的诸多巨怪，
顿时精神焕发满面红光。

“别克巴恰，你来到此地，
杀掉了赛克色的八臂巨人，
杀掉了克勒比尔阿克的八头巨人，
杀掉了所有的强汉勇将。
像你这样的凶神恶煞，
我一直没有机会较量。
传说，你的祖先玛纳斯早已死去，
传话的人是否在撒谎？
我今日见到他们都健在，
还驱马到这里来游荡！”

超群出众的青鬃狼，
这样回答塔特勒达：
“克勒比尔阿克和赛克色，
是你让他们来送死，塔特勒达！
你明知我是无法战胜的英雄，

却让他们来与我搏杀，
你却幸灾乐祸，塔特勒达！
在阿依阔勒的威慑之下，
你爹丧了性命，塔特勒达！
如果你继续和我作对，
你必死无疑，塔特勒达！

“阿依阔勒玛纳斯的英灵，
今日来到这里助威显灵。
八头巨怪与八臂巨怪，
在我手中丧了性命。
你无端地挑起战争，
杀死了多少仙人。
我为襄助他们而来，
惩罚了克勒比尔阿克与赛克色。
你若自不量力不听规劝，
今日就要死在我手中！”

听罢别克巴恰的羞辱，
听说就要被他灭亡，
塔特勒达便挥舞起手中的长矛，
狂吼乱叫怒不可遏：
“别克巴恰，就在今天，
我让你威信扫地身败名裂。
我要像洒水一样，
溅洒你的鲜血。
我要讨还父亲的血债，
将世间所有的人类，
一个不剩斩尽杀绝！”

那猖狂的塔特勒达，
跑得战马都赶不上。
他那长矛矛尖，
闪烁着耀眼寒光。
他朝着别克巴恰冲来，

恨不得一枪让对手马翻人仰。

气急败坏的庞然大物，
狠狠戳来的长矛，
被别克巴恰的战斧阻挡。
被战斧击中的长矛，
顿时从九十处开裂，
折断成八十截已不成样。
惊慌失措的塔特勒达，
着手准备他的大头棒。
当他还未抡起大头棒，
别克巴恰已抡起战斧，
砍断了他的左臂膀。

面对大山般的塔特勒达，
别克巴恰再次发起进攻。
不等塔特勒达睁开眼睛，
不等他将大头棒拿到手中，
猛狮的儿子别克巴恰，
攻击侧身异常迅猛。

别克巴恰抡起战斧，
击断了他的肋骨，
劈伤了他的肩胛骨，
砍碎了他的脊梁骨。
朝着他的手臂和大腿，
不知砍了多少斧。
别克巴恰又举起大头棒，
猛击着塔特勒达的膝盖骨。
膝盖骨也被击裂，
塔特勒达再也无法直立，
陷入绝境束手无策。

他弯下腰来用手撑地，
别克巴恰正好够着他的头部。

别克巴恰策着战马抡起战斧，
狠狠向塔特勒达的头上砍去。
就在这刹那之间，
别克巴恰又绕过来朝着塔特勒达的后脑勺，
猛击了三十多斧。

巨怪两眼昏花，
脸上顿时失去血色，
撅着屁股倒下去。

这个阔依卡普群朵的首领，
塔特勒达就这样结束了他罪恶的一生。
当他倒地后再来一瞅，
他的体长足有六十阿尔申。

当塔特勒达倒地之时，
当死神夺去他的性命之后，
阔依卡普的朵们，
群龙无首四处逃遁。

仙女努尔法努与别克巴恰短暂的美好姻缘

众多仙人从天而降，
就像天上洒落的雨点，
降落在广阔的原野。
将金灿灿的黄金，
分发给孤苦伶仃的人，
作为别克巴恰的施舍。
穷困的仙民有了钱，
从此过上富裕的生活。

雄狮之子别克巴恰，
播撒给仙民们幸福之光。
仙民之王努尔扎特，
专程前来拜访。

努尔扎特还亲自带来了，
阿德木[1]长条丝巾。
为了表示感激和尊敬，
亲手围在别克巴恰的脖颈。
他们将别克巴恰前后簇拥，
迎接到努尔扎特夏[2]的都城。
举行盛宴热情款待，
别克巴恰成为受尊重的贵宾。

此刻努尔法努出现，
来到别克巴恰身边。
英雄别克巴恰举目注视，
仔细端详努尔法努的容颜。
只见她的脸庞明显消瘦，
神色憔悴目光暗淡。

[1] 阿德木：昂贵的丝织品。

[2] 夏：帕夏为汗王，在人名之后加个夏，即汗王之尊称。

别克巴恰向努尔法努问道：
“在那相识的最初时刻，
我在傍晚见到了你，
你那时的容颜，
见到的人无不惊奇。
你今日却面色苍白，
你如何落到这般境地。
无论你遭遇了什么快讲实话，
快道出你内心的想法和苦楚。

“当我离开后，努尔法努，
无人能分担你的愁苦。
如果害怕被作为战利品，
哪怕有一点担心也要倾诉。
那天上的太阳，
谁用衣摆也无法遮挡。”

当别克巴恰把话讲到这里，
不知如何向别克巴恰表白，
努尔法努落到两难的境地。
豆大的泪珠从眼睛里流出，
努尔法努沉默不语。
别克巴恰思忖片刻，
又继续了前面的话题：
“努尔扎特夏的掌上明珠，
你是光彩照人的仙女。
无论有何种难处，
切莫隐瞒尽管告诉我。
我可是凡人之子，
没有多少时间等你。
你说从热比米斯肯到阔依卡普，
有着多远的行程和距离？

“努尔扎特夏的女儿，

是你从那浴血奋战的沙场，
把我带到了这里。
不知我的乡亲眼下如何，
敌人却诡计多端深不可测。
面对强势的卡勒德克恶棍，
一般人不能与他匹敌。

“努尔扎特夏的女儿，
我今日必须离开这里，
不要隐瞒快快说出你的秘密。”

当别克巴恰说到这里时，
努尔法努已毫无办法，
再也不能不开口相告：
“您让我来道出心里话，
我再也不隐藏心中的秘密。
我受不了塔特勒达的骚扰，
被迫走遍了热比米斯肯和阔依卡普，
我周游了整个世界。
遇上了人间的克孜勒克孜，
倾诉了内心的困惑和秘密。
她领着我请求阿依曲莱克指点，
我才有幸见到了您。
在仙民们正处于危险之时，
是您拯救他们摆脱了死亡。

“克勒比尔阿克和赛克色之民，
是被塔特勒达强迫来犯。
在大难临头之时，
雄狮阿依阔勒玛纳斯，
他率领所有的神灵，
来到这里显灵助战。

“那鱼中之王萨根阔尔，
顺从地向玛纳斯鞠躬请安。

惧怕阿依阔勒的威严，
巨人奎当当场吓破了胆。
克勒比尔阿克和赛克色人，
各自返回故土家园。
自高自大的塔特勒达，
在您手中完蛋。

“我对您非常满意，
今日向您倾诉隐藏心中的夙愿。
我的心就像熔化的铅水一样沉重，
就怕您不辞而别，
我夜里无法入眠。

“我为您神魂颠倒，精神恍惚，
我消瘦得脖颈儿变成了细棍。
我的脸儿变成黄铜色，
失去了往日的红润。
我毫不隐瞒地道出实话，
没有一点虚假成分。”

自从见到努尔法努的那一天，
别克巴恰对她也是一见钟情。
只要见到她便浑身热血沸腾，
见不到她时就心灰意冷。
听罢努尔法努的一席话，
得知了她面黄肌瘦的原因，
便手儿挨着了她的手，
身体与身体贴近。

水鸭呱呱飞着从水面腾飞，
水鸟叽叽喳喳地啼鸣。
从那雪山流下的溪流，
激起水花欢快奔腾。
鱼儿欢腾跃出水面，
飞禽迎风飞翔在天空。

虽是秋叶枯黄的季节，
大地却顿时变得郁郁葱葱。
枯黄的树木重新吐芽，
呈现一片悦目的绿荫。

夜空中繁星闪烁，
大地充满喜悦气氛。
少男少女笑声朗朗，
卧床在家的老汉老太婆，
浑身酥软格外舒心。

天空无云晴空万里，
昼夜都一样的清明，
是黑夜，还是白天，
谁也无法分清。

不久迎来清晨，
努尔法努开始忙碌，
阿甫塔巴壶提在手中。
当洗漱之后，
别克巴恰备好途中用品就要启程。
仙人们将他托举，
朝着坎阔勒塔拉斯飞行。

努尔法努与别克巴恰结婚，
在塔拉斯生活了一年。
她想回娘家探视父亲，
还有那用纯洁的乳汁养育她的母亲，
想看看他们是否平安。
为了得到别克巴恰的许可，
努尔法努来到别克巴恰跟前。
别克巴恰舍不得爱妻离开，
不让她回娘家的话却难吐出口，
只好说不要久留快点回来，
答应她去探望双亲。

努尔法努征得丈夫的同意，
便跃身腾空飞上了蓝天。

出生于尘世的凡人，
会遭遇各种难预的事情。
这反复无常愚弄人的世界，
凡夫俗子，切莫相信！

努尔法努在天空飞翔，
夜以继日，日夜兼程。
在第二天的傍晚，
到达阔依卡普，十分激动。
父亲把她的手儿牵起，
母亲双眼热泪盈眶，
把她紧紧抱在怀中。

父母亲关心女婿的情况，
反复询问别克巴恰是否平安？
那里有阿依阔勒的陵墓，
他们问孩子是否在墓前祭奠？
那里凡人的生活习俗不同，
他们问孩子是否习惯？
那里有高贵的阿依曲莱克，
还有女中豪杰库娅勒，
他们问孩子是否与她们相见？

努尔法努滔滔不绝，
详细讲述了所闻所见。
努尔法努在娘家，
住了整整四十天。
她打算返回，
前来向父母告别请安。

母亲闻讯便落了泪，
开始千叮咛万嘱咐：

“你娘我年迈到此时，
竟然有了身孕，努尔法努！
别克巴恰的到来，
成了我的福，努尔法努！
那九个月的孕期，
已快满，努尔法努！
你娘分娩的时间，
已经临近，努尔法努！

“请你再留住四十天吧，
我如果平安分娩，
是男是女，你亲眼见一见。
如果生的是男孩，
将来可以戴你父亲的王冠，
你也可以放心回返。
如果生的是女孩，
作为妹妹可以和你相伴。

“等我顺利分娩，
你就安安心心踏上返程。
把这里的情况和我的问候，
带给塔拉斯的乡亲。

“别克巴恰也是我们的孩子，
只要他在故乡平安健康，
我们就会放心。
他为何不同你一道来，
他在塔拉斯除你之外，
是否还有别的女人？”

当她母亲这样说时，
努尔法努如此倾吐了衷肠：
“亲爱的父亲母亲，
别克巴恰没有忘记你们，
他每天都把二老怀念。

他在那里除了我之外，
没有娶过别的姑娘。
除了我没有其他妻妾，
也只有你们这个丈人和丈母娘。
可是我好像不能生育，
还没有任何的迹象。

“母亲啊，如果您有孕在身，
那我就等您顺利分娩。
不论您生男还是生女，
我要眼见后再启程返回。

“您如果生的是男孩，
父亲就会后继有人。
您如果生个胜过我的女儿，
她定会看上一个心上人，
于是会找到一个婆家，
我们的父业就难继承。”
努尔法努说完心里话，
答应留下陪伴母亲。

当日子又过了二十天，
她的母亲顺利地分娩。
努尔扎特夏所娶的女人，
生育了一个眼珠般珍贵的男孩。
努尔扎特夏有了儿子，
仙民们更是喜笑颜开。

努尔法努亲眼看见新生的弟弟，
心情欢畅充满喜悦。
心想自己不能再久留，
惦念起辽阔的塔拉斯，
挂念起柯尔克孜阿拉什。

阔依卡普与塔拉斯之间，

相距路途特别遥远。
她临行前向父母亲辞别，
留下对父母的美好祝愿。
她向仙民们告别辞行，
率领仙兵一万名，
飞向塔拉斯的家园。
心想着柯尔克孜阿拉什，
到达的时间就在明天。

努尔法努在高空中飞翔着，
有一条清澈的河流映入她眼帘。
她让随行的仙兵们，
降落在那条河流的岸边。
她决定在河里来洗涤梳理，
在河岸进食用餐。

听罢努尔法努的指令，
仙兵们纷纷降落。
他们在飞行时汗流浃背，
跳入河水洗去了汗污。

仙兵们打闹玩耍远去，
努尔法努独自留在帐里。
她要等仙兵们回来，
自己再去河里洗涤。
便躺在帐中休息，
不由自主进入梦乡。

塔特勒达一心想娶努尔法努，
最终却在别克巴恰手中丧命。
塔特勒达有一个女儿，
他生前让她与魔鬼成了婚。
塔特勒达丧命之后，
女儿决心为父亲报仇雪恨。
她领着魔鬼丈夫，

不管春夏秋冬，
一直在跟踪努尔法努的行踪。
努尔法努背后有仇人，
一心想夺取她的性命。

努尔法努独自一人，
在帐篷里酣然入梦。
塔特勒达的女儿，
领着魔鬼丈夫偷偷溜进了帐篷。
他们将酣睡的努尔法努，
一刀砍断了脖颈。
神不知鬼不觉地，
向阔依卡普逃遁。

仙兵们沿着河流戏耍，
不久回来进了帐篷。
不见努尔法努的首级，
只见她躺着的身躯。
大家顿时乱成一团不知所措，
慌张的情绪许久才稳定下来。
只好抬着努尔法努的尸体，
朝着努尔扎特夏的都城飞行。

他们不惜力气急速飞行，
想尽快抵达都城，
将发生的不幸事件，
仙兵们如实禀报。
努尔扎特夏听到这一切，
选派五名飞行快速的仙兵，
尽快向塔拉斯送信。
令他们去告诉别克巴恰，
送完信立刻返回都城。

仙兵们扶摇直上，
上升到天空的极点。

从头顶垂直降落，
来到别克巴恰面前，
传达消息，详尽周全。

当提起努尔法努的名字，
当听到她的不幸遭遇，
晴天霹雳乌云笼罩，
空气凝固大地沉闷，
塔拉斯被乌烟浓雾死死缠绕。

别克巴恰顿时目瞪口呆，
直愣愣地望着仙兵们。
凝视的双目眨都不眨一下，
全身像染了伤寒哆嗦不停。

别克巴恰的眼前，
好像在翻江倒海，天旋地转。
他的手脚无法控制，
一直不停地颤抖。
一直睁眼怒视目不转睛，
三天三夜没有合眼。

努尔扎特的五名仙兵，
一直直挺挺地站立着，
忍受着脚板的剧烈疼痛。
在第三天的正午，
别克巴恰缓过神向他们提问：
“你们从何而来，
有什么事赶快吱声。”
重复的还是那些话，
讲的还是那些事情。

仙兵们又解释道：
“我们来到塔拉斯，
经受了三个昼夜的煎熬。

我们将努尔法努的噩耗，
前来向英雄您禀报。
派我们来的是努尔扎特夏，
您却没回我们一句话。
在家里的天兵仙将们，
焦急地期待着这里的消息，
您不回话无法下葬入土，
他们正守候着努尔法努的遗体。”

听罢仙兵们的话语，
别克巴恰悲痛欲绝。
他不停地环顾着两旁，
盯着努尔法努坐过的地方，
又一次昏厥过去。

过去煮熟羊肉的工夫，
他才苏醒站起身来：
“即使我从这里赶过去，
也无法使努尔法努复活。
请你们不要耽搁赶快回去，
就地安葬努尔法努。

“去告诉我的岳母大人，
把努尔法努的内衫送给我。
去告诉我的岳父大人，
要节哀不要哭泣，
切莫惊扰努尔法努，
请让她入土安息。

“塔特勒达的一个女儿，
嫁给了一个恶魔，
努尔法努曾经谈起过。
我思量着前因后果，
可能是她谋害了努尔法努。

“我将派克孜勒克孜前去，
非把魔鬼给我找到不可。
我若活捉她的魔鬼丈夫，
定能把她一起抓获。
如果他们落到我手中，
我一定交给岳父发落。”

别克巴恰派人到宝库，
取来珍贵的白纱五匹。
作为努尔法努的裹尸布，
让他们务必带走，不要忘记：
“这些白纱布，
是我智慧的祖母卡妮凯亲手纺织。
被保存到如今，
是特意留给努尔法努的。
在数日之前，
我进到宝库里，
发现一些白纱，
从货架上滑下来散落一地。
我想上前去收起，
只见上面写着努尔法努的名字。

“我心想，这世事会怎样变化，
我牵挂，她何时平安回家。
写着努尔法努名字的白纱散落，
一直让我心神不安担惊受怕。
我今日才算明白其意，
那是上苍把不祥预兆传达。

“失去唯一的心肝宝贝女儿，
对我的岳父母是空前的灾难。
努尔法努死去就像黑夜降临，
我幸福的日子一下变得悲惨！”

听完别克巴恰的话语，

仙兵们报告好消息，
说他岳母生了一个男孩，
向别克巴恰索要喜礼。
仙兵们先报忧后报喜，
给悲痛的心情带来一些慰藉。

取下腰间的银色宝剑，
别克巴恰交给使者：
“这是我送给婴儿的礼物，
请你们带回去转达我的祝愿。
千万不要忘记，
给我送来努尔法努的内衫。
让我拥有她的内衫，
我对她永远怀念。
不论白天黑夜都不离身，
我要贴身穿在最里面。”
说完让仙兵们上了路，
仙兵们立刻飞向蓝天。

仙兵们急速飞行，
风尘仆仆地来到努尔扎特跟前。
努尔扎特夏不知会有什么变故，
心神不宁，忐忑不安。
估计别克巴恰要接回努尔法努，
命人做好了装殓遗体的金棺。

仙兵们向努尔扎特夏复命，
转交了别克巴恰赠送的宝剑。
说到别克巴恰听到噩耗，
昏迷了整整三天；
说到他盯着努尔法努的空座，
发呆了有煮熟一顿羊肉的时间；
说到白纱的来历，
从标记预料努尔法努遇险；
说到他索要努尔法努的内衫，

他要昼夜不离贴身而穿；
说到别克巴恰要寻找那个魔鬼，
如实转达了他的诺言。

努尔扎特夏下达了命令：
“别克巴恰的话一定要照办。”
他让仙兵们再跑一趟，
专程给别克巴恰送去内衫。
仙兵们不辞辛苦，
完成任务很快回返。

别克巴恰把克孜勒克孜，
召到自己的身边，
要她一起把血债讨还。
如果能找到那仇敌，
就用他的血来把宝刀浸染。

听完他的话克孜勒克孜说道：
“这事一点儿都不难办，
您等着，就在明天的正午，
我将他带到您面前。”

约木尔江的克孜勒克孜，
在那十二道城墙的宫里，
按照自己的设计把毡房支起。
她挑选了七位见多识广的巫师，
从天窗竖起了七色彩旗。

“七位巫师快进屋，
快给我高呼呐喊！
快给我召唤妖魔鬼怪，
将那魔头吉勒孜，
快给我立刻唤来！”
克孜勒克孜瞪大眼睛发号施令，
要求巫师们立刻行动起来。

召唤魔头吉勒孜的差事，
让巫师们感到为难：
“我们不敢将他召唤。
吉勒孜身体那么庞大，
如果他来到这里，
哪里有容纳他的房间？”

“你们如果不能征服吉勒孜，
就将自己能征服的魔鬼，
快给我召唤到这里。”
克孜勒克孜对巫师做出了让步。

七位巫师齐声召唤，
呼唤着妖魔鬼怪的名字。
把他们的信使遣往四处，
让他们广泛散布消息。

巫师将坎土曼[1]放进火焰里，
赤手按摩烧红的铁板，
展示了奇特的法术。

[1] 坎土曼：用于锄地、挖土等的农具，用铁制成。

妖魔鬼怪的七个部落，
一个未剩全部到齐。
妖魔鬼怪相聚在一起，
为这奇妙的法术惊叹称誉。

一个魔鬼重新飞回，
来向魔王吉勒孜报告。
他绘声绘色地描述了，
那让人惊讶的绝招。
听罢那游戏的奇妙，
吉勒孜便领着自己的老婆，
要去亲眼看看。

不久吉勒孜赶到游戏场，
遍地的妖魔鬼怪跪地叩拜。
克孜勒克孜深知，
如何制服朵和妖魔鬼怪的办法。
吉勒孜同老婆自投罗网，
被精明的克孜勒克孜抓起来。

到了第二天的中午，
把他们带到别克巴恰面前。
正遇到努尔扎特派遣的仙兵，
前来与别克巴恰会见。
塔特勒达之女津斯拉，
和她的丈夫吉勒孜，
被押往了努尔扎特跟前。

面对津斯拉与吉勒孜，
努尔扎特要了他们的性命。
为讨还努尔法努的血债，
努尔扎特把他俩的血液放尽。

努尔法努遇难去世，
思念着自己爱妻的别克巴恰，
内心燃烧着烈焰。

让我们暂且放下这一段，
从卡勒德克卷土重来，
侵犯柯尔克孜部开始唱起。

卡勒德克

卷土重来

卡勒德克投靠康阿依部并进犯羌白山柯尔克孜

行走一年半的路途，
战马瘦成了小马驹，
虱子肥成了牛犊，
卡勒德克赶到了康阿依，
无精打采失魂落魄。

阔克吐卡特的头目，
叶兰克尔的后代，
有位叫库尔琼的家伙。
他现在是康阿依的汗王，
卡勒德克前来向他诉苦。
向库尔琼哭诉求助，
他得到舒适的住所。

有一天一个人来到这里，
向库尔琼汗王禀报：
“在羌白山居住在海岸的部族中，
疯狂地涌来很多兵丁。
他们沿着阿穆尔河边探察，
将大英干的百姓，
全部洗劫一空。

“我不敢合眼打盹，
更不敢躺下停顿，
日夜兼程马不停蹄，
来到您面前，库尔琼汗，
向您禀报敌情。”

得到消息的库尔琼汗，

把无数兵马召唤。
“不用说也不用猜，
我知道是黑胡子贾纳依来犯。
他居住在羌白山，
历来没有失去过自己的尊严。
黑胡子贾纳依，
这次来怀着什么样的欲念？”
库尔琼汗心里这样想着，
派人把卡勒德克叫到跟前。

库尔琼汗这样对他讲：
“生活在羌白山的群山间，
开垦土地在那里的大海边，
长相与常人不一样，
他们的后代繁衍不断。
黑胡子的贾纳依汗，
涉足阿穆尔的两岸。
劫掠了大英干的百姓，
有人来把这消息传递。

“谁要是来破坏我的边疆，
随意抢劫我的边民，
我宁死也要抗击来犯之敌。
我已做好出征的准备，
备齐了所有军需。

“卡勒德克汗啊，
你从别克巴恰柯尔克孜手中，
千辛万苦地逃到了这里。
凯尔灭和贾纳依汗，
五年前来过这里。
他们都是力量超群的英雄，
他们都具有非凡的毅力。

“今天却在我的边界挑起事端，

我若不砍下贾纳依的头颅，
我不配当库尔琼汗！”

当库尔琼汗这样愤慨时，
卡勒德克把话茬接上：
“如果这样，汗王库尔琼，
让我也一道前往。
对黑胡子贾纳依，
让我去与他较量较量。
如果别克巴恰是他背靠的大树，
让我把他们一起砍光。”

库尔琼汗让他留下，
卡勒德克不肯，情绪激昂。
库尔琼率兵上了路，
卡勒德克紧紧跟上。
他们一路急行马不停蹄，
长途跋涉来到羌白山上。

那劫掠的是什么人，
那被掠的又是什么地方，
让我在此一道讲一讲，
然后再跟踪库尔琼，
讲述他的行进情况。

在羌白山的东面，
原来是游牧的部落。
在海边居住繁衍的，
从前在此生活的人们，
称他们是逃来的柯尔克孜。

柯尔克孜人很早以前，
居住在阿尔泰、康阿依的群山。
后来卡勒玛克人大举进犯，
柯尔克孜遭受空前劫难。

卡勒玛克人把柯尔克孜人，
从阿尔泰和康阿依驱赶，
侵占他们的领地，
将他们驱赶到阿拉套山。

听说黑胡子贾纳依，
此时是一方部落的汗王，
在羌白山失利的贾纳依，
掉头逃到大海边躲藏，
从此在这里扎下了毡房。

在英干的卡勒玛克人，
得知柯尔克孜逃往到这一带，
便精选出一百三十名勇将，
为了抢劫狂奔而来。

那里有六百户人家，
人口近两千，
贾纳依是他们的汗王。
前去的一百三十位精兵强将，
突然进行十分疯狂的袭击，
给毫无防备的柯尔克孜，
带来不测的祸殃。
他们像践踏皮制的褥垫一样，
糟蹋已成年的姑娘。

白发苍苍的老太婆，
被他们拖来拖去。
那中年的妇女们，
被他们随心所欲摆布。
所有青壮年男子，
都沦为他们的奴隶。
将一百来户柯尔克孜人家，
洗劫一空扬长而去。

在此开荒种田的贾纳依，
深受百姓拥护。
得知了这惊人的坏消息，
贾纳依汗气愤不已。

他率领一百五十人马，
从羌白山出发，
长驱直入英干山区。
所到之处尽显勇猛，
夺回了被劫掠的牲畜。

英干的卡勒玛克集聚起来，
第二次前来进行报复。
卡勒玛克人猖狂进攻，
贾纳依在半路进行阻击。
英雄的人们浴血奋战，
让敌人血流如注。

黑胡子汗王贾纳依，
是位身强力壮的男子汉，
更是位意志顽强的强汉。
他将那次侵袭的卡勒玛克人，
打得丢盔弃甲狼狈逃窜。

英干的卡勒玛克人商议后，
向阔克吐卡特的库尔琼通报。
派出了信使，
说他们遭受了贾纳依的侵扰。

不分是非曲直，不分青红皂白，
根本不问事情的来龙去脉，
库尔琼汗独断专横，
率领大军来到羌白山。

黑胡子贾纳依汗，
也得到了这个消息。
他做好了准备，上前迎接，
对库尔琼表示善意。
贾纳依把事情的来龙去脉，
一五一十地向库尔琼解释。
率领大军的库尔琼汗，
听完有些不好意思。

此刻芒格特人卡勒德克开了口：
“别难为情，库尔琼汗王，
这帮柯尔克孜人占据了好地方。
瞧，天儿晴朗，水儿清澈，
他们沿着这样的山麓游牧，
他们个个能言善辩巧舌如簧。

“如果贾纳依说的是真话，
他为什么不来与你筹谋？
他不该自作主张，
对无辜的卡勒玛克人大打出手。
他不该骚扰边民抢劫牲畜，
他不该以讨还血债为名，
滥杀无辜制造血仇。

“库尔琼汗，他今天见到你，
编造谎言把你欺骗。
如果再过上两年，
别克巴恰将从另一方进犯，
贾纳依会从这一方开战。
让你揣摩不透的柯尔克孜人，
会把卡勒玛克人夹击在中间。
这些逃窜而来的柯尔克孜人，
穿梭在羌白山中，
躲藏在深山密林间。
如果你难为情，放任了他们，

他们会趁机从邻邦搬来援兵，
然后定要向你开战。

“他会从阿热勒得到人马，
他会从佳蕃搬来武士，
他会从各处寻求到援助，
然后会从你的边界杀入，
难道不会闹你个天翻地覆？

“还不如将这些逃窜的柯尔克孜，
让我们洗劫一空彻底驱散。
把贾纳依装进口袋里，
带回阔克吐卡特严惩。”

芒格特人卡勒德克极力教唆，
不给库尔琼任何考虑的机会。
对黑胡子贾纳依汗诉说的事实，
蛮横否认不加理会。

贾纳依也不会轻易低头，
伸出脖子任人宰割。
他被迫走向血腥的沙场，
已到了激烈交锋的时刻。

双方顿时纵马横枪交起手来，
自称强汉的勇将，
上阵决战的莽汉，
被贾纳依杀死了五位。
无法忍耐的汗王库尔琼，
准备亲自上阵。

“库尔琼若被贾纳依杀死，
我将成为卡勒玛克汗王，
我定能登上汗王的宝座。”
卡勒德克站在一边暗自思量。

在那血腥的激战中，
在那噼噼啪啪的厮杀中，
贾纳依的确杀死了库尔琼。

柯尔克孜与卡勒玛克对阵，
汗王卡勒德克不急于上场，
他心中有自己的打算，
召集各路首领协商：
“这称雄逞能的贾纳依，
我有能力立刻把他灭亡！
回到阔克吐卡特以前，
你们要推举我为汗王。”
卡勒德克得到承诺，
亲自上场展开单独较量。

贾纳依面对卡勒德克心想：
“我已经杀死了库尔琼等十员大将，
我也让你落此下场。”
他俩僵持了整整两天，
贾纳依竭尽全部力量。
贾纳依已经看出，
同卡勒德克单打独拼，
自己没有取胜的希望。
这时贾纳依心中盘算：
“让我想办法寻得对策，
趁其不备逃往南方。”
他便向卡勒德克提出休战，
回到了自己的营帐。

贾纳依召集智慧的人们，
提出自己的建议：
“如同人们议论的一样，
卡勒德克力大无比。
他犹如蜘蛛王和毒蝎，

比毒蛇还要恶毒。

“如果你们觉得合适，
就留下一少部分人马，
其余人立刻撤离回家。
把家眷钱财和牲畜，
全都带上尽快出发。
朝着那东南方向，
立刻上路逃亡。

“让我留下对付卡勒德克，
想办法巧妙周旋拼打。
两天之后将摆脱他，
我会尽快追上你们；
万一死神降临，
那我只好与你们永别了。”

贾纳依挑选十五位勇士，
留在了自己身边。
其余人马趁夜幕降临，
悄悄地撤离回返。

贾纳依与卡勒德克又上战场，
两人施展力量与神勇，
针锋相对地展开交锋。
卡勒德克越战越猛，
贾纳依已难以支撑，
勉强坚持到第二天黄昏，
趁着夜色慌张逃遁。

听说在黄海岸边，
有一群叫作贾尼旦的人群。
柯尔克孜人据此推断，
他们可能是贾纳依的遗民。

卡勒德克入侵罗布泊
四英雄奋起抗击

卡勒德克从柯尔克孜逃跑后，
来到卡勒玛克人中篡权成了汗王。
他登上了库尔琼的汗王宝座，
享受荣华富贵占据一方。
卡勒德克返回阔克吐卡特城，
为所欲为，称霸称王。

他召集那些达官贵人们，
让那些人多势众的顺从者，
官位提升扩大势力。
他把那些不顺眼的反抗者，
想尽办法使他们销声匿迹。

这黑心肠的家伙玩弄权术，
把卡勒玛克人变成自己的臣民。
他一心想率领卡勒玛克人，
去进攻柯尔克孜报仇雪恨。
“我要从边界一步步行动，
把柯尔克孜人斩尽杀绝。
卡木布勒和土尔番，
我要从中间穿行。
不动矛枪也不流血，
我曾经走过那里，
这次先把罗布泊洗劫一空。

“柯尔克孜集结一起就力大无穷，
我要将他们分割成块，
一个个分头征服。
对汗王凯特尔开、加噶勒玛依，

卡尔德噶奇与恰克玛克塔什，
我要让他们一一灭亡。
阿热勒、阿斯克和喀什噶尔，
安集延、塔什干和玛尔尕朗，
我要掠光这些地方。
对纳曼干与撒马尔罕人，
我要把苦难降临在他们头上。

“对阿特巴什的巴克特拜，
我要悄悄占领他的地盘。
他可是嗜血的家伙，
我要让他睁大眼睛见识一番。

“当我踏平这些地方，
把他们统统消灭干净，
别克巴恰落得孤立无援，
看他如何从我手中逃生！”

卡勒德克躺在千里外的康阿依，
妄想着征服柯尔克孜人。
他率领六万大军，
浩浩荡荡倾巢出征。

时而翻山涉水，时而穿越戈壁，
时而过草地，时而走沙漠，
他们飞扬跋扈一路飞奔。

他们进入罗布泊之后更加疯狂，
不管正面相遇到何人，
当即用马刀杀掉。
只要是自称柯尔克孜人，
他们的房屋统统被烧毁。
他们一路烧杀掠抢，
摧毁一切。

当他们来到湖泊岸边时，
这消息也传到了部落首领那里。
驻守罗布泊的吐如木塔依，
立刻差人向四处通风报信。
于阗、且尔千和策勒，
这些地方都得到音讯。

在罗布泊的诺依古特人，
从高山从平原来汇聚。
在每日的激战中都有流血牺牲，
已无力抵抗卡勒德克疯狂的攻击。

快要到全军覆没的时候，
汗王凯特尔开、卡尔德噶奇，
力量超群的恰克玛克塔什，
驻守在尼雅的加噶勒玛依，
全都闻讯赶来助战。

由汗王凯特尔开率领，
艾西泰克、诺依古特和克普恰克，
这些部落来了五万援军。
当汗王凯特尔开赶到时，
卡勒德克便竖起了战旗。
康阿依与柯尔克孜两军，
相对而立严阵以待，
战争的危险威胁着生命。
别克巴恰无音无信，
塔拉斯人毫不知情，
根本不知道这里发生的事情。

康阿依来的人马中，
尾随卡勒德克的有一员大将，
他早有了吸血鬼名气，
他一旦暴怒势不可挡。
他曾杀戮四万人马，

他的名字叫撒康。
他身披着巴达纳战袍，
铁制的兜鍪戴在头上。
阔涅克[1]大的精美宝石，
缀戴在头盔的顶端。
又是汗王，又是强汉，
他的所有标记一目了然。

生铁铸成的盾牌，
反扣在后背上。
胸前扎着护心镜，
膝盖上扣着护膝套。
用铁打造的卡勒德尔罕[2]，
披挂在马镫上。

弓箭斜挎在肩头，
战刀插在刀鞘里，
月牙战斧挂在腰间。
他手中握着长矛，
铁头大锤别在胯下，
高竖的战旗呼啦啦地迎风招展。

他口中祈求着上苍保佑，
醉汉般冲动发疯，
疯狗般狂吼乱叫。
他怒吼着："快上来，和我对阵！
柯尔克孜人都是混蛋，
我不会放过你们任何一个，
让我来把你们全部消灭干净！"
他这样狂妄叫嚣着，
吼声如同电闪雷鸣。

他气势汹汹冲上战场，
向柯尔克孜人疯狂挑战。
卡尔德噶奇无法再忍耐，

❶ 阔涅克：盛饮料的小皮桶。

❷ 卡勒德尔罕：铃铛。

向高贵的凯特尔开汗王请战。

卡尔德噶奇策马上阵，
与撒康激战。

长矛与长矛相击，
打完一个回合各自撤回，
又拨转马头发起攻击。

两个勇士顽强交手，
两人越打越发愤怒。
他们是一对宿敌，
彼此间仇恨无比。

噼里啪啦地砍杀，
催动战马互相追击，
从鞘中抽出战刀，
怒吼着互相砍劈。

砍在头盔上的战斧，
传出叮叮当当的声响。
矛尖刺中护心镜，
传来丁零当啷的声响。
那无数层面的盾牌，
被铁锤击得哐哐作响。
胯下的战马像火焰燃烧，
挣脱缰绳向前冲撞。

他们在马背上展开厮杀，
他们又徒步来相互扭打。
两位英雄越战越勇，
各显身手令人惊讶。
长时间在马上角力，
两人都无法战胜对手，
争斗得马疲人乏。

两人互相观察着对方，
眼睛眨也不眨一下。
心想，如何拼杀才能战胜对手，
在心中盘算着各种打法。

他们高挂起各自的战旗，
又开始了新一轮较量。
康阿依的勇士撒康，
直冲向卡尔德噶奇，
朝他的侧肋猛击一枪。
这一枪刺得相当精准，
卡尔德噶奇的肋骨鲜血流淌。

身挨撒康的矛枪，
卡尔德噶奇恼羞成怒。
“我宁愿战死，
非刺他下马不可！”
心想着，他将矛枪挥舞，
高呼着“玛纳斯”的名号，
直冲撒康而来。

听到玛纳斯的名字，
撒康忽然失去了神志。
对卡尔德噶奇刺来的矛枪，
没有了阻挡的力气。

卡尔德噶奇英雄已冲上前，
乘势朝对手侧肋猛刺而去。
卡普卡山般巨大的撒康，
一下从马背上滚落。

未等他撑着地直起身体，
战斧“哐”的一声又击中他的后脑勺，
撒康当即毙命。

卡勒德克卷土重来

其身后的康阿依人，
说是要讨还撒康的血债，
一个接着一个不断有人上战场。

不让刺来的矛枪刺中，
不让砍来的战斧砍中，
挥舞矛枪横扫着对手，
抡起战斧砍向他们的头顶，
让他们脑浆飞溅，
让康阿依人心急如焚。
卡尔德噶奇把他们一一刺翻，
连同撒康共计是十一个人。

就像是被猫咬死的老鼠，
成排的尸体横卧在地上。
卡勒德克突然眼前发黑，
好像浓雾笼罩，一片迷茫。
他命人敲起撤军的铜锣，
让自己的人马退回营帐。

所有首领和将领，
都聚集在卡勒德克身旁。
卡勒德克额头高眼窝深，
他扫视部下，这样开言：
“在这里就座的各位，
你们都是头人，统治一方。
在这个卡尔德噶奇的手中，
已有十一位勇士把命丧。
下一步将如何应对？
请诸位好好想一想！

“快去从军中打听挑选这样一些人，
托勒戈奇[1]、达勒奇[2]和算命先生，
呼风唤雨的神人。
还有能遮蔽天上的太阳，

[1] 托勒戈奇：柯尔克孜人称用四十颗石子卜卦推断祸福的人为“托勒戈奇”。

[2] 达勒奇：“达勒”为肩胛骨，柯尔克孜人称通过观察羊肩胛骨的象征推断吉凶、预示未来的人为“达勒奇”。

让浓云笼罩大地的魔法师。
那些在夜里能隐身不被发现，
能深入敌营侦探的能人。
趁对方头人熟睡时，
能悄悄地砍下他头颅的人。
那些在黑夜不迷失方向能探清行踪的人，
那些能辨认十天前任何足迹的能人。
那些能言善辩，能说会道的人，
那些精通多种语言的能人。

“在明日傍晚之前，
把他们带到我面前。
我有对付柯尔克孜的妙计，
你们到时候会看见。

“明天一早上阵交战时，
不要单枪匹马上去，
你们大家都给我听清，
现在就去着手找能人。”

听完汗王备战的指令，
头人开始挑选各种能人。
挑选一个能顶一千的大力士，
挑选胳膊粗壮力大无比的巨人。
在那些浑身披着青色战甲，
胯下骑着神勇骏马，
面对强者从不知退缩的人中；
在那些手中横握着长矛，
头上扣着坚实的铁盔，
意志坚强面色铁青的人中；
在那些手提月牙战斧，
从不放过所砍对手的人中；
在那些腰间连鞘佩带宝剑，
不曾失手放走对手的人中；
在那些独自能驱赶千军万马，

面对众多强手从不畏惧的人中；
在那些甩开臂膀抡起战锤，
迎头痛击对手，
让对手胆战心惊的人中，
挑来挑去选中了十四人。
把首选的这十四位能人，
带来让卡勒德克选用。

就在忙碌中天色已亮，
他们开始上马出征。
被视为其中第一的能人，
从康阿依队伍中出阵。
按照古老的规矩，
保持着英雄们留下的传统，
柯尔克孜的卡尔德噶奇与他对阵。

康阿依的这位勇士，
性格暴烈如同地狱的恶魔。
你来瞧瞧，他的气势，
他就像燃烧的地狱之火。

他胸前扎着护心镜，
背挎着铁棍，
腰缠着铁皮带，
面色铁青怒气冲冲。
他头颅大得像一口铁锅，
浓眉像两条狗横卧。

他像醉汉般狂吼着，
承受不了他的重量，
大地都在摇摇晃晃。

列阵而立的柯尔克孜人，
担心卡尔德噶奇的命运，
他们议论纷纷心急如焚。

这位康阿依勇士把战斧搭在肩头，
他的吼声震耳欲聋，惊天动地：
“你已死到临头，卡尔德噶奇，
你是否已意识到面临的境地？”

他肩头的战斧，
在阳光下闪着寒光，
他策马向卡尔德噶奇逼近。

康阿依勇士举起战斧，
砍向卡尔德噶奇的头顶。
不等他的战斧落下，
卡尔德噶奇把自己的战斧挥动。
自下而上猛地一挥，
正好把康阿依勇士的胳膊肘击中。

康阿依勇士手臂的四十个骨节，
被沉重的打击击得粉碎。
康阿依勇士断了胳膊，
手臂再也不听指挥。

卡尔德噶奇又掉转马头，
猎隼般神速进击。
卡尔德噶奇挥舞着矛枪，
朝着对手侧肋猛地一击。
大山般的康阿依勇士，
滚落在地昏死过去。
未等他撑地起身，
猎隼般的卡尔德噶奇，
抡起战斧朝头顶猛击，
让他肝脑涂地。

就在此刻从康阿依人中，
又一名猛将直冲而来。

他满脸都是凸起的横肉，
粗壮的脖子，中等的身材。
宽实的肩膀，短粗的腰际，
他的身躯不像常人的体态。

一照面就狂呼乱喊，
这头野兽抢先刺出矛尖。
不让卡尔德噶奇抵挡，
不给卡尔德噶奇还手的机会，
一枪把他刺下马鞍。

当康阿依猛将掉转马头之时，
加噶勒玛依策马冲到跟前。
加噶勒玛依与这位康阿依人，
竭尽全力拼命厮杀，
互相抵挡着各自的矛尖。

日落西山临近傍晚，
那康阿依人把加噶勒玛依，
刺落马背像飞蓬一般。

如果那家伙再回头的话，
定让加噶勒玛依丧命归天。
为了挽救加噶勒玛依，
恰克玛克塔什咆哮着上阵交战。
互相进攻拼刺矛枪，
噼里啪啦地展开激战。
来自康阿依的那位勇士，
已将卡尔德噶奇与加噶勒玛依，
连续刺下马鞍。
他和恰克玛克塔什打了两个回合，
弱点暴露在对手眼前。
豪杰恰克玛克塔什对准他的耳根刺出矛尖，
红色的血液，
把恰克玛克塔什的矛枪浸染。

康阿依人一头栽倒在地上，
身首异处丧命归天。

就在这刹那间，
从康阿依的队伍中，
又杀出一员大将，
看似比前两个还要勇猛。

他从来不使矛枪，
不习惯矛枪交锋。
他抡起战斧未曾失手，
他的大头棒从未落空。
他玩起战刀比什么都老练，
一刀能砍死四五十人。

他骑着白项土色马，
把马尾结扎得结实有劲。
他毫不迟疑，也不停留，
挥舞大头棒砸向对手的头顶。

恰克玛克塔什挡回大头棒，
康阿依人恼羞成怒，
怒气冲冲地扯回马缰。
恰克玛克塔什紧握闪光的矛枪，
用力刺向对方。
不让恰克玛克塔什戳中，
康阿依人击落了对手的矛枪。
他接着发起反攻，
叫嚣着举起大头棒，
疯狂地向恰克玛克塔什砸下。

恰克玛克塔什用巨斧，
从下面猛击他的手臂。
恰克玛克塔什怒吼着，
砍断了对手的一只手臂。

克孜勒克孜探明战况送信塔拉斯

正当他们交战的时刻，
约木尔江的女儿克孜勒克孜飞翔在天空。
她从阔依卡普返回的途中，
从空中看见了交战的场景。
她认出柯尔克孜的战旗，
心想：“这是怎么回事我要看一看。
如果别克巴恰英雄在家，
如果他允许我出面，
我就去找努尔扎特夏，
带仙兵天将前来支援。
无论那个敌人是谁，
让我来给他降下灾难。”

世间难得的克孜勒克孜，
心想看个究竟，
渐渐向战场靠近。
只见恰克玛克塔什在宽阔的战场，
怒吼着与对手激烈交锋。

克孜勒克孜没有降落战场，
她变幻成男性模样，
换了一身男装。
她来到凯特尔开汗王跟前，
彬彬有礼地问候汗王。

凯特尔开虽不认识，
心想，这个小伙儿面善和蔼，
便向他问起来历：
“孩子，你从何处来？”

克孜勒克孜这样回答：
“汗王，您想知道我的情况，
我的出身也很平凡。
我周游了热比米斯肯与阔依卡普，
这些地方并不遥远。
我来这里寻找别克巴恰，
我看他不在这里，
我要立刻去塔拉斯那边。”

这时汗王凯特尔开，
起了疑心暗自揣测：
“是来自康阿依的密使，
还是来探路的探子？
或者是普通百姓？
他来塔拉斯要干什么？
我一定要打听清楚。”

想到这里凯特尔开开口问道：
“红光满面的年轻人，
请你抬头让我仔细看一看。
尼雅的那场战争结束后，
别克巴恰早已返回家园。
也快过去七年了，小伙子，
但愿别克巴恰健康平安！”

克孜勒克孜听后心中思忖：
面对遭受苦难的柯尔克孜，
还是先来说明自己，
然后再开始正式的话题。
她开口说明自己的来历：
“汗王凯特尔开，请您听我讲，
我的名字叫克孜勒克孜。
我是约木尔江的女儿，
我女扮男装，来到您这里。”
说着脱下头上的博如克[1]，

[1] 博如克：高顶皮帽。

照着镜子梳理打扮，
当即变成了漂亮少女的模样。

她讲述了发生的所有事变：
努尔法努从塔特勒达手中逃出，
怎样来到这里避难；
神仙们领着别克巴恰，
去过哪些天庭大殿；
在阔依卡普的巨怪们，
克勒比尔阿克和赛克色人，
如何聚集所有勇士挑战；
在那最危险的时刻，
阿依阔勒玛纳斯亲自率领阿勒曼别特，
楚瓦克雄狮和色尔哈克英雄，
圣人阔绍依和巨人巴卡依，
穆孜布尔恰克和阔克确两位汗王，
还有著名的黑胡子阿吉巴依，
和克尔葛勒恰勒为首的四十勇士，
他们的英灵们如何来助阵；
还有水神萨根阔尔双手贴胸表示敬意，
向玛纳斯行礼问安的情境，
向凯特尔开详细述说。
同时还将赛麦台依和雄狮古里斯坦，
还有乘骑坎库拉的凯耐尼木——
一出生就被称为萨日克死神[1]，
这些消逝的英雄们显身的情形；
英雄赛依铁克和赛依特，
他们的英灵显现的情景，
也做了详细说明。
她更是将亡灵与活人混合在一起，
让巨怪们顿时大乱阵脚的情形；
同别克巴恰交手的家伙们，
如何全都鲜血流尽的情形；
别克巴恰战胜了巨怪们，
努尔扎特感激不尽，

[1] 萨日克死神：黄脸死神。

将努尔法努许配给别克巴恰，
带回塔拉斯结婚等情形，
讲述得绘声绘色。
还有在塔特勒达的女儿手中，
努尔法努被杀害的惨境；
克孜勒克孜如何亲自将塔特勒达之女，
连同她丈夫一道活捉生擒，
交到努尔扎特手中。
将自己亲手所做的事情，
将自己亲眼所见的事情，
克孜勒克孜向凯特尔开，
从头到尾讲述得十分详尽。

听完克孜勒克孜的讲述，
完全了解了所发生的事情，
好似英雄别克巴恰，
来到身边一样心情激动，
凯特尔开顿时失声痛哭。
他许久都不能言语，
舌头僵硬不能打转，
许久发不出说话的声音。
人若悲伤会说不出话来，
人若欢喜也会说不出声，
悲伤的人会痛哭流涕，
高兴的人也会情不自禁抽泣流泪。

汗王凯特尔开平静后说：
“我的孩子克孜勒克孜，你听我说，
请你专心倾听，牢记在心。
在尼雅的那场战争中，
英雄别克巴恰曾亲自上阵杀敌。
恰克玛克塔什与卡尔德噶奇，
还有加噶勒玛依一起上阵。
年轻人竭尽全力战斗，
卡勒德克战败逃遁。

担心卡勒德克卷土重来，
我们集合人马望风寻踪。
期间已经过去两年，
卡勒德克躲藏休整。

“从罗布泊、阿热勒到阿斯克，
从喀什噶尔、叶尔羌到安集延，
从撒马尔罕、塔什干到玛尔尕朗，
从阿特巴什、纳仁到塔拉斯，
我们四处打听别克巴恰的下落。
无法得到英雄的消息，
打听着，我们的耳朵都疲惫了，
寻找着，我们的心都碎了。

“六年过去，已是第七个年头，
当过去这么多年以后，
卡勒德克来侵袭罗布泊。
凡是柯尔克孜人，
连同襁褓里的婴儿他都不放过。
柯尔克孜的男女老少，
就像鞣制岩羊皮一样，
被他们无情地揉搓。

“得到消息后我们已赶去，
我们对英雄抱着一线希望，
连续三次派出了信使。
狡诈的卡勒德克诡计多端，
预先派人把守路口，
截住了我们派出的信使。

“卡尔德噶奇与加噶勒玛依，
年轻的小伙子们都伤了身体。
恰克玛克塔什正在沙场厮杀，
他连日激战从未休息。

“玛纳斯的英灵崇高，
他的故乡是神圣的塔拉斯。
无法得到那里的消息，
我们有些灰心丧气。
向卡木布勒、土尔番和巴里坤等地，
我派人送去消息，
期望那里的柯尔克孜，
全部赶来一起抗敌。

“不知道他们能否送达信息，
能否率领援军来到这里？
或者途中被芒格特人截住，
是否被置于死地。”

凯特尔开正说话的时候，
从卡勒玛克人的方向，
传来喧嚣声震耳欲聋。
铺天盖地的人马中，
无数黑色战旗飘动。

只见柯尔克孜信使，
被捆绑着手臂。
敌首发出了凶残的命令，
让手下把他们的心脏掏出。

克孜勒克孜目睹着这些，
当即采取了果断的应对措施。
她从地上捏起一撮土轻轻撒向空中，
瞬间迷惑了卡勒玛克人的眼睛，
趁机救出了柯尔克孜信使。
将卡勒玛克人变换成柯尔克孜信使的模样，
让卡勒玛克人自相残杀。

“面对眼前的情景，
卡勒玛克首领发出恶战的命令。

约木尔江之女克孜勒克孜，
已经来到了柯尔克孜当中。
如果不是她，
就是阿依曲莱克在柯尔克孜当中。
切莫手软不要留情，
我们要把这里的柯尔克孜人消灭干净！

“切莫超过六日，
集中兵力在五日内将他们灭尽。
否则他们定会唤来别克巴恰，
在这炎热难忍的沙漠我们无法与他抗衡。
那样我们就失去了生存的机会，
灾难会降临在我们头顶。

“阿依曲莱克若在就让她迷路，
克孜勒克孜若在就让她惊慌。
快去冲入柯尔克孜阵中，
就像洒水一样把他们的血溅洒在戈壁上！
卡尔德噶奇与加噶勒玛依，
还有恰克玛克塔什由我来较量！”
说完这些，那黑心肠的恶棍，
下令大军出动涌上战场。

克孜勒克孜目睹着这一切，
心中盘算：
“我是否办件永世难忘的事情，
将这里所有疯狂的卡勒玛克人，
化作乱石僵死在荒原？
这样会不会败坏玛纳斯的威名，
在世间给他留下坏名声，
就像给他的脸上涂抹锅烟子[1]一般？

“当年玛纳斯出征阿富汗，
阿富汗人施展魔法制造困境。
精通法术的阿勒曼别特，

[1] 锅烟子：意为抹黑。

让他们的所有魔法失灵。
那时阿依阔勒玛纳斯这样说过：
‘阿富汗人施展魔法时，
阿勒曼别特你保护了我们，
这可是一件功高无量的事情。
如果敌人不来侵害你，
切莫以法术伤害对方。
施展魔法并非是好事情，
施展魔法战胜对手，
纯粹是不仁不义的行径。’
这是阿依阔勒曾经讲过的话，
这是柯尔克孜人遵守的传统。

“我曾经与卡勒德克合谋，
向塔拉斯施展魔法。
阿依曲莱克的法术胜过我，
她只是阻止了我们的魔法。
虽然她的确法术高明，
却没有对我施用更厉害的魔法。

“因为我们是玛纳斯的后代，
我施展法术并不是件好事。
我要牢记祖先的遗训，
要放弃法术尽快离去。
立刻赶到塔拉斯的官员那里，
告诉他这里的一切消息。
如果别克巴恰来到战场，
一定能战胜这些残暴的卡勒玛克敌人。”

她理智地思量到这里，
下定决心，横下了心。
克孜勒克孜一跃身飞上了天，
一阵风似的向塔拉斯飞去。
卡勒玛克的千军万马喧嚣着，
铺天盖地向柯尔克孜人进攻。

卡勒德克卷土重来

别克巴恰出征罗布泊
卡勒德克围困塔拉斯

就在当日傍晚，
克孜勒克孜赶到了塔拉斯。
她将正在发生的一切，
向别克巴恰禀报：
“将所有的卡勒玛克人幻化为石头，
我心中曾这样算计，
但未经您的许可我不敢施用法术。
我的托略，您若许可的话，
我就站在塔拉斯，
也能使卡勒玛克人变成卵石。”

别克巴恰开口道：
“该死亡者任何时候都将送命，
谁还能逃过那该死的命运？
像这样旋转轮回，变化无穷，
这虚幻的世界如此冷酷无情。
若与邪恶同流合污，
用恶劣手段达到目的，
好汉自己也得不到幸运。
如果我的玛依托茹骏马还在，
如果运气与我相伴同行，
我就要跨上战马，
连夜从塔拉斯起程。
塔拉斯与罗布泊之间，
对我而言没有多远的路程。
绝不超过六天，
我将赶到那里上阵。”

他威武地跨在玛依托茹背上，

横握着色尔哈克留下的矛枪。
战旗迎风招展，
镶金的弓箭闪烁金光，
月牙战斧在腰间发亮，
战刀在鞘中发出轻轻的声响。
硕大的头盔紧扣在头上，
圆鼓鼓的头盔反射着阳光。
穿着巴达纳战袍[1]威风凛凛，
把一普特重的铁皮带系在腰上。

每当他想起卡勒德克的罪恶，
内心就涌起阵阵悲愤。
当日落西山傍晚时分，
从红柳丛生的坎阔勒塔拉斯，
从自己的故土跨马出征。
在塔拉斯无人发现他，
无人知道他的去向和踪影。

他踏上无人烟的小道，
趁着夜色在凉风中急速行进。
沿着伊犁的右侧，
朝着日出的方向前行。

经过巴里坤和土尔番，
一路向阿斯克通报敌情。
在卡木布勒组织队伍，
每个地方获得五千人马，
他总共率领着两万大军。

穿过盐花翻涌的碱滩，
穿过浩瀚无边的沙漠，
穿过了死水泥潭，
终于赶到了罗布泊。
猛虎一马当先日行千里，
率领两万人马，

[1] 巴达纳战袍：意为防弹战袍。

算上从塔拉斯出发的当夜，
到了第九个夜晚，
终于抵达罗布泊。

不知多少个日日夜夜，
战事持续在罗布泊。
在烈日炎炎的沙海里，
人畜无法再逗留。
别克巴恰赶来的时候，
柯尔克孜正遭受着一场灾祸。

当克孜勒克孜到达塔拉斯之时，
双方正在这里混战。
卡尔德噶奇与加噶勒玛依，
汗王凯特尔开和恰克玛克塔什，
一直在沙场浴血奋战。
在那惨烈的激战中，
在那你死我活的厮杀中，
打得敌人狼狈不堪。
上阵来交手的大力士，
蜂拥而来的康阿依大军，
被他们杀得血流成河。
那波涛般汹涌的人马，
开始掉头往回逃窜。

卡勒德克不论怎样施威，
也未能使兵马继续向前。
卡勒德克锐气大减，
无奈发出撤军的命令。
混战中的两军脱离到两边，
卡勒德克仔细清点自己的军队，
损失惨重阵亡过半。

损兵折将的卡勒德克，
向康阿依军营的智者，

向顶事的能者这样开言：
“这些该诅咒的柯尔克孜人，
在惨烈的激战中，
会让你们鲜血四溅。
汗王凯特尔开和恰克玛克塔什，
加噶勒玛依和卡尔德噶奇，
我们若与他们死拼硬打，
我们的脑袋就要搬家。
你们都是统治一方百姓的汗王，
至今还在独当一面。
下一步我们将如何行事，
请大家理智思考一起商谈。”

众人听罢卡勒德克的话，
不知如何回答。
卡勒德克陷入尴尬的处境，
要求他们推荐各种各样的能人：
“如果有法师就把他的来历本事告诉我，
如果有达勒奇就把他的情况告诉我，
如果有托勒戈奇就如实告诉我，
不要说谎，把实话告诉我。

“如果有探踪人把知道的告诉我，
把亲眼所见的情况告诉我。
如果有魔法师，
就明确地告诉我。

“如果有百发百中的神枪手，
如果是大力士也把他告诉我。
如果有人能与太阳磨炼舌头，
言谈胜过布谷鸟鸣唱，
就把这种能言善辩的人详细告诉我。
如果认定了有本事的人，
就把他毫不犹豫地告诉我。
如果有妖人把他的妖术告诉我，

切莫撒谎把真话告诉我。
如果你有密探就说明白，
他是谁把姓名告诉我。
如果你有窃贼把他点出来，
当着面把他指给我。
只要能找到这些有本事的能人，
我卡勒德克就不缺计谋。”

在队伍中这种人很多，
历来的康阿依人，
诸如此类行当学得最多。
他们都纷纷前来聚集，
在卡勒德克汗王的面前，
围成一圈席地就座。

卡勒德克发号施令，
让呼风唤雨者拿出绝技，
让暴风吹起了尘埃流沙，
扬尘顿时笼罩了大地。
他又命令探踪者，
对外出的柯尔克孜人，
立即去探察他们的足迹。
他还让托勒戈奇当场摆开石子推算，
让达勒奇观察绵羊肩胛骨占卜，
令他们不要隐瞒如实告诉。

他下令神射手立刻备好弓箭，
又命令大力士们悄悄离开人群，
先去在外围埋伏。
无论谁来找柯尔克孜人，
绝不放过统统抓起来。

他命令探子们立刻上马，
去混入柯尔克孜人当中，
不论白天还是黑夜侦察军情。

临行前让他们立下誓言，
将汗王凯特尔开和恰克玛克塔什，
加噶勒玛依和卡尔德噶奇，
割下他们的头颅回来复命。

各种各样的能人都已找到，
只缺魔法高超的魔法师。
让柯尔克孜人寸步难行，
团团包围置于死地。
他派出寻迹者出来四处寻探足迹，
不论是谁只要走出包围圈，
绝不放过一律砍下首级。

神射手们潜伏在暗处，
只要有活动的生命，
出现在眼前就立即射击。

密探们混杂在众人当中，
他们不敢接近英雄好汉，
只从普通的士卒中，
每夜把百余人的头颅砍断。

居仁朵的内衫，
穿在别克巴恰身上。
达勒奇开始观察肩胛骨占卜，
未能看出他的迹象。

托勒戈奇散开占卜的石子，
每天禀报占卜的结果：
“从巴里坤、卡木布勒和土尔番等地，
开来众多兵马参战。
我未能见到别克巴恰，
有一位强壮家伙背对着我，
我只是怀疑无法分辨。”

卡勒德克率领的卡勒玛克人，
切断了柯尔克孜人的水源。
人们在炎热中遭受折磨，
个个汗流浃背，
缺水断粮，又饥又渴。

每日里约有上百人，
只留下身躯不见头颅。
大部分将士，
丢了战骑只得徒步。

柯尔克孜人在自己的领地，
被卡勒玛克人团团围困。
没有干馕，没有饮水，
就这样陷入困境之中。

卡勒玛克人马蹄所及，
柯尔克孜人失去了放牧的牲畜。
那牲畜与主人，
没一个不被吞食。

别克巴恰率众勇士
击溃卡勒德克大军

当柯尔克孜被围困时，
雄狮别克巴恰赶到这里。
柯尔克孜的五位汗王，
和别克巴恰在一起。
他们都是身手非凡的大力士，
个个神勇从不知畏惧。

别克巴恰的到来，
被卡勒德克亲眼看到。
“让你们占卜却未发现任何先兆，
别克巴恰到来凶多吉少！”
野兽卡勒德克大发雷霆，
将托勒戈奇和达勒奇，
将那寻迹者和密探，
一个未留全部杀掉。

不敢与别克巴恰单打独斗，
卡勒德克没有这个胆量和勇气。
“全体出动给我围攻，
如果有能耐的话，
就去生擒他们的英雄！”
他向自己的大军发布此令。
那些普通兵卒有何能耐，
汗王下令怎敢违抗命令。
所有的卡勒玛克人叫喊着，
不得已而蜂拥上阵。
卡勒玛克人铺天盖地冲来，
从四面八方发起进攻。

别克巴恰此刻做出这样的安排：
“白毡帽的柯尔克孜，请听我说，
要把我的话听明白。
卡勒玛克人蜂拥而来，
你死我活的战斗就要展开。

“恰克玛克塔什与卡尔德噶奇，
来自尼雅的加噶勒玛依，
是英雄玛塔依的弟弟，
是罗布泊人的首领。
从土尔番、卡木布勒与巴里坤，
还有其他地方来的众位英雄，
我们必须冲入敌群。
以汗王凯特尔开为首，
其余人留在原地待命。”

众人都认为别克巴恰言之有理，
同意适时发起冲锋。
著名的几位大力士，
怒吼着飞马杀入敌群。

当见到雄狮们的神威，
汗王卡勒德克的兵丁，
胆战心惊魂不附体，
吓得个个屁滚尿流。
以为自己就要死去，
全身上下不停战栗。

枪声四起子弹纷飞，
首先是飞来的一串火球，
接着炮声齐鸣山摇地动。
火枪齐响咚咚咚。
放着加扎依勒[1]，射着利箭，
阔依恰格尔[2]之声轰轰隆隆。
战鼓敲得惊天动地，

[1] 加扎依勒：旧时重型枪支。

[2] 阔依恰格尔：一种古代火枪名。

唢呐声高亢，
号角声嘹亮，
嘈杂的声音震耳欲聋。
汗王卡勒德克的大队人马，
叫喊着策马进攻。

高喊着“玛纳斯”的名号，
呼唤着“阿依阔勒”的伟名，
别克巴恰等众英雄勇士，
奔马冲杀迎敌而上，
就像下山的猛虎。

无法正面招架，
卡勒玛克人顿时乱了阵脚。
失魂落魄晕头转向，
一个个大惊失色，
不知道如何逃命。

康阿依人四分五裂，
溃不成军，无力阻挡。

每位英雄驱逐着千余恶敌，
玛纳斯的后代雄狮，
追击着卡勒德克恶棍狂徒。
各自驱赶卡勒玛克入侵者，
进入起伏的丘陵地。
别克巴恰下定决心，
一直追到阔克吐卡特。

恶毒的卡勒德克事先布置，
把守各处的泉源井口。
他还派遣认识柯尔克孜英雄的人，
装扮成柯尔克孜人在那里守候。

他临行时明确交代了任务：

“若别克巴恰追来就会有危机，
连我们的性命都是问题，
为了保命我们还会撤离。
你们要死守每个泉眼，
如果柯尔克孜人到来，
你们就往水中投毒。
你们先假装叫苦没有水了，
当他们威逼你们时，
就打出毒水给他们喝。”

在丘陵中激战，
战刀上淌着鲜血，
卡尔德噶奇独自一人，
忽然遇到水井把马缰勒住。
当见到井中的清水，
双眼顿时星火闪烁。
想尽快喝到井水，
伸着舌头经不住诱惑。
他来不及跳下马鞍，
便向守候水井的家伙要水喝。

“奎灭布拉克只有一个泉眼，
一个昼夜才涌一皮桶水。
我仅有一皮桶水，
你若来强行喝我的水，
我还得等到明日才能打到井水，
我无法在此等候受罪。”
摇晃着脑袋缩着身子，
卡勒玛克人嘟囔着不肯给水。

卡尔德噶奇在马背弯下腰，
将装满水的皮桶提起。
他端起皮桶就痛饮，
当即呛了一下，
皮桶从手中落了地。

见到那流淌的水，
胯下的战马也低头去饮。
来不及从桶口抬起头，
战马忽然倒地。
呛了一下之后的卡尔德噶奇，
像晒干的兽皮一样干枯僵死。

卡勒玛克人毒死了卡尔德噶奇，
心想，如果接近那水会送命，
心想，再有人来会被发现，
便将英雄连人带马，
全都埋在了沙漠里。
心想，自己已经毒死了卡尔德噶奇，
心想，自己已报仇雪恨，
他严严实实地掩盖水井口，
黑心肠的卡勒玛克人迅速逃离。

趟着淹到马腿的鲜血，
双手沾满了血污，
恰克玛克塔什正向前方驰去。

卡勒德克在逃窜途中，
发现了恰克玛克塔什，
心想半道横马截住，
便掉转马头朝后奔去。

别克巴恰发现他的马蹄印，
坚定了必胜的信心。
他以为卡勒德克惊慌失措，
人已疲惫，马也劳顿，
已无法走回康阿依，
只好掉头往回逃命。

别克巴恰立刻勒马折回，
一路搜寻他的踪影。

心想在湖边定能找到卡勒德克，
便朝着罗布泊方向追踪。

生来是雄狮的别克巴恰，
这次判断出现了失误。
这里不是熟知的塔拉斯，
许多地方他还不十分清楚。

在恰克玛克塔什必越的山梁，
卡勒德克先赶来隐藏，
将火枪上膛架在石头上。

恰克玛克塔什追踪卡勒德克，
决心追到康阿依。
无论卡勒德克上天入地，
也要找到他的踪迹。
恰克玛克塔什一路急行心情焦急，
进入沙漠不得不放慢速度。

在热浪滚滚的沙漠，
马儿伸着舌头淌着汗。
在惊心动魄的战斗中，
恰克玛克塔什渴得口燥唇干。
热浪滚滚的沙海谁还会待在这里，
恰克玛克塔什心里这样盘算。

战袍的纽扣全部解开，
铠甲的带子全部解开，
无所顾忌毫无防备，
轻率地敞着胸露着怀。

解开自己的纽扣，
灾难向恰克玛克塔什降临，
死亡步步逼近；
解开自己的衣带，

让对手卡勒德克，
夺取自己的性命。

藏在暗处的卡勒德克，
全神贯注仔细瞄准。
看清了恰克玛克塔什的情况，
揣测到他轻敌的心情。

只见恰克玛克塔什，
没有护心镜可抵挡矛枪。
前面的纽扣纽襻全部解开，
侧面的带子也全部解开，
铁制的三层铠甲，
被解开披在肩膀。
他毫无防备地走来，
完全敞露着胸膛。

卡勒玛克捏灭了点燃的火捻，
收回了架好的火枪。
把枪带挂在脖颈，
把凯勒铁火枪挎在肩头上。
“自命不凡的恰克玛克塔什，
自己送来千载难逢的机会，
我就用矛枪，不用火枪！”
恶毒的家伙这样思量，
挺起了锐利的矛枪。

奸诈的卡勒德克，
没有从远方高呼着发起攻击。
“我若从一个赛程的距离冲来，
高呼着‘芒格特’的口号发起攻击，
恰克玛克塔什绝不会等死。
他会呼喊着‘玛纳斯’的名号，
他会狂吼呐喊不遗余力。
别克巴恰便会闻声赶来，

他正在寻找我的踪迹。
我要悄悄地逼近恰克玛克塔什，
来他个措手不及，
我将一枪刺死他后再逃走。”
卡勒德克心中如此盘算，
来到路边的山嘴潜伏。

恰克玛克塔什毫无防备地走来，
卡勒德克突然从山嘴冲出。
喀拉苏尔战马咬着嚼口神速跳跃，
逼近到矛枪可及的距离。

此刻恰克玛克塔什已经没有机会，
无法从卡勒德克手中逃脱。
别说是矛枪就算用火钩，
也足以把他戳死。

卡勒德克挥舞着矛枪，
对准他的心口猛地刺去。
毫无戒备的恰克玛克塔什，
来不及拿起任何武器，
索性将卡勒德克刺来的矛枪，
从枪尖一把抓住。
勇敢的恰克玛克塔什，
顺势一拉把矛枪夺取。
恶棍卡勒德克手忙脚乱，
急忙提起了战斧。
这位狡猾的芒格特巨人，
突然转身逃去。

奋不顾身的恰克玛克塔什，
来不及披好战甲，
来不及扣好纽扣，
来不及整理好甲衣，
匆忙奋起追击。

随着战马奔驰，
那没有扣好纽扣的战甲，
呼啦啦被风吹起。

恰克玛克塔什挺枪猛刺，
卡勒德克抡斧回击。
矛枪被战斧击碎，
恰克玛克塔什失去了手中的武器。
那狠毒的家伙趁机挥动战斧，
当即劈开了恰克玛克塔什的肚皮。
敌人的坐骑总会有敌意，
卡勒德克这样思忖着，
连对手的坐骑也不放过。
砍下恰克玛克塔什战马的头颅，
脱下恰克玛克塔什的外套，
同时拿上他的长矛，
卡勒德克扬长而去。

心想今日或明天就会到来，
别克巴恰在卡勒德克来的路上，
静静地守候了三天，
还不见卡勒德克的身影。
别克巴恰掉头折返，
从原来的地方寻找他的踪迹。
别克巴恰未发现卡勒德克的人影，
却遇见了恰克玛克塔什骏马的尸体。
别克巴恰预感英雄已经死去，
可能被那恶棍杀死。
他纵缰向前疾驰，
他又发现恰克玛克塔什身首异处。

此时别克巴恰才断定，
卡勒德克去了康阿依不会折回。
见到恰克玛克塔什的惨状，
别克巴恰心中深感后悔：

“我当时不该放弃，
对卡勒德克的追踪。
我不该到罗布泊的路口守候，
让恰克玛克塔什丢了性命。
他的年龄还不到三十，
他本是了不起的英雄。
可惜英雄已经死去，
他的尸体不能抛弃荒漠。
那样，等我从康阿依返回时，
尸体会变得无法辨认。
我的这种行为，
会得罪罗布泊的民众。
我要把尸体抱过去，
玛依托茹马也不怕负担沉重。”
别克巴恰将尸骨抱在鞍前，
催着玛依托茹骏马起程。

在罗布泊边沿的白碱滩，
凯特尔开在此等候。
艾西泰克部落的民众，
一个不留全部在这里集中。

当见到恰克玛克塔什的尸骨，
众人爆发了震天的哭声。
别克巴恰将恰克玛克塔什的尸体，
交到凯特尔开手中。
把从康阿依人那里缴获的战利品，
都分发给了罗布泊民众。

人们询问卡尔德噶奇的死活，
别克巴恰只能回答没有音信。
他们派人到浴血奋战的山谷平原，
搜寻卡尔德噶奇的踪影。

那些善辨足迹的能人，

知道水井位置的人，
终于把卡尔德噶奇的尸体找到。
别克巴恰为了卡尔德噶奇，
让匠人在岩石上凿槽，
让卡尔德噶奇骑上马拿上长矛，
放入槽内，活像立起的石雕。

别克巴恰让人挖开了井口，
起名为“谢依提布拉克[1]”，
并将此名刻在石碑上。
这个水井在罗布泊东北，
据说过往的人们，
都到井前膜拜。

恰克玛克塔什的尸骨，
凯特尔开运回了和阗安葬。
耳听八方的老人们至今还说，
那里有一处叫恰克玛克塔什的地方。

让我们暂且搁下这些，
从无处藏身的卡勒德克，
怎样被生擒活捉的故事开始吧！

[1] 谢依提布拉克：“谢依提”意为捐躯者，“布拉克”意为泉水，谢依提布拉克意为捐躯者之泉。

别克巴恰生擒
卡勒德克

卡勒德克逃回康阿依
招兵买马准备决战

黑心肠的汗王卡勒德克，
杀死了恰克玛克塔什，
他连奔带颠地仓皇逃跑。
他夜里不敢睡觉，
白天不敢停息，
终于越过了巴里坤，
奔向库兰的金色河谷。

从呼图壁到卡木布勒，
出征的柯尔克孜人马，
全都集中到了那条河谷。
他们想直驱康阿依，
却找不到别克巴恰在哪里。
得不到明确的指令，
又无法返回原地。

卡勒德克举起千里眼瞭望康阿依，
观察着自己前行的方向。
作恶多端的卡勒德克，
望见了宽阔的河滩，
柯尔克孜人徘徊的地方。

这扰乱整个世界的家伙，
曾经让多少妇女成为寡妇，
曾经让多少孩子成为孤儿，
他所到之处哀号四起。

张望着目标他在揣测：
“看样子别克巴恰未到这个地方。

这里的柯尔克孜人既没有远征康阿依，
也没有折回返乡，
看样子他们还未得到明确指示。”

想彻底摸清情况，
他环顾四周，仔细观察。
只见一个独自扬鞭狂奔的人，
在山丘追猎野马。
卡勒德克策马过去，
企图将他半路截住。

疯狂地追着野马的人，
原来是加噶勒玛依。
他追逐着野马上了劲，
他心情愉快兴奋不已。

天色朦胧的黄昏时分，
加噶勒玛依踏上返回的路程。
卡勒德克早就登上对面的山冈，
等候着加噶勒玛依的来临。

加噶勒玛依发现了那个身影，
但没有想到是逃窜的敌人。
他毫不怀疑前面出现的人，
以为是顺着蹄迹跟随而来的兄弟们。
他毫无防备，不慌不忙，
泰然自若迎面而行。

面对无所顾忌无忧无虑的青年，
卡勒德克盘算着对付的办法。
前面横着一条沟壑，
只有一个入口和一个出口，
卡勒德克来到崖底隐蔽守候。
他手中紧握着长矛，
咬着嘴唇鼓足勇气，

随时准备出手。

手中没有任何武器，
心中毫无任何提防，
高高兴兴的加噶勒玛依，
毫无防备地催马行进。

就在他进入沟底的那一刻，
无耻的卡勒德克背弃了男子汉的规矩。
他没有发出冲锋的呼声，
也没有通报自己的姓名。
从那客厅门口到上席的距离，
发起进攻突袭对手。
他抡起门板宽的月牙战斧，
猛地劈向对方的头顶。

头上没有戴头盔，
毫无防备的少年勇士，
脑浆溅了一地。
毫无戒备的加噶勒玛依，
就这样悲惨丧命。

接下来卡勒德克老贼，
又开始思索阴谋诡计：
“我若闯入柯尔克孜人当中，
面对布古拜与塔克尔巴什，
我怎能在他们手下活命？
让我来耐心寻得一个妙计，
我还是悄悄混入那众人当中。
我要冒充别克巴恰，
让他们即刻解散各奔前程。
然后回到康阿依去，
在那里招兵买马再与别克巴恰决战。”

他害怕塔克尔巴什，

他畏惧布古拜，
不敢贸然闯入那队伍中间，
便悄悄来到营地的边缘。
他看见放马吃草的三个人，
慢慢走到他们跟前。

他将胯下的灰色战马，
用绸缎斗篷来遮盖，
已变成了别克巴恰的枣红色坐骑。
他假装一副和蔼可亲的样子，
口吐着连珠似的甜言蜜语：
“你们好，我的柯尔克孜兄弟，
你们牧马荒野不辞辛苦，
我是追踪芒格特恶棍卡勒德克，
才来到你们这里。
哪怕卡勒德克钻进地里，
我决心追逐他入地；
哪怕卡勒德克飞上天，
我决心上天追击。
我别克巴恰已下定决心，
阻止敌人的侵袭。
保护六十个部落的阿拉什，
和我白毡帽的柯尔克孜人民不受损失。

“男子汉恰克玛克塔什与卡尔德噶奇，
还有汗王凯特尔开他们，
被我送上回家的路程。
我别克巴恰独自一人，
追逐着卡勒德克，
正向着康阿依挺进。
塔克尔巴什与布古拜，
来自尼雅的加噶勒玛依，
你们前去告诉他们，
不要在此久留虚张声势，
让他们立刻解散踏上返程。

“英雄塔克尔巴什、布古拜，
请他们千万不要生气，
要谅解我没去拜会他们。
我已见到了加噶勒玛依，
我已把所有的话说给他听。
他说来自尼雅的只有他一个，
跟随塔克尔巴什与布古拜，
来到这里扎营。

“加噶勒玛依毕竟还年轻嘛，
当我让他返回家乡时，
他吞吞吐吐很不高兴。
他说，他要和我一道前往，
他苦苦求情不肯踏上返程。
我便臭骂了他一顿，让他滚，
他才很不愉快地拉扯缰绳。
他是跟随而来，还是没来，
我的确也没有搞清。

“塔克尔巴什与布古拜，
他们不要在旷野费时费心。
卡勒德克即使逃到康阿依，
我知道在那里也不会受到欢迎。”
汗王卡勒德克讲完这些话，
跨上坐骑继续前行。

当卡勒德克离开后，
那牧马人中的一位，
纵马来到塔克尔巴什面前。
说别克巴恰英雄已来过，
这是他留给您的话语，
将卡勒德克说的话，
一字不漏地复述了一遍。

塔克尔巴什听罢派出手下，
尽快将布古拜叫到跟前。
听了塔克尔巴什的话语，
布古拜却这样开言：
“别克巴恰到此却不相见，
他急着离开，为了哪般？
说他来了，又不见面就离开，
我看其中就有疑团。”

此时塔克尔巴什这样回应：
“别克巴恰不见面就离去，
好像也是说得通的事情。
他对嗜血的芒格特人卡勒德克，
紧追不舍一路追踪。
假如我们像加噶勒玛依一样，
为了同他一道出征，
将他半路截住缠绕身心。
如果他口气硬一点儿不让我们去，
我们将不情愿感到伤心。
他可能认为见我们不合适，
怕我们纠缠着耽误他的行程，
所以别克巴恰才单独行动。

“加噶勒玛依若是不生气，
他也早该回营。
别克巴恰会去说明原因，
加噶勒玛依可能不告而别，
已经踏上返回到罗布泊的路程。”
塔克尔巴什说的这些话，
有板有眼合情合理。

早已急不可耐的士兵，
当听到汗王的言语，
顿时喧嚣沸腾雀跃，
簇拥着向后方撤离。

塔克尔巴什和布古拜返回家园，
被谎言骗得心安理得。

落荒而逃的卡勒德克，
无精打采地到达康阿依。
羌白山的库尔琼汗，
当年死在贾纳依手中，
卡勒德克趁机登上他的宝座。
将所有男人征为兵丁，
卡勒玛克人走投无路不知所措，
大地顿时变得狭小窘迫。
他胁迫着卡勒玛克人到罗布泊，
全军覆没全部死去。
卡勒德克却单枪匹马，
独自一人活着逃脱。

康阿依分成数个山头各自为政，
没有可推举为汗王的人选，
只好接受卡勒德克的命令。
鬼鬼祟祟的卡勒玛克人，
跟随卡勒德克分成几部分。
军中老的多，年轻的甚少，
个个弓着背挺不起身，
紧随在卡勒德克后面。

奸诈阴险的卡勒德克一到，
召集了不少的康阿依人。
他内心充满了恶毒和诡计，
却假心假意地谈笑风生。
当到了关键时刻，
他却装腔作势大发雷霆。
他压服了五大部落，
希望各部都能团结在自己的周围。
他害怕别克巴恰追过来要了他的命，
他不惜一切纠集各部力量。

将那爱好玩长矛的人，
将那些抡斧的人，
将那些舞大刀的人，
统统都集中在他身边。
将那些身高体壮，
自称一人能抵千人的彪形大汉；
将那些自称百战百胜的勇士，
还有争强好胜的莽汉；
将那些挽起裤腿和衣袖，
自称英雄好汉的狂人；
将那些受到夸奖就会膨胀，
自称敢闯火海刀山的莽汉，
不分青红皂白统统收入自己的军中。
集结了整整一万人，
卡勒德克准备把战火再次点燃。

有人用言语使人心服口服，
让自己的名言在民间传播。
如果谁在心中有怨，
他像明镜照得你心胸开阔。
他张口谈古论今，
将亲闻所见叙说。
他不会吞吞吐吐结结巴巴，
说起话来赛过唱歌的云雀，
这个狡诈的卡勒德克，
把这样的人拉拢了许多。

有人摆布石子占卜算命，
对那些过往的人，
能道出他们的命运，
滔滔不绝地讨好他们。
他夸奖你的坐骑，
你自己都不敢相信。
不用你向他发问，

就会说出你家中女人的特征。

有人会打量着你的上下身，
窥视着你的行动。
为了弄清你的身份，
像牧羊人跟着羊群一样跟踪。
十天前你走过的地方，
能发现你的脚印。
即便你消失九十天，
也能寻找出你的踪影。
有人能控制云彩的自由，
变幻万里晴空。
用咒语呼来暴风雪，
用魔法让大雨降临。
能让白雪下到坐骑的肚皮，
能让太阳照耀坐骑的耳根。
从那飞卷尘土的暴风中，
让你看不见骑上马背的主人。
能点燃熊熊烈焰，
能让烈火升腾天空。
诡计多端的卡勒德克，
纠集了不少这样的人。

卡勒德克为了征服柯尔克孜人，
不仅到处招兵买马，
他还圈养了多种毒虫猛兽。

为了再次进犯塔拉斯，
为了与英雄别克巴恰决战，
为此他竭尽全力不顾一切来准备。

让恶棍汗王卡勒德克去准备吧，
让我先来唱唱此时的别克巴恰，
他正在做着什么！

别克巴恰与卡勒德克在阔克吐卡特决战

别克巴恰乘马从罗布泊出发，
追寻卡勒德克的踪影。
为了弄清卡勒德克的去向，
别克巴恰一路察看蹄印。

在库兰的金色山谷，
加噶勒玛依的尸体，
无意中被他碰见。
距卡勒德克遗弃的时间，
已经足足过去三十多天。

别说乌鸦和老鹰，
就连山雀都没有把尸首惊扰。
当别克巴恰慢慢走近一瞧，
好像知道收尸的主人到来一样，
一只只山雀叽叽喳喳奔走相告。

在压抑中沉睡的金色山谷，
不知沉默了多久，
此刻却卷起了风暴。

加噶勒玛依的双目，
早被卡勒德克挖去只留下眼窝，
但此刻他好像还未断气，
双目未合目光闪闪。
加噶勒玛依的双耳，
早被卡勒德克割去只留下豁口，
但此刻他的耳朵挺立两侧，
活像两扇铁打的门板。

加噶勒玛依的两条胳膊，
早被卡勒德克砍断，
但此刻他的双手贴着胯部，
躺得是那样安详舒展。
加噶勒玛依的嘴唇被割下，
首级当时被砍断，
只留下一截脖子凸显。
当时被卡勒德克卸下四肢，
他的全身此刻却已还原。
卡勒德克如此的兽行真是惨绝人寰。

别克巴恰见景心想：
“原来你是不幸遇到了卡勒德克，
活活成了幽魂。
我要向卡勒德克讨还欠你的血债，
加噶勒玛依，我要为你报仇雪恨！
我要找到卡勒德克老贼，
加噶勒玛依，我要为你讨回自尊！
卡尔德噶奇与恰克玛克塔什，
还有你加噶勒玛依，
即使到了那阴间地府，
我也要伸张正义为你们复仇！”

攥在手中的长枪在颤摇，
别克巴恰悲痛欲绝，号啕大哭。
他找到恰克玛克塔什与卡尔德噶奇尸骨时，
并没有如此挥泪如雨。
他曾劝百姓切莫哀痛要节哀，
为的是让柯尔克孜人提振士气。

如今别克巴恰在这渺无人烟的旷野，
他毫无顾忌仰天长叹，
纵情号哭惊天动地。
“只要我活在世上，
就要为阿依阔勒玛纳斯和阔绍依巨人，

为阿勒曼别特与楚瓦克等雄狮们，
为英雄色尔哈克率领的四十位勇士，
为驰骋沙场英勇献身的好汉们，
还为了你们这些在我面前仙逝的英雄，
举行盛大的祭典。
我要邀请全世界的人，
举行赛马仪式祭祀你们，
否则我别克巴恰誓不为人！”
他向那英灵们发誓，
表达了自己坚定的决心。

离这边有一日的行程，
有一处叫塔勒德的地方。
别克巴恰把尸骨抱在鞍鞒前，
安葬在那里的山头上。
将加噶勒玛依的名字，
用月牙战斧刻在石头上。
如果那碑石不损的话，
也许至今还立在山冈。

他伤感地不时回头，
伤心地告别英灵：
“为了柯尔克孜人的尊严，
你牺牲了年轻的性命。
不用我说你也明白，
好男儿只要为民奉献，
百姓不会忘记，将牢记心间。
我比别人更加思念，
你们这三位英雄。
出自艾西泰克的恰克玛克塔什，
吃同一乳的兄弟卡尔德噶奇，
出自诺依古特的加噶勒玛依，
不为你们报仇雪恨，
我别克巴恰怎能安生？

“恰克玛克塔什已送到和阗，
卡尔德噶奇却留在荒野，
在那谢依提布拉克泉旁。
加噶勒玛依你的孤魂，
就留在这塔勒德洁净的雪山。
我年轻的兄弟们安息吧，
让我别克巴恰出征远行，
去把卡勒德克恶贼消灭！”

别克巴恰向前疾驰，
在荒凉的荒野行进。
行进在大漠之中，
大漠中黄色沙土喧腾。

别克巴恰踏上浅滩，
与绿油油的草木相伴。
他穿过枯草沉积的旷野，
穿行在那百花盛开的花丛间。
别克巴恰进入原始森林，
穿过茂密的树木继续向前。
他时而渡过碧波粼粼的湖泊，
时而蹚过那激流险滩。
他越过平坦无边的草场，
与凉爽的晨风相伴。

他环顾四周，
满目皆是松林。
他翻过昂首横卧的大山，
来到了纳尔呼特，
接近阔克吐卡特城。

与那相距十里开外，
早有卡勒德克设立的观察哨。
别克巴恰被哨兵发现，
立刻前去向卡勒德克报告。

不知在多少日子之前，
卡勒德克来到了阔克吐卡特。
这里地势险要能守能攻，
卡勒德克将这里作为自己的大本营，
要与别克巴恰一决雌雄。

卡勒德克早做准备严加防范。
他把自己所有的本领，
在此一一施展。
卡勒德克的所有诡计，
却未能把别克巴恰阻拦。

火光冲天的熊熊烈火，
未能把别克巴恰的一根毫毛烧伤；
铺天盖地的狂风暴雪，
未能把别克巴恰冻僵；
席卷大地的狂飙风暴，
未能把别克巴恰刮到天上；
那冲天的惊涛骇浪，
气味恶臭，气势凶猛，
未能把别克巴恰卷入海洋。

那披头散发的狗熊，
那瞪目怒视的凶狮，
那咆哮如雷的猛虎，
那横冲直撞的野猪，
未能把别克巴恰吞食。

那疯狂的公驼，
那狂叫的猎犬，
那满口是血的饿狼，
未能把别克巴恰咬伤。
那身躯庞大的巨象，
甩动着像长矛似的鼻子，

未能踏到别克巴恰身上。

卡勒德克想尽所有的办法，
还使出其他有生命或无生命的凶器，
不知施展了多少种魔法，
也未将别克巴恰英雄阻拦。
看到对方毫无损伤，
他顿时感到无比害怕。

他已经是力尽计穷，
“啪”的一声拍了一巴掌，
“哐”的一声屁股蹾在地上。

汗王卡勒德克坐在那里，
双眼昏花什么都看不见。
他舌头僵硬已不能打转，
听不清在说什么，
叽叽咕咕的声音在喉头回旋。

他眨巴着双眼四处张望，
舔着自己的下嘴唇。
他感觉到没有了别的办法，
便率领身后的大队人马，
长龙般驶出了阔克吐卡特城。

他率领着一万大军，
其中有无数坐骑难载的壮汉。
身强力壮就像高塔，
手臂就像高大的梧桐，
还拥有不少这样强壮的大汉。
挺着胸膛逞能逞强，
活像披头散发的野熊，
只露出那闪烁的一双小眼；
未剃去身上过长的汗毛，
一拃四指长还算最短，

长的足以编成缰绳，
还有不少这样的野性莽汉。
鼻孔像熏皮囊的地灶，
嘴巴像漆黑的山洞一般，
挺着鼓鼓囊囊的肚皮，
就像夏天吃饱了青草的公牛，
队伍中类似的家伙真不少见。
头部大得像白色的陵墓，
浓眉像两条狗卧在两边，
不骑战马骑着犀牛，
两条长腿拖着地面，
两只脚尖像犁尖一样，
能把平地破成沟坎，
还有此类野蛮的杂种，
在卡勒德克的队伍里面。

不知采用多少种花样，
以目睹者无法承受的声势，
卡勒德克汗王赶到战场。
他召集那些巨人和大力士，
面授机宜，鼓动他们上战场：
“那个单独竖旗来宣战，
骑着托茹骏马的家伙，
就是别克巴恰。

“你们一个一个地去较量，
如果你们一个抵挡不了，
就一对一双去同他较量。
如果这样还不行，
我们全体出动纵马上场。
让我们从四面包抄而上，
将绳索套在他的脖子上，
让他投入我们布置的罗网。
这孑然一身的独身汉，
我们怎能让他逃亡？

如果我们放走他的话，
我们就该上吊死亡！”

听罢卡勒德克一番鼓动的话语：
五个部落的人群情绪激昂：
“你说的是金言玉语千真万确，
他怎能从我们的手中逃脱。
这叫别克巴恰的混蛋，
只是单枪匹马上战场，
怎敌我们一万人马的力量。

“‘不论它多么粗壮，
一根独木盖不起房；
哪怕他再厉害强悍，
没有民众就没有比官可当。’
这是前辈留下的名言，
多少年来在民间传扬。
无论别克巴恰如何神勇强悍，
他还是匹马单枪。
我们人多势众兵强马壮，
定叫他落入我们的手掌。”

部落的头目们磋商，
约定要捉住别克巴恰英雄，
部落的人马更是嚣张。

这时卡勒德克又讲道：
“你们等一会再发狂，
先听我来把话细讲。
如果中枪划破皮肉，
万一受伤鲜血流淌，
别克巴恰便会更加疯狂，
他会变得更加凶猛顽强。
万一他腿骨被折断，
他依然会拴上断腿继续打仗。

“他的衣甲箭头和枪弹无法穿透，
投进火里也不会燃烧。
他头上戴着铁盔，
他背上没有盾牌，
他胯下的战马，
任何武器也无法击倒。
他的这个托茹骏马，
除了马蹄以外，
浑身用皮革罩着，
全部用银纽扣扣好。

“公岩羊皮制成的黄色衣裤，
穿在他身上刀枪不入。
我曾经发起多少次进攻，
我用矛枪戳过多少次，
都没留下一点儿枪尖的痕迹。
我曾用刀砍却未能砍开，
巴攘枪的子弹也未能射入，
用弓箭根本贴不了边儿。
不知我采取过多少办法，
一个也无济于事。

“自从玛纳斯降生以来，
你们所听闻的故事全是真的。
关于柯尔克孜所穿的战服，
那流传的各种传说也是真的。

“那横马张望的别克巴恰，
他浑身上下都是无敌的力量，
他会踏平任何较量的对手。
他全身充满胆量和勇气，
他携带的装备都是利器，
他会摆平所有遭遇的对手。

“不管你们哪个去上阵，
只要相逢就有死亡的危险。
不论你大力士去，还是别的人去，
都不要怕死哼哼唧唧，
千万不要掉头逃窜！”

这些已经疯狂的勇士，
听完卡勒德克的这番话，
心想世上还有谁能击倒自己，
各个不可一世地癫狂着。
有的自命不凡狂呼乱叫，
有的大发雷霆张牙舞爪。

听了汗王卡勒德克所说的话，
一位叫克尔金的卡勒玛克人，
恼羞成怒地发起进攻。
肤色乌黑的卡勒玛克，
两个面颊又黑又青。
他已经疯狂到极点，
要么杀死对手，要么自己毙命，
“呼呼”地挥舞着手中的长矛，
用力刺出异常凶猛。

生来坚强的英雄别克巴恰，
面对这般刺来的长枪，
不知娴熟地击挡过多少次。

别克巴恰“唰”地抡起战斧，
朝上猛然一击，
被斧击中的矛枪，
朝空中飞去。
别克巴恰抢先一步，
朝着克尔金头顶劈了下去。
只听到“当”的一声，
脑浆溅洒一地。

见到克尔金滚落马背，
又一个莽汉愤怒不已冲杀而来。
“别克巴恰，你等着，
我定叫你从这个世界离开！”

那家伙自命不凡来势凶猛，
挥舞矛枪向别克巴恰刺出。
别克巴恰用战斧挡回矛枪，
不等对手再次举起武器，
他双脚使劲踏着马镫，
跃起身居高临下，
朝着那家伙的头顶砍了下去。
那家伙的头盔变成碎片，
不知头在哪儿，只留下躯体。
无法再待在尘世间，
就这样无声无息地离去。

对手一个接一个上场，
越战越发愤恨冲杀连续不断。
他们或摇晃着盾牌，
他们或飘荡着衣摆，
颠跑而来自命不凡。

他们个个显得怒不可遏，
呼扇着大鼻孔喘着粗气，
都躲不过怒火冲天的青鬃狼，
狠狠劈来的战斧，
脑浆溅洒，接连死去。

他们未能坚持到天黑，
还不到下午时间，
那些狂妄自大的大力士中，
已有十八位枉送了性命。
死去的十八位康阿依人，

全都是力大无比的壮士。

精明的卡勒德克见势不妙，
径直端起千里眼，
仔细观察别克巴恰的动静。
看着挺立的猛虎，
卡勒德克大吃一惊。

只见别克巴恰，
忽而变成滔滔湖泊，
连水鸭也无法游过；
忽而变成高耸入云的雪峰，
连飞禽也无法飞越；
一会又变成一座巍峨的大山，
凡人无法移挪。
别克巴恰变成险峻的陡崖峭壁，
连野兽都无法翻越；
别克巴恰酷似黑色耳朵的烈豹，
一会儿又变成威猛的雄狮气吞山河。
像高山间开阔的夏季草场，
别克巴恰心胸开阔，
无论谁与他为敌，
都无法与他平起平坐。
别克巴恰变成清风，
驱散着棉花般的乌云；
别克巴恰好似大山谷，
上端封闭，谷地开阔；
别克巴恰又似谷中奔腾的河流，
一路撞击着岩石，
波涛声令人惊心动魄。
河谷的出口是万丈深渊，
谁都无法将它跨越。

此刻的别克巴恰，
像英俊的色尔哈克雄鹰，

又像阿勒普神鸟，
精神抖擞，威风凛凛。

身边围着神勇的四十位勇士，
成了他坚不可摧的堡垒。
立在当中的别克巴恰，
长着黄须，骑在黄花马背，
身上披挂的战甲，
用纯金镶嵌熠熠生辉。

在他的右侧立着一位勇士，
骑着铁青长鬃战马，
身上穿着青色的铁甲，
个头比其他人都高大，
威严足以将对手吓死。
谁还目睹过这般场景呀！

在他的左侧还站着一位勇士，
骑着一匹漂亮的战马，
就像陵墓的壁画。
浑身毛色皆发赤光，
马驹似的短鬃闪耀光华。
他往一侧斜戴着头盔，
紧攥长枪呼呼闪烁。
他的面色微微发红，
神似那下山的猛虎，
突然发起猛烈的进攻。

在那一条缰绳远的距离，
还有一位英雄。
他的气势犹如雄鹰，
在空中扬起双翅俯冲。

“我见到的是实景还是幻影，
我从来未见过这般情形。

我原来还没有留意，
那十八位壮汉怎样被夺命。

“站在那前面的一人，
是否不让别克巴恰动手，
自己冲在前面抢先劈砍？
是否是那个人在抵挡矛枪，
然后让别克巴恰来猛砍？”
卡勒德克心里揣摩着，
聚精会神仔细察看。

只见别克巴恰右侧站着一个强汉，
骑着一匹灰色的战马，
马鞍上铺着十分华丽的鞍垫。

卡勒德克再仔细观察发现，
那个人朝着天空张望，
如同太阳照耀天空。
目光紧盯着大地的时候，
就像落日后的黄昏。
目光转向右侧的时候，
就像烈火熊熊燃烧。
目光转向左侧的时候，
天昏地暗乌烟瘴气，
漫山遍野下起冰雹。

挂在肩头的火枪，
比玻璃还铮亮。
挂在一侧的弯刀，
像那宝石般闪亮。
别在腰间的月牙战斧，
就像铁匠打铁，
铿锵有力铮铮作响。
手中执着的长枪，
呈现三十二种形状。

1092 枪杆是铁，枪尖是钢，
触及之处不免伤亡。

他那红色战鼓，
落下苍蝇都会发出响声。
他像奥波勒山峰一样屹立，
手中的长矛直刺苍穹。
他的相貌和气质，
艾丁湖般深沉。
箭袋般粗的胡须，
随风轻轻飘动。
他那坚硬的小胡子，
每一根都像战斧的把柄。
颜色花白的胡须，
就像布哈拉华丽的丝织品。

他的眼窝就像湖中的旋涡，
恨不得将眼前的一切吞没。
一旦他飞马冲锋，
足以将一座城攻破。

再看那人的体态和神色，
好像他在天空与大地之间，
擎天支柱般屹立；
好像他是在金子和银子，
熔融中诞生。
他的脸色像过油的麦粒一样发光，
他的目光如同黄昏一样阴森。
神似腾飞的巨龙，
形似展翅的大鹏。

见此卡勒德克恐慌不安，
好像死亡之神已降临，
伸手揪住他的衣领。

他又一次揉了揉双眼，
观察得更加耐心仔细。
面对着别克巴恰，
再也没有了上阵的勇气。
他想：“我得避开那尊死神，
躲进城里把城门关紧。”

他眨巴着眼睛再瞧一下，
刚才见到的一切已经消失，
只见别克巴恰独立在眼前。

卡勒德克好像恍然大悟：
“那站在眼前的别克巴恰，
原来是玩弄幻觉的魔法师，
我这才明白他的秘密。”
挥鞭抽打着胯下的喀拉苏尔马，
癫狂地冲了上去。

在不远处举目观察的别克巴恰，
一见到卡勒德克的身影，
就像即将参赛的快马一样冲动。
就像拴在鹰架许久，
寂寞难耐的猎鹰，
挥动双翅欲击长空。

“如果苍天给我机会，
我向那沾污整个世界的卡勒德克，
讨还血债报仇雪恨的时机已到。”
别克巴恰咬着嘴唇，
这时才真正准备应敌交锋。

那疾驰而来的卡勒德克，
怒容满面，杀气腾腾，
飞禽般神速，
像抛出的石头呼啦啦飞来，

嗖嗖声冲入耳中。
挥舞着手中的长矛，
就像那群狼号叫，
嘈杂的声音震耳欲聋。

面对飞速冲来的卡勒德克，
别克巴恰严阵以待横马注视。
他“哐”的一声将刺来的矛枪挡回，
让玛依托茹骏马忽闪而过，
掉过头来发起攻击。

单枪匹马的别克巴恰，
在卡勒德克眼里变成一对巨人。
卡勒德克不敢面对死亡，
无法迎面抵挡矛枪。
他爬在苏尔战马的侧面，
躲过了对准腰部的一枪，
又重新回到苏尔战马的马鞍，
窜入密密麻麻的人群躲藏。

卡勒德克向自己的军队即刻下令：
“快把柯尔克孜人阻挡！”
自己却躲进了城门。

一万大军围着城门，
水泄不通，层层设防。
勇敢顽强的别克巴恰，
如同闯入火海，
在一万大军中横冲直撞。

英雄的刀刃，
一股股血水流淌，
他从敌群中杀开血路，
左右边有一条毛绳的距离。
鲜血像渠水般流淌，

哗啦啦的声音萦绕在耳际。

神勇无比的别克巴恰，
深夜才杀到城门跟前。
那坚固的城门，
用铁皮包裹铁钉铆着的门板，
别克巴恰抡起月牙战斧猛地一砸，
城门被砸了个稀巴烂。

无数抵抗的家伙，
当即断送了性命。
别克巴恰独自一人，
打得一万兵马溃不成军。
他进入阔克吐卡特城，
如入无人之境。

别克巴恰被逼娶佳依勒玛为妻

在阔克吐卡特城里，
有位叫别特别特的人。
他有一个老婆六个儿子，
加上自己一家共有八口人。
他有一位非常精明的大哥，
加上他全家生活着九个人。

当卡勒德克成为汗王，
命令别特别特的大哥去找来女人。
当他领来一位妇女时，
卡勒德克嫌她不是黄花闺女：
“嫁过人的婆娘，
怎能般配汗王的身份？”
恼羞成怒的卡勒德克，
对别特别特的哥哥大发雷霆，
往他眼里浇注汞水，
害得他双目失明。
家里的衣物连同房子，
都被卡勒德克没收，
作为选错女人的罚金。

听说，别克巴恰要来，
所有可疑的人，
被卡勒德克一个个收拾干净。

有一位名叫佳依勒玛的女人，
超群出众，与众不同，
生得一副月貌花容。
她身边没有男人，

独自开着店铺，
从早到晚做生意维生。

别克巴恰进城后，
开始管理平民。
他向民众打听，
卡勒德克的踪影。

佳依勒玛得知这个消息，
来到别特别特面前：
“这位新来的别克巴恰，
他非常公正大度，
是位无可挑剔的好汉。
我观察了别克巴恰，
他的确十分完美，毫无缺欠。

“我为了躲避卡勒德克，
一直不敢进城游逛。
我的祖先是月即别，
我怎能嫁给卡勒玛克，
我一直隐姓埋名东躲西藏。
卡勒德克不会明媒正娶，
他会把我当路遇的婆娘施暴逞强。
到那时六十个部落的阿拉什，
因为我，把脸面丢光。

“我曾经嫁给的男人，
为了保护我这个美人，
改名换姓来到这里营生。

“当他们出征羌白山之际，
库尔琼汗从家中抓走了我的男人，
强行做了他们的苦役和壮丁。
我的丈夫已丢了性命，
他至今还没回来毫无音信。

我估计黑胡子贾纳依，
夺取了我丈夫的性命。

“我们的所有财产都在这里，
我不能把它抛弃。
我毕竟是一名妇女，
又无能力在夜里逃离。
白天我不敢出门，
我独自藏身于屋里。

“你受尽了卡勒德克的凌辱，
你受够了他的暴行。
你得前去诉冤告发，
别特别特呀，我们同病相怜，
我和你一道去诉说苦痛。

“我去见别克巴恰时，
会摘掉纱巾。
柯尔克孜人不披纱巾，
我们邻居多年了解她们。

“别特别特，已经六年了，
我渴望男人的气味。
如果上苍为我开恩，
我要和别克巴恰结婚。

“别克巴恰定能为你雪冤，
别特别特，毫无疑问，
在阔克吐卡特城，
那金铸的宝座你能坐定。”

佳依勒玛好言奉劝，
别特别特听后深表同感。
他俩一前一后地走着，
来到了别克巴恰面前。

将所有的经历与不幸，
全部陈述了一遍。

尽管他们并不知道，
卡勒德克去了什么地方。
像佳依勒玛预料的那样，
别克巴恰还是让别特别特，
把金铸的宝座坐上。
向臣民庄重宣告，
别特别特成了汗王。

佳依勒玛匆匆忙忙，
又来到了别克巴恰面前。
从她的话语观察，
她这次来并没有什么坏心：
“阿依阔勒之子别克巴恰，
您知道了我的情形，
是无情的库尔琼汗夺取了我丈夫的性命。
撒马尔罕、塔什干和安集延，
我要是回到了那里，
那里的人不了解我的遭遇和不幸，
人们会骂我是嫁过卡勒玛克的母狗，
月即别人会要了我可怜的性命。

“请您娶我，为我做主，
请把我带到柯尔克孜人中。
如果您不娶我，
我不能迁入柯尔克孜人中。
我不想被那里的人强娶，
落得途中捡来的老婆的名声。

“我想得到您的明确答复，
如果您不答应，
我就用那锋利的匕首，
结束自己的生命。

但我不会默默地死去，
我将传播谣言败坏您的名声。
说柯尔克孜的汗王，
不管有夫之妇还是姑娘，
每天拉去一名妇女同床。
别说是您别克巴恰，
就连您的祖先阿依阔勒玛纳斯，
还有整个阿拉什，
我都要让他们臭名远扬。

“足有六十张的信纸，
写下了罗织的罪名，
不是一封而是一百份，
我交给了那些稀里糊涂的人。
当您让我彻底完蛋时，
当您别克巴恰离开这里时，
他们会按照我的吩咐，
给来自各地的商贩送信。

“您若不信，别克巴恰，
其中一封就在这里。
当您还睁眼活着的时候，
您能把所有的民众说服；
当死神把您带走时，
您还能把谁说服？
交给商贩们的信件，
难道不传遍天南海北？
难道不引起世人关注？”

当佳依勒玛说到这里时，
别克巴恰心想：
“我如果现在杀了这女人，
那些人就会散发她的信件。
这事不会随我个人而去，
那些已故的诸多亡灵，

也要受到无故的牵连。”

他不知如何回答她，
说了那女人也不听规劝，
最后无奈地说了一句：
“你还有什么话，
可以找别特别特商谈。”

要想完整叼起羊肺子，
就要把不易撕破的地方抓准。
佳依勒玛抓住这个机会，
对别克巴恰追得很紧：
“您说的是实话，别克巴恰，
我完全理解您的苦衷。
青阔交和托勒托依重兵围困，
百姓陷入苦难之中。
阿依曲莱克为了解救困境，
才去向赛麦台依求婚。
除此之外在阿拉什之中，
从来没有女方向男方求婚。

“把别特别特推举为汗王，
他可不是来自阿拉什的人，
他可不了解你们的习俗传统。
您不娶就不娶，别克巴恰，
可您不要败坏了整个阿拉什的名声！

“别特别特成了您的奴才，
您让他来向我说亲，
让他做主把我嫁给您，
您这样做才合理合情。

“不论是黄花闺女，
还是戴着铜质顶针的嫁过人的美人，
男人要想娶她们，

应该首先开口求婚。”

当佳依勒玛说完起身时，
别克巴恰感到她言之有理，
同意让别特别特做媒人：
“你这犟婆娘道出了苦衷，
你讲给了我办事的路径。
我一定娶你为妻，
我说的是真心话，你要相信。
我得先向卡勒德克复仇，
在这之前我们不能结婚。”

“我明白了您的话，别克巴恰，
我不是对您不信任。
您得先把我迎娶，
然后把我留在这里也行。
我可没有耍赖的念头，
我不会纠缠着和您一起出行。

“人们已知道我没了丈夫，
时不时来骚扰我。
如果听说别克巴恰娶了我，
他们再不敢乱动乱说。
如果您不娶我，
把我就这么丢下，
人们都会来嘲讽我。
于是会冒出许多捣蛋鬼，
会败坏阿拉什的名誉，
制造难以消除的灾祸。
丑事任何时候不可能隐瞒，
会传遍人世间每个角落。

“别克巴恰，如果您没有听到我的话，
那还可以另当别论。
您明知后果，把我这样丢下，

我的不幸难道不就是您的罪行？”

佳依勒玛用匕首似的恶毒话语，
刺中别克巴恰的要害。
英雄面对千军万马，
豪杰面对生死存亡，
大义凛然泰然处之。
面对这样的女人，
别克巴恰却没有回旋的余地，
他对佳依勒玛不敢怠慢。

在这尴尬的时候，
别特别特突然来到他们面前。
佳依勒玛没向别特别特隐瞒，
道出了心愿。
自己想嫁给别克巴恰，
佳依勒玛倾诉了真言。

当这样的女人这般逼婚之时，
善良的别克巴恰还能有什么好办法，
为了祖辈和后代的荣誉，
只好把佳依勒玛娶为老婆。

当年佳依勒玛已过三十岁，
她嫁给别克巴恰时，
腹中有了四个月的身孕。
别克巴恰待了六天后，
因为汗王卡勒德克的缘故，
准备出门去远行。

别克巴恰将佳依勒玛，
托付给别特别特反复叮咛：
“我们已成为夫妻，
我们已经同床共枕。
佳依勒玛若有了身孕，

不论是生男还是生女，
由别特别特你来为孩子起名。
佳依勒玛，你是妇道人家，
你不能为自己的孩子起名。

“只要我还活着，
我估计重返的年限，
大约为十二年。
不到十二年，
我就会重返。

“如果遇到危机和困难，
别特别特，你把信使派遣。
不要为鸡毛蒜皮的小事，
费心劳神地写来信函。
别特别特，不要为了过去的事，
对自己的臣民发泄怨言。
别特别特，听我的话，
不要计较过去的恩怨。
不要对部分人亲近，
对部分人疏远，
在百姓中种下分裂的隐患。
不要为了一点小事大发雷霆，
惹得百姓对你厌烦。
你要保持宽宏大量，
你要对今天的一切知足。

“如有人到处烧杀掠夺扰民，
如有人整日赌博，挥霍牲畜财产，
如有人四处为非作歹制造流血事件，
如果这样的恶徒出现在你面前，
不要对他们心慈手软。
他们如果给你赠送骏马披上长袍，
你千万不要被这帮家伙蒙骗。

“是长寿还是短命，
谁还能把它预先搞清？
这些也不会写在你的脑门。
切莫滥杀无辜手沾鲜血，
切莫猖狂地去侵犯别人。
如果谁看不起你，而欺辱你，
你要抗争到底，切莫怜惜自己性命。”
别克巴恰讲完这些忠告，
从这里跨马启程。

别克巴恰生擒卡勒德克

别克巴恰在库兰的金色山谷，
听说卡勒德克骑着苏尔马离去。
别克巴恰得到这一消息，
快速从卡勒德克身后跟踪追击。

“巴里坤、卡木布勒和土尔番，
他是否会到这些地方挑衅闹事？
这个心狠手辣的家伙，
他已失去民心，
他已无法得到领地，
他是否将路遇的人全部杀死？

“呼图壁和玛依布拉克，
他是否会横穿这些地段？
是否因为这些地方的人，
拥护我，跟随我，
给他造成了苦难，
他到那里找借口制造祸乱？

“东南方向是阿斯满阔勒，
西南方向是阔克喀木尔，
他是否会在此地制造骚乱？
他是否会去喀拉夏尔、喀木布勒和吉勒德孜，
将那里柯尔克孜人的牲畜驱赶？

“他是否会沿着伊犁河谷行进，
库勒加、巩乃斯和特克斯，
是否会遭受他带来的祸患？
他是否会穿过阿斯克？

他是否想在绝望中来个破罐破摔，
将沿途安分善良的百姓，
把他们的头统统砍断？

“他是否会沿着辽阔的喀什噶尔行进？
是否会翻越安集延的达坂？
玛尔尕朗、阿富汗和纳曼干，
撒马尔罕和塔什干的地方，
他是否会在这些地方制造灾难？

“这个黑心肠的家伙，
他是否会直驱阿特巴什？
那里的喀拉柯尔克孜百姓，
全靠巴克特拜保护。
他是否会偷偷潜入，
向巴克特拜伸出魔爪，
破坏百姓的安宁生活？

“他是否会沿着伊塞克湖畔，
将辽阔的塔拉斯进犯？
是否会向王城与陵墓，
发起攻击制造战乱？”

别克巴恰心里想着这些，
快马加鞭，马不停蹄。
只是偶尔让马饮水吃草，
没有下鞍舒展四肢，
没有闭上眼睛歇息，
紧紧跟踪马蹄印迹。

雨点般抽打着苏尔战马，
卡勒德克正逃窜而去。
他一路不回头直奔前方，
想渡过滔滔尼勒河。
他心想：“那里是地角天边，

别克巴恰不会追到那里。

“我若能涉过尼勒河，
我若能到达那里，
在那些百姓之中，
我要用甜言蜜语立足安身。
谁若失去平等的权利，
就为谁讨回公平，
来显示自己的本领。

“对那些头人投其所好，
也对不满者表示同情。
在他们中间挑拨离间，
让他们四处骚动失去安宁。
把双方都掌握在我的手中，
巧妙周旋赢得信任。

“当我的功劳被民众认可，
当达到难舍难离的情分，
向他们的智者请教出路，
向他们的强者求借援军。

“让他们诚惶诚恐不知如何是好，
让我催促着他们出征。
让那些目睹者惊心动魄，
让那里的鼓声响彻天空，
让那里的大军喧嚣张扬，
我将率领那里的军民兵勇，
将塔拉斯一举占领。

“那时的别克巴恰，
岁月会染白他的双鬓。
见到浩浩荡荡的大军，
他也会胆战心惊。

“我常食用康阿勒特尔乌鱼的肉，
我怎能让白发生成？
除了别克巴恰之外，
谁还能抵挡我的威猛？

“喀拉柯尔克孜的巴克特拜，
如果到那时还未死去，
他的眼睛也会长满眼屎，
他的胸口也会气喘吁吁。

“我现在逃跑途中，
先不要招惹别人。
我不能被人缠身，
别克巴恰在我身后跟踪。”

恶棍这样想着，
便从阔克吐卡特逃离，
避开人们聚居的地方，
专走偏僻的羊肠小道。

他从阿尔帕下到纳仁，
经过喀拉库云一带，
阿特巴什的巴克特拜，
又浮现在卡勒德克的脑海：
“我要前去阿特巴什，
对喀拉柯尔克孜的巴克特拜，
我要割下他的脑袋。

“据说自阔绍依以来，
他们还没有遭受过灾祸，
他们的珠宝、绫罗绸缎很多。
他们的麻纳特布和平绒更多，
他们的大畜满山遍野。
我驱赶着他们黑压压的大畜上路，
会不会有什么不好的结果？

“游牧为生的柯尔克孜人，
大象般的骆驼很多，
肥壮的单峰驼更多，
那双峰的雄驼也很多。
我将他们仓库里的财富一点不留，
用他们的单峰驼驮着。
牵着驼队离开那里，
前往库都斯的城郭。
连物带货作为见面礼，
献给库都斯的厥玉特。

“据说厥玉特本是阿拉伯人，
一向十分神勇。
多年来沉静在平静之中，
他们心气强盛从未受挫。
让我率领着他们，
定能杀入塔拉斯城。

“掠夺巴克特拜的财富，
作为礼品赠送给厥玉特。
我用柯尔克孜身上的油脂，
炸了他们自己身上的肉才善罢甘休，
否则就让我卡勒德克销声匿迹。
我要这样实施自己的计划，
我就要往马奶里掺水搅乱整个世界！”

卡勒德克在梦想中获得财富，
心想用战利品换取援军，
前去与厥玉特同流合污。
企图再度进攻塔拉斯，
让鲜血哗啦啦地流淌，
汇入那里的江河。

他又这样盘算：

“我若到阿特巴什的巴克特拜那里，
他的哨兵会首先发现，
他们也许会同我交战。
我可以坚持不顾旅途劳累，
难道这匹马能不疲倦？

“自从离开阔克吐卡特出发远行，
它未曾饮足过一次水，
它未曾吃饱过一次草，
一直行走不知劳累。

“我胯下的喀拉苏尔马，
独自行驶在荒野小道，
在激战中它定会疲劳。
我不如在此停步悄悄休息，
让喀拉苏尔马饮水吃草。
我也在此合眼养神，
好好地睡上一觉。”

他摘下马的嚼口，
让苏尔马去饱食青草。
解下笼头的扣子，
让苏尔马去饮足水补充消耗。
他把头枕在一块岩石上，
便开始打鼾睡觉。
整整六日未进食，
像死人一样沉睡无人打扰。
当到第七天时，
才睁开眼把装备收拾好。
他牵来苏尔马跨上马鞍，
把阿特巴什定为袭击的目标。

正在此时，雄狮别克巴恰，
来到喀拉莫依诺克的达坂。
他放目四处眺望，

卡勒德克的身影映入眼帘。

前面是一条峡谷，
水流哗哗十分湍急。
翻过一座山冈，
背面却是一片宽阔的平地。
卡勒德克也发现了别克巴恰，
便朝着那座山冈策马扬鞭。

英雄别克巴恰顿时怒火涌上心头，
心想，在翻越山冈前收拾了他。
将胯下的托茹战马，
挥鞭拼命抽打。
就在到达上坡的时候，
玛依托茹摇头晃脑，
蔫乎乎地立在原地不肯前跨。

玛依托茹不肯行进的情景，
卡勒德克看在眼里。
他独自开心地窃笑，
不知有多么欢喜。
他咧着大嘴，
鼻翼向两边伸展，
脸庞扩展得像一片空旷的草地。
他勒紧马缰回头，
把别克巴恰死盯了许久。
塌鼻子又向两边扩展，
幸灾乐祸，狂笑不止。

玛依托茹更加不肯动弹，
踉踉跄跄疲乏无力。
别克巴恰顿时暴怒，
恨不得挽起那两个衣角，
徒步将卡勒德克追上去。
离开玛依托茹马，

将卡勒德克追击，
就会多几分死亡的危险，
别克巴恰却不顾自己的生死。

他握起战刀的刀柄，
心想砍下玛依托茹的头颅。
就在抽刀的瞬间顿生犹豫，
战刀未从刀鞘抽出。

“我的祖父是凯耐尼木，
这是他亲眼相中的坐骑。
我的同胞好汉阿斯勒，
骑着它和对手角逐。
直到今日玛依托茹，
从来就没有失过蹄。
让我来牵着它行进，
爬上那眼前的山脊。

“难道我别克巴恰生命到了尽头，
行将入土的我变得沉重，
压得玛依托茹走不动？
或者是卡勒德克已死到临头，
为他的生命感到沉重，
是否因此不肯行进？”

别克巴恰顷刻想了许多良策妙计，
衡量了事情的利弊，
跳下马背牵着缰绳，
坚定地向那山冈走去。

“他的马匹已疲乏，
我在此歇息是妙计。
割下这个柯尔克孜的脑袋，
把它挑在枪尖上高高举起。
让他的乡亲们号啕着，

带到坟穴里去。
让他的老少皆哀号，
在畏惧之中求饶讨好，
鞍前马后把我殷勤服侍。”
卡勒德克思忖着，
低头观察山坡，
原来是无底陡峭的高崖，
只有一匹马可行的狭路。

“玛依托茹虽然是匹神骏，
我看它在陡坡上，
没有可躲逃的余地。
他的战马虽然已疲乏，
我也不能在那陡坡侧面攻击。
那样显得我对这个柯尔克孜，
还是不敢正面对决。
我就在这个山顶等着，
正面砍下他的首级。”
卡勒德克这样想着，
他便跳下坐骑。
扎紧鞍条肚带，
放松马鞍的后鞧。
缩短鞍镫的皮带，
拉紧每条鞍具。
扎紧自己的腰带，
重新跃上坐骑。

好像眼珠要鼓出来似的瞪大眼睛，
卡勒德克双目不眨地死死盯着：
“如果我在这小小的山冈上，
继续挺立着俯瞰，
他牵着那不肯前行的劣马，
可别在那里磨蹭个没完，
切莫让太阳落了西山。
可别让他乘夜色鬼鬼祟祟，

穿行在石林中逃窜。

“别克巴恰失去骏马，
定会恐慌畏惧。
失去战马的柯尔克孜，
定不像我鼓足勇气。

“我尽快离开这山顶，
让他相信我已逃亡。
让他逞能尽快奔上山冈，
到那时让我来跟他算账！

“对着狂妄自大的柯尔克孜，
我非让他们尝尝我的厉害不可！
我非让芒格特与特尔沃特人，
布满塔拉斯不可！

“让唐格特与卡勒玛克，
占领两个英干与阿尔泰，
占领特克斯与伊塞克湖，
非让他们成为这些地方的主人不可！
我要成为他们的主宰，
我才善罢甘休心安理得！”
卡勒德克立在山冈上，
已幻想成为无数领地的主人。
一想起阿拉什的名字，
他的心顿时变得冷酷无情。

他站在山冈得意忘形，
顿时感到自己头上落了不少荣誉。
他根本不仔细想想，
自己已经在自己的颈上套上了绳索，
已经将自己拖向了地狱。

别克巴恰走到半山腰，

离山顶还有一个射程距离，
已经走不动的玛依托茹，
突然将双耳交叉着竖起，
狂怒着嘶鸣起来，
比狂躁的公马还凌厉。
它咬着嚼链向前猛冲，
驮着青鬃狼疾驰而去。
玛依托茹虽然是牲畜却有灵性，
好像要跟谁告别一样，
不时回头留恋地张望。

原来是凯耐尼木的战马坎库拉，
在玛依托茹眼前显灵。
当卡勒德克妄想成为王中之王，
为自己的幻想得意忘形；
当卡勒德克施法，
不让玛依托茹前进；
当截住它的去路时，
坎库拉不让玛依托茹前行。
它半路截住诚恳提醒：
“卡勒德克将在峡谷侧面伏击，
他会利用那里的地形。
别克巴恰即使不会死亡，
也会受伤不轻。
不能让英雄徒步进入狭窄地段，
中了那个老贼的奸计。”
坎库拉说完摇动着尾巴，
掉头踏上回程。
托茹马获准前行，
回头目送坎库拉神骏。

别克巴恰未蹬那金铸的马镫，
便腾空跃上马鞍。
他急忙奔上那座山冈，
将卡勒德克跟踪追赶。

卡勒德克正等候在那里，
心想，别克巴恰何时能登上来?
一见别克巴恰上来，
卡勒德克高呼着“芒格特”的名字，
从一侧闪出突然袭击。

这般凶猛不知见过多少，
别克巴恰哪能惊慌失措干着急。
“我要让他毫无遗憾地死去。”
他把卡勒德克刺来的长矛猛地一击，
卡勒德克的矛枪从手中飞出。
别克巴恰没有趁机向他刺出矛枪，
立即勒马站在了原地。

失去长矛两手空空，
卡勒德克顿时恼羞成怒。
他从腰间抽出战斧：
“我让别克巴恰粉身碎骨，
在这大地上永远消失。”
卡勒德克用双手抡起战斧。

别克巴恰用斧背反击，
卡勒德克手中只留下了斧柄，
斧头被击落在地。

卡勒德克更加恼怒，
他又从鞘中拔出战刀，
凶狠地向别克巴恰劈去。

怒吼声震裂山石，
回荡声震耳欲聋。
当寒光闪闪的战刀劈来时，
别克巴恰又用战斧斧背，
朝刀面猛地一击。

那战刀断成了四十一块，
飞溅撒落在四处。

卡勒德克又一次落为空手，
除了大头棒再无别的武器，
他将放在胯下的大头棒“嗖”地抽出。
他双眼喷射着火光，
好像要把整个世界吞噬。
从头顶朝下猛砸时，
那呼啸的声音令人发怵。
当卡勒德克砸下大头棒时，
别克巴恰用战斧回击，
卡勒德克的右臂“咔嚓”一声被击断。
他手中的大头棒，
“哐当”一声落了地。

卡勒德克不甘心，
“唰”的一声拔出了铁剑。
别克巴恰手中的战斧，
“啪”的一声又击中他的手腕。
两个胳膊都已折断，
卡勒德克滚落马鞍。
别克巴恰将他牢牢地捆在苏尔马背，
牵着马上路回返。

让我们暂且放下这段，
唱一唱别克巴恰汗王，
为玛纳斯为首的四十二位勇士，
怎样举行盛大的祭典。

别克巴恰为
玛纳斯等英灵
举行盛大祭典

柯尔克孜社会安定
民众生活蒸蒸日上

柯尔克孜铲除了卡勒德克，
恢复了昔日的和平景象。
百灵在绵羊背上筑起巢，
广大民众百业兴旺。
没有一户贫寒的人家，
没有一个人借债欠账。
家家户户应有尽有，
柯尔克孜人生活富裕幸福安康。

夏季在宽阔的高坡牧场，
随风飘溢着奶油的清香，
萨莫尔茶炊在各家沸腾，
欢歌笑语四处荡漾。

年轻人的吃法别出心裁，
羊尾油搅拌炒熟的麦粒越嚼越香。
人们都无忧无虑心宽体胖，
步行走路感觉体重超量。

年轻小伙将珍贵的腰带系腰间，
姑娘们把羽毛插在帽子顶端。
戴着成串耀眼的珍珠玛瑙，
十来岁的少女们天真烂漫。
那少妇们姿态优雅，
发辫上缀满银饰银光闪闪。
在袖口和前襟，
绣满了各种彩色的图案。
用华贵的水貂皮，
将围裙的边缘装点。

挤奶的母马拴满缆绳，
白花花的肥肉在锅里煮满。
金黄的糖，芳香的炒肉，香甜的奶皮，
不知多少种可口的佳肴，
在家家户户餐布上摆满。

那栅顶彩带，那五彩壁挂，
那精美绣包，那斑斓草帘，
还有那刺绣的绸缎帷幔。
毡房内装点得五彩缤纷，
让人目不暇接眼花缭乱，
观赏的人无不为之感叹。

那富贵人家的毡房，
就连天窗带都是流光溢彩的铜链。
那天窗框架皆是银铂银光闪烁，
那毡房的华丽装饰格外显眼。
那黄金铸造的饭锅，
架在银制的锅架上十分般配。
所有毡房里铺的花毡，
皆用银线绣了边沿。
将驼绒染成五颜六色，
把根根芨芨草缠绕锁边。
那精美的芨芨草帘，
用十二种色彩的真丝编织。

那毡房外盖的白毡，
用石膏在外面粉刷。
那毡房的栅架和撑杆，
用红色油漆涂染。
那拴毡房门帘的宽彩带，
用六股彩色经线编织。
撑杆的绳扣是八色，
用的是各色真丝线。

那盖毡上的六条扁带，
表面是彩线精制的艳丽图案。
栅架顶端悬挂的彩绸装饰布，
宽度足有半庹，
将毡房装饰得格外华贵鲜艳。

阿依勒成群的马匹，
围绕在那拴马的缆绳。
马群簇拥着趴下休息时，
道路堵塞人们难以通行。

那倒出去的剩油，
连野狗都不去嗅一嗅。
孩子们将油脂瞧都不瞧，
妇女们将奶皮舔都不舔。

年轻小伙子轮流聚会，
专门宰杀还在吃奶的马驹。
姑娘媳妇们欢聚一堂，
各家各户宰杀羔羊操办宴席。

媳妇们闪动着眼睛，
暗送秋波含情脉脉。
迈着白鹿般轻盈的步姿，
姑娘们个个像鲜艳的花朵。

大伯大娘们相聚在一起，
品尝着未断奶的驼羔肉。
大娘们将大衣搭在胳膊上，
佯装咳嗽着。
大伯们都嘻嘻哈哈，
逗得大娘们喜笑颜开精神抖擞：
“在那众多老头们面前，
你可不要驼背弯腰，
要像从前一样昂首挺胸地走。”

一旁的大伯说：
“你别把自己的老太婆夸耀，
老太婆不弯腰驼背还能怎样？
你自己都翻不过一堆土包。
我看你呀！你能给葫芦注满水，
才能在老婆面前炫耀。”

“可敬的老头，可说了大实话！”
在旁的人们开怀嬉笑。

“什么时候都管不住那张嘴！”
大娘在旁边向大伯嘟囔。
那刚刚起身的大娘，
就地坐下来不再张扬。

在那原野呐喊声此起彼伏，
风华正茂的青壮年，
展开激烈的“刁羊”比赛。
喝足马奶的年轻人，
有些醉意红光满面。
他们激情高涨，情不自禁，
扯着嗓子大呼小叫，
扬鞭催马你争我抢。

那玩“攻王宫”游戏的人更多，
相互指责对方犯规捣乱，
想方设法战胜对方。

有人玩着九窝棋，
将那九九八十一颗子儿，
移动在九个窝之间。

凯棋铁棋与恰特拉什棋，
需要棋手擅长计算。

哪怕再匆忙的人，
只要经过下棋的地方，
都会停下步来围观。
如果来者是下棋的高手，
就会高傲地整理下帽子较量一番。

老年人与青年混在一起，
熙熙攘攘地涌向赛马的地方。
将骏马的尾巴分叉打结，
将骏马头上的鬃毛扎成辫子朝天飘扬。

让裁判把参赛的骏马，
成群结队地赶往起点。
无论有赛马还是没有赛马者，
都翘首张望赛马过来的方向。
当那远处扬起尘土时，
人们急不可耐地涌向前方。

裁判官们骑上骏马，
做好准备站在路旁。
那骏马的主人们，
个个瞪大眼睛眺望。
不知是喜还是愁，
泪花溢满了眼眶。

“谁的马正冲在前面！”
观赛的人们都在叫嚷。
骏马的主人激动得说不出话来，
两脚紧蹬着马镫，
立刻挺起胸膛。
甩搭着两个袖口，
热泪从瞪大的双眼哗哗流淌。

不少人飞马簇拥而上，
向夺冠骏马的主人索要着礼品，

分享着夺冠的奖赏和喜悦。
歌手们双脚紧踏马镫挺起身，
穿梭于人群中东张西望。
他们放开歌喉即兴歌唱，
将得奖的骏马和主人一并夸奖。
歌手们的这一举动，
为的是获得几只牲畜的奖赏。

歌手们赞美的歌声，
让马的主人得意地挺起胸膛。
有些马的主人，
顿时变得目空一切高高在上。

在他身边恭维的人更多，
簇拥在他的身前身后，
兴奋地谈论着不着边的话，
谄媚之词总不离口。

那走马赛更加热闹，
行云流水般的走马，
那风采让人赏心悦目。
四蹄嗒嗒作响，
一双后蹄伸展了开来，
与马镫叮当碰击。

驾驭走马的骑手们，
紧踏着马镫的双脚忍受着酸疼。
马蹄卷起的石块，
“嗖嗖”地向四处飞迸。
从平地扬起的尘土，
像滚滚云团在天上飞腾。

品种优良的走马，
如果放开缰绳，
四蹄腾空如飞一样，

难以分辨那掠过的身影。

游牧的柯尔克孜人，
经常以狩猎为消遣。
放开猎犬追猎岩羊，
呐喊声在山间回荡。
巴攘火枪的轰鸣声，
震耳欲聋响彻云天。

将岩羊堵在山崖间，
众猎犬在外围汪汪狂叫。
丘陵间盘羊四处逃窜，
马鹿在山间惊恐而逃。
狗熊胆战心惊地逃跑，
野猪在林中哼哼乱叫，
渡鸦咕咕地叫着赶到。

在原始森林之间，
黑耳狮子随处可见。
老虎缓缓而行格外悠闲，
群狼出没骚动不安。
群豺嗥叫着，
犹如人们狂笑一般。
猎手们拉弓放箭，
百发百中，身手不凡。

从戈壁猎捕狐狸豺狼，
做成裘衣过冬御寒。
小伙子们拿着猎具各显身手，
将猎夹设在山脊和达坂。

为捕获高山雪鸡，
将猎套架在溪水泉边。
那些不甘寂寞的少年，
不愿在家中安闲。

沿着湿地沼泽放鹰，
猎捕野鸭、苍鹭和大雁。

放飞猎隼，
捕捉仙鹤、大鸨和各色鹳。
用猎隼捕捉，
石鸡、沙鸡和野鸡。

他们用金雕捕捉天鹅，
敬献给那些银须老人。
小伙子们借此机会，
得到双峰驼的奖赏，
获得牙口齐全的骏马。
向某某敬献天鹅，
获得回赠的骆驼和骏马，
返回途中得意扬扬逢人自夸。

那捕获狗熊的人更不得了，
送给尊贵的人家，
起码获得一匹五岁良马。

那打倒马鹿的猎手们更是喜出望外，
鞣制好马鹿的皮张，
如果谁家有出嫁的姑娘，
去披在她的坐骑上，
就会获得一匹三岁骏马的报偿。
哪怕遇到家境贫寒人家，
也能得到一只肥壮的羯羊。

在柯尔克孜人眼里，
出类拔萃的走马和快马身价最高，
其次是凶猛的雄鹰和敏捷的猎犬。
那凶猛的苍鹰和超群的骏马，
敢于咬住豺狼的名犬，
皆被视为无价之宝，

这类说法历来流传民间。

每当夏季来临，
酸奶、乳酪和奶皮万里飘香。
不分白天和黑夜，
吃的是空胎母马和马驹肉，
品的是吃着鲜奶成熟的羔羊。

每当严冬降临的季节，
享用的是块块脖颈油和灌马肠。
酥油、蜂蜜和“叶克切灭[1]”，
油果子、油饼和油馕。

[1] 叶克切灭：一种奶制品。

人们夏季的穿戴格外讲究，
头上戴的白毡帽银光闪闪，
身穿鲜艳的绫罗绸缎。
小伙子们系在腰间的腰带，
用熟制的皮革制成，
用纯金精心镶嵌。
精美的腰带如此耀眼夺目，
小伙子们英俊潇洒风度翩翩。

姑娘们头戴貂皮圆帽，
帽顶上插着羽毛。
红润的脸蛋彩霞般鲜艳，
脖颈上佩戴珍珠玛瑙。
梳成三六股辫成的条条发辫，
姑娘身份一看就知道。

小媳妇们身姿优雅，
洁白的面容像月亮一般。
一指宽的貂皮镶边围裙，
长长地垂到地面。
少妇们忙碌着喜眉笑眼，
那苹果般隆起的双乳吸引人眼。

可是那些胆小怕事的青年，
不敢搭话早已躲往一边。

青年人身穿狼皮和獾皮大衣，
度过严寒的冬季。
头上戴着狐狸皮圆顶帽，
鲜艳的毛儿在微风中忽闪忽闪。

瓷碗里盛满油炒的小麦粒，
茶炉热气腾腾冒着白烟。
那宽大的餐布上，
各色美食佳肴样样齐全。

妇女们穿的是猞猁皮大衣，
还未生育的新媳妇光彩照人，
硕大的耳环下垂到脖根，
哗哗啦啦的发饰磕碰着腰身。
腰间系着精美围裙，
手臂套着绣花套五彩斑斓。
脚上穿的是乌黑发亮的长靴，
用皮线和银钉装点各种花纹。

十八岁到三十五岁的青壮年，
只能在外围窥视干瞪眼。
若有幸能正面来相互攀谈，
就像自己的所有夙愿得以实现。
当爱情的烈火烧心田，
心脏就要蹦出嗓子眼。

阿依勒里娇艳的佳丽多，
高耸着头上的艾列切克，
昂首挺胸步姿优美。

老头儿们白须迎风飘拂，
总是显示着长辈的身份。

老太婆们个个腰儿滚圆，
总是穿着宽松的长裙。

这时的柯尔克孜人，
如日中天生活悠闲。

别克巴恰安排阿拉什筹备祭典

青鬃狼别克巴恰，
此时却想起一件事反复琢磨：
“六十个部落的阿拉什，
牲畜遍野比茅草还多，
绫罗绸缎比牲畜多，
黄金多，白银更多，
珍贵的金银珠宝不计其数，
都过上了富足的生活。
此时我要举行一场盛大的祭典，
将玛纳斯为首的众位英灵祭奠。
我要跨马走出家门，
走遍各地走访各个部落。
到达骏马能抵达的所有地方，
将举行盛大祭典的地点选择。

“那著名的青鬃狼玛纳斯，
以阿依阔勒为首的各位巨人，
我要将他们的英灵隆重悼念。
卡尔德噶奇与恰克玛克塔什，
还有在尼雅的加噶勒玛依，
最后离开我们，
我也要为他们举行盛大的祭典。

“大地是个滚圆的大球，
再不识路的人也走不失这个球面。
若不能选择适宜的地点，
就无法举办那盛大祭典。

“柯尔克孜族对先人的祭奠，

是一场声势浩大的典礼活动，
不能简单视为只是一场祭奠。
当年阔阔托依的祭典，
声势隆重规模空前。
堪称盛大聚会的典范，
至今还在民间相传。

“那闻名遐迩的盛大祭典，
当年在卡尔克拉草原举办。
那傲慢自负的大卡勒达依，
盘踞在日出的地方，
他率领所属五个部落前来参加祭典。
却不见印迪斯坦人、厥玉特人和阿拉伯人，
这是曾经留下的一大遗憾。

“他们为何没来参加，
其中有着这样的原因。
他们都居住在低凹平川，
卡尔克拉草原却在北方边远，
普通的马儿走不到这么远的路程。
阿拉伯与厥玉特人，
骑马的人甚少，
大多数人习惯骑骆驼出行。
平日里他们褡裢往肩头一搭，
在本地徒步串乡走村。

“印迪斯坦人实在无法抵达，
他们的马匹毛绒不经严寒。
如果到寒冷的地方肯定死光，
他们便无法返回家园。
阿拉伯人、厥玉特人和印迪斯坦人，
没来参加祭典的理由就这么简单。

“如果在北方与南方之间，
选择合适的地方举办，

所有人肯定会来参加祭典。”
别克巴恰在心中这样盘算。
为了踏看最佳的地段，
为了尽早确定地点，
英雄跨马离开家园。

他走遍了西边所有地方，
未能选中合适的地点。
花草丰美之处却无潺潺流水，
河水丰足之处却无草原。
他对西边感到失望后，
便掉转马头朝东部挺进，
沿着盐水河一直向前。

当他驶向东边的途中，
有时沿着河水，
有时沿着缓坡；
有时沿着海岸，
有时穿梭丘陵；
有时走过一望无际的草原，
有时穿越戈壁碱滩。

他时而横穿那荒漠原野，
时而翻越白雪皑皑的山峦；
时而越过高山险崖，
时而踏过戈壁石滩；
时而穿过宽阔的草原，
时而走过巍巍的山峰。
一路经过这些地方，
亲眼看见无数的奇异景观。

为了举办祭典四处踏看，
他踏破铁蹄历经艰险。
白天是甜甜的淡水，晚上却变得很咸很咸，
他遇到了这样的怪泉。

他身后抛下碧波粼粼的湖水，
他见过淡水和咸水同流的河，
那一半淡水比蜜汁还甘甜，
另一半咸水却咸得人无法吞咽。
他见到了那泥沙滚滚的急流，
混浊得像水中掺了炒面。
春夏秋冬依然在燃烧，
他目睹了烈焰冲天的火山。

当旭日东升照亮大地时，
他见到了光彩照人的奇山。
那飞禽无法飞越的这座山，
那猛兽无法翻越的这座山，
光秃秃的崖壁奇峰映入他的眼帘。

白昼平静安宁，
黑夜突然坍陷，
他见到千变万化的怪山。

果实上长着像人一样的头发，
长着浓密而乌黑的眉毛；
长着像人一样的眼睛，
长着忽闪忽闪的睫毛；
露着牙齿对人微笑，
脸面像明镜似的闪耀。
长得像人头一模一样，
这样的果树他在林间惊讶地看到。

好像用大刀劈成两半一样，
他见到很多半身人模样。

见到各种各样的飞禽，
见到各式各样的走兽。
不知见到多少种水中动物，
戈壁荒漠的野生动物，

在水面上也照样游荡。

他马不停蹄地走了三年，
周游四方选不到一处合适的地点。
在他走遍整个亚细亚的途中，
那叫作巴勒特克的大草原，
被别克巴恰惊喜地发现。

他细心地观察四周，
顿时心中发出感叹：
“我游览了不少地方，
我目睹了诸多部落的情况，
这里举办祭典非常合适，
我看中了这个地方。

“这里阴面的山水，
长满了白桦和青松，
面前的湿地草滩边沿，
是野兽无法穿越的密林。

“那山坡绿草茂盛山沟成网，
在沟间流淌着淙淙清泉。
那闪烁的湿地草滩，
是动物无穷的乐园。

“在一片片的浅湖上，
野鸭浮满了水面，
野鸭、鸿雁、苍鹭喧天。

“丘陵上盘羊成群，
山间岩羊奔跃，
多得就像流沙一般。
半山腰出没着狐狸和狼，
还有猞猁、黄鼠和狼獾，
它们可是勤劳猎手的资源。

“山脚下宽阔而平坦，
走到头需要十天的时间，
这里真是赛马的好地点。

“水鸟在水洼间嬉戏，
追捉着泥鳅不肯休闲。
黑鹳、灰雁正在撒欢，
在浅滩忙忙碌碌你追我赶。

“那银光闪闪的湖面，
那宽阔无边的山川，
那湿地和无际的草原，
是所有飞禽走兽的乐园。”
此处的美景使他满意痴迷，
此处的景色让他流连忘返。

当时间过去三十六个月零十一天，
经过这漫长的行程，
他才回到塔拉斯家园。

他向四面八方派遣信使，
让骑士们去了一个月行程的地方。
让人找来克孜勒克孜，
派她去了最遥远的地方。

那北方著名的奥鲁斯，
在辽阔丰美的草原居住。
那喀依沙尔在伊斯坦布尔，
还有类似的诸多名门望族，
伊朗和伊拉克，
米斯尔与库都斯，
还有呼罗珊人和伊斯番人，
向他们都派去了信使。

向克什米尔的柯尔克孜同胞，
以英雄别克巴恰的名义送去了请柬。
印迪斯坦、奇尼、三座岛屿，
全都列在邀请名单。

身披赤袍，敞胸露怀，
居住在高原的人们，
也被邀请参加祭典。

闻名于世的两个英干，
终年白雪覆盖，
坐落在阿穆尔河畔。
居住在那里的民众，
也被邀请参加祭典。

祭典定在后年的铁凯月[1]，
要求所有客人不要错过时间。
向各地发出邀请后，
便商定接待宾客的方案。

别克巴恰向阿拉什发布了通告：
“我要举行一场盛大的祭典，
我要对四十二位先祖进行祭奠。
四十个部落的柯尔克孜人全部参加，
四十个部落准备宽敞的毡房四万。
六十个部落的众多阿拉什，
你们都要为祭典服务无偿奉献。

“为祭典所要支的毡房，
数量必须要超过九万。
来这里迎宾待客，
不要带着各自的家眷，
不许任何闲人随意乱窜。

“每日要上两顿鲜肉，

[1] 铁凯月：古代柯尔克孜历法五月。

每天三次敬上茶点。
白天黑夜的饮食茶饭，
招待贵宾都要上五遍。

“餐布上的食品要丰盛，
与茶一道上席的食品，
应当有用葫芦盛的蜂蜜，
用奶皮烙制的油饼。
不能上平日的干馕，
要有葡萄干、方糖和巴旦木仁。
还要有奶茶和酥油，
所有的食品必须准备充分齐全。

“茶杯里不能没有茶水，
要把炒肉和酥油都备好。
要宰能灌香肠的肥母马，
还要宰吃奶的驼羔。
切莫宰瘦弱的牲畜，
要宰的牛和羊更不能少。

“如果客人吃不上羊尾油而埋怨，
如果客人吃不饱而埋怨，
听明白，你们谁也别想有好下场！
如果谁舍不得宰牲畜，
谁就落得被宰的下场！

“接待客人的每顶毡房，
至少要备有十条鱼做佳肴，
需要的器具要样样齐全。

“祭典最多需要三十天，
至少也得十五天，
你们接待贵宾要热情周到。

“招待宾客的男女切莫混杂在一起，

嘻嘻哈哈损害形象。
切莫装作活泼大方开朗，
信口开河乱语中伤。
头脑要清醒，
即使赶不上太祖母卡妮凯，
也要像阿克艾尔凯绮一样。

“人人都应遵守规矩彬彬有礼，
人人都要机智灵敏干练。
只要言语温和礼貌待客，
客人都会喜欢。

“我的臣民快去准备两年，
四十个部落的柯尔克孜人，
在四十处支起你们的毡房。

“每个部落要出一顶，
十二围栅的巨大毡房。
集中你所有的财富家当，
毡房要立起一尊图勒[1]像。
我将搭建四顶宫帐，
房外挂上孝旗内置图勒像。
我们为四十二位先祖举办祭典，
总共四十二尊图勒供人们瞻仰。

“白毡帽的柯尔克孜阿拉什人，
如今应有尽有样样齐全。
因为阿依阔勒雄狮玛纳斯，
做了整个阿拉什人民的靠山。
抗击康阿依人的侵扰，
保护了百姓的平安。

“为救星玛纳斯，
为巴卡依和阔绍依两位长老，
为穆孜布尔恰克和阔克确汗，

[1] 图勒：古代柯尔克孜人仿照已故亲人的模样供人祭祀的塑像。用木头制作并穿衣戴帽。

为阿勒曼别特、楚瓦克雄狮，
为勇猛无比的色尔哈克好汉，
为智谋超群的阿吉巴依汗王；
为纯洁的贵妇人、列祖母绮依尔迪，
为尊贵的天祖母卡妮凯，
为白天鹅般的高祖母阿依曲莱克，
为女中豪杰曾祖母库娅勒；
为雄狮赛麦台依、赛依铁克，
为威名震天的一代英雄凯耐尼木；
为生来忠贞不渝的英雄叔伯古里巧绕高祖；
为了那战胜日落地方的七个巨人，
二十二岁年华就离开人世的赛依特雄狮。
为了慰藉列祖列宗们的亡灵，
让我们一道举行盛大隆重的祭典，
将他们的功德业绩载入史册。

“当年年迈力衰的祖母绮妮凯，
呕心沥血历经艰辛。
头缠黑色艾列切克，
身披孝衣悲痛填膺。
我们的母亲克勒吉凯，
身怀着一对双胞胎，
把生活的苦难尝尽。

“败类坎巧绕和克亚孜，
当年给塔拉斯带来灾难。
为了捍卫青鬃狼的灵魂与宫殿，
九十五岁高龄的萨热大伯，
义无反顾浴血奋战。
听说那两个恶徒力量不及，
无耻地挖下陷阱把他暗害，
他可不是轻易被忘却的英雄好汉。

“当年坎巧绕篡夺汗王宝座，
让百姓走投无路陷入危难。

人们受不了恶魔的苛捐杂税，
做出了背井离乡的打算。
阿吉巴依之子凯尔曼拜，
挺身而出将人们这样规劝：
‘阿依曲莱克有孕在身，
那一定是龙驹骥子。
如果生的是男孩，
像赛麦台依一样，
总有一天会返回故乡塔拉斯。
我们不能放弃故土逃窜，
更不能丢下英灵高照的玛纳斯。’

“正因他的诚挚相劝，
整个阿拉什人才未背井离乡。
凯尔曼拜这样的英雄豪杰，
我们怎能把他遗忘？

“当时阿依曲莱克被劫走，
被恶魔克亚孜霸占。
当赛依铁克即将降生，
阿依曲莱克临近分娩，
克亚孜派去五个巫婆，
企图将婴儿扼杀在摇篮。
克亚孜当作战利品，
从塔拉斯要来的阿依萨勒肯和库图巴依，
帮助阿依曲莱克处死巫婆，
保护了新生婴儿的安全。
他们立下如此不朽的功勋，
如果我们遗忘了他们，
我们会受到上天惩罚失去双眼！

“圣人阔绍依为百姓带来洪福，
他的儿子加勒格再克功名盖世，
继承父亲的遗愿滋润百姓的心田。
我的大哥阿斯勒，

还铭记在我的心间。
我的爱妻努尔法努，
我怎能不将她怀念。

“与汗王卡勒德克较量中，
在那血肉横飞的沙场，
和阗、叶尔羌和喀什噶尔等地，
阵亡了许多汗王。
阿热勒、阿斯克和罗布泊，
也有许多英勇献身的汗王。
在那危难当头的关键时刻，
好汉们前来增援视死如归，
我怎么能把他们遗忘？

“从呼图壁和库木勒，
许多城邦都失去了可敬的汗王。
只要想起他们我就心如刀割，
别克巴恰我无法把他们遗忘。

“恰克玛克塔什与卡尔德噶奇，
哪怕攥握枯死的树桩，
也能挤出水泉水般流淌。
还有尼雅的加噶勒玛依，
不论是白天还是黑夜，
我别克巴恰不会将他们遗忘。

“艾尔托什吐克的儿子，
勇敢的交达尔别西木大伯，
只要不是遭天神击昏我的头脑，
我怎能将他遗忘？
是他把我父王赛依特的尸骨，
不让秃鹰和渡鸦啄食，
从野外完好地送回塔拉斯故乡。

“为先祖阿依阔勒玛纳斯，

精心制造各种神奇的武器，
瘸腿匠人波略克拜，
我们怎能把他忘记？

“治愈古里斯坦的肩胛伤，
让他恢复原来的神勇力量，
妙手回春的神医莫明江，
我要让人们将他的功德颂扬。

“四十一位先祖的英名，
我已一一点清。
还有我的兄长阿斯勒巴恰，
也有和他们一样的功名。
这样已经是四十二位，
我将举行祭典，
祭祀他们的英灵。

“柯尔克孜要迁往巴勒特克草原，
你们将招待各路宾客十五天。
要奖励四十五匹参赛的骏马，
头奖要赐金币十万，
最末一匹也赏金币一万五千，
请你们将此事牢记在心间。

“在那非洲的炎热沙漠，
骏马稀少骆驼却遍地徜徉。
如果他们在赛马榜上无名，
那些远道而来的人将极为懊丧。
他们如果愿意以驼代马，
赛后也要给予他们奖赏。

“那来自西边的客人，
若是精选那神牛来参赛，
他们也应当有一份奖品。

“也要组织徒步赛跑，
对取胜者照样奖励不怠。
还要举行马上对刺比赛，
获胜者要奖励他金币一百。

“还要举行摔跤比赛，
获胜者将得到金币四万。

“让神射手们去射元宝，
如果谁能射下那高吊在空中的元宝，
也奖赏他四万枚金币。

“‘铁凯特尔米西’与‘阔勒布卡’游戏，
对其中的赢家也赏两万枚金币，
不能让参与者空手回去。
‘恰特拉什’与‘攻王宫’游戏，
也不能让参赛者冷落泄气，
让那取胜的一方，
也领取五千枚金币。

“九窝棋比赛也要举行，
不能让他们白辛苦，
让那出场者不能两手空空。
为了不使他们空手而归，
拿出五千枚金币来鼓励他们。

“‘我的黑羊杜木甫勒朵克’，
‘阿卡巧里木’和‘确别茹’，
还有孩子们的‘老鹰捉小鸡’，
柯尔克孜的游戏一个也不能少，
让柯尔克孜人都来参加游戏。
各类游戏比赛的获胜者，
都让他们赢得奖金别空手而去。

“让歌手们进行对歌比赛，

让少男少女荡起秋千。
切莫让他们遭受冷落，
都要给予相应的嘉勉。

“‘秀木帕勒阿勒西’和‘阿勒玛阿勒什’游戏，
参与者为的是各自的荣誉。
挑选精干的年轻人，
‘跑马拾银圆’比个高低。
他们也会付出汗水费尽力气，
不能让他们空手回去。

“让智者用巧舌来展示才华，
柯尔克孜的长辈要得到尊重。
只要他们还有骑马的能力，
都要带他们去观赏各种活动。
让老年人在有生之年，
也目睹更多有趣的事情。
让老汉们飘着银须，
在众人面前昂首挺胸。
让老太太们头戴着高高的艾列切克，
言谈举止高雅稳重。

“要让小孩跟着父亲认识乡亲，
骑上马走遍各地见识路径，
切莫丢下那活泼乱跳的孩童们。

“在阿拉什中有的是肩膀粗壮的大力士，
切莫落下一个都要来参加祭典。
切莫遗漏管理百姓的汗王，
更不要遗漏汗王之上的大汗。

“长话短说，总而言之，
四十个部落的柯尔克孜，
六十个部落的阿拉什，

要珍惜自己的荣誉，
切莫丢下传统的风俗礼仪。
我们要对四十二位先祖举行祭典，
这是百年难遇的盛典。
这是你们大展身手的良机，
你们不能缺少任何东西。

“为维持祭典的秩序，
你们还要准备好自己的武器。
在天亮的早晨，
中午用餐时分，
傍晚黄昏时分，
太阳落山时分，
你们可以挥动矛枪练习武艺，
锻炼筋骨健体强身。

“为了每天方便洗漱，
提早备好你的阿普塔瓦[1]。
擦脸毛巾香皂等用品，
全部备齐，一件不能少。
你们要开动脑筋考虑周全，
有用的东西一个也不能落。

“我们已发出了祭典的邀请，
邀请了东方西方的人们，
邀请了南方北方的人们，
在大地未留下任何部族的人。
很多人为了友善和睦而来，
也有人心中怀着各种野心，
心想‘借机抢劫阿拉什人，
这是最好的时辰’。

“尤其是那从康阿依来的人，
他们名义上是前来参加祭典，
实则是想把我们的实力暗中试探。

[1] 阿普塔瓦：长颈细嘴铜制净手壶。

一旦发现什么异常的地方，
处理得既要得体又要果断。
与他们交战我们早已习惯，
若有战事你们决不能退缩不前。

“那圣人阔绍依先祖的重外孙，
巴克特拜的外甥英雄波佐依，
我亲眼见识过他的勇猛，
他可是位视死如归的强汉。
他的年龄在二十三岁与二十五岁之间，
是一位潇洒自如的单身汉。
让他把大力士的服装全部带上，
千万不要留下任何缺憾。

“无论五个部落中的谁跨马上阵，
我别克巴恰将亲自上场，
其他人先不要急于上马登场。

“在你们每个人的门前，
时刻要有备用的坐骑。
在四十二顶宫帐中，
要备四十二位出众的佳丽。
从她们口中说出的言语，
要像那砂糖和蜂蜜一般甜蜜。
不论谁听到她们的声音，
期盼着还能听到第二次，
让他们辗转反侧失去睡意。

“柯尔克孜的妇女们，
个个是巧舌如簧能言善辩，
要让客人们为之惊叹，
将她们的美名传遍人间。

“那清脆悦耳的口弦琴，
让少女们人手一只。

让那悠扬的曲调，
使宾客们听得如醉如痴。
让他们听了又想听，
让他们感到永远都无法满足。”

缅怀祖先的丰功伟绩

别克巴恰布置完祭典的接待事宜，
又对歌手提出了祭文的要求：
“从阿依阔勒玛纳斯开始，
直到那最末的阿斯勒巴恰为止，
要准备好祭文颂词。

“阔绍依与巴卡依是两位圣人，
任何词语都不及他们说出的语言，
任何眼光都不及他们的目光。
切莫将宝石与卵石混淆，
让赞颂者各尽所能不要拘谨，
将两位圣人的功德尽情颂唱。

“赞颂阿依阔勒玛纳斯的丰功伟绩时，
要想到方方面面。
无论怎样颂扬都不为过，
千万不能丢下任何一点。

“先祖阿依阔勒英雄玛纳斯，
让六十个部落集聚到一处，
联合成阿拉什。
把浪迹各方的柯尔克孜人，
集中到坎阔勒塔拉斯；
把六十个部落的众多阿拉什人，
让十四位汗王统治。

“在忍无可忍的情况下伸张正义，
征服了众多飞扬跋扈的部落。
让他们在自己家中遭到毁灭，

夺取他们的汗王宝座。
把宝座交给玉尔毕，
让他们进行了四十四天的统治。

“索然迪克的儿子苏少爷，
拜居仁朵为师学艺。
当他拜师苦学武艺时，
阿牢开的长子空吾尔巴依，
不把艾散汗放在眼里，
攻入那坎屯抢占领地。
艾散汗派使者进行谈判，
将索然迪克的广大领地，
无奈割让给空吾尔巴依。
苏少爷学成返回故乡，
到艾散汗面前说理。

“他听到的回答是这番话：
‘是我无奈才划让出了土地。
那凶狠强暴的家伙太强大，
我们实在是惹不起。’
苏少爷大闹一场，
毅然决然地离开自己的领地。
他先去投奔哈萨克人，
又因受人诽谤排挤，
最终到柯尔克孜人中定居。

“他是远见卓识的好汉，
他是倍受上苍宠爱的强汉，
他是言而有信的硬汉，
他是智慧超群的男子汉。
当他来到哈萨克人中时，
把苏少爷的名字改为阿勒曼别特，
融入当地百姓中间。
他是位了不起的英雄，
他配得上任何夸赞。

“楚瓦克身高肩阔十分强壮，
他的对手一个个被打垮。
我们耳闻对青鬃狼楚瓦克的评价：
‘诺奥依并不比诺依古特多，
楚瓦克并不比玛纳斯差。’
如何评价他的无畏与忠良都不过分，
他的事迹民间相传成为佳话。

“加克普汗之子色尔哈克，
阿克巴勒塔汗的楚瓦克，
索然迪克的阿勒曼别特，
他们都是为战争而生的战神。
请你们大胆歌功颂德，
那将是颂扬他们功德的吉时良辰。

“出自阿拉什的十四位汗王，
他们对外辩论语出一格，
审视的眼光一模一样，
他们经常生活居住在一起，
采取的行动在一起。
他们友情的手常握在一起，
心灵的思想汇在一起，
前进的方向在一起。
他们草原上的牲畜牧放在一起，
胸口上的性命连在一起。
他们聚居的阿依勒在一起，
喜怒哀乐从不分离。
如果其中的一位受到伤害，
其他人也一样生气。
正是他们同舟共济，
选择了富饶的地域，
选择了理想的驻地，
白毡帽的柯尔克孜和众多的阿拉什，
赢得‘有宫殿的部族’的美誉。

“从威震天下的玛纳斯起，
至今已归天的英杰有四十二位，
我们不为他们举行祭典能行吗？
柯尔克孜如果沉默封闭，
还能有什么美好前景与作为？

“那已过世的四十二位英雄，
他们曾经拼搏较量的敌人很多，
紧随其后的怨恨多，
共商共谋的同僚更多，
要讲的历史传奇数不胜数。

“统领着如此众多的庶民，
让他们生活在富饶的土地，
让他们成为有宫殿的阿拉什，
是气度非凡的玛纳斯的不朽功绩。
玛纳斯像巨龙般气吞山河，
他的眼睛火焰四射。
提起他的英明我们赞不绝口，
赞颂他的伟绩我们信心倍增勇气十足。
他的遗体安葬在塔拉斯，
他的英灵一直把这里的乡亲护佑。
因此阿拉什人民依恋着塔拉斯，
一直不离开这片故土。

“每当人们兴奋时谈起，
柯尔克孜的女杰萨依卡丽姑娘，
奥鲁斯汗之女坎洁凯，
在百姓口中英名传扬。
喀拉汗之长女阿克艾尔凯绮，
她通情达理心地善良。
她嫁给了哈萨克英雄阔克确，
为哈萨克民众做出了杰出贡献。

“喀拉汗之三女阿茹凯，
是卡妮凯的妹妹，
阿勒曼别特娶她为妻。
她发挥了超群的智慧，
召集起那六百名少女，
教她们织毯编芨芨草花帘，
在布哈拉制作工艺织品。
那些艺术精品十分昂贵，
件件都堪称传世珍宝，
让姑娘们把手艺学会。

“特别是喀拉汗的二女儿卡妮凯，
她是柯尔克孜中的女中英贤。
她嫁给了英雄玛纳斯，
不仅是汗王玛纳斯的贤内助，
还辅佐了后代的几位汗王。

“这些妇女也和男士一样，
情同手足，同甘共苦。
她们在阿依勒朝夕相处，
常常聚在一起谈天说地。
她们一起洗澡一起洗衣，
不断传出欢声笑语。
哪怕只有一皮壶马奶，
也要互相敬来敬去。”

“不论那活儿是多还是少，
只要有活儿就一道协助。
坐在毛皮褥垫上弹起羊毛，
给姑娘们传授刺绣手艺。
向少妇们进行言传身教，
教得她们口服心服。
她们一生温柔贤良，
从未冷言伤害过任何邻里。

“不是说所有人都善良，
也有一些不规矩的家伙。
那缺乏智慧的蠢货，
不会考虑行为的后果，
自认为是自己在做好事，
却混淆善恶犯下罪过。

“出自柯尔克孜的恰绮凯，
是赛麦台依所娶的小妾。
她背叛丈夫干出蠢事，
遭到了世人的唾弃。
至今无一人将她谈起，
她早已从人们的记忆中抹去。”

“勇士阔克确身边的布达依别克，
是个小人能把谎言说成真的。
在汗王阔克确与阿勒曼别特之间，
正是他捣鬼挑拨离间，
为此阿勒曼别特甩袖离去。
心胸狭窄的阔克确听信谗言，
失去翅膀和知己而发出悲叹：
‘当我羽毛丰满翅膀硬朗之时，
当我鬃尾丰满事业兴旺之时，
我失去了知己和翅膀，
我才明白自己头脑太简单。’

“‘轻薄恶婆会分裂乡亲’，
这些说法已成为经典，
警示后人提防离间的坏人，
至今广泛流传于民间。

“应当蔑视那小人的罪恶，
绝不可纵容姑息他们。
切莫为财富和虚荣所迷惑，
轻视身后的普通百姓。

自高自大骄傲自满，
蔑视他人目空一切，
这才是人世间的蠢货。

“‘若视自己是英雄好汉，
就视对手为雄狮猛虎。’
从阔绍依口中道出的至理名言，
我们都应该牢牢记住。

“谁为人民呕心沥血，
谁就被人民世代颂赞载入史册。
虽然早已离开人间，
虽然尸骨早已腐烂，
男女老少世代怀念，
为之悲叹铭记心间。
每当被人们想起，
为之惋惜感慨万千。
时刻牢记人民为之赴汤蹈火，
时刻牵挂人民的安危与冷暖，
才堪称为人民敬重的好汉。

“卡妮凯是女中楷模，
所做的一切都十分圆满。
她能把断裂的重新连接，
她能把缺口重新补全。
她向无能力者传授技艺，
她向无知者传授知识和经验。
她亲手给姑娘们梳起条条发辫，
教她们养成良好习惯。
她对媳妇们亲切关怀，
给她们出谋划策排忧解难。
媳妇们为她痛哭流涕，
妯娌们把她铭记在心间。
姑娘们为她慷慨悲歌，
百姓把她时刻怀念。

“大敌当前的危难时刻，
她跃马挺枪与敌交战，
萨依卡丽是巾帼英雄；
聪慧的阿克艾尔凯绮，
她可是满口哲理名言；
那贤惠心灵手巧的阿茹凯，
遇到任何事从来不犯难；
阿依曲莱克本领非凡，
自由翱翔在蓝天；
足智多谋聪明伶俐的坎洁凯，
她运筹帷幄神机妙算，
身居阿依勒就能把外边的事办完。

“女中英雄库娅勒，
把萨尔特拜巨人消灭；
嫁给了赛依铁克强汉，
生育了凯耐尼木儿男。
这类功名盖世的英雄好汉，
敌人和朋友都将他们铭记心间。

“在喀拉朵的威逼之下，
始终坚贞不屈熬过多少艰难时光；
虽然身陷魔窟落入魔掌，
自始至终不低头屈膝意志坚强，
谁若像克勒吉凯一样坚强，
不论是男子汉还是女杰，
人们时刻将他铭记和颂扬。

“恰绮凯与布达依别克，
一旦被老太太们想起，
都会厌恶地向地上吐唾沫。
听说他们的罪恶勾当，
姑娘们憎恨至极浑身打战，
这些败类有谁还会怀念？

“坎巧绕和夏依曼别特，
曾经一时战功显赫，
后来背叛柯尔克孜，罪恶滔天，
谁还会把这些败类怀念！

“妄图毒害自己的亲生骨肉，
碗里投毒被人发现。
那丧尽天良的加克普汗，
这样罪大恶极的败类，
绝不可能被人怀念！

“不论是谁听到他们的名字，
都不禁全身战栗。
埋进土里大地不容，
将尸骨抛在野外，
乌鸦和秃鹫也不来光顾，
连野兽都为之呕吐。
投入河中不沾水，
涂上油也丝毫不黏，
让那恶狗拥抱着尸体，
一道埋进深穴里。

“‘他们若继续躺卧在这里，
会污染这片土地。
我们若在此吃草饮水，
会危害我们的身体。’
黄牛们这样思忖着刨开了坟穴，
见到尸骨就四处逃离。
就连那野狗都不嗅，
乌鸦、秃鹫更不来啃食。

“飞禽走兽都有灵性，
就是无法用言语表白。
只能用禽言兽语诅咒：

‘他陷害了人民爱戴的英雄，
将他们碎尸万段千刀万剐也活该。’
为此飞禽走兽都走开。

“人民养育着好汉，
拥戴好汉功成名就。
谁若叛逆侵害人民，
就像坎巧绕与夏依曼别特，
会落得悲惨下场，
谁还会将他们怀念追思？
不论好汉还是女杰，
只要为民辛勤奉献，
活着的人都会将他们纪念。

“像这样的英雄好汉，
虽然逝去但英名永驻。
为民所做出的功绩不会被磨灭，
他们的英名将永垂青史。

“这些人民的英雄豪杰，
谁还能将他们忘却？
若忘记了他们，
难道不遭上苍的惩罚吗？
六十个部落的阿拉什，
白毡帽的柯尔克孜，
难道不被苍天问罪吗？
难道不被亡灵惩罚吗？

“大家不要袖手旁观，
整个柯尔克孜在观望着我们，
不惜代价全力以赴办好祭典！”

别克巴恰所讲的一切，
人们都记在心里。
人们异口同声地赞许，

说他讲的一切都是真理。

各路的智士贤达，
民众中的前辈老汉，
各部落的首领头目，
百姓中的英雄好汉，
都在各自的领地，
夜以继日地筹备祭典。

人们在约定的时间之前，
都搬迁到了巴勒特克草原。
支起了九万座白色毡房，
每座毡房如同一座山冈。
竖起一个个木桩拉起一条条缆绳，
将出类拔萃的快马和走马，
披上了珍贵的彩色马衣，
整整齐齐地拴在了缆绳上。

别克巴恰与卡勒玛克人的较量

康阿依的卡勒玛克诸部，
得知柯尔克孜举行祭典的消息，
十八岁与七十岁之间的男人，
四面八方纷纷来聚集。

他们晃着手中的矛枪，
挑选着锋利的兵器，
固定好战斧的把柄，
将利刃在毒液中浸泡。

是那奥荣阔的子嗣嫡孙，
率卡勒玛克诸部的头领，
跨上骏马率领队伍，
朝着巴勒特克草原浩浩荡荡地挺进。

来自卡勒玛克诸部的队伍，
只见先头却望不到尾，
说起来无法用言语形容，
犹如夏天滔滔洪水涌来，
就像云集的乌鸦遮天蔽日。

前去迎接的侍从们，
诚心向他们询问：
“你们总共来了多少人，
应该给你们安排帐篷多少顶？”

那容貌凶横的首领，
奥荣阔的子孙后裔，
冷言冷语满口是挑衅：

“我率领六十万兵丁，
还有六千名神勇将领，
收到你们祭典的邀请，
难道我们赶来参加还不行？

“在阔阔托依的祭典上，
空吾尔巴依与涅斯卡拉，
奥荣阔和交劳依同行，
还有穆拉迪勒和乌尚，
他们却懦夫般唯命是从，
干了许多愚蠢的事情。
向柯尔克孜暴露底细，
赛马未能获得奖品。
在马上拼刺中也未能把对手战胜，
摔跤中被对手摔伤，
神射手也未能把元宝射中，
竞赛中都未能拿上奖品。
也没能驱赶着整个柯尔克孜人，
踏上原路返程。
离开时劫掠了柯尔克孜的马群，
又引起了玛纳斯的仇恨，
为此他出兵远征了我们的都城别依京。

“你可别把我与他们视为同类！
我不会乖乖听从你们的摆布，
我不会赴你们的盛宴。
我不用下马即刻行动，
将整个阿拉什，
连牲畜一道驱赶着踏上返程。
你们这些气焰嚣张的柯尔克孜，
我就是要领教一下你们的本领。
世界各地的人已云集此地，
我要把你们所有财富与人畜，
挥着皮鞭统统瓜分。”

奥托尔汗的口气十分傲慢，
他那飞扬跋扈的架势，
吓得许多人毛骨悚然。
来自乌鲁姆的乌斯逊人，
立刻喧嚣着站到了他的一边。
那芒格特和唐格特人，
都纷纷应合康阿依部的喧扰，
竭力为他们助威摇旗呐喊。

呼罗珊、伊斯番和印迪斯坦人，
也在一旁观望，等待机会：
“如果柯尔克孜人卑躬屈膝，
我们也将站在卡勒玛克一边，
同康阿依人，
一道发起猛烈的进攻。”

阿富汗人却在小心翼翼，
静静地在一旁窥探。
伊斯坦布勒、巴格达特与米斯尔人，
却凑在一起悄悄商谈：
“当年巴格达特被人侵占，
是凯耐尼木帮我们驱逐顽敌。
如果形势突变危在旦夕，
我们要站在柯尔克孜人一边。
柯尔克孜有九万座毡房，
不让敌人解走一根绳，
让我们联手保卫它的安全。

“柯尔克孜若被强行分割，
我们决不能袖手旁观。
在这个疯狂的世上人间，
没有人像卡勒玛克灭绝人性杀人不眨眼。
一旦战事发生，
我们要不惜性命参战。”

正当他们商议之际，
九万座毡房里的男子汉，
纷纷跨上战马准备应战交锋。
骏马遍野纵横穿梭，
奔驰的人头来回窜动，
那老人妇女和孩子们，
吓得大声哭喊不知所措。

正在这危急的关头，
玛纳斯的后代青鬃狼，
身披着大红斗篷，
骑着玛依托茹骏马，
疾步走入躁动的人群。
人们“哗”地分成两半，
四处分散停止闹腾。
他口吐着滚滚浓烟，
眼中喷射着烈烈的火焰，
就像烧沸的茶壶，
发出吱吱的声音。

“我邀请你们到这里来，
不是为了和你们交战。
我不愿在此制造流血事件，
我并没有把谁蒙骗。
我把众人邀请到这里，
就是为了给我的先祖举行祭典。

“我诚心地把你们请来，
请你们自重地享用招待的饮食。
谁要是非要从中作梗捣乱，
谁就将自作自受丧命黄泉！

“巴克特拜大伯你在哪里，
除了奥托尔汗以外的其他人，
为何还没有安排到毡房里？”

别克巴恰义正词严，
听的人都被他的威严所震撼。
四十个部落的柯尔克孜人，
将来客分别安排在各个点。

别克巴恰暗自思忖：
“我是举办祭典的主人，
怠慢来客是丢人的事情。
有人会说我借祭典之名，
故意闹腾客人。
奥托尔汗也会说我，
无事生非制造纷争。
‘举办祭典者往往会成为被告，
举办婚礼者往往会成为罪人。’
我要记住先祖的提醒，
这是古人留下的名言。”

他亲自来接待奥托尔汗，
又向身后的人们下令，
把奥托尔的侍卫们照看。

“你不为我举行刁羊和赛马仪式，
你也不亲自上前远迎，
我决不赴柯尔克孜的盛宴，
我决不下榻你的阿依勒就寝。

“你别克巴恰诡计多端，
欲要花招将我欺骗。
我不会对你的花言巧语动心，
我决不会在此上当受骗！”

满口狂言的奥托尔汗，
挥舞着生牛皮编织的皮鞭，
耀武扬威，肆无忌惮。

“让卡勒玛克人在头上挥鞭，
我有何脸面活在人间？”
别克巴恰已忍无可忍到极点。

用四岁的公牛皮，
制作的布鲁都尔逊皮鞭。
用三岁的母牛皮，
制作腕套条的布鲁都尔逊皮鞭。
让无礼犟嘴的泼妇，
尝尝布鲁都尔逊皮鞭。
别克巴恰将它紧紧地攥在手中。

他朝着嚣张逞强的奥托尔，
挥起皮鞭狠狠抽了一鞭。
那鞭梢正好落在奥托尔脸上，
顿时裂开半庹长的口子，
流淌的血把衣领浸染。
门板大的一块皮肉，
在他的脸上吊悬。

别克巴恰收回皮鞭，
又朝他的马屁股甩了一鞭，
把奥托尔连人带马驱赶。
没有让他住进备好的毡房，
赶到了泥泞的沼泽边沿。
给他们每五十人提供一头黄牛，
代替招待的盛宴。

无畏的别克巴恰青鬃狼，
让气焰嚣张的奥托尔，
领教了自己的权势和威严。
让窥伺可乘之机的人们，
吓得胆战心惊魂飞魄散。

那孝旗在毡房顶上飘展，
哀痛的挽歌声此起彼伏。
特别赞颂英雄玛纳斯，
建立阿拉什联盟的功绩。
歌手们叙述着惨烈的往事，
让所有人痛哭流涕。

歌手们尽情歌颂，
英雄赛麦台依、赛依铁克，
英雄凯耐尼木、赛依特，
雄狮阿斯勒巴恰。
为白毡帽的柯尔克孜人民，
舍生忘死建立的丰功伟绩；
将勇士们团结起来抗击卡勒玛克入侵，
击退无数的来犯者，
不仅战胜所有的人间对手，
还征战到阔依卡普神界，
战胜魔王、巨怪的经历；
经过多年浴血征战，
最终将死敌卡勒德克，
如何擒拿砍下头颅。
歌颂英雄别克巴恰汗王，
如何崇拜阿依阔勒玛纳斯，
如何为四十二位英灵，
筹办盛大祭典仪式；
听说消息的广大民众，
如何全部纷纷前来参加祭祀。

歌手们还向公众公开讲述，
奥托尔的嚣张言行。
无中生有故意捣乱，
皮鞭抽破脸颊的情形，
不把他当作宾客来招待，
将他围困于烂泥沼泽的决断。

坐下吧，屁股都是烂泥，
行走吧，脚下皆是泥泞。
奥托尔遭遇这般苦罪，
是他自作自受应得的报应。
皆被歌手们当即编入歌中，
受辱的奥托尔怀恨在心。

热情款待各方的宾客，
萨莫尔茶炊烧着茶冒着热气。
端来嫩香的大块肉和金黄的酥油，
在那热气腾腾的茶水中，
添加洁白的奶皮和蜂蜜。
把所有宾客们的衣物，
安排侍从们三天洗涤一次。

参赛的骏马全部到齐，
朝着参赛的起点出发。
裁判官们叽叽喳喳，
不断地把比赛规则向大家宣布：
“前四十五匹马将获得奖品，
第一名要奖励十万枚金币，
第四十五名也有一万五千枚。
那来自阿拉伯的贵宾们，
他们多数把骆驼乘骑，
让他们参加骆驼赛，
若获第一也要奖赏他们一万枚金币。
那些骑牛的贵宾们，
听说他们对牛特别欢喜。
骑牛者也可进行比赛，
谁若在赛牛中获得第一，
也能得到一万枚金币的奖励。
走马比赛将十分精彩，
骑手们也将获得金币。

“让能掐会算的棋手，

都来下凯棋铁棋。
只要战胜对手，
就奖给他三千枚金币。

“让那九窝棋比赛热闹起来，
让那参赛者开动脑筋比高低，
各自展示高超棋艺。
莫让那取胜的人空手而归，
赏金定为千枚金币。
柯尔克孜的所有游戏，
一个都不落全部展示。

“勇士们将展开马上角力，
也将赢得奖赏和荣誉。
那跨上骏马的勇士们，
分别来自卡勒玛克和柯尔克孜。
那上场参加摔跤的大力士，
代表各自的部落角逐。
‘刁羊’和‘跑马拾银圆’竞赛，
参加者要分成两组。
参加比赛和游戏获胜者，
不会空手而返，
每人至少也能得到两千枚金币。”

无数良种骏马已赶往起点，
总共有精选的一千七百匹神驹。

别克巴恰来到巴克特拜面前，
双手贴着胸恭敬地行礼问安。

“汗王，你来到我面前定有事情，
有什么事，你尽管开言。”

“大伯，我有事来到你的面前，
你的纽扣耳朵栗色马，

眼下正是它的壮年，
让它来参赛你如何看？”

“能超越纽扣耳朵栗色马的牲畜，
至今还没人拥有这样的神骏。
如若它放不开四蹄，
如果它力不从心，
我们还可以利用神驹托茹马。
借托茹骏马的威力挽回，
我们照样能赢得冠军。”

“我没让玛依托茹马参赛，
因为发现有人不安好心。
我向四面八方的部族，
发出参加祭典的邀请。
那宾客里的许多人，
前来参加祭典并不是真心。
目的是暗中摸清底细，
互相串通勾结在一起，
妄图把我们洗劫一空。

“那来自康阿依的诸部，
以及芒格特和唐格特也已加入其中，
对呼罗珊、阿富汗和伊斯番，
正在鼓动拉拢，
他们正在蠢蠢欲动。

“我们得准备好强壮的骏马，
否则我们会陷入危机。
没有让它去参加比赛，
因为奥托尔暗中留下了坐骑。
我分明看到他心怀诡计，
我还能让玛依托茹参赛吗？

“我早已暗中打定主意，

同蛮横的奥托尔角逐。
如果他逞强上场来独拼，
我定将当场砍下他的头颅。

“从来汇聚的众位汗王，
大多数不会对我们施展阴谋，
他们的确与我们密切交往。

“常在摔跤场上显威风，
那印迪斯坦的吐克突库尔特，
肯定会鲁莽地上场。
大伯，您的外甥波佐依，
他可不要临阵不肯上场，
他也不必把头往衣领躲藏。

“我见识过吐克突库尔特的神功，
他神色冷酷凶狠无比是个凶神，
使任何人见了都胆战心惊。
那下垂的胸乳真可怕，
大得像两岁的孩童一般。
那肱骨上的肌肉块，
如同怀胎母牛的牛犊一般。
那手掌心隆起的皮肉，
就像盛满肉食的大木盆。
那宽阔的臂部和肩部，
就像那三岁马的赛场一般。

“如果奥托尔真的亲自上场，
除了我，你们当中还有谁敢与他较量?
如果吐克突库尔特上场摔跤，
兄弟波佐依，你要上场。”

别克巴恰吩咐完毕，
并排牵着那栗色骏马，
赶往起点把它送入参赛行列。

他并没有让玛依托茹参赛，
特意将它留在了自己的身边。

经过五天的整休，
裁判官们开始赶着赛马，
驶向比赛的起点。
送走赛马群去起点，
将其他游戏和竞赛开展。

奥托尔自告奋勇，
首先驰马冲到了赛场。
别克巴恰一见到奥托尔，
他顿时怒火万丈。
他挺起了长缨矛枪，
要横扫强敌的斗志，
在他胸中不断高涨。

奥托尔气势汹汹地上来，
鞍前横放着羊圈般巨大的战锤。
硕大的头上紧扣着，
六层厚的铁盔。
他骑的是赤灰色战马，
怒吼着登场，吼声如雷。

我们来看看他的架势和气焰，
见识一下他的嚣张。
目睹过奥托尔的人都知道，
他能轻易砸平一座山峰。
将枝繁叶茂的高大梧桐，
轻松地挑在矛尖舞动，
让那枝叶呼呼啦啦作响，
让人们看得目瞪口呆。
向人们展示着自己的武艺，
却借机威慑挑衅。
自称世上除了他还有谁，

当众炫耀自己的功名。
他早已谋划好这样的表演，
借机表露自己的险恶伎俩。

在他狂奔的马蹄之下，
那草皮一块块地被掀翻，
地下水喷涌不断。
一旦他从戈壁驰过，
那石子嗖嗖地飞溅，
扬起尘土直冲九天。
他那驰骋的气势犹如狂风，
好像要把天地掀翻。
那些观望者小声议论：
“别克巴恰真是发了疯，
想送死却找不到地方。
明明了解那奥托尔凶猛无比，
却将他邀请到这里。
给自己的属民带来了，
充满血腥味的祸殃！”

那奥托尔一方的人，
此时也在暗自思量：
“自从那玛纳斯成名以来，
在塔拉斯筑起王城登上宝座，
柯尔克孜人生活多么富裕。
若别克巴恰被夺取性命，
我们发财的机会就将来临，
我们要洗劫一空扬长而去。”

奥托尔不肯下马安顿，
蓄意挑衅蛮横无理。
加入卡勒玛克一方的家伙，
此刻都乐在心里。
那些领兵前来的将帅们，
一直幸灾乐祸等待时机。

站在别克巴恰一边的人，
却面无血色恐慌不安。
柯尔克孜人被阴霾笼罩，
两眼发黑心慌意乱。

那飞扬跋扈的卡勒玛克，
那不知死到临头的卡勒玛克，
逼近一枪之隔的距离，
便勒马停下放声狂呼：
“喂，别克巴恰，别克巴恰，
你切莫低头，抬起头来，
快睁大眼睛瞧瞧我，
快听好我的一言一语。

“你自命不凡要举行祭典，
发出邀请召我等前来，
是你别克巴恰自作多情。
‘自己惹祸的孩子不会哭’，
这可是先辈留下的遗训。
向四面八方发出邀请，
你却成为那惹是生非的孩童。

“你自己要躺入的墓穴，
你自己已经挖成。
我们要顺势把你推进墓穴，
我们倒要看看你的阿拉什，
对你到底有多么忠诚！

“你的玛纳斯早已死亡，
我们要捣毁他的坟墓，
彻底摧毁你的塔拉斯城。
你敢与我们作对，
看你还能得到什么安生？

“你妄想与我平起平坐，
还胆敢挥鞭抽伤我！
那六十个部落的阿拉什，
我要把他们遣散到六十个角落。

“我要英雄般与你较量，
让我们一对一轮番出战。
谁是孬种谁是英雄，
今天就让人们来鉴别。

“别克巴恰，我不会让你遗憾，
你先出手，我静静地站立。
头一个机会就让给你，
第二回合再由我攻击。
如果是我来先出招，
如果我勇猛地发起攻击
你会遗憾地离开这个世界。”

听到奥托尔的狂言，
青鬃狼别克巴恰也不相让：
“奥托尔，你狂妄自大，
信口开河装腔作势，
张牙舞爪气焰嚣张。

“如果你有能耐，我的卡勒玛克呀，
切莫保留，使出你的浑身解数。
你只有女人般的力气，
我早就知晓你的底细！

“历来把进攻机会让给对手，
是我祖先留下的传统。
我要是得到先发的机会，
你将永远无法报仇雪恨！
你出招吧，我把机会让给你，
当出招机会轮到我时，

我自然会把你好好教训！”

这时奥托尔回答道：
“我好言相劝你却不听，
让我先出招，
等于你别克巴恰寿命已尽，
那你站着，迎接我的进攻。”

当别克巴恰挺立着接招时，
那卡勒玛克气势汹汹，
就像夺命鬼穷凶极恶。
他眼中冒着滚滚烈焰，
龇牙咧嘴丑态百出，
暗自将进攻绝招筹算：
“用狼牙棒猛击头顶，
他定将脑浆飞溅，
他定将粉身碎骨，
大地上无法用肉眼看见。
最好还是用矛枪拼，
把他挑在我的枪尖，
让我到众人中去展示。

“当亲眼看到这一切，
参加祭典的所有人一定会惊恐万分，
自然会向我俯首称臣。
那些拥护别克巴恰的人，
除了柯尔克孜人，
为了保全自己的性命，
自然会低头奉献贡品。
来自各方的宾客们，
全部前来跪地求饶，
那时我会得到无数牲畜和金银。

“如果我不这样办，
如果让众多人马出动，

将柯尔克孜洗劫一空，
众人前来索要战利品，
会制造混乱让我头疼。

“那傻呆的别克巴恰，
当我奥托尔刺枪时，
他怎么能够逃脱？
我对狂妄的柯尔克孜别克巴恰，
提出轮流出击的办法，
也设置了战胜他的圈套。
当杀死别克巴恰之后，
汗王们会纷纷前来向我讨好。
大多数轮不上觐见的机会，
让他们在门外等待下诏。”

刚得到先进攻的机会，
奥托尔畅想着自己的美梦，
好像已经把对手战胜，
好像已夺取了对手的性命，
好像天下人都已向他俯首称臣。

他口中喷着浓浓的烟雾，
手中紧握着矛枪，
在马背上扭动着调整身子，
就像那一座不大不小的山冈，
就像吹满气的皮囊一样膨胀。
呼扇着那硕大的鼻孔，
就像被猎犬追杀的岩羊。
像毒蛛毒蛇般恶毒，
像那七节毒蝎一样，
凶恶地喷射着毒液，
直冲而来特别疯狂。

那奥荣阔是他的始祖，
曾被阔绍依铲除人间。

奥托尔高呼着他的名字，
身后扬起尘雾满天：
“我哪能正面攻击他，
让我从侧面扎进臀部，
把他从托茹马上刺翻。
然后抽出矛枪，
再刺向那肩胛中间，
把他挑在我的枪尖。”

他想起这一招术，
对准别克巴恰后鞒的部位，
心想正好是那尾骨的末端，
催促着胯下的赤灰色战马驰来，
用力刺出了矛尖。
矛枪击中了目标，
扎进了一拃深，
鲜血染红了矛杆。

别克巴恰胯下的玛依托茹，
受冲击弯曲着前膝又重新站立。

卡勒玛克奥托尔的矛枪，
为了避免在战斗中折断，
用那野兽的筋条缠绕，
又在外层用铜片包缠。
矛尖曾在毒液中浸蘸，
那矛枪戳向岩石，
曾经将岩石戳穿，
他多次做过这样的试验。

这样的矛枪，
却在别克巴恰身上无法应验。
玛依托茹的前膝一弯，
立马又恢复到了先前。
奥托尔刺来的矛枪，

从中间断成两半。
手中的矛枪拦腰折断，
奥托尔晕头转向顿时傻了眼。

别克巴恰缓缓转过身，
怒目圆睁气度非凡。
他紧紧攥着色尔矛枪，
不顾伤口鲜血流淌皮开肉绽，
向左侧扭了一下身体，
又从左侧扭向了右边。
他高呼着“玛纳斯”的名号，
勇猛地杀向奥托尔顽敌。

他不愧是玛纳斯的后代，
越是负伤越加神勇顽强。
那狂躁的神骏玛依托茹，
紧咬着马嚼狂奔而上。
别克巴恰挥动矛枪，
将凶恶的奥托尔，
从腋窝下的软肋，
扎扎实实地猛刺一枪。

奥托尔战甲的网状铁环，
被刺成碎片纷纷脱落在地上。
矛尖破开两肺，
穿过了心脏。
别克巴恰没有抽出枪，
把奥托尔直接挑在枪尖上。

别克巴恰胯下的玛依托茹，
不知如何承受双重的压力？
那四条腿犹如木桩，
深深地扎入那大地。
它那旌旗般的尾巴，
在地面飘逸。

那站在奥托尔一边的家伙们，
当即魂飞魄散胆战心惊。
奥托尔勇士狂妄不驯，
自己上场拼杀寻衅，
气焰嚣张口吐狂言，
没想到却枉送了性命。

柯尔克孜人夺得全部比赛之冠

接着开始了徒步角力，
印迪斯坦人中的吐克突库尔特上了场。
他长着一头卷曲的黑短发，
在人间极为罕见十分张扬。
头如一座毡房，
眉如一条卧犬，
门牙如同野猪的獠牙一样，
他战功显赫威震四方。

他一旦张开大嘴，
就能吞下五六帕特曼饭。
六十天不吃不喝，
照样活得很安然。
喝酒饮水的架势让人心惊，
酒是一桶一桶地喝，
喝水时他趴在池边，
能将一池水吞下。

他若钻进原始森林，
狮子老虎和野公猪，
都无法从他手中逃脱。

如果到大海边，
能将沉睡的鲸鱼，
轻松地背回家，
成为一个阿依勒一个月的美餐。

为了储备过冬的肉食，
每年捕捉几头大象。

1182 许多大象顽强反抗，
仍然抵不过他的力量。
那无数怪兽同他相遇，
没有一个逃脱过他的手掌。

他那两个眼窝，
就如同两潭深深的湖水；
他那鬓须和长胡须，
犹如野地的杂草蓬乱；
他那脸上的皮肤，
犹如阿亚铁勒荒滩。
脚上看不到脚趾，
如同大象的脚掌一般。

他手指如弯曲的木犁般粗壮，
他两条大腿骨，
就像搭在屋顶的大梁。
又高又凸的额头，
又短又塌的鼻梁，
粗短的脖子弓起的肩胛，
谁若落到他的手中，
就没有生还的希望。

他对自己充满信心，
在肖尔河的河畔，
在印迪斯坦的平原，
自认为是唯一的强汉。
听说他常常这样感叹：
“上场摔跤比试，
是我最大的心愿；
一生一世找不到对手，
是我最大的遗憾。”

在克什米尔一个叫肯腾的地方，
是他出生成长的故乡。

他光着脑袋赤着大脚，
身高体宽无法丈量。
全身一丝不挂赤裸裸，
他的发辫有马缰般长。

此时他的双眼星星般闪烁，
关节像黄牛关节咔咔嚓嚓作响。
他的双耳像驴耳高高耸着，
血盆大口张得像门洞一样。
他下嘴唇耷拉着，
就像一头发情的公驼，
摇摇晃晃地来到赛场。

人们好奇地围观，
猜测着谁敢来与他较量。
无一人敢自告奋勇，
全场鸦雀无声默默观望。

阔绍依的儿子加勒格再克，
他的妹妹是阿嘎迪丽。
那阿嘎迪丽的女儿，
生育过一名强壮男孩，
他被起名为波佐依。

波佐依自小被称为英雄少年，
眼下年龄在二十五至二十六之间，
正是风华正茂的年华。
他身高肩阔强壮无比，
就像先前的英雄楚瓦克一样。
他嘴大唇厚，眼冒火光，
他身材魁伟高大，
一点也不比那阿勒曼别特差。

他头脑清醒足智多谋，
他视死如归勇往直前，

他拥有色尔哈克的心灵和胆识。
他那双黑眼睛冒着烈火，
他浑身上下血液沸腾，
他拥有赛麦台依的威武。
他拥有雄鹰的威猛，
他拥有猛虎的威严。
他面色洁白如玉没有雀斑，
他说话直率从不绕弯。
他深受百姓拥护，
他威信很高誉满人间。

他浑身是劲无人能抵挡，
他把所有交手者踏在地下。
有多少对手与他角逐，
都抵不过他的力气，
与他交锋的敌人无一活着逃离。

他苦练本领，武艺高强，
他处理事情多谋善断。
你把波佐依仔细端详，
看看他的容貌体征，
如同当年的古里巧绕英雄一般。
他那傲视一切的神态，
酷似一代枭雄凯耐尼木的威严。
他比汗王阔绍依还有远见，
阿嘎迪丽之女阿勒玛罕，
不知如何生下这样的好汉？

“阿拉什中若无人上场，
吐克突库尔特就将得冠。”
那些失去信心的众汗王，
开始窃窃私语心神不安。

加勒格再克之子巴克特拜，
悄悄来到波佐依身边：

“我的外甥波佐依，
我早已考验过你的本领，
你身高肩宽骁勇善战，
你是世间的栋梁强汉。
来自印迪斯坦的吐克突库尔特，
他已站在场地中央挑战。
白毡帽的柯尔克孜和阿拉什民众，
为此倍感忧虑和不安。
你能否上场与他较量？
你能否维护我们的尊严？

“别克巴恰上场比武拼杀，
已把奥托尔挑下马鞍。
如果是战场上单打独斗，
别克巴恰还会迎战。
在这热闹的竞赛场上，
如果马上拼刺地上摔跤他都参加，
岂不有失汗王的体面？

“我虽已年迈但也有心上赛场，
只是我曾与卡勒德克交战，
我的一条胳膊扯裂了筋，
无力将对手提离地面。

“如果是马上拼杀较量，
孩子呀，我巴克特拜，
无论如何也会义无反顾上场应战。”
此时吐克突库尔特的痴狂神态，
把人们吓得胆战心惊。
当年与他交手的强汉，
都被他生吞活咽。

此时波佐依扭动着身躯，
抬头直视着开了言：
“你心诚意切我也明白，

我若赤身上场有损尊严。
我确实没有可穿的摔跤裤，
这可让我十分犯难。”
巴克特拜默默无言，
掀起坐下雕鞍的褥垫。
当年在阔阔托依的祭典上，
众人聚集举行盛宴。
巨人阔绍依与奥荣阔摔跤时，
身穿卡妮凯祖母缝制的皮裤，
一代一代地珍藏相传，
如今正好在巴克特拜身边。
多少代珍藏的皮裤，
拿出来递到波佐依的手上：
“玛纳斯与阔绍依的神灵，
会给你增添无穷的力量。”

波佐依接过来一穿，
大腿套不进裤管。
当年阔绍依穿上它也显短，
阿吉巴依与额尔奇吾勒，
还为他用力拽扯，
皮裤顷刻变得又长又宽。
“也许是年久未穿已折皱，
被折叠着存放多年。
多年无人把它来揉搓，
可能是年久未穿已缩短。”
巴克特拜琢磨着，
叫来三十个壮汉，
令他们站两头把皮裤拉扯，
又让他们把它揉搓得像丝绸一样柔软。

在众多观望者的眼前，
皮裤被拉得足有毛绳长。
波佐依将它穿在身上，
裤脚正好盖到踝骨上。

整个阿拉什为之咂舌诧异，
无不投去万分惊奇的目光。

波佐依穿上神奇的皮裤，
在对手面前坚定了必胜的信心。
他此刻咂着嘴巴大喊：
“有没有我可充饥的饭。”

六位大力士摇摇晃晃，
将六大木盆肉端到面前。
担心马奶酒引起喘息，
将六皮囊鲜奶提到面前。

那六大木盆里，
六匹马驹的鲜肉堆积如山；
那六大皮囊，
用六十桶的鲜奶装满。
那六大木盆肉，
被六大把就抓完；
那六大皮囊鲜奶，
被六大口就喝完。
这才感到只有半饱，
他的食欲依然不减。

他把那大木盆往地下一甩，
结果应声摔成了碎片。
那皮囊呀都被扯裂，
他还舔着嘴唇咂着口左顾右盼。

当他临近起身之时，
小伙子们气喘吁吁，
又扛来了六皮囊鲜奶，
又端来鲜肉六盆。
他把那木盆端起，
一盆一盆地享用。

每当他抓完一把，
盆里就什么也没剩下。

他并没有把鲜奶瞧在眼里，
将马奶酿造的烈酒，
足足喝下五个阔阔尔壶。
当酒肉下肚后他站起身，
准备上场与对手角逐。

此时人们纷纷举手高声祝福，
所有的阿拉什人助威鼓劲呐喊。
特别是巴克特拜，
把马鞭搭在脖子上，
兴奋地流着热泪高喊：
“孩子，去吧！祝你好运呵！
愿玛纳斯的英灵保佑你平安。
圣人阔绍依先祖的猛虎，
愿它与你一路陪伴！

“我的勇士，你要沉着机智，
我的壮士，鲁莽行为绝不可取。
神勇非凡的凯耐尼木，
活着离开人间的英雄，
我请求他们来帮助你！

“如果那些圣人保佑你，
如果玛纳斯的英灵与你相伴，
我坚信你能战胜对手，
维护柯尔克孜人的尊严！”
将披在勇士肩上的大斗篷，
巴克特拜一把掀了下来，
再一次为他助威壮胆：
“英雄，去吧，勇敢地上场应战！”

波佐依与吐克突库尔特交手，

互相用胸顶推着对方，
忽左忽右地拼命拽扯，
忽前忽后地用力推搡。
他俩使劲用腿脚磕绊，
如同两只公牛在打架，
如同两峰公驼在冲撞，
又像那两只头碰头的公羊，
撞得鼻血哗哗流淌。
他们怒吼着较量，
互相扭拧，毫不相让，
抱起对方打转转，
然后甩出好几丈。
那对手双手双脚同时着地，
站起身来又纠缠不放。

大地被踏破，
大块大块石头被掀翻，
芨芨草被连垛拔起，
草坪被一片片踩翻。
踩得从地下渗出的水，
把那坑坑洼洼都填满。

那白昼被黑夜替换，
也许夜里会有什么阴谋施展？
那提心吊胆的双方，
只好暂时叫回了各自的壮汉。

传来轰隆隆的巨响，
就像电闪雷鸣一般，
让人感到无限恐惧和不安。
其间漆黑夜晚已过去，
又迎来明媚的白天。

白昼已轮两回，
黑夜已轮两遍。

这时你把壮士来瞧瞧，
那双肋的皮肉被抓破出血，
那胳膊上早就皮开肉绽。
伤口流淌着鲜血，
鲜血和汗水流淌到地上变成了泥潭。

又过去了两个夜晚，
时间已到第五天。
吐克突库尔特的主人，
克什米尔的首领库拉热甫汗王，
开始狂叫不安：
“举起来呀，勇士，举起来！
你的威力到哪里去了？
你怎么了，快睁开双眼！”

库拉热甫忍不住，策马冲上，
挺起手中的矛枪，
扎了吐克突库尔特一枪。
他抽回锋利的矛枪，
又刺了波佐依勇士一枪。

挨了库拉热甫的一枪，
波佐依顿时怒气冲天。
他一下抱住吐克突库尔特，
惊天动地地大吼一声：
“愿阿依阔勒玛纳斯相助！”
便憋足全身力气，
把吐克突库尔特高高地举起。
波佐依用力转动着，
吐克突库尔特的躯体，
对准库拉热甫猛地砸去。
吐克突库尔特的庞大身躯，
把那库拉热甫连人带马，
砸得粉身碎骨。

别说是想要赢得黄金，
眼下连壮士都不见了踪影。
库拉热甫与吐克突库尔特，
双双都已消失成为粉尘。

这对印迪斯坦人而言，
已成为无月的黑夜。
在各种竞技游戏中，
他们的人没有一个获得名次。

这时跑马射元宝比赛开始，
卡勒玛克射手有千人登场，
康阿依人当中也有诸多的神射手上场。
凡是参加祭典的宾客中，
没有一个射手不上场。

用通条通净枪膛，
把捻子用火点燃，
单枪匹马能把千人阻拦的勇将，
能把一根马鬃射裂成两半的神枪手，
不知有多少个登场。

善于用弓箭的弓弩手，
在夜色中射中候鸟的善射者，
在白日里百发百中的神射手，
都去射击那悬挂的元宝。
他们纷纷轮番上场，
整整过去三天不见分晓。

来参加祭典的汗王，
自命不凡的射手都炫弄技巧。
为数众多的百姓都来凑热闹，
折腾了三天无人射下元宝。

加勒格再克之子巴克特拜，

正是要去布哈拉休养的年龄，
体力也已明显减退，
已经过了跨马远征的年岁。
他的祖先就有善射的遗传。
“让我来射下那元宝！”
巴克特拜开始做准备。
他有一匹坐骑叫吐尔苏勒朵克，
他侧身坐在马鞍上，
策马奔来射出了利箭。

高杆上悬挂着一百五十根线，
他一箭射断了五十根。
汗王们一个个目瞪口呆，
勇士们大吃一惊。
英雄们观望着已入神，
射手们都在发愣。
众人都抬头望着高空，
世界变得出奇的宁静。

“难道没有人再上阵？”
在那一旁观望的别克巴恰，
突然闪出围观的人群。
之前英雄别克巴恰没有亲自上场，
他想让强汉们过足瘾，
让老少汗王们尽兴。

此刻他催动着玛依托茹骏马，
塔西凯勒铁枪端在手上，
憋足气仔细瞄准目标，
驰骋中果断地把扳机扣动。
悬挂元宝的细绳，
一根未留全部射中。
那装满元宝的囊袋不等落地，
也被别克巴恰接到手中。

别克巴恰拿着元宝，
闪电般回到了原地。
“四万枚金币的巨奖，
我的大伯全都归你。”
别克巴恰把全部奖金，
馈赠给巴克特拜以表敬意。

目睹这一举动的众人，
异口同声把别克巴恰夸赞：
“不愧是雄狮猛虎，
不愧是英雄好汉，
别克巴恰超群出众，
是位吉星高照的福运好汉。
他犹如高大的赤毛大象，
他无比机智勇敢。
挥斧上阵他十分熟练，
刺出矛枪也非同一般，
射击火枪更是非凡。
那七十二种武艺，
样样精通令人惊叹。
谁胆敢去招惹他，
苍天定让他一去不复返。
他完美无瑕无可挑剔，
心胸像天空宽阔无边。
他是为四十个部落的柯尔克孜，
应运而生的英雄好汉。

“我们曾耳闻他的英名，
今日亲眼见识了他的本领。
他不是凡人而是一头雄狮，
世上哪有与他相比的强汉。
这正是他如日中天的年华，
他的福运如同江河源源不断。
即使蹚入流动的血河，
他也是位镇定自若的强汉；

即使他连拼九十天，
他也是不知疲倦气短的好汉。
在惊天动地的战场上，
他是战胜一切的硬汉。
他胯下的玛依托茹骏马，
征战中连跑四十天也不会气喘。

“我们曾听到各种传说，
还以为很多是夸张，
其实同传说的一模一样。
我们看别克巴恰的年龄，
正是五十出头年富力强。
只是巴克特拜有些年迈，
他身边特别需要一位智囊。”

在那外围观察评头论足的人，
正在议论纷纷喧嚷。
克孜勒克孜像灰鸽飞来，
降落到现场：
“不论汗王还是普通百姓皆听着，
我来告诉赛马的近况。
我们赶了五天的行程，
我们又调理整休了五天，
总共花去了十天时间，
让赛马离开起跑线。

“参赛的皆是良种快马，
巴克特拜的栗色马，
不知由何种母马生产，
我起初对它不抱希望，
更担心驾驭它的小骑手是否安全。

“我们放开参赛的马群，
然后紧随其后跟踪。
到恰勒坎都河的边沿，

将参赛的骏马一一数清。
在那众多的骏马之间，
唯独不见栗色马的踪影。
我们便原路返回去寻找，
才见到栗色马落后了一天的赛程。
只见那小骑手马背上泣不成声：
‘我要是这样独行迷路饿死，
我还哪有机会见到亲人？’

“栗色马的步履极为缓慢，
骑手策马来到河岸。
我们哪有心思去牵它，
正好给骑手留下食物，
掉转马头又原路回返。

“当晚在途中休息了一夜，
天亮后再次将马匹清点。
结果还是少了一匹，
心想栗色马定是落在了后面。

“我们用千里眼前后眺望，
却在前方一日行程外，
望见一个晃动的身影。
心想是否是途中混入的马？
心想是不是谁在制造混乱？
众神仙扇起矫健的翅膀，
我们飞快追来查看。

“在追上的地方就已认出，
原来是巴克特拜的栗色马在飞驰。
我们说它在飞翔吧，
都不见它挥舞的双翅。
我们都亲眼看见，
还有一匹光背的灰白色马，
甩打着尾巴风驰电掣。

“这时骑手告诉我们：
‘不要奇怪这栗色马，
你们可见到灰白色马？’
‘我就是加勒格再克的，
加勒曼波孜！’
那飞驰的灰白色马这样搭话。

“‘栗色马鬃被灰白色马咬住，
我只知道被高高腾起，
那四蹄根本未着地，
我们就像在天空飞行。’
听到小骑手的这番话，
我们便特此前来报信。

“只需一顿饭的时间，
巴克特拜的栗色马，
就会到达终点。
我们已将所有赛马观察，
没有一匹能活着到终点。

“将那参赛的众多马匹，
我们往起点赶了五天。
赛马已过三日赛程，
还需经过两日赛程才能到达终点。

“我见到很多赛马已疲乏，
吃力地摆动着尾巴，
个个耷拉着耳朵，
能勉强地抬起前蹄，
那后腿好像都不太听话。
我们看到一群清一色的黑马，
可能是康阿依人的马，
我们估计它们的情况，
三天之后才能疲惫地到达。”

就在这说话之间，
纽扣耳朵栗色马的身影，
隐隐约约地在远处出现。
见到栗色马松了一口气，
巴克特拜宣告以下的话：
“你们参赛的所有骏马，
只要在明天午时抵达，
说定的奖品都如数兑现。
如果过了明天中午，
那你只好空手而返。

“我们说出的话不会假，
如果你有胥登古特[1]快牛在身边，
如果你有杰勒玛扬[2]赛驼，
那现在就赶往比赛的起点！”

人多资源多，
丰富的资源赛过湖泊。
将赛驼调理成杰勒玛扬，
将赛牛调驯成胥登古特，
这样忙碌的人儿还很多。

巴克特拜下达指令，
将赛牛赛驼赶往起点：
“你们要赶往一天路程远的赛程起点，
在那里调理休养一个夜晚。
到了第二天的晌午，
让它们起跑往回赶！”

赛牛的数量有二百，
参赛的骆驼有六百，
它们的赛道是宽阔平地。
宣告先到达的九头牛，
可获得不等的奖励：

[1] 胥登古特：意为不知疲倦，这里指从不落后的快牛。

[2] 杰勒玛扬：意为耐力强，这里指力气大的快速骆驼。

第一名奖励一百枚金币，
最后一名也赏十五枚金币。
同样奖励前十五名赛驼，
其中获得冠军者，
将领取一千五百枚金币，
第十五名奖励六十枚金币。

巴克特拜再次吩咐道：
“赶牛赶驼的裁判员，
立刻出发不要迟到。
赶到起点先住一宿，
莫让牲畜饮水吃草，
清晨时再喂个半饱。
让它们好好饮足水，
让骑手娃娃们撒完尿。
先让那赛牛出发，
随后让赛驼起跑。”

就在这说话之间，
赶马的人们陆续到来回禀。
到了中午不出所料，
仅有三匹马跑完赛程。
其中一匹是康阿依人的骏马，
两匹是柯尔克孜人的神骏。
其他所有赛马，
都累死在赛途中。

前来参加祭典的汗王，
得知参赛的马匹在途中命丧，
一个个感到无限悲痛：
“别克巴恰向世人炫耀祭典，
邀请我们来此地集中。
我们无力相搏抗衡，
那神勇善战的英雄中，
已有两位壮士葬送性命。

没有丧命幸存的人们，
却失去坐骑沦为徒步，
为此感到无比悲痛。
他们是否早就预谋好这一惨局，
故意将我们众人邀请？”

就在这议论纷纷之际，
那参赛的骆驼临近。
一位叫卡特砍的柯尔克孜人，
他的赛驼获得了第一名。
同宗同胞的近亲，
大力士波佐依的堂兄，
名叫布尔居依的牧人，
是拥有三百头牛的小富翁。
前九名中的四头快牛，
都来自布尔居依的牛群。
柯尔克孜人领取奖品，
其余人都两手空空。

康阿依等部首领密谋抢劫

祭典的热闹已经过去，
也到了该结束的时刻。
歌手们为了得到奖赏，
都放弃了休息和睡觉。
四十个部落的柯尔克孜，
给予了他们丰厚的奖励。

自来康阿依诸部，
还有唐格特与芒格特人，
以及来自乌鲁姆的乌斯逊人，
他们秘密纠集进行商议：
“别克巴恰以举办祭典为名，
夺去了我们英雄的性命。
公开怂恿那波佐依，
把吐克突库尔特化为齑粉。
故意延长那赛马的行程，
使许多良马累死在途中，
使众多英雄无马可乘。

“他飞扬跋扈无所不能，
他的阴险目的，
就是想在我们头上称雄。
赛牛和赛骆驼，
我们历来闻所未闻。
这可是他设计的奇事，
想以此来提高自己的声誉。

“为了亲眼见识一切，
为了试探所有底细，

有意安排比赛，
看来他早已设计好了圈套。
有多少牛能参加战斗，
有多少驼能参加争斗，
他在试探它们能跑多远。

“如果我们现在就揭竿而起，
伊朗、伊拉克和米斯尔人，
定会给他们提供援助。
呼罗珊和伊斯番人，
肯定会借机悄悄开溜。

“我们担当滋事挑衅的罪名，
难道不被他大开杀戒？
难道不被他斩尽杀绝？
难道不被他打断腿骨？
难道不被他彻底歼灭？

“我们最好马上离开这里，
回去后再从长计议。
待到明年的夏季，
乌斯逊在乌鲁姆召集人马，
我们康阿依诸部，
还有唐格特和芒格特部，
共同出兵征讨柯尔克孜。”

当他们这样密谋时，
约木尔江的克孜勒克孜，
一会儿幻化成卡勒玛克人沉默不语，
一会儿又变成闷闷不乐的乌斯逊人，
再幻化成那皮笑肉不笑的康阿依人。
她进行着无数的变幻，
混入密谈的人群暗暗偷听。

只见一个康阿依人最后说道：

“卡勒玛克人，你已失去尊严，
你没有讨还血债的能耐。
在比武的竞技场上，
从来不能把大力士踩死，
奥托尔却被柯尔克孜人杀害。

“我们一道前来的诸部，
却在策划来年的事情，
空谈无法实现的计划。
与其在此空谈闲扯，
还不如大家各自回家。
途中若有柯尔克孜的马群，
还可以顺路赶回老家。
为了明年相聚，
先让我们采取这种做法。

“在我们返回的方向，
还有不少毫无防备的柯尔克孜人。
他们的西陲边界，
是江额节尔、乌兰和纳仁阔勒，
他们南面的阿拉陶，
是环绕的群山峻岭。
巴什阿依热克河流向东方，
奥尔托阿依热克河流向南方，
下游又回转流向西方，
最末还有一条河，
三条河最终汇合在一个地方。
人们称它为伊犁河，
绕一个大弯后直直流向西方。

“那阳面的阔克卡米尔，
柯尔克孜族在那里牧放。
有一湖泊叫吉勒德孜，
有一名叫特克斯的英雄，
有一位叫巩乃斯的汗王，

特克斯英雄年届九十，
他就是我们要下手的对象。

“巩乃斯汗王也是个老汉，
不用我们费力纠缠。
让我们一路劫掠，
带着胜利品返回家园。

“居住在乌鲁姆的乌斯逊，
你们也不必伤神费力。
我们将柯尔克孜人，
一群一群地召集，
然后将他们统统杀死。
再堆起一堆堆的石头，
给它们起名为柯尔克孜坟墓。
让世人永远牢记，
我们将这样达到目的。”

克孜勒克孜听完密谋，
然后悄悄地脱身离开，
把自己耳闻目睹的一切，
立刻向别克巴恰禀陈。

让我们放下这一段，
从别克巴恰英雄，
如何离开人世间的悲惨故事开始吧！

别克巴恰
含恨离世

别克巴恰粉碎乌斯逊和芒格特的进攻 1207

祭典结束人们散去，
别克巴恰也随后起程。
他想，谁不惹事，
就不干扰谁的返程；
谁要招惹柯尔克孜，
就要把谁彻底消灭毫不留情。

正当他暗中窥探的时候，
朝东方行驶的卡勒玛克人马，
转向铁特尔苏挺进。

毫无戒备的柯尔克孜人，
在山里狩猎岩羊，
沿着河岸捕猎水鸭，
日子过得自由欢畅。

卡勒玛克人突然从两侧下手，
蜂拥而上发起攻击。
当他们四处屠杀柯尔克孜人时，
别克巴恰也恰好赶到了这里。

他杀得敌人鬼哭狼嚎，
让他们互相埋葬自己。
让他们自己四处堆起卵石，
给它起了“卡勒玛克傲博”的名字。
卡勒玛克人在此叫苦连天，
这地方更名为喀克夏勒[1]。
铁特尔苏的地名从此消失，
喀克夏勒的新名相传到今日。

[1] 喀克夏勒：意为不毛之地，转义为叫苦连天之地。

康阿依的汗王在前面引路，
从纳仁阔勒侵入。
特克斯汗在此之前已死去，
前去参加祭典的巩乃斯汗，
返回时落在了远处。
因为他年迈体弱的缘故，
无法和队伍一起快速赶路。

康阿依人公然进犯，
那灾难令人无法忘记。
他们将太平生活的柯尔克孜，
全部集中驱赶着到一起，
挥舞战刀大开杀戒，
尸骨成堆，坟头成群，
并让他们降服于自己的统治。

康阿依人的屠刀，
沾满了柯尔克孜人的鲜血。
在特克斯、巩乃斯和吉勒德孜，
只要是堆起的石堆，
皆被称为柯尔克孜的坟墓。
从那沃热勒来的卡勒玛克人，
占据了吉勒德孜。

为了向康阿依人讨还血债，
别克巴恰一直寻找机会。
他得了一场大病卧床不起，
整整六年不能跨上马背。

请来世间高明的医生，
使尽了所有的医术。
柯尔克孜有福气，
他终于从病中痊愈，
重新跨上了坐骑。

在别克巴恰得病期间，
那相邻的个别部落，
那些争强好胜的头领，
那些乌斯逊人，
前后三次派来探子，
刺探柯尔克孜的情形。

“听说，别克巴恰要死了，
不等柯尔克孜恢复元气，
让我们抢先去踏平他们。”
他们这样磋商约定。

乌斯逊与芒格特人，
汇聚后一道挺进，
率领五千多人马，
很快赶到了塔拉斯城。
他们摆出讲究礼节的样子，
先差遣信使送信。

当信使到来之际，
别克巴恰为体察民情，
正好也跨马出行。

乌斯逊与芒格特，
派来的信使只有三人，
信中写着这样的内容：
“我们从乌斯逊来了三千人马，
从芒格特来了两千精兵强将。
把坎阔勒的色尔王城，
立刻给我们腾出来，
令你们双手贴胸俯首听命。

“你们的精英只有别克巴恰，
他已经离开人世再不能回来，

柯尔克孜人，
你们眼下还有什么能耐？

“部落中的漂亮少妇，
正是妙龄的黄花闺女，
那被宠爱的小家伙，
那满口无牙的老汉，
那裹在襁褓里的小崽子，
不要让我们亲自动手操劳，
尽快将他们集中到一处。

“将你们的所有马匹，
按花色分别集中在一起。
将枣红色集中到一边，
将黑花色集中在一起。
将雪青与枣红色，
不要混杂在一起。
在赤色旁不要留淡黄色，
灰色与黑花马群分开，
等候我们去接管处理。

“你们必须照我们说的去办，
男女老少必须全体出动，
必须夹道欢迎我们！
你们好好思量吧，
这就是我们的条件必须听从！

“如果你们不照办，
我们将说到做到毫不留情。
要让你们的鲜血流淌，
让你们成为石磨下的骨粉！”
信的内容原来如此，
信中还签了坎克与杰尔铁别尔的姓名。

别克巴恰看完信件，

让人给托茹骏马鞴上了鞍鞯。
他下令信使们立刻回去，
将别克巴恰还活着的消息，
如实向主子传递。

他又向自己的手下下令：
“要挑选千名精干的小伙，
和我一道去出征。
但不要急于投入激战，
你们的任务是将战马收容。
芒格特与乌斯逊人中，
如果放走一个活口的话，
就让我别克巴恰不得好运。”

当别克巴恰出征之时，
那使者们已返回，
将所见所闻陈述：
“别克巴恰并未死去，
我们根本不该来到这里。
只要一开战我们必死无疑，
我们就会血流成河。
我们如果拔腿逃窜，
难道他不发动属民追杀逃敌？
难道那些血气方刚的小伙子，
不追来砍下我们的头颅？”

杰尔铁别尔与坎克一起商议：
“别克巴恰虽然并未死去，
他却是刚刚重病痊愈。
不要被他的名气吓破胆，
面对整整卧床六年的人，
我们如果仓皇逃窜，
乌斯逊与芒格特人，
将在人间遗臭万年。”

他们商定决不逃跑撤退，
准备横刀立马挺身应战。
他们扎紧腰带下定了决心，
准备迎接一对一的决战。

他们让军队列成了阵势，
妄图将塔拉斯踏平。
帅旗军旗摇摆不定，
那死到临头可怜的家伙们，
早已魂不附体走不稳路。
当他们准备率军出发时，
柯尔克孜的千名大力士，
突然从塔拉斯赶来，
由英雄别克巴恰亲自率领。

杰尔铁别尔见状单独出阵，
心想有谁还能与我比高低，
认为自己强大无比，
把别人都视为枯草一根。

他纵马咆哮着：
“你要是有能耐，你要是英雄，
你自己上阵来吧，别克巴恰！”
他在场上指名道姓猖狂挑衅。

见这毫无名气的家伙，
如此狂妄，气势汹汹，
别克巴恰策着瘦削的玛依托茹马，
不慌不忙地上了阵。

别克巴恰胯下的玛依托茹马，
整整在马圈被困六年。
当一见到狂哮的敌人时，
顿时心情高涨精神振奋，
忽然间像从前一样增了膘，

就像那鹰架上的猎鹰一样冲动。
弱不禁风的玛依托茹马，
顷刻间肥壮得大地难容，
激动地迈着快步，
禁不住纵横驰骋。

当旋风般驰到沙场时，
杰尔铁别尔不敢直视。
心急火燎死去活来，
受死神驱使他身不由己。
呼哧呼哧地扇着鼻孔，
鼓着凸起的大肚皮，
怒吼着挥舞长矛，
飞速冲上来发起攻击。

别克巴恰稳如大山，
任凭杰尔铁别尔刺来矛尖。
矛尖触碰到别克巴恰，
“咔嚓”一声被折断。

当杰尔铁别尔擦身而过时，
英雄别克巴恰手疾眼快，
抓住了他的衣摆，
就像叼起山羊羔一样，
将他从马背上拽了下来。

拽落马背的杰尔铁别尔，
被挑在了枪尖上。
飘浮在后脑勺的乱发，
蹬踏着两条腿拼命摇晃。

此刻坎克冲了上来，
怒吼声震耳欲聋，
自以为是强悍的英雄。

他用手中的长矛，
攻击别克巴恰的侧身。
第一次没能刺翻对手，
再次笨拙地进攻。

别克巴恰将刺来的长矛，
从矛尖一把抓住，
握紧后猛地一拽，
心想看你有多大能耐，
便让他从马背上滚了下来。
将他自己刺来的长矛，
扎进他厚厚的铠甲把他挑起来。

别克巴恰一手挑着一个审问：
“你们从何地而来？
你们何时成了英雄？
到此地有何贵干？
你们为何向这里进攻？
你们是哪个部落的人？
你们叫什么名字？
你们是汗王，还是奴隶？
你们是勇士，还是巨人？
切莫隐瞒，如实回答我的提问！”
别克巴恰这样来审问。

杰尔铁别尔和坎克耷拉着脑袋，
就像被吊起的皮囊，
一直被挑在那长枪尖上。

杰尔铁别尔和坎克已魂不附体，
自从在祭典上的密谋开始，
到乌斯逊和芒格特如何来到此地，
他们一一交代十分详细，
还说出了许多未知的消息。
把在特克斯、巩乃斯和吉勒德孜，

康阿依人屠杀柯尔克孜的情节，
原原本本全部供出。

“我们来到了塔拉斯，
我们还把使者差遣。
心想别克巴恰重病卧床六年，
怎能承受我们的挑战？
我们这样来挑战，
却被你挑在了枪尖。
你打算把我们，
还要挑多长时间？”

当杰尔铁别尔和坎克这样央求时，
别克巴恰向乌斯逊与芒格特人喊话，
让他们的头目智者前来对话。
敌军人马木呆呆地站在原地，
吓得无一人敢来对答。

“你们的亲朋好友是谁？”
别克巴恰让他们说出了名字，
然后指名道姓地呼喊，
叫来了那些人士。

“你们赶快离开这里，
各自返回自己的领地。
回去告诉你们的百姓，
杰尔铁别尔和坎克，
被我别克巴恰扣留。”
别克巴恰话音未落，
那些乌斯逊和芒格特人，
七嘴八舌吵吵嚷嚷，
道出了这样不满的话语：
“我们不会丢下杰尔铁别尔和坎克，
我们不是那种人。
想让他们离开乡亲痛苦地留下来，

我们量你也没有这样的本领。
只要有我们芒格特和乌斯逊人在，
你怎么能将他们扣下囚禁？
你已估计到自己力量不及，
故意装腔作势吓唬我们！”

来自各方头目们一共六个，
乌斯逊和芒格特部各三个人。
他们愤然握紧手中的马鞭，
翻着白眼直盯着上空。

英雄别克巴恰高声呼唤，
唤来了管家奥润拜。
把杰尔铁别尔与坎克，
交给了奥润拜。

将公然抗命的六个家伙，
其中的三个用马鞭严惩，
让他们永远趴在地上醒不来。
再赶着那另外三个家伙，
朝着对方大队人马前进。

当快要接近大军之时，
乌斯逊与芒格特人，
突然纵马蜂拥而上包围过来。
卧床六年的别克巴恰，
盼望沙场早已急不可耐。
见此再也无法控制自己，
再也不能将他们宽大对待。

号称五千名雄兵，
不出三日大都丧命。
寿数未尽没有丧命的，
只剩下三十来个兵丁。

把杰尔铁别尔与坎克，
押来见自己的残兵。
将幸存的三十人，
交给了自己的两个首领。

让他们为乌斯逊和芒格特人收尸，
将尸首集中到一处，
然后埋进了洪水冲毁的沟谷，
上面把石头堆起。
乌斯逊与芒格特人留下的遗迹，
被人们称之为“努合[1]”相传到今日。
“努合”也变成乌斯逊和芒格特的代名词。
凡是堆砌石头外扎栅栏的地方，
不论在何处遇到它，
人们都说这是“努合”留下的印迹。

在特克斯、巩乃斯和吉勒德孜，
康阿依人残暴地屠杀柯尔克孜人。
不论在何处有堆砌的石头，
都被称为柯尔克孜的墓地。
这些所提到的地名和事件，
可没有假全都是真的。

[1] 努合：原义为沟壑、决口、遗迹、痕迹。

别克巴恰告别众乡亲出征康阿依

别克巴恰要向康阿依人报仇雪恨，
临行前通知父老乡亲：
“阿西木拉上游是节提托尔，
在此生活的父老乡亲，我邀请你们，
前来时切莫空手，
要牵来雪青母马。
要牵来杏黄色的母牛，
要牵来吃乳的驼羔作为祭品。
不论是公羊还是母羊，
不论是多还是少，
只要青色就行。

“每家每户最少也得来两个人，
一个不落全部集中。
下一个礼拜四，
到坎阔勒的陵墓待命。

“你们礼拜四必须到达，
你们礼拜五要留宿一天，
你们礼拜六才能回返。”

别克巴恰的妻子未生育男孩，
他无须请人们前来庆贺。
他这回请乡亲们来聚会，
就是为了拜谒雄狮玛纳斯的陵墓。

人们整日休闲无事可干，
喝着马奶酒口嚼肉脂。
吃腻了各种食物，

这正是柯尔克孜安居乐业的时期。
人们接到别克巴恰的通知，
便从四面八方汇集。
来到玛纳斯的陵墓前，
像过节一样宰杀牲畜。

人们祭拜雄狮的陵墓，
饭饱茶足无忧无虑。
长辈们嘻嘻哈哈，
谈笑风生兴致勃勃。
祈求着雄狮的英灵赐福，
歌手们白天黑夜唱着赞歌。

青鬃狼汗王玛纳斯，
圣人巴卡依大伯，
主帅阿勒曼别特和楚瓦克，
还有那冲锋陷阵的功臣们。
那些从不畏惧敌人的英雄，
还有大名鼎鼎的色尔哈克猛虎，
克尔葛勒恰勒老伯率领的四十勇士。
还有像阿吉巴依一样的智者，
圣人阔绍依和穆孜布尔恰克。
也有像托什吐克一样的许多大力士，
像加克普汗王一样的吝啬鬼。
更有像卡妮凯一样的遗孀寡妇，
像赛麦台依一样的少年英雄，
从头到尾一个不落，
由会讲故事者滔滔不绝地来讲述。

时而让在场的人们，
像喜鹊般欢笑；
时而让围坐的人们，
浑身上下，五脏六腑，
像烈火般熊熊燃烧。

阿依曲莱克沦为战利品，
遭受不幸的倒霉经历；
古里巧绕所受的折磨；
赛麦台依的幻化消失；
出自内部的叛徒坎巧绕，
如何凌辱卡妮凯和巴卡依。
恰绮凯的丑恶行径，
给所有百姓留下的警示：
握在手中不会自己显威，
没有比马鞭还现成的武器；
躺在你的身边不会暴露，
没有比内奸可恶的仇敌。
阿依曲莱克落入克亚孜的手里，
为保护赛麦台依的遗腹子，
给他取名为赛依铁克的故事；
医术高明的莫明江，
卡依拉克人托克托萨尔特，
如何医治好古里巧绕，
将克亚孜杀死；
赛依铁克来到塔拉斯，
登上宝座成为主宰的经历；
塔依托茹马如何参赛夺冠，
幻化消失的赛麦台依如何重返人间。
所有这些传奇故事，
歌手们演唱得活灵活现有声有色。

凯耐尼木英雄本色与生俱来，
被世人称为黄脸死神，
九岁就跨马出征，
一举就杀死九个巨怪首领；
赛依特跨马西征，
在那无人涉足的大漠，
单枪匹马战胜敌人；
阿斯勒巴恰和别克巴恰兄弟，

这对孪生同胞的传奇人生；
别克巴恰怎样策划，
祭奠四十二位英灵。
动情地述说给民众，
解开人们心中的谜团，
又让人们心满意足精神振奋。
最终将那结束语，
转到别克巴恰本人。
将他的荣誉归功于塔拉斯，
归功于伟大的玛纳斯的英灵。
在场的三十六位故事大王，
轮流讲述着好不容易停歇。

此时英雄别克巴恰站出来，
向乡亲这样说道：
“在坎阔勒的广大民众，
你们来此地为英灵祭祀祈祷。
特克斯、巩乃斯和吉勒德孜的惨剧，
我一听到就心急如焚，怒火中烧。

“我在铁特尔苏把卡勒玛克人马，
一批批送入阴曹地府。
在三个流域的柯尔克孜，
却遭康阿依人的血腥屠杀，
他们的鲜血浸染了敌人的屠刀。

“我别克巴恰还健在，
未能保护柯尔克孜人，
难道我不落个坏名声？
呼图壁和玛依布拉克，
那里只剩下少数柯尔克孜人。
在特克斯、巩乃斯和吉勒德孜，
柯尔克孜人已难以生存，
在康阿依人的屠刀下，
惨遭杀害鲜血流尽。

“我重病卧床整整六年，
毫不知情昏昏沉沉。
原来敌人牙齿磨得咯咯作响，
对柯尔克孜一直怀恨在心。
那些地方鲜血流淌，
那里的号啕声让人揪心。
我再也不能在此久留，
耳闻着这些我忍无可忍！

“乌斯逊与芒格特人，
率领大军前来骚扰我们，
不论我如何沉着忍耐，
他们却不听规劝顽固不化，
一次一次地猖狂挑衅。

“这些狂妄的疯狗们，
我让他们自己掘了坟墓。
在堆砌的石头坟堆，
刻上了‘努合’的碑文。
在铁特尔苏死去的兵卒之坟，
我让人们称其为‘卡勒玛克傲博’，
为了让后人不忘过去的教训。

“你们生活在塔拉斯的人中，
阿勒秦和阿尔根两个部落，
诺奥依和诺依古特四个部落，
人口较少数量不多，
其他部落人口较多。

“阿勒玛塔距塔拉斯很近，
有历代相邻的哈萨克人民，
难道你们还有什么担心？
如果敌人来进犯，
有喀拉柯尔克孜巴克特拜，

阿勒玛塔的众多哈萨克，
是你们身后的强大后盾。

“在克尔革特、和阗和罗布泊，
在卡木布勒与土尔番，
在阿热勒、阿斯克和喀什噶尔，
到处都是白毡帽的柯尔克孜人。
只要民众团结一心坚强对外，
敌人怎敢轻举妄动。

“呼图壁和玛依布拉克，
也有柯尔克孜居住在那里，
放鹰猎捕羚羊，
奔驰在沙漠里。

“吉勒德孜、巩乃斯和特克斯，
已成为空荡荡的土地。
我在征讨康阿依回来后，
迁来移民在那里定居。

“开阔的伊塞克湖和卡尔克拉，
在叶尼塞和阿尔泰，
在北冰洋的沿岸，
在崇山峻岭之中，
生活着柯尔克孜和哈萨克人。
同沃热勒是睦邻，
与布哈拉是近亲，
与巴达克尚和玉尔凯尼奇毗邻，
有六十个部落的众多阿拉什人。

“你们的名字叫白毡帽的柯尔克孜人，
是卡妮凯赐予的美名。
白毡帽的柯尔克孜闻名天下，
名垂青史不是件简单的事情。

“阿依阔勒英雄玛纳斯，
多么智慧多么英明，
你们瞧瞧他的伟业，
他建立了六十个部落的阿拉什联盟。
把他们划分为十四位汗王，
完成了自己的理想和使命。

“他们就是神仙，
瞧瞧他们之间的团结和睦，
瞧瞧他们之间的密切协作，
他们同仇敌忾团结合作，
令我欣喜，令我感动。

“由于玛纳斯的英灵保佑，
柯尔克孜才生存到如今。
其间出了个叛徒坎巧绕，
曾经造成一时的不幸。

“汗王赛麦台依和赛依铁克，
英雄凯耐尼木和赛依特，
为柯尔克孜人民而辛苦操劳，
让自己的额头流淌着热汗，
他们誓死捍卫了柯尔克孜的尊严和荣耀。

“阿斯勒巴恰英年早逝，
他没有留下儿女后代。
别说是拥有儿女，
还没有结婚娶妻。
阿斯勒巴恰为民众奋斗终生，
他的事业便留给了弟弟，
他的弟弟就是我别克巴恰。

“自从哥哥阿斯勒离世，
已经过去整整三十六年，
今年正好是我六十一岁的本命年。

为了民众的生计与安全，
我没有歇息过一天。

“著名的玛纳斯阿依阔勒雄狮，
还不曾像我这样远行。
我别克巴恰在有生之年，
没有留下任何遗憾。
我娶仙女努尔法努为妻，
我又在凡人中和三个美女结婚。
我的妻子阿克芒达依，
她的花容月貌世间难寻，
口齿伶俐赛过百灵。

“我重病卧床整整六年，
在特克斯、巩乃斯和吉勒德孜，
柯尔克孜人几乎被斩尽杀绝。
我别克巴恰决不会安睡在家中，
非前去向康阿依人讨还血债不可！
此刻可是难得的机会，
我要去占领大小英干地区。
我明天一早就要动身，
直奔阔克吐卡特马不停蹄！

“你们要虔敬地赡养老人，
你们要报偿母亲的乳汁，
你们要互帮互助尊敬兄弟姐妹。
你们要养育和珍惜儿女，
你们要回报父老乡亲的养育之恩。
你们要守卫故土防范外敌，
绝不让敌人的马蹄践踏我们的领地。

“团结是幸福之源，
两手十指连着手臂。
白毡帽的柯尔克孜和众多阿拉什，
要互相伸出手助一臂之力。

切莫在背后飞短流长讲人坏话，
如果互相搬弄是非会伤和气。
做了坏事哪儿也藏不住，
终究会暴露无遗。

“如果不保持团结和睦，
你们将会四分五裂分崩离析。
只要你们背后不说闲话，
你们就不会众叛亲离。
你们如果听信闲言碎语，
福运就会离开你们而去。
相邻相亲胜似同胞，
互不侵犯他人才会有福气。

“父老乡亲们，我对你们讲的话，
恳请你们牢记心中。
明天就是星期三，
我要从家里跨马出征。”

别克巴恰就这样告别，
让前来的乡亲们各自散去。
相聚的人们在回家的路上，
议论着别克巴恰的话语：
“这算怎么回事，
规劝与告别交织一起，
好像要留下遗嘱似的！
是否他梦中有不祥之兆？
他说自己正好是六十一岁本命年，
那银须老翁也许如此。”
嘀嘀咕咕议论纷纷，
柯尔克孜人各自返回。

别克巴恰贤妻阿克芒达依惊做噩梦　黑心恶婆毒害夫君

别克巴恰当夜住在城内，
辗转反侧不能入睡。
当天快要明亮时，
阿克芒达依小心问起原因：
“当时敌人把塔拉斯团团包围，
你却该睡就睡，处险不惊。
今夜你长吁短叹无法合眼，
黑夜过去天已明亮。
英雄切莫隐瞒，
无论如何告诉我实情。
不论好事还是坏事，
那都是命中注定。
什么事儿都会大白于天下，
你切莫在此隐瞒真情。

“我先告诉你我知道的事情，
请你仔细品评。
去祭拜陵墓的前一天，
我做了一个噩梦。
梦见你被一条灰色长蛇纠缠，
一会儿变成三条蛇，
缠绕你的腰身。

“就在眨眼之间，
你浑身上下淌着带血的脓水，
皮开肉绽，遍体鳞伤。
我的双腮已划成道道伤痕，
我沦落为哀号的遗孀。

“我那腹中的胎儿，
未能用自己的乳汁喂养。
找不到可医的医生，
也未能治疗你身上的伤。
你的百姓在不停地悲歌，
其他人却在叽叽喳喳唉声叹气，
埋怨你使他们失去了力量。

“忽然间洪水泛滥天翻地覆，
你我都被洪水冲走，
消失得无影无踪。
你至今未能调养雏鹰享受天伦，
我也至今未能养育儿女享受人间之乐，
却留下孤儿无助悲鸣。

“塔拉斯的白天变成了黑夜，
花儿凋谢，草儿枯黄。
不知谁在闹腾，
顿时杀声四起震耳欲聋。
切莫相瞒，快解梦吧别克巴恰，
我为何会做如此可怕的梦？”

阿克芒达依对别克巴恰，
毫不掩饰地告诉了自己的噩梦。
别克巴恰听到这些，
顿时把眉头锁紧，
内心感到无比压抑和忧伤，
就像乌云密布暴风雪来临。

阿克芒达依的梦境，
勾起别克巴恰一连串联想：
“在那阔克吐卡特，
我当初被逼娶了一妻，
灰蛇难道不就是她吗？
我听说她生育了一对双胞胎，

三个毒蛇不就是他们三个吗？
那女人是自愿嫁的呀！
她难道会对我不怀好意？
俗话说，平日里若遇到毒蛇，
不可放走要杀了它。
如果在梦里见到了毒蛇，
那就是预示你兴旺发达。
忠贞的贤妻阿克芒达依，
专为我做梦时刻把我牵挂。
在这次的征途之中，
但愿我马到成功顺利回家。
阿克芒达依梦中涕哭，
她将来会高兴得像盛开的鲜花。
我将跨马出征，
她在梦中把黑色丧服披挂，
这个迹象表明她顺意如愿，
将给我把一个男孩生下。

“我不要一一说出来，
就告诉她如果生下儿男，
就给他起名索木碧莱克，
莫在世间留下任何遗憾。”

别克巴恰心中想着这些，
开口一笑面露喜悦：
“阿克芒达依，在我回来以前，
如果你生下男孩，
你就给他起名叫索木碧莱克。
让他和我一样，
成长为不畏强敌的勇士。
你在梦中所见的毒蛇，
预示你今后会享受天伦之乐。
梦境与现实都相反，
不要为梦见的事失魂落魄。”

当别克巴恰刚说完话，
阿克芒达依忧虑地提醒：
“在此之前那康阿依，
你曾经去那里把敌寇追踪。
你如果在那里结识过朋友伙伴，
你千万不要相信他们。

“我看你已经横下决心，
将柯尔克孜的血海深仇，
非去向康阿依人讨还。
如果你在异地有朋友，
他就是你的死敌，会把你暗算。
你把我的梦境解为吉祥，
可我心中却惊恐惶惶。”

别克巴恰与亲人告别之后，
从塔拉斯跨马出征。
别克巴恰非常熟悉，
从白毡帽的柯尔克孜阿拉什，
前往阔克吐卡特的路程。
惦记着遭屠杀的柯尔克孜人，
别克巴恰走乡串村。
没有惊动柯尔克孜人，
别克巴恰来到阔克吐卡特城。

天南海北世界各地，
别克巴恰周游过四次。
见得多，经验也多，
别克巴恰无所不知。

大自然变幻莫测，
命运早由苍天注定，
凡人对此无可奈何。
为了探明康阿依人的底细，
别克巴恰先去看望自己当年的老婆。

别克巴恰趁着黄昏，
走近自己熟悉的庭院。
别克巴恰曾经许愿，
不超过十二年定会回返，
时间正好步入第十三个年头。
别克巴恰未下马鞍，
叩响了那院门的门板。

心想，来者肯定不是凡人，
他老婆当即就已猜出几分。
她已有两个孩子，
孩子们也知道别克巴恰的身份。
在这之前她向孩子们，
反反复复讲过别克巴恰的事情。
今天两个孩子都在家，
她将他们唤到身边叮咛：
“我常提起的别克巴恰，
他今天已来到我们的家门。
奥克莫沃依和乔克莫沃依，
别克巴恰不是你们的亲生父亲。
我们要给他下毒，
彻底消灭这个诺奥依人！

“切莫说出你们的真实姓名，
千万不要向他靠近。
你们一个就叫阿拉恰，
一个就用喀拉恰的化名。
别克巴恰就要进屋来，
你们千万不要对他抬起眼睛。
你们如果瞧他，他会看出破绽，
他会开膛破肚毫不留情。
你们俩将会同时丧命，
和你们一道，我也会送命。
我们都无法活到明天，

我们可不要因此全部断送性命。”

给孩子们反复叮咛后，
她便磨蹭着走向了大门。

她从门缝中窥视着故意吆喝道：
“喀拉恰和阿拉恰，
用那白色小碗盛上水，
快点儿给我拿过来。
奥克莫沃依与乔克莫沃依，
他们上山去狩猎，
都已经十天了还未回家。
到现在也不见他们的人影，
看样子今天也回不来。”

这女人故意说给别克巴恰的话语，
别克巴恰却乐在心中。
他心想两个孩子肯定很精干，
有了他们的帮助，
定能将康阿依人狠狠教训。

那女人对着那碗水嘟囔了一阵子，
端起碗转了几圈，
然后将那碗水洒去。
那妇人虚情假意，
深深弯下腰鞠躬行礼。
那假笑声能击破山石，
假装出特别高兴的样子：
“呵，英雄，您可平安回来了！”
抽抽搭搭地洒下泪珠，
牵过缰绳扶下马，
鞍前马后殷勤服侍。

她心想，若被发觉就必死无疑，
感到生命危在旦夕：

“这喀拉恰与阿拉恰，
是您两个儿子的奴仆。
你所吩嘱的别特别特，
给孩子们起了名字。
一个叫奥克莫沃依，
另一个叫乔克莫沃依。
因为您临走时叮嘱过，
不论他起什么名字都认可，
我不敢违背您的话，
我至今只好接受这不好听的名字。

“别特别特同孩子们，
一道上山打猎去了。”
她抢先解释，
转移了别克巴恰的注意力。

“您的乡亲都好吗？
您的领地太平吗？
您自己还安康吗？
听说您为四十二位英灵举行了祭典，
您也没邀请我参加，我的汗王！
我不是处女，成为遗孀后才嫁了您，
您没差人来接我，我的汗王！
我心想，您没派人来通知我，
您是让我养育好孩子，我的汗王！

“说实话，别特别特这人，
对自己的诺言十分忠诚。
直到如今对这里的民众，
没有暴露自己的秘密，是个英雄。
康阿依人前去屠杀柯尔克孜人，
把他们的妻女虏为战利品，
我听说后十分痛心。
我心想只要汗王您健在，
总有一天会报仇雪恨。

我心想只要汗王您到来，
定会改变我们的命运。
我和您的两个孩子还有别特别特，
我们平日里常常这样议论。

“喀拉恰！阿拉恰！
快，孩子们，快跑，
快去把宰畜的屠夫邀请。
那正在吃奶的灰马驹，
我们今天就让它牺牲。
如果今日再不宰杀那马驹，
孩子们会唠叨个没完，
不会让我们的耳根清净。”

此时别克巴恰这样开言：
“我已没有吃饭的精神，
为了向康阿依人报仇雪恨，
我自那遥远的地方而来。
今天只是想打探消息，
全面了解此地的情况。
我的孩子们已十三岁了，
让他们作为我的左膀右臂，
我要毫不犹豫地向敌人开战。
屠杀柯尔克孜的康阿依人，
我要去开他们的肚破他们的膛。

“从柯尔克孜所娶的老婆，
未能给我生儿育女，
原来你生的两个都是儿子，
我此刻十分高兴心满意足。”

那恶妇赶紧插话道：
“明天也许你们父子就会会面，
只要您的孩子们平安。”

此时别克巴恰又说道：
“如果中午还不赶回来，
我要前去途中相迎。
对我们已成长的孩子们，
让我亲自瞧瞧他们的身影，
今晚我就可以安心入寝。”

那恶婆心中一直在盘算，
明天一定要寻机把别克巴恰弄死。
当一听别克巴恰要亲自迎接孩子时，
唯恐暴露了自己的诡计，
预感到自己面临危机。
她急忙起身去生火，
烧着热水做着准备，
拿出自己所有的好东西：
“您浑身是尘土，周身是汗，
长途跋涉受尽艰辛，
您用热水好好洗一洗。”

这出自卡勒玛克的妇人，
别克巴恰不慎娶她为妻。
她手忙脚乱地忙碌着，
花言巧语转移着话题。
她大把地往水中投下剧毒，
神出鬼没不露蛛丝马迹。
这不要脸的女人亲自倒着水，
擦洗着别克巴恰的裸体，
然后帮他穿上内衫内衣，
显示着自己的轻巧麻利。

她暗中使着眼色，
让孩子们到门外去。

“我也要去洗漱，
洗漱回来后，我的汗王，

再来铺床侍候您。”
她以此为借口，
提着水壶走出屋门。
把水壶丢在门口，
直奔向玛依托茹马的缰绳。
准备三人一起骑上托茹马，
离开此地逃遁。
向康阿依和卡勒玛克的头目，
尽快去通风报信。

玛依托茹虽是一头牲畜，
却心明眼亮看破恶妇人的阴谋诡计。
想揭露这场诡计又无办法，
想说话又无法言语。
当那婆娘接近它时，
它便打着喷嚏用蹄刨地。

她心想：“别克巴恰将顷刻毙命，
我们要去向首领报告好消息。”
两个孩子，一个婆娘，
狼狈为奸勾结在一起。
那妇人本身出自卡勒玛克，
那两个野种狗崽，
原来是那康阿依人点的种子，
他们的罪恶不可饶恕。

一代英雄别克巴恰，
浑身上下顿时开始抽搐，
一阵阵剧痛使他缩成团，
全身上下直打哆嗦。

周身发出咯吱咯吱的声响，
接着全身汁液渗出，
像沸水冒着滚烫的热气。

他已明白是她下了毒手，
灾祸来自那恶婆。
他刺啦刺啦撕抓着，
直到全身表皮脱落。
他立刻穿上衣服，
再从外面裹好自己，
收拾起所有兵器。
已经是天亮时分，
他拖着身子走出了屋子。

心狠手辣的恶魔心想：
“当他挣扎着断气时，
我要听着他的惨叫声。”
她正幸灾乐祸等待着。

“我给别克巴恰洗澡的水，
少半是水，多半是毒。
他毫无感觉还迈步走路，
这到底是什么奇迹？”
她看到别克巴恰走出房门，
心慌意乱十分焦急。

她想解开托茹马的缰绳，
准备不回头地逃奔。
比人类还聪慧的玛依托茹马，
“唰”的一声挣脱了缰绳，
把躲在草堆中的恶婆，
用前蹄狠狠刨出。
那恶婆举起长刀冲向玛依托茹。

别克巴恰不等她下手，
从背后把她的长辫揪住，
便追问孩子们的来历。
她吞吞吐吐说不出来话，
已经吓得六神无主。

别克巴恰将她托举起旋转，
朝着眼前的大树狠狠砸去。
两个孩子见到母亲的下场，
从草垛里狂愤跳出。
手持斧头和铁杈，
疯狂地向别克巴恰发起攻击。
别克巴恰弯腰捞起地上的一截木棒，
当他抡起木棒轻轻一扫，
两个坏小子就被击倒在地。

有灵性的玛依托茹马，
发现了地灶中燃烧的火炭。
它用前蹄刨着地灶，
火星飞溅将草垛点燃。

院内的雀儿“轰”的一声飞去，
房屋树木顿时大火腾起。
艰难地跨上托茹骏马，
别克巴恰扬鞭而去。
他悄悄到来悄悄离去，
无人发现别克巴恰的行迹。

“不能安分守洁的恶婆，
被争风吃醋的家伙们，
放了一把火烧死。”
人们只是这样怀疑。

别克巴恰中毒含恨离世

两眼像母盘羊般闪烁，
比公盘羊还猛烈地甩着头，
托茹骏马正风驰电掣地奔去。
别克巴恰的全身皮肉，
噼噼啪啪地裂开，
流淌着黄色疮脓和乌血。
脓液渗着汗水滴落在马身上，
漂亮的长鬃顷刻脱落。
托茹马的尾巴瞬间掉落，
浑身上下痒得火辣辣。
玛依托茹一边向前奔驰，
一边啃咬着自己腰侧的皮肤。
遇到岩石就蹭一下，
遇到树木就故意把皮肤划破。

“我要避开人烟走荒漠，
一定送他到塔拉斯，
然后我死去也毫无遗憾。”
玛依托茹想着这些驰骋而去。
“在我还是小驹时搂抱着我，
凯耐尼木起初把我养育。
从我两岁踉踉跄跄时起，
让我翘着短短的小尾巴，
自由自在地成长在塔拉斯。
长大后阿斯勒巴恰骑着我，
在野外追逐野兔。
当我刚被阉割时，
在我的鬃上系上了护身符。
在沙场追击强敌，

显现了我的骏马天赋。
当我牙口刚满十五时起，
我幸运地和别克巴恰相遇。
他把稻米当作饲料喂我，
他给我用银掌代替铁蹄。
他去了那无人去过的地方，
骑着我到了阔依卡普。

“如今恶婆下毒暗算，
眼下我如此狼狈不堪。
中了从别克巴恰身上滴下的毒液，
我已丧失了长鬃和尾巴，
鬃毛都脱落在戈壁荒滩。
别克巴恰若到塔拉斯后死去，
我也不能在他身后苟延残喘。
玛依托茹我可不要沦落为废物，
死也要同我的主人相伴！”
可怜的马儿一路思虑着，
深受那剧毒的摧残。

浑身骨节刀绞般阵痛，
一节节地在分裂，
那一条条肋骨的接头，
一个个地扯裂。

顽强前行的玛依托茹，
不分白天黑夜地奔驰。
别说是不让人看到这情形，
甚至不愿任何动物见到自己狼狈的样子。

全身的皮毛皆已脱落，
那浑身的皮肉已绽开，
那条条肋骨已显露在外。

摇晃着细长的腿儿艰难行进，

不如从前奋蹄让大地震动。
无法挺着胸脯奔腾，
无法忍受那热烘烘的瘙痒，
不时把自己腰侧的皮肉咬啃。

未从托茹马背上颠落，
他紧抱着前面的鞍鞒，
别克巴恰正向前驶去。
从他身上滴落的脓血，
就像从天而降的冰雹。
满口的玉牙全都掉光，
浑身的骨骼开始脱节，
好像骨架就要散落在半道。

世间只有安详的生活，
世间没有安详的死亡。
已感到死亡临近，
别克巴恰把往事回想。
他在悲愤中思绪万千：
“溅洒热血厮杀在疆场，
让那鲜血流成汪洋，
我当时为何没有阵亡？
今日却被恶婆暗算，
骨头散架面临死亡！

“多少次甩开臂膀，
抡着大头棒与对手较量，
我当时为何没有阵亡？
无数次拼着锋利的矛枪，
与对手你戳我挡，
我为何不在厮杀中死亡？
如今被那肮脏的婆娘蒙骗，
我却要饮毒而死亡！

“多少回抡着战斧砍杀，

互相砍破头盔击碎盾牌，
在那砍杀中我怎么没有死亡？
今天我头上的头发已脱光，
今天我脸上的胡须也已脱光，
像鲤鱼般无一根毛浑身净光，
我即将光溜溜地死亡！

“原来这都是命中注定，
我这是被苍天惩罚而亡！
摇旗呐喊驰骋于沙场时，
我怎么没被乱箭射中身亡？
今天深受折磨和摧残，
我将就这样含冤死亡！

“无数回互相扯着肩膀来角力较量，
互相掏着肋骨来撞击推搡，
互相撕扯着战袍，
互相击毁着战甲，
我当时为何没有死亡？
我心中充满了遗憾，
我肌肤淌满了鲜血。
我心爱的战马呀，
快将我送回塔拉斯故乡！

“远赴阔依卡普英勇杀敌，
同那巨怪们遭遇打仗，
与那毒蛇惨烈地较量，
我怎么当时没有死亡？
连故乡的边缘都见不着，
我将要遗憾地死亡！

“我不知洒过多少人的血，
我不知开过多少人的膛，
那些枉死的亡灵们，
是否来找我算账？

“如果说我被诅咒所吞噬，
但我没做过可诅咒的坏事。
我尽所能和力气，
捍卫了先祖的荣誉。
我从未无故地向他人挥过鞭，
始终坚持心胸开阔豪爽大度。
像母亲般热爱自己的故土，
给我的人民带来了自由和幸福。

“我一生保持纯洁善良，
脸面有光问心无愧。
虽然我年轻得志但没有被权势陶醉，
我更没有猖狂自大惹是生非！
如今我的骨架散落，
眼下我的肌肤全毁。
我的翅膀已被折断，
我的心被悲伤碾碎。”
别克巴恰的体力消耗殆尽，
快要摔下托茹马背。

正当他失去平衡时，
周游着整个大地，
翱翔在那蓝天上，
飞翔而来的克孜勒克孜，
无意中与他相遇。
她仔细地观察，
想把他治愈。
但她医术穷尽，
仍不见转机。

将阿拉衣尔解毒药，
足足喝下四大碗。
别克巴恰以自己的顽强，
仍坐在玛依托茹的鞍上。

"我如果就这样抛下他，
玛纳斯的英魂会惩罚我，
阿拉什的食盐会惩罚我，
塔拉斯的恩泽会惩罚我。"
克孜勒克孜想到这里，
仔细观察玛依托茹，
只见它已经精疲力竭无法迈步。
它的腰侧没有毛皮，
露出了那条条肋骨。
那腰脊一块块地凸起，
那肋骨一条条地弯曲，
周身没有皮，没有肌，
只剩下那裸露的骨骼。

心疼得克孜勒克孜，
她施用了人们无法看出的法术。
她给玛依托茹遮了一层毛皮，
让别克巴恰恢复了他从前的雄姿，
就在眨眼的瞬间送他回到了塔拉斯。

克孜勒克孜先来到宫殿，
不让阿克芒达依察觉，
将别克巴恰的死讯，
禀报管理宫廷的奥润拜汗王。
向奥润拜出谋划策，
将别克巴恰的尸身，
安放在一个隐秘的地方。

克孜勒克孜心想：
"如果就照这个模样，
把他运到宫中去，
毒气将会散发，
将会导致柯尔克孜的毁亡。"

奥润拜立刻下令，
驮来六十帕特曼鲜奶应急，
将别克巴恰的尸体与已死在地上的托茹骏马，
浸在鲜奶中清洗。

克孜勒克孜将冲洗的奶，
让人倒在巨大的锅中。
然后生火熬成固体，
将其中的毒素全部烧尽。

她想方设法千方百计，
保护了塔拉斯，
保护了阿拉什的民众与生灵。
告慰了英雄的英魂，
告慰了玛纳斯的英灵。

将别克巴恰的死讯，
布告了全体民众，
将他全身洗净之后用白纱包裹，
按习俗安葬入土。
人体本是取自大地的泥土，
大地是人们最终的归宿。

这些事儿没有告诉阿克芒达依，
别去告诉，让她毫无察觉。
那有名望的长者前辈与头目，
相聚一处认真商议：
“切莫告诉阿克芒达依，
切莫把别克巴恰提起。
阿克芒达依已有了身孕，
她已挺肚弯腰临近产期。
最多也不会超过五十天，
要么可能也就三十天，
让她平安地分娩。

“自从赛麦台依以后，
只有凯耐尼木和赛依特见到健在的父亲。
其他孩子代代都沦落为孤儿，
然后都慢慢成长为英雄，
这些已成为他们的传统。

“如果阿克芒达依生下男孩，
白毡帽柯尔克孜要唱着摇篮曲，
将他养育成为自己的骄子。
让他成长为领路渡河的领头羊，
成为我们信赖的领头人。

“别克巴恰在出征前讲过许多话，
如同智慧的箴言。
他预感到自己的死亡，
他早已明白自己的生命到达了终点，
因而给我们留下了遗言，
都是充满真情的肺腑之言。
让我们先沉着忍耐，
让阿克芒达依平安分娩。”

人们照此耐心等待，
第二天就是别克巴恰的四十祭日，
人们开始忙碌准备，
将为别克巴恰的亡灵举行祭祀。

自从星期三的白天，
直到星期四的夜间持续阵痛，
到了天色昏暗时刻，
孩子终于平安地出生。

孩子大声啼哭，
不怀好意的家伙们，
心怀鬼胎的恶徒，
他们顿时浑身打战。

没有恶意的善良者，
屏气凝神急切关注，
浑身冒出了舒适的热汗。

妇女们议论着生的是男孩，
人们闻讯心中无比欢欣：
“白毡帽的柯尔克孜人名扬天下，
哪能没有英雄的后人？
塔拉斯怎么能没有主人？”

两位妇女费尽力气，
也未能将婴儿从地上抱起。

阿克芒达依睁开双眼，
用手抚摸着，
辨别了婴儿的性别。
当知道是男孩时，
阿克芒达依向大家这样发声：
“我现将别克巴恰的遗言，
如实地告诉你们。
他说：‘你若生下男孩，
就以索木碧莱克为名。’
无论别克巴恰是死是活，
他的儿子就取这个名。
出门在外的男人，
他的踪迹谁能搞清？

“我已经筋疲力尽，
我已经无法再支撑，
尽管你们隐瞒不告诉我，
别克巴恰却催促着我同行。
他说：‘走，我们离开，快走！’
他正牵着我的手不肯放松。

“我这甘甜的乳汁，

索木碧莱克没有机会吮吸。
我多么想为婴儿喂奶，
却没有了喂奶的力气。
这个变幻莫测的世界，
催促我走到生命的终极！

“我坚信婴儿会平平安安地成长，
因为有白毡帽的柯尔克孜。
祖辈的故土是他的摇篮，
他拥有著名的塔拉斯土地。

“索木碧莱克如果像他父亲，
或许能成为出类拔萃的英豪。
在摇篮里的婴儿，
将会怎么样，谁能知道？
啊，我的柯尔克孜人，
请不要冷落他，把他照顾好！”

阿克芒达依话音越来越虚弱，
还没有说完就闭上了眼睛。
柯尔克孜人听天由命，
说这些都是命中注定。

他们掘好墓穴，
用白纱包裹好洗净的遗体，
将阿克芒达依隆重安葬入土。

让我们暂且放下这一段，
现在从索木碧莱克的诸多神奇故事，
一个一个慢慢唱来。

后　记

中国柯尔克孜族英雄史诗《玛纳斯》第六部《阿斯勒巴恰与别克巴恰》(1—3卷)的篇幅仅次于第一部《玛纳斯》，参加该部的汉译工作人员也比其他各部多。

巴赫特·阿曼别克完成了第六部三卷的直译工作后，由朱玛克·卡德尔组织阿曼吐尔·阿不都热苏勒、扎衣尔·居马西等10人进行了汉柯对照。译稿接着进入加工整理环节。第六部第一卷主要由贺继宏加工整理，李健参与；第二卷主要由李瑞周、张宏超加工整理，牛广全参与；第三卷由朱玛克·卡德尔加工整理。为了提升译文的水准，增强译文的文学表现力，加工整理者反复推敲，多次修改。为了保持该部三卷之间以及与其他各部的人物情节的衔接和风格统一，贺继宏对加工整理稿进行了统稿。为了保证译文忠实于原文，朱玛克·卡德尔结合初审又进行了一次汉柯对照，做了必要的修正。经过大家的不懈努力和辛勤劳动，将逐字逐句直译的译稿打磨成了具有较高质量的文学译稿。

《阿斯勒巴恰与别克巴恰》(1—3卷)汉译定稿的评审和审定工作采取网上阅稿形式进行。朱玛克·卡德尔、贺继宏根据评审和审定意见，对译稿进行统校，修改后交给了新疆人民出版社。

新疆人民出版社的编校人员按照新时代的编审要求，对译稿做了必要的修改，并请朱玛克·卡德尔、罗迎福、马雄福、贺继宏做了最后审定。

《玛纳斯》是千百年来柯尔克孜人民集体创作的不朽的优

秀文化遗产，《玛纳斯》汉文全译本的出版也是集体劳动的成果。在本书出版之际，我们向千百年来无数传承《玛纳斯》的玛纳斯奇表示敬仰和怀念，向几十年来参加《玛纳斯》调查、记录、整理、翻译及出版的工作人员，向关心《玛纳斯》工作的各级领导和专家学者们，表示诚挚的感谢！